VERISSIMO ANTOLÓGICO

Luis Fernando Verissimo

Verissimo antológico
Meio século de crônicas, ou coisa parecida

Copyright © 2020 by Luis Fernando Verissimo

Grafia atualizada segundo o Acordo Ortográfico da Língua Portuguesa de 1990,
que entrou em vigor no Brasil em 2009.

Capa
Joana Figueiredo

Foto de quarta capa
Raul Krebs

Seleção
Daniela Duarte
Fernanda Verissimo
Marcelo Dunlop

Pesquisa
Marcelo Dunlop

Preparação
Emanoelle Veloso

Revisão
Angela das Neves
Jane Pessoa

Os personagens e as situações desta obra são reais apenas no universo da ficção;
não se referem a pessoas e fatos concretos, e não emitem opinião sobre eles.

Dados Internacionais de Catalogação na Publicação (CIP)
(Câmara Brasileira do Livro, SP, Brasil)

Verissimo, Luis Fernando
   Verissimo antológico : Meio século de crônicas, ou coisa
parecida / Luis Fernando Verissimo. — 1ª ed. — Rio de Janeiro :
Objetiva, 2020.

   ISBN 978-85-470-0105-6

   1. Crônicas brasileiras I. Título.

20-33492		CDD-B869.8

Índice para catálogo sistemático:
1. Crônicas : Literatura brasileira   B869.8

Cibele Maria Dias – Bibliotecária – CRB-8/9427

[2020]
Todos os direitos desta edição reservados à
EDITORA SCHWARCZ S.A.
Praça Floriano, 19, sala 3001 — Cinelândia
20031-050 — Rio de Janeiro — RJ
Telefone: (21) 3993-7510
www.companhiadasletras.com.br
www.blogdacompanhia.com.br .
facebook.com/editoraobjetiva
instagram.com/editora_objetiva
twitter.com/edobjetiva

Sumário

Verissimo por Moacyr Scliar 7

Nota sobre a edição 9

I. Você vai ver | Os anos 1970 13

II. O bacana | Os anos 1980 103

III. Mar de palavras | Os anos 1990 231

IV. Fizemos bem | Os anos 2000 441

V. Recapitulando | Os anos 2010 593

Índice de títulos e fontes 699

Verissimo

por Moacyr Scliar

A seção de gastronomia do jornal *Zero Hora*, de Porto Alegre, parecia, como outras seções do gênero, destinada às pessoas interessadas no tema. Lá pelas tantas, contudo, começou a chamar a atenção dos leitores em geral, inclusive desse que vos escreve. Os textos que nela apareciam eram surpreendentes — pelo talento e pelo humor. Não eram assinados, mas logo se descobriu que o autor, ainda desconhecido à época, tinha um sobrenome ilustre: era Luis Fernando, o filho do grande romancista gaúcho Erico Verissimo.

Esse foi o começo de uma carreira que hoje assombra o Brasil. Luis Fernando chegou ao texto escrito relativamente tarde — mas depois nunca mais parou. Logo tinha, no mesmo jornal, uma coluna (esta assinada). E depois estava na *Veja*. E depois em *O Globo*, *O Estado de S. Paulo* e numerosas publicações, das quais ele próprio já perdeu a conta. Seus contos e crônicas foram reunidos em livros que estão sempre nos primeiros lugares da lista de best-sellers. Escreve para a TV. E já foi adaptado para o teatro e para o cinema. E já escreveu romance. Ah, sim, e desenha, e toca sax num conjunto musical... Em suma: múltiplos talentos. Ou, se quisermos, as múltiplas faces de um inesgotável talento.

Na infância, passada no tranquilo bairro de Petrópolis, em Porto Alegre — onde nasceu —, Luis Fernando era um garoto absolutamente comum, mais quieto que os outros garotos, mas torcedor fanático do Esporte Clube Internacional, até hoje o time de seu coração. Convidado para a direção cultural da Organização dos Estados Americanos, Erico foi para os Estados Unidos, levando a família. Lá, Luis Fernando cursou uma escola de desenho — um aprendizado que depois lhe foi muito útil no trabalho de cartunista. E também começou a tocar saxofone. E começou a ampliar sua visão do mundo.

Voltando, morou um tempo no Rio de Janeiro. Redescobriu o Brasil — e descobriu a Lúcia, esposa e companheira admirável. Fixaram residência em Porto Alegre, na mesma casa de Petrópolis que Erico tornou famosa e que continua sendo, como era então, um reduto de amabilidade. Este talvez seja um aspecto pouco conhecido de Luis Fernando Verissimo. Todos sabem que ele fala pouco; mas engana-se quem vê no seu silêncio uma evidência de retração emocional. Luis Fernando é um notável ser humano, um pai dedicado, um amigo sempre atento. Um grande escritor não precisa necessariamente ser uma grande pessoa: a associação entre gênio literário e mau-caráter não é rara; mas quando, como no caso de Luis Fernando, se associam a grandeza humana e o talento, temos todos os motivos para celebrar.

Luis Fernando Verissimo é um grande escritor, uma unanimidade brasileira. No entanto, nem sempre foi assim. Ele era rotulado como "grande" — mas grande humorista. E, por uma espécie de preconceito cultural, achava-se que a Literatura com L maiúsculo e humor eram incompatíveis. Um texto literário tinha de ser, necessariamente, um texto sério — no sentido de carrancudo. Foi um dos grandes méritos de Verissimo provar que isso não tem de ser assim. E por que ele é um grande escritor? Primeiro, porque cria personagens inesquecíveis, como a Velhinha de Taubaté, personificação da ingenuidade brasileira. Segundo, porque tem um soberbo domínio do texto. Verissimo escreve como quem respira, mas esta respiração é sobretudo inspiração. De sua inteligência e cultura brotam sem cessar ideias originais, que alargam o horizonte cultural dos leitores. E, principalmente, fazem a nossa vida melhor. O Brasil de Luis Fernando Verissimo é o Brasil autêntico, o Brasil criador, o Brasil no qual podemos ter esperança.

Publicado originalmente na revista Ícaro em 2001.

Nota sobre a edição

Um dos mais queridos escritores brasileiros, Luis Fernando Verissimo tem em seu currículo dezenas de publicações, incontáveis prêmios e homenagens, e vendas que ultrapassam a marca dos 5 milhões. Nasceu em 1936, em Porto Alegre, e quando criança queria ser aviador, mais tarde arquiteto, e depois músico de jazz. Aos vinte anos se tornou tradutor no Rio de Janeiro, e em 1967 voltou para sua terra natal para trabalhar no *Zero Hora*, começando ali a carreira de escritor.

Lemos as crônicas de Verissimo desde os anos 1970, mais precisamente desde 19 de abril de 1969, quando ele estreou na coluna Informe Especial no *Zero Hora* com "Entrando em campo", sobre o Internacional, uma de suas paixões, e que começava assim "Pues, vamos nós"... Um "vamos nós" que não parou mais. Há meio século Verissimo ocupa quase diariamente as páginas dos jornais; entrou para o debate público em plena ditadura militar, passou pela redemocratização, viveu a revolução digital que transformou profundamente a comunicação e o jornalismo. Hoje sua obra inclui centenas de crônicas — além, é claro, dos romances, contos, poemas, ilustrações e quadrinhos que publicou.

Mas este volume é dedicado à sua crônica, gênero em que desenvolveu plenamente sua capacidade de concisão e o humor ímpar que o tornaram um dos escritores mais lidos e importantes do Brasil.

A crônica tem como uma de suas características registrar o momento. Portanto, está em seu DNA emitir opiniões sobre tudo o que acontece. Quando vista retrospectivamente, muitas vezes só faz sentido se analisada à luz de sua própria época. Mas a boa crônica também atravessa o tempo com galhardia — nomes como João do Rio, Paulo Mendes Campos, Antônio Maria, Sérgio Porto, Rubem Braga e tantos outros são prova disso. A boa crônica mantém a atualidade não só porque desvela o passado, mas porque é boa literatura; e não raro, em alguns casos, volta a ser atual, mostrando que a história é também cíclica — são as ironias do tempo, diria Verissimo.

Dito isso, é importante esclarecer os critérios adotados na seleção dos textos desta coletânea.

Diante de uma produção constante no que diz respeito a qualidade e coerência, optou-se por excluir as crônicas que comentam apenas "notícias quentes", ou seja, as notícias da hora — a atuação de algum ator ou atriz no filme do momento, a rodada do campeonato de futebol do fim de semana. Assim, evita-se ter que "explicar a piada" em alguma nota de rodapé porque nada seria menos Verissimo do que isso.

Algumas temáticas são reconhecidamente caras a Verissimo, e ainda que a quantidade de textos reunidos nesta coletânea esteja aquém da totalidade de sua produção, o intuito é que consiga expressar seus temas mais recorrentes: recriações históricas, notadamente as da Criação bíblica e as de grandes personagens da história mundial, relacionamentos amorosos, tramas policiais ou sátiras ao gênero, os flagrantes do dia a dia, a mística do futebol, o prazer da comida, a linguagem e as palavras, o posicionamento político e ideológico engajado, as reflexões sobre a condição humana e as hilárias previsões para o futuro. O fato é que há cinquenta anos a ironia fina e a inteligência de Verissimo nos brindam com um olhar muito singular sobre o ser humano. E você, leitor, perceberá que essa ironia às vezes fica mais incisiva, às vezes mais sutil, mas está sempre lá.

O recorte foi cronológico, mas a leitura pode ser randômica, ao gosto do freguês. E quem optar por seguir as datas esperando encontrar um ainda "embrionário" cronista, se surpreenderá. Luis Fernando Verissimo estreou "pronto", e ao longo desses anos o exercício praticamente diário da escrita só consolidou e aprimorou seu talento.

Seria oportuno ressaltar que muitos dos textos aqui reunidos foram publicados ao lado de alguma tirinha das Cobras, da Família Brasil ou de um desenho feito pelo Verissimo para compor a coluna em questão. Como o foco deste volume é o texto, e nem sempre as ilustrações se referiam diretamente ao que estava sendo dito, optou-se por não as reproduzir. Também foram mantidos de fora desta coletânea personagens que se tornaram clássicos: a Velhinha de Taubaté, Ed Mort, o Analista de Bagé não frequentam estas páginas, pois acabariam tirando o espaço de tantos textos geniais que estão há trinta, quarenta ou cinquenta anos fora de circulação, e agora são reeditados aqui.

No final do volume, tentamos elucidar a árvore genealógica de cada crônica, o que se mostrou bastante complexo. Como os livros publicados entre os anos

1970 e 1990 reproduziam parte do que havia sido publicado por Verissimo nos jornais nos dois anos ou no ano anterior ao seu lançamento, e dada a dificuldade de garimpar esses mesmos textos em seus veículos originais, ficou determinada a data da primeira edição do livro como a da primeira publicação daquele texto. A partir dos anos 1990 começaram a ser produzidas coletâneas temáticas que faziam um mix entre a produção recente dele nos jornais e textos mais antigos, e foi assim que algumas crônicas passaram a frequentar mais de um livro e outras acabaram inéditas, engrossando apenas os arquivos dos jornais.

Os textos que tiverem somente a indicação do jornal, é porque não saíram em livros. Foram também incluídos alguns textos encomendados a Verissimo para antologias com outros autores, e ainda cabe uma última informação: às crônicas foram reunidos alguns contos do mestre, justamente porque na obra de Verissimo essa é uma fronteira por vezes difícil de precisar. E nas palavras do próprio:

> A discussão sobre o que é, exatamente, crônica é quase tão antiga quanto aquela sobre a genealogia da galinha. Se um texto é crônica, conto ou outra coisa interessa aos estudiosos da literatura assim como se o que nasceu primeiro foi o ovo ou a galinha interessa a zoólogos, geneticistas, historiadores, e (suponho) ao galo, mas não deve preocupar nem o produtor nem o consumidor. Nem a mim nem a você ("Crônica e ovo").

O resultado é uma seleção que equilibra textos que foram republicados ao longo de sua vida e outros que tiveram uma única publicação.

O mutirão que levantou essas mais de trezentas crônicas uniu a equipe editorial da Objetiva, o pesquisador Marcelo Dunlop e Fernanda Verissimo, contando ainda com o precioso suporte dos times da Biblioteca da Unisinos, por meio de Vanessa Nunes, e da Agência Riff — tudo sob o olhar atento e gentil do próprio Verissimo.

Por fim, vale dizer que o subtítulo desta antologia é uma referência ao primeiro livro de crônicas de Verissimo, chamado *O popular: Crônicas, ou coisa parecida*, de 1973.

Resgatar, relembrar e celebrar esse formidável cronista, essa é a intenção de *Verissimo antológico*.

Boa leitura.

Daniela Duarte, editora

I. Você vai ver | Os anos 1970

Autopsicografia

Esse Luis é com esse. Fernando, não. Verissimo tem até dois. Nasci numa manjedoura, cercado de animais. Uma estrela brilhava intensamente no céu, bem em cima da estrebaria. Mas aí chegou outro casal, com um burro, parece que tinham reserva, e tivemos que sair. Foi melhor assim. Com os meus problemas de coluna, carregar uma cruz seria um verdadeiro Calvário. Branco. Brasileiro de terceira categoria. Sexo: casado. Sinais particulares: dois. Públicos: quatro. Convicções políticas: você deve estar brincando. Meu signo é Libra, regido por Saturno e, estranhamente, pelo maestro Isaac Karabtchevsky.

O autor é de 1936, como todas as pessoas nascidas naquele ano. Em 1937 vai lutar na Espanha mas não encontra adversários para a sua especialidade, colheradas de mingau a cinquenta jardas. No mesmo ano chega a Paris onde pronuncia sua primeira palavra — Mater — em sessão plenária da Academia Francesa. Em 1939 é preso em Macau por tráfico de pardas, bigamia e porte de chocalho sem licença. Deportado para o Brasil.

Em 1940, a conselho médico e sob terrível pressão familiar, abandona o hábito da chupeta. Mas é obrigado a se internar, para recuperação emocional, num sanatório suíço, onde compõe a Sinfonia Inacabada ("minha obra mais completa", dirá mais tarde) e inventa o fondue de queijo. De volta ao Brasil, é alfabetizado pela professora Lyba Knijnik, que até hoje vê-se constantemente atacada na rua por turbas vingativas, aos gritos de "Foi ela! Foi ela!". Autor de, entre outros, *O vermelho e o negro* (Histórias do Flamengo) e uma versão musical de *Das Kapital*, mais tarde encenada com Marlene Dietrich no papel da dialética histórica. Em matéria de religião declara-se adepto de um panteísmo moderado, sem flauta, mas beijar na nuca pode. É dele a famosa frase que correu mundo, e pela qual até hoje recebe royalties: "A bolsa ou a vida!". Casado com Rosanna Schiaffino, com quem tem cinco filhos: Athos, Portos, Aramis, Édipo — olho nele! — e Tupi. Aliás, Aramis é o cachorro. Quatro filhos.

A filosofia de vida do autor se resume em nove tomos, fora bibliografia, epílogo, apêndice, PS e errata em fascículos mensais, que ele pretende começar a escrever assim que conseguir soletrar *Weltanschauung* e... Meu Deus, acho que consegui! Já posso começar! Era uma vez... Tem opiniões firmes sobre todas as grandes questões da humanidade. É contra o câncer e a favor do vento, mas se vierem perguntar ele jura que não disse. Sobre a pornografia, é catedrático: acha que não há nada demais com, por exemplo, uma cena de sexo grupal envolvendo dois garis, uma noviça, quatro chefes de escoteiros, uma anã besuntada, um touro e as vísceras de um porco, desde que seja feita com bom gosto. Só bebe Johnny Walker, Black Label, o que quer dizer que ultimamente tem bebido pouco.

Não tenho ambições políticas, fora, talvez, a presidência da República. Uma vez lancei um movimento para devolver o Brasil aos índios. Tudo começou numa reunião que fiz com alguns amigos para fundar o Quarto Mundo, já que o Terceiro não deu certo. Estava tudo combinado, já tínhamos escudo, madrinha, mesa de botão e só faltava comprar os Mirage, mas aí acabou a cerveja e a ideia morreu. Da falta de assunto nasceu o plano de dar o Brasil de volta aos seus legítimos donos. Chegamos a fazer contato com as lideranças indígenas, mas as negociações chegaram a um impasse. Eles só aceitavam o Brasil de volta sem a dívida externa e com a Sandra Bréa.

Enfim, a gente vai lutando. E agora mais esta, escrever para o *JB*. Não digo que é a Glória porque da última vez que passei por lá só tinha um buraco no chão, mas que dá um calor na barriga, dá. Uma coisa eu posso dizer, vou correr os noventa minutos. Estou bem, a perna amputada não me faz falta, acho que o nosso time tem chance mas se não der vamos levantar a cabeça e partir pra outra que o futebol é como a vida, assim mesmo. Um abraço nos meus familiares.

O trapezista

Querida, eu juro que não era eu. Que coisa ridícula! Se você estivesse aqui — Alô? Alô? — olha, se você estivesse aqui ia ver a minha cara, inocente como o Diabo. O quê? Mas como ironia? "Como o Diabo" é força de expressão, que diabo. Você acha que eu ia brincar numa hora desta? Alô! Eu juro, pelo que há de mais sagrado, pelo túmulo da minha mãe, pela nossa conta no banco, pela cabeça dos nossos filhos, que não era eu naquela foto de Carnaval no "Cascalho" que saiu na *Folha da Manhã*. O quê? Alô! Alô! Como é que eu sei qual é a foto? Mas você não acaba de dizer... Ah, você não chegou a dizer... Ah, você não chegou a dizer qual era o jornal. Bom, bem. Você não vai acreditar, mas acontece que eu também vi a foto. Não desliga! Eu também vi a foto e tive a mesma reação. Que sujeito parecido comigo, pensei. Podia ser gêmeo. Agora, querida, nunca, em nenhum momento, está ouvindo? Em nenhum momento me passou pela cabeça a ideia de que você fosse pensar — querida, eu estou até começando a achar graça — que você fosse pensar que aquele era eu. Por amor de Deus. Pra começo de conversa, você pode me imaginar de pareô vermelho e colar havaiano, pulando no "Cascalho" com uma bandida em cada braço? Não, faça-me o favor. E a cara das bandidas! Francamente, já que você não confia na minha fidelidade, que confiasse no meu bom gosto, poxa! O quê? Querida, eu não disse "pareô vermelho". Tenho a mais absoluta, a mais tranquila, a mais inabalável certeza que eu disse apenas "pareô". Como é que eu podia saber que era vermelho se a fotografia não era em cores, certo? Alô? Alô? Não desliga! Não... Olha, se você desligar está tudo acabado. Tudo acabado. Você não precisa nem voltar da praia. Fica aí com as crianças e funda uma colônia de pescadores. Não, estou falando sério. Perdi a paciência. Afinal, se você não confia em mim não adianta nada a gente continuar. Um casamento deve se... se... como é mesmo a palavra?... se alicerçar na confiança mútua. O casamento é como um número de trapézio, um precisa confiar no outro até de olhos fechados. É isso mesmo. E sabe de outra coisa? Eu não precisava ficar na cidade durante o Carnaval. Foi tudo mentira. Eu não tinha trabalho acumulado no escritório coisíssima nenhuma. Eu fiquei sabe para quê? Para testar você. Ficar na cidade foi como dar um salto mortal, sem rede, só para saber se você me pegaria no ar. Um teste do nosso amor. E você falhou. Você me decepcionou. Não vou nem gritar por socorro. Não, não me interrompa. Desculpas não adiantam mais. O próximo som que você ouvir será o do meu corpo se estatelando, com o baque surdo da desilusão, no duro chão da realidade. Alô? Eu disse que o próximo som que... O quê? Você não estava ouvindo nada? Qual foi a última coisa que você ouviu, coração? Pois sim, eu não falei — tenho certeza absoluta que não falei — em "pareô vermelho". Sei lá que cor era o pareô daquele cretino na foto. Você precisa acreditar em mim, querida. O casamento é como um número de... Sim. Não. Claro. Como? Não. Certo. Quando você voltar pode perguntar para o... Você quer que eu jure? De novo? Pois eu juro. Passei sábado, domingo, segunda e terça no escritório. Não vi Carnaval nem pela janela. Só vim em casa tomar um banho e comer um sanduíche e vou logo voltar para lá. Como? Você telefonou para o escritório? Meu bem, é claro que a telefonista não estava trabalhando, não é, bem? Ha, ha, você é demais. Olha, querida? Alô? Sábado eu estou aí. Um beijo nas crianças. Socorro. Eu disse, um beijo.

O poder e a troça

Há vários casos de reis que ficaram bobos, mas não há notícia de uma só corte onde o bobo chegasse a rei. É a sua inaptidão para o poder que garante a impunidade do bobo. Quanto mais forte o rei, mais irreverente o bobo. E há uma sutil cumplicidade entre o poder e a troça. Sempre desconfiei das razões de César para ter a seu lado o infeliz cujo único encargo na vida era cochichar ao ouvido do imperador, nos seus momentos de glória, "Não esqueças, és mortal". Formidável é o reverso do arranjo. Nas suas piores depressões, César tinha este consolo insuperável: pior do que aquele imbecil ao pé de seu ouvido ele nunca seria.

Quanto mais forte o poder, mais impune o bobo. Num sistema que não teme o ridículo o bobo é o homem mais livre e mais inconsequente da corte. Seu único risco ocupacional é o rei não entender a piada. A consciência do império, como o tal que frequentava a orelha de César, é um bobo que subiu na vida. Com pouco mais tempo de serviço chegará a filósofo, um pouquinho mais e se aposenta como oráculo. Cada vez mais longe do poder, portanto. Não foram os sábios epigramas de Hamlet que derrubaram o rei. Que eu me lembre, foi um florete com a ponta envenenada. O que não é piada.

A troça só preocupa o poder bastardo, que tem dúvidas sobre a própria legitimidade. O estado totalitário é uma paródia da monarquia absoluta, e quem denunciar a farsa, denuncia tudo. Nesse caso toda piada tem a ponta envenenada, todo bobo é uma ameaça. O alvo principal da irreverência nunca é o poder, é a reverência em si. Um poder secular que exige respeito religioso está exposto ao ridículo por todos os lados. O rei não está apenas nu, não é nem rei. Não é certo dizer que nenhuma ditadura tem senso de humor. Pelo contrário, têm um senso agudo do ridículo. Entendem todas as piadas. Mil vezes a respeitosa atenção de uma junta de coronéis modernos do que a distraída condescendência das antigas cortes, é o que qualquer bobo lhe dirá, minutos antes de ser fuzilado.

A frase

O melhor texto de publicidade que eu já vi era assim: uma foto colorida de uma garrafa de uísque Chivas Regal e, embaixo, uma única frase: "O Chivas Regal dos uísques".

O anúncio é americano. Em algum anuário de propaganda, desses que a gente folheia nas agências em busca de ideias originais na esperança de que o cliente não tenha o mesmo anuário, deve aparecer o nome do autor do texto. No dia em que eu descobrir quem é, mando um telegrama com uma única palavra. Um palavrão. Que tanto pode expressar surpresa quanto admiração, inveja, submissão ou raiva. No meu caso, significará tudo ao mesmo tempo. Palavrão PT Segue carta explosiva PT Abraços etc.

Duvido que o autor da frase receba o telegrama. O cara que escreveu um anúncio assim não recebe mais telegramas. Não atende mais nem a porta. Não se mexe da cadeira. Não lê mais nada, não vê televisão, não vai a cinema e fala somente o indispensável. Passa o dia sentado, de pernas cruzadas, com o olhar perdido. Alimenta-se de coisas vagamente brancas e bebe champanha brut em copos de tulipa. Com um leve sorriso nos cantos da boca.

Foi o sorriso que finalmente levou sua mulher a pedir o divórcio. Ela aguentou tudo. O silêncio, a indiferença, as pernas cruzadas, tudo. Mas o sorriso foi demais.

"Bob (digamos que o seu nome seja Bob), você não vai mais trabalhar?"
Sorriso.
"Nunca mais, Bob? Há uma semana que você não sai dessa cadeira."

Sorriso.

"Bob, o Bill disse que o seu lugar na agência está garantido, quando você quiser voltar. Mas eles não podem continuar pagando se você não voltar."

Sorriso.

"As crianças precisam de sapatos novos. O aluguel do apartamento está atrasado. Meu analista também. Nosso saldo no banco se foi com a última caixa de champanha que você mandou buscar."

Sorriso.

"Sabe o que estão dizendo na agência, Bob? Que o seu texto para o Chivas Regal foi pura sorte. Que foi genial, mas você não faz dois iguais àquele. Você precisa ir lá mostrar para eles, Bob. Faça alguma coisa, Bob!"

Bob fez alguma coisa. Descruzou as pernas e cruzou outra vez. Sorrindo.

A mulher tratou do divórcio sozinha. Na hora das despedidas, ele inclinou-se levemente na poltrona para beijar as crianças mas não disse uma palavra. Continua sentado lá até hoje.

Levanta-se para ir ao banheiro, trocar de roupa e telefonar para fornecedores de enlatados e champanha. Os que ainda lhe dão crédito. O resto do tempo fica sentado, as pernas cruzadas, o olhar perdido. E o sorriso.

Uma faxineira vem uma vez por semana, limpa o apartamento (há pouco para limpar, ele não toca em nada) e vai embora. Abanando a cabeça. Pobre do sr. Bob. Um moço tão bom.

Os amigos preocupam-se com ele. A agência lhe faz ofertas astronômicas para voltar. Ele responde a todos com monossílabos e vagos gestos com o copo de tulipa. E todos vão embora, abanando a cabeça.

Contam que a mesma coisa aconteceu com o primeiro homem a escalar o Everest. Para começar, quando chegou no topo, no cume da montanha mais alta da Terra, ele tirou um banquinho da sua mochila, colocou o banquinho exatamente no pico do Everest e subiu em cima do banquinho! O guia nativo que o acompanhava não entendeu nada. Se entendesse, estaria entendendo o homem branco e toda a história do Ocidente. De volta à civilização o homem que conquistou o Everest passou meses sem falar com ninguém e sem olhar fixamente para nada. Se tinha mulher e filhos, esqueceu. E tinha um leve sorriso nos cantos da boca.

Você precisa entender que quem escreve para publicidade está sempre atrás da frase definitiva. Não importa se for sobre um uísque de luxo ou uma liquidação de varejo, importa é a frase. Ela precisa dizer tudo o que há para dizer sobre qualquer coisa, num decassílabo ou menos. Tão perfeita que nada pode segui-la, salvo o silêncio e a reclusão. Você atingiu o seu próprio pico.

Bob tem duas coisas a fazer, depois de passada a euforia das alturas. Uma é voltar para a agência, mas com outro status. Por um salário mais alto, apenas perambulará pelas salas para ser apontado a novatos e visitantes como o autor da frase, aquela.

"Você quer dizer... A frase?"

"A frase."

Outra é começar de novo em outro ramo. Com uma banca de chuchu na feira, por exemplo. Ele não precisa conquistar mais nada, é o único homem realizado do século.

Mas por enquanto Bob só olha para as paredes. De vez em quando, diz baixinho: "O Chivas Regal dos uísques..."

E aí atira a cabeça para trás e dá uma gargalhada. Depois descruza e recruza as pernas e bebe mais um gole de champanha.

Policial inglês

Era verão. Lorde Asquith lia uma novela policial no jardim da sua mansão em Devonshire. A luminosidade do dia, o rumor das cigarras e aquele copo a mais de claret no almoço induziam ao sono, mas lorde Asquith persistia na leitura. Chegara à página 141, no trecho em que um sonolento lorde inglês lia uma novela policial no jardim da sua mansão, no verão, chegara à página 141 e era interrompido pelo mordomo que, aproximando-se silenciosamente da sua poltrona de vime, dizia:

— Sir?

— Sim?

— Lady Agatha ao telefone.

— Obrigado.

O lorde levantou-se, colocou o livro aberto na página 141 sobre a almofada bordada com o brasão da família e que ele, tipicamente, usava como assento na cadeira de vime que trouxera da Índia, e dirigiu-se para o telefone, na biblioteca.

— Sim? — disse o lorde ao telefone, com alguma irritação.

— É Agatha.

— Eu sei que é Agatha. O que você quer?

— Estive pensando.

— Deus nos conserve.

— Como?

— Você esteve pensando. Isso é prenúncio certo de alguma desgraça. Não pense, Agatha. O seu cérebro é um dos últimos territórios em perfeito estado primitivo no mundo. Não o estrague com a cultura do homem branco.

— Estou pensando em desgraçar você para sempre.

— Ainda bem. Por um momento pensei que fosse alguma coisa importante.

— É só isso que você tem para me dizer?

— A última palavra que eu tinha a dizer para você foi dita há anos, Agatha. E, se não me engano, foi "adeus".

— Você é um cachorro.

— E você é uma cadela. Estranho que nosso casamento não tenha dado certo. A biologia estava do nosso lado.

— Espere só até ler os jornais de amanhã. Os tabloides. Vou contar ao mundo tudo sobre você. Será o seu fim. A sua paz, o seu sossego, as suas novelas policiais... Diga adeus a tudo isso.

O inspetor examinou o livro deixado sobre a almofada. No fim da página 141, lady Agatha ameaçava contar tudo sobre o lorde aos jornais. O inspetor virou a página. A página 142 começava com o inspetor Forthright perguntando para o mordomo, enquanto examinava o livro deixado sobre a almofada:

— Tem certeza que ele não voltou para esta cadeira?

— Tenho, sim, senhor. Depois de desligar o telefone ele foi direto para a garagem. Entrou no carro e saiu às pressas.

— Ele parecia transtornado, nervoso?

— Temo que sim.

— Levava alguma arma? Algum objeto contundente?

— Como um ferro de lareira?

— Sim.

— Receio que os ferros da lareira da biblioteca estejam faltando.

— Hmmm. Foi um ferro de lareira que matou lady Agatha.

O inspetor continuou lendo a página 142.

— Leve-me até a biblioteca.

— Sim, senhor. Por aqui.

O inspetor colocou o livro aberto na página 142 sobre a almofada e seguiu o mordomo. Quando voltaram ao jardim dali a dez minutos, encontraram o lorde sentado na sua poltrona de vime, com o livro aberto nas mãos. O mordomo arregalou os olhos. Mas o inspetor Forthright parecia não estar perturbado. Sem tirar o cachimbo da boca, perguntou:

— Lorde Asquith?

— Sim.

— Onde o senhor esteve toda a tarde?

— Aqui mesmo. Lendo. A não ser pelos dois minutos em que estive falando no telefone. Por quê?

— Seu mordomo afirma que o senhor não voltou para esta cadeira depois de falar ao telefone. Diz que o senhor saiu de carro às pressas, transtornado e com um ferro da lareira.

Lorde Asquith olhou para o mordomo com comiseração.

— Eu já lhe disse, James. Aquele copo a mais de claret no almoço ainda acabará com você. Eu não saí desta cadeira, inspetor. Lamento decepcioná-lo, mas não fui eu quem matou lady Agatha.

O inspetor sorriu com a parte da boca que não se ocupava do cachimbo.

— E como o senhor sabe que lady Agatha foi morta?

— Está aqui, meu caro. Página 142. O senhor mesmo é quem diz.

Agora o inspetor parecia fazer um esforço para evitar que o cachimbo lhe caísse da boca. Por alguns momentos os dois homens se fitaram em silêncio. Finalmente, o inspetor falou:

— E o ferro da lareira da biblioteca?

— É verão. Não usamos lareira no verão, não importa o que digam da excentricidade britânica. Os ferros estão guardados no galpão.

O inspetor não sabia o que dizer. Talvez na página 143 ele soubesse o que dizer. Pediu:

— Me permite examinar esse livro?

— Não, inspetor — sorriu o lorde. — O senhor perturbou a minha paz, interrompeu o meu sossego, mas não invadirá minha novela policial. Pelo menos, não sem um mandado. Bom dia, inspetor. Ou devo dizer boa noite?

O inspetor retirou-se. Lorde Asquith voltou à sua leitura. Estranho, já estava anoitecendo e ele recém-chegava à página 143. Uma tarde inteira para ler duas páginas. Será que estivera dormindo sem saber? E o que seriam aquelas manchas vermelhas no livro, como impressões de dedos sangrentos? Virou a página. Na página 144 o mordomo aproximava-se silenciosamente da poltrona de vime e dizia:

— Sir?

— Já sei. O telefone.

— Não. Um inspetor para vê-lo. Algo sobre lady Agatha.

Lançamento do Torre de Babel

O lançamento do edifício Torre de Babel foi feito com grande estardalhaço nos principais papiros da época. Anúncios de rolo inteiro em todas as línguas conhecidas. Como todos só conheciam uma língua, foi mais fácil. Poucos sabem que, na época, todo o mundo falava búlgaro. Você chegava em qualquer ponto do mundo civilizado — que naquele tempo ficava entre o Tigre e o Eufrates — e se comunicava em búlgaro. Era entendido imediatamente. Não havia o perigo de você pedir um quarto na estalagem e acabar numa estrebaria. Ou de pedir para o garçom "pão ázimo e leite coalhado" e ele trazer leite ázimo e pão coalhado e ainda ficar rindo atrás da coluna. Ou então você pedir uma sopa e o garçom trazer a cabeça de um profeta. Era tudo em búlgaro. Só o que variava de região para região era o sotaque e o nome para tangerina. Outra vantagem era que não existiam tradutores. Apesar de hoje, muitas vezes, a gente perder a paciência, atirar o livro longe e declarar que o tradutor é certamente a mais antiga das profissões, ou pelo menos filho dela.

E aconteceu que foi lançado o Torre de Babel. Quem comprasse na planta daria dez cabritos, trezentos dinheiros, dois camelos malhados e uma escrava núbia de entrada, sete parcelas de cinquenta dinheiros e cem cântaros de azeite durante a construção. Dezessete camelos núbios e vinte escravas malhadas na entrega das chaves e o saldo em prestações mensais de mirra, ouro, incenso, quibe cru e cozido, esfiha e todas as suas posses, olho por olho e dente por dente.

O apartamento mais caro, claro, era o de cobertura, no milésimo andar. Com solário, piscina térmica e amplos salões varridos pelos sete ventos, o que dispensaria o serviço de faxineira, com vista para a África, Europa, Ásia, América e, em dias claros, Oceania. E com visitas regulares de Jeová para o café da manhã incluídas no preço. Aliás, uma das frases do anúncio de lançamento era esta: "Você vai dar graças a Deus por ter comprado seu apartamento no novo Torre de Babel — pessoalmente!".

E aconteceu que começaram as perfurações do solo para os fundamentos do Torre de Babel. E das escavações jorrou um líquido negro e malcheiroso que a todos enojou. E o terreno foi dado como inútil e as escavações transferidas para outro local, e o custo da transferência incluído no preço dos apartamentos. E eis que houve muita lamentação entre os compradores. Que elevaram suas lamúrias a Jeová, mas de nada adiantou.

E aconteceu que pouco a pouco foi se erguendo o imponente edifício com o trabalho escravo de homens do Nordeste, da tribo dos marmitas. E muitos cantavam a audácia do projeto, mas outros ergueram suas vozes a Jeová em protesto. Pois do que adiantará ao homem, ó Senhor, chegar aos céus e viver em iniquidade, e afinal, esta é ou não é uma zona residencial? Mas embora todos falassem a mesma língua era como se os grandes engenheiros nada ouvissem. E eis que tomava forma o primeiro espigão no silêncio de Jeová. Alguns conservadoristas tentaram sensibilizar a prefeitura mas o prefeito, parece, tinha dinheiro no negócio e os insubmissos foram pulverizados e seus restos misturados à argamassa, e as obras prosseguiram.

E aconteceu que o comprador da cobertura, um magnata do lêvedo, quis saber:

— Está tudo muito bem, mas como é que eu chego, todos os dias, no meu apartamento? Pela escada levaria, nos meus cálculos, 237 anos cada vez, e eu sou um homem ocupado.

E disse o incorporador:

— Vamos instalar ascensoristas. Escravos rápidos e fortes com capacidade para duas pessoas ou 160 quilos cada um, que transportarão os moradores sobre os ombros até os seus andares, cantarolando seleções leves de André Kostelanetz todo o tempo.

Mas a insatisfação crescia. Naquele tempo as instalações sanitárias eram em casinhas no fundo do quintal, e ninguém concordava com a ideia de se construir um edifício de cinquenta andares atrás do Torre de Babel. E os constantes reajustes nas parcelas, numa época de restrição de escravas núbias, se tornavam insustentáveis e eram cada vez maiores as lamúrias dirigidas a Jeová.

E eis que Jeová, cuja misericórdia infinita afinal tem um limite, se fez ouvir. E vendo que havia confusão entre os homens resolveu aumentar a confusão. Decretou que, dali por diante, não haveria uma e sim várias línguas, e que nenhuma delas seria a de Jeová. Hoje Deus só fala búlgaro e, pensando bem, isso não tem ajudado muito a Bulgária. E disse Jeová que construtores e proprietários não mais se entenderiam a não ser na hora de enganar o inquilino. E que os homens se espalhariam pela terra falando línguas diferentes, e que a proliferação de línguas traria a discórdia, as guerras e, pior, a dublagem. E assim foi feito.

E eis que os homens prostraram-se ao chão diante da ira de Jeová, e um homem disse para seu vizinho:

— *Mais, ça c'est ridicule!*

E seu vizinho, intrigado, respondeu:

— *What?*

E perto dali alguém tossiu e inventou o alemão.

Os centroavantes

Eles são difíceis, os centroavantes. Reúnem-se em lugares certos, em várias partes do mundo, mas não se olham nos olhos. Trocam lamúrias e reminiscências, como em qualquer confraria de especialistas, mas é como se estivessem sozinhos. De vez em quando levantam a cabeça e olham em volta, à procura de um possível empresário ou de um fã antigo. Mas não se encaram. Sabem que a qualquer momento terão que trair o companheiro ao lado. Se lhes perguntarem: "Conhece um bom centroavante?", terão que responder:

— Só conheço eu mesmo.

E se insistirem: "Me disseram que o Fulano ainda joga…", responderão:

— Não joga, bebe muito e arrasta uma perna. De centroavante só conheço eu mesmo.

Eles são sombrios e tristes, os centroavantes.

Você os encontrará em velhas tascas do Bairro Gótico em Barcelona depois de se acostumar com a escuridão. Em algumas esquinas de Milão, encolhidos do frio dentro das suas japonas. Em Chacarita. Na Cinelândia. Em Marselha, no restaurante de peixe do velho Renard, um centroavante que desistiu antes dos 36 porque perdeu um joelho.

— E o seu joelho, Renard?

O velho corso toma um gole de "blanc".

— Ainda está rolando por um campo da Catalunha.

— Como é que foi, Renard?

— Um beque sem mãe.

— E onde está o beque, Renard?

— Junto da sua mãe.

Você os conhece de longe.

Centroavantes, toureadores velhos e mercenários, você os conhece de longe. São sobreviventes de profissão. Estiveram com a morte e voltaram, e têm as cicatrizes para provar. Restam poucos centroavantes no mundo. O jeito desconfiado, os gestos tensos, o cigarro nos dedos nervosos, os olhos cansados, você os conhece.

Os centroavantes só falam nos companheiros mortos ou nos que pararam, os outros são concorrentes. Centroavante bom e vivo só conheço eu mesmo. Eles fumam muito, os centroavantes. Mas cuidam para não tossir na frente do empresário.

— Com quantos anos você está?

— Vinte e sete.

— Você quer dizer trinta e sete.

— A bola não sabe a diferença.

Nos treinos tratam de brigar logo com o treinador, chutar a bola longe e sair de campo, senão não aguentariam. Eles sabem que o treinador os irá procurar depois no quarto do hotel e pedir perdão. São raros, os centroavantes.

— Você me insultou.

— Só disse que você estava muito parado.

— Meu pé conhece mais futebol do que você inteiro.

— Está certo. Volte para o treino.

— Eu não treino. Eu jogo.

— Está certo.

São difíceis, os centroavantes.

Quando se reúnem, falam dos que morreram ou dos que pararam. Sem se olharem nos olhos.

Falam de Carrara, o Italiano Louco, que uma vez comeu um bandeirinha vivo e foi retirado de campo por um batalhão de *carabinieri*, ainda mastigando o pano da bandeira e ofendendo a arquibancada. Nenhum bandeirinha jamais viu Carrara em impedimento, depois disso.

Falam de Bahal, o Turco de olhos vermelhos, o peito de um touro e um dedão de dez centímetros em cada pé. Bahal, morto com uma adaga na nuca dentro da pequena área, na cobrança de um corner. Antes de morrer — mas isto já é lenda — teria feito o gol com uma lufada de sangue.

Falam de Lúcio, o Poeta, um brasileiro esguio com pomada no cabelo, outra história trágica. Lúcio tinha um chute mortal. Um dia errou a goleira, a bola subiu, venceu a cerca, venceu a arquibancada de São Januário, caiu na rua, acertou a cabeça de uma moça dentro de um Lincoln conversível — a cantora Rosa de Rose, o Rouxinol Louro — e a matou. Rosa era noiva de Lúcio, o caso emocionou o Brasil. Esperava o fim da partida para levá-lo ao Cassino da Urca. Lúcio enlouqueceu. Nunca mais jogou futebol. Hoje é funcionário do Maracanã e de vez em quando se distrai. Em vez do grande círculo, desenha com cal no gramado o nome de Rosa de Rose.

Falam de Tamul, a Gazela Africana, rápido como o raio, que jogava descalço e mordia a trave sempre que perdia um gol. Tamul tinha os dentes esculpidos. Um era o Taj Mahal. O outro, a Torre Eiffel. Um torto, bem na frente, era a Torre de Pisa. Outro, o Obelisco da Place Vendôme. O Arco de Constantino.

Falam de McMoody, o anão escocês, que batia pênalti de cabeça e tinha placas de aço em vez de canelas.

Falam do argentino Lombroso, que chutou a cabeça do goleiro para dentro do gol. Não teria sido nada se ele não tivesse saído comemorando.

Falam de goleiros com desdém e de beques centrais só antes de cuspir. Os centroavantes tendem a engordar e a emagrecer como os outros respiram. E têm pesadelos. Sonham que a grande área é um pântano, que não conseguem pular, que a bola é de ferro e que o tempo passa.

São raros, os centroavantes.

A mentira

João chegou em casa cansado e disse para a mulher, Maria, que queria tomar um banho, jantar e ir direto para a cama. Maria lembrou a João que naquela noite eles tinham ficado de jantar na casa de Pedro e Luísa. João deu um tapa na testa, disse um palavrão e declarou que de maneira nenhuma, não iria jantar na casa de ninguém. Maria disse que o jantar estava marcado havia uma semana e seria uma falta de consideração com Pedro e Luísa, que afinal eram seus amigos, deixar de ir. João reafirmou que não ia. Encarregou Maria de telefonar para Luísa e dar uma desculpa qualquer. Que marcassem o jantar para a noite seguinte.

Maria telefonou para Luísa e disse que João chegara em casa muito abatido, até com um pouco de febre, e que ela achava melhor não tirá-lo de casa aquela noite. Luísa disse que era uma pena, que tinha preparado uma *blanquette de veau* que era uma beleza, mas que tudo bem. Importante é a saúde e é bom não facilitar. Marcaram o jantar para a noite seguinte, se João estivesse melhor.

João tomou banho, jantou e foi se deitar. Maria ficou na sala vendo televisão. Ali pelas nove bateram na porta. Do quarto, João, que ainda não dormira, deu um gemido. Maria, que já estava de camisola, entrou no quarto para pegar seu robe de chambre. João sugeriu que ela não abrisse a porta. Naquela hora só podia ser chato. Ele teria que sair da cama. Que deixasse bater. Maria concordou. Não abriu a porta.

Meia hora depois, tocou o telefone, acordando João. Maria atendeu. Era Luísa querendo saber o que tinha acontecido.

— Por quê? — perguntou Maria.

— Nós estivemos aí há pouco, batemos, batemos e ninguém atendeu.

— Vocês estiveram aqui?

— Para saber como estava o João. O Pedro disse que andou sentindo a mesma coisa há alguns dias e queria dar umas dicas. O que houve?

— Nem te conto — contou Maria, pensando rapidamente. — O João deu uma piorada. Tentei chamar um médico e não consegui. Tivemos que ir a um hospital.

— O quê? Então é grave.

— A febre aumentou. Ele começou a sentir dores no corpo.

— Apareceram pintas vermelhas no rosto — sugeriu João, que agora estava ao lado do telefone, apreensivo.

— Estava com o rosto coberto de pintas vermelhas.

— Meu Deus. Ele já teve sarampo, catapora, essas coisas?

— Já. O médico disse que nunca tinha visto coisa igual.

— Como é que ele está agora?

— Melhor. O médico deu uns remédios. Ele está na cama.

— Vamos já para aí.

— Espere!

Mas Luísa já tinha desligado. João e Maria se entreolharam. E agora? Não podiam receber Pedro e Luísa. Como explicar a ausência das pintas vermelhas?

— Podemos dizer que o remédio que o médico deu foi milagroso. Que eu estou bom. Que podemos até sair juntos para jantar — disse João, já com remorso.

— Eles iam desconfiar. Acho que já estão desconfiados. É por isso que vêm para cá. A Luísa não acreditou em nenhuma palavra que eu disse.

Decidiram apagar todas as luzes do apartamento e botar um bilhete na porta. João ditou o bilhete para Maria escrever.

— Bota aí: "João piorou subitamente. O médico achou melhor interná-lo. Telefonaremos do hospital".

— Eles são capazes de ir ao hospital à nossa procura.

— Não vão saber que hospital é.

— Telefonarão para todos. Eu sei. A Luísa nunca nos perdoará a *blanquette de veau* perdida.

— Então bota aí: "João piorou subitamente. Médico achou melhor interná-lo na sua clínica particular. O telefone lá é 236-6688".

— Mas esse é o telefone do seu escritório.
— Exato. Iremos para lá e esperaremos o telefonema deles.
— Mas até que a gente chegue ao seu escritório...
— Vamos embora!

Deixaram o bilhete preso na porta. Apertaram o botão do elevador. O elevador já estava subindo. Eram eles!

— Pela escada, depressa!

O carro de Pedro estava barrando a saída da garagem do edifício. Não podiam usar o carro. Demoraram para conseguir um táxi. Quando chegaram ao escritório de João, que perdeu mais tempo explicando ao porteiro a sua presença ali no meio da noite, o telefone já estava tocando. Maria apertou o nariz para disfarçar a voz e atendeu:

— Clínica Rochedo.

"Rochedo?!", espantou-se João, que se atirara, ofegante, numa poltrona.

— Um momentinho, por favor — disse Maria.

Tapou o fone e disse para João que era Luísa. Que mulherzinha! O que a gente faz para preservar uma amizade. E não passar por mentiroso. Maria voltou ao telefone.

— O sr. João está no quarto 17, mas não pode receber visitas. Sua senhora? Um momentinho por favor.

Maria tapou o fone outra vez.

— Ela quer falar comigo.

Atendeu com a sua voz normal.

— Alô, Luísa? Pois é. Estamos aqui. Ninguém sabe o que é. Está com pintas vermelhas por todo o corpo e as unhas estão ficando azuis. O quê? Não, Luísa, vocês não precisam vir para cá.

— Diz que é contagioso — sussurrou João, que com a cabeça atirada para trás preparava-se para retomar o sono na poltrona.

— É contagioso. Nem eu posso chegar perto dele. Aliás, eles vão evacuar toda a clínica e colocar barreiras em todas as ruas aqui perto. Estão desconfiados que é um vírus africano que...

Categoria originalidade

— Ai, meu Deus.

— Calma que agora está quase.

— Eu não vou aguentar.

— Tem que aguentar.

— Você tem certeza que as asas passam pela porta? Lembra o que aconteceu com o Túlio no ano passado. Se fantasiou de 14-Bis e não conseguiu entrar no baile.

— Estas asas são retráteis. É só puxar este ganchinho aqui.

— Este?

— Não! Esse é para acionar o chafariz. O outro.

— Eu não vou conseguir! Sei que não vou.

— Vai sim. Nós não trabalhamos um ano inteiro para você desistir agora. Só em instalações elétricas gastamos 12 mil. Pronto. O espartilho está no lugar. Agora a armação, depois o revestimento de alumínio, depois a ligação dos sistemas e o teste com o motor. Em duas ou três horas estará tudo pronto.

— Duas ou três horas?! Se pelo menos eu pudesse sentar...

— O quê? E amassar as penas de pavão, 3 mil cada uma? De pé, meu querido. De pezinho.

— Por que eu fui me meter nisso? Fantasia boa vai ser a do Rosauro: bola de futebol. Se enrola todo dentro de um pano branco e entra na sala do júri chutado por um negrão. Por que não me arranjaram uma coisa simples?

— No ano passado você foi de orelhão e sabe no que deu.

— E eu podia adivinhar que um bêbado ia tentar enfiar uma ficha na minha boca e depois me depredar? Entrei numa depressão que nem gosto de me lembrar.

— Nós conhecemos as suas depressões, meu bem.

— Vocês nunca acreditaram que eu sou uma personalidade suicida, mas...

— Acreditamos sim. Principalmente depois que você foi encontrado tentando cortar os pulsos com um barbeador elétrico.

— Está bem, podem caçoar. Mas se eu não ganhar este ano, juro que me atiro nos trilhos do metrô.

— Agora fica quieto que vamos botar o capacete.

— Quanto falta?

— Está quase pronto.

— Eu vou desmaiar!

— Pode desmaiar, mas fica de pé. Vamos instalar o motor.

— Me deem comida! Não como há doze horas!

— Não pode. Qualquer variação na circunferência do espartilho pode disparar os dois foguetes antes do tempo.

— Água! Água!

— Você está louco. Um pingo na placa fotossensível e lá se vão os alto-falantes. Aguente firme.

— Sim, mamãe.

— Agora o motor. O comando do motor vai ficar no seu pé direito. Pressionando o botão com o calcanhar, as asas começam a bater, as luzes se acendem, o giroscópio do capacete entra em ação. Mas cuidado para só pisar no botão na frente do júri...

— E como é que eu vou caminhar sem pisar no botão?

— Caminha num pé só. Você só está tentando criar problemas. Quando estiver na frente do júri, um refletor iluminará você e a fita gravada, acionada pelas células fotoelétricas, começará a rodar *Os ritos da primavera* de Stravinsky. Aí você estende a barriga, fazendo disparar os foguetes e...

— Essa é a parte de que eu não gosto...

— E você subirá dois metros no ar. Se bater no teto, será protegido pelo capacete.

— Não vou conseguir. Vou ter uma morte horrível. Eu sei que vou!

— Está bem. Como você quiser.

— Mamãe...

— Não, está bem. Se você quer ir de polichinelo outra vez...

— Não, mamãe. Vamos em frente. É que eu estou cansado, com fome e o motor acaba de cair no meu pé. Mas vamos em frente.

— Está pronto!

— Tudo?

— Ficou maravilhoso. E bem na hora, temos que ir direto para o baile. Não temos nem tempo de fazer um teste. Vamos.

— Mamãe...

— O que é? Vamos embora. Caminha.

— Mamãe, eu não consigo.
— Não consegue o quê?
— Caminhar. Não consigo me mexer. Nem um passo. Está pesado demais.
— Impossível. Tente, meu filho. Tente!
— Não posso!
— Pense na glória, nas fotos, na raiva dos outros concorrentes! Pense na televisão! Força!
— Eu não consigo me mexer!

Do livro de anotações do dr. Stein

30/1, sábado — Aproxima-se o grande dia. Sei que vou conseguir! Só me falta uma boa perna esquerda. Neste momento meu assistente Igor está arrombando o necrotério de onde trará a perna de que preciso para completar minha Criatura. Depois disso — o triunfo!

31/1, domingo — Igor trouxe um braço direito. Disse que estava escuro e ele estava com pressa de sair de lá. Sempre os mesmos miseráveis erros humanos. Mas quando minha Criatura estiver pronta e viva, não precisarei mais tolerar os erros dos outros. Igor será dispensado. Frau Berta, a cozinheira, também. Frau Berta e seus malditos ensopados. Iech! Minha Criatura será perfeita e me obedecerá cegamente. Com ela eu terei força, terei poder, terei prestígio, terei costeletas quando eu pedir costeletas. Igor anunciou que vai subornar o coveiro de novo. Já gastei uma fortuna subornando coveiros. Desconfio que Igor está levando comissão. Faço qualquer coisa por uma perna esquerda.

3/2, quarta — Ensopado de novo no almoço. E eu pedi frango assado.

4/2, quinta — Nada de perna esquerda. Mas não posso me queixar. Tenho o principal. O maior, o mais bem-dotado, o mais bem conservado cérebro que um cientista louco poderia desejar. Com um cérebro assim, a sua força e os meus ensinamentos, minha Criatura será imbatível! Estranho o cérebro estar numa lata de lixo daquele jeito...

6/2, sábado — Mal posso esperar o dia em que apresentarei a minha Criatura ao mundo. Meus colegas cientistas terão que engolir o riso com que receberam a notícia da minha experiência, o transplante de amígdalas. Minha Criatura assombrará a comunidade científica. O prêmio Nobel não está fora de cogitações. Nem um artigo no *Reader's Digest*! Mas nada disso será possível sem uma perna esquerda.

8/2, segunda — Estive examinando a Criatura. É empolgante saber que aquela enorme massa inerte só espera a faísca vital — a faísca que eu, seu criador, providenciarei — para erguer-se, andar, falar, tudo sob o meu comando. Ela será a primeira de uma série de super-homens que herdarão o mundo. Homens reciclados, à prova de falhas e de doenças, livres para sempre da maior angústia da humanidade, que é a de decidir os seus próprios destinos. Eles serão comandados pela ciência. Não farão o que querem, mas o que é necessário. O mundo estará liberto para sempre do livre-arbítrio.

9/2, terça — Más notícias. Mandei Igor cobrar do coveiro a perna esquerda e o coveiro disse que a entregou aqui, há dois dias. Na porta da cozinha, para Frau Berta. Eu bem que notei um gosto estranho no ensopado, aquele dia...

11/2, quinta — Igor recusa-se a voltar ao necrotério. Sua insolência torna-se intolerável. Hoje me apareceu com uma perna esquerda mas trouxe o resto do corpo junto, era o do leiteiro, que gritava muito para Igor colocá-lo de volta no chão. Deus sabe o que pode ter pensado o pobre homem. Igor anda bebendo meu formol.

12/2, sexta — Igor sugeriu que a Criatura ficasse com uma perna só e andasse de muletas. Ridículo! Discutimos. Ele ameaçou contar para toda a cidade quem assaltou a Sala de Anatomia da Escola de Medicina e roubou um sistema gástrico e duas nádegas. Receio que terei de tomar providências. A ciência compreenderá.

13/2, sábado — Está tudo pronto! A perna esquerda de Igor serviu na Criatura como uma luva, se é que cabe o termo. Livrei-me do resto do corpo antes que Frau Berta o visse. Igor vivo era intragável, que dirá ensopado. Está chegando o grande momento. O segundo Gênese! Descansarei amanhã e segunda-feira darei vida à Criatura.

15/2, segunda — Hoje é o grande dia. Mal consigo segurar a pena, de tanta emoção. À noite voltarei a fazer anotações.

Algo está errado. Com a descarga elétrica, a Criatura teve um espasmo, começou a respirar, abriu os olhos — um azul e outro cinza, se Igor estivesse vivo eu o matava! —, virou a cabeça e me encarou. Piscou, eu até diria com um certo coquetismo, e voltou a olhar para o teto. Eu falei: "Levanta-te e anda" e ele não deu qualquer sinal de ter ouvido. Repeti: "Levanta-te e anda" e como ele continuasse em silêncio, acrescentei: "Ou pelo menos me responde". Aí ele voltou a olhar para mim, com um gesto rápido da cabeça, e disse: "E eu te conheço, por acaso?". Sua voz é fina, a sua dicção sibilante...

16/2, terça — Minhas piores suspeitas se confirmam. A Criatura não me obedece. É indolente e cheia de caprichos. Fica deitada na mesa do laboratório até tarde e depois passa horas no banho cantando em falsete. Hoje tentei ser enérgico. Gritei: "Eu sou seu criador. Obedeça!" e ela revirou os olhos e disse: "Eu, hein?". Onde foi que eu errei?

18/2, quinta — Reformulei os planos de apresentar minha Criatura ao mundo. Chegamos a um acordo. Ela substituirá Frau Berta no trabalho doméstico e na cozinha em troca de hospedagem, uma mesada e todas as fotonovelas que quiser enquanto eu trabalho na minha nova experiência. Estou pensando em algo menos grandioso, desta vez. Um relógio cuco que, em vez de passarinho, tem um caçador que sai e dá um tiro, por exemplo.

23/2, terça — Jason — ele mesmo escolheu o nome — revelou-se um assombro na cozinha, apesar de preguiçoso. Eu não preciso mandar, ele mesmo inventa pratos diferentes diariamente. Faz o que quer, e eu não posso me queixar. Certamente não depois das *quenelles* do jantar de hoje. Se ao menos ele perdesse a mania de ir e vir da cozinha dando saltos de balé... Com seu tamanho e peso, está desmontando a casa.

O grupo

Traumatizadas com a morte recente de Rápunzel, cujo cabelo ficou preso na roda do carro, quebrando o seu pescoço, e com o estado da Bela Adormecida que, recuperando-se de um desquite litigioso, está internada numa clínica fazendo sonoterapia, as quatro amigas mal conseguem tomar seu chá. Estes seus encontros semanais, outrora tão cheios de risadas, reminiscências e confidências, estão se tornando aborrecidos. Cinderela suspira.

— Sabem o que é? Nós estamos ficando velhas... — Chapeuzinho Vermelho ajeita, distraidamente, o seu chapeuzinho azul. Ela abandonou o vermelho depois de ouvir cochichos, no grupo, de que não renovava seu guarda-roupa. Ela é a única que não está deprimida. Atribui seu bom humor permanente a um bom ambiente familiar, na infância. Ao contrário de Cinderela e Branca de Neve, vítimas de graves conflitos de gerações com suas madrastas, Chapeuzinho teve um bom relacionamento com sua mãe e admirava sua vovozinha, a que, depois do incidente com o lobo, declarou que tinha "nascido de novo", fez uma plástica, casou com um dos caçadores e morreu na pista de uma discoteca, aos 98 anos.

— Você não pode se queixar da vida, Cin — observa Branca de Neve, cuja palidez denuncia noites de dissipação e o uso excessivo de barbitúricos. — Você casou com o príncipe, sua sapataria vai bem...

— Pois eu trocaria tudo isso pela minha juventude. E lembrar que um dia eu fui chamada de Pantera Borralheira...

— E eu, gorda desse jeito e ainda chamada de Mariazinha...

Quem fala é a irmã de Joãozinho, protagonista de um famoso caso de desencaminhamento de menores na floresta. Ela come compulsivamente. Seu analista já lhe explicou que ela come para se autopunir por um sentimento incestuoso por Joãozinho, que também é enorme de gordo, foi à falência tentando transformar a casa de chocolate da bruxa numa atração turística (caçadores de souvenir comeram a casa) e hoje vende enciclopédias.

— Não me diga que você também sente falta dos velhos tempos, Branca — diz Chapeuzinho.

— Deus me livre! Vocês não imaginam o que era cuidar da casa para sete anões. Todos os dias fazer as sete caminhas, lavar sete cuequinhas...

— É verdade que...

— Não! Nunca! Uma vez um deles se embriagou e invadiu o meu quarto, mas eu o atirei pela janela. Foi depois dessa noite que comprei um pequinês para me defender. Nunca houve nada.

— Bom, já que começamos com as confidências, vou contar do meu casamento com o príncipe — diz Cinderela.

— Vai dizer que também nunca houve nada entre vocês?

— Nada. Só o que ele queria era acariciar o meu pé. Acabei tendo um caso com o cocheiro.

— O tal que era um rato e virava cocheiro com o toque da varinha mágica?

— Olha, com o caráter dele, era um rato que com o toque da varinha mágica se transformava num rato maior.

— E o seu príncipe encantado, Branca? O que acordou você com um beijo depois da morte, depois que você mordeu a maçã envenenada. Você também se arrependeu?

— Só posso dizer que, comparando os dois, gostei mais da maçã.

— Mas depois ele ficou rei...

— Ficou rei e deu aquele vexame, desfilando nu pela rua.

— Eu não sabia que o rei daquela história tinha sido ele!

— Se é rei e fez bobagem, pode apostar que é o meu. A única vantagem é que a nossa corte não precisa de bobo. Ele acumula as funções.

— Vocês é que são felizes — diz Cinderela, apontando para Chapeuzinho e Mariazinha, que está com a boca cheia de biscoito. — Não tiveram "príncipes encantados" em suas vidas. Vejam a Bela Adormecida. Esta pelo menos teve a coragem de pedir desquite. Nós não podemos. Temos que preservar a nossa imagem. O tal "e viveram felizes para sempre..." é um compromisso moral. Não temos saída. Quer dizer, ninguém pode nos culpar por termos amantes. Eu não posso ver passar um rato sem usar a minha varinha. E a Branca aqui pega qualquer um também.

— Não sendo anão...

— Nós fomos bobas, isso sim — continua Cinderela. — A Rapunzel continuou com suas tranças porque seu príncipe encantado a proibiu de cortar os cabelos e olhem o que lhe aconteceu. Se já existisse o feminismo no nosso tempo, nossas histórias seriam outras.

— Certo! Eu botava os anões a trabalhar para mim. E não me sentiria comprometida com o príncipe só porque o beijo dele me ressuscitou. Ele não me compraria por tão pouco!

— E eu, em vez de ficar em casa sendo maltratada pela minha madrasta e as duas irmãs, ia sair, arranjar emprego, estudar comunicação, sei lá. Com trabalho, perseverança, decisão — e a varinha mágica, claro — faria uma bela carreira e depois compraria um príncipe ou dois.

— Meu analista diz que a culpa do meu trauma de infância foi minha dependência excessiva do Joãozinho — diz Mariazinha.

— E eu me deixei enganar, inocentemente, por um lobo! — exclama Chapeuzinho. — Devia ter desconfiado que era ele e não a vovozinha em cima daquela cama porque ele estava fazendo tricô com um ponto que a vovó nunca usava!

— Enfim... — suspira Cinderela.

— O pior vocês não sabem — diz Branca de Neve. — O pior é que a história se repete. Outro dia, quando me dei conta, estava perguntando para o espelho do banheiro, lá em casa, se havia no mundo alguém mais bonita do que eu. Ele respondeu que sim. Fiquei furiosa e perguntei: "Quem?". E ele disse: "Você quer em ordem alfabética?".

Mas Cinderela não está ouvindo. Seu olhar está fixo num canto da sala. Lentamente, sem desviar o olhar, ela procura na bolsa pela sua varinha mágica.

— O que é, Cin?

— Ssshh. Acho que vi um rato. E dos grandes!

A metamorfose

Uma barata acordou um dia e viu que tinha se transformado num ser humano. Começou a mexer suas patas e descobriu que só tinha quatro, que eram grandes e pesadas e de articulação difícil. Acionou suas antenas e não tinha mais antenas. Quis emitir um pequeno som de surpresa e, sem querer, deu um grunhido. As outras baratas fugiram aterrorizadas para trás do móvel. Ela quis segui-las, mas não coube atrás do móvel. O seu primeiro pensamento humano foi: que vergonha, estou nua! O seu segundo pensamento humano foi: que horror! Preciso me livrar dessas baratas!

Pensar, para a ex-barata, era uma novidade. Antigamente ela seguia o seu instinto. Agora precisava raciocinar. Fez uma espécie de manto da cortina da sala para cobrir sua nudez. Saiu pela casa, caminhando junto à parede, porque os hábitos morrem devagar. Encontrou um quarto, um armário, roupa de baixo, um vestido. Olhou-se no espelho e achou-se bonita. Para uma ex-barata. Maquilou-se. Todas as baratas são iguais, mas uma mulher precisa realçar a sua personalidade. Adotou um nome: Vandirene. Mais tarde descobriu que só um nome não bastava. A que classe pertencia? Tinha educação? Referências? Conseguiu, a muito custo, um emprego como faxineira. Sua experiência de barata lhe dava acesso a sujeiras mal suspeitadas, era uma boa faxineira.

Difícil era ser gente. As baratas comem o que encontram pela frente. Vandirene precisava comprar sua comida e o dinheiro não chegava. As baratas se acasalam num roçar de antenas, mas os seres humanos não. Se conhecem, namoram, brigam, fazem as pazes, resolvem se casar, hesitam. Será que o dinheiro vai dar? Conseguir casa, móveis, eletrodomésticos, roupa de cama, mesa e banho. A primeira noite. Vandirene e seu torneiro mecânico. Difícil. Você não sabe nada, bem? Como dizer que a virgindade é desconhecida entre as baratas? As preliminares, o nervosismo. Foi bom? Eu sei que não foi. Você não me ama. Se eu fosse alguém você me amaria. Vocês falam demais, disse Vandirene. Queria dizer, vocês, os humanos, mas o marido não entendeu; pensou que era vocês, os homens. Vandirene apanhou. O marido a ameaçou de morte. Vandirene não entendeu. O conceito de morte não existe entre as baratas. Vandirene não acreditou. Como é que alguém podia viver sabendo que ia morrer?

Vandirene teve filhos. Lutou muito. Filas do INPS. Creches. Pouco leite. O marido desempregado. Finalmente, acertou na esportiva. Quase 4 milhões. Entre as baratas, ter ou não ter 4 milhões não faria diferença. A barata continuaria a ter o mesmo aspecto e a andar com o mesmo grupo. Mas Vandirene mudou. Empregou o dinheiro. Trocou de bairro. Comprou casa. Passou a se vestir bem, a comer e dar de comer de tudo, a cuidar onde colocava o pronome. Subiu de classe. (Entre as baratas, não existe o conceito de classe.) Contratou babás e entrou na PUC. Começou a ler tudo o que podia. Sua maior preocupação era a morte. Ela ia morrer. Os filhos iam morrer. O marido ia morrer — não que ele fizesse falta. O mundo inteiro, um dia, ia desaparecer. O sol.

O universo. Tudo. Se espaço é o que existe entre a matéria, o que é que fica quando não há mais matéria? Como se chama a ausência do vazio? E o que será de mim quando não houver mais nem o nada? A angústia é desconhecida entre as baratas.

Vandirene acordou um dia e viu que tinha se transformado de novo numa barata. Seu penúltimo pensamento humano foi: meu Deus, a casa foi dedetizada há dois dias! Seu último pensamento humano foi para o seu dinheiro rendendo na financeira e o que o safado do marido, seu herdeiro legal, faria com tudo. Depois desceu pelo pé da cama e correu para trás de um móvel. Não pensava mais em nada. Era puro instinto. Morreu em cinco minutos, mas foram os cinco minutos mais felizes da sua vida. Kafka não significa nada para as baratas.

O clube

— Aqui estamos nós. Cada vez mais velhos...
— E gordos...
— Você está enorme.
— Você também.
— Graças a Deus. Já perdi todos os meus apetites, menos o de comida.
— É o que eu sempre digo: comida é bom e alimenta.
— O clube está deserto. Os criados foram todos embora?
— Você não se lembra? Não há mais criados.
— É mesmo. Não havia mais razão para mantê-los aqui. Afinal, nos reunimos só uma vez por mês.

— Mas eu vivo só para estas reuniões.

— Eu também. Não há mais nada.

— Hrmf.

— Hein?

— Eu disse, "hrmf". Um barulho de velho. Não significa nada.

— Não compreendo por que esta mesa posta para doze. Do grupo original, só sobramos nós dois.

— É a tradição. Temos que manter a tradição. Cada lugar vazio corresponde a um membro do clube que se foi.

— Ali se sentava o... Como era mesmo?

— O Gastão.

— Gastão, Castão... Não sei se me lembro...

— Advogado. Morreu aqui na mesa mesmo, com uma espinha de peixe atravessada na garganta. Foi um escândalo. Ele rolou por cima da mesa. Destruiu um pudim de claras que parecia estar ótimo. Nunca o perdoei.

— É engraçado. Não consigo me lembrar...

— Fazia um assado de perna de vitela com molho de hortelã.

— Claro! Agora me lembro. E batatas *noisette*. Sim, sim...

— Ali sentava o dr. Malvino.

— Camarões com molho de nata.

— Não. Musse de salmão.

— Exato. Divina. E do lado dele...

— O Cerdeira. O primeiro dos nossos a morrer. Coração.

— Me lembro. Lamentável. Todos sentimos muito a sua morte. Ninguém fazia uma salada de anchovas como ele.

— Se ao menos tivesse deixado a receita do molho...

— Lamentável, lamentável.

— E quando morreu o Parreirinha?

— Nem me fale. Foi um golpe duro. Pensar que nunca mais provaríamos o seu creme de avelãs.

— Todos os membros do clube foram ao seu enterro. Houve cenas de desespero. Muitos salivavam descontroladamente junto ao caixão.

— A viúva alegou que ele não deixara a receita. Pensamos em recorrer à justiça, lembra? Era birra dela. Dizia que o clube tinha matado o Parreirinha, de congestão.

— Balela. Sempre fomos incompreendidos. Nos acusavam de sermos símbolos de uma classe empanturrada pela própria inconsciência, qualquer coisa assim. Diziam que para nós a comida era tudo. Injustiça.

— Claro! Também havia a bebida.

— Ali sentava o Rego.

— Outra perda lamentável.

— Esta eu não senti muito. Para ser franco, nunca gostei muito da sua massa podre.

— E o Maurino...

— Maurino. Não estou situando bem a pessoa...

— Por amor de Deus. Maurino. Um dos homens mais importantes desta república. Nosso membro mais ilustre. Cirrose hepática.

— O que é que ele fazia?

— Ovos recheados com trufas.

— Ah, aquele Maurino! Inesquecível.

— Mas chega de recordações. Vamos ao prato de hoje.

— Preparei a minha especialidade. Panquecas de hadock flambadas ao conhaque.

— Ahn...

— Hein?

— "Ahn..." Um gemido de prazer.

— Me ajude com o conhaque já não consigo segurar...

— Cuidado. Assim. Epa.

— Derramou um pouco na toalha. Não faz mal.

— Cuidado com esse fósforo. Não aproxime muito da... Olha aí, pegou fogo na toalha.

— Olha a garrafa!

— Caiu embaixo da mesa.

— O fogo já chegou no chão.

— Você, quando fala em "flambé", é "flambé" mesmo... Toda a mesa está em chamas.

— Salva as panquecas! Salva as panquecas!

— Tarde demais.

— Acho que devíamos chamar alguém para...

— Já estamos cercados pelo fogo. Não há ninguém aqui. E eu, francamente, não tenho ânimo para sair desta cadeira.

— Eu sei que a pergunta, a esta altura, é acadêmica, mas que conhaque era?

— Hennesy quatro estrelas, naturalmente. Eu não uso outra coisa.

— Pelas chamas, eu juraria que era um Martel.

— Ai.

— Hein?
— "Ai." Denotando dor. Acho que está pegando fogo na minha calça. Qual seria o seu prato para a nossa próxima reunião?
— Bisque de lagosta.
— Pena, pena. Enfim...
— O pior é morrer assim, queimado.
— Você preferia como?
— Pelo menos malpassado.

Festa de aniversário

Os ingredientes são: uma porção de caos, duas de confusão e uma pobre mãe exausta — tudo misturado com um cão latindo e balões estourando.

Uma boa festa de aniversário deve ter no mínimo vinte crianças, sendo uma de colo, que chora o tempo todo, uma maior do que as outras, chamada Eurico, que bate nas menores e acabará mordida pelo cachorro, para secreta satisfação de todos; e uma de rosto angelical, olhar límpido e vestido impecável, que conseguirá sentar em cima do bolo de chocolate. Esta deve se chamar Cândida.

Boa festa de aniversário é aquela em que, depois que todos foram embora, a mãe do aniversariante examina os destroços com o mesmo olhar que Napoleão lançou sobre os campos de Waterloo depois da batalha, e fica indecisa entre chorar, fugir de casa ou rolar pelo tapete dando gargalhadas histéricas. Desiste de rolar pelo tapete porque o tapete está coberto de restos de comida.

É indispensável que no fim da festa sobre uma criança que ninguém sabe como foi parar embaixo do sofá.

— Como é seu nome, meu bem?
— Cândida.

É ela de novo. E as grandes camadas de chocolate no seu traseiro não estão ajudando o tapete.

A mãe do aniversariante decide chorar.

Melhor ainda são os pais que vêm buscar as crianças e ficam para tomar uma cervejinha. A noite já vai alta, os filhos dormem nos seus colos com a boca aberta, os balões coloridos presos ao dedo de cada criança fazem um balé em câmera lenta no meio da sala, e os pais não vão embora. A mãe do aniversariante não sente mais as pernas. Apalpa um joelho, para ver se a perna ainda está lá. Fantástico: está. E então ouve, incrédula, a voz do marido:

— Carminha, traz mais uma cerveja para o dr. Ariel...

Será que o inconsciente não sabe que ela teve que correr o dia inteiro? Que encheu os balões com seus próprios pulmões? Que fez a torta de chocolate com a sua própria receita? Que por pouco não estrangulou vinte crianças com as suas próprias mãos? Boa festa de aniversário é a que acaba com a mãe do aniversariante querendo estrangular o próprio marido.

E o padrinho do aniversariante, que vem de longe especialmente para o aniversário e é ignorado pelo afilhado?

— Ora, Rodolfo, é que ele não via você havia dois anos. Criança esquece depressa.

— Ele jamais gostou de mim.

— Gosta sim, Rodolfo. Ó Beto, vem cá pedir a bênção a seu padrinho.

— A bênção, padrinho.

— Agora dê um beijo nele. Pronto. E agora agradeça o presente que ele trouxe para você.

— Obrigado pelo Forte Apache.

— Viu só, Rodolfo? Você não pode se queixar do seu afilhado. Ele adora você.

— É. Só que o meu presente não foi o Forte Apache.

O padrinho ficará com a cara trágica até o fim da festa. Recusará salgadinhos e cervejas e suspirará muito. Antes de dormir, o afilhado virá correndo lhe dar um beijo espontâneo e um longo abraço. Na hora de ir embora, Rodolfo confidenciará aos compadres:

— Ele me adora.

Uma boa festa de aniversário deve ter guaraná morno e show de mágica. O mágico deve ser arranjado à última hora e não pode ser muito bom. A mãe do aniversariante deve contratar o mágico na certeza de que, depois de cantarem o "Parabéns a você", comerem a torta de chocolate e beberem o guaraná morno, as crianças não terão mais o que fazer, perderão o interesse e a festa será um fracasso. É preciso um show para entretê-las.

— Crianças, atenção! Uma surpresa para vocês!

Dona Carminha não consegue atrair a atenção das crianças. Há um grupo brincando de pegar, outro brincando de cabra-cega, um terceiro improvisando um renhido futebol com balões, e a Cândida que — com sua cara impassível de querubim — prepara-se para amarrar uma jarra caríssima no rabo do cachorro.

— Crianças! Por favor, silêncio! Parem imediatamente tudo o que estão fazendo. Para vocês não ficarem sem o que fazer, vamos apresentar um show de mágicas!

Deve ser uma luta para reunir as crianças em torno do mágico. Antes que o espetáculo acabe, as crianças estarão participando ativamente de cada truque, espiando para dentro da manga, descobrindo todos os compartimentos secretos e desmoralizando por completo o mágico, que no dia seguinte mudará de profissão. Em seguida, a mãe do aniversariante tentará organizar um calmo e instrutivo jogo de charadas, mas ninguém lhe dará bola. As crianças agora brincam de Zorro, e o Eurico, montado no cachorro, faz um rápido "Z" com um jato de Coca-Cola na parede da sala.

Uma boa festa de aniversário deve terminar depois da meia-noite, quando o último pai sai arrastando a última criança, e a criança, o último balão, que estoura na saída. A mãe do aniversariante deve olhar para o marido, suspirar e declarar que está morta. Que irá direto para a cama e só pensará em arrumar a casa amanhã. Ou daqui a uma semana, sei lá. E só então se lembrará:

— Meu Deus, a Cândida! Temos que levar a Cândida em casa.

Uma boa festa de aniversário deve terminar com uma criança sonolenta sendo entregue em casa com a recomendação:

— Olhe que ela está que é só chocolate.

Dia da Confraternização

De: Gerência Executiva
Para: Todos os funcionários

Como é do conhecimento de todos, esta Empresa realiza anualmente o seu Dia da Confraternização, uma oportunidade para colegas de trabalho e seus familiares se reunirem num ambiente de congraçamento, descontração e sadio companheirismo. Como em outras ocasiões, o Dia da Confraternização deste ano teve lugar na Sede Campestre da Fundação que leva o nome do Fundador da nossa Empresa e saudoso pai do nosso atual Diretor-Presidente. Infelizmente, nem todos sabem compreender o espírito do evento, como atestam os desagradáveis acontecimentos, a que passamos a nos referir.

Já no primeiro jogo do torneio de futebol interdepartamental que se realizou pela manhã, Recursos Humanos × Manutenção e Oficinas, surgiram os primeiros incidentes. O dr. Almeida, assessor do nosso Departamento Jurídico prontificou-se gentilmente a atuar como juiz. As chacotas dirigidas aos calções largos do dr. Almeida eram compreensíveis, pois estavam dentro do espírito descontraído da ocasião. Nada justifica, no entanto, a covarde agressão de que foi vítima o dr. Almeida depois de apitar o pênalti que deu a vitória ao Departamento de Recursos Humanos. No jogo Contabilidade × Almoxarifado, realizado a seguir, era evidente a intenção dos jogadores do Almoxarifado de atingir, deslealmente, o nosso estimado caixa Gurgel, que quando se recusa a descontar vales para o pessoal o faz por orientação da Direção e não — como pareciam pensar seus adversários — por decisão própria. Gurgel ficou desacordado até a hora da distribuição dos brindes, outro lamentável episódio que comentaremos adiante. O torneio de futebol atingiu o cúmulo da violência no jogo decisivo, Secretaria × Embalagem e Expedição realizado às três da tarde, quando todos já reclamavam o início do churrasco e uma tentativa de invasão da churrasqueira por parte de um grupo de mães à procura de comida para seus filhos fora repelida à força por elementos do nosso Departamento de Segurança Interna. Houve uma batalha campal entre jogadores e assistentes e o nosso companheiro Druck, do Faturamento, que atuava como juiz, está hospitalizado até hoje. Recebendo, aliás, completa assistência da Empresa, embora não fosse um acidente de trabalho, mas tudo bem.

Como faz todos os anos, nosso Diretor-Presidente preparou-se para dizer algumas palavras antes de começar o churrasco, agradecendo a colaboração de todos para o crescimento da Empresa durante o ano. Foi recebido com gritos de "Aí, linguinha", "Fala, seboso" e "Nada de discurso, queremos comida". Também recebeu um pão na testa. Com seu conhecido espírito democrático e tolerante, nosso Diretor-Presidente decidiu suprimir o discurso. O churrasco transcorreu sem maiores incidentes, fora o prato de salada de batata despejado, à traição, sobre a cabeça do dr. Almeida, reflexo ainda da sua atuação como juiz pela manhã, mas o consumo de chope foi alto e a certa altura ouviram-se pedidos descabidos para que a digníssima esposa do nosso Diretor Industrial, dona Morena, fizesse um striptease em cima da mesa, sendo nosso Diretor obrigado a segurar sua mulher à força. Chegou a hora de sortear os números que receberiam brindes, o que foi feito pela digníssima esposa do nosso Diretor de Planejamento, dona Santa, recebida com gritos de "Pelancuda! Pelancuda!". O primeiro número sorteado por dona Santa foi o do seu sobrinho Roni, do Departamento de Arte, o que despertou revolta geral e gritos de "Marmelada!". Todos avançaram sobre os brindes e na confusão diversos membros do nosso Conselho Fiscal foram pisoteados e dona Morena sofreu alguns apertões.

A Direção está disposta a esquecer os acontecimentos do Dia da Confraternização se os funcionários se comprometerem a esquecê-los também. Elementos da Secretaria e de Embalagem e Expedição têm se envolvido em seguidas brigas durante o horário de trabalho a respeito do jogo inacabado e o dr. Almeida, cuja presença no nosso Departamento Jurídico é indispensável, está impedido de aparecer na Empresa sob o risco de apanhar. Isso está afetando a nossa produção. Se as coisas continuarem assim a Direção será obrigada a tomar medidas drásticas, podendo, inclusive, cancelar o Dia da Confraternização do próximo ano!

O quinto dia

O Diabo criou o mundo num sábado de Carnaval.
"Que haja odaliscas", disse o Diabo, e houve odaliscas. "Que brotem umbigos", sentenciou o Mestre, e brotaram, mais de mil, côncavos e convexos, pois dadivoso é o dedo do Senhor. E o sopro do Diabo adejou sobre as carnes, e o Diabo viu que era bom.

E disse o Diabo: "Haja trevas", e apagaram a Luz. E disse o Diabo: "Comecem a música", e trombones, mais de mil, soaram nas trevas da primeira noite. E o Diabo abençoou-os e disse: "Prolificai e povoai a Terra, pois dadivosa é a vontade do Mestre e não faltará Brahma para a orquestra".

Disse o Diabo: "Façamos o Homem à minha imagem", e criou o Homem à sua imagem. E o Homem estava nu e sem culpa e o Diabo viu que era um calhorda. E disse o Diabo: "Eis que vos dou a Terra e todos os seus prazeres, e odaliscas, mais de mil, e todos os frutos da noite que são vermelhos e sabem a mel. E habitarás no regaço dos montes e serás rei entre os pomares, até que o cansaço vos derrube e o sono vos cale a alma. Aí acordarás para o remorso".

Disse o Homem: "Topo". E do seu Senhor recebeu confete e Engov, mais de mil. Disse o Homem: "E lança-perfume?". E disse o Mestre: "Lança-perfume, não". E o Diabo vestiu o Homem de tirolês estilizado, e era a segunda noite.

Ora, o Homem, feito à imagem e semelhança do Diabo, percorreu a Terra e reinou entre trombones, e seu hálito adejou sobre umbigos, côncavos e convexos, mas na terceira noite os pomares sabiam a confete antigo. E o Homem reclamou do seu Senhor.

Disse o Diabo: "Que haja havaianas", e houve havaianas. "E um bumbo", pediu o Homem, e foi feita sua vontade. "E palhaços!", reivindicou o Homem, e os recebeu, mais de mil.

E o Primeiro Cordão percorreu o regaço dos montes como a Primeira Serpente, e os jardins do Paraíso estavam cobertos de serpentina. E o Diabo viu que era bom.

Na quarta noite, que era terça-feira, viu o Diabo que o cansaço derrubava o Homem e o sono lhe calava a alma. E o Diabo chamou o Homem, dizendo-lhe: "O que há?". E o Homem respondeu: "Desfaleço de prazer, Mestre. Provei do fruto de todos os montes, a minha semente percorre os doces sulcos da noite como a Serpente que busca o mel dos pomares e jamais se sacia, sou rei entre regaços, mais de mil, e eis que desfaleço".

E disse o Diabo: "Toma um Sonrisal". E disse o Homem: "Os prazeres do Paraíso me enchem de remorso". E viu o Diabo que o Homem desfalecia. E era a madrugada do quinto dia.

"Todo mundo nu!", gritou o Mestre, sentindo que a criação lhe escapava como confete por entre os dedos, que eram vermelhos e sabiam a fel. E havaianas, mais de mil, despiram o Homem, e o último sopro do prazer adejou sobre as suas carnes. Mas a Serpente dormia.

Na manhã do quinto dia os jardins do Paraíso estavam cobertos de cinzas. A Terra era solidão e caos e só garrafas cobriam o abismo; mas sobre as águas adejava o sopro de Deus. Então disse Deus: "Haja luz". E houve luz. Viu Deus que a luz era boa, e separou as trevas da luz, e à luz chamou dia, às trevas noite. E passeando pelos jardins à brisa do dia, Deus deparou com o Homem que dormia sob um monte de serpentinas. Então o Senhor Deus lhe insuflou nas narinas um hálito de vida e o Homem acordou.

Disse Deus: "O que há?". E disse o Homem: "Tenho vergonha". E Deus perguntou ao Homem, que estava nu e se cobria com cinzas: "O que queres?". E disse o Homem: "Quero um nome, uma história, um emprego, um terno, uma mulher e, se possível, um Volkswagen". E Deus viu que era bom. E disse Deus: "Eis que vos dou a Terra e todos os seus remorsos, e uma única mulher que sabe a confete antigo, e todos os frutos da história que pagarás com o suor do teu rosto. E habitarás sobre o abismo na minha mão, até que eu feche a mão". E o Homem disse: "Topo".

O popular

Um número recente da *Veja* trazia fotografias sensacionais das (como diria um inglês) "incomodações" na Irlanda do Norte. Todas eram de ganhar prêmio, mas uma me impressionou especialmente. Nela aparecia a versão irlandesa do Popular.

É uma figura que sempre me intrigou. A foto da *Veja* mostra um soldado inglês espichado na calçada, protegido pela quina de um prédio, o rosto tapado por uma máscara de gás, fazendo pontaria contra um franco-atirador local. Atrás dele, agachados no vão de uma porta, dois ou três dos seus companheiros, também em plena parafernália de guerra, esperam tensamente para entrar no tiroteio. Há fumaça por todos os lados, um clima de medo e drama. Mas ao lado do soldado que atira, em primeiro plano, está o Popular. De pé, olhando com algum interesse o que se passa, com as mãos nos bolsos e um embrulho embaixo do braço. O Popular foi no armazém e na volta parou para ver a guerra.

Sempre pensei que o Popular fosse uma figura exclusivamente brasileira. Nas nossas incomodações políticas, no tempo em que ainda havia política no Brasil, o Popular não perdia uma. Os jornais mostravam tanques na Cinelândia protegidos por soldados de baioneta calada e lá estava o Popular, com um embrulho embaixo do braço, examinando as correias de um dos tanques. Pancadaria na avenida? Corria polícia, corria manifestante, corria todo mundo, menos o Popular. O Popular assistia. Cheguei a imaginar, certa vez, uma série de cartuns em que o Popular apareceria assistindo ao Descobrimento do Brasil, à Primeira Missa, ao Grito da Independência, à Proclamação da República... Sempre com seu embrulho embaixo do braço. E de camisa esporte clara para fora das calças (o Popular irlandês veste terno e sobretudo contra o frio. O Popular tropical é muito mais Popular).

Não se deve confundir o Popular com o Transeunte, também conhecido como o Passante. O Transeunte ou Passante às vezes leva uma bala perdida, o Popular nunca. O Transeunte às vezes vai preso por engano, o Popular é o que fica assistindo à sua prisão. O Transeunte, não raro, se compromete com os acontecimentos. Aplaude o visitante ilustre que passa, por exemplo. O Popular fica com as mãos no bolso e quase sempre presta mais atenção no motociclo dos batedores do que na figura ilustre. O Transeunte pode se entusiasmar momentaneamente com uma frase de comício ou um drama na rua, e aí o Popular é o que fica olhando para o Transeunte.

O Popular não tem opinião sobre as coisas. Quando o rádio ou a televisão resolvem ouvir "a opinião de um popular" na rua, sempre se enganam. O Popular nunca é o entrevistado, é o sujeito que está atrás do entrevistado, olhando para a câmera.

O Popular não merece nem os méritos nem a calhordice que a imprensa lhe atribui. Alguém que é "socorrido por populares", outro, menos feliz, que é linchado por populares... Engano. Onde há um bando de populares não há o Popular. O Popular é a antimultidão. Sua única virtude é a sua singularidade. E um certo ceticismo inconsciente diante da História e das coisas. Não é que o Popular desmereça o Poder e os grandes lances da Humanidade, é que ele tem uma fatal curiosidade pelo detalhe supérfluo, um fascínio irresistível pelo insignificante. Nas revoluções, o que atrai o Popular é a estranha postura de um soldado deitado no chão, o mecanismo de um tanque, as lentes de uma câmera.

O Popular é uma figura tipicamente urbana. Não tem domicílio certo. Seu habitat natural é a margem dos acontecimentos. E este é o seu maior mistério, a chave da sua existência — ninguém jamais conseguiu descobrir o que o Popular leva naquele embrulho. E tem mais. O dia que pegarem um Popular para desvendarem o mistério, será inútil. Vão se enganar outra vez. O Popular verdadeiro estará atrás do preso, assistindo a tudo.

Errata

Na página 12, linha 16, onde está "Beije-me, desgraçado", leia-se "Deixe-me, desgraçado".

Na página 13, linha 39, onde está "... da tia de Heidegger", leia-se "... da teoria de Heidegger".

Na página 28, o trecho que começa com a frase "Na água-furtada da mansão" e termina em "riso incontrolável" está completamente truncado. A segunda linha do trecho — "quando Melissa e Rudy surpreenderam Athos abrindo a barriga do gato" — deve ser a quarta. A quarta linha — "não posso, não posso me controlar! Quando a lua entra no quarto crescente eu começo a minguar e..." — deve ser a terceira. E a terceira — "uma linha de lanceiros se estendia por todo o horizonte" — deve ser de outro livro. No mesmo trecho, onde está "açude" leia-se "açoite" e onde está "reumatismo" leia-se "pragmatismo". O autor não pode garantir que a ortografia da palavra em sânscrito esteja exata. E o ponto e vírgula depois de "bolor dos séculos", claro, é ridículo.

Página 111, terceira linha: onde está "com pé lindo" leia-se "compelindo".

Página 118. O autor não conseguia localizar exatamente onde está o erro, mas é evidente que ele existe. O dr. Robão não poderia ter participado do encontro com os conspiradores já que — como o leitor mais atento certamente percebeu — o dr. Robão morreu de uma embolia no terceiro capítulo. É melhor pular esta parte.

Página 200, da linha 20 até o fim da página. Totalmente ininteligível. Num esforço de memória (pois nem os originais tinha à mão, visto terem sido perdidos — ou jogados fora? — pelo revisor...) o autor conseguiu repor alguma ordem na narrativa. Ludmila não aceita a proposta do Príncipe. Declara que prefere morrer a trair seu marido (e não "prefiro Momo a traíra no mar", como saiu). Expulsa o Príncipe da sua cama e o chama de ignóbil (em vez, é claro, de "Igor"). Nas linhas seguintes, como saiu, o leitor terá a impressão de que o Príncipe tropeça num anão e cai de ponta-cabeça, pela janela, num canteiro, onde passa a ser cheirado, com interesse, por um unicórnio. Nada disso — desnecessário dizê-lo — acontece. O príncipe veste-se com calma dignidade, acena com a mão e sai (pela porta!) para o corredor, e só então começa a ser cheirado, com interesse, por um unicórnio. Pelo menos, o autor acha que é isso. Aquela frase no final do parágrafo — "Zé, telefona para o Duda" — não tem nada a ver com a história e deve ter sido acrescentada pelo revisor, Deus sabe em que circunstâncias.

Página 301, linhas 3, 12 e 29. Onde está "babalu" leia-se "cabelo". Onde está "lontra maluca" leia-se "lenta meleca" — quer dizer, até o autor já está ficando confuso, "lentamente" — e onde está "despiu-se alegremente no hall" leia-se "despediu-se alegremente no hall".

Página 324, da linha 4 até o fim. É Ludmila e não, como parece, o dr. Robão — que está morto — que diz "O que está em julgamento hoje, senhores, é nada mais, nada menos, do que a tradição moral do Ocidente, a Ética Cristã e a minha massa de empada". Ela sabe que todos sorrirão, menos o criminoso. Onde saiu "o motor pifou" leia-se "o promotor piscou". A frase final de Athos, que deveria ser "Eu sou canhoto" — eliminando-o, portanto, como um dos suspeitos — saiu "Eu não sou canhoto", o que modifica todo o sentido da história. O leitor pode muito bem deduzir que Athos acionou o interruptor, matando Miller e os três cientistas. O que tornará pouco convincente a confissão do Príncipe, ainda mais que a sua frase, que encerra o livro — "Cavalheiros, fui eu" — saiu "cavalo fuinha". No final é ponto e não vírgula.

Emergência

É fácil identificar o passageiro de primeira viagem. É o que já entra no avião desconfiado. O cumprimento da aeromoça, na porta do avião, já é um desafio para a sua compreensão.

— Bom dia...

— Como assim?

Ele faz questão de sentar num banco de corredor, perto da porta. Para ser o primeiro a sair no caso de alguma coisa dar errado. Tem dificuldade com o cinto de segurança. Não consegue atá-lo. Confidencia para o passageiro ao seu lado:

— Não encontro o buraquinho. Não tem buraquinho?

Acaba esquecendo a fivela e dando um nó no cinto. Comenta, com um falso riso descontraído: "Até aqui, tudo bem". O passageiro ao lado explica que o avião ainda está parado, mas ele não ouve. A aeromoça vem lhe oferecer um jornal, mas ele recusa.

— Obrigado. Não bebo.

Quando o avião começa a correr pela pista antes de levantar voo, ele é aquele com os olhos arregalados e a expressão de Santa Mãe do Céu! no rosto. Com o avião no ar, dá uma espiada pela janela e se arrepende. É a última espiada que dará pela janela.

Mas o pior está por vir. De repente, ele ouve uma misteriosa voz descarnada. Olha para todos os lados para descobrir de onde sai a voz.

"Senhores passageiros, sua atenção, por favor. A seguir, nosso pessoal de bordo fará uma demonstração de rotina do sistema de segurança deste aparelho. Há saídas de emergência na frente, nos dois lados e atrás."

— Emergência? Que emergência? Quando eu comprei a passagem ninguém falou nada em emergência. Olha, o meu é sem emergência.

Uma das aeromoças, de pé ao seu lado, tenta acalmá-lo.

— Isto é apenas rotina, cavalheiro.

— Odeio a rotina. Aposto que você diz isso para todos. Ai, meu santo.

"No caso de despressurização da cabine, máscaras de oxigênio cairão automaticamente de seus compartimentos."

— Que história é essa? Que despressurização? Que cabine?

"Puxe a máscara em sua direção. Isso acionará o suprimento de oxigênio. Coloque a máscara sobre o rosto e respire normalmente."

— Respirar normalmente?! A cabine despressurizada, máscaras de oxigênio caindo sobre as nossas cabeças — e ele quer que a gente respire normalmente.

"Em caso de pouso na água..."

— O quê?!

"... os assentos de suas cadeiras são flutuantes e podem ser levados para fora do aparelho e..."

— Essa não! Bancos flutuantes, não! Tudo, menos bancos flutuantes!

— Calma, cavalheiro.

— Eu desisto! Parem este troço que eu vou descer. Onde é a cordinha? Parem!

— Cavalheiro, por favor. Fique calmo.

— Eu estou calmo. Calmíssimo. Você é que está nervosa e, não sei por quê, está tentando arrancar as minhas mãos do pescoço deste cavalheiro ao meu lado. Que, aliás, também parece consternado e levemente azul.

— Calma! Isso. Pronto. Fique tranquilo. Não vai acontecer nada.

— Só não quero mais ouvir falar em banco flutuante.

— Certo. Ninguém mais vai falar em banco flutuante.

Ele se vira para o passageiro ao lado, que tenta desesperadamente recuperar a respiração, e pede desculpas. Perdeu a cabeça.

— É que banco flutuante é demais. Imagine só. Todo mundo flutuando sentado. Fazendo sala no meio do oceano Atlântico!

A aeromoça diz que vai lhe trazer um calmante e aí mesmo é que ele dá um pulo:

— Calmante, por quê? O que é que está acontecendo? Vocês estão me escondendo alguma coisa!

Finalmente, a muito custo, conseguem acalmá-lo. Ele fica rígido na cadeira. Recusa tudo que lhe é oferecido. Não quer o almoço. Pergunta se pode receber a sua comida em dinheiro. Deixa cair a cabeça para trás e tenta dormir. Mas, a cada sacudida do avião, abre os olhos e fica cuidando da portinha do compartimento sobre sua cabeça, de onde, a qualquer momento, pode pular uma máscara de oxigênio e matá-lo do coração.

De repente, outra voz. Dessa vez é a do comandante.

— Senhores passageiros, aqui fala o comandante Araújo. Neste momento, à nossa direita, podemos ver a cidade de...

Ele pula outra vez da cadeira e grita para a cabine do piloto:

— Olha para a frente, Araújo! Olha para a frente!

Og e Mog

O fogo, como se sabe, foi descoberto por Og, um troglodita. Isso faz anos. Og imediatamente associou-se a Ug, que inventara a roda e não sabia o que fazer com ela, e os dois inventaram a primeira carrocinha de cachorro-quente.

Como era a única que tinha fogo, a tribo de Og passou a dominar todas as outras. Escravizava pela intimidação:

— Trabalha, senão eu boto fogo na tua tanga.

Ou pelo comércio, trocando o fogo por tudo que as outras tribos pudessem oferecer. As tribos vinham de longe com suas peles e contas e trocavam por uma tocha acesa e a recomendação de não esbanjarem o fogo. Claro que a tocha acesa não durava muito e as tribos eram obrigadas a voltar para buscar outras. E nesse vaivém ainda paravam para comer na carrocinha, a Og's.

Não é preciso dizer que o balanço de pagamento da tribo de Og era sempre favorável, enquanto as outras tribos empobreciam.

Og não contava para ninguém o segredo do fogo. Se alguém insistisse em saber, Og dizia:

— Você pode se queimar. Ou então incendiar a floresta. Esqueça.

Quando era necessário fazer fogo, Og retirava-se para sua caverna com duas pedras — que ele chamava de Know e de How — e um pouco de palha seca e dali a minutos voltava com fogo para vender. E não vendia barato.

— Tem fogo aí?

— O que é que você dá em troca?

— Tem esta caixinha que eu inventei que transforma a luz do sol em energia, só precisa ajustar um pouco e...

— Não interessa. Sua invenção não tem futuro.

Isso tudo, claro, na linguagem da época, que incluía grunhidos, latidos e golpes na cabeça.

Um dia um espião da tribo de Mog, que vivia do outro lado do vale, conseguiu entrar na caverna de Og sem ser visto e descobriu como Og fazia o fogo. No dia seguinte, quando passava um olhar triunfante pelos seus domínios, que iam de horizonte a horizonte, Og teve um sobressalto. Da caverna de Mog, do outro lado do vale, saía um fio de fumaça. Og já não tinha mais o monopólio do fogo.

Og e Mog eram inimigos. Og até já pensara em ir à tribo de Mog e queimar tudo, preventivamente. E agora não podia mais fazer isso. Se fosse até a tribo de Mog queimar tudo, a tribo de Mog viria até a tribo de Og e queimaria tudo também. O jeito era parlamentar.

Og e Mog marcaram um encontro no meio do vale. Cada um foi acompanhado de todos os seus guerreiros, que portavam tochas acesas, embora fosse dia e fizesse muito calor. Og e Mog cumprimentaram-se, um dando na cabeça do outro com um fêmur de mamute. Mais tarde, já restabelecidos mas ainda no chão, os dois combinaram. Daqui para lá é tudo meu. Daqui para lá é tudo seu.

E ninguém mais, além de nós, pode ter o fogo.

Trocaram pontapés para selar o acordo e voltaram para suas tribos. Ficara acertado que só tribos responsáveis, como as suas, podiam ter o fogo. Isso apesar de Mog ter sacrificado vários membros da sua própria tribo para ter o fogo (o espião enxergara mal, pensava que era preciso bater um crânio contra outro para fazer faísca) e de Og ter sido o primeiro a arrasar uma floresta inteira só para testar o poder do seu fogo. Na tribo de Og havia um troglodita loiro, chamado Krup, conhecido pelo seu prazer em derrubar mulheres e estuprar árvores. E Krup tinha acesso irrestrito ao fogo.

Mas Og e Mog não quiseram nem saber. Tribos responsáveis eram as que tinham descoberto o fogo primeiro. Irresponsáveis eram todas as outras.

E a tal caixinha que transformava a luz solar em energia? Foi abandonada. Não tinha futuro.

O jargão

Nenhuma figura é tão fascinante quanto o Falso Entendido. É o cara que não sabe nada de nada mas sabe o jargão. E passa por autoridade no assunto. Um refinamento ainda maior da espécie é o tipo que não sabe nem o jargão. Mas inventa.

— Ó Matias, você que entende de mercado de capitais...

— Nem tanto, nem tanto...

(Uma das características do Falso Entendido é a falsa modéstia.)

— Você, no momento, aconselharia que tipo de aplicação?

— Bom. Depende do *yield* pretendido, do *throwback* e do ciclo refratário. Na faixa de papéis *top market* — ou o que nós chamamos de topi-marque — o *throwback* recai sobre o repasse e não sobre o release, entende?

— Francamente, não.

Aí o Falso Entendido sorri com tristeza e abre os braços como quem diz: "É difícil conversar com leigos...".

Uma variação do Falso Entendido é o sujeito que sempre parece saber mais do que ele pode dizer. A conversa é sobre política, os boatos cruzam os ares, mas ele mantém um discreto silêncio. Até que alguém pede a sua opinião e ele pensa muito antes de se decidir a responder:

— Há muito mais coisa por trás disso do que vocês pensam...

Ou então, e esta é mortal:

— Não é tão simples assim...

Faz-se aquele silêncio que precede as grandes revelações, mas o falso informado não diz mais nada. Fica subentendido que ele está protegendo as suas fontes em Brasília.

E há o falso que interpreta. Para ele tudo o que acontece deve ser posto na perspectiva de vastas transformações históricas que só ele está sacando.

— O avanço do socialismo na Europa ocorre em proporção direta ao declínio no uso de gordura animal nos países do Mercado Comum. Só não vê quem não quer.

E se alguém quer mais detalhes sobre a sua insólita teoria, ele vê a pergunta como manifestação de uma hostilidade bastante significativa a interpretações não ortodoxas e passa a interpretar os motivos de quem o questiona, invocando a Igreja Medieval, os grandes hereges da história, e vocês sabiam que toda a Reforma se explica a partir da prisão de ventre de Lutero?

Mas o jargão é uma tentação. Eu, por exemplo, sou fascinado pela linguagem náutica, embora minha experiência no mar se resuma a algumas passagens em transatlânticos onde a única linguagem técnica que você precisa saber é "que horas servem o buffet?". Nunca pisei num veleiro e se pisasse seria para dar vexame na primeira onda. Eu enjoo em escada rolante. Mas na minha imaginação, sou um marinheiro de todos os calados. Senhor de ventos e de velas e, principalmente, dos especialíssimos nomes da equipagem.

Me imagino no leme do meu grande veleiro, dando ordens à tripulação:

— Recolher a traquineta!

— Largar a vela bimbão, não podemos perder esse Viseu.

O Viseu é um vento que nasce na costa ocidental da África, faz a volta nas Malvinas e nos ataca a boribordo, cheirando a especiarias, carcaças de baleia e, estranhamente, a uma professora que eu tive no primário.

— Quebrar o lume da alcatra e baixar a falcatrua!

— Cuidado com a sanfona de Abelardo!

A sanfona é um perigoso fenômeno que ocorre na vela parruda em certas condições atmosféricas e que, se não contido a tempo, pode decapitar o piloto. Até hoje não encontraram a cabeça do comodoro Abelardo.

— Cruzar a espínula! Domar a espátula! Montar a sirigaita! Tudo a macambúzio e dois quartos de trela senão afundamos, e o capitão é o primeiro a pular!

— Cortar o cabo de Eustáquio!

Futebol de rua

Pelada é o futebol de campinho, de terreno baldio. Mas existe um tipo de futebol ainda mais rudimentar do que a pelada. É o futebol de rua. Perto do futebol de rua qualquer pelada é luxo e qualquer terreno baldio é o Maracanã em jogo noturno. Se você é homem, brasileiro e criado em cidade, sabe do que eu estou falando. Futebol de rua é tão humilde que chama pelada de senhora.

Não sei se alguém, algum dia, por farra ou nostalgia, botou num papel as regras do futebol de rua. Elas seriam mais ou menos assim:

DA BOLA — A bola pode ser qualquer coisa remotamente esférica. Até uma bola de futebol serve. No desespero, usa-se qualquer coisa que role, como uma pedra, uma lata vazia ou a merendeira do seu irmão menor, que sairá correndo para se queixar em casa. No caso de se usar uma pedra, lata ou outro objeto contundente, recomenda-se jogar de sapatos. De preferência os novos, do colégio. Quem jogar descalço deve cuidar para chutar sempre com aquela unha do dedão que estava precisando ser aparada mesmo. Também é permitido o uso de frutas ou legumes em vez de bola, recomendando-se nesses casos a laranja, a maçã, o chuchu e a pera. Desaconselha-se o uso de tomates, melancias e, claro, ovos. O abacaxi pode ser utilizado, mas aí ninguém quer ficar no gol.

DAS GOLEIRAS — As goleiras podem ser feitas com, literalmente, o que estiver à mão. Tijolos, paralelepípedos, camisas emboladas, os livros da escola, a merendeira do seu irmão menor e até o seu irmão menor, apesar dos seus protestos. Quando o jogo é importante, recomenda-se o uso de latas de lixo. Cheias, para aguentarem o impacto. A distância regulamentar entre uma goleira e outra dependerá de discussão prévia entre os jogadores. Às vezes essa discussão demora tanto que quando a distância fica acertada está na hora de ir jantar. Lata de lixo virada é meio golo.

DO CAMPO — O campo pode ser só até o fio da calçada, calçada e rua, calçada, rua e a calçada do outro lado e — nos clássicos — o quarteirão inteiro. O mais comum é jogar-se só no meio da rua.

DA DURAÇÃO DO JOGO — Até a mãe chamar ou escurecer, o que vier primeiro. Nos jogos noturnos, até alguém da vizinhança ameaçar chamar a polícia.

DA FORMAÇÃO DOS TIMES — O número de jogadores em cada equipe varia, de um a setenta para cada lado. Algumas convenções devem ser respeitadas. Ruim vai para o golo. Perneta joga na ponta, à esquerda ou à direita dependendo da perna que faltar. De óculos é meia-armador, para evitar os choques. Gordo é beque.

DO JUIZ — Não tem juiz.

DAS INTERRUPÇÕES — No futebol de rua, a partida só pode ser paralisada numa destas eventualidades:

a) Se a bola for para baixo de um carro estacionado e ninguém conseguir tirá--la. Mande o seu irmão menor.

b) Se a bola entrar por uma janela. Nesse caso os jogadores devem esperar não mais de dez minutos pela devolução voluntária da bola. Se isso não ocorrer, os jogadores devem designar voluntários para bater na porta da casa ou apartamento e solicitar a devolução, primeiro com bons modos e depois com ameaças de depredação. Se o apartamento ou casa for de militar reformado com cachorro, deve-se providenciar outra bola. Se a janela atravessada pela bola estiver com o vidro fechado na ocasião, os dois times devem reunir-se rapidamente para deliberar o que fazer. A alguns quarteirões de distância.

c) Quando passarem pela calçada:

1) Pessoas idosas ou com defeitos físicos.

2) Senhoras grávidas ou com crianças de colo.

3) Aquele mulherão do 701 que nunca usa sutiã.

Se o jogo estiver empatado em 20 a 20 e quase no fim, esta regra pode ser ignorada e se alguém estiver no caminho do time atacante, azar. Ninguém mandou invadir o campo.

d) Quando passarem veículos pesados pela rua. De ônibus para cima. Bicicletas e Volkswagen, por exemplo, podem ser chutados junto com a bola e se entrar é golo.

DAS SUBSTITUIÇÕES — Só são permitidas substituições:

a) No caso de um jogador ser carregado para casa pela orelha para fazer a lição.

b) Em caso de atropelamento.

DO INTERVALO PARA DESCANSO — Você deve estar brincando.

DA TÁTICA — Joga-se o futebol de rua mais ou menos como o Futebol de Verdade (que é como, na rua, com reverência, chamam a pelada), mas com algumas importantes variações. O goleiro só é intocável dentro da sua casa, para onde fugiu gritando por socorro. É permitido entrar na área adversária tabelando com uma Kombi. Se a bola dobrar a esquina é corner.

DAS PENALIDADES — A única falta prevista nas regras do futebol de rua é atirar um adversário dentro do bueiro. É considerada atitude antidesportiva e punida com tiro indireto.

DA JUSTIÇA ESPORTIVA — Os casos de litígio serão resolvidos no tapa.

A visita do anjo

Peça em um ato.
Cenário: a sala de estar da mansão da família A. Cabral, no Rio de Janeiro.
Época: o futuro.
Personagens:
PEDRO A. CABRAL — Patriarca da família. Descendente direto de Paulo A. Cabral, magnata do café, durante muitos anos o principal sonegador do fisco brasileiro (Prêmio Sonegação do Clube Comercial em 1921, 1922 e 1923). Neto de Bonifácio A. Cabral, magnata da borracha, conhecido pelo seu trabalho de pacificação dos índios nas suas terras com armas de repetição e dinamite. Bisneto de Olegário (Tristemente Famoso) A. Cabral, magnata do açúcar e fundador da fortuna da família, predecessor da abolição da escravatura no Brasil com a sua política de abolição sistemática de escravos, ministro do Império, autor da célebre frase: "O estrangeiro que quiser espoliar o Brasil das suas riquezas naturais terá que se ver comigo e acertar a comissão!". Pedro A. Cabral, depois da sua trombose, só consegue se comunicar com a família através de um sistema de piscadelas. Uma piscadela significa "Comprem", duas piscadelas significam "Vendam" e três significam "Segurem o meu charuto".

MARIA DA ANUNCIAÇÃO A. CABRAL — Mulher de Pedro A. Cabral. Muito religiosa. Vive na igreja, apesar dos insistentes pedidos do padre para que ela volte para casa e desocupe a sacristia. Devido a sua formação — pequena e quadrada — casou-se sem saber nada sobre o sexo e atribui o nascimento dos filhos a um tratamento de águas que fez em Poços de Caldas.

PAULO A. CABRAL NETO — Filho mais velho de Pedro A. Cabral e Maria da Anunciação A. Cabral. Líder das empresas do grupo Cabral. Transferiu as ações do grupo para o nome do seu cachorro, Tupi A. Cabral, um dia antes da intervenção federal, depois de receber milhões de cruzeiros de subvenção do Governo para evitar a falência do grupo. Considerado um empresário progressista, foi o primeiro a pagar 14º salário aos seus empregados, que mesmo assim persistem em reclamar o pagamento dos outros treze.

LOURDES BURZIGUIM A. CABRAL — Mulher de Paulo A. Cabral Neto. Muito ativa em obras benemerentes. Uma vez organizou um desfile de Yves Saint-Laurent no Copa em benefício dos pobres. A festa não teve sucesso e os pobres tiveram que pagar o prejuízo. Vai todos os anos a Paris renovar o seu guarda-roupa, apesar da dificuldade em transportar o grande e pesado móvel no avião.

PEDRO A. CABRAL FILHO — Segundo filho de Pedro A. Cabral e Maria da Anunciação A. Cabral. Preparado desde cedo para ser o político da família. Chegou a ser secretário de Estado mas causou um escândalo quando assinou a ata da sua investidura no cargo com um X e ainda babou na ata. É o principal incentivador de uma organização clandestina de extrema direita que ele afirma não ser tão radical quanto as organizações de caça aos comunistas. "Só atacamos pessoas de centro-esquerda."

VIVIANE (VIVI) ASTRAGÃO A. CABRAL — Mulher de Pedro A. Cabral Filho. Intelectual, tem a seu cargo as iniciativas culturais da família, como a discoteca e viagens de estudo à Disneylândia. Leu o *O Pequeno Príncipe* convencida de que era uma condensação de *O Príncipe* de Maquiavel.

MARIA DA PURIFICAÇÃO A. CABRAL — Filha solteira de Pedro A. Cabral e Maria da Anunciação A. Cabral. Contrabandista. Tão feia que teve que fazer uma cirurgia plástica para ficar horrorosa.

RICARDO (RIQUINHO) BURZIGUIM A. CABRAL — Filho de Paulo A. Cabral Neto e Lourdes Burziguim A. Cabral. Playboy. Destruiu o seu primeiro carro esporte contra um poste no dia em que o recebeu mas foi perdoado porque tinha só oito anos. Responsável por dezessete mortes e oitenta casos de danos corporais em acidentes de trânsito, o que lhe vale o apelido carinhoso de Celerado na família.

ROBERTO (BOB) BURZIGUIM A. CABRAL — Segundo filho de Paulo A. Cabral Neto e Lourdes Burziguim A. Cabral. Economista. Desenvolveu a teoria da

Desinflação Criativa Decimal, que consiste em diminuir os índices mensais da inflação no país mudando a colocação da vírgula antes de divulgá-los ao público. Autor de panfletos e apedidos exigindo das autoridades uma atitude firme em defesa dos valores cristãos da pátria e dono de uma rede de motéis na Barra.

GUSTAVO (TAVÃO) ASTRAGÃO A. CABRAL — Filho único de Pedro A. Cabral Filho e Viviane (Vivi) Astragão A. Cabral. Importador de cocaína. A rua onde mora, no Leblon, é conhecida como O Vale do Pó.

TUPI A. CABRAL — O cachorro.

JAIME — O mordomo.

ANJO DA RETRIBUIÇÃO — Enviado do céu que chega na sala para anunciar o Dia do Acerto de Contas.

Ato único:

O mordomo entra na sala onde a família está reunida e anuncia:

MORDOMO — O Anjo da Retribuição!

Entra o Anjo:

ANJO — Chegou o Dia do Acerto de Contas. O Dia do Castigo. O Dia da Retribuição. O Grande Dedo da Iniquidade apontava para esta casa e o Senhor me enviou para punir quem transgrediu as suas leis e feriu seus mandamentos. Quem foi?

TODOS (apontando para o mordomo) — Foi o mordomo!

O Anjo da Retribuição sai com o mordomo pelo braço. Todos ficam em silêncio por alguns minutos. Estão claramente consternados com o que aconteceu. Finalmente:

LOURDES — Quem diria. O Jaime!

PAULO — É o que dá ter gente de outro nível dentro de casa.

Cai o pano.

Dona Joaninha e dona Cenira

Dona Joaninha tinha lido um livro na sua juventude que a impressionara muito. Sobre as atrocidades do Império Otomano. Ficara com uma péssima impressão dos turcos. Sua indignação durara anos, de sorte que sempre que alguém falava nos perigos que ameaçavam a humanidade — a radiação atômica, o comunismo internacional, o caos econômico — dona Joaninha interferia:

— Eu tenho medo é dos turcos...

E se alguém perguntasse por quê, dona Joaninha desfiava com entusiasmo as barbaridades que sabia sobre os turcos — termo genérico que, para ela, incluía todas as raças do Norte da África ao mar Cáspio. Incluindo os turcos. E tinha até um certo orgulho dos seus vilões favoritos. Se, no seu grupo do chá semanal, uma amiga falasse que tinha pesadelos com as hordas chinesas e com o que elas fariam com o Ocidente quando o pegassem, dona Joaninha fazia cara de desdém.

— Os chineses são pinto perto dos turcos.

E repetia as passagens mais sangrentas do seu repertório. As amigas ficavam arrepiadas.

Não adiantava o marido de dona Joaninha tentar argumentar e dizer, por exemplo, que nos séculos de dominação árabe na península ibérica nunca tinha acontecido nada tão terrível quanto a Inquisição, e que as cruzadas cristãs contra os turcos é que tinham sido invasões bárbaras. Dona Joaninha não ouvia. Às vezes passava os olhos pelos jornais, lia sobre guerras de fronteiras, terremotos, sequestros e suspirava, resignada.

— Pelo menos os turcos estão quietos.

Os filhos se impacientavam:

— Tanta coisa para a mamãe se preocupar no mundo e ela se preocupa com os turcos!

E ela:

— É porque vocês não sabem do que eles são capazes.

Era como se, em todo o mundo cristão, só dona Joaninha mantivesse um olho vigilante no seu verdadeiro inimigo, atenta para qualquer sinal de perigo. O terrorismo dos palestinos era pouco diante do grande terror de dona Joaninha: o islã sublevado, despencando sobre os povos com a crueldade nos olhos e sua terrível espada curva, igualzinho como no livro.

Quando o aiatolá Khomeini apareceu na televisão pela primeira vez, dona Joaninha ficou tesa na cadeira. Comentou:

— Ai, ai, ai.

Naquela noite não dormiu. Depois, passou o dia preocupada, lendo e relendo o noticiário do Irã. O marido e os filhos, já acostumados a fazerem pouco da geopolítica de dona Joaninha, riram muito e disseram que o regime do xá estava seguro, que os americanos jamais permitiriam a sua queda, que o aiatolá era apenas mais um fanático religioso, anacrônico e sem futuro. Dona Joaninha foi sucinta:

— Vocês vão ver.

Hoje, dona Joaninha é respeitada, e não apenas no seu grupo de chá. Quando o aiatolá ameaça cortar as mãos dos seus inimigos ou dar um tiro na boca de alguém, todos se viram para dona Joaninha, que mantém um silêncio cheio de eu-não-disses. Estranhamente, dona Joaninha tem falado menos nos turcos desde que o Irã virou uma república islâmica e o exemplo do aiatolá incendiou todos os muçulmanos. Mas contam que ela encheu a despensa da casa, prevendo o sítio. E dorme com uma faca sob o travesseiro.

No livro, as mulheres preferiam o punhal a serem escravas do sultão.

Já a dona Cenira só tinha uma preocupação na vida, que era a saúde do marido. E este, que toda a vida gostara de brincar com dona Cenira, depois que se aposentou inventou uma brincadeira nova. Fingia que morria. Só para assustar a mulher.

Dona Cenira voltava para a sala onde deixara o marido lendo o jornal e lá estava ele com a cabeça atirada para trás, os olhos e a boca abertos, as mãos soltas de cada lado da cadeira, o jornal espalhado dramaticamente pelo chão. Dona Cenira dava um grito, corria para o marido, e este se dobrava de tanto rir. Coitada da dona Cenira.

Uma vez, num almoço de domingo, toda a família reunida, o marido de dona Cenira caiu de repente com a cara no prato de macarrão. Houve correria. Metade da família acudiu a suposta vítima de síncope e a outra, dona Cenira, que quase desmaiava. Então o marido de dona Cenira levantou a cabeça, disse que o macarrão estava frio e pediu outro prato. E apontou para a mulher, às gargalhadas. Todos acharam que era uma brincadeira de mau gosto mas não puderam deixar de sorrir. Esses dois...

Os netos gostaram da ideia e se tornaram cúmplices. Davam palpites:

Vovô, finge que cai no banheiro. Faz bastante barulho. A vovó vem correndo e encontra o senhor estirado no chão.

— Peladão!

Todas as manhãs dona Cenira sacudia o marido, que acordava mas não abria os olhos. Só quando dona Cenira botava o ouvido contra o seu peito para ouvir o coração é que ele saltava e exclamava: "Bom dia!". Dona Cenira, entre aliviada e assustada, gritava:

— Você ainda me mata!

Um dia dona Cenira sacudiu, sacudiu, mas o marido não acordou mesmo. Veio o médico, veio toda a família. Prepararam o velho para o velório, fizeram arranjos para o enterro. E, a todas essas, dona Cenira desconfiada, com o olho vivo, decidida que dessa vez não seria enganada.

Até a hora de fecharem o caixão, dona Cenira ficou alerta, do lado do corpo. Se fosse fingimento, ele ia ver!

Coitada da dona Cenira.

Os profissionais liberais e a morte

O nome é Ginástica para Executivos, mas entre os frequentadores da Academia do Paulão os executivos estão em minoria. A maioria é de profissionais liberais autônomos. Todos entre quarenta e 45 anos, naquela faixa de idade em que o homem, subitamente, descobre a própria mortalidade e resolve que só o cooper não adianta. Liberais, autônomos, sedentários e assustados. O Paulão sabe exatamente o que eles querem. Na primeira entrevista, com seu jeito expansivo de ex-remador do Flamengo, o Paulão dá um soco no ombro do novo pupilo e grita:

— Eu te conheço!

O outro massageia o ombro, meio sem graça.

— Eu não estou bem lembrado...

— Não, nunca nos vimos antes. Mas eu sei tudo sobre você. Conheço essa barriga. Você passa o dia inteiro sentado. Quando chega em casa não tem ânimo para nada. Nos fins de semana sai a passear de carro ou fica atirado na frente da televisão. Dieta irregular. Está bebendo demais. Muito cigarro. Tentou fazer cooper, mas não durou uma semana. Já passou dos quarenta e acha que é preciso reagir antes que seja tarde. Por isso veio ao Paulão. Estou certo ou estou errado?

— Está certo. É isso mesmo.

Paulão dá uma gargalhada e outro soco no ombro do novo membro, que naquela noite não conseguirá mover os braços. Mas dormirá feliz. O sofrimento começou. E se dói é porque deve estar fazendo bem.

Paulão está perto dos cinquenta, mas tem o corpo de um atleta. É uma porta. Com a camiseta sempre bem esticada sobre o tórax estufado, caminha entre as suas vítimas na hora da ginástica.

— Vamos lá, seus moles!

— Vamos sacudir as banhas.

— Isso aí não é traseiro, é reboque.

— Um, dois, um, dois. Força! Estão pensando que isto aqui é o quê, expressão corporal? Têm que fazer força.

Mesmo quando dá um descanso para a turma, Paulão não para de falar.

— Cada centímetro a mais na cintura é um ano a menos de vida.

E dá um soco na própria barriga.

— Olha aí. Uma tábua.

Os profissionais liberais, ofegantes, escorando-se nas paredes, olham para Paulão com um misto de repulsa e adoração. Ele os redimirá pelo martírio. Purgará do seu corpo, gota a gota, cada gole de chope indevido, cada garfada de gordura saturada, cada excesso indulgido. Paulão os salvará da morte nem que isso os mate.

Paulão gosta de marcar o ritmo das ginásticas com uma ladainha macabra. Grita.

— Cigarro!

E o grupo tem que berrar:

— Mata!

— Gordura!

— Mata!

— Indolência!

— Mata!

— Bebida!

— Mata!

No vestiário, antes ou depois das sessões, os profissionais liberais só têm um assunto. Não é mulher nem futebol.

— Amigo meu. Trinta e oito anos. Coração.

— Fulminante, é?

— Caiu na calçada. Trinta e oito anos.

— Puxa...

— Também, não se cuidava.

Um dia chegam à academia e a encontram fechada. O que houve? Ninguém sabe. A recepcionista não está. Perguntam no bar do lado.

— O seu Paulão? Olha, não vi ele hoje. Ele sempre chega às seis da manhã, depois da sua corrida na praia. Passa por aqui, toma o seu copo de leite e vai para a Academia. Mas hoje não apareceu.

— Coisa estranha.

— Talvez algum problema em casa.
— O Paulão é casado?
O dono do bar também não sabe. Pela cabeça de todo o grupo, ecoa a mesma frase:
— Mulher!
— Mata!
O grupo decide que o negócio é ir trabalhar, porque hoje não tem ginástica. Dão uma última olhada na porta da Academia. Nisso, chega a recepcionista. Tem os olhos vermelhos de quem esteve chorando.
— O que foi, dona Magali?
— O seu Paulão...
— Que tem?
— Morreu esta madrugada. Coração.
Abre-se uma clareira de espanto. O Paulão?!
— Me avisaram agora. Vim aqui buscar as coisas dele. Não sei, achei que ele gostaria de ser enterrado de Adidas...
Ninguém do grupo consegue falar. Lentamente, em silêncio, os profissionais liberais derivam para o bar. Alinham-se contra o balcão. O dono do bar pergunta o que aconteceu. Ninguém se anima a contar. O dono do bar então pergunta se vão querer alguma coisa. Os profissionais liberais se entreolham. Finalmente, um deles diz:
— Me dá uma cerveja.
Outro pede um bolinho de bacalhau.
Outro diz que não tomou nada de manhã e pede uma vitamina de abacate.
Outro suspira e pergunta:
— Não se conseguem umas batatinhas?

Solidão

Finalmente liberadas as gravações que a Nasa fez das experiências realizadas com o tenente da Marinha John Smith para testar o comportamento humano em condições de completo isolamento durante longos períodos de tempo, iguais ao que o homem terá que enfrentar na exploração do espaço. O tenente Smith foi escolhido pelas suas perfeitas condições físicas e mentais. Foi colocado dentro de um simulador de voo com comida bastante para dois anos e os instrumentos que normalmente levaria numa missão, inclusive um computador. Todos os dias Smith teria que fazer um relatório verbal para que seu estado fosse avaliado. O que segue são trechos das gravações feitas dos seus relatórios.

Primeiro dia. "Meu nome é John Smith. Estou ótimo. Passei todo o dia me familiarizando com este meu pequeno lar. Já desafiei o computador para uma partida de xadrez. Acho que nos daremos muito bem. (Risadas.) Só tenho uma queixa: esta comida em bisnagas não se parece nada com a comida de mamãe... (Risadas.) Dois mais dois são quatro. Encerro."

Uma semana depois. "John Smith aqui. Continuo muito bem. Ainda não consegui vencer nenhuma partida de xadrez deste computador. Acho que ele está trapaceando. (Risadas.) Três vezes três é nove. Encerro."

Um mês depois. "(Risadas.) Meu nome é John maldito Smith. Tudo bem. Um pouco entediado, mas tudo bem. Consegui finalmente ganhar uma do computador, embora ele negue. Vou ter que derrotá-lo de novo para convencer este cretino. Calculei mal e já comi todas as bisnagas de torta de maçã. Agora só tem o maldito limão. Duas vezes três são, deixa ver. Seis. Quer dizer... Não. Está certo. Seis. Encerro."

Dois meses depois. "Vocês sabem quem eu sou. John qualquer coisa. Não aguento mais a arrogância deste computador. Ele não é humano! Insiste que me deu xeque-mates inexistentes e se recusa a admitir que está errado. Tivemos uma briga feia hoje. Dois mais dois são... sei lá. Encerro."

Quatro meses. "Alô. Tenho provas irrefutáveis de que o computador está tentando boicotar esta missão! Ouvi claramente ele dizer alguma coisa desagradável sobre mamãe. Canta "Strangers in the Night" em falsete e não me deixa dormir. Não me responsabilizo pelo que possa acontecer. Estou muito bem, lúcido e bem-disposto. Com licença que estão batendo na porta."

Sexto mês. "Meu nome é Smith. Maggie Smith. Por hoje é só."

Oitavo mês. "(Risadas.)"

Nono mês. "Smith aqui. Aconteceu o inevitável. Matei o computador. Estávamos com um problema, onde colocar as bisnagas vazias, e ele fez uma sugestão deselegante. Agora está morto. Não tenho remorsos. Ontem recebi a visita de um vendedor de enciclopédias. Não sei como ele conseguiu entrar aqui. Dois mais dois geralmente é nove. Encerro."

Décimo mês. "Meu nome é Brown ou Taylor. Um mais um é umum. Dois mais dois, não. Iniciei um projeto importantíssimo. Com as bisnagas vazias e partes do computador, estou construindo uma mulher."

Um ano. "Redford aqui. Sinto falta de um espelho para poder ver a minha barba, que está bem comprida. A mulher que fiz de bisnagas vazias e partes do falecido computador ficou ótima mas, infelizmente, nossos gênios não combinavam. Ela foi para casa de seus pais. Dois mais dois..."

Décimo quarto mês. "Minha barba está tentando boicotar a missão! Faz um estranho barulho eletrônico e várias vezes já tentou me estrangular. Deve ser comunista. Começaram a chegar as enciclopédias que comprei. Tenho jogado xadrez comigo mesmo e ganho sempre."

Décimo quinto mês. "Aqui fala Zaratustra. Atenção. Encontrei pegadas humanas dentro da cabine. Estou investigando. Mandarei um relatório depois. Duas vezes três é demais. Encerro."

No dia seguinte. "Grande notícia. Há outro ser humano dentro da cabine! Seu nome é Smith, John Smith, mas como o encontrei numa terça-feira o chamarei de 'Quinta'. Ele não fala, mas joga xadrez como um mestre. (Risadas.) Talvez tenha que matá-lo."

Neste ponto, os cientistas da Nasa acharam melhor abrir a cápsula. Encontraram Smith com as mãos em volta do próprio pescoço, gritando: "Trapaceiro! Trapaceiro!".

O gesto supremo

A baleia é um animal de poucos recursos. Mal pode se virar, quanto mais elaborar um conceito. A baleia leva dois anos para decifrar um sentimento. Às vezes confunde gases no estômago com a necessidade de definir uma cosmogonia, e aí vem à tona, aflita. A baleia não se conhece.

A baleia é um mamífero que preferiu continuar no mar. Quer dizer, é uma sentimental. A baleia não tem mais ambiente no mar, falta-lhe o oxigênio, calor, faltam-lhe as mínimas condições de sobrevivência, mas ela preferiu não evoluir. É um animal conservador.

A família é tudo para a baleia. Os velhos valores. Honra e serviço. Respeito e tradição. A baleia prefere não discutir o assunto.

A baleia não se conhece. A baleia sabe que tem uma cauda como você e eu sabemos que existe a Antártica. A cauda é um vasto território inexplorado para a baleia, remoto e misterioso como um polo. O corpo é a angústia da baleia. A baleia vive atormentada pelo próprio tamanho. "Estou sendo seguida!" A baleia às vezes se pergunta, se eu não sou o meu corpo, o que é que eu sou? A baleia tem outra por dentro, bem menor.

Não é verdade que a baleia se alimenta de profetas. A baleia tem a maior boca do mundo e fome de canibal, mas uma garganta em que só passam canapés e as azeitonas menores. A baleia seria um desastre social.

A baleia é uma série de equívocos. Deus tinha acabado de fazer o elefante, estava numa fase de grandes projetos, mas se desinteressou na metade. A baleia era para ser recolhida para reajustes. Mas aí veio a Idade do Gelo, depois Sodoma e Gomorra, depois o problema com o guri, e Deus não teve mais tempo.

A baleia leva anos para decifrar um ressentimento. O que começa como revolta no estômago chega ao cérebro como lamento e memória. Eu devia ter sido um monstro marinho, meu Deus, o flagelo da criação. Moby Dick só para vingar meu tamanho e meu destino. Mas a baleia mal pode se virar, quanto mais dominar o mundo. A baleia é uma desistência.

Os velhos valores. A rigidez moral. Como um Adventista de Sétimo Dia — que também não come carne — a baleia está convicta da corrupção do mundo e da sua própria indignidade. (Todo vegetariano é um canibal contrito.)

A baleia conhece a humanidade pelos seus náufragos e pelo que lê nos jornais. Seu único contato com o homem é o arpão nas costas e notícias de escândalos. A baleia sabe histórias de transatlânticos afundados, de alta luxúria em camarotes, de tráfico de ossos em sombrios porões da segunda, de inomináveis congressos entre caveiras e polvos, de capitães bêbados e gentis homens piratas. A baleia às vezes se pergunta: "Se eu não sou digna, quem pode ser?".

Houve o caso de uma baleia que se apaixonou por um submarino alemão e até hoje carrega as marcas do escândalo, uma cauda torta e o olhar perdido. A baleia tem uma visão trágica do mundo.

Um grupo de baleias soube das fotos da Jacqueline e, sem pensar — o que levaria muito tempo —, decidiu-se pelo gesto supremo. A baleia é uma personalidade suicida, a intransigência moral só agravou o processo. Mataram-se para nos salvar. Na costa do Rio Grande do Sul para sensibilizar o *Correio do Povo*.

A conta

— Mamãe! Meu prato preferido! A senhora não tem preço...

A mãe está de pé ao lado da mesa. Os seus olhos brilham como um metal precioso vendo o filho diante do seu prato preferencial. Lasanha verde-dólar.

— Está bom, meu filho?

O filho mastiga a primeira garfada. Fecha os olhos. Bom? Está uma riqueza.

— Mamãe, se a senhora abrisse um restaurante, faria fortuna!

O pai dá risada enquanto a mãe volta à cozinha para buscar a salada. O pai não come. Só olha para o filho. Filho único. O seu tesouro.

— E então, velho? — pergunta o filho de boca cheia.

— Vou indo com a minha pensão e a renda de alguns investimentos. Você sabe. Mas você tem aparecido por aqui menos do que nota de quinhentos...

— Eu sei, eu sei. Não tenho mais tempo para nada. Negócios, viagens... Tempo é dinheiro. Às vezes não apareço nem em casa. Passo dias sem encontrar os filhos. Só nos encontramos na hora da mesada. A mesada é sagrada. Fora isso, eles quase não me veem...

— Pelo menos você está ficando rico.

— Ah, isso estou. Cada vez mais. Graças a Deus. E a vocês.

A mãe volta da cozinha com uma travessa de salada verde-debênture.

— As crianças estão bem? — pergunta.

— Têm tudo o que o dinheiro pode comprar. Ótimas.

— E você e sua mulher?

— Que que tem?

— Estão se acertando?

— Temos conta conjunta. Ela acabou de ganhar seu próprio cartão de crédito. Eu a vejo pouco, mas parece felicíssima.

— Olha a salada, meu filho.

— Você, então, está milionário — diz o pai, acariciando o filho com os olhos como se fosse uma BB ao portador achada na rua.

— Acho que posso dizer que sim — responde o filho, garfeando uma alface. — Não foi fácil. Dei duro. Mas vocês me ensinaram o valor do dinheiro, me ensinaram a lutar por ele, a ser esperto, a sacrificar tudo por ele. Devo tudo o que sou a vocês.

— Ora, meu filho...

— Não. Isso eu preciso dizer. Nada no mundo pode pagar o que vocês fizeram por mim.

Os pais se entreolham. O filho está visivelmente emocionado. A última vez que sentiu um nó na garganta assim foi quando a Belgo-Mineira deu-lhe bonificação. Tem que parar de comer.

— Come, meu filho.

Ele enxuga uma lágrima. Não consegue mais comer.

— Tem sido duro, viu? Tenho sido desumano, às vezes. Perdi amigos. Os empregados, eu sei, me detestam. Mas eu venci na vida. Vocês podem se orgulhar de mim. Eu fiquei rico!

— Se você já terminou a comida, eu vou buscar o manjar-branco.

— Manjar-branco! Você tem um coração de ouro, mamãe. Ouro maciço. Tudo o que eu fiz valeu a pena, para ter um momento como este. Mamãe, papai, como é que eu posso pagar tudo o que vocês fizeram por mim?

O velho limpa a garganta. Pede para a mulher, que se dirige à cozinha com os pratos do almoço:

— Minha velha, quando vier da cozinha, traga aquela notinha.

Pai e filho ficam sorrindo um para o outro, esperando a sobremesa. Quando a mãe vem, entrega um pedaço de papel de calculadora ao velho. Este põe os óculos de leitura e examina o papel.

— É, acho que está tudo aqui.

— O quê? — pergunta o filho, curioso.

— Sua mãe e eu fizemos um cálculo de tudo o que gastamos com você desde que você nasceu. Está tudo aqui.

O filho pisca. Não entendeu bem.

— Como é?

— Claro que tivemos que aplicar correção monetária em alguns itens. O preço das fraldas, por exemplo, aumentou quase mil por cento desde que você era neném.

— Uma lindeza — lembra a mãe, servindo o manjar-branco.

O filho está de boca aberta. Olha para o pai. Depois, para a mãe. Não acredita no que está ouvindo. É como se de repente lhe dissessem que a General Motors faliu e os cubanos invadiram a Wall Street. Empurra o prato de manjar-branco. Levanta-se. Caminha pela sala de jantar, sacudindo as moedas no bolso. Olha pela janela. Vai até a sala. Atira-se numa poltrona.

— Meu filho, o manjar-branco...

Ele não ouve. Durante um longo tempo, fica olhando fixo para a parede onde está emoldurado o primeiro cruzeiro que ele ganhou, lavando o carro do pai.

70

Depois levanta-se, como que tomando uma resolução, e volta para a mesa. Pega o papel da mão do pai. Senta-se, sério, e examina o papel.
— O que é isto aqui? — pergunta, apontando uma cifra para o pai.
— Material escolar.
— E isto?
— Roupa lavada.
— Que índices vocês usaram para fazer a correção monetária?
— Da Fundação Getulio Vargas e do IBGE.
— Meu filho, o manjar...
Ele levanta a mão para interromper a mãe. Está tratando de negócios.
— Isto?
— Comida.
— Como é que eu sei que os números são estes mesmos?
— Você pode fazer os seus próprios cálculos. Aceitamos arbitração independente, claro. Custos de auditoria a cargo do litigante derrotado.
— Isto aqui?
— Diversos. Cinema, balas, operação das amígdalas...
— E esta quantia acrescentada à tinta, no fim da lista?
— É o almoço de hoje. Lasanha verde, salada, cerveja e manjar-branco.
— Eu não toquei no manjar-branco!
— E a gorjeta da sua mãe?

Incidente na casa do ferreiro

Pela janela vê-se uma floresta com macacos. Cada um no seu galho. Dois ou três olham o rabo do vizinho mas a maioria cuida do seu. Há também um estranho moinho, movido por águas passadas. Pelo mato, aparentemente perdido — não tem cachorro — passa Maomé a caminho da montanha, para evitar um terremoto. Dentro da casa, o filho do enforcado e o ferreiro tomam chá.
FERREIRO — Nem só de pão vive o homem.
FILHO DO ENFORCADO — Comigo é pão, pão, queijo, queijo.
FERREIRO — Um sanduíche! Você está com a faca e o queijo na mão. Cuidado.

FILHO DO ENFORCADO — Por quê?

FERREIRO — É uma faca de dois gumes.

(*Entra o cego.*)

CEGO — Eu não quero ver! Eu não quero ver!

FERREIRO — Tirem esse cego daqui!

(*Entra o guarda com o mentiroso.*)

GUARDA (*ofegante*) — Peguei o mentiroso, mas o coxo fugiu.

CEGO — Eu não quero ver!

(*Entra o vendedor de pombas com uma pomba na mão e duas voando.*)

FILHO DO ENFORCADO (*interessado*) — Quanto cada pomba?

VENDEDOR DE POMBAS — Esta na mão é cinquenta. As duas voando eu faço por sessenta o par.

CEGO (*caminhando na direção do vendedor de pombas*) — Não me mostra que eu não quero ver.

(*O cego se choca com o vendedor de pombas, que larga a pomba que tinha na mão. Agora são três pombas voando sob o telhado de vidro da casa.*)

FERREIRO — Esse cego está cada vez pior!

GUARDA — Eu vou atrás do coxo. Cuidem do mentiroso por mim. Amarrem com uma corda.

FILHO DO ENFORCADO (*com raiva*) — Na minha casa você não diria isso!

(*O guarda fica confuso mas resolve não responder. Sai pela porta e volta em seguida.*)

GUARDA (*para o ferreiro*) — Tem um pobre aí fora que quer falar com você. Algo sobre uma esmola muito grande. Parece desconfiado.

FERREIRO — É a tal história. Quem dá aos pobres empresta a Deus, mas acho que exagerei.

(*Entra o pobre.*)

POBRE (*para o ferreiro*) — Olha aqui, doutor. Essa esmola que o senhor me deu. O que é que o senhor está querendo? Não sei não. Dá para desconfiar...

FERREIRO — Está bem. Deixa a esmola e pega uma pomba.

CEGO — Essa eu nem quero ver...

(*Entra o mercador.*)

FERREIRO (*para o mercador*) — Foi bom você chegar. Me ajuda a amarrar o mentiroso com uma... (*olha para o filho do enforcado*). A amarrar o mentiroso.

MERCADOR (*com a mão atrás da orelha*) — Hein?

CEGO — Eu não quero ver!

MERCADOR — O quê?

POBRE — Consegui! Peguei uma pomba!
CEGO — Não me mostra.
MERCADOR — Como?
POBRE — Agora é só arranjar um espeto de feno que eu faço um galeto.
MERCADOR — Hein?
FERREIRO (*perdendo a paciência*) — Me deem uma corda.
(*O filho do enforcado vai embora, furioso.*)
POBRE (*para o ferreiro*). — Me arranja um espeto de ferro?
FERREIRO — Nesta casa só tem espeto de pau.
(*Uma pedra fura o telhado de vidro, obviamente atirada pelo filho do enforcado, e pega na perna do mentiroso. O mentiroso sai mancando pela porta enquanto as duas pombas voam pelo buraco no telhado.*)
MENTIROSO (*antes de sair*) — Agora quero ver aquele guarda me pegar!
(*Entra o último, de tapa-olho, pela porta de trás.*)
FERREIRO — Como é que você entrou aqui?
ÚLTIMO — Arrombei a porta.
FERREIRO — Vou ter que arranjar uma tranca. De pau, claro.
ÚLTIMO — Vim avisar que já é verão. Vi não uma mas duas andorinhas voando aí fora.
MERCADOR — Hein?
FERREIRO — Não era andorinha, era pomba. E das baratas.
POBRE (*para o último*) — Ei, você aí de um olho só...
CEGO (*prostrando-se ao chão por engano na frente do mercador*) — Meu rei.
MERCADOR — O quê?
FERREIRO — Chega! Chega! Todos para fora! A porta da rua é serventia da casa!
(*Todos se precipitam para a porta, menos o cego, que vai de encontro à parede. Mas o último protesta.*)
ÚLTIMO — Parem! Eu serei o primeiro.
(*Todos saem com o último na frente. O cego vai atrás.*)
CEGO — Meu rei! Meu rei!

Amor

"O amor", escreveu o poeta Solon Osíris, "é um estado febril da alma." No dia seguinte à publicação do seu poema na seção Pausa para o Devaneio daquele pequeno jornal do interior em que também era editor de Efemérides, cronista esportivo e repórter de polícia, Solon — ou Roque Cangoto, seu verdadeiro nome — recebeu uma carta em papel azul-claro perfumado, escrita com tinta roxa e assinada "Alma em Chamas". Sim, dizia a carta, o amor era uma febre da alma, uma febre que queimava e levava ao delírio e podia até matar. Alma em Chamas declarava que, numa frase, o poeta a desnudara até o íntimo e que tivera um frêmito ao ler suas palavras.

No mesmo dia, na qualidade de repórter de polícia, Roque acompanhou o delegado de polícia da cidade à casa de um tal Dulcídio, pois os vizinhos reclamavam de um cheiro insuportável que emanava da casa fechada. Dulcídio costumava sair todas as tardes para dar uma volta com seu cachorro, Calógeras, mas havia dias que ninguém na vizinhança os via. Nem Dulcídio nem Calógeras. Que tipo de homem era Dulcídio? Um homem fino, amável. Representante comercial. Não, não tinha família na cidade e nenhum amigo íntimo. Namorada? Que alguém soubesse, também não.

— Será que era...

— Não. Tinha o aspecto bem másculo. Representante comercial.

— Por que "tinha"? Quem foi que disse que ele morreu?

— Esse cheiro...

— Pode ser o Calógeras.

— Se for o Calógeras, onde está o Dulcídio?

Arrombaram a porta e entraram na casa. Era o Dulcídio. Tinha sido golpeado com um pesado objeto no crânio, por trás. E se era o Dulcídio, onde estava o Calógeras? O cachorro era a coisa que Dulcídio mais amava no mundo. Para ele era Deus no céu e o Calógeras na terra.

O delegado deu uma busca entre os papéis de Dulcídio. Não prestou atenção em um maço de cartas em papel azul-claro escritas com tinta roxa que Roque avistou por cima do seu ombro. Quando o delegado se afastou, Roque pegou as cartas e examinou-as. O perfume e o estilo eram os mesmos. Só que em vez de Alma em Chamas ela se assinava "Sempre Tua". A carta com a data mais recente terminava com esta frase: "Aguardo tua decisão. Sempre Tua".

De volta à redação do jornal, Roque redigiu a notícia do assassinato — Achado Macabro na Rua Quinze — e depois fez seu poema diário para a edição do dia seguinte. Escreveu:

"Ó Alma em Chamas, que às palavras do poeta desfalece, imita tuas palavras e aos olhos do poeta aparece..."

Três dias depois, enquanto as investigações da polícia não levavam a nenhuma pista para o esclarecimento do crime da rua Quinze, Solon Osíris recebeu outra carta azul-clara. "Jamais confiarei em outro, pois confiei demais no único. Prefiro amar as palavras que traem o poeta no homem a conhecer o homem que pode trair as palavras do poeta. Pois se nem todo homem é poeta, todo poeta é homem e todo homem é cachorro." Ao que Solon Osíris respondeu, pelo jornal:

"Serei poeta dos teus encantos, homem dos teus desejos e cachorro dos teus caprichos. Tua alma em chamas a minha alma chama!"

A próxima carta azul-clara (nenhuma pista ainda do crime da rua Quinze) dizia: "Traída uma vez e uma vez vingada, ainda assim minh'alma enfraquece. Esta volúpia que me invade será por nova traição ou por mais vingança? Não sabes no que tuas palavras te estão metendo, poeta...".

Osíris respondeu:

"Se as palavras do poeta são audazes, verás que suas mãos são, no amor, muito mais loquazes".

Alma em Chamas sucumbiu e marcou um encontro com Roque no canteiro das rosas da praça, à meia-noite, dali a três noites. Na seção Pausa para o Devaneio do dia seguinte, Osíris escreveu:

"Ao poeta reconhecerás, pelo ardor, onde fores; mas como te reconhecer, ó misteriosa, entre outras flores?"

E Alma em Chamas respondeu: "Serei a mais misteriosa...".

Roque Cangoto avisou o delegado. Este disse, com desdém, que todo repórter de polícia tinha mania de ser detetive. Roque respondeu que quem estava desvendando o crime não era o repórter, com sua diligência, mas o poeta, com seu conhecimento da alma humana. Só não foi corrido da delegacia a tapa porque o delegado era seu tio. Combinaram que o delegado estaria no canteiro das rosas aquela noite, para ouvir a conversa entre Osíris e Alma em Chamas.

Às 23h30 o delegado estava a postos, camuflado de arbusto. Roque Cangoto chegou quinze para a meia-noite. Alma em Chamas, com um longo vestido preto e um véu cobrindo o rosto, chegou à meia-noite em ponto. Era impossível dizer sua idade, mas parecia estar perto dos quarenta. Seu perfume inundava a praça.

Por alguns minutos, nenhum dos dois disse nada. Então Alma em Chamas falou:
— Onde estão tuas palavras bonitas, poeta?
Roque aproximou-se dela. Ergueu o véu que cobria seu rosto. Disse:
— Não trouxe palavras. Mas trouxe minha boca...
Beijaram-se.
— Seu verdadeiro nome? — perguntou Roque.
— Uma rosa por qualquer outro nome... — respondeu ela, indicando com um gesto as rosas do canteiro e um arbusto que tremia estranhamente.
— Você escreveu em sua carta que o amor é uma febre que pode matar. E que fora traída e vingada. Falou também num único... Devo deduzir que...
— Sim, que ele está morto.
— Você o matou?
— Você me julga capaz de matar por amor, poeta?
Roque a beijou outra vez. Demoradamente. O arbusto aproximou-se mais. Depois do beijo, Roque falou:
— Sim. Mataria. E com um objeto pesado no crânio. Estou certo?
— Está. Eu disse que você tinha me desnudado... E, se me trair como ele me traiu, também morrerá.
— Que foi que ele fez?
— Tinha um cachorro. Um cachorro insuportável. Ciumento, possessivo. Eu disse que ele devia escolher. Ou o cachorro ou eu. Ele escolheu o cachorro. Eu o matei.
— E o cachorro?
— Está comigo.
Roque Cangoto não entendeu. Era muito moço.
— Mas, como?
— Ele amava o cachorro. O cachorro é a única lembrança dele que eu tenho...
Alma em Chamas foi presa. Roque Cangoto continuou a trabalhar no jornal. Mas nunca mais fez poesias. Tinha desistido da alma humana.

Informe do Planeta Azul

A primeira sonda pousa sem problemas no chão do misterioso planeta. Todos os seus circuitos funcionam. Acionadas por um sinal eletrônico que atravessa milhões de quilômetros em poucos minutos, suas câmeras começam a fotografar a paisagem em volta e a transmitir as fotos para a base. A expectativa no centro espacial é grande. Durante séculos fez-se a pergunta: haverá vida no Planeta Azul? Agora, aproxima-se o momento da revelação. Nenhum dos outros planetas do sistema deu sinal de vida. O Planeta Azul é a única esperança.

As primeiras fotos são pouco animadoras. Ao redor da sonda tudo é deserto. Pedras, poeira, desolação. O chão é pardacento. O céu às vezes é azul, às vezes esbranquiçado. Não há água, se bem que algumas nuvens, possivelmente de vapor, apareçam ao longe. Nenhum vestígio de vida. Os cientistas estão decepcionados. Mas a missão ainda não terminou.

A sonda analisa o ar e a terra do Planeta Azul. Faz medições de temperatura, umidade e densidade atmosféricas, e transmite todos os dados para a base, onde eles são cuidadosamente estudados. Não há mais dúvidas. Nenhum organismo conseguiria sobreviver naquele inferno. Resignados, os técnicos voltam sua atenção para a segunda sonda, que se prepara para pousar a pouca distância da primeira. Mas não têm mais ilusões. Não há vida possível no Planeta Azul.

Estão de tal maneira absorvidos em teleguiar o pouso da segunda sonda que se esquecem de olhar as fotos que a primeira continua a mandar a obedientes intervalos. E perdem a foto de uma família de retirantes que passa a poucos metros da sonda para olhar aquele traste da peste que mais parece um gafanhoto grande e continua seu silencioso caminho em direção à Rendição do Mato, onde pegarão o caminho para Santa Desistência, de onde parte o trem para São Paulo.

A segunda sonda pousa, é claro, numa cobertura da avenida Vieira Souto, em Ipanema. Antes do meio-dia, de modo que ninguém nota a sua chegada. Até que seja descoberta pela empregada que limpa os destroços da festa da noite anterior, e que distraidamente a desmonta e guarda dentro de um armário junto com guarda-sóis furados, velhas pranchas de surfe: chapéus em desuso e metade de uma bicicleta, a sonda consegue tirar várias fotografias dos arredores. Fotografa a avenida, o Castelinho, as coberturas vizinhas, a praia... Os técnicos do centro espacial dão pulos de entusiasmo. Descoberta a vida no Planeta Azul. Vida, nada. Vidão!

A água existe e é verde e espumosa e brilha sob o Sol. As habitações no Planeta Azul são enormes e — fantástico! — todas têm piscina no teto. Veículos automotores andam em alta velocidade sobre as faixas pretas que separam as habitações da praia e, a julgar pela sua quantidade e potência, usam um combustível inesgotável e barato. Espalhados pela cobertura onde está pousada, a sonda localiza, fotografa, recolhe e analisa receptáculos translúcidos contendo restos de um líquido âmbar que constitui, obviamente, a alimentação dos azulanos. A análise química do material deixa os técnicos intrigados, no entanto. Não tem nenhum valor nutritivo. Que estranhos seres não serão esses que conseguem construir uma civilização tão sofisticada alimentando-se da amarga mistura de álcool e corante? E feita no Paraguai. Mas isso os técnicos não podem saber. Outros receptáculos, cheios de cinzas e restos chamuscados de papel branco e marrom, também intrigam os cientistas. Na certa vestígios de algum ritual religioso.

Sobre uma mesa a sonda encontra um pequeno objeto, roliço, que — sempre guiada pelos técnicos — ela pega na sua mão mecânica e examina minuciosamente. De repente o objeto expele um pequeno jato de fogo. A conclusão dos cientistas é uma só. Os habitantes do Planeta Azul são seres pacíficos que não precisaram desenvolver sua tecnologia de guerra. Aquele ridículo lança-chamas deve ser a arma mais avançada que têm. A mão mecânica da sonda recoloca o isqueiro sobre a mesa.

Mas aproxima-se o grande momento. Obedecendo a uma ordem da base, a sonda dirige a lente telescópica de uma das suas câmeras para a praia, onde se movimentam diversos organismos vivos. Finalmente os cientistas vão ver de perto um habitante de outro planeta. A câmera fixa numa figura que acaba de sair da água e se encaminha para a sua esteira sobre a areia. Tem dezessete anos e está de tanga.

Os técnicos do centro espacial não podem conter exclamações de horror e repulsa. É pior do que tudo jamais imaginado pelos autores de ficção científica. Os seres do Planeta Azul caminham sobre dois compridos caules que dobram na metade e sustentam um tronco com uma depressão no meio e duas grotescas saliências mais em cima, mal cobertas por adesivos minúsculos. Do tronco saem outros dois membros dobradiços, menores do que os inferiores mas não menos feios, para os lados, e um caule mais grosso e curto para cima. Sobre esse caule equilibra-se uma espécie de bola da qual brotam cabelos. Na frente da bola, dois orifícios líquidos e entre eles um apêndice, embaixo do qual — os cientistas se esforçam para não desviar os olhos — há outra abertura, carnuda e rosada.

Muitos deles não dormirão aquela noite, lembrando-se da nauseante criatura.

Caso de divórcio I

O divórcio é necessário. Todos conhecem dezenas de casos que convenceriam até um arcebispo. Eu mesmo conheço meia dúzia. Vou contar uns três ou quatro.

O nome dele é Morgadinho. Baixo, retaco, careca precoce. Você conhece o tipo. No Carnaval se fantasia de legionário romano e no futebol de praia dá pau que não é fácil. Frequenta o clube e foi lá que conheceu sua mulher, mais alta do que ele, morena, linda, as unhas do pé pintadas de roxo. Na noite de núpcias, ele lhe declarou.

— Se você algum dia me enganar, eu te esgoelo.

— Ora, Morgadinho...

Ela se chama Fátima Araci. Ou é Mara Sirlei? Não, Fátima Araci. Não é que ela não goste do Morgadinho, é que nunca prestou muita atenção no marido. Na cerimônia do casamento já dava para notar. O olhar dela passava dois centímetros acima da careca do Morgadinho. Ela estava maravilhada com o próprio casamento, e o Morgadinho era um simples acessório daquele dia inesquecível. Como um castiçal ou um coroinha. No álbum de fotografias do casamento que ela guardou junto com a grinalda, há esta constatação terrível: o Morgadinho não aparece. Aparece o coroinha mas não aparece o Morgadinho.

Um ou dois meses depois do casamento, o Morgadinho sugeriu que ela lhe desse um apelido. Um nome secreto, carinhoso, para ser usado na intimidade, algo que os unisse ainda mais, sei lá. Ela prometeu que ia pensar no assunto. O Morgadinho insistiu.

— Eu te chamo de Fafá e você me chama de qualquer coisa.

— Vamos ver.

Uma semana depois, Morgadinho voltou ao assunto.

— Já pensaste num apelido para mim, Fafá?

— Ainda não.

Três semanas depois, ele mesmo deu um palpite.

— Quem sabe Momô?

— Não.

— Gagá? Fofura? — Tomou coragem e, rindo meio sem jeito, arriscou: — Tigre?

Ela nem riu. Pediu que ele tivesse paciência. Estava lendo *O sétimo céu*. Tinha tempo.

O Morgadinho não desistiu. Às vezes, chegava em casa com uma novidade.

— Que tal este: "Barrilzinho"?

— Não gosto.
Outra vez, os dois estavam passando por um quintal e ouviram uma criança chamando um cachorro.
— Pitoco. Vem, Pitoco.
Morgadinho virou-se para a mulher, cheio de esperança, mas ela fez que não com a cabeça.
Finalmente (passava um ano do casamento e nada de apelido), Morgadinho perdeu a paciência. Estavam os dois na cama. Ela pintava as unhas do pé.
— Você não me ama.
— Ora, Morgadinho...
— Até hoje não pensou num apelido para mim.
— Está bem, sabe o que tu és? Um xaropão. Taí teu apelido. Xaropão.
O Morgadinho já tinha enfrentado várias levas de policiais a tapa. Uma vez desmontara um bar depois de um mal-entendido e saíra para a rua dando cadeiradas em meio mundo. Homens, mulheres e crianças. Mas naquela noite virou-se para o lado e chorou no travesseiro.
Aí a mulher, com cuidado para não estragar o esmalte, chegou perto do seu ouvido e disse, rindo:
— Xaropãozinho...
Rindo. Rindo!

O engano

Morre todo mundo — de envenenamento por pesticida, fome, radiação nuclear, monóxido de carbono, antropofagia — e sobra sobre a face da Terra apenas um casal de velhos, estranhamente imune a todas as desgraças. E as formigas.
O velhinho e a velhinha deixam seu apartamento e caminham lentamente, para fora da cidade deserta. Não têm mais nada a fazer na cidade. Não têm mais filhos nem netos nem parceiros para o biriba. Todos os poços secaram. A comida acabou ou está envenenada. As ruas estão entulhadas de carcaças metálicas, carros e ônibus abandonados anos atrás, quando o último combustível, um derivado de soja, terminou.

O velhinho e a velhinha vão para o campo. Mas não existe mais campo. Em volta da grande cidade só existe um vasto depósito de lixo não degradável. E formigueiros.

O céu está constantemente encoberto. Um vento morno sopra sem parar. O velhinho e a velhinha vão deixando suas roupas pelo caminho. Precisam encontrar água e comida. Ou então também morrerão.

Caminham lentamente, pisando cuidadosamente no lixo. Latas. Muitas latas. Garrafas. Pedaços de pneus. Baterias. Radiadores. Tubos de televisão. Um sapato de mulher com o salto cravejado de brilhantes. Metade de uma guitarra elétrica. Frutas artificiais. Confete de plástico. Anúncios de acrílico. Um trombone. Secadores de cabelo. Bisnagas de ketchup e mostarda. Paliteiros de plástico. Peças de metralhadora. Um escudo policial de fibra de vidro com a frase "sou da mamãe". Um robô decapitado. Fitas magnéticas. Meias-calças. Uma decalcomania com os dizeres "Boutique para cachorro Ao Auau". Fivelas. Mais latas. Terminais de computadores (cobertos de formigas). *O Pensador*, de Rodin. Calculadoras de bolso. Grampos. Uma cópia em super-8 de *Emmanuelle*. Pincéis atômicos. Pílulas. Ampolas.

No horizonte, recortado contra o céu cor de areia, o esqueleto retorcido de um hotel Hilton.

O velhinho e a velhinha chegam, nus, ao leito de um rio seco. O velhinho olha em volta, intrigado.

— Engraçado...

A velhinha olha para ele sem entender. O que pode ser engraçado nesta desolação?

— Eu estou reconhecendo este lugar...

— Nós nunca estivemos aqui antes — resmunga a velhinha, que daria tudo para fumar um cigarro. O que ela sente mais falta da civilização são os cigarros e as palavras cruzadas.

— Você está delirando, Adão.

— Estivemos. Tenho certeza de que estivemos.

— A última vez que saímos da cidade foi para ver aquela árvore que descobriram. A última árvore do mundo. Mas chegamos tarde. Foi tanta gente ver que a multidão acabou pisoteando a árvore.

— Eu sei, eu sei. Mas poderia jurar que estivemos aqui antes. Talvez em outra encarnação...

— Bobagem — diz a velhinha, irritada, dando tapas nas pernas para afastar as formigas.

— Aqui era um rio. Ali era tudo gramado. Mais para lá havia um bosque...

— Imaginação sua. Há anos que isto aqui está seco.

— Mas isso pode ter sido há gerações.

— Bobagem.

— Nós vivíamos nus. Exatamente como estamos agora. Éramos mais moços, claro. E não tínhamos vergonha.

— Eu quero um cigarro. Aguento a fome e a sede, mas não a falta de cigarro...

— Tente se lembrar, Eva. Havia árvores de todos os tipos e todas davam frutos. Isto aqui era um paraíso.

A velhinha para de espantar formigas. Estranho. Também se lembrou de alguma coisa. Vagamente.

— Paraíso... — diz ela, olhando em volta com novo interesse. — Você tem razão.

— Hein? Hein?

— Calma, Adão. Calma. Olha o coração.

O velhinho já fez uma operação torácica para substituir uma artéria. Mas está excitado, não consegue se controlar.

— Bem ali era a árvore, lembra? Você comeu o fruto proibido da árvore e...

— Se me lembro! Depois disso, nós nunca mais fomos os mesmos. Mas isso faz mil anos.

— Mais, mais. Um milhão de anos.

— Expulsaram-nos. Quem foi que nos expulsou?

— Deus. O Velho, em pessoa.

— Quer dizer que Deus falava conosco? Sem intermediários?

O velhinho está olhando para o céu. Teve uma ideia.

— Quem sabe foi Ele que nos trouxe de volta? Vai nos dar outra chance. Fomos readmitidos.

O velhinho sobe num formigueiro para ficar mais perto do céu. Chama:

— Deus!

— Olha o coração — diz a velhinha.

— Deus! — grita o velhinho, mais alto.

Ouve-se uma voz vinda do alto:

— O que é?

— Quem fala é o Adão.

— Não conheço nenhum Adão.

— Adão, o da Eva. Não somos os originais, claro. Somos os últimos descendentes deles. Estamos de volta, Senhor.
— Não estou entendendo...
— O Senhor nos criou, nos insuflou a vida inteira e disse que o mundo era nosso.
— Eu?!
— Foi há muito tempo, eu sei, mas o Senhor não pode ter esquecido. O Senhor falou conosco e...
— Deve haver algum engano — diz a voz do alto. — Eu estava falando com um casal de formigas, atrás de vocês.

A preguiça

Tenho uma simpatia visceral pela preguiça. Aquele bicho que passa a vida pendurado pelo rabo, de cabeça para baixo, e se dedica à contemplação das coisas pelo inverso. Há outros animais contemplativos na natureza, mas nenhum com tanta convicção da própria inutilidade. O boi, por exemplo, é lento e filosófico mas há uma certa empáfia na sua ponderação. O boi tem o ar de quem está só esperando que lhe peçam uma opinião. O boi tem teses sobre a vida, é que até hoje ninguém se interessou em saber. O hipopótamo é outro falso acomodado. Só o fato de ser anfíbio denuncia uma inquietação secreta. O hipopótamo tinha outros planos. O elefante? Um megalomaníaco. Depressivo. Não passou da fase anal retentiva, o que se manifesta em excessivos cuidados com a higiene e em certos pudores irracionais. Um elefante nunca morre na frente dos outros, e o que é mais íntimo do que a morte? A vida é uma provação para o elefante.

A preguiça não quer nem saber. A preguiça é um macaco que deu errado, um equívoco da evolução, e ela se esforça para não chamar a atenção para o erro. Se me descobrirem, me extinguem. Uma vez perguntaram a Darwin sobre a preguiça e ele fingiu que procurava um lápis embaixo da mesa. Todo animal tem uma função no universo. Pode ser a mais prosaica, como comer formiga, mas tem. Menos a preguiça. A preguiça não serve para nada. É uma espectadora do drama da criação. E mesmo como espectadora é incompetente, pois vê tudo de cabeça para baixo. Ao contrário. O Sol não se levanta para a preguiça, ele cai do horizonte como um ovo da galinha. O céu é o chão e o chão é o céu da preguiça. O espantoso é que com tanto sangue lhe subindo à cabeça a preguiça não tivesse desenvolvido o melhor cérebro do mundo animal. Há quem diga que desenvolveu, que a preguiça já pensou em tudo e resolveu que não valia a pena. Com duas semanas de existência, com o sangue fazendo o cérebro crescer duas vezes mais depressa do que o de qualquer outra espécie, a preguiça já tinha esquematizado toda a progressão da vida na Terra, desde o homem-macaco até o Clóvis Bornay, desde a roda até o foguete e desde o tambor tribal até a ONU. E desistiu, antes de começar. Hoje o sangue lhe sobe à cauda, a preguiça não quer nem saber. Alguns frutos que estiverem à mão, pensamentos leves... Para a preguiça nenhuma crise é novidade: o mundo está de pernas para o ar há muito tempo.

Dezesseis chopes

A conversa já passara por todas as etapas que normalmente passa uma conversa de bar. Começara chocha, preguiçosa. O mais importante, no princípio, são os primeiros chopes. A primeira etapa vai até o terceiro chope.

Do terceiro ao quarto chope, inclusive, contam-se anedotas. Quase todos já conhecem as anedotas, mas todos riem muito. A anedota é só pretexto para rir. A mesa está ficando animada, isso é o que importa. São cinco amigos.

Eu disse que eram cinco à mesa? Pois eram cinco à mesa. Dois casados, dois solteiros e um com a mulher na praia — quer dizer, nem uma coisa nem outra. E entram na terceira etapa.

Durante o quinto e o sexto chopes, discutem futebol. O que nos vai sair esse tal de Minelli? Olha, estou gostando do jeito do cara. E digo mais, o Grêmio não aguenta o roldão nesta fase do campeonato. Quer apostar? Não aguenta. Porque isto e aquilo, que venha outra rodada. E — escuta, ó chapa — pode vir também outro sanduíche aberto e mais uns queijinhos.

O sétimo chope inaugura a etapa das graves ponderações. Chega a Crise e senta na mesa. O negócio não está fácil, minha gente. Vocês viram a história dos foguetes? Na Europa, anda terrorista com foguete dentro da mala. Em plena rua!

O nego entra num hotel, pede um quarto, sobe, abre a mala, vai até a janela e derruba um avião. Derruba um avião assim como quem cospe na calçada!

São homens-feitos, homens de sucesso, amigos há muitos anos. Nenhum melhor do que o outro. A etapa das graves ponderações deságua, junto com o nono chope, na etapa confidencial. Pois eu ouvi dizer que quem está por trás de tudo... Agora todos gritam, as confidências reverberam pelo bar. Os cinco estão muito animados.

Um deles ameaça ir embora mas é retido à força. Outra rodada! Hoje ninguém vai pra casa. Começa a etapa inteligente. Todos dizem frases definitivas que nenhum ouve, pois cada um grita a sua ao mesmo tempo. Doze chopes. Treze. Começa uma discussão, ninguém sabe muito bem se sobre palitos ou petróleo. A discussão termina quando um deles salta da cadeira, dá um murro na mesa e berra: "E digo mais!". Faz-se silêncio. O quê? O quê? "Eu vou fazer xixi..."

Com quinze chopes começa a fase da nostalgia. Reminiscências, autoreprimendas, os podres na mesa. As grandes revelações. Eu sou uma besta... Besta sou eu. Tenho que mudar de vida. Eu também. Cada vez me arrependo mais de não ter... de não ter... sei lá! E então um deles, os olhos quase se fechando, diz:

— Sabe o que é que eu sinto, mas sinto mesmo? Ninguém sabe.
— Sabe qual é a coisa que eu mais sinto?
— Diz qual é.
— Sabe qual é o vazio que eu mais sinto aqui?
— Diz, pô!
— É que eu nunca tive um canivete decente.

O silêncio que se segue a essa revelação é mal compreendido pelo garçom, que vem ver se querem a conta. Encontra os cinco subitamente sóbrios, olhando para o centro da mesa com o ressentimento de anos. É isso, é isso. Um homem precisa de um canivete. Não de qualquer canivete, não desses que dão de brinde. Um verdadeiro canivete. Pesado, de fazer volume na mão, com muitas lâminas. Um canivete decente.

— Eu tive — diz, finalmente, um dos cinco. É uma confissão.

E os outros olham para ele como se olha para um homem completo. Ali está o melhor deles, e eles não sabiam.

Terra árida

Eu envelheço, eu envelheço. Usarei minhas calças dobradas no começo. Com vinte e poucos anos (há vinte e tantos anos) escrevi um estudo sobre T.S. Eliot e as agonias da poesia traduzida. Com ironia e erudição. Foi um sucesso instantâneo. Pelo menos entre as dezessete pessoas que liam o suplemento literário que o publicou. Um conto imitando Hemingway e uma adaptação de Auden mais tarde, já estavam me chamando de jovem promessa e nova voz da literatura nacional. Enquanto todos à minha volta ainda liam os franceses, eu explicava os ingleses e plagiava os americanos. Minha exegese definitiva de James Joyce estava pronta quando o suplemento literário acabou. Procurei uma editora e propus a publicação do meu ensaio numa monografia. Dei outras ideias. Faria traduções. Uma coleção da poesia anglo-saxônica. Novos escritores americanos. E, se quisessem, um original meu, John dos Passos num cenário carioca, a novela urbana que nos faltava. O editor se entusiasmou:

— Ótimo, ótimo. Mas, no momento, fim de guerra, a crise do papel, coisa e tal, não dá. Enquanto isso, você não toparia traduzir este original que acabamos de comprar? Um manual de instrução sexual para adolescentes, sucesso nos Estados Unidos.

— Bem, eu...

— Não é sacanagem não. Coisa séria. O autor é um médico respeitadíssimo lá. Achamos que está na hora de lançar esse tipo de livro no Brasil. Vamos acabar com os tabus, a geração do pós-guerra precisa aprender a encarar o sexo com seriedade.

— É verdade, eu não posso encarar o meu sem começar a rir — brinquei. Mas aceitei. Precisava do dinheiro e da boa vontade do editor. Só impus uma condição: assinar a tradução com um pseudônimo.

— Ótimo, ótimo... — disse o editor. — Quero a tradução em um mês.

— Está bem — suspirei.

É assim que acaba uma jovem promessa. Não com um estrondo, mas com um suspiro.

O livro do dr. Murray Brown se chamava *Sex and You*. Pensei em traduzir o título para *Sexo para principiantes*, mas isso destoaria do resto. O texto do dr. Brown não admitia sutilezas. Ele partia do pressuposto de que moços e moças de treze a dezenove anos viviam se perguntando para o que servia aquilo além de fazer xixi, e explicava tudo em linguagem para cretinos. Não foram poucas as vezes em que tive de resistir à tentação de acrescentar comentários incrédulos entre parênteses, reticências ambíguas no fim de frases e Notas Safadas do Tradutor no pé da página. O livro seria ridicularizado, pensei. O adolescente brasileiro sabia mais sobre sexo ao nascer do que o hipotético leitor americano no fim do livro. O capítulo sobre masturbação era tão cuidadoso nos seus termos que o leitor podia decidir nunca mais apalpar a própria barriga na cama, sob pena de ficar cego... Mas eu estava errado. O livro foi um sucesso no Brasil também. Apesar da resistência de certos grupos que protestaram contra o uso de termos crus como "baixo-ventre" e "tecido erétil".

Interrompi minha tradução dos *Cantos* de Ezra Pound para traduzir, às pressas, o segundo livro do dr. Brown, *Sex and the Married You*. Este começava com um casal fictício, Dick e Mary (que eu por pouco não chamei de Joãozinho e Maria), na noite de núpcias. Ambos tinham lido o primeiro livro do dr. Brown e, apesar de virgens, sabiam exatamente o que fazer, com precisão cronométrica.

Nessa mesma época, me casei. Ela se chamava Dora. Uma das primeiras mulheres a fumar em público no Brasil. Era morena, formada em Letras, e encarara o meu sexo mais de uma vez antes do casamento. Fizemos coisas que Dick e Mary só ousariam fazer no 11º livro do dr. Brown, vinte anos mais tarde (*Sex and the Liberated You*, proibido no Brasil). Nossa primeira filha, Manoela, nasceu junto com o terceiro livro traduzido do dr. Brown. Este era sobre a educação sexual dos filhos.

Meu pseudônimo — Alencar Alípio — começava a ficar conhecido. Uma crítica do quarto livro do dr. Brown (*Sex and the Divorced You*) se referia a mim como "o renomado sexólogo patrício", na primeira vez em que a palavra "sexólogo" apareceu em nossa imprensa. E ninguém desmentiu. A *Cruzeiro* me entrevistou sobre frigidez feminina. ("Sou contra", declarei.) Enquanto isso a monografia sobre James Joyce que publiquei com meu nome verdadeiro e paguei com meu dinheiro verdadeiro vendeu vinte exemplares, sendo que dez para uma tia muito querida. Meu estudo sobre o simbolismo do desalento aristocrático em *A terra árida*, de Eliot, apareceu num suplemento literário paulista, que acabou logo em seguida, simbolicamente. Eu envelheço, eu envelheço.

Não sei por que estou lembrando tudo isso, agora. A minha vida se desalinhavou, é isso. Preciso encontrar um fio. Minha filha Manoela acaba de voltar para casa depois de um ano de casamento com o seu psicanalista. Não deu certo, diz, chorando. Não deu certo sexualmente.

— Cama — diz Dora, olhando para mim como se a culpa fosse minha. — É sempre a cama.

Dora e eu tivemos uma vida sexual intensa, variada e curta. Dez anos e dois filhos. Foi uma espécie de competição. Ela brochou primeiro. Nos dez anos seguintes experimentei com tudo. Só não tive sexo com hidrantes, mas cheguei perto. Hoje... Hoje, você não acreditaria.

Com o sucesso dos livros, alguns jornais brasileiros compraram a coluna de conselhos sexuais que o dr. Brown publicava semanalmente nos Estados Unidos. Meu nome aparecia quase com o mesmo destaque do nome do dr. Brown na coluna. A essa época eu já fazia palestras para clubes de mães e declarações à imprensa sobre desvios da sexualidade e a nova liberdade. Durante sete anos traduzi a coluna do dr. Brown. Acompanhei, fascinado, a sua adaptação aos novos costumes de sua terra.

A coluna terminou no Brasil no dia em que o dr. Brown respondeu, com rigor científico, à consulta de uma dona de casa americana preocupada com sua dieta e que queria saber quantas calorias tinha o sêmen de seu marido. Me convidaram para assinar uma coluna igual à do dr. Brown, porém mais, sabe como é, brasileira. Foi um sucesso. As cartas choviam de todo o Brasil. Nem todas podiam ser respondidas pelo jornal. Mas se viessem acompanhadas de um envelope selado, Alencar Alípio teria o máximo prazer em responder consultas confidenciais pelo correio. Comecei a ganhar dinheiro. Os livros do dr. Brown passaram a ter problemas com a Censura. *Sex and the Liberated You* foi proibido, embora eu tivesse substituído minha primeira ideia para o título, *Sexo doidão*, por *Sexo moderno*. O livro seguinte do dr. Brown, *Sodomy and You* nem chegou a ser traduzido. Não passaria pela Censura. O editor decidiu que estava na hora de Alencar Alípio lançar o seu primeiro livro como o maior discípulo do dr. Brown no Brasil. Eu tinha uma grande ideia. Um estudo que planejava havia anos. De como o cientificismo com relação ao sexo (em *Sodomy and You* o dr. Brown dedicava capítulos especiais à "Lubrificação" e "Dez passos para eliminar a contração involuntária") era a maneira que o puritanismo americano encontrara de enfrentar a sensualidade liberada pelas novas imposições do lazer numa sociedade historicamente dominada pela ética do pragmatismo e de como, a partir do Relatório Kinsey...

— Ótimo, ótimo — interrompeu o editor. — Mas não agora. Temos que continuar na mesma linha do dr. Brown. Sem as loucuras dos americanos. O Brasil ainda não está preparado para "O bestialismo e você".

— Aceito. Mas com uma condição. Vocês publicam também meu romance.

— Está bem. Cadê o romance?

Não tinha nenhum romance. Cadê o tempo? Um sexólogo não para.

Dora me acusava. Eu estava desperdiçando meu talento. Diante dela, dos amigos e de mim mesmo, eu me defendia. No fundo era tudo sexo. A arte era só uma tentativa para mudar de assunto. Toda literatura épica era a exaltação velada do pênis ereto. Depois do herói fálico vinha a impotência e a literatura da impotência. Toda a arte discursiva era sobre as aventuras do nosso personagem preferido, o Ricardão. De pé e invencível, encurvado pela dúvida e o autoconhecimento (toda a literatura depois do século XIX) ou prostrado pelo mundo moderno, com a cabecinha cheia de ideias confusas em vez de sangue e ímpeto. O sucesso da literatura escapista de super-heróis e bandidos lúbricos era que ela restabelecia o ideal da ereção eterna. Eu tratava, pois, do único grande assunto do homem, sem as metáforas e a dissimulação. O drama da ejaculação precoce. A tragédia da contrição vaginal. A comédia do orgasmo simulado. E até as grandes questões filosóficas. Não haverá vida depois da morte mas: será que se consegue mulher? Dora sabia, desde o princípio, que eu era um reles aproveitador na pele de Alencar Alípio. Conselhos privados para a Insatisfeita do Grajaú às vezes eram acompanhados de visitas particulares quando o marido saía. O método Brown a domicílio, satisfação garantida. Meu escritório vivia cheio de consulentes.

— Só consigo ter relações sexuais satisfatórias no banco de trás do carro, doutor, e meu namorado tem um Kharmann Ghia.

— Há uma maneira. Debruce-se sobre as costas daquela poltrona que eu vou demonstrar.

— Mas doutor...

— Está bem, está bem. Aluguem um Galaxie. Tem gente esperando.

Mas isso faz tempo. Hoje procuro um fio. Não para sair do labirinto mas para compreendê-lo.

Eu enlouqueço, eu enlouqueço. Manoela acaba de entrar aqui para usar o telefone. Ligou para o seu ex-marido e psicanalista. Não quer a reconciliação, quer marcar uma hora. Para discutir o trauma de sua separação. Tem melhor sorte no seu divã do que na sua cama. Nosso outro filho, Arthur, entrou para uma ordem religiosa oriental que substitui o sexo pela contemplação da alcachofra. Na primeira vez em que apareceu aqui vestindo um lençol e com a cabeça rapada, Dora lhe deu uma esmola e ia quase fechando a porta antes de reconhecê-lo e cair no choro. Dora escreve contos obscuros sem nenhuma pontuação. Uma vez passou duas horas discutindo comigo sobre se devia ou não usar o ponto-final. Eu disse que sim, contanto que fosse o último daqueles contos que ela escrevesse. Nunca mais discutimos literatura — a última coisa que nos unia.

Há dias chegou uma carta de um leitor que se assina "Pedro Paixão". Ele conta que gosta de besuntar sua mulher com gemas de ovos antes de possuí-la, num Hino à Fertilidade. Publiquei sua carta na coluna e, num impulso, comentei que ele devia passar a mulher também em rosca de pão antes de possuí-la, num Hino à Milanesa. Ele escreveu outra carta dizendo que vai me matar.

Num congresso de psicologia — o convite veio endereçado ao "dr. Alencar Alípio", eu não podia recusar — comecei meu discurso lembrando a história do papagaio metido que vivia dando palpite durante as atividades sexuais do seu dono. "Boa, boa", ou "Agora, pelo flanco!", coisas assim. Até que um dia uma namorada mais recatada exigiu do dono do papagaio que tapasse sua gaiola durante o ato. O dono pediu desculpas ao bicho e tapou a sua gaiola com um pano. Houve um problema com um fecho da roupa da moça e durante algum tempo o papagaio, sem enxergar nada, ouviu uma conversa mais ou menos assim: "Puxa... Não, assim não, assim arrebenta... Tenta com os dentes... Está quase... Pô, escapou...". E quando ouviu a voz feminina dizer: "Tenta por trás, mas é melhor usar um alicate", o papagaio deu um pulo e sacudiu o pano, exclamando: "Isso eu não posso perder!".

Depois desse começo, que deixou muita gente na plateia mais intrigada do que o papagaio, passei a dissertar sobre o perigo de mitificar o sexo exatamente pela tentativa de desmitificá-lo. Estávamos tapando o papagaio, este símbolo tropical do sexo como safadeza, e caindo no outro extremo, a seriedade exagerada que complica o que devia esclarecer. Me declarei culpado por boa parte daquela tendência, eu que — traduzindo o dr. Brown — fora dos primeiros a introduzir o sexo, por assim dizer, nos lares brasileiros, e pedi desculpas ao papagaio.

Falei contra a Censura e a repressão e elogiei as sociedades liberais que deixavam a sexualidade atingir o seu nível natural, mesmo com o risco de transbordamentos para a baixa pornografia, pois só assim ela seria saudável e construtiva e dispensaria as regras dos sexólogos, como o charlatão que vos fala. Ninguém se importou muito comigo, mas peguei uma psicóloga mineira que começou a ganir de prazer quando, no hotel, ordenei: "De quatro, mulher!".

Eu devia ser um par de garras serrilhadas, percorrendo o chão de mares silenciosos, em vez de um pênis com um homem na ponta. E o meu romance, provavelmente, seria uma bosta.

Há dias escrevi uma longa carta ao dr. Brown. É incrível, mas nunca nos encontramos. Uma vez era para ele ter vindo ao Brasil para uma série de conferências, mas não me lembro o que houve. Uma revolução, parece. Na minha carta, eu perguntava se ele também tinha tido outros planos na juventude, e acabara como eu aprisionado pelo sucesso errado, o pior tipo de fracasso. Comentei a revolução sexual que nos engolfara como líderes contrafeitos — ele na matriz, eu na imitação — e perguntei se a sua vida particular também era uma negação de tudo que ele era pago para pregar. Lembrei minha reação divertida à ingenuidade do seu primeiro livro e como ele acabara proibido aqui. (Por sinal, como ia o seu último lançamento, *Faça amor com suas plantas caseiras?*) Ele que respondesse se quisesse. Aquilo era apenas um desabafo. Com o Ricardão em recesso, eu me entregava aos prazeres da autocompaixão. Mas caprichei no inglês e nas citações literárias, principalmente de Eliot, embora desconfiasse que o bom doutor, pelo seu estilo, não tivesse nenhum gosto pela leitura. Ainda mais de Eliot, um católico da velha Igreja cuja retórica de pecado e contrição ofenderia a sua convicção protestante de que a palavra era um caminho para a salvação — no caso, o orgasmo simultâneo — e não para a imolação. Terminei com um paralelo entre o meu estado de espírito e o trecho sobre Phlebas, o Fenício, em *Terra árida*: "Uma corrente submarina limpou os seus ossos aos suspiros. Subindo e descendo ele passou pelos estágios da sua idade e juventude e desapareceu no redemoinho". E assinei "do seu (que diabo) discípulo, Alencar Alípio".

Hoje — junto com cartas de Mãe Assustada, Vênus de Paquetá, Catão Inseguro, Amante Criativo, Esposa Fiel ("Meu marido me veste de tirolesa, sem as calças, e me ataca no quintal todos os sábados, a vizinhança já reclamou e...") — veio uma carta da editora do dr. Brown:

"O dr. Brown morreu há anos. Todos os seus livros desde *Sex and the Divorced You* foram escritos por uma equipe, que também faz as colunas semanais para mais de duzentos jornais em todo o mundo. Temos certeza de que o dr. apreciaria a sua gentil carta etc." Muito bem. Todo aquele tempo, em vez dos rigores da métrica anglo-saxônica, eu estivera traduzindo a ficção de uma ficção. O dr.

Brown, como Alencar Alípio, não existia. Só que Alencar Alípio ainda respira. E responde cartas de Curiosa de São Paulo, Capital ("Afinal, qual a real importância do tamanho do membro masculino num relacionamento sexual satisfatório?"); Indecisa, Londrina ("Sinto uma espécie de fisgada no umbigo, acompanhada de suor frio, isto é o orgasmo, eu devo procurar um médico?"); Preocupado, Nova Iguaçu ("Tenho uma ereção por semana, mas esta semana ela não veio...").

Não trabalho mais no escritório, onde durante anos vivi o sonho brasileiro da safadeza ilimitada, e no horário comercial. Fico em casa. Não vou mais a vernissages e noites de autógrafo com Dora para dar consultas extemporâneas a suas amigas.
— Pensa que eu não vi? Você marcando um encontro com a Eunice...
— Ora, Dorinha. Ela está tendo problemas com o seu orgasmo e eu disse que precisávamos estudar isso a fundo. Você sempre pensa o pior!
Hoje — você não vai acreditar — só uma coisa sensibiliza o meu tecido erétil. Me tranco no banheiro com um exemplar do primeiro livro do dr. Brown, traduzido por mim. Ele usa 117 — eu os contei no banheiro — eufemismos para os órgãos genitais femininos. Todos me excitam. Tenho a volúpia do eufemismo. O seu capítulo sobre o beijo — nunca, nunca com a boca aberta, a higiene e a moral guardam o templo do corpo — me faz babar. Demora, mas vale a pena. Não me importo em ficar cego.

Vou ter que interromper estas reminiscências. Dora acaba de me avisar que um homenzinho estranho, com cara de brabo, está na porta à procura de Alencar Alípio.
— Ele diz que se chama Pedro Paixão e que você o está esperando.
— Diga que Alencar Alípio não existe e...
Mas Dora já se retirou para chamar Pedro Paixão. Certo, vou atendê-lo. Pequei contra a seriedade e devo pagar. Dora acaba de introduzir o homenzinho estranho no gabinete e retirar-se. Ele tem uma mão no bolso. Sim, sim, uma arma. O redemoinho. Se sair desta, preciso falar com Arthur sobre a alcachofra. A ideia começa a me atrair.

A gorjeta é livre

Confesso que sou um constrangido diante do garçom, qualquer garçom. Se for garção, então, é pior. Garçom é uma coisa pouco natural. Uma coisa antiga. Aquele homem ali, de gravatinha, nos servindo. Às vezes com idade bastante para ser nosso pai... É embaraçoso, para ele e para nós. A gorjeta voluntária é uma espécie de taxa-vexame que você paga ao garçom por ainda existir. Um suborno para ele esquecer tudo e você aplacar sua consciência. É como dizer, "eu sei, eu mesmo devia me levantar e ir na cozinha buscar meu prato como mamãe me ensinou, sou uma besta, o mundo é injusto, toma aí para uma cervejinha". Quanto mais servil o garçom, mais você se constrange e maior a gorjeta. É o remorso. Ou a consciência social, que é a mesma coisa.

A gorjeta obrigatória desobriga as duas partes, o garçom de babar no seu pescoço e você de ter remorso. Mas também leva a exageros, como a desatenção completa do garçom pelo mundo em geral e pela sua mesa em particular. Quer dizer, somos pela igualdade universal, o fim do servilismo e a fraternidade entre os homens, mas olha o serviço, pô! E quem nunca teve que passar pelo vexame de atrair a atenção de um garçom que insiste em não olhar para cá? É dos piores momentos da humanidade.

Você levanta o braço para um aceno, o garçom não olha e você tem que improvisar: passa a mão no cabelo, coça a nuca, finge que está espantando uma mosca ou que viu um conhecido lá no fundo. "Oi, tudo certinho?" Tenta outra vez, o garçom continua não olhando, e é outro conhecido que você descobre no restaurante. Até que:

— Qual é?

— Qual é o quê, cavalheiro?

— É a terceira vez que você abana para a minha mulher e ela jura que nunca viu você na vida.

— Sua mulher? Não, não, por amor de Deus, eu estava espantando uma mosca.

— Tou sabendo. Que não aconteça outra vez.

— Pode deixar. E me faça um favor. Na volta para a sua mesa, diga ao garçom que preciso falar com ele. É urgente. Espero ele aqui mesmo, mais ou menos a esta hora, com o braço levantado que é para ele me identificar. Diz para ele trazer a nota. A nota. Ele compreenderá.

Pior é quando você chama e ele não ouve. Você tenta o tom jovial — "ó comandante" —, depois o falso íntimo — "meu chapinha!" —, depois o formal com alguma autoridade — "quer fazer o favor?" — e finalmente a linguagem internacional do "psiu!". Se tudo falhar, atira um garfo na cabeça dele. Mas tem que pagar a gorjeta, está incluído.

E o maître? O maître é o terror. O maître já foi garçom, já passou por tudo que um garçom passa, e hoje é um ressentido no poder. Trata os garçons como uma subespécie e você como um garçom. Não sei se sou só eu, mas sempre tenho a impressão de que o maître desaprova o meu pedido, o vinho que escolhi, o jeito que pego na faca e o tom dos meus sapatos. E também não está muito entusiasmado com a minha existência.

— Mesa para quantos?

— Do-dois... Se o senhor não se importar. Mas se preferir eu vou embora. E desculpe qualquer coisa!

Na primeira vez em que pedi ostras num restaurante em Paris, conta ele só para dizer que já esteve em Paris, encarei o maître pronto para exorcizar de uma vez todos os meus terrores. Se conseguisse enfrentar um maître de Montparnasse, na língua dele (cada vez que eu falo francês, Racine morre mais um pouco), estaria salvo. Olhei o maître nos olhos e disse, a voz firme como a saúde do Pompidou, que estava à morte na ocasião:

— *Des huîtres.*

— *Monsieur?*

— *Des huîtres* — repeti, já pensando em abandonar a ideia, a mesa e a cidade.

— Sim, *monsieur*, mas de que qualidade? Que número?

Ele me mostrou o cardápio. Havia dezessete categorias diferentes de ostras, e cada categoria tinha vários números, correspondentes ao tamanho. Já que não podemos ser franceses, *monsieur* — era certamente o que ele estava pensando — sejamos específicos.

— A *claire* número 3, evidentemente — disse eu, dando a entender que um bom maître veria na minha cara que eu era um homem de *claire* número 3.

Mais tarde, consumidas as ostras, ele trouxe uma tigela de prata com água morna e uma rodela de limão. E ficou por perto, na certa antecipando que eu beberia a água em vez de lavar os dedos. Mas não lhe dei esse prazer.

O diabo é que depois disso, em qualquer restaurante do mundo em que entro, noto um brilho de divertido reconhecimento nos olhos do maître. Ah, esse é o tal das ostras em Paris... Uma alucinação, claro. É o terror.

Sempre dou gorjeta para o garçom, apesar do constrangimento. Mas para o maître nunca. Conheço os meus inimigos.

"Garras!"

Não vai dar tempo para lançar, neste verão, e aproveitar a psicose do *Tubarão*, mas já tenho o argumento pronto. Chama-se "Garras". É a história de um siri que aterroriza uma praia gaúcha e faz várias vítimas antes de ser finalmente subjugado. A produção não deve ser muito difícil, embora eu preveja alguns problemas com o siri mecânico. O último dia que nós experimentamos funcionava bem fora da água, mas quando molhava as pilhas...

Será um filme realista, filmado *in location*, em ambientes autênticos: o Hotel Grande Mosquito, de Arroio do Vento, e as praias do Esgoto e do Atoladouro, naquele local. O papel do mar será desempenhado pelo próprio oceano Atlântico. Temos tudo pronto. Só falta o financiamento para a hospedagem da equipe no Hotel Grande Mosquito durante as filmagens — quinhentos cruzeiros por noite, o colchão, mais cinquenta cruzeiros por travesseiro, vinte cruzeiros pela caneca de água, café da manhã (tatuíra e banana) à parte. O dono do hotel se defende dizendo que tem só a temporada de verão para ganhar seu dinheiro honestamente. Em março, precisa voltar para o presídio e terminar de cumprir sua pena por assalto à mão armada e extorsão.

O argumento é o seguinte: começa na praia, à noite. Um casal de namorados, deitado na areia, ama-se com fervor. Ela geme cada vez que ele toca numa parte queimada de seu corpo. "Não, aí não. Ai!" E depois, "Isso, isso. Oh, *yes*. Belisca a sola do meu pé, belisca". Os dois se dão conta, ao mesmo tempo, de que, na posição em que estão, é impossível ele estar beliscando a sola do seu pé. É o siri! O namorado sai correndo mas ela não consegue escapar. As garras do monstro fecham-se no seu dedão. A câmera aproxima-se em zoom da parte atingida e, sobre este fundo aterrorizador — sangue e a pele um pouco levantada —, aparece o título: "Garras". Os créditos são apresentados sobre um travelling que mexerá com pavores antigos de toda a plateia: o siri com as mandíbulas em riste, andando de lado.

Quando o ataque do siri chega ao conhecimento das autoridades, abre-se uma discussão. O brigadiano quer alertar logo os veranistas para a ameaça, mas o dono do hotel e o dono da Lancheria e Pastelaria Cólicas do Sul — receosos de que o medo afaste a freguesia da praia — pedem discrição. Os fatos se precipitam, no entanto.

No dia seguinte, um garoto é atacado pelo siri, e no rasinho. Instala-se o pânico. Os uruguaios vão embora, alegando que as suas praias podem ser mais baratas e confortáveis, mas pelo menos lá seus pés não são ameaçados. As mães mantêm seus filhos longe da água. Reservas no hotel são canceladas. A ruína econômica ronda Arroio do Vento. É preciso eliminar a besta!

Chamam um técnico de um centro maior, Centro Maior, a poucos quilômetros de Arroio dos Ventos. Lá tem até *Mu-Mu*. Vem o velho Caranga, veterano matador de siris, uma legenda na orla. É uma figura impressionante. Não tem nenhum dedo nos pés. Perdeu todos em sessenta anos de luta contra *Ele* — como ele chama o siri, num misto de ódio e reverência. Sua identificação com seu arqui-inimigo é tão grande que o velho Caranga só anda de lado, o que explica a sua demora em chegar a Arroio do Vento. Mas finalmente chega e prepara-se para enfrentar o monstro.

Nessa parte, carreguei no lado simbólico do argumento. Uma espécie de *Moby Dick* reduzido às nossas verbas. Num impressionante monólogo de frente para o mar, com o vento quase o carregando e a areia final entrando na sua boca e dificultando a dicção já prejudicada pelo péssimo som do cinema nacional, o velho Caranga dirá que, para ele, o siri é "o Mal, o terror das profundezas do espírito humano, uma emanação de ansiedades atávicas que a nossa sociedade mecanizada e trezentos anos de racionalismo não conseguiram sublimar. *Ele* é o *Deus Selvagem* de Jung atrás do nosso pé...".

Enquanto isso, o siri se aproxima do seu pé e tentará em vão pegar um dedo. Então... Mas eu não vou contar todo o filme!

O 11º mandamento

Ele se chamava, por alguma razão, Maxwell, mas era paulista. "De trezentos anos", gostava de dizer. "Chegamos um pouco atrasados." E assim, na mesma frase nos informava que sua família era importante mas que ele não ligava muito para essas coisas. Quem ele não conquistasse com o nome conquistaria com o descaso pelo nome. Tinha charme, o sacana. E estava em Porto Alegre para nos conquistar de um jeito ou de outro.

Começou por Cláudio, que tinha fatal fascinação pelo supérfluo.

Cláudio e Vânia conheciam tudo sobre o dinheiro e a sua ascendência. Para eles o dinheiro dava na árvore genealógica das pessoas, desde que tivessem o nome certo. O bisavô de Cláudio começara a fortuna da família roubando cavalos na fronteira, mas no imenso retrato oval, que deixara — junto com uma estância maior do que alguns países — para inspirar seus descendentes, seu rosto era o de um patriarca hereditário, o 16º ou 17º barão de qualquer coisa. Um tronco de retidão moral. A riqueza, para Cláudio e Vânia, era uma justa deferência do mundo à sua beleza e à sua juventude. (Vânia na frente do espelho, se autogozando mas não muito: "Que rica cara...".) Nenhum dos dois entendia o poder. Quer dizer, não entendiam a primeira coisa sobre o dinheiro. O dinheiro conquistado corrompe, mas sensibiliza. O dinheiro legado inocenta terrivelmente. Cláudio e Vânia. Carneiros sanguinários em roupagem de lobo. Mas lobo na última moda.

— Vocês precisam ver o escritório dele! — foi a primeira coisa que Cláudio nos disse de Maxwell, quando chegou de São Paulo. — O tapete é desta grossura.

Os dois tinham passado a noite conversando e pulando de bar em bar. Tudo na noite paulista lhes sorria e o maître do La Cocagne mais que tudo. De madrugada — isto Cláudio me contou depois, longe de Vânia — tinham ido para o apartamento de Maxwell com duas gatas fenomenais. Coisa fina. — E que papo! — disse Cláudio. — O cara tem cultura. Quando ele vier aqui, vou te apresentar.

Eu era uma espécie de intelectual em residência da família. Ajudava Vânia com o Proust, e Cláudio a receber estrangeiros na fábrica e nos seus embaraçados encontros com a cultura. Eles me pagavam com a amizade e algumas confidências. Uma vez me levaram junto à Europa para pedir o prato certo nos restaurantes certos e tínhamos descido correndo, os três, a Champs-Élysées de madrugada. Por nada, só por correr na Champs-Élysées de madrugada. E é claro que eu estava apaixonado pela Vânia. Diga-se a meu favor que eu não ficava arranhando a porta quando eles me botavam para fora do apartamento, à noite. Eu ia gostar muito da cultura do Maxwell, Cláudio tinha certeza. Para não falar na sua Mercedes.

Dois ou três grupos de São Paulo tinham feito ofertas pela participação acionária no grupo de empresas que Cláudio dirigia, mas nenhum, aparentemente, tinha o mesmo prestígio com os maîtres, ou tapete tão grosso. Cláudio vira o poder em ação e o confundira com apenas uma forma superior de esbanjamento brasileiro. Irresistível.

Cláudio receberia Maxwell em Porto Alegre como um irmão na inocência. O levaria a passear de lancha no rio ao pôr do sol e abriria os braços para a cidade crepuscular, o quintal da sua herdade. Maxwell talvez ficasse olhando para o seu pescoço. O predador adivinhando a jugular. Vânia olharia para o perfil de Maxwell. Eu olharia para o rosto de Vânia. Assim uma ordem econômica dá à luz, lentamente, sem agonia, a sua natural ordem seguinte. Os carneiros nem saberiam o que lhes acontecera. E às nossas costas o sol se poria, simbolicamente, sobre o Guaíba.

Fui o primeiro a chegar no apartamento para o jantar com que Cláudio apresentaria Maxwell à família e aos amigos. Vânia estava linda. Cláudio estava irritado. Naquele dia os jornais tinham noticiado que mais um importante grupo empresarial gaúcho seria absorvido por São Paulo. Cláudio redigira uma declaração para mandar aos jornais no dia seguinte. Os paulistas não estavam absorvendo nada, seriam acionistas minoritários, o grupo continuava gaúcho. Queria que eu o ajudasse na redação. Mas Vânia me enlaçou pelo braço e disse que só estava me esperando para preparar aqueles drinques com vodca que eu inventara, como era mesmo a receita? Minha retórica não ia afetar a descapitalização do Estado. Decidi, como sempre, pela vodca.

— Você já o conheceu? — perguntei a Vânia, enquanto preparávamos a bebida. Aquele perfume ela tinha comprado em Paris. Na nossa viagem.

— Quem? Max? Já. No aeroporto. Nos entendemos muito bem. Sabe que ele tem a Mercedes dos meus sonhos?

Não era uma premonição. Nem ciúmes. Eu apenas tinha a impressão de que alguma coisa estava chegando ao fim. Vânia estava de branco como uma oferenda. Seus seios estavam quase à mostra no decote do vestido. De alguma maneira, aparecer ou não aparecer o bico dos seios era como a diferença entre 49% ou 51% das ações.

Após o jantar (Vânia insistia em servir "à americana", embora eu dissesse, tentando equilibrar prato, talheres e copo, que nessas horas sempre me faltava um joelho). Maxwell veio me cumprimentar pelos drinques. Era mais velho do que Cláudio, estava perto dos quarenta. Disse que ou muito se enganara ou detectara o sabor de tequila na mistura.

— Acertou. Vodca, tequila, limão e um sopro de granadino. Eu sempre digo que foi isso, e não uma picareta, que matou o Trótski.

Maxwell riu. Forçado, mas ninguém jamais rira da minha frase antes. Maxwell apontou com o copo para o sofá onde, num arranjo casual, Cláudio, seu irmão Inácio e o pai dos dois, conversando com as cabeças muito juntas, representavam 80% das ações do grupo e um tableau inconsciente: "Os efeitos da endogamia e das empresas familiares na economia gaúcha". Inácio tinha o olhar vago. A não ser pelo seu Opala especial, no qual já se arrebentara várias vezes, não tinha muito sobre o que conversar.

— Cláudio me falou que você conhece a história da família melhor do que ninguém — disse Maxwell. — O Nacinho, eu sei, é um débil mental. Mas e o velho?

— Foi quem construiu tudo. Era, dentro das suas limitações, um homem de visão. Claro que não partiu do nada. Tinha dinheiro do pai, do gado, das fazendas. Casou com uma prima, rica também. Mas veio para a cidade. Optou pela indústria. Construiu. Cresceu. Chegou a ter uma das quatro ou cinco maiores fortunas do Estado. Depois teve um enfarte e passou tudo para as mãos do Cláudio.

— E o Cláudio está botando tudo fora.

Olhei para Maxwell. Ele continuava a olhar para o trio no sofá. Não tinha feito uma pergunta. Fiquei quieto. Vânia passou por nós e atirou um beijo. Peguei o beijo no ar. Maxwell me olhou com expressão divertida. Fingi que esfarelava o beijo na mão fechada e depois o despejava dentro do copo. Um ingrediente improvisado. Ele riu outra vez. Talvez me levasse junto quando raptasse Vânia na sua Mercedes. Para fazer os drinques e as frases.

— E você o que pensa de tudo isso? — perguntou Max. (Depois do quinto Trótski eu já o chamava de Max.) — Você sabe o que está acontecendo mas não faz nada.

— Eu não posso fazer nada, Max. Eu sou parte do que está acontecendo. Você é quem vai fazer tudo. São Paulo vai nos salvar de nós mesmos.

— Não. Você não faz parte disso. Você está de fora mas não pode se afastar. A decadência fascina você. É ou não é? Quem foi que disse que no apogeu as pessoas fazem História e na decadência, Literatura?

— Cláudio e Vânia não são a decadência de nada. São inocentes inúteis. Isto aqui nunca teve apogeu para ter decadência tão atraente assim.

— Um sopro de decadência — sugeriu Max, sorrindo. Fingi que hesitava um pouco antes de aceitar esse novo ingrediente e também adicioná-lo, com um gesto, ao drinque que tinha na mão.

— Vá lá. Um sopro de decadência.

Depois disso, Max disse que no inconsciente agropastoril do Rio Grande do Sul a industrialização era um dos disfarces do demônio conspurcador de Santo Agostinho, o que tinha as suas cidades no Norte, eu disse que aquilo era uma simplificação grosseira, ele disse que a reação contra a alienação da economia gaúcha vinha de um senso machista de posse, eu disse que aquilo era mágoa de paulista provinciano que não enxergava o Brasil além das suas próprias chaminés. Depois, falamos do Corinthians e do Internacional, concordamos que ainda se come muito bem em São Paulo e que, decididamente, não dá mais para ouvir o Miles Davis. E, quando vimos, estávamos os dois olhando para o decote da Vânia, que se debruçava sobre o sofá para beijar a cabeça do sogro.

— Sabe qual é o 11º mandamento? — Max perguntou.

— Não citar Santo Agostinho com a barriga cheia?

— Não. É não desejar a mulher do próximo a menos que você tenha uma fonte inesgotável de renda.

Propus um brinde às sábias palavras, embora meu copo estivesse vazio. A mim ele conquistou pela cumplicidade.

As negociações se estenderam por várias semanas, durante as quais Maxwell veio seguido a Porto Alegre e Cláudio foi outras tantas vezes a São Paulo. Um dia Cláudio anunciou:

— As coisas não vão indo bem.

E, quase no mesmo fôlego, sem sentir que fizera a conexão:

— Da próxima vez você vai a São Paulo comigo, Vaninha.

Os demônios do Norte queriam o controle completo ou nada. E Maxwell, embora a decisão final não fosse apenas dele, era quem fazia as maiores exigências.

— O que é isso? — perguntei a Cláudio, tomado de súbita indignação. E, estranho: não estava bêbado.

— O que é o quê?

— Por que Vânia tem de ir junto?

— E por que não? Ela pode aproveitar para fazer compras. O Max põe um carro à nossa disposição. Você não vive me pedindo para ir junto, Vaninha?

Vânia estava olhando para mim quando respondeu:

— É. Mas desta vez eu não quero ir.

— O próprio Max pediu que eu levasse você. Quer mostrar a Mercedes.

— E daí?

— Não podemos contrariar o Max. Vocês não sabem, mas se este negócio não sair nós ficamos mal, muito mal. Ele quer tudo ou desiste. E se ele desistir, ninguém mais vai querer.

O predador tinha a sua presa pelo pescoço.

— Você vai, Vaninha.

— Não vou.

A terceira conquista ele não fizera. A que parecia a mais fácil. Curiosamente, recusando-se a se sacrificar pelo Rio Grande, Vânia nos reabilitava. Eu beijaria os seus pés naquela hora, só que depois não saberia como parar.

São Paulo ficou com o controle acionário já que não pôde ter Vânia, Maxwell exigiu o resto. Com a sua parte do dinheiro, Nacinho comprou um Maverick envenenado e o arrasou contra um muro no primeiro dia. Cláudio aceitou um cargo de direção em São Paulo, seduzido pela perspectiva de tapetes profundos e gatas de primeira classe. Vânia ficou em Porto Alegre. Não comigo, infelizmente. Está fazendo comunicação na PUC e trocou os vestidos decotados pelo ascético brim. Meus sonhos de voltar a Paris sozinho com ela — depósito prévio por conta dela, naturalmente — se desfizeram. Mas tive o meu instante de glória.

Na última vez em que vi Maxwell ele perguntou por Vânia. E quis saber se eu respeitara o 11º mandamento. Menti. Respondi que não. Ponto para os intelectuais decadentes.

— Foi por sua causa que ela não quis ir a São Paulo daquela vez?

— Você não acreditaria que foi mais uma demonstração da fibra moral da mulher gaúcha? Que algumas partes da nossa alma não estão à venda?

— Acreditaria. Mas prefiro uma explicação menos épica. Como é que você conseguiu o que eu não consegui?

— Você não conhece o poder dos meus drinques — disse eu, sorrindo.

Você vai ver

Você tomará um táxi no centro da cidade. Dezessete menores maltrapilhos brigarão para segurarem a porta para você. Você atirará uma moeda de duzentos cruzeiros longe, todos correrão para pegá-la e você poderá subir no táxi sem o risco de perder a carteira. Pelo intercomunicador dirá ao chofer, isolado na sua cabina à prova de bala, acetileno e britadeira, o endereço da sua casa. Não é longe, mas com o jeito que está o trânsito será uma viagem de três horas. No caminho você passará pelo local do Grande Engarrafamento de 1980 e abanará, melancolicamente, para o seu último carro, abandonado entre milhares de outros, embaixo de um viaduto.

(Foi assim: um engarrafamento que começou na tardinha de uma sexta-feira e nunca mais terminou. Os proprietários — alguns aos prantos — tiveram que abandonar seus carros. A prefeitura construiu um viaduto de emergência por cima. Depois de duas ou três semanas, marginais começaram a usar os veículos para morar. Primeiro os ônibus. Depois os Galaxies, Dodges e Mavericks. No fim, as Volkswagens. A Vila Sucata (ou Jardim Lataria) se tornou famosa como um foco de criminalidade, sujeira e buzinadas extemporâneas no centro da cidade. Seus habitantes, durante muito tempo, sobreviveram com a venda de pneus, baterias e outras peças das suas moradias. Depois dedicaram-se à indústria da sublocação, alugando espaço nos veículos. "Alugamos banco no ônibus 2134 para família pequena." "Vagas para rapaz em Passat quatro portas, entrada independente.")

Você mora na Vila de Segurança "Forte Apache". (Quando as imobiliárias lançaram as vilas de segurança — áreas residenciais cercadas por muros eletrificados, com torres de metralhadoras de cinquenta em cinquenta metros — usaram nomes pitorescos para promovê-las: "Álamo", "Forte Apache", "Alcázar de Toledo", "Troia" etc. Foi um sucesso.) No portão principal, você precisa identificar-se, e o chofer do táxi deve deixar sua carteira de identidade com o guarda, para recebê-la quando sair. O pesado portão de aço à prova de canhão abre para deixar passar o táxi e fecha em seguida. Na frente da sua casa você introduz o dinheiro da corrida — 1800 cruzeiros — num compartimento especial que só abre do lado do chofer quando fecha do lado do passageiro. A porta da sua casa tem uma fechadura de cofre, e mesmo depois de você girar a fechadura de acordo com a combinação, precisa esperar que sua mulher identifique você pelo olho mágico e depois leve vinte minutos abrindo todas as trancas por dentro. Por precaução, você leva a mão ao revólver enquanto espera.

— Como foi o seu dia? — perguntará ela.

— Ótimo. Fui assaltado só duas vezes no centro. Não encontraram o dinheiro no salto falso do sapato nem me levaram o revólver.

— Que bom.

As Vilas de Segurança têm suas próprias escolas, supermercados e centros comerciais. Depois das dez horas ninguém pode sair na rua, sob pena de ser estraçalhado por bandos de cães policiais especialmente treinados para só pouparem médicos e mecânicos de TV, e que patrulham as vilas até o nascer do sol.

Você janta com a família. O seu filho pergunta, pela milésima vez, como é o mundo no lado de fora dos muros. E quer saber de novo que estranho som é aquele que ele ouve todas as noites, como se fossem gemidos humanos, de milhares de pessoas, do outro lado do muro. E por que aquelas rajadas de metralhadora, todas as noites?

Você e a sua mulher se entreolham, e você explica.

— É a televisão do vizinho, meu filho.

ii. O bacana | Os anos 1980

Criaturas

— Ora — disse Martins, com desdém —, ele pensa que está sendo original. Mas este truque é tão antigo quanto Pirandello.

— Mais antigo até — disse Romualdo, sacudindo o gelo no seu copo. — Se não me engano, Flaubert já tinha escrito alguma coisa sobre o Autor como um Deus pairando sobre o próprio texto, invisível e onipresente ao mesmo tempo, guiando os destinos de seus personagens indefesos.

— Criaturas se rebelando contra o Criador — continuou Martins. — Francamente. Não duvido nem que Ele use a palavra "metalinguagem". Olha aí, já usou.

Aristides olhou em volta, confuso. Não havia mais ninguém na sala, toda decorada em estilo Luís XV, além dos três. — De quem é que vocês estão falando? — perguntou.

— Dele — disse Romualdo, fazendo um gesto vago com seu copo.

— Ele quem?

— O Autor deste texto.

Aristides sorriu, condescendente.

— Não vão me dizer que vocês acreditam que existe um Autor que nos criou e que guia nossos passos. Logo vocês, pessoas sofisticadas, esclarecidas...

— Você não acredita? — perguntou Martins.

— Num Autor onipotente que rege as nossas vidas? Não.

— Você não acredita que existe um Autor que nos criou, nos colocou nesta página, numa sala decorada em estilo Luís XV e nos deu estes diálogos para dizer?

— Não.

Martins e Romualdo trocaram um sorriso de cumplicidade. Romualdo aproximou seu rosto de Aristides.

— Então me diga: como é que você está aqui? Você de repente se materializou no meio de um texto, com um copo de uísque na mão? Sem mais nem menos?

— Meu caro — disse Aristides —, eu não pretendo ter uma explicação para todos os mistérios da existência humana. Só sei que a ideia de que eu sou um produto da imaginação de Alguém que na sua infinita bondade me botou nesta página é absurda.

— Ninguém falou em infinita bondade — interrompeu Martins. — Existe um Autor que nos Criou e que nos tem em suas mãos, mas o seu caráter é discutível.

— Se o Autor realmente é bom — disse Romualdo —, que Ele faça abrir aquela porta e por ela entrar... a Bruna Lombardi!

Nisso, a porta se abriu. Os três se levantaram, cheios de expectativa. Pela porta entrou... o Fantoni!

— O que é que eu estou fazendo aqui? — perguntou o técnico.

— Nada, nada. Você deve ter entrado pela porta errada — disse Romualdo.

Fantoni retirou-se e fechou a porta.

— Viu só? — disse Martins. — Existe um Autor que determina o nosso destino. Mas Ele zomba de nós. Assim como nos colocou numa sala Luís XV, poderia ter nos botado numa mina de sal, ou sentados em cadeiras duras ouvindo o *Bolero* de Ravel. Nada o impede de me matar agora mesmo. Ou de me transformar num sapo.

Romualdo afastou sua cadeira ligeiramente, com medo que Martins caísse fulminado aos seus pés. Aristides protestou:

— Ridículo! Eu comando o meu próprio destino. Se eu quiser, posso me levantar e sair por aquela porta agora mesmo. Nós todos podemos nos levantar, ir embora e acabar esta crônica na metade.

— Então levanta e sai — desafiou Romualdo.

Aristides continuou sentado.

— Se você é livre para fazer o que bem entender, então abra a porta e saia desta página — insistiu Romualdo.

Aristides não se moveu.

— Outra coisa — continuou Romualdo. — Se você, como personagem, fosse dono do seu próprio destino, você escolheria estar logo aqui, num texto d'Ele? Eu preferia estar num texto do Drummond!

— Eu sou livre — disse, calmamente, Asdrúbal.

Martins sorriu, tristemente.

— Não sei se você notou. Mas Ele mudou o seu nome. Agora, em vez de Aristides, você é Asdrúbal. E não pode fazer nada a respeito...

— Mas eu não aceito isso — disse Asdrúbal.

— E vocês notaram? Ele só se refere a Ele mesmo com maiúscula.
— É um tirano. Um megalomaníaco. Tem o poder absoluto. Enche uma página inteira com as palavras que Ele quer, com os personagens que Ele inventa. Dispõe das nossas vidas como se...
— Mas nós temos que nos rebelar! — gritou Asdrúbal. — Temos que impor nossa liberdade! Nem que seja...
— O quê? — disse Martins, desconfiado.
Asdrúbal baixou a voz. Tinha tomado uma decisão.
— Nem que seja pelo suicídio — disse. — Ele nos criou, e isso o torna superior. Mas nós, como Ele, podemos nos matar, e isso nos torna iguais.
— Mas aqui não tem arma nenhuma — disse Martins, escondendo o seu copo.
Um revólver materializou-se sobre uma mesinha laqueada. Asdrúbal o pegou.
— Não! — disse Martins. — Você não vê? Ele está usando você. Ele precisa de uma cena forte para o clímax da crônica e está forçando você a estourar seus miolos.
Os olhos de Asdrúbal brilharam.
— E se eu matar um de vocês? Ou os dois? Assim eu me igualo a Ele. Eu também tenho a vida de vocês em minhas mãos.
Os três agora estavam de pé. Romualdo recuou alguns passos. Martins ficou onde estava. Martins falou:
— Isto é o que Ele quer, também. Criar suspense. À nossa custa.
Asdrúbal continuou apontando sua arma para Martins. Romualdo começou a andar de lado, lentamente. Talvez pudesse se aproximar de Asdrúbal por trás e roubar a arma.
— O que é que Ele quer de nós, afinal? — perguntou Asdrúbal, sem baixar a arma.
— O que Ele queria, já conseguiu.
— E o que era?
— Encher esta página até aqui.
Romualdo estava quase às costas de Asdrúbal. Preparava-se para atirar-se sobre ele.
— Onde é que isto vai acabar? — perguntou Asdrúbal.
— Aqui — disse Martins.

A maçã

No outro dia eu estava traindo o meu médico com um apfelstrudel quando comecei a pensar seriamente na maçã. Na importância da maçã na história do mundo e nos seus significados para a humanidade, nunca muito bem explicados. Dois-pontos.

A Bíblia não especifica qual era o fruto proibido que Adão e Eva comeram naquele dia fatídico em que, desobedecendo a Deus, perdemos o Paraíso e em troca ganhamos a mortalidade, o sexo e a indústria do vestuário. Pensando bem, a única fruta que era certo que havia no Paraíso era o figo, pois foi com folhas de figueira que cobriram a nossa protonudez. Só muito mais tarde convencionou-se que, para provocar tanto estrago de uma vez só, a fruta proibida do Paraíso tinha que ser uma maçã. Como a maçã não tem propriedades afrodisíacas nem, que se saiba, estimula a inteligência ou o desrespeito à autoridade, conclui-se que sua reputação se deve à sua aparência, ao seu rubor lustroso e à rigidez das suas formas, que de algum modo simbolizam rebeldia e luxúria. A maçã é um triunfo da sugestão sobre a verdade. Existem frutas muito mais lúbricas, como o próprio figo e a escandalosa romã, enquanto a maçã é recomendada para crianças e convalescentes (no erótico "Cântico dos cânticos" ela só entra como terapia: "Confortai-me com maçãs, pois desfaleço de amor"), e mesmo assim a sua fama de provocadora persiste. Também não se sabe ao certo que fruta caiu na cabeça de Newton para que ele descobrisse a gravidade, mas na história ficou que era uma maçã. A maçã parece que está sempre querendo nos dizer alguma coisa.

E, no meu caso pessoal, continua induzindo à desobediência e ao pecado. A fruta não me seduz, mas não resisto a nenhum doce feito com maçã, que é a maçã com ainda mais culpa. Não tem sido fácil conciliar a necessidade da dieta e do combate ao colesterol com a minha busca do apfelstrudel perfeito. Mas todos temos uma missão a cumprir neste mundo.

Memórias

Estavam na casa de campo, ele e a mulher. Iam todos os fins de semana. Era uma casa grande, rústica, copiada de revista americana e afastada de tudo. Não tinha telefone. O telefone mais próximo ficava a sete quilômetros. O vizinho mais próximo ficava a cinco. Eles estavam sozinhos. A mulher só ia para acompanhá--lo. Não gostava da casa de campo. Tinha de cozinhar com lenha enquanto ele ficava mexendo no jardim, cortando a grama, capinando, plantando. Foi da janela da cozinha que ela viu ele ficar subitamente teso e largar a enxada, como se a enxada tivesse lhe dado um choque. Ela correu para a porta da cozinha e gritou:

— São as dores?

Ele só pôde fazer "sim" com a cabeça. Ela foi buscá-lo. Trouxe-o para dentro de casa, amparando-o a cada penoso passo. Ele suava muito. Cheirava a terra. Ela perguntou:

— O remédio está com você?

Ele disse que não. Foi mais um grunhido. Subiram, a custo, os dois degraus da porta da cozinha. Ele não quis ir para a cama. Quis ficar na cadeira de vime da cozinha. Ia passar.

— Onde é que está o remédio?

Ele fez um gesto que queria dizer "por aí". Ela insistiu, já em pânico:

— Onde foi que você botou o remédio?

Com a mesma mão ele pediu tempo para pensar. Onde tinha posto o remédio? Ela não esperou. Foi revistar o casaco dele, pendurado no armário, perto da entrada. Não encontrou o remédio. Correu para o quarto deles. Ele tinha atirado tudo que trouxera da cidade — livros, revistas, alguns papéis do escritório — em cima da cama. Procurou nos bolsos da calça que ele também jogara na cama. O remédio não estava ali. Ela voltou para a cozinha.

— Onde é que você pôs o remédio?

Ele tentava reconstruir, mentalmente, tudo o que fizera ao chegar na casa no dia anterior. Desci do carro. Abri a porta da frente. Fui direto para o nosso quarto. Atirei os livros, as revistas e os papéis em cima da cama. Gisela estava embaixo dos lençóis, nua, só a sua cara sorridente para fora. Mas o que é isso? Não tinha ninguém embaixo dos lençóis. Ele fora ajudar a mulher a abrir as janelas. Depois... Depois o quê? Voltara para o carro e pegara os pacotes de comida. Levara para a cozinha. Saíra pela porta da cozinha e fora ligar a chave da luz que ficava do lado de fora. Vira o seu pai no meio do gramado, de costas para ele, chorando. Claro que não vira. Seu pai morrera antes de eles construírem a casa.

— Tente se lembrar! — gritou a mulher, assustada com a dor que via no seu rosto.

— Estou tentando. Olhe no carro.

Ela foi olhar no carro. Procurou no porta-luvas e no chão. Enfiou a mão dentro dos bancos. Nada. Voltou para dentro da casa e começou a abrir gavetas. Gritou para a cozinha:

— Você tem certeza que trouxe?

— Tenho. Tenho! — gritou ele, impaciente porque ela interrompera a sequência do seu pensamento. Troquei de roupa. Atirei as calças da cidade em cima da cama. — Procure nas minhas calças, no quarto!

— Já procurei! — gritou ela.

A dor estava aumentando. Ele precisava organizar seu pensamento. Biguá, Bria e Jaime. O quadrado da hipotenusa. Calma, calma. Botei minha roupa de jardineiro. O remédio devia estar junto com as coisas de banho que a mulher sempre trazia numa sacola de plástico. Viana, Ávila e Abigail.

— A sua sacola de plástico.

— Eu nunca trago o remédio na sacola. Você é que traz com você.

— Deve ter caído no chão.

— A dor não está passando?

— Não.

Ela correu para o quarto e começou a engatinhar. O remédio devia ter caído do bolso quando ele tirara as calças. Ela procurou embaixo da cama. Nos cantos. Atrás do armário. Voltou para a cozinha. Ele estava com a cabeça atirada para trás.

— Não melhorou?

— Mais ou menos...

Mas não tinha melhorado.

— Pense!

Ele tentou limpar a cabeça. Dar uma varrida no cérebro. Moldá-lo. Comandá-lo. Fazê-lo pontiagudo e preciso. Campidoglio. Mas que Campidoglio? O remédio. O remédio. O cérebro era como o pau, impossível de controlar. Gisela, Gisela. Emplastro de Vick Vaporub. As caixas de pó da sua mãe. O Vingador no rádio. Buscapé. Quem é que usa as cuecas do Fiuza? Era como se ele quisesse enxergar alguma coisa e fosse atrapalhado por nuvens, teias, fios de açúcar, o cheiro da loção do seu pai, fios de açúcar, o parque, seu pai no meio do gramado, de costas para ele, tentando segurar o choro e não conseguindo, pipoca, puxa-puxa, a volta para casa no carro, de noite, no colo de quem, de quem? O cheiro de madressilva.

110

— Eu vou até a cidade comprar o remédio.

— Não deve ter...

— Eu vou até lá. Como é o nome do remédio?

Oswaldo Baliza. Não, esse era o goleiro do Botafogo. Tanta coisa inútil. Um bom martíni deve ser mexido, nunca sacudido. "Laura" era a Gene Tierney. O nome do remédio. Concentre-se. Caixinha branca, tarja vermelha. Começa com "T". Thuran Bey. Não. "Triste é cantar na solidão..." Talmud. Trilateral. Tesão. (Gisela, Gisela!) Bauer, Ruy, e...

— Noronha!

— O quê!

— Não. Começa com "T"...

A mulher disse que não importava. Na farmácia deviam saber. Ou então ela procuraria um médico. Onde é que estavam as chaves do carro?

— Deixe eu pensar...

— Ai, meu Deus...

Ele procurou as chaves do carro dentro do cérebro. Dentro de uma caixa de pó, redonda, da sua mãe. "Seu pai se suicidou..." Fios de açúcar. Biguá, Bria e Jaime. Procurou dentro de uma caixa de charutos do avô que tinha transformado em projetor. Onde estão as chaves do carro? Dentro das latas com sua coleção de tampinhas de garrafa não estavam. Atrás dos livros na prateleira do pai, onde ele um dia descobrira um livro pornográfico, também não. A mulher agora segurava o seu rosto entre as mãos.

— Pense! As chaves do carro!

Era preciso se organizar. O nome dos seus filhos. Fernando e Felipe. O nome dos netos. Deixa ver. 31-33... Não, esse era o número do telefone da Gisela. 4-16- -7. A combinação do cofre. 0086... Não, seu CIC não interessava. As chaves do carro! Ásia, África, Europa, América e Oceania. As treze capitanias hereditárias. Amapola, lindíssima Amapola. Aquela vez em Roma, no Campidoglio, em que... Não era isso! As chaves do carro. O remédio. O nome do remédio. Estava com o cérebro entulhado. As coisas que a gente acumula! Miltinho e Helena de Lima. As armas e os barões. O Gordo e o Magro. Os negócios. Os negócios mataram seu pai. O sapo que um dia entrara na cozinha da casa de campo. Um sapo marrom, latejante. *C'est si bon*. As ruas de Copacabana. Prado Júnior, Hilário de Gouveia... Ou Ronald de Carvalho? *Orca, a baleia assassina. Homem Bala. Namor, o Príncipe Submarino*. Começavam a brotar caras. Na busca das chaves tinha perfurado um cano de caras. Colegas da escola. Professores. O tenente Bandeira. O cérebro alagado de caras. Delírio. Agora mesmo é que não ia encontrar mais nada. Gisela.

111

O tio Tonico! Einstein. Rita Pavone. Ouviram do Ipiranga. Tentaste flertar alguém! Astuto mancou. Tudo menos as chaves!

A mulher procurava, de novo, nas gavetas. Despejou o conteúdo da sua bolsa no meio da sala. Foi ao banheiro e despejou no chão o que tinha na sacola de plástico. Voltou para a cozinha.

— Passou a dor?

— Está passando.

Não estava. Estava piorando. Ela disse que iria a pé até a casa mais próxima, buscar ajuda. Ele gritou:

— Não!

Não queria ficar sozinho com as suas memórias. Seu cérebro estava tentando matá-lo. Era isso. Estava sendo assassinado por banalidades. Se lembrara de coisas de quando tinha quatro anos de idade e não se lembrava onde pusera as chaves do carro. Ou o remédio. Era tudo química, ele sabia. Enzimas, células, combinações celulares. Nada pessoal. Quanto mais se pensava sobre pensar mais havia sobre o que se pensar. O coração era o que mantinha vivo o mecanismo que mantinha o coração vivo. A morte é a última coisa que eu quero que me aconteça. Alguma coisa no seu cérebro não queria que ele encontrasse o remédio. Ele procurava as chaves do carro e a salvação e encontrava o gosto da papinha de frutas que comia quando ainda não tinha dentes. Era uma conspiração. Veja ilustre passageiro. Todas as coisas sem importância armazenadas em cinquenta anos de vida agora entulhavam os corredores. Sua ânsia de viver queria matá-lo. Emergência! Emergência! Desobstruam todos os acessos. Isto não, repito, NÃO é um treino. Os Zugspitz Artisten. Por que diabo estava se lembrando dos Zugspitz Artisten? Onde estava sua mulher?

Ela saíra. Devia estar correndo pela estrada. Ela que tinha horror de barro e de mato. Ele ia morrer. Sério, agora. Era uma armadilha. Eu mesmo me atraí para aqui, comprei esta casa solitária com meu próprio dinheiro e esqueci onde botei os remédios e as chaves do carro. Devia ter desconfiado de mim mesmo quando fiz questão de não instalar telefone. Seu pai dera um tiro na memória. Quem se mata, mata a sua mortalidade. O suicídio e a masturbação são manifestações clandestinas de autogratificação que o sistema não previa. Como as hortas privadas nos regimes comunistas. Biguá, Bria e Jaime. Eli, Danilo e Bigode. O homem é o único animal que se mata. O homem é o único animal que coleciona figurinha de bala. O homem é o único animal que faz caretas para a sua própria Polaroid. O homem é o único animal que lambe os pés de Gisela. A dor aumenta. Torna-se grave e aguda. Está pronto para a última revelação. Sério, agora. O que nós não

— Aqui diz, "a cornita da igreja..." — respondeu o garoto.

— Ah, esse tipo de cornita. É um ornamento, na forma de corno, que fica do lado do altar.

— Pra que que serve?

— Pra, ahn, nada. É um símbolo.

— Ah.

— Pai, usei "cornita" numa redação e a professora disse que a palavra não existe.

— O quê? Mas que professora é essa?

— Ela diz que nunca ouviu falar.

— Pois diga para ela que "cornita", embora não faça mais parte da arquitetura canônica, era muito usada nas igrejas medievais.

— Tá.

— Pai, a professora continua dizendo que "cornita" não existe. E diz que também não se diz "arquitetura canônica".

— Preciso ter uma conversa com essa professora. Essa educação de hoje...

— Não quero discutir com a senhora. Mas também não quero ver meu filho duvidando do próprio pai. Para começar, minha senhora, aqui está o livro que meu filho estava lendo. E aqui está a palavra. "Cornita."

— Deixe eu ver. Obviamente, era para ser "cornija". É um erro de imprensa.

— O quê?

— Um erro de revisão. "Cornija." Ornamentação muito usada na arquitetura antiga. "Cornita" não existe.

— Pai, vamos pra casa...

— Um momentinho. Um momentinho! Claro que eu sei o que é "cornija". Mas existem as duas palavras. "Cornija" e "cornita". Duas coisas completamente diferentes.

— Então me mostre "cornita" no dicionário.

— Ora, no dicionário. E a senhora ainda confia nos nossos dicionários?

— Pai, vamos embora...

— O que é isto, pai?

— Um pequeno tratado que fiz para a sua professora, aquela mula, ler. Dezessete páginas. Pouca coisa. Nele, traço desde a origem etimológica da palavra "cornita", no sânscrito, até a sua simbologia no ritual da Igreja antes do Concílio de Trento, incluindo o número de vezes em que o termo aparece na obra de Vouchard de Mesquieu sobre a arquitetura canônica. E sublinhei "arquitetura canônica", para a mula aprender a jamais desmentir um pai.

— Certo, pai.

— Pai...
— O que é?
— A professora leu o seu tratado.
— E então?
— Mandou pedir desculpas. Diz que o senhor é um homem muito etudito.
— Erudito.
— Erudito. Mandou pedir desculpas. A burra era ela.
— Está bem, meu filho. Pelo menos agora ela sabe com quem está tratando.

Valera a pena. Valera até as noites perdidas inventando os dados do tratado. Sabia que acabaria convencendo a mulher com um ataque maciço de erudição, mesmo falsa. Vouchard de Mesquieu. Aquele fora o golpe de mestre. Vouchard de Mesquieu. Perdera uma hora só para encontrar o nome certo. Mas estava redimido.

O gênio

Eu estava lendo o que a imprensa europeia escreve sobre o futebol do Brasil e comparando com o que a gente escreve — a fascinação deles em contraste com o nosso ceticismo crítico e nosso pessimismo crônico, mesmo nas vitórias — e me lembrei da história do Albert Einstein e do bar do Kurt.

Contam que no tempo em que era um simples funcionário público em Berna, na Suíça (na verdade não sei se foi em Berna, se o dono do bar se chamava Kurt nem se a história se passou mesmo com o Einstein, mas agora já é tarde para recuar), Albert Einstein costumava frequentar um bar perto do seu escritório. Saía do trabalho e ia tomar umas cervejas no bar do Kurt, onde, com o tempo, se formou uma turma de bebedores assíduos, com nada em comum além do fato de sentarem-se à mesma mesa na mesma hora e tomarem cerveja juntos. Durante dois, três anos, a turma se reuniu no bar do Kurt. Conheciam-se apenas pelo primeiro nome e pelas poucas confidências que se faziam — geralmente quando já tinham bebido demais, o que significava que no dia seguinte as confidências estavam esquecidas e todos voltavam a se desconhecer intimamente.

Um dia Einstein não apareceu para sua cerveja de todos os dias. No dia seguinte também não. E quando, no fim de uma semana, Einstein não chegou na hora de sempre, seus cobebedores simplesmente decidiram não guardar mais seu lugar. Albert, o simpático Albert, que falava pouco, mas conhecia algumas histórias engraçadas, e que às vezes se distraía e ficava rabiscando números e letras na toalha da mesa sem ouvir o que os outros diziam, provavelmente se mudara. Como era um funcionário público, talvez tivesse sido transferido para outro posto. Ou talvez morrera atropelado.

Os outros perguntaram, mas Kurt não sabia o que acontecera a Albert. Só sabia que, na manhã do dia em que deixara de aparecer pela primeira vez, passara pelo bar e perguntara a Kurt onde estavam as toalhas sujas do dia anterior. Precisava levar uma das toalhas, com seus rabiscos. Devolveria em seguida. Devolveria naquela tarde mesmo, quando viesse para a sua cerveja de todos os dias. E não aparecera para a cerveja. Não aparecera nunca mais.

Anos depois, um repórter e um fotógrafo chegaram no bar do Kurt para fazer uma reportagem sobre a vida de Einstein antes da fama. Seus hábitos. Sua rotina. O bar em Berna onde, um dia, rabiscando uma toalha, tivera a ideia que o consagrara.

— Einstein? — disse Kurt.

— Nunca ouvi falar.

Na mesa dos velhos frequentadores, ninguém se lembrava de Einstein.

— A fotografia dele esteve em todos os jornais — disse o repórter.

Ninguém ali lia muito jornais, além do esporte e uma ou outra história policial. Aquele tal de Einstein fizera alguma coisa ligada a esporte? Ou quem sabe matara alguém?

— A Teoria da Relatividade — disse o repórter.

— Foi ele que bolou, e rabiscou numa toalha deste bar. Um dos homens mais famosos do mundo. Um gênio. Albert Einstein.

— Albert?

Albert! O funcionário público! Claro, todos se lembravam de Albert. O simpático Albert, que falava pouco, mas conhecia histórias engraçadas. Um gênio, quem diria.

— E nunca nos disse nada!

Pensando bem, Albert nunca dissera nada muito inteligente na mesa. Ou porque não tivesse nada muito inteligente para dizer, mesmo, ou porque não considerasse o grupo à sua altura, intelectualmente. Devia desprezá-los, era isso. Sempre que alguém da mesa tentava levar a conversa para um nível mais profundo — o sentido da existência, essas coisas —, Albert vinha com uma das suas histórias engraçadas. Que nem eram tão engraçadas. Histórias bobas, isso. As únicas histórias à altura de bobos bebedores de cerveja, que não tinham capacidade para conversar com um gênio como Albert. Que, pensando bem, nem era tão simpático assim.

Quando saíram do bar do Kurt, o repórter e o fotógrafo deixaram atrás de si um clima de revolta entre os ex-companheiros de Einstein, divididos entre os que o acusavam de arrogância intelectual e os que o acusavam de ser um blefe, um gênio só para quem não o conhecia bem, como eles.

E antes de sair ainda ouviram o Kurt gritar:

— E outra coisa: ladrão de toalha!

Peça infantil

A professora começa a se arrepender de ter concordado ("Você é a única que tem temperamento para isso") em dirigir a peça quando uma das fadinhas anuncia que precisa fazer xixi. É como um sinal. Todas as fadinhas decidem que precisam, urgentemente, fazer xixi.

— Está bem, mas só as fadinhas — diz a professora. — E uma de cada vez!

Mas as fadinhas vão em bando para o banheiro.

— Uma de cada vez! Uma de cada vez! E você, onde é que pensa que vai?

— Ao banheiro.

— Não vai não.

— Mas tia...

— Em primeiro lugar, o banheiro já está cheio. Em segundo lugar você não é fadinha, é caçador. Volte para o seu lugar.

Um pirata chega atrasado e com a notícia de que sua mãe não conseguiu terminar a capa. Serve uma toalha?

— Não. Você vai ser o único de capa branca. É melhor tirar o tapa-olho e ficar de anão. Vai ser um pouco engraçado, oito anões, mas tudo bem. Por que você está chorando?

— Eu não quero ser anão.

— Então fica de lavrador.

— Posso ficar com o tapa-olho?

— Pode. Um lavrador de tapa-olho. Tudo bem.

— Tia, onde é que eu fico?

É uma margarida.

— Você fica ali.

A professora se dá conta de que as margaridas estão desorganizadas.

— Atenção, margaridas! Todas ali. Você não. Você é coelhinho.

— Mas o meu nome é Margarida.

— Não interessa! Desculpe, a tia não quis gritar com você. Atenção, coelhinhos. Todos comigo. Margaridas ali, coelhinhos aqui. Lavradores daquele lado, árvores atrás. Árvore, tira o dedo do nariz. Onde é que estão as fadinhas? Que xixi mais demorado.

— Eu vou chamar.

— Fique onde está, lavrador. Uma das margaridas vai chamá-las.

— Já vou.

— Você não, Margarida! Você é coelhinho. Uma das margaridas. Você. Vá chamar as fadinhas. Piratas, fiquem quietos.

— Tia, o que é que eu sou? Eu esqueci o que eu sou.

— Você é o Sol. Fica ali que depois a tia... Piratas, por favor!

As fadinhas começam a voltar. Com problemas. Muitas se enredaram nos seus véus e não conseguem arrumá-los. Ajudam-se mutuamente mas no seu nervosismo só pioram a confusão.

— Borboletas, ajudem aqui — pede a professora.

Mas as borboletas não ouvem. As borboletas estão etéreas. As borboletas fazem poses, fazem esvoaçar seus próprios véus e não ligam para o mundo. A professora, com a ajuda de um coelhinho amigo, de uma árvore e de um camponês, desembaraça os véus das fadinhas.

— Piratas, parem. O próximo que der um pontapé vai ser anão.

Desastre: quebrou uma ponta da Lua.

— Como é que você conseguiu isso? — pergunta a professora sorrindo, sentindo que o seu sorriso deve parecer demente.

— Foi ela!

A acusada é uma camponesa gorda que gosta de distribuir tapas entre os seus inferiores.

— Não tem remédio. Tira isso da cabeça e fica com os anões.

— E a minha frase?

A professora tinha esquecido. A Lua tem uma fala.

— Quem diz a frase da Lua é, deixa ver... O relógio.

— Quem?

— O relógio. Cadê o relógio?

— Ele não veio.

— O quê?

— Está com caxumba.

— Ai, meu Deus. Sol, você vai ter que falar pela Lua. Sol, está me ouvindo?

— Eu?

— Você, sim, senhor. Você é o Sol. Você sabe a fala da Lua?

— Me deu uma dor de barriga.

— Essa não é a frase da Lua.

— Me deu mesmo, tia. Tenho que ir embora.

— Está bem, está bem. Quem diz a frase da Lua é você.

— Mas eu sou caçador.

— Eu sei que você é caçador! Mas diz a frase da Lua! E não quero discussão!

— Mas eu não sei a frase da Lua.

— Piratas, parem!

— Piratas, parem. Certo.

— Eu não estava falando com você. Piratas, de uma vez por todas...

A camponesa gorda resolve tomar a justiça nas mãos e dá um croque num pirata. A classe é unida e avança contra a camponesa, que recua, derrubando uma árvore. As borboletas esvoaçam. Os coelhinhos estão em polvorosa. A professora grita:

— Parem! Parem! A cortina vai abrir. Todos aos seus lugares. Vai começar!

— Mas, tia, e a frase da Lua?

— "Boa noite, Sol."

— Boa noite.

— Eu não estou falando com você!

— Eu não sou mais o Sol?

— É. Mas eu estava dizendo a frase da Lua. "Boa noite, Sol."
— Boa noite, Sol. Boa noite, Sol. Não vou esquecer. Boa noite, Sol...
— Atenção, todo mundo! Piratas e anões nos bastidores. Quem fizer um barulho antes de entrar em cena, eu esgoelo. Coelhinhos, nos seus lugares. Árvores, para trás. Fadinhas, aqui. Borboletas, esperem a deixa. Margaridas, no chão.

Todos se preparam.
— Você não, Margarida! Você é coelhinho!
Abre o pano.

Pá, pá, pá

A americana estava havia pouco tempo no Brasil. Queria aprender o português depressa, por isso prestava muita atenção em tudo que os outros diziam. Era daquelas americanas que prestam muita atenção.

Achava curioso, por exemplo, o "pois é". Volta e meia, quando falava com brasileiros, ouvia o "pois é". Era uma maneira tipicamente brasileira de não ficar quieto e ao mesmo tempo não dizer nada. Quando não sabia o que dizer, ou sabia mas tinha preguiça, o brasileiro dizia "pois é". Ela não aguentava mais o "pois é".

Também tinha dificuldade com o "pois sim" e o "pois não". Uma vez quis saber se podia me perguntar uma coisa.

— Pois não — disse eu, polidamente.
— É exatamente isso! O que quer dizer "pois não"?
— Bom. Você me perguntou se podia fazer uma pergunta. Eu disse "Pois não". Quer dizer "pode, esteja à vontade, estou ouvindo, estou às suas ordens...".
— Em outras palavras, quer dizer "sim".
— É.
— Então por que não se diz "pois sim"?
— Porque "pois sim" quer dizer "não".
— O quê?!
— Se você disser alguma coisa que não é verdade, com a qual eu não concordo, ou acho difícil de acreditar, eu digo "pois sim".
— Que significa "pois não"?

— Sim. Isto é, não. Porque "pois não" significa "sim".

— Por quê?

— Porque o "pois", no caso, dá o sentido contrário, entende? Quando se diz "pois não", está se dizendo que seria impossível, no caso, dizer "não". Seria inconcebível dizer "não". Eu dizer não? Aqui, ó.

— Onde?

— Nada. Esquece. Já "pois sim" quer dizer "ora, sim!", "Ora, se eu vou aceitar isso". "Ora, não me faça rir. Rã, rã, rã."

— "Pois" quer dizer "ora"?

— Ahn... Mais ou menos.

— Que língua!

Eu quase disse: "E vocês, que escrevem "*tough*" e dizem "tâf"? mas me contive. Afinal, as intenções dela eram boas. Queria aprender. Ela insistiu:

— Seria mais fácil não dizer o "pois".

Eu já estava com preguiça.

— Pois é.

— Não me diz "pois é"!

Mas o que ela não entendia mesmo era o "pá, pá, pá".

— Qual o significado exato de "pá, pá, pá"?

— Como é?

— "Pá, pá, pá".

— "Pá" é pá. "*Shovel*." Aquele negócio que a gente pega assim e...

— "Pá" eu sei o que é. Mas "pá" três vezes?

— Onde foi que você ouviu isso?

— É a coisa que eu mais ouço. Quando brasileiro começa a contar história, sempre entra o "pá, pá, pá".

Como que para ilustrar nossa conversa, chegou-se a nós, providencialmente, outro brasileiro. E um brasileiro com história:

— Eu estava ali agora mesmo, tomando um cafezinho, quando chega o Túlio. Conversa vai, conversa vem e coisa e tal e pá, pá, pá...

Eu e a americana nos entreolhamos.

— Funciona como reticências — sugeri eu. — Significa, na verdade três pontinhos. "Ponto, ponto, ponto."

— Mas por que "pá" e não "pó"? Ou "pi" ou "pu"? Ou "et cetera"?

Me controlei para não dizer:

— "E o problema dos negros nos Estados Unidos"?
Ela continuou:
— E por que tem que ser três vezes?
— Por causa do ritmo. "Pá, pá, pá." Só "pá, pá" não dá.
— E por que "pá"?
— Porque sei lá — disse, didaticamente.
O outro continuava sua história. História de brasileiro não se interrompe facilmente.
— E aí o Túlio veio com uma lenga-lenga que vou te contar. Porque pá, pá, pá...
— É uma expressão utilitária — intervim. — Substitui várias palavras (no caso toda a estranha história do Túlio, que levaria muito tempo para contar) por apenas três. É um símbolo de garrulice vazia, que não merece ser reproduzida. São palavras que...
— Mas não são palavras. São só barulhos. "Pá, pá, pá."
— Pois é — disse eu.
Ela foi embora, com a cabeça alta. Obviamente desistira dos brasileiros. Eu fui para o outro lado. Deixamos o amigo do Túlio papapeando sozinho.

Lixo

Encontram-se na área de serviço. Cada um com seu pacote de lixo. É a primeira vez que se falam.
— Bom dia.
— Bom dia.
— A senhora é do 610.
— E o senhor do 612.
— É...
— Eu ainda não a conhecia pessoalmente...
— Pois é...
— Desculpe a minha indiscrição, mas tenho visto o seu lixo...
— O meu quê?
— O seu lixo.

— Ah...

— Reparei que nunca é muito. Sua família deve ser pequena...

— Na verdade sou só eu.

— Hmmm. Notei também que o senhor usa muita comida em lata.

— É que eu tenho que fazer minha própria comida. E como não sei cozinhar...

— Entendo.

— A senhora também...

— Me chame de você.

— Você também perdoe a minha indiscrição, mas tenho visto alguns restos de comida em seu lixo. Champignons, coisas assim...

— É que eu gosto muito de cozinhar. Fazer pratos diferentes. Mas como moro sozinha, às vezes sobra...

— A senhora... Você não tem família?

— Tenho, mas não aqui.

— No Espírito Santo.

— Como é que você sabe?

— Vejo uns envelopes no seu lixo. Do Espírito Santo.

— É. Mamãe escreve todas as semanas.

— Ela é professora?

— Isso é incrível! Como foi que você adivinhou?

— Pela letra no envelope. Achei que era letra de professora.

— O senhor não recebe muitas cartas. A julgar pelo seu lixo.

— Pois é...

— No outro dia tinha um envelope de telegrama amassado.

— É.

— Más notícias?

— Meu pai. Morreu.

— Sinto muito.

— Ele já estava bem velhinho. Lá no Sul. Havia tempos não nos víamos.

— Foi por isso que você recomeçou a fumar?

— Como é que você sabe?

— De um dia para outro começaram a aparecer carteiras de cigarro amassadas no seu lixo.

— É verdade. Mas consegui parar outra vez.

— Eu, graças a Deus, nunca fumei.

— Eu sei. Mas tenho visto uns vidrinhos de comprimido no seu lixo.

— Tranquilizantes. Foi uma fase. Já passou.

— Você brigou com o namorado, certo?

— Isso você também descobriu no lixo?

— Primeiro o buquê de flores, com o cartãozinho, jogado fora. Depois, muito lenço de papel.

— É, chorei bastante. Mas já passou.

— Mas hoje ainda tem uns lencinhos...

— É que eu estou com um pouco de coriza.

— Ah.

— Vejo muita revista de palavras cruzadas no seu lixo.

— É. Sim. Bem. Eu fico muito em casa. Não saio muito. Sabe como é.

— Namorada?

— Não.

— Mas há uns dias tinha uma fotografia de mulher no seu lixo. Até bonitinha.

— Eu estava limpando umas gavetas. Coisa antiga.

— Você não rasgou a fotografia. Isso significa que, no fundo, você quer que ela volte.

— Você já está analisando o meu lixo!

— Não posso negar que o seu lixo me interessou.

— Engraçado. Quando examinei o seu lixo, decidi que gostaria de conhecê-la. Acho que foi a poesia.

— Não! Você viu meus poemas?

— Vi e gostei muito.

— Mas são muito ruins!

— Se você achasse eles ruins mesmo, teria rasgado. Eles só estavam dobrados.

— Se eu soubesse que você ia ler...

— Só não fiquei com eles porque, afinal, estaria roubando. Se bem que, não sei: o lixo da pessoa ainda é propriedade dela?

— Acho que não. Lixo é domínio público.

— Você tem razão. Através do lixo, o particular se torna público. O que sobra da nossa vida privada se integra com a sobra dos outros. O lixo é comunitário. É a nossa parte mais social. Será isso?

— Bom, aí você já está indo fundo demais no lixo. Acho que...

— Ontem, no seu lixo...

— O quê?

— Me enganei, ou eram cascas de camarão?

— Acertou. Comprei uns camarões graúdos e descasquei.

— Eu adoro camarão.

— Descasquei, mas ainda não comi. Quem sabe a gente pode...
— Jantar juntos?
— É...
— Não quero dar trabalho.
— Trabalho nenhum.
— Vai sujar a sua cozinha.
— Nada. Num instante se limpa tudo e põe os restos fora.
— No seu lixo ou no meu?

O zelador do labirinto

Tem também a história do zelador do labirinto.

Todos os dias ele saía de casa cedo, com sua marmita, e entrava no labirinto. Seu trabalho era percorrer todo o labirinto, inspecionando as paredes e o chão, vendo onde precisava um retoque, talvez uma mão de tinta etc.

Era um homem metódico. Pela manhã, fazia a ronda do labirinto, anotando tudo que havia para ser consertado, depois saía do labirinto, almoçava, descansava um pouquinho, e entrava de novo no labirinto, agora com o material de que necessitaria para seu trabalho. Quando não havia nada para ser consertado, ele apenas varria todo o labirinto e, ao anoitecer, ia para casa.

Um dia, enquanto fazia a sua ronda, o zelador encontrou um grupo de pessoas apavoradas. Queriam saber como sair dali. O zelador não entendeu bem.

— Como sair?
— A saída! Onde fica a saída?
— É por ali — apontou o zelador, achando estranha a agitação do grupo.

Mais tarde, no mesmo dia enquanto varria um dos corredores, o zelador encontrou o mesmo grupo. Não tinham encontrado a saída. Estavam ainda mais apavorados. Alguns choravam. Alguém precisava lhes mostrar a saída! Com uma certa impaciência, o zelador começou a dar a direção. Era fácil.

— Saiam por ali e virem à esquerda. Depois à direita, depois à esquerda, esquerda outra vez, direita, direita, esquerda...

— Espere! — gritou alguém. — Ponha isso num papel.

Sacudindo a cabeça com divertida resignação, o zelador pegou seu caderno de notas e toco de lápis e começou a escrever.

— Deixa ver. Esquerda, direita, esquerda, esquerda...

Hesitou.

— Não, direita. É isso. Direita, direita, esquerda... Ou direita outra vez?

O zelador atirou o papel e o lápis no chão como se estivessem pegando fogo. Saiu correndo, com todo o grupo atrás. Também estava apavorado. Aquilo era terrível. Ele nunca tinha se dado conta de como aquilo era terrível. Corredores davam para corredores que davam para corredores que davam numa parede. Era preciso voltar pelos mesmos corredores, mas como saber se eram os mesmos corredores? A saída! Onde ficava a saída?

A administração do labirinto teve que procurar um novo zelador, depois que o desaparecimento do outro completou um mês. Podiam adivinhar o que tinha acontecido. O novo zelador não devia ter muita imaginação. Era preferível que nem soubesse ler e escrever. E em hipótese alguma devia falar com estranhos.

Retroativo

O porta-voz do palácio desmentiu que dom Pedro tenha dito a frase atribuída a ele. Assegurou:

— Ele não falou em morte.

— E em independência?

— Em tese.

— Mas várias testemunhas...

— Cada pessoa pode ter sua interpretação. O que não quer dizer que interpretem o pensamento de sua majestade.

— E qual é o pensamento de sua majestade sobre o assunto?

— Ele já o externou em diversas ocasiões.

— Mas sempre houve um desmentido depois.

— Foram desmentidas as versões deformadas.

— Ele quer ou não quer a independência já?

— Seus pronunciamentos a respeito são claros.

— Mas são contraditórios.

— O importante é que são claros.

— Sua majestade contradiz a si mesmo?

— Depois das suas experiências amargas com interlocutores que deformam suas palavras ao transmiti-las ao público, sua majestade decidiu ser seu próprio interlocutor. Ele mesmo já dá a versão deformada, que logo em seguida nós desmentimos.

— Mas isso confunde a opinião pública.

— Exato. Estamos tentando convencê-lo a pular a versão deformada e dar logo o desmentido.

— Ele desmentiria o que ainda não disse?

— É. Eliminaríamos uma etapa.

— Ele então não desembainhou a espada e gritou do alto do cavalo "Independência ou morte!"?

— Ele nem estava a cavalo na ocasião.

— Como se explica a versão de que ele teria gritado "Independência ou morte!"?

— Foi numa conversa informal, às margens do Ipiranga, em que sua majestade externou sua simpatia pessoal pela causa da independência, mas reconheceu que havia muita resistência na corte à medida e observou que o momento talvez não fosse propício para declará-la.

— E "Independência ou morte"...

— Apenas a frase usada por um interlocutor para, nas suas próprias palavras, fazer um resumo pessoal, bastante livre, do que tinha ouvido.

— Não houve, então, o grito do Ipiranga.

— Já disse. Houve o papo descontraído do Ipiranga.

— Sua majestade, então, não quer a independência já?

— Ele nunca disse isso.

— Você é quem disse.

— Eu não digo nada. Eu só desminto.

— Mas...

— Não torça minhas palavras.

— Você desmentiu que sua majestade tivesse se declarado pela independência já.

— Pois desminto o desmentido.

— Sua majestade quer a independência já?

— Digamos que sua majestade quer a independência já, mas não agora.

— Assim não é possível! Sua majestade diz uma coisa aqui, viaja e diz outra coisa lá, volta e diz outra coisa no meio do caminho... A nação quer uma posição firme e definida deste governo.

— Pois a nação pode ficar tranquila. Este governo já tomou uma decisão firme e definida.
 — Qual é?
 — Sua majestade vai viajar menos. Mas não publiquem, que eu desminto!

Insônia

A casa estala de noite. São as coisas se assentando. De dia as coisas ficaram em suspenso, assustadas com a gente. Há um espelho no corredor que já se viu mil vezes em mil pedaços. Essas crianças! De noite as coisas suspiram aliviadas. Isso que você ouve quando acorda no meio da noite é o silêncio que as coisas trocam, como um código. Nada a ver com você ou sua espécie. Todo homem que sai da sua cama e caminha no escuro é um intruso em sua casa e merece a topada. Essa sua sensação, quando acende a luz da sala, de que está interrompendo alguma coisa. São as poltronas e o sofá fazendo sala, como adultos repassando o dia depois que as crianças foram dormir. Por que você não está na cama, menino? De noite a sua casa não é sua. E range como um navio.

Toda casa tem pelo menos um rato, nem que seja uma lagartixa. Tem um sótão e um porão. Pode ser apartamento, tem um sótão e um porão. As pessoas têm um sótão e um porão. Um lugar para guardar postais e botões dourados e o rosto da primeira namorada que disse que deixava você beijar na boca, sim, e apertou a boca, e um lugar escuro onde os seus detritos se amontoam. Você é uma casa que mal conhece, você tem quartos em que nunca entrou. De noite as coisas também se assentam dentro de você. Mesmo que você sonhe com a destruição do mundo ou com um filho se afogando. Em silêncio, as coisas se ajeitam dentro de você, as suas vigas e tábuas, mesmo que você acorde trincando os dentes. E confesse: em algum lugar dentro de você também existe um rato.

Esse zumbido não é a geladeira, é um rumor subterrâneo, é a seiva do mundo, o barulho da máquina. Quando a humanidade desaparecer, as coisas do mundo também dirão, em silêncio, até que enfim, e a poeira assentará. Fomos um leve distúrbio na paz das coisas. Exigimos um sentido do mundo. A nossa casa, o nosso tempo, as nossas coisas. E nem o nosso corpo nos pertence. O coração bate como os tambores do jângal num filme com o Robert Taylor, uma mensagem obscura, outro código misterioso. O terrível não é que as coisas não têm sentido, é que não precisam ter sentido. O único consolo pela nossa mortalidade, que também não é nossa, é que ela nos desobriga de entender o universo. Assim é melhor. Todo mundo morre, os ossos encontram, finalmente, sua melhor posição — morrer é nunca mais se queixar da coluna — e as coisas ficam na sua, sem explicações. Os relógios funcionarão até que a última corda acabe, ou a última pilha pife, e só os bichos no zoológico sentirão a falta do homem, pois ninguém lhes levará comida.

Ouço um ruído diferente. Ou é um rato muito grande ou um ladrão muito pequeno. Mas não levanto mais da cama. Já fui três vezes até a cozinha, já acendi e apaguei a luz não sei quantas vezes, a casa ainda perde a paciência e me expulsa. Melhor dormir. O navio sabe para onde vai.

O homem que desapareceu no Prado

A notícia saiu nos jornais, com algum destaque, durante uma semana. Depois não se falou mais no assunto. Não havia mais o que falar. Um turista brasileiro que excursionava pela Europa com um grupo simplesmente desapareceu dentro do Museu do Prado, em Madri. Ficara para trás enquanto o grupo percorria os salões do museu em marcha acelerada, pois naquela mesma tarde tomariam o ônibus para Barcelona, e nunca mais fora visto. Sua mulher, que o acompanhava na excursão, ficou em Madri. Procurou o consulado brasileiro, foi à polícia, houve investigação, busca, consultas diplomáticas, perplexidade — seria sequestro? — e, finalmente, nada. O homem sumira. Onde, exatamente, tinha sido visto pela última vez? A mulher não sabia bem. Na sala que tinha aquelas pinturas de gente comprida e magra, muito feias. El Greco? Acho que é. Seu marido tinha alguma razão para, hmmm, querer abandoná-la, senhora? Nunca! Éramos bem casados. Se o senhor fosse brasileiro, saberia muito bem quem nós somos. Gente muito importante.

De volta ao Brasil, a mulher contou à imprensa que aquela tinha sido a terceira viagem do casal à Europa. Na primeira, tinham ido a espetáculos e restaurantes. Na segunda, tinham liquidado os principais monumentos e paisagens, fotografando tudo para mostrar em casa e dar inveja aos amigos. Nesta viagem, iam dar uma passada pelos museus. Vocês sabem, cultura também é importante. Prado, Louvre, o Museu Picasso, em Barcelona. Ela fazia questão de dizer "Picasso", com acento no "o". Tinha alguma esperança de rever o marido? Sim. Tinha certeza de que o mistério seria esclarecido, um dia. Pobre do Oscar.

Alguns meses depois, outra notícia estranha apareceu nos jornais. Alguém no Museu do Prado descobrira, num canto do quadro *As meninas*, de Velázquez, um vulto que não estava ali antes. Uma forma vagamente humana, os contornos de um rosto. Descartaram a ideia de que fosse obra de algum vândalo sutil. A ação do tempo, quem sabe? Alguma coisa no ar? Também não. O tempo e a poluição encobrem os detalhes, não os revelam. E, quando, em meio a grande polêmica nos meios artísticos, especialistas preparavam-se para levar o grande quadro a um laboratório e desvendar o mistério, o mistério aprofundou-se. O vulto desapareceu como tinha aparecido. Sem explicação.

Semanas depois, nova sensação. O vulto reapareceu numa pintura de Goya, no mesmo Museu do Prado. Desta vez, bem mais nítido. O rosto — no meio de uma multidão de camponeses — era de um homem de meia-idade, de óculos e bigode fino, com uma expressão de perplexidade, como se também não soubesse como fora parar ali. No dia seguinte, a figura não estava mais no mesmo quadro. Pulara para outro quadro de Goya. Depois para outro. Quando, finalmente apareceu por trás do divã da *Maja desnuda* — agora com um meio sorriso na cara bolachuda — a sensação já corria mundo. Permitiram que o quadro fosse fotografado. Alguém, no Brasil, levou uma revista com a fotografia para a mulher do turista desaparecido. "Ionita, este aqui não está parecendo..."

— Mas é o Oscar! — gritou Ionita. E desmaiou.

Ionita voou para a Europa. Talvez pudesse se comunicar com o marido, de alguma maneira. Mas ele desaparecera outra vez. Alguém julgou identificar sua cara atrás de um arbusto incandescente numa pintura de Hieronymus Bosch, mas foi rebate falso. Os Goyas, ele, definitivamente, não estava mais frequentando.

Ninguém encontrava uma explicação para o fato. Quer dizer, explicações apareceram várias, mas nenhuma lógica. Chegaram a dizer que aquilo era uma vingança da alta cultura europeia contra a horda de turistas em excursão que passava por ela fingindo interesse, roubando a sua alma com suas polaroides e minando suas bases com seu tropel. A cultura contra-atacava. Fizera um prisioneiro. Mas, por que logo o pobre do Oscar?

— Como estava vestido seu marido quando desapareceu, senhora?

— Estava com uma camisa de bolinhas, comprada em butique. Caríssima.

— Era ele...

O rosto de Oscar não foi visto em nenhum outro quadro do Prado. Quando Ionita preparava-se para desistir e voltar de novo ao Brasil, recebeu a notícia. O rosto misterioso fora visto num museu de Amsterdam, na *Ronda noturna*, de Rembrandt. Ionita voou para lá. Não havia dúvidas. Era o Oscar. Não parecia mais perplexo. Parecia entediado.

— Oscar, fale comigo! — gritou Ionita para o quadro. — Saia daí, Oscar. Os travellers ficaram com você.

Nada. Oscar estava integrado na tela. Se não fosse pela camisa de butique, podia ser um membro da guarda. Dali passou para um quadro expressionista de Van Gogh ("O que estão fazendo com você, Oscar!", gritou Ionita, diante da sua cara deformada). Depois — com Ionita sempre correndo atrás — pulou para o *Jeu de pomme*, em Paris. Percorreu todos os impressionistas. Ionita seguia Oscar na sua peregrinação por quadros e estilos e a imprensa seguia Ionita. Ela chegou a ficar doente quando Oscar apareceu num quadro de Picasso, em Barcelona, da fase cubista. O nariz de um lado, os dois olhos do outro, o bigode em cima, as bolinhas da camisa espalhadas por todo o quadro. Depois, Oscar desapareceu. Durante meses. Houve vigília em todos os museus da Europa. Até que um dia, chamaram Ionita no seu hotel, em Paris.

— Madame, venha depressa.

Ionita correu para o Louvre. Oscar tinha aparecido ao lado da *Mona Lisa*. Estava à vontade. Até passara um braço pelos ombros da moça e também sorria para o público.

— Pobre do Oscar... — suspirou Ionita, resignada. — Pelo menos parece feliz...

E preparou a polaroide.

O desafio

Um publicitário morreu e, como era da área de atendimento e mau para o pessoal da criação, foi para o Inferno. O Diabo, que todos os dias recebe um *print-out* com o nome e a profissão de todos os admitidos na data anterior, mandou que o publicitário fosse tirado da grelha e levado ao seu escritório. Queria fazer-lhe uma proposta. Se ele aceitasse, sua carga de castigos diminuiria e ele teria regalias. Ar condicionado etc.

— Qual é a proposta?

— Temos que melhorar a imagem do Inferno — disse o Diabo. — Falam as piores coisas do Inferno. Queremos mudar isso.

— Mas o que é que se pode dizer de bom disto aqui? Nada.

— Por isso é que precisamos de publicidade!

O publicitário topou. Era um desafio. E as regalias eram atraentes. Quis saber algumas das coisas que diziam do Inferno e que mais irritavam o Diabo.

— Bem. Dizem que aqui todos os cozinheiros são ingleses, todos os garçons são italianos, todos os motoristas de táxi são franceses e todos os humoristas são alemães.

— E é verdade?

— É.

— Hmmm — disse o publicitário. — Uma das técnicas que podemos usar é a de transformar desvantagem em vantagem. Pegar a coisa pelo outro lado.

Sua cabeça já estava funcionando. Continuou:

— Os cozinheiros ingleses, por exemplo. Podemos dizer que a comida é tão ruim que este é o lugar ideal para emagrecer. Além de tudo, já é uma sauna.

— Bom, bom.

— Garçons italianos. Servem a mesa pessimamente. Mas cantam, conversam, brigam. Isto é, ajudam a distrair a atenção da comida inglesa.

— Ótimo.

— Motoristas franceses. São mal-humorados e grosseiros. Isso desestimula o uso do táxi e promove as caminhadas. É econômico e saudável. Também provoca indignação generalizada, une a população e combate a apatia.

— Muito bom!

— Uma situação que não seria amenizada pelos humoristas. Os humoristas, como se sabe, não têm qualquer função social. Eles só servem para desmobilizar as pessoas, criar um clima de lassidão e deboche, quando não de perigosa alienação. Isso não acontece com os humoristas alemães, cuja falta de graça só aumenta a revolta geral, mantendo a população ativa e séria. O alívio cômico é dado pelos garçons italianos.

— Perfeito! — exclamou o Diabo. — Já vi que acertei. Quando podemos começar a campanha?

— Espere um pouquinho — disse o publicitário. — Temos que combinar algumas coisas, antes. Por exemplo: a verba.

— Isso já não é comigo — disse o Diabo. — É com o pessoal da área econômica. Você pode tratar com eles. E aproveitar para acertar também o seu contrato.

Com isso o Diabo apertou um botão do intercomunicador vermelho que havia sobre sua mesa e disse:

— Dona Henriqueta, diga para o Silva vir até a minha sala.

— Silva? — estranhou o publicitário.

— Nosso gerente financeiro. Toda a nossa economia é dirigida por brasileiros.

Aí o publicitário suspirou, levantou e disse:

— Me devolve pra grelha...

Recriação

Deus suspirou. Estava cansado. Há bilhões de anos, quando era mais jovem e ambicioso, a ideia de criar um universo não Lhe parecera absurda. Agora se arrependia. O empreendimento fugira ao Seu controle. Não conseguia se lembrar mais nem de quantas luas tinha Saturno. Estava, definitivamente, ficando velho.

Olhou em volta da mesa de reuniões. Sua presença ali era dispensável. Como Diretor-Presidente tinha a última palavra, mas as decisões eram tomadas pela Sua assessoria. Aqueles jovens tecnocratas pensavam que tinham a resposta para tudo. Queriam tornar o Seu projeto mais moderno e dinâmico. Mas trabalho mesmo fora o d'Ele. Criara tudo literalmente do nada. Quando eles nem eram nascidos. Mas paciência. Precisava acompanhar os tempos. Mandou que começassem os trabalhos, vetando a proposta do assessor de RP para que todos se unissem numa oração. Odiava o puxa-saquismo.

— Quanto tempo levará a Recriação? — perguntou.

O coordenador do projeto hesitou. O Velho, como sempre, queria respostas simples e diretas. Com Ele era tudo luz, luz, trevas, trevas. Mas as coisas não eram mais tão simples. O Diretor da Divisão de Obras interveio.

— Precisamos fazer uma análise de custos. Depois um organograma, um fluxograma, um...

— Eu fiz tudo em seis dias — interrompeu o Diretor-Presidente. — E sozinho. Só descansei no domingo. No meu tempo não existia semana inglesa.

Lá vinha Ele outra vez com suas reminiscências. Ninguém negava o Seu valor. Mas o tempo dos pioneiros já passara. Agora era o tempo dos técnicos. Dos gerentes. Dos especialistas.

— Acho que devíamos começar fechando a Terra — arriscou o Diretor Financeiro.

Aquele era um assunto delicado. O Velho tinha uma predileção especial pela Terra. Inclusive por questões familiares. Mas Ele ficou em silêncio. O Diretor Financeiro continuou:

— Acho que a Terra já deu o que tinha que dar. Todos os seus recursos estão esgotados. Não é mais rentável. Não há como recuperá-la. Devemos acabar com ela antes que comprometa todo o Grupo.

— Você quer dizer simplesmente... liquidá-la?

— Isso. Duvido que algum outro grupo quisesse comprá-la. Mesmo um grupo árabe. Nosso representante lá, o papa, receberia uma indenização, claro. Ou seria chamado para cá. Não vejo problemas maiores. E teríamos o que descontar no imposto de renda...

O assessor de RP mostrou alguma preocupação.

— Em termos de imagem, pegaria mal.

— Por quê? — perguntou o Diretor de Planejamento e Pesquisa. — Já eliminamos milhões de outros planetas, alguns bem maiores. Não passa um dia sem demolirmos uma estrela.

— Sei não, sei não...

— Administrar um universo é um processo aético, meu caro. Temos um projeto a cumprir, metas a serem alcançadas. Não podemos ficar nos preocupando com cada planetinha...

— O problema foi o tipo de colonização escolhido para a Terra — observou o Diretor Financeiro, olhando com o rabo dos olhos para o Velho. — Desde o começo, com aquele casal, dava para ver que não ia dar certo. Muito ingênuos, sem iniciativa...

— Quem sabe — sugeriu o assessor de RP — se refaz a Terra em outros moldes, mais empresariais? Dias mais longos, para aumentar a produtividade e baixar a natalidade. Uma nova injeção de petróleo...

— Esqueça — disse o Diretor Financeiro. — A Terra não tem mais volta. Foi muito mal administrada. Está falida. Só estaríamos prolongando a sua agonia, com subsídios. Proponho o fechamento.

A proposta foi aprovada por maioria. Passaram a discutir o formato que teria o novo universo. A ideia era aumentar a centralização, acabar com a expansão constante, para facilitar a administração, e cortar os custos da manutenção...

Na cabeceira da grande mesa, o Velho parecia dormir.

O que ela mal sabia

Ideia para uma história de terror: uma mulher vai ao dentista e, enquanto espera a sua vez, pega uma revista para folhear. É daquelas típicas revistas de sala de espera, na verdade apenas parte de uma revista antiga, sem capas, caindo aos pedaços. A mulher começa, distraidamente, a ler um conto. Começa pela metade, pois o começo do conto está numa das páginas perdidas da revista. E de repente a mulher se dá conta de que a história é sobre ela. Até os nomes — dela, do marido, de familiares, de amigos — são os mesmos. Tudo que está no conto, ou naquele trecho de conto que ela tem nas mãos, aconteceu com ela. A última linha do trecho que ela lê é: "E naquele dia, saindo para ir ao dentista, ela tomou uma decisão: conquistaria sua liberdade. Mal sabia ela que (Continua na página 93)". A mulher procura, freneticamente, a página 93. A página 93 não existe mais. O pedaço de revista que ela tem nas mãos termina na página 92. Ela é chamada para o consultório do dentista. Na saída, a boca ainda dormente pela anestesia, pergunta para a recepcionista se pode levar aquela revista para casa. Qual revista? Uma que estava ali... A recepcionista se desculpa. Fez uma limpa nas revistas enquanto ela estava lá dentro. Botou tudo fora. Afinal, eram tão antigas... "Não é possível", diz a mulher. "Você não sabe nem que revista era?" "Desculpe, mas não sei. Não tinham nem mais capas. "A mulher sai do dentista apavorada. Com a frase na cabeça: "Mal sabia ela que". Que o quê? Sim, tinha decidido conquistar sua liberdade. Pedir, finalmente, desquite ao Joubert. Era a decisão mais importante da sua vida. Mas o que era que ela mal sabia? O que lhe aconteceria? Voltou para a sala de espera. Suplicou à recepcionista. Precisava da revista. Não podia explicar, mas a sua vida dependia daquela revista. "Joguei pela lixeira", disse a recepcionista. "A senhora não pode..." Mas ela já está na escada, descendo para o porão do prédio. Não podia nem esperar o elevador. A revista.

Precisava saber que revista era aquela. Uma *Cruzeiro*. Sim, parecia uma *Cruzeiro* da década de 1950. A *Cruzeiro* publicava contos? Não interessava. Procuraria na lixeira do edifício. Descobriria a data da revista, de alguma maneira descobriria o fim daquele conto e o destino que a esperava.

No porão, teve uma briga com um empregado do prédio que era meio débil mental. "Não pode mexer no lixo, não, senhora." "Mas eu preciso!" "Não pode." "Seja bonzinho!", diz a mulher. Como está ofegante, e com a boca anestesiada, o que ela parece ter dito é "Você é um bandido". "O quê?", diz o homem, avançando na sua direção. No caminho, ele pega uma barra de ferro.

Do diário sentimental de Rambo

Quero matar Betty. Não. Onde é que eu estou com a... com a... Coisa? Cabeça? Quero fazer amor com Betty. Quero matar os mexicanos. Amar Betty, matar mexicanos. Preciso me lembrar disso.

Hoje chegou, pelo correio, o novo fuzil M-734 PX, mira telescópica infravermelha, com câmera de vídeo acoplada, que eu encomendei. Sabia o que era quando vi o carteiro chegar, cambaleando com o pacote sobre o ombro. Para compensá-lo dei-lhe um murro na cara. Depois me dei conta. Não era um murro que tinha que ter dado. Era uma gorjeta. Bom, azar. Montei o fuzil com carinho. A câmera acoplada permite gravar tudo o que acontece quando se dispara o fuzil. Depois de uma matança, posso passar a fita em casa e estudar o que eu fiz de errado. Gostaria de ter tido um desses quando invadi a Coreia do Norte no mês passado.

Mal posso esperar para ter os mexicanos na cama. Mexicanos? Não. Betty! Preciso me lembrar. Betty na cama, mexicanos na frente do meu M-734 PX, caindo como moscas sujas, para aprenderem a não se meter com os Estados Unidos. Gosto de trepar antes de uma missão. Livra o corpo do excesso de fluidos e clareia o pâncreas. Ou será a mente? Uma dessas coisas. Ah, Betty. Como gosto de sentir os seus seios, como duas granadas de superfragmentação, nas minhas mãos...

Há uma certa relutância em me lançarem de paraquedas no México. Alegam que há voos regulares para lá. São uns frouxos. Ainda estão ressentidos porque eu invadi a Coreia do Norte, arrasando tudo e todos à minha frente até quase a fronteira da China, para vingar o que os vermelhos fizeram conosco em 1950, antes de me tirarem de lá à força. Mais uma vez a diplomacia nos traiu. Reagan telefonou, para dizer que estava orgulhoso de mim, mas pediu para eu não contar pra ninguém que ele ligou. Também é um frouxo. Um dia ainda invado Washington.

Decido invadir o México de carro. Não sei se levo o meu estilingue com cápsulas nucleares ou o lança-foguetes. Acho que o estilingue chamará menos atenção na alfândega. Pintei a cara e todo o exterior do carro com graxa preta para não ser visto à noite. Estou pronto para mais essa missão. Os mexicanos pagarão caro pelo que nos fizeram no Álamo, em 1836!

Mas, antes, uma visita a Betty e uma boa trepada.

A graxa preta não adiantou. O posto da fronteira era muito iluminado. O guarda mexicano riu da minha cara pintada. Parou de rir quando eu flexionei o peitoral.

O que alguns chamariam de inferno eu chamo de uma cama cheia de mexicanos. Acordei abraçado com alguns deles. O que estivemos fazendo? Meu Deus, se fiz amor com eles, isso quer dizer que... Arrasei Betty com meu M-734 PX! Bom, tanto faz. Pelo menos assim ela aprende a não chamar mais o meu pinto de coitadinho, só porque ele é pequenininho.

Terrores

Imagine uma convenção dos seus terrores. Tudo o que já assustou você um dia reunido. Em sonho, em algum lugar você as encontrará, confraternizando: as suas fobias, as suas bestas negras. Você não as temerá mais. Poderá, finalmente, conviver com elas socialmente. Trocar histórias e lembranças. Evocar seus medos como se fossem bobas experiências vividas num passado improvável e dar boas risadas.

O Bicho-Papão estará lá, naturalmente. Mas não será nada parecido com o Bicho-Papão que você tinha na memória.

— Mas... Você é menor do que eu!

— Na época eu era bem maior.

— E os seus dentes? Eles eram enormes e afiados.

— Pois é, perdi todos.

E o Bicho-Papão tapará a boca para rir. Os cabelos que cobrem todo o seu corpo estarão brancos e ele usará óculos. O Bicho-Papão usará óculos. Você o ajudará a sentar-se, carinhosamente, e perguntará se ele não quer um refresco.

Outro animal se apresentará. A princípio você não o reconhecerá. Sua forma é indefinida, metade réptil, metade lobo, mas com longos braços e mãos humanas. A mão que ele estende para você apertar treme, um pouco. Ele está emocionado.

— Você é...?

— O bicho que tinha embaixo da sua cama. Lembra?

— Puxa. Eu pulava na cama, com medo de que você pegasse o meu pé.

— Tentei várias vezes, mas nunca peguei. Você era mais rápido.

— Gentileza sua.

Ele se afastará, lentamente, se arrastando pelo chão com dificuldade. E pensar que você tinha medo daquilo.

— Lembra de mim?

Você examinará a cara do homem que surgiu à sua frente a sorrir timidamente. As feições são vagamente familiares, mas você não consegue... Mas claro!

— Jorjão!

Vocês se abraçarão, ele um pouco sem jeito, e ele dirá:

— Eu era o mais brigão da turma, na escola, lembra?

— Se me lembro. Você vivia ameaçando bater em mim.

— Ora.

— Eu tinha pavor de você. Que fim você levou? Foi lutador? Leão de chácara? Assassino?

— Não, não. Me formei em contabilidade. Hoje só bato na minha mulher, quando ela deixa.

E quem será aquela figura encurvada e hesitante lá longe? É o seu professor de latim! O homem que tirava o seu sono de adolescente, o homem cuja ameaça constante de chamá-lo para declinar um verbo tirava nacos semanais de seu estômago... Ele também não é como você lembrava. Nem se aproxima, acena amistosamente de longe e volta a conversar com outra figura que você também custa a reconhecer. É uma figura de pijama. Será quem você está pensando? É. O General. E pensar que durante tanto tempo você temeu que ele liderasse um golpe fascista no país e que até você, que afinal é de esquerda mas só teoricamente, fosse fuzilado. Ali está ele com cara de sono, certamente pensando no jogo de biriba que está perdendo.

Como nós éramos ridículos, pensará você, com medo dessas fantasias. Aquela ali, por exemplo. O homem do saco. Como você podia ter medo de um pobre miserável, um trapeiro que mal tinha força para carregar seus sacos, ainda mais com você dentro de um deles?

O homem do saco se aproxima. Você o recebe com um sorriso. Ele não sorri. Você começa uma conversa simpática para pô-lo à vontade, mas ele o interrompe.

— Está na hora — diz ele.
— O quê?
— Está na hora. Vamos.

E ele colocará você dentro de um saco e levará você para outro mundo.

O brinco

— Alô?
— Russo, deixa eu falar com a Moira.
— O quê?!
— Eu sei que ela está aí. Passa o telefone pra ela.
— Maurão, você enlouqueceu? O que a Moira estaria fazendo aqui a essa hora?
— Eu só quero falar com ela, Russo. Não vou brigar, não vou fazer cena...
— Mas o que é isso? Você sabe que horas são?
— Desculpe se interrompi qualquer coisa, mas eu preciso falar com a Moira.
— Maurão. Escuta. São três da manhã, eu estou dormindo, não tem ninguém aqui comigo e muito menos a... Ô, Maurão! O que você pensa que eu sou? Você e a Moira são meus melhores amigos!
— A Moira não é só amiga, não é, Russo? Eu sei. Você e ela...
— Mas que loucura! Maurão...
— Deixe eu falar com ela!
— Quer saber de uma coisa? Vai à... Se a Moira não está em casa eu não tenho nada a ver com isso. Aqui ela não está.
— Você não sabia, mas eu vi você comprando o brinco no calçadão.
— Que brinco?
— Eu vi! E no dia seguinte o brinco apareceu na orelha da Moira.
— E ela disse que eu dei pra ela?

— Ela não disse nada. Eu vi!

— Maurão...

— Você quer que eu faça uma cena? Então está bem. Estou indo praí agora mesmo. Vamos fazer a cena completa, Russo. Marido traído, revólver na mão, tudo. Te prepara!

Maurão desliga. Russo fica por um momento pensativo. Roberto, deitado ao seu lado, não diz nada. Finalmente, Russo fala. Não há rancor em sua voz, só decepção.

— Você e a Moira, é, Roberto?

— Por que eu e a Moira?

— O brinco que eu comprei pra você apareceu na orelha dela.

— Deve ser um parecido.

— Por favor, Roberto. Tudo menos mentira.

— Está bem, eu dei o brinco, Russo. Mas não pra Moira. Pra Lise.

— Pra Lise?!

— É, pra Lise, minha mulher. Juro.

— E a Lise deu pra Moira.

— Será?

— Você sabe onde a Lise está agora, Roberto?

— Deve estar em casa, por quê?

— Porque a Moira não está em casa.

— Você acha que a Lise e a Moira...

— É melhor você ir embora, Roberto. Estou esperando alguém.

— Quem?

— O Maurão vem me matar.

— Eu fico.

— Você vai.

— Está bem.

Roberto levanta da cama, se veste e começa a sair.

— Roberto...

— Ahn?

— Você não gostou do brinco?

O caldo

Contam que o imperador chinês Tao Pu era tão sensível à comida que, deitado sobre dezessete colchões em cima de um pequenino grão, ainda assim saberia dizer se era grão de arroz, de trigo, de milho, e se estava bem cozido, malcozido ou cru. E mais. Tao Pu não saboreava a comida antes de engolir, apenas. Saboreava-a na sua descida pelo esôfago, saboreava-a no estômago, sentia — com indescritível prazer — o alimento ser assimilado pelas suas células, difundir-se pelo sangue, incorporar-se aos ossos. Até a lenta passagem da parte inaproveitada do alimento pelos intestinos era saboreada por Tao Pu, para quem uma refeição começava com os primeiros aromas da comida a ser ingerida e só terminava no fim da digestão. O que quer dizer que Tao Pu estava, literalmente, sempre comendo. Seu olfato era tão apurado que ele distinguia, a quilômetros de distância, o tipo de peixe que estava sendo preparado em determinado local. E quase sempre ia lá provar. O paladar de Tao Pu era tão refinado que ele rejeitava ervilhas que variassem, por frações de milímetros, do tamanho considerado ideal. Explicava que havia uma relação direta entre a circunferência da ervilha e o seu sabor. E é claro que punha os cozinheiros do palácio loucos. Nenhum cozinheiro aguentava mais de três meses na cozinha do palácio sem começar a chutar panelas, arrancar os cabelos e correr atrás de curiosos com um facão.

Certo dia chegou ao palácio um cozinheiro do qual se diziam maravilhas. Era um mágico, um gênio. Tao Pu mandou-o imediatamente para a cozinha preparar a sua especialidade. Se fosse bom mesmo, seria contratado e muito bem pago. Senão — como sempre acontecia quando Tao Pu se decepcionava com um chef — seria decapitado. "Vou fazer o caldo mais fino, mais raro, mais leve que Vossa Majestade jamais provou", disse o cozinheiro. "E se Vossa Majestade é realmente um gourmet, como dizemos aqui na China, se realmente tem sensibilidade para a comida mais do que qualquer outro mortal, vai renunciar a todos os outros alimentos depois de provar o meu caldo. Pois todos os outros alimentos perderão o gosto e a graça." Dito isso, o novo cozinheiro retirou-se para a cozinha, de onde voltou, horas mais tarde, com uma tigela vazia. Colocou a tigela na frente do imperador e anunciou: "Aí está. Só um paladar como o seu pode fazer justiça ao meu caldo". O imperador fez uma cara desconfiada, mas levou a tigela à boca, tomou um gole de nada e teve que concordar. Nunca provara nada não raro, tão fino, tão leve. Parecia desaparecer na boca. Realmente, era impossível comer qualquer outra coisa depois de provar aquele caldo. Que o cozinheiro fosse contratado e muito bem pago, e que dali por diante só servissem aquele caldo na mesa do imperador.

O imperador morreu de fome poucas semanas depois. O cozinheiro ficou famoso, pois não fizera ele o prato definitivo para o paladar mais refinado do mundo? E a moral da história quem deu foi o cozinheiro, quando lhe perguntaram como conseguira aquilo. De que era feito o caldo? Com o dedo indicador, puxou a pálpebra do próprio olho para baixo e disse: "Ó, psicologia".

Gatos e ratos

Esta é uma parábola sobre a incompreensão. Ou a história do Brasil nas últimas décadas. Escolha você.

Era uma vez uma casa de classe média, muito malfeita, que começou a estalar. Precisava de reformas. Estava estalando porque não se aguentava de pé. Mas o dono da casa, que morava no estrangeiro e só se preocupava em receber o aluguel, decretou: nada de reformas. Os estalos? Era, obviamente, o barulho de um ratinho. O dono mandou instalar um gato na casa. E não apenas um gato, mas um gato com plenos poderes. A função do gato era livrar a casa do rato. Mesmo que para isso tivesse que arranhar alguns direitos dos habitantes da casa.

O gato procurou, procurou, mas não encontrou rato nenhum. E os estalos continuavam.

— Os estalos continuam — mandaram dizer os inquilinos para o dono da casa.

O dono da casa mandou um telegrama: "Sinal Rato Ainda Aí PT Gato Deve Endurecer PT".

E o gato endureceu. Como não havia nenhum ratinho na casa, o gato é que começou a decretar o que era ratinho e o que não era. Se aparecia uma casca de noz no chão, o gato gritava:

— Olha o rato!

E pulava em cima com grande estardalhaço, para justificar seus privilégios. E se alguém duvidasse, e dissesse que não via rato nenhum, o gato o olhava de cima a baixo, com desconfiança.

— Hmmm, esses bigodes... Esse rabo comprido...

podemos conceber é não ter a memória da nossa morte. É não poder pensar nela depois. Não poder relembrar com os amigos no velório. Passamos a vida inteira nos preparando para a nossa morte e quando ela vem não podemos assistir. A morte não tem depois. Isto não é um treino. Meu pai se matou por causa dos negócios. Paguei suas dívidas, reergui os negócios, tenho nome e casa no campo. Mas ele deve, um dia, ter procurado alguma coisa no fundo do cérebro e dado com aquele horror, como um sapo latejando. O homem é o único animal que soluça escondido. Se matou porque era mortal. Porque o seu filho era mortal.

Sério, agora. Chega de banalidades. Já que eu vou morrer, que venha a última revelação. No fim até os tolos são trágicos. Até o caramujo, na hora da sua morte, participa do drama da existência. O homem enche a cabeça de bobagens porque não suportaria a única ideia que traz no fundo, a de que vai acabar. O cérebro é um tubarão. Não pode parar senão vai para o fundo. Mas agora eu quero. Pousar no fundo. Atravessei camadas de fios de açúcar para chegar ao meu centro. Chega de desconversa. Não sinto mais dor. Talvez já tenha morrido. Estou no fundo. Sim, sim. É uma clareira numa floresta escura. Chegou a hora. Vejo cipós reluzentes. Muita umidade. Bem no meio da clareira, no centro do centro, há uma pedra grande. Maior do que eu, seja lá quem eu for. A pedra é escura. Há alguma coisa escrita em letras brancas. Enfim, a explicação de tudo. Me aproximo, como se boiasse. No fim todo homem tem direito, pelo menos, à solenidade. Voltei ao meu começo. A primeira pedra. A revelação. Já posso ler as letras brancas. Sério, agora.

Na pedra está escrito: "Casas Pernambucanas".

Depois ficou tudo escuro.

Cornita

— Pai, o que é cornita?
　— Como é que se escreve?
　— Ce, o, erre, ene, i, te, a.

O pai pensou um pouco. Não podia dizer que não sabia. O garoto havia muito descobrira que o pai não era o homem mais forte do mundo. Precisava mostrar que, pelo menos, não era dos mais burros. Perguntou como é que a palavra estava usada.

— Bigode? Rabo? Eu?

— Você está me parecendo um ratinho...

— O que é isso? — dizia o outro. E, para desviar a atenção do gato, apontava para um isqueiro e gritava:

— Olha o rato!

E o gato pulava em cima do isqueiro, rosnando com fúria.

A todas estas, os estalos continuavam. Estava provado que a culpa não era de nenhum ratinho. O gato mandava e desmandava na casa e mesmo assim ela estalava. O próprio gato se convenceu de que não adiantava mandar e desmandar na casa se acabaria mandando e desmandando num monte de ruínas. Mesmo pondo em risco seus privilégios, juntou-se aos inquilinos numa mensagem ao dono. Não havia ratinho. Era preciso fazer uma reforma na casa. De alto a baixo. Senão a casa caía.

Dias depois, chegou um telegrama do dono: "Segue Solução PT".

A solução era um buldogue, que levava instruções para endurecer, mas endurecer mesmo. Antes de iniciar sua missão, o buldogue ouviu um conselho do dono. De maneira nenhuma devia dar ouvidos ao ratinho. O ratinho levava qualquer um na conversa.

E quando daqui a alguns anos o buldogue mandar um relatório e confirmar que não havia mesmo ratinho, que a casa caiu e que nada pôde ser salvo, o dono sacudirá a cabeça e dirá:

— Ô ratinho convincente...

Monsieur Dupin

— O inspetor Dupin — anunciou o policial.

— Dupã — corrigiu o inspetor, entrando pela porta arrombada. — É francês.

— Entre, inspetor — disse o detetive MacGraw, um pouco superfluamente, pois o inspetor já tinha entrado e examinava tudo dentro da sala, inclusive as pessoas, com *aplomb*, através do seu *pince-nez*.

Além do americano MacGraw e do policial anônimo estavam dentro da sala Miss Grumpy, velha detetive amadora inglesa, e os vizinhos do morto, Irene

Esterhazy, húngara, vizinha da esquerda, e Maximilian von Kraut, alemão, vizinho da direita. E o morto.

— O que houve? — perguntou Dupin, para os presentes em geral.

Todos, menos o morto, começaram a falar ao mesmo tempo até que MacGraw sacou da sua arma e deu um tiro no teto, para sinalizar que só ele falaria.

— Este é Gustaf Sorensen, sueco, 52 anos incompletos — disse MacGraw, apontando para o morto — e que nunca os completará. Morava aqui sozinho. Às 21h43 desta noite a vizinha da esquerda, dona Irene, ouviu alguém batendo insistentemente na porta do sr. Sorensen e saiu para o corredor para ver o que estava havendo. Encontrou o sr. Von Kraut, vizinho da direita, que era quem batia na porta do sr. Sorensen e parecia muito apreensivo. O sr. Von Kraut disse a dona Irene que estava preocupado. Visitara o sr. Sorensen algumas horas antes e o encontrara muito agitado. Ele dizia que estava sendo ameaçado e temia que alguém tentasse invadir seu apartamento para matá-lo. O sr. Von Kraut lhe dera um calmante, recomendara que ele trancasse as janelas e a porta do apartamento, e voltara para ver se Sorensen precisava de mais alguma coisa. Mas ninguém atendia a porta. Von Kraut temia que Sorensen tivesse tomado mais de um calmante, talvez uma dose mortal. Decidiram então, Von Kraut e dona Irene, arrombar a porta. Foi o que fizeram. Von Kraut derrubou a porta, entrou no apartamento e em seguida voltou, com o horror estampado no rosto, segundo a frase de dona Irene. Nem deixou dona Irene entrar no apartamento. Para não ver isso.

"Isso" era a garganta cortada de Gustaf Sorensen, e o lago de sangue que o cercava, e o fazia parecer com uma das ilhas de Estocolmo.

— O velho assassino dentro de um quarto fechado por dentro... — sorriu Miss Grumpy, de olho em Dupin. — Não havia como o assassino entrar ou sair.

— Um clássico — concordou Dupin. E em seguida perguntou a Irene Esterhazy e a Maximilian von Kraut o que tinham feito depois da descoberta do corpo.

— Eu fui chamar a polícia — respondeu Irene.

— A senhora nem entrou no apartamento?

— Não. Vi pelo rosto do sr. Von Kraut que não gostaria do que iria encontrar aqui dentro. Como realmente não gostei...

E a sra. Esterhazy fez uma cara de nojo para o sueco no meio do seu lago vermelho.

— Enquanto a sra. Esterhazy foi telefonar para a polícia, eu dei uma busca no apartamento atrás do criminoso — disse Maximilian. — Mas não toquei em nada.

— A não ser no pescoço do pobre sr. Gustaf, não é sr. Kraus? Que o senhor abriu de orelha a orelha, *comme un certain sourire...*

O alemão tentou fugir mas o guarda o deteve. Depois confessou que sim, matara o vizinho. Lhe dera um forte soporífero e o convencera a trancar o apartamento por dentro, quando estivesse sozinho. Quando Von Kraut arrombara a porta, Gustaf dormia, mas ainda estava vivo. Von Kraut sabia que dona Irene não iria querer ver sangue, pois as húngaras são muito sensíveis. Ela já tinha lhe servido, testemunhado que a porta estava realmente trancada e que fora preciso arrombá-la. Só o que ele tinha que fazer agora era afastá-la do local, o que não fora difícil. Mandara ela chamar a polícia, tirara a navalha do bolso e cortara a garganta do sueco.

— Por quê?

Por nenhum motivo. Gustaf não significava nada para ninguém, como todos os escandinavos. Von Kraut apenas queria testar sua capacidade de cometer o crime perfeito. Como todo alemão, era um romântico sanguinário.

Mais tarde, num bar, MacGraw protestou contra a eficiência de Dupin.

— Foi tudo rápido demais — disse MacGraw, truculento como todo americano. Ele já se imaginava perseguindo suspeitos em loucas corridas de carro pela cidade, e arrancando confissões a soco, entre epigramas cínicos. Não tivera a oportunidade nem de descarregar sua arma. Dupin estragara tudo.

Miss Grumpy também protestou. Excêntrica como todos os ingleses, já começara a desenvolver uma teoria para explicar o pescoço cortado dentro do quarto fechado, algo envolvendo um sagui treinado entrando pelos tubos de ventilação com uma lâmina entre os dentes, para resolver um problema de herança, a ser desenvolvida em vários capítulos. Mas Dupin estragara tudo.

Como Dupin chegara à solução tão rapidamente? A solução, disse Dupin, estava no relato, não no fato. Se algo era inexplicável, a explicação é que era suspeita. Se o relato fosse verdadeiro, só a metafísica explicaria que um assassino se materializasse dentro de um quarto fechado, cometesse seu crime e depois desaparecesse sem tocar nas fechaduras. E toda metafísica, sustentou Dupin, tem por base uma história mal contada.

145

— *Le texte, toujours le texte* — disse Dupin, cartesiano como todos os franceses. E terminou seu *verre de rouge*.

Detalhes

O velho porteiro do palácio chega em casa, trêmulo. Como faz sempre que tem baile no palácio, sua mulher o espera com café da manhã reforçado. Mas dessa vez ele nem olha para a xícara fumegante, o bolo, a manteiga, as geleias. Vai direto à aguardente. Atira-se na sua poltrona perto do fogão e toma um longo gole da bebida, pelo gargalo.

— Helmuth, o que foi?

— Espera, Helga. Deixe eu me controlar primeiro.

Toma outro gole de aguardente.

— Conta, homem! O que houve com você? Aconteceu alguma coisa no baile?

— Co-começou tudo bem. As pessoas chegando, todo mundo de gala, todos com convite, tudo direitinho. Sempre tem, claro, o filhinho de papai sem convite que quer me levar na conversa, mas já estou acostumado. Comigo não tem conversa. De repente, chega a maior carruagem que eu já vi. Enorme. E toda de ouro. Puxada por três parelhas de cavalos brancos. Cavalões! Elefantes! De dentro da carruagem salta uma dona. Sozinha. Uma beleza. Eu me preparo para barrar a entrada dela porque mulher desacompanhada não entra em baile do palácio. Mas essa dona é tão bonita, tão, sei lá, radiante, que eu não digo nada e deixo ela entrar.

— Bom, Helmuth. Até aí...

— Espera. O baile continua. Tudo normal. Às vezes rola um bêbado pela escadaria, mas nada demais. E então bate a meia-noite. Há um rebuliço na porta do palácio. Olho para trás e vejo uma mulher maltrapilha que desce pela escadaria, correndo. Ela perde um sapato. E o príncipe atrás dela.

— O príncipe?!

— Ele mesmo. E gritando para eu segurar a esfarrapada. "Segura! Segura!" Me preparo para segurá-la quando ouço uma espécie de "vum" acompanhado de um clarão. Me viro e...

— E o quê, meu Deus?

O porteiro esvazia a garrafa com um último gole.

— Você não vai acreditar.

— Conta!

— A tal carruagem. A de ouro. Tinha se transformado numa abóbora.

— Numa o quê?!

— Eu disse que você não ia acreditar.

— Uma abóbora?

— E os cavalos em ratos.

— Helmuth...

— Não tem mais aguardente?

— Acho que você já bebeu demais por hoje.

— Juro que não bebi nada!

— Esse trabalho no palácio está acabando com você, Helmuth. Pede para ser transferido para o almoxarifado.

— Bom dia. Gostaríamos de falar com o seu filho.

— Meu filho? Mas quem são os senhores?

— Chame o seu filho, por favor.

— Mas é uma criança, está...

— Se a senhora não chamá-lo, nós iremos buscá-lo.

— O que foi que ele fez?

— A senhora sabe o que ele fez. Queremos saber por quê. Alguém pagou para ele dizer que o rei estava nu?

— Não. Claro que não. Nós fomos ver o rei desfilar com a sua roupa nova. Até fomos cedo, para pegar lugar na frente. E quando o rei passou, ele disse, só isso.

— Por quê?

— Porque o rei estava nu.

— Isso não vem ao caso. O que o levou a se manifestar?

— Não sei. Ele ficou surpreso e...

— Influência de casa, talvez? Que tipo de educação recebe o menino?

— Uma educação normal. Nós somos gente pobre. Enfim...

— Quem são seus amigos? Ele pertence a alguma organização? O que costuma ler? Recebe publicações estrangeiras?

— Ele ainda não sabe ler! É um inocente.

— Inocente útil, talvez. Teremos que levá-lo para interrogatório. Prepare suas coisas.

— Mas...
— Vá buscá-lo, por favor.
— Mas ele disse a verdade. O rei estava mesmo nu. Todo mundo viu.
— Mas só ele disse. Esses são os que dão trabalho.

— Liselote...
— O quié?
— Você sabe que eu só venho a esta cervejaria por sua causa. Você é a garçonete mais bonita de Munique.
— Bobagem. Você vem com seus amigos. Ficam se embebedando, fazendo discursos...
— Se você casar comigo eu abandono tudo, Liselote. Amigos, política...
— E você raspa esse bigodinho ridículo?
— Faço tudo o que você quiser, Liselote. Case comigo. Se você não casar comigo eu sou capaz de fazer uma loucura.
— Eu, hein?
— Liselote...
— Não chateia.

Palavreado

Gosto da palavra "fornida". É uma palavra que diz tudo o que quer dizer. Se você lê que uma mulher é "bem fornida", sabe exatamente como ela é. Não gorda mas cheia, roliça, carnuda. E quente. Talvez seja a semelhança com "forró". Talvez seja apenas o tipo de mente que eu tenho.

Não posso ver a palavra "lascívia" sem pensar numa mulher, não fornida mas magra e comprida. Lascívia, imperatriz de Cântaro, filha de Pundonor. Imagino-a atraindo todos os jovens do reino para a cama real, decapitando os incapazes pelo fracasso e os capazes pela ousadia.

Um dia chega a Cântaro um jovem trovador, Lipídio de Albornoz. Ele cruza a Ponte de Safena e entra na cidade montado no seu cavalo Escarcéu. Avista uma mulher vestindo uma bandalheira preta que lhe lança um olhar cheio de betume e cabriolé. Segue-a através dos becos de Cântaro até um sumário — uma espécie de jardim enclausurado — onde ela deixa cair a bandalheira. É Lascívia. Ela sobe por um escrutínio, pequena escada estreita, e desaparece por uma porciúncula. Lipídio a segue. Vê-se num longo conluio que leva a uma prótese entreaberta. Ele entra. Lascívia está sentada num trunfo, em frente ao seu pinochet, penteando-se. Lipídio, que sempre carrega consigo um fanfarrão (instrumento primitivo de sete cordas), começa a cantar uma balada. Lascívia bate palmas e chama:

— Cisterna! Vanglória!

São suas escravas que vêm prepará-la para os ritos do amor. Lipídio desfaz--se de suas roupas — o sátrapa, o lúmpen, os dois fátuos — até ficar só de reles. Dirige-se para a cama cantando uma antiga minarete. Lascívia diz:

— Cala-te, sândalo. Quero sentir o seu vespúcio junto ao meu passe-partout.

Atrás de uma cortina Muxoxo, o algoz, prepara seu longo cadastro para cortar a cabeça do trovador.

A história só não acaba mal porque o cavalo de Lipídio, Escarcéu, espia pela janela na hora em que Muxoxo vai decapitar seu dono, no momento entregue ao sassafrás, e dá o alarme. Lipídio pula da cama, veste seu reles rapidamente e sai pela janela, onde Escarcéu o espera.

Lascívia manda levantarem a Ponte de Safena, mas tarde demais. Lipídio e Escarcéu já galopam por motins e valiums, longe da vingança de Lascívia.

"Falácia" é um animal multiforme que nunca está onde parece estar. Um dia um viajante chamado Pseudônimo (não é o seu verdadeiro nome) chega à casa de um criador de falácias, Otorrino. Comenta que os negócios de Otorrino devem estar indo muito bem, pois seus campos estão cheios de falácias. Mas Otorrino não parece muito contente. Lamenta-se:

— As falácias nunca estão onde parecem estar. Se elas parecem estar no meu campo é porque estão em outro lugar.

E chora:

— Todos os dias, de manhã, eu e minha mulher, Bazófia, saímos pelos campos a contar falácias. E cada dia há mais falácias no meu campo. Quer dizer, cada dia eu acordo mais pobre, pois são mais falácias que eu não tenho.

— Lhe faço uma proposta — disse Pseudônimo. — Compro todas as falácias do seu campo e pago um pinote por cada uma.

— Um pinote por cada uma? — disse Otorrino, mal conseguindo disfarçar o seu entusiasmo. — Eu devo não ter umas 5 mil falácias.

— Pois pago 5 mil pinotes e levo todas as falácias que você não tem.

— Feito.

Otorrino e Bazófia arrebanham as 5 mil falácias para Pseudônimo. Este abre a sua comichão e começa a tirar pinotes invisíveis e colocá-los na palma da mão estendida de Otorrino.

— Não estou entendendo — diz Otorrino. — Onde estão os pinotes?

— Os pinotes são como as falácias — explica Pseudônimo. — Nunca estão onde parecem estar. Você está vendo algum pinote na sua mão?

— Nenhum.

— É sinal de que eles estão aí. Não deixe cair.

E Pseudônimo seguiu viagem com 5 mil falácias, que vendeu para um frigorífico inglês, o Filho and Sons. Otorrino acordou no outro dia e olhou com satisfação para o seu campo vazio. Abriu o besunto, uma espécie de cofre, e olhou os pinotes que pareciam não estar ali. Estava rico!

Na cozinha, Bazófia botava veneno no seu pirão.

"Lorota", para mim, é uma manicura gorda. É explorada pelo namorado, Falcatrua. Vivem juntos num pitéu, um apartamento pequeno. Um dia batem na porta. É Martelo, o inspetor italiano.

— *Dove está il tuo megano?*

— Meu quê?

— *Il fistulado del tuo matagoso umbráculo.*

— O Falcatrua? Está trabalhando.

— Sei. Com sua tragada de perônios. Magarefe, Barroco, Cantochão e Acepipe. Conheço bem o quintal. São uns melindres de marca maior.

— Que foi que o Falcatrua fez?

— Está vendendo falácia inglesa enlatada.

— E daí?

— Daí que dentro da lata não tem nada. *Parco manolo!*

Mais palavreado

Contam que Pantufo, Rei da Cizânia, Imperador das Angulares (a Pequena e a Grande), do Alto e do Baixo Fender e de todas as Rixas, tinha uma coleção de aves que piavam. Era a maior coleção de aves que piavam do mundo conhecido. E provavelmente do desconhecido também, se bem que deste se sabia pouco.

Um dia chegaram a Nova Velha, capital da Cizânia (a Velha Velha fora destruída por um paroxismo), dois viajantes, Metatarso de Castro e Palpos de Aranha. Os dois se dirigiram ao palácio real e pediram uma audiência com o rei.

— De que se trata? — quis saber o custódio real.

— Sabemos que a Sua Excrescência tem a maior coleção de aves que piam do mundo — disse Metatarso.

— É verdade — disse o custódio, olhando os forasteiros de balaio. — Todas as aves que piam no mundo estão na coleção do nosso rei.

— Todas não — plicou Palpos.

— Como não? — replicou o custódio.

— Sabemos de aves raras que piam como nenhuma outra que não estão na coleção de Sua Indecência.

— E onde estão essas aves? — triplicou o custódio.

— Só diremos para Sua Demência em pessoa.

Os dois foram levados à presença de Pantufo, que reclinava sobre um almoxarife, abanado por dezessete lupanares enquanto uma lêndea seminua coçava o seu estrôncio. A sala do trono era toda decorada de alvíssaras e rocamboles silvestres.

— Sim? — disse o Rei da Cizânia, mastigando uma véspera e cuspindo as cedilhas na mão de um limiar.

— Trazemos notícias de aves que piam como nenhuma outra — disse Metatarso, fazendo um salaminho.

— Aves de que Vossa Munificência jamais ouviu falar — completou Palpos, com um arrabal até o chão.

— Impossível — disse o rei, com suco de véspera correndo pela pauta e o jargão real. — Eu tenho todas as aves que piam do mundo.

— Vossa Ardência conhece a xerox emplumada?

— Xerox emplumada?

— É uma ave que nós descobrimos.

— E ela pia? — trucou o rei.

— Copia — retrucou Metatarso.

— Como é que eu não conheço essa ave? — disse o rei, olhando com sódio para Teflon, o caçador real. — Onde vocês a encontraram?

— Num lugar que só nós conhecemos, Vossa Carência. Na margem oposta de um dos sete mares do vosso reino.

— Qual dos mares? O Mita, o More, o Racas, o Selhesa, o Fim ou o Condes Ferraz?

— Um desses — disse Palpos.

— Hmmm. Já vi tudo — disse Pantufo, coçando as bigornas. — Vocês querem alguma coisa em troca da informação. O quê? Digam que será seu.

— Bem, Vossa Displicência — disse Palpos —, somos viajantes solitários. Muita falta nos faz a companhia feminina, principalmente em noites de torresmo e barracas...

— Ah, quereis catimbas — disse o rei. — Pois escolham as que quiserem do meu catimbeiro.

— Preferimos escolher entre as suas filhas, Vossa Insuficiência.

O rei esbravejou chamando os viajantes de tudo, desde arrebóis até filhos de uma turbina, mas acabou concordando.

Mandou chamar as filhas para que os viajantes escolhessem. Metatarso ficou com Ampola e Palpos com Lentilha, as mais encarnadas de todas.

— Agora digam onde estão essas aves que piam como nenhuma outra.

— Bem — disse Metatarso —, vossas filhas têm hábitos caros, Vossa Decadência. Como conseguiremos mantê-las felizes, comprar picuinhas, aleivosias...

— Está bem — interrompeu o rei. — Vocês terão uma renda vitalícia de 1 milhão de dolos por mês. Terei de aumentar os impostos, mas o povo compreenderá. Agora, vamos às aves!

No dia seguinte, partiu a armada real, dez bulhufas escanhoadas e uma bulhufa--capitânia, entre gritos dos seus comanches:

— Arrebitar o vetusto!

— Suspender o bilboquê de açafrão e o lume da alcatra!

— Pinicar a espátula e dobrar o macambúzio!

Durante a viagem, Pantufo não parava de pedir mais informações sobre as aves que encontrariam.

— Há a "voyeur de nuit" — disse Metatarso.

— E ela pia? — torquiu o rei.

— Espia — retorquiu Metatarso.

— Há a piorra azul — disse Palpos.
— E ela pia?
— Rodopia.
— E a clínica do banhado.
— Ela pia?
— Terapia.
— Não podemos esquecer o marrecão larápio.
— Ele pia?
— Surrupia.
— E as cócegas selvagens...
— Elas piam?
— Arrepiam.

A armada real levou dois anos para atravessar seis mares, com Metatarso e Palpos recebendo seu milhão de dolos por mês e entregando-se, todas as noites, a longas lengas e intermináveis charnecas com Ampola e Lentilha. Finalmente chegaram à margem oposta do Mar Condes Ferraz e desceram a terra. Mas não encontraram aves que piavam como nenhuma outra.

— Onde estão as aves? — quis saber Pantufo.
— Já sei o que houve, Vossa Dissidência — disse Palpos. — Esta não é a margem oposta.
— Claro — disse Metatarso. — A margem oposta fica do outro lado.

E lá se foi, de novo, a armada real.

— Arrematar as polpas de antanho!
— Acinturar a sirigaita maior!

Contam que a armada real está navegando até hoje, pois a margem oposta sempre muda, misteriosamente, de lado. Apesar dos gritos do Rei Pantufo:

— Bando de conúbios!
— Caramanchões de uma pipa!
— Arras cuneiformes!

E a todas estas o povo pagando impostos.

João Carlos

Se tivesse prestado atenção, João Carlos teria notado a coincidência. O seu nascimento numa manjedoura, por exemplo. Os pais estavam se mudando de uma cidade do interior para outra, numa Kombi, a mãe grávida, não tinham conseguido lugar no hotel e tinham acabado numa estrebaria. Ele nascera entre cavalos, ovelhas, vacas e um trator enguiçado. Aparecera uma luz estranha no céu. Até hoje os habitantes do lugar discutem sobre aquela luz estranha no céu.

— Era disco voador.

— Era Vênus.

— Disco.

— Avião.

— Satélite.

Mas João Carlos não prestara atenção. Só sabia que era diferente. Aquele negócio de caminhar na água, por exemplo. Ficara com vergonha. Ia tomar banho no rio e todo mundo mergulhava menos ele. Passou a usar pesos escondidos dentro do calção para ir ao fundo. Mas não adiantava. Sempre acabava em pé na superfície. Os outros riam dele. Nunca mais chegou perto da água.

Foi um bom aluno. Na verdade, sabia mais do que todos os professores. Se fosse em outro lugar teria sido considerado gênio e recebido uma educação especial. Mas foi considerado impertinente. Pretensioso. Metidinho. Aprendeu a ficar com a boca fechada. Não tinha dinheiro para a universidade. Depois do ginásio, foi trabalhar. Na marcenaria, com o pai.

Acabou indo para a cidade grande. Penou quarenta dias sem emprego, resistindo às tentações do demônio — bailarinas de dancing, pequenos roubos para sobreviver — e no fim conseguiu trabalho. Vendedor de porta em porta de produtos para toalete. Femininos, masculinos, infantis. Revelou-se um ótimo vendedor. Tinha boa estampa. Comunicava. Convertia todo mundo à sua linha de produtos. Foi campeão de vendas da equipe três meses seguidos. Ganhou todos os prêmios de produção. Em pouco tempo era assistente do supervisor de vendas. Comprou carro. Alugou apartamento. Estava em ascensão.

Começou a namorar uma moça. Colega no escritório. Passou a supervisor de vendas, com seu próprio escritório. Saíam juntos, ele e a namorada. Uma vez, num restaurante, ele pegou um pãozinho do couvert e de repente os pãezinhos se multiplicaram. O restaurante ficou entulhado de pãezinhos até o teto. Tinha pedido peixe e de repente todos no restaurante tinham peixe à sua frente. Ele não sabia o que fazer. O maître veio pedir satisfações. A namorada cobriu o rosto, envergonhada. Gritou:

— O que é que você fez?

— Eu não sei. Eu só toquei assim e...

— Olha. Agora você transformou a água em vinho! Eu nunca fiquei tão embaraçada na minha vida. Pare com isso! Todos estão nos olhando!

— Rua! — disse o maître.

Ele jurou para a namorada que aquilo não aconteceria outra vez. Pediu para ela não contar a ninguém no escritório. Podia arruinar a sua carreira. Ela disse que sim. Ele pediu ela em casamento. Ela disse que sim, desde que ele deixasse de ser tão exibido.

Se tivesse prestado atenção, João Carlos não teria se surpreendido com a visita do anjo. Faltava uma semana para o casamento. Ele estava sozinho no meio da sala do grande apartamento que comprara, sem mobílias, só com a sua comissão semestral sobre vendas. E um anjo entrou pela janela, cercado por uma auréola. João Carlos ficou de olhos arregalados, sem dizer nada. Pensou que pudesse ser uma brincadeira do pessoal do escritório. Mas não. Era um anjo. E estava falando com ele.

— Desprezastes todos os sinais.

— Que sinais?

— Fostes o escolhido e no entanto desprezastes os sinais.

— Eu, o escolhido?

— A vós foi dado levar a última mensagem às nações. A mensagem que está nas profecias e os povos não ouviram. A mensagem que está no primeiro martírio e os povos esqueceram.

— Olhe, a minha noiva daqui a pouco vai chegar e...

— É chegada a hora de assumir vossa missão na Terra. Despe esses trajes mundanos e veste o manto da humildade.

— Espera aí. Este terno é Cardin.

— Levareis a salvação a este mundo de iniquidades. Nas vossas mãos está a redenção dos homens. Tereis as chaves dos sete mistérios da Criação e a explicação do mundo. E o cordeiro beberá da vossa mão.

— Mas por que eu?

— Sois o escolhido.

— Sim, mas, espera um pouquinho. O cargo de vice-presidente de marketing está vago. Dá uns quatrocentos por mês, fora os abonos. Minhas chances são boas. Isso que você me propõe... francamente...

O anjo desanimou.

— Como, vos proponho? Não é proposta. É o vosso destino. A razão da vossa vinda.

— É, mas as prestações do apartamento quem é que vai pagar? E meu casamento? Esse negócio de salvar o mundo é muito bonito mas não paga as contas.

— Renegais, então, vossa missão?

— Não me leve a mal, mas tenho que pensar, primeiro, em mim.

O anjo suspirou. Nos seus olhos havia piedade e desânimo. Eram os tempos, pensou. Culpa dele. Devia ter aparecido mais cedo. Os céus tinham dado todos os sinais a João Carlos mas os sinais do céu já não chegavam à terra com a mesma clareza. João Carlos, para não fechar a questão, disse:

— Olhe. Deixe eu lhe dar a resposta amanhã. Hoje vou ter uma conversa com o diretor-presidente e...

Como João Carlos esperava, o diretor-presidente lhe ofereceu o cargo de vice-presidente de marketing, quatrocentos por mês mais os abonos. João Carlos não respondeu logo. Contrapropôs:

— Seiscentos, mais os abonos.

E antes que o diretor-presidente respondesse, adiantou:

— Devo lhe avisar que recebi outra proposta, bem mais interessante. Pelo menos em termos de prestígio.

Ri, Gervásio

O produtor sacudiu a cabeça.

— Não estou gostando das risadas...

— As risadas?

O assistente esperava tudo menos aquilo. Esperava que o produtor criticasse os quadros do show, o texto, as interpretações, a qualidade da gravação — mas as risadas?

— É. As risadas. Não sei. Estão diferentes.

— Mas é a mesma claque de sempre.

— Tem certeza de que não mudou ninguém?

O assistente foi se informar com o encarregado da claque. Era a mesma de sempre. Gente aposentada atrás de um dinheiro extra.

Alguns eram veteranos de rádio. Outros tinham começado com a televisão. Ganhavam pouco mas se divertiam.

— Só quem saiu foi o Gervásio.

— E o Gervásio fazia alguma diferença?

— Bem. Tinha uma risada boa...

— Tinha uma grande risada — opinou Amelita, a mais antiga da claque. — Uma das melhores que já ouviu. Amelita, segundo a lenda, nascera na fileira de trás de um auditório de rádio. Já nascera aplaudindo. Era a alma da claque. E agora estava dizendo que Gervásio era dos grandes. — Ele ria por baixo — explicou. — Uma boa claque ri em três níveis. O baixo, o médio e o alto. O riso baixo é o mais importante. É o que sustenta os outros dois. Sem um bom baixo a claque perde consistência. Perde ritmo.

— Por que foi que o Gervásio saiu? — quis saber o assistente.

— Acho que estava com problemas em casa.

— Tragam ele de volta — ordenou o assistente ao encarregado da claque.

Gervásio não estava com problemas em casa porque não tinha mais casa. Fora destruída num incêndio, junto com todos os seus bens, inclusive a mãe de oitenta anos. A mulher de Gervásio fugira do incêndio para a casa do vizinho, pelo qual desenvolvera uma paixão súbita e ardente que nem os bombeiros — mesmo que tivessem chegado a tempo — conseguiriam apagar. A filha mais velha de Gervásio casara com um estivador inativo que, para não perder a forma, jogava a filha mais velha de Gervásio como um fardo para cima do telhado e a pegava na volta, às vezes. O filho de Gervásio se envolvera com traficantes de tóxico e estava jurado de morte por três delegacias. O encarregado da claque comentou que o Gervásio parecia triste.

— Ânimo, rapaz. O teu valor foi reconhecido. A produção quer você de volta no programa de qualquer jeito.

Gervásio estava com o olhar parado. Não dizia nada.

— A claque decaiu muito sem você. Você precisa voltar, Gervásio.

Gervásio parecia não estar ouvindo.

— Você precisa voltar a rir, Gervásio.

Gervásio começou a chorar.

— Ninguém é indispensável — sentenciou o assistente. E mandou contratarem um substituto para o Gervásio. Alguém da claque recomendou um parente.

— Garantido? — perguntou o assistente.

— Garantido. Ri à toa.

O novo contratado foi um fracasso, no entanto. Ria na hora errada. Dava gargalhadas quando era hora de risinho. Risinho quando era hora de silêncio. E não era baixo. Amelita, a alma da claque, resmungou que como o Gervásio não encontrariam ninguém. Gervásio era um profissional. Sem ele a claque não era a mesma. As risadas não soavam sinceras. Não havia mais espontaneidade. Uma tristeza.

Dessa vez, foi o assistente em pessoa. Encontrou Gervásio no enterro do genro. A filha mais velha de Gervásio caíra do telhado na cabeça do marido, quebrando o seu pescoço. Fora um acidente, mas a família do marido prometera vingança. Queria uma indenização. Gervásio não tinha dinheiro. O que escapara do incêndio a mulher levara. E ainda por cima o filho foragido de Gervásio aparecera no enterro, arriscando-se a ser baleado de três lados. O assistente teve dificuldades em prender a atenção de Gervásio, que olhava nervosamente para todos os lados.

— Você tem que voltar, Gervásio.

Surgiu uma briga. Quem pagaria o enterro? A família do morto insistia que a responsabilidade era do Gervásio.

— Você é indispensável, Gervásio — insistiu o assistente.

Vieram avisar que a polícia estava chegando para prender o filho do Gervásio.

— Sem a sua risada, a claque não é mais a mesma. Volta, Gervásio.

A família do morto tentou agredir a filha do Gervásio. O filho de Gervásio tentou desalojar o corpo do cunhado para poder se esconder da polícia dentro do caixão, o que só aumentou a revolta.

— O que você sabe fazer é rir, Gervásio. Volta.

Foram todos parar na delegacia. Sentado num banco, Gervásio escondia o rosto com as mãos. Ao seu lado, o assistente insistia.

— Volta. Gervásio. Aquilo lá, sem você, é uma tristeza!

Combinaram que, por um aumento de salário, Gervásio voltaria para a claque. Precisava de dinheiro para sustentar a filha viúva, subornar os policiais que caçavam o seu filho e pagar o enterro do genro. Mas a mulher o esperava na saída do estúdio e levava todo o dinheiro. Gervásio pedia mais dinheiro. A verba para a claque era limitada, mas o Gervásio valia tudo que pedisse. Segundo a Amelita, estava rindo como nunca na sua carreira. Um riso aberto, contagiante. O produtor estava satisfeito.

— Isso é que é risada!

E o Gervásio ria, ria de bater o pé. Um profissional, murmurava a Amelita. Um verdadeiro profissional.

Gravações

Homem entra no apartamento. Já passa da meia-noite. Atira-se numa poltrona, ao lado do telefone. Liga o aparelho que gravou todas as chamadas telefônicas durante a sua ausência. Ouve:

"Alô, Mário? É o Sérgio. Olha, aquele negócio deu pé. Doze milhões. Só que preciso de uma resposta sua hoje, antes das quatro da tarde. É para pegar ou largar. Me telefona. Tchau."

"Ahn... Bom, aqui é a... Puxa, não sei como falar com uma gravação. Aqui é a Belinha. Lembra de mim? Bom, claro que a gravação não pode responder. Eu sou aquela da praia, lembra? Você bateu no meu ombro depois pediu desculpas, disse que de costas eu parecia a Lídia Brondi, mas aí de frente você viu que era a Kate Lyra. Você, hein? Você não tinha papel e anotou o seu telefone com esferográfica no meu braço, lembra? Pois é. Sou eu. Mas já que você não está, não é? E com gravação eu não quero programa não. Beijinho."

"Alô, Mário? Eu sei que você está aí. Não adianta imitar gravadora, eu sei que é você. Seu cretino. Ainda faz bip pra eu pensar que é gravação. Eu vou me matar, está entendendo? Estou telefonando para dizer que vou me matar. E vou deixar um bilhete contando tudo. Se você não me telefonar antes do meio-dia eu me mato e faço um escândalo. Tudo depende de você."

"Mário? É a sua mãe. Olhe, seu pai acaba de telefonar dizendo que sabe de fonte segura que o dólar oficial vai a mais de quarenta na segunda-feira. Compre o que você puder hoje, sem falta. Viu como eu cuido do meu nenê? Não deixe de telefonar assim que você chegar."

"Alô? Bem, não sei se isto é com você. Meu português não muito bom. Uma *mujer* em Londres me deu número seu e disse para dizer só uma frase, de noite os girassóis olham para o chão. Ela disse que *usted* compreenderia e colocaria as coisas em movimento. É só."

"Mário? Sérgio de novo. Só para saber se você já estava em casa. O prazo é até as quatro. Não vai esquecer. Tchau."

"É engano. Estou telefonando para o Lopes e tenho certeza de que o Lopes não tem gravador no telefone dele. O Lopes não acredita em coisa mecânica. Telefone, pra ele, já é um suplício. Ele ainda não compreendeu como é que funciona porta, você acredita? Porta, dobradiça, esses negócios, ele acha fascinante. Um cara puro. Cada vez que ele faz uma ligação e alguém atende ele fica de boca aberta, acaba não dizendo nada. A outra pessoa "Alô, alô" e ele nada. O Lopes é genial. Acha fósforo um negócio sensacional. Isqueiro ele não acha grande coisa. Só apertar um negocinho e pronto. Fósforo, não. Fósforo é adiantadíssimo. Mas você não tem nada a ver com isso. É engano. Desculpe."

"Mário, eu não estou brincando. Vou me suicidar. Vou lhe dar um prazo até as duas horas. Se você não telefonar eu me atiro pela janela. Eu sei que você está aí, seu cachorro! Você vai se arrepender. Ah, vai. E para de fazer bip!"

"Aqui é da administradora. Sobre o seu aluguel de outubro e novembro. Se não recebermos nada até o fim do expediente de hoje vamos ser obrigados a tomar as medidas judiciais cabíveis. Obrigado."

"Me recuso a falar com uma gravadora. E você jamais ficará sabendo qual era o meu recado. Bem feito!"

"Mário? Mamãe. Me esqueci de dizer que o dinheiro que você queria para pagar seu aluguel está comigo, mas você precisa vir buscar antes das cinco, senão eu transformo tudo em dólar. É empréstimo, viu? E quero tudo em dinheiro, depois. Não em beijos, como você me pagou da última vez. Telefona, hipócrita."

"Mário? São cinco pras quatro e não sei onde localizar você. Não posso esperar mais. Vou passar aquele negócio de 12 milhões pra outro. Lamento muito mas não dá pra segurar. Um abraço."

"Alô? De noite os girassóis olham para o chão. Quais são as ordens? Aguardo o seu chamado."

"Olha, aqui é a Belinha de novo. Resolvi que você merecia uma segunda chance. Pena você não estar. Poderíamos ter feito coisas incríveis, juntos. Amanhã vai ser tarde. O seu número no meu braço já está desbotando e eu não me lembro de nada de um dia para o outro. Tchau-ô."

"Seu número foi selecionado como ganhador do nosso concurso. A sua Fortuna por um Fio! Se o senhor estivesse em casa e soubesse a resposta para a pergunta 'O que é que faz miau e anda de quatro', agora estaria milionário!"

"Dessa vez é verdade. Já estou com a janela aberta. Vou esperar um minuto. Se você não disser nada... Bem, a culpa é sua. Quero ver você viver com a minha morte na sua consciência. Adeus."

"De noite os girassóis olham para o chão. Se não receber a senha agora, todo o esquema estará comprometido. É uma emergência. Aguardo o seu chamado."

(Silêncio)

Deve ser o Lopes, pensa o homem. Está calmo. Continua ouvindo.

"Mário! Você soube? A Marta tentou se matar. Ainda bem que mora no primeiro andar e só se machucou um pouco. Você precisa dar mais atenção a ela, rapaz. Onde é que você anda? Recebeu os meus recados? Comprou os dólares? Me telefona, Mário!"

O homem apenas sorri. Está esperando a gravação da última chamada. A que completará o seu dia. Ele sabe que ela virá. E então se sentirá aliviado. Em paz consigo mesmo e com o mundo, apesar de tudo. E então ouve:

"Alô, aqui é Mário. Algum recado para mim?"

Conteúdo dos bolsos

Lista completa do conteúdo dos bolsos de J. C. A. no dia 12 de abril de 1943, quando sua mãe tirou sua roupa à força e o arrastou para a banheira, pois ele não tomava banho há dez dias e já tinha havido reclamações da vizinhança:

Um rolo de barbante.
Outro rolo de barbante.
Três tampinhas de garrafa.
Um estilingue.
Um sapo morto.
Doze estampas do sabonete Eucalol.
Dezessete figurinhas de bala.
Quatro balas embrulhadas.
Uma bala desembrulhada, colada no forro do bolso.
Uma bola de meleca do nariz, que ele estava juntando para fins ignorados.
Outro rolo de barbante.
Duas pedras.
Terra.
Um tostão para dar sorte.
Dois cascudos, vivos.

No dia 17 de junho de 1951, aproveitando que J. C. A estava, como sempre, trancado no banheiro, seu pai deu uma busca nas suas calças. Encontrou:

Um preservativo.

Dois cigarros Belmonte amassados.

Uma caixa de fósforos Beija-Flor.

Um livrinho de desenhos, impresso clandestinamente, intitulado: *O que Joãozinho e Mariazinha foram fazer no mato.*

Um papel dobrado com um poema pornográfico sobre o Dutra, o brigadeiro e as cuecas do Fiuza.

Um papel dobrado com um bilhete: "Sabe o que é que a Magali tem no meio das pernas? Não? Eu sei. Os joelhos!". Assinado "Beto Mãozinha".

Um recorte de revista com a letra de "Sabrá Dios".

Uma carteirinha de estudante com a idade falsificada para poder entrar em filme de dezoito.

Um chaveiro com o escudo do Botafogo.

Uma carteira vazia.

Um tostão.

Um rolo de barbante.

Sete anos depois, aceitando o desafio de uma namorada, para provar que não carregava nenhum vestígio de outra na sua apaixonada pessoa, J. C. A. esvaziou os bolsos na mesa em frente ao sofá na casa da namorada enquanto a família dela se distraía ouvindo um jogo do Brasil no Campeonato Mundial da Suécia. O conteúdo:

Um rolo de barbante, pequeno.

Fio dental.

Um pente.

Estojo com tesourinha e lixa para unhas.

Uma cigarreira com quatro cigarros Hollywood. Um isqueiro.

Chaveiro com uma fotografia plastificada da namorada.

Uma caderneta de notas com uma lapiseira presa ao lado.

Um preservativo, que a namorada fingiu não saber para que servia.

Carteira de identidade.

Uma carteira com mil cruzeiros.

Um tostão. (O mesmo)

Quatro anos depois, enquanto J. C. A. roncava, tendo chegado de uma suposta viagem a São Paulo, logo no Carnaval, de madrugada, sua mulher revistou, nervosamente, seus bolsos. Encontrou o seguinte, conforme relato que ela mesma fez a J. C. A., pedindo explicações, tendo ele respondido que a explicação era óbvia, aquele casaco não era o dele, não convencendo:

Um bilhete com os dizeres: "Gafieira do Paulão, entrada com direito a uma cerveja grátis, número 221, será sorteado um fino brinde durante o show".

Um envelope de fósforo da boate Erotic Days.

Confete.

Lenços de papel com manchas de batom.

Três bolachas de chope. Uma com a inscrição: "Para o meu gatão, da Marilu".

Mais confete.

Um apito.

Cílios postiços.

Um reco-reco.

Uma carteira de dinheiro vazia.

Talão de cheques.

Cédula de identidade.

Um barbante.

Um tostão.

Mais confete.

Um maço de Continental com dois cigarros.

Um isqueiro.

Um guardanapo de papel com a impressão de uma boca em vermelho, assinado embaixo "Rudimar".

No dia 24 de julho de 1964 um ladrão assaltou J. C. A. e mandou que ele esvaziasse os bolsos na calçada. O resultado: Uma carteira sem dinheiro, mas com um cartão de crédito.

Um recorte do *Correio da Manhã* com uma crônica do Carlos Heitor Cony.

Cédula de identidade.

Talão de cheques.

Uma agenda.

Um pente.

Uma chupeta, do filho, que botara no bolso por distração.

Pastilhas de hortelã.

Remédio para deixar de fumar.

Uma carteira de Minister com dois cigarros.

Isqueiro.

Fósforo Bem-te-vi.
Aviso de cobrança judicial de um título.
Fichas para telefone.
Um tostão.

Dezesseis anos depois, a enfermeira encarregada da roupa do paciente J. C. A., que entrara inconsciente no hospital e fora direto para a UTI, catalogou o conteúdo dos seus bolsos:
Uma caixinha de Valium.
Um volante da Loteria Esportiva com oito duplos.
Remédio para deixar de fumar.
Um maço de Charm vazio.
Um isqueiro.
Remédio para pressão alta.
Remédio para ácido úrico.
Licença para porte de arma.
Três cartões de crédito.
Carteira de dinheiro com 2 mil cruzeiros e, dobrada, no fundo, uma fotografia da Jacqueline Bisset recortada de uma revista.
Duas contas vencidas.
Chaveiro.
Cédula de identidade.
CPF.
Um elástico.
Nenhum tostão.

Lar desfeito

José e Maria estavam casados havia vinte anos e eram muito felizes um com o outro. Tão felizes que um dia, na mesa, a filha mais velha reclamou:
— Vocês nunca brigam?

José e Maria se entreolharam. José respondeu:

— Não, minha filha. Sua mãe e eu não brigamos.

— Nunca brigaram? — quis saber Vitor, o filho do meio.

— Claro que já brigamos. Mas sempre fizemos as pazes. Na verdade, brigas, mesmo, nunca tivemos. Desentendimentos, como todo mundo. Mas sempre nos demos muito bem...

— Coisa mais chata — disse Venancinho, o menor.

Vera, a filha mais velha, tinha uma amiga, Nora, que a deixava fascinada com suas histórias de casa. Os pais de Nora viviam brigando. Era um drama. Nora contava tudo para Vera. Às vezes chorava. Vera consolava a amiga. Mas no fundo tinha uma certa inveja. Nora era infeliz. Devia ser bacana ser infeliz assim. O sonho de Vera era ter um problema em casa para poder ser revoltada como Nora. Ter olheiras como Nora.

Vitor, o filho do meio, frequentava muito a casa de Sérgio, seu melhor amigo. Os pais de Sérgio estavam separados. O pai de Sérgio tinha um dia certo para sair com ele. Domingo. Iam ao parque de diversões, ao cinema, ao futebol. O pai de Sérgio namorava uma moça do teatro. E a mãe de Sérgio recebia visitas de um senhor muito camarada que sempre trazia presentes para Sérgio. O sonho de Vitor era ser irmão do Sérgio.

Venancinho, o filho menor, também tinha amigos com problemas em casa. A mãe do Haroldo, por exemplo, tinha se divorciado do pai do Haroldo e casado com um cara divorciado. O padrasto de Haroldo tinha uma filha de onze anos que podia tocar o *Danúbio azul* espremendo uma mão na axila, o que deixava a mãe do Haroldo louca. A mãe do Haroldo gritava muito com o marido.

Bacana.

— Eu não aguento mais essa situação — disse Vera, na mesa, dramática.

— Que situação, minha filha?

— Essa felicidade de vocês!

— Vocês pelo menos deviam ter o cuidado de não fazer isso na nossa frente — disse Vitor.

— Mas nós não fazemos nada!

— Exatamente.

Venancinho batia com o talher na mesa e reivíndicava:

— Briga, briga, briga.

José e Maria concordavam que aquilo não podia continuar. Precisavam pensar nas crianças. Antes de mais nada, nas crianças. Manteriam uma fachada de desacordo, ódio e desconfiança na frente deles, para esconder a harmonia. Não seria fácil. Inventariam coisas. Trocariam acusações fictícias e insultos.

Tudo para não traumatizar os filhos.

— Víbora não! — gritou Maria, começando a erguer-se do seu lugar na mesa com a faca serrilhada na mão.

José também ergueu-se e empunhou a cadeira.

— Víbora, sim! Vem que eu te arrebento.

Maria avançou. Vera agarrou-se ao seu braço.

— Mamãe. Não!

Vitor segurou o pai. Venancinho, que estava de boca aberta e olhos arregalados desde o começo da discussão — a pior até então — achou melhor pular da cadeira e procurar um canto neutro da sala de jantar.

Depois daquela cena, nada mais havia a fazer. O casal teria que se separar. Os advogados cuidariam de tudo. Eles não podiam mais nem se enxergar.

Agora era Nora que consolava Vera. Os pais eram assim mesmo. Ela tinha experiência. A família era uma instituição podre. Sozinha, na frente do espelho, Vera imitava a boca de desdém de Nora.

— Podre. Tudo podre.

E esfregava os olhos, para que ficassem vermelhos. Ainda não tinha olheiras, mas elas viriam com o tempo. Ela seria amarga e agressiva. A pálida filha de um lar desfeito. Um pouco de pó de arroz talvez ajudasse.

Vitor e Venancinho saíam aos domingos com o pai. Uma vez foram ao Maracanã junto com Sérgio, o pai do Sérgio e a namorada do pai do Sérgio, a moça do teatro. O pai do Sérgio perguntou se José não gostaria de conhecer uma amiga da sua namorada. Assim poderiam fazer mais programas juntos. José disse que achava que não. Precisava de tempo para se acostumar com sua nova situação. Sabe como é.

Maria não tinha namorado. Mas no mínimo duas vezes por semana desaparecia de casa, depois voltava menos nervosa. Os filhos tinham certeza de que ela ia se encontrar com um homem.

— Eles desconfiam de alguma coisa? — perguntou José.

— Acho que não — respondeu Maria.

Estavam os dois no motel onde se encontravam, no mínimo duas vezes por semana, escondidos.

— Será que fizemos o certo?

— Acho que sim. As crianças agora não se sentem mais deslocadas no meio dos amigos. Fizemos o que tinha que ser feito.

— Será que algum dia vamos poder viver juntos outra vez?

— Quando as crianças saírem de casa. Aí então estaremos livres das convenções sociais. Não precisaremos mais manter as aparências. Me beija.

O Fortuna

Um dia escrevi que a pizza era uma contravenção culinária — um crime menor, mas um crime — e estava mexendo, sem saber, com as convicções gastronômicas de muita gente. Houve reações e tenho certeza de que só não fui agredido ainda com uma mozarela tamanho médio porque o agressor em potencial preferiu comê-la, em desagravo, a desperdiçá-la na minha cabeça. Mas sustento a opinião. Não tenho posições muito firmes sobre o parlamentarismo ou o futebol sem pontas, mas sobre a pizza, tenho. Sou contra. E falar em pizza me lembra a história exemplar do Fortuna. Não, não é o Fortuna que você está pensando. Não é, já disse. Este Fortuna eu inventei agora.

Um dia os amigos se deram conta de que o Fortuna estava desaparecido.

O Fortuna era um bom papo, um ótimo companheiro de mesa, um homem viajado e culto, apesar de ser — nisso todos concordavam — um pouco radical. E o Fortuna estava desaparecido.

— Que fim levou o Fortuna?

Ninguém sabia.

Até que alguém trouxe a notícia.

O Fortuna tinha entrado para uma ordem religiosa.

Morava num retiro, onde passava os dias na sua cela simples, ou caminhando pelo claustro, em profunda meditação. Alimentava-se de pão e água, vez que outra de algo mais substancial, preparado na pobre cozinha da ordem.

167

A notícia causou grande consternação entre os antigos companheiros de mesa do Fortuna. Mas como? Logo o Fortuna? Um gourmet? Um conhecedor, um apreciador das boas coisas da vida?

Mas era verdade. Era a triste verdade. O Fortuna se retirara do mundo e dos seus prazeres.

Os amigos foram procurá-lo. Encontraram o Fortuna deitado na sua cama de pedra, da qual varrera até a palha que disfarçava a dureza.

A princípio o Fortuna não quis falar sobre o que o levara àquela cela ascética, onde pretendia ficar até o fim dos seus dias. Mas finalmente, cedendo à insistência dos visitantes, contou. Fora uma pizza.

Os amigos se entreolharam.

— Uma pizza, Fortuna?

Uma pizza. Alguém o convidara para ir a uma pizzaria e o Fortuna relutara mas aceitara. E lá ele pedira, ele pedira...

O Fortuna cobriu o rosto com as mãos. A lembrança era penosa demais. Mas os amigos insistiram. Então o Fortuna controlou-se. E contou. Pedira uma Pizza Tropical. Alguém ali já vira uma Pizza Tropical?

Ninguém vira.

— Ela vem com presunto, fios de ovos, abacaxi e uvas. Presunto, fios de ovos, abacaxi e uvas! Isso tudo em cima, claro, do queijo derretido!

No momento em que a Pizza Tropical chegara à mesa, o Fortuna se levantara e saíra correndo da pizzaria. Naquela mesma noite pedira asilo no retiro.

— Vocês entendem? Não posso viver num mundo em que existe a Pizza Tropical.

No momento em que a Pizza Tropical chegara à mesa, o Fortuna se convencera de que não existe futuro para a humanidade. Que se a Pizza Tropical existe, tudo é permitido.

— Quem faz a Pizza Tropical é capaz de qualquer coisa. Estamos perdidos!

Impressionados com a veemência do Fortuna, os seus amigos concordaram que ele fizera bem em se retirar de um mundo no qual a Pizza Tropical é possível.

Aliás, três dos amigos já ficaram no retiro com o Fortuna.

Exagero

Confesso-me um urbano convicto. Tenho, como todo mundo, visões idílicas de uma vida suburbana, árvores no quintal e amigos passarinhos, mas isso não deve ser confundido com qualquer tipo de nostalgia do mato. Suburbano significa nos arredores do urbano, com água corrente e cinema perto. Sou a favor da civilização, com todos os seus descontentamentos. As pessoas que defendem o pastoral e a volta ao primitivo nunca se lembram, nas suas rapsódias à vida rústica, dos insetos. Sempre que ouço alguém descrever, extasiado, as delícias de um acampamento — ah, dormir no chão, fazer fogo com gravetos e ir ao banheiro atrás do arbusto — me espanto um pouco mais com a variedade humana. Somos todos da mesma espécie, mas o que horroriza alguns encanta outros. Pois sou dos horrorizados com a privação deliberada. Muitas gerações contribuíram com seu sacrifício e seu engenho para que eu não precisasse fazer mais nada atrás do arbusto. Me sentiria um ingrato fazendo. E a verdade é que, mesmo para quem não tem os meus preconceitos, as delícias do primitivo nunca são exatamente como as descrevem. Aquela legendária casa à beira de uma praia escondida onde a civilização ainda não chegou e tudo, portanto, é puro e bom não existe. Ou, se existe, não é bem assim.

— Você precisa ver. Um paraíso. Não há nem um armazém por perto.

Quer dizer, não há acesso à aspirina, fósforos ou qualquer tipo de leitura. Salvo, talvez, a metade de uma revista *Cigarra* de 1948. A pior metade.

— A gente dorme ouvindo o barulho do mar...

E do vento entrando pelas frestas. E de animais terrestres e anfíbios tentando entrar na casa para pegar o seu pé. E, se pegar, você morre. O antibiótico mais próximo fica a cem quilômetros.

Não. Fico na cidade. A máxima concessão que faço ao natural são as bermudas. E, assim mesmo, longas. Muito curtas já é um começo de volta à selva.

Mas é claro que há o exagero no outro sentido.

A humanidade, ou pelo menos aquela parcela privilegiada da humanidade que se beneficia dos avanços da técnica e dos confortos que ela proporciona, se acostuma muito rapidamente com o que tem. Imagino que não demorou muito depois de descobrirem como fazer fogo para que alguém exclamasse: "Não entendo como alguém podia viver sem o fogo!". Era inconcebível que, durante algumas gerações, nossos antepassados tivessem vivido sem calor e sem carne assada. A mesma coisa com a roda. Como é que nós vivíamos sem a roda, meu Deus? E o vapor? E a luz elétrica? E o telefone? É possível imaginar o mundo sem telefone? Como é que as pessoas, enfim, se telefonavam, quando não existia o telefone? E radinho de pilha? Acredite ou não, houve um tempo em que as pessoas iam ao futebol sem rádios. Mesmo quando já existiam rádios, eram grandes e pesados e precisavam ficar ligados na tomada. Para levar ao futebol, só com um fio muito comprido. E como sabiam se estavam gostando ou não do jogo, sem ouvir os comentaristas?

A televisão tem o quê? Cinquenta anos de idade. E já tem gente que se refere à época antes da televisão como a pré-história, um tempo tão remoto e difícil de visualizar quanto o tempo das cavernas. O que é que todos faziam antes de ter televisão em casa? Conversavam? Liam? Ou faziam alguma outra coisa esquisita?

Mas, outro dia, ouvi uma frase que me revoltou, dita por alguém atirado numa poltrona na frente da TV.

— Como é que as pessoas podiam viver sem controle remoto?

Este merecia ser jogado no mato, nu e com um tacape, para ver o que era bom e começar tudo de novo. Se não fosse meu filho eu jogava.

Borgianas

Eu estava jogando xadrez com o Jorge Luis Borges, no escuro, para não lhe dar nenhuma vantagem, quando ouvimos um tropel vindo da rua.

— Escuta — disse Borges. — Zebras!

— Por que zebras? — perguntei. — Devem ser cavalos.

Ele suspirou, como quem desiste. Em seguida me contou que havia muitos anos pensava em escrever uma história assim:

— De repente, na Europa, começam a desaparecer pessoas. Pessoas humildes, gente do campo, soldados rasos. E desaparecem depois de acidentes estranhos. São atropeladas por cavalos, ou por bispos, ou por outras pessoas humildes, ou — o mais estranho de tudo — por torres. Estão caminhando na rua, trabalhando, nas suas casas, e de repente vem um cavalo e as atropela, ou vem um bispo e as derruba, ou vem uma torre, não se sabe de onde, e as soterra. E as pessoas desaparecem do mundo.

Nesse instante ouvimos o estouro de um motor vindo da rua.

— Escuta — disse eu, tentando me recuperar. — O Hispano-Suiza de uma diva estrábica!

— Deve ser uma Kombi — disse Borges. E continuou. — Outras coisas estranhas acontecem. Uma torre do castelo real da Holanda desloca-se loucamente pelo mapa e choca-se contra uma parede do castelo do rei Juan Carlos, da Espanha. E os bispos! Causa grande comoção o comportamento de alguns bispos europeus, que passam a só andar em diagonal, ameaçadoramente. Ninguém consegue explicar por quê. Nem eles mesmos.

— Cavalos, bispos em diagonal, torres, reis... — disse eu. — Isso está me lembrando alguma coisa.

— Exatamente — disse Borges. — Um jogo de xadrez. Um imenso jogo de xadrez. O tabuleiro é um continente. As peças, vivas, são manipuladas por forças desconhecidas. Quem está jogando? O Bem contra o Mal? Cientistas loucos, senhores de forças irresistíveis que alteram a matéria e o comportamento humano de acordo com a sua loucura? A megalomania natural de todo jogador de xadrez elevada a uma dimensão inimaginável? No fim tudo termina com um grande escândalo.

— Como? — perguntei, descobrindo, pelo tato, que Borges liquidara todos os meus peões.

— Descobrem um bispo na casa da rainha. A Elizabeth da Inglaterra. Um bispo anglicano, mas mesmo assim... Os tabloides fazem um carnaval. Há brigas no Parlamento. O grande jogo de xadrez termina, tão misteriosamente quanto começou. O apocalipse é derrotado pelo senso de propriedade inglês. Sua vez.

Mais tarde, Jorge Luis Borges me contou que no Antigo Egito já se falava num Antigo Egito. Por baixo das areias do Antigo Egito existia outro Egito, e mais outro, no qual se falava em mais três. Mas no nosso Antigo Egito, no Antigo Egito mais recente, disse Borges, acreditava-se numa vida depois desta — e Borges indicou o tabuleiro com as duas mãos. Acreditava-se em ainda outro Egito acima do Antigo Egito. Um Futuro Egito. Para onde iam os mortos, de navio. Os egípcios acreditavam também que, quando o nome ou a imagem de um morto eram apagados na Terra, o espírito do morto se apagava no Além. Os profanadores e os iconoclastas tinham a oportunidade de matar o morto pela segunda vez. O rei Akhnaton, por exemplo, apagara todas as referências a seu pai, o rei Amenhotep, das paredes e dos escritos do reino, apagando-o na Eternidade. Perguntei então a Borges o que pensava da teoria segundo a qual Akhnaton, o da Tebas das Mil Portas, no Egito, fora o modelo histórico de Édipo, o da Tebas das Sete Portas da Grécia, que Freud... Mas Borges ergueu as mãos e me pediu para não introduzir Freud, o dos quinhentos alçapões, nesta história, que já se complicava demais. E disse que só contava a história para mostrar o poder dos escritores sobre a posterioridade e como até os mortos estavam à mercê dos revisores.

Outra vez eu estava jogando xadrez com Jorge Luis Borges numa sala de espelhos, com peças invisíveis num tabuleiro imaginário, quando um corvo entrou pela janela, pousou numa estante e disse:

— Nunca mais.

— Por favor, chega de citações literárias — disse Borges, interrompendo sua concentração.

Tínhamos eliminado tudo do xadrez, menos a concentração. Protestei que não estava fazendo citações literárias.

— Há horas que estou em silêncio.

— Citando entrelinhas — acusou Borges.

— E mesmo — insisti —, não fui eu que falei. Foi um corvo.

— Um corvo? — disse Borges, empinando a cabeça.

— O corvo de Poe.

— Obviamente, não — disse Borges. — Ele falou em português. É o corvo do tradutor.

Imediatamente Borges começou a contar que traduzira para o espanhol a poesia de Robal de Almendres, o poeta anão da Catalunha. Robal escrevia na areia com uma vara, e seus seguidores literários literalmente o seguiam, ao mesmo tempo copiando e apagando os seus versos do chão com os pés. Dessa maneira, Robal jamais revisava os seus poemas, pois não podia voltar atrás para ver o que tinha escrito.

— Por que não lia o que seus seguidores tinham copiado?

— Porque não confiava neles. Se houvesse um entre eles com pretensão à originalidade, fatalmente teria alterado a poesia do mestre e não mereceria confiança. Os outros eram meros copiadores, e quem pode confiar em copiadores? Assim Robal se considerava o poeta mais inédito do mundo. Todas as edições das suas obras eram desautorizadas por ele. Quanto mais o editavam, mais inédito ele ficava. Robal quase ganhou um Prêmio Nobel, mas desestimulou a academia em Estocolmo com a ameaça de ir receber o prêmio em Nairóbi. E eu traduzi a sua obra.

— Como você se manteve fiel ao espírito de Robal de Almendres, na tradução?

— Mudando tudo. Fazendo prosa em vez de poesia. Não traduzindo fielmente nem uma palavra.

— E onde está essa obra?

— É toda a minha obra — confidenciou Borges.

O corvo voou.

Mais tarde, chegamos à questão da importância da experiência para o escritor. Eu sustentava que a experiência é importante para um escritor. Borges mantinha que a experiência só atrapalhava.

— Toda a experiência de vida de que eu necessito está nesta biblioteca — disse Borges, indicando a sala de espelhos com as mãos.

— Mas nós não estamos numa biblioteca, mestre — observei.

— Eu estou sempre numa biblioteca — disse Borges. Continuou: — E, mesmo assim, sei como é enfrentar um tigre.

— Mas você alguma vez enfrentou um tigre?

— Nunca. Nunca sequer vi um tigre na minha vida. Mas sei como os seus olhos faíscam. Sei como é o seu cheiro, e o silêncio macio dos seus pés no chão do jângal. Tenho 117 maneiras de descrever o seu pelo e posso comparar seu focinho com outras 117 coisas, desde a frente de um Packard até um dos disfarces do Diabo. Sei como é o seu bafo, quente como o de uma fornalha, no meu rosto, quando ele procura minha jugular com os dentes.

— Você se baseia no relato de alguém que enfrentou um tigre e escreveu a respeito?

— Não. Ninguém que enfrentou um tigre jamais deu um bom escritor.

— E o contrário? Um escritor que tenha enfrentado um tigre?

— Houve um — contou Borges. — Aliás, um bom escritor. Um dia ele foi atacado por um tigre dentro da sua biblioteca, que ficava no centro de Amsterdam. Nunca foi possível descobrir como o tigre chegou lá.

— O tigre o matou?

— Não. Ele está vivo até hoje.

— Mas então ele, melhor que ninguém, pode descrever o que é enfrentar um tigre. Porque tem a experiência.

— Não. Você não vê? Para escrever de maneira convincente sobre o tigre ele teria que voltar à sua biblioteca. Consultar os seus volumes. Os zoólogos e os caçadores. Os simbolistas. As enciclopédias. Tudo que já foi escrito sobre o tigre.

As comparações do seu focinho com a frente de um Packard ou com um dos disfarces do Diabo. E isso ele não pode fazer.

— Por que não?

— Porque tem um tigre na sua biblioteca!

Excursão

Magda, o Magdão, e Dorito finalmente foram à Europa. Foram numa excursão, apesar dos temores da Magda.

— Pô, Dorito. Vamos viajar um mês inteiro com o mesmo grupo, gente que a gente não conhece...

Mas era o jeito. Foram. Na volta, Magda não via a hora de contar para as amigas o que tinha sido a viagem. Na primeira reunião do grupo ela contou. Tinha sido um espetáculo. Elas nem podiam imaginar.

— E o grupo, Magda?

— Um barato. Supersimpáticos.

No começo tinha sido difícil. Fora uma família do Ceará, ninguém se conhecia. Cariocas e paulistas, na maioria.

— No aeroporto, foi aquele gelo — contou Magda. — Mas no avião já começou a bagunça. Tinha um paulista daqueles bem caipirão. Era só ele abrir a boca e todo mundo caía na risada. Na chegada, em Madri, ele só dizia: "*Que venga el toro, que venga el toro*". Com aquele sotaque. Um barato.

— Que tal Madri?

— Bacana. Mas o melhor foi no ônibus. A guia era meio chata. Metida a sabe--tudo. Mas aí um carioca tomou conta do microfone e não deu mais vez pra mulher. O que saiu de anedota! Pena que eu não me lembro da metade.

— De Madri vocês foram pra onde?

— Sei lá. Só sei que depois de Barcelona começou a cantoria. A primeira a cantar foi a mulher do Ceará. Ela cantava e o marido atiçava: "Canta aquela, canta aquela". Depois foi um paulista que imitava o Roberto Carlos.

— Vocês estiveram em Paris?

— Não. Sim. Mas espera um pouco. Foi só dizerem "Como é, os gaúchos não cantam?", que eu me apresentei. Vocês sabem que pra tímida eu não dou. E já me levantei anunciando: "É Carnaval, minha gente". E saiu o maior Carnaval. Começou com "Mamãe eu quero" e depois ninguém nos segurou.

— Onde é que vocês estavam?

— Bruxelas. Não, Chartre. Me lembro que a guia insistia conosco pra descer do ônibus e olhar uma tal catedral, mas ninguém quis descer. A coisa tava esquentando. E dá-lhe Carnaval. Olha, pra descer do ônibus no hotel, pra dormir, já era uma luta. Ninguém queria descer. Um espetáculo!

— E o Dorito?

— Ah, vocês sabem que aquele é um chato. Vivia emburrado. Não aproveitou nada da Europa!

Síbaris

Sibarita. (Do gr. *sybarites*, pelo lat. *sybarita*). Adj. 2 g. 1. De, ou pertencente ou relativo à antiga cidade grega de Síbaris (Itália). 2. Diz-se de pessoa dada à indolência ou à vida de prazeres, por alusão aos antigos habitantes de Síbaris, famosos por sua riqueza e voluptuosidade. (*Novo Dicionário da Língua Portuguesa*, Aurélio Buarque de Holanda Ferreira.)

Síbaris ficava no Golfo de Taranto. Se você imaginar a Itália como uma grande perna, uma perna feminina, uma perna bem torneada, quente e sedosa, então o Golfo de Taranto fica naquela parte de baixo, a mais sensível, do pé da Itália. A costa de Taranto faz uma curva suave e preguiçosa. Nas noites de verão o vento traz o perfume dos jasmineiros de Alexandria.

Síbaris era cercada por um muro alto coberto de heras afrodisíacas. Muitos queriam entrar em Síbaris mas ninguém queria sair. Os Guardiões do Portal — uma casta cuja função principal era apalpar todos que entravam na cidade, não para descobrir qualquer coisa escondida mas pelo prazer de apalpar — faziam um teste dificílimo com os que pleiteavam a cidadania sibarita. Um teste de cem questões envolvendo matemática, astronomia e as artes do comércio e da indústria.

Quem passasse no teste era mandado embora. Quem não passasse entrava. Quem tentasse subornar os Guardiões entrava por aclamação.

A primeira alfândega de que se tem notícia existiu em Síbaris, uma alfândega rigorosa. Só podiam entrar supérfluos. As coisas úteis eram apreendidas e mandadas para a cidade vizinha de Crotona. Em Crotona todos trabalhavam, eram ordeiros e operosos, conscientes e corretos. Os sibaritas riam muito dos habitantes de Crotona. Síbaris era rica porque era lá que os crotonenses gastavam o seu dinheiro nos fins de semana. Havia uma lei. Todos os crotonenses tinham que estar fora de Síbaris ao amanhecer de segunda-feira, senão seriam presos. Era difícil cumprir a lei porque a polícia de Síbaris nunca acordava antes do meio-dia.

Os sibaritas só trabalhavam nos fins de semana, divertindo, alimentando e roubando os crotonenses. Nos outros dias da semana descansavam e contavam seu dinheiro, afagando seus gatos castrados e comendo pequenos cubos de carne mentolada com vinho de tâmaras. Cada sibarita podia ter sete concubinas e sua mulher um escravo etíope, mas às vezes trocavam. As orgias duravam vários dias e só terminavam quando os sibaritas começavam a cantar suas próprias mulheres, sinal de que já não enxergavam mais nada. A monogamia e a abstinência eram consideradas perversões e punidas com chicotadas, nos raros dias do ano em que o chicoteador oficial não faltava ao serviço. No caso do infrator ser sadomasoquista, sua punição era ficar olhando enquanto o chicoteador oficial chicoteava outro. Sexo grupal era qualquer ato sexual envolvendo mais de cinquenta pessoas. A justiça, em Síbaris, era dividida. Havia um juiz togado para os casos de paixão. O bestialismo era tolerado, salvo exceções como o sexo com abelhas. As tâmaras para o vinho eram prensadas, com o traseiro, pelas Gordas, a segunda seita em importância depois dos Cozinheiros.

Era Rei de Síbaris Flanfo, chamado o Sete Queixos, que vivia imerso numa banheira com óleos aromáticos. Comentava-se que a parte inferior do seu corpo já começara a dissolver-se, mas Flanfo se recusava a sair da banheira. Foi lá, certo dia, que ele recebeu um emissário de Crotona que trazia uma proposta do Conselho Administrativo da cidade vizinha.

Crotona queria mudar-se para Síbaris. Crotona era feia, Síbaris era bonita. Crotona era atravessada por um riacho malcheiroso, Síbaris ficava na praia. E nas noites de verão o vento trazia o perfume dos jasmineiros de Alexandria.

Flanfo, chamado o Sete Queixos, mastigando um pardal caramelado, perguntou que vantagem teria Síbaris com a mudança de Crotona.

— Traremos o nosso dinheiro — disse o emissário.

— Nós já temos o vosso dinheiro — disse Flanfo.

— Traremos a indústria, a ciência, a contabilidade moderna e os nossos engenhos de guerra.

— Nós não precisamos da vossa indústria, da vossa ciência e da vossa contabilidade moderna — disse Flanfo, despachando o emissário com um gesto lânguido da mão gorda.

— Isso — disse o emissário — significa guerra.

Só meia hora depois, inalando o pó de papoulas do Oriente trituradas, Flanfo, chamado o Sete Queixos, se deu conta de que Crotona invadira Síbaris. Uma hora depois, Flanfo tomou uma decisão. Mandou buscar seu conselheiro Badan, o Sábio, chamado O Incorruptível porque aceitava presentes para transmitir pedidos ao rei e nunca transmitia. O enviado do rei à casa de Badan demorou porque a aldrava da porta do sábio tinha um formato tão sensual que quem a segurasse se perdia em devaneio lúbrico e esquecia de bater na porta. Mas finalmente veio Badan, irritado porque sua massagem da tarde fora interrompida. Badan disse que Síbaris precisava preparar sua defesa. Os homens deveriam se armar e erguer barricadas. As mulheres deveriam desfiar as suas sedas para fazer ataduras. Síbaris tinha que ser mobilizada! Imerso nos seus óleos, com seus olhos quase fechando, Flanfo disse que mandaria um arauto à ágora conclamar o povo no dia seguinte.

— Agora — disse Badan.

— Não. Tenho quase certeza de que é ágora. Acento no "a". Praça das antigas cidades gregas onde...

— Mande o arauto agora! Neste minuto!

— Ah...

Quando encontraram o arauto — na cama com uma concubina e dois cabritos — e o convenceram a cumprir sua missão já se passara um dia. O arauto conclamou o povo à defesa de Síbaris. Foi veemente e apaixonado. Para tornar o discurso menos árido, entremeou com algumas piadas e citações dos poetas. Mas não havia ninguém na ágora. Quando o arauto parou de falar, só ouviu o silêncio. Estavam todos na praia.

Síbaris foi invadida e destruída por Crotona em 510 a.C. Não sobrou nenhum vestígio da cidade. Só recentemente, em 1965, uma expedição arqueológica conseguiu determinar a sua localização exata. Parece que descobriram uma garra de ouro para coçar as costas, um cântaro de vinho de tâmaras e uma aldrava de porta num formato estranho e perturbador. Até hoje ninguém localizou as ruínas da cidade de Crotona.

Sexo na cabeça

"Você tem sexo na cabeça, rapaz. E aí, definitivamente, não é o lugar dele."
Mae West

Lembro-me como se fosse há 8 bilhões de anos. Eu era uma célula recém-chegada do fundo do miasma e ainda deslumbrado com a vida agitada da superfície e você era de lá, um ser superficial, vivida, viciada em amônia, linda, linda. Nós dois queríamos e não sabíamos o quê. Namoramos 1 milhão de anos sem saber o que fazer, aquela ânsia. Deve haver mais do que isso, amar não deve ser só roçar as membranas. Você dizia "Eu deixo, eu deixo" e eu dizia "O quê? O quê?", até que um dia. Um dia minhas enzimas tocaram as suas e você gemeu, meu amor, "Assim, assim!". E você sugou meu aminoácido, meu amor. Assim, assim. E de repente éramos uma só célula. Dois núcleos numa só membrana até que a morte nos separasse. Tínhamos inventado o sexo e vimos que era bom. E de repente todos à nossa volta estavam nos imitando, nunca uma coisa pegou tanto. Crescemos, multiplicamo-nos e o mar borbulhava. O desejo era fogo e lava, e o nosso amor transbordava. Aquela ânsia. Mais, mais, assim, assim. Você não se contentava em ser célula. Uma zona erógena era pouco. Queria fazer tudo, tudo. Virou ameba. Depois peixe e depois réptil, meu amor, e eu atrás. Crocodilo, elefante, borboleta, centopeia, sapo e, de repente, diante dos meus olhos, mulher. Assim, assim! Deus é luxúria, Deus é a ânsia. Depois de bilhões de anos Ele acertara a fórmula. "É isso!", gritei. "Não mexe em mais nada!"

— Quem sabe mais um seio?
— Não! Dois está perfeito.
— Quem sabe o sexo na cabeça?
— Não! Longe da cabeça. Quanto mais longe melhor! Linda, linda. Mas algo estava errado. Não foi como antes.
— Foi bom?
— Foi.
— Qual é o problema?
— Não tem problema nenhum.
— Eu sinto que você está diferente.
— Bobagem sua. Só um pouco de dor de cabeça.
— No caldo primordial você não era assim.

— A gente muda, né? Nós não somos mais amebas.

E vimos que era complicado. Nunca reparáramos na nossa nudez e de repente não se falava em outra coisa. Você cobriu seu corpo com folhas e eu construí várias civilizações para esconder o meu. "Eu deixo, eu deixo — mas não aqui." — Não agora. Não na frente das crianças. Não numa segunda-feira! Só depois de casar. E o meu presente? Depois você não me respeita mais. Você vai contar para os outros. Eu não sou dessas. Só se você usar um quepe da Gestapo. Você não me quer, você quer é reafirmar sua necessidade neurótica de dominação machista, e ainda por cima usando as minhas ligas pretas. O quê? Não faz nem três anos que mamãe morreu! Está bem, mas sem o chicote. Eu disse que não queria o sexo na cabeça, Senhor!

— Nós somos como frutas, minha flor.

— Vem com essa...

— A fruta, entende? Não é o objetivo da árvore. Uma laranjeira não é uma árvore que dá laranjas. Uma laranjeira é uma árvore que só existe para produzir outras árvores iguais a ela. Ela é apenas um veículo da sua própria semente, como nós somos a embalagem da vida. Entende? A fruta é um estratagema da árvore para proteger a semente. A fruta é uma etapa, não é o fim. Eu te amo, eu te amo. A própria fruta, se soubesse a importância que nós lhe damos, enrubesceria como uma maçã na sua modéstia. Deixa eu só desengatar o sutiã. A fruta não é nada. O importante é a semente. É a ânsia, é o ácido, é o que nos traz de pé neste sofá. Digo, nesta vida. Deixa, deixa. A flor, minha fruta, é um truque da planta para atrair a abelha. A própria planta é um artifício da semente para se recriar. A própria semente é apenas a representação externa daquilo que me trouxe à tona, lembra? A semente da semente, chega pra cá um pouquinho. Linda, linda. Pense em mim como uma laranja. Eu só existo para cumprir o destino da semente da semente da minha semente. Eu estou apenas cumprindo ordens. Você não está me negando. Você está negando os desígnios do universo. Deixa.

— Está bem. Mas só tem uma coisa.

— O quê?

— Eu não estou tomando pílula.

— Então nada feito.

Mais, mais. Um dia chegaríamos a uma zona erógena além do Sol. Como o pólen, meu amor, no espaço. Roçaríamos nossas membranas de fibra de vidro, capacete a capacete, e nossos tubos de oxigênio se enroscariam e veríamos que era difícil. Eu manipularia a sua bateria seca e você gemeria como um besouro eletrônico. Asssssiiiim. Asssssiiiiim.

Um dia estaríamos velhos. Sexo, só na cabeça. As abelhas andariam a pé, nada se recriaria, as frutas secariam. Eu afundaria na memória, de volta às origens do mundo. (O mar tem um deserto no fundo.) Uma casca morta de semente, por nada, por nada. Mas foi bom, não foi?

Temístocles, o Grande

Aconteceu numa cidade do interior. Não sei bem de que estado. Do interior e pronto. O time da cidade ia jogar com o time da cidade vizinha. Era um jogo que só acontecia uma vez por ano. Sempre dava tanta briga que levava um ano para as duas cidades fazerem as pazes e combinarem outro jogo. Não preciso dizer que tudo se passa no Brasil.

Há três anos o time da primeira cidade não ganhava do outro. Há três anos que perdia. E naquele ano em que tinha tudo para ganhar, principalmente um centroavante colossal chamado, justamente, Colossal (de Brito), aconteceu o seguinte: o centroavante foi aliciado por outro time. Exatamente pelo time da outra cidade.

O desânimo tomou conta da Prefeitura, onde se reunia a diretoria do time, que, nas horas vagas, administrava a cidade. O prefeito e presidente do clube decretou que alguém devia pegar aquele crioulo e cortar a sua cabeça, para ele aprender. Vozes mais moderadas insistiram que o negócio não era vingança. O negócio era arranjar outro centroavante. Quem era o substituto natural de Colossal?

— Bom, tem o Betinho...

Os outros só não riram porque quem falara era o pai do Betinho, um ex-juvenil que recém-passara a reserva. Mas o Betinho era impensável. Muito verde. Era preciso trazer um centroavante de fora. E foi então que alguém falou.

— Onde é que anda o Temístocles?

Abriu-se uma clareira de silêncio. O simples som daquele nome bastava para despertar respeito. Temístocles, o Terror da Serra. Temístocles Dois Canhões, assim chamado porque chutava com as duas com a mesma violência. Três canhões, se contassem a cabeçada. Temístocles, o Cigano.

— Da última vez que ouvi, ele andava por Barreiro...

Foi despachado um representante com plenos poderes para trazer Temístocles a qualquer preço. De onde estivesse.

Na cidade, enquanto esperavam a vinda de Temístocles, apareceram histórias a seu respeito. Começara ainda garoto, decidindo jogos impossíveis. Forte como um touro, destemido como um tigre. Jogara por toda parte, sempre vitorioso. Uma vez fora levado para a cidade grande. Mas não ficara. Não gostava de ficar. Era um cigano. Pulava de cidade em cidade. E deixava atrás de si campeonatos ganhos na última hora, gols que viravam lendas e corações partidos. Temístocles, o Grande. O jogo estava ganho.

O emissário voltou com boas notícias. Falara com Temístocles. Ele viria. Quando?

— Disse que na hora do jogo está aqui.

— Garantido?

— Deu a palavra.

O jogo estava ganho.

No domingo do jogo, a cidade ficou vazia. Foi todo mundo para o campo. Só não foi o Seu Dedé do bar, que nunca fechava. O bar ficava na rua principal. Podia passar um carro, algum viajante, Seu Dedé não descuidava. É verdade que havia sete anos não parava um viajante no bar do Dedé, mas nunca se sabe. De longe Seu Dedé ficou ouvindo o ruído do estádio. A ovação para o time de casa que entrava em campo. As vaias para o time visitante. Os gritos de incentivo quando o juiz trilou o apito, dando início à contenda. O silêncio tenso. Os "ohs" e os "ahs" quando a bola passava perto. Já tinha começado o segundo tempo, pelos cálculos do Seu Dedé, quando entrou um forasteiro no bar. Pediu:

— Cerveja.

Depois perguntou se aquele barulho vinha do estádio. O barulho era de foguetes, misturado com gritos da torcida.

— O Temístocles fez um gol, aposto! — disse Seu Dedé.

O forasteiro bebeu sua cerveja. Seu Dedé não continha seu entusiasmo.

— Que centroavante! Nos levaram um bom mas nós trouxemos um melhor.

— Temístocles?

— É. Conhece?

— Já ouvi falar. Disseram que está acabado. Bebida. Nesse instante ouviu-se nova gritaria vinda do estádio. Mais foguetes.

— Acabado?! — gritou Seu Dedé. — Escute só. Ele acaba de marcar outro gol! Esse não acaba nunca!

Dali a pouco o bar começou a encher. O jogo tinha terminado. Seu Dedé nem precisou perguntar. O time de casa tinha ganhado por dois a zero.
— Que jogo, Seu Dedé. Que jogo!
— Que centroavante!
— O primeiro gol foi com a canhota!
— O segundo foi com bola e tudo. Com goleiro e tudo! Que centroavante!
Aí Seu Dedé subiu no balcão com um copo na mão e gritou:
— Temístocles!
— Mas que Temístocles, Seu Dedé? O Temístocles não veio.
— Como, não veio?
— Não apareceu. É um conversador. Ou então errou o caminho.
— Mas então quem foi que...
— O Betinho, Seu Dedé. O Betinho! Que centroavante!
No mesmo instante o Betinho entrou no bar, abraçado com o pai e com toda a diretoria do clube atrás. Foi saudado com vivas. Betinho, o Grande. Seu Dedé procurou o forasteiro com o olhar. Não o encontrou mais. Só encontrou o dinheiro embaixo da garrafa de cerveja vazia.

Conto retroativo

Beijaram-se, finalmente, depois que ela entrou correndo no saguão do aeroporto gritando: "Mário! Mário!". E ele, que já se preparava para embarcar, desconsolado, depois de ter tomado três cafezinhos para fazer tempo, dar tempo a ela de se decidir se embarcaria com ele ou não, na esperança de que ela chegaria no último minuto, ele virou-se e também gritou: "Sandra!". Ele que tinha vindo para o aeroporto meio sonso no táxi, triste porque passara no apartamento para uma última olhada e ficara andando do quarto para a sala e da sala para o quarto, voltando no tempo, lembrando tudo, os momentos na cama, o cheiro dela, a risada, a marca do jeans apertado nas suas coxas lembrando que na última vez ela dissera que não ia mais com ele, que estava com passaporte, passagem mas não ia, era uma loucura, não queria se amarrar, ele era um obsessivo, um doido, e ela era muito moça e...

— E eu sou um velho? — dissera ele, fingindo o ultraje.

— Não é isso, é que você, sei lá, você é um regressivo.

— Como, um regressivo?

— Está sempre recapitulando, sempre voltando, sempre querendo descobrir a origem, passando tudo a limpo, examinando atrás da causa, sei lá. E eu sou uma causa perdida.

— Você está exagerando.

— Onde foi que eu conheci você?

— Na minha retrospectiva.

— Pois então. Eu nunca tinha ouvido falar de você e quando conheci você já estava fazendo retrospectiva!

Antes da última noite no apartamento tinham jantado juntos e, só para serem diferentes, tinham começado pela sobremesa e acabado no aperitivo, ele achava que eles deviam se encontrar dizendo "adeus" e na despedida dizer "alô", para enganar o coração. E pedira para ela lhe contar toda a sua vida, de frente para trás até a sua primeira lembrança. E ela protestara...

— Você já tem o meu corpo e a minha alma e ainda quer minha biografia? Que intimidades são essas?

— Quero amar tudo sobre você. Quero amar o seu retrospecto. O seu currí-culo. Sua vida pregressa. Sua história clínica. Seus antecedentes criminais. Sua ficha no SPC. Seus boletins da escola. Quero amar você desde as primeiras fraldas!

Antes do último jantar e da última noite tinha havido muitos outros encontros, dois meses de amor que ele insistia em reviver a cada instante, dois meses, e uma vez na cama ela pedira:

— Me explique os seus quadros.

— Não é você estudante de arte? Você me explique os meus quadros.

— Não. Fora de brincadeira.

— São todos sobre a explosão cósmica que criou o universo. De uma maneira ou de outra. Sobre a origem de tudo. O primeiro fato. O primeiro som. A causa, entende? Depois tudo foi efeito, eu quero voltar. Ir contra o tempo. Sempre voltar. Meu primeiro quadro foi o mais acabado. No segundo eu já quis ver o que estava atrás do primeiro. O segundo foi o esboço do primeiro. Meu penúltimo quadro será do núcleo da explosão. A causa da causa. Meu último quadro será em branco. A não ser...

Antes disso tinham falado, pela primeira vez, em ela ir embora com ele para a Europa. Naquela mesma noite ele disse que, se ela fosse com ele, depois do seu quadro em branco só pintaria o retrato dela. Primeiro ela de corpo inteiro emergindo do nada, uma Vênus de Botticelli de tanga. Depois detalhes. O rosto. Um seio. O umbigo. Depois detalhes do umbigo. O umbigo do umbigo.

— Depois você vai me esquartejar e procurar a minha explicação.

— Não, você é que vai me enterrar.

— Mas nossa diferença de idade não é tão grande assim.

— O que você não sabe é que eu estou remoçando enquanto você envelhece. Estamos nos cruzando. Eu comecei com cem anos e estou a meio caminho da adolescência. Você ainda vai me segurar no colo. Você vai me dar de mamar. Venha comigo. Amo você do momento que a vi. Aliás, eu acho que foi antes. Um segundo antes de você entrar na galeria, eu olhei para a porta e disse: É agora. Quando você entrou eu já estava amando você por um segundo.

Ela entrara na galeria por curiosidade, estudava arte mas nunca tinha ouvido falar daquele pintor que fazia uma retrospectiva e portanto devia ser importante. Percorrera os quadros, todos abstratos e numerados de acordo com a data da sua conclusão, de trás para diante — 23, 22, 21 — e só quando chegou perto dos primeiros se deu conta — 11, 10, 9 — que o homem na frente do quadro número um a olhava fixamente — 3, 2, 1 — e quando chegou na frente do primeiro quadro, um quadro tranquilo em contraste com a crescente turbulência dos outros, ele falou:

— Antes que alguém me denuncie, eu mesmo confesso: sou o pintor. Meu nome é Mário.

— O meu é Sandra.

— Alô.

— Alô.

E embarcaram juntos.

O verdadeiro José

José morreu, com justeza poética, num avião da ponte aérea, a meio caminho entre São Paulo e Rio. Coração. Morreu de terno cinza e gravata escura, segurando a mesma pasta preta com que desembarcara no Santos Dumont, todas as segundas-feiras, durante anos. Só que dessa vez a pasta preta desembarcou sobre o seu peito, na maca, como uma lápide provisória.

— O velho Paulista... — disseram seus colegas de trabalho, no velório, lamentando a perda do companheiro tão sério, tão eficiente, tão trabalhador. Seu apelido no Rio era Paulista.

A mulher e o filho de dezoito anos mantiveram uma linha de sóbria resignação durante todo o velório. Aquele era o estilo de José. Nada de arroubos ou demonstrações de sentimento. Sobriedade. Foi ideia do filho que o enterrassem de colete.

— A verdade — cochichou um dos sócios de José na empresa — é que ele nunca se adaptou aos hábitos cariocas...

— Sempre foi um paulista desterrado — concordou alguém.

— Desterrado? — estranhou um terceiro. — Mas vivia lá e cá...

Foi nesse ponto que entraram no velório, aos prantos, uma senhora e uma moça, ambas vestindo jeans iguais e carregando as grandes bolsas de couro com que tinham viajado de São Paulo.

— Carioca! — gritou a mais velha, precipitando-se na direção do caixão. — É você, Carioca?

— Papai! — gritou a mais moça, debruçando-se sobre o solene defunto.

Consternação geral.

Dr. Lupércio, o advogado da família, conseguiu que as duas mulheres de José se reunissem em algum lugar afastado da câmara-ardente. O mais difícil foi arrancar a segunda mulher — na ordem de chegada ao velório — de cima do caixão. Em pouco tempo confirmou-se o óbvio. José tinha outra família em São Paulo. A filha tinha quinze anos. A mulher do Rio foi seca:

— A legítima sou eu.

— Meu bem... — começou a dizer a outra.

— Não me chame de seu bem. Nós nem nos conhecemos.

— Calma, calma — pediu o dr. Lupércio.

— Agora eu sei por que o Carioca nunca quis me trazer ao Rio... — disse a outra.

— O nome dele é José. Ou era, até acontecer isso — disse a primeira, não se sabendo se falava da morte ou da descoberta da segunda família.

— Lá em São Paulo toda a turma chama ele de Carioca.

— "Turma"? — estranhou a primeira.

No Rio eles não tinham turma. Raramente saíam de casa. Um ou outro jantar em grupo pequeno. Concertos, às vezes. Geralmente estavam na cama antes das dez.

Na câmara ardente, o filho de José evitava o olhar da sua meia-irmã. Os dois eram parecidos. Tinham os traços do pai. A moça, com os olhos ainda cheios de lágrimas, comentara que aquela era a primeira vez que via o pai de gravata. O filho ia dizer que não se lembrava de jamais ter visto o pai sem gravata mas achou melhor não dizer nada. Era uma situação constrangedora.

— Pobre do papai — disse a moça, soluçando. — Sempre tão brincalhão...

O filho entendia cada vez menos.

O apelido dele, em São Paulo, era Carioca. Descia em Congonhas todas as quintas-feiras de camisa esporte. No máximo com um pulôver sobre os ombros. Uma vez chegara até de bermudas e chinelos de dedo. Gostava de encher o apartamento de amigos, ou sair com a turma para um restaurante, ou uma boate. E se alguém ameaçasse ir embora, dizendo que "amanhã é dia de trabalho", ele berrava que paulista não sabia viver, que paulista só pensava em dinheiro, que só carioca sabia gozar a vida. Com sua alegre informalidade, fazia sucesso entre os paulistas. Inclusive nos negócios, apesar do mal-estar que causava sua camisa aberta até o umbigo, em certas salas de reuniões. Todas as segundas-feiras voava para o Rio. Dizia que precisava pegar uma praia, respirar um pouco.

— Você não estranhava quando ele voltava do Rio branco daquele jeito? — perguntou a legítima.

— Ele dizia que não adiantava pegar uma cor na praia, ficava branco assim que pisava em Congonhas — disse a outra.

As duas sorriram.

Mais tarde, em casa, o dr. Lupércio refletiu sobre o caso.

— Um herói de dois mundos — sentenciou.

A mulher, como sempre, não estava ouvindo. O dr. Lupércio continuou:

— No Rio, era o paulista típico. Uma caricatura. Sim, é isso!

O dr. Lupércio sempre se agitava quando pegava uma tese no ar com seus dedos compridos. Era isso. No Rio, ele era uma caricatura paulista. A imagem carioca do paulista. Em São Paulo era o contrário.

— E mais. Quando fazia o papel do paulista proverbial, no Rio, era gozação. Quando fazia o carioca em São Paulo, era estratégia de venda.

O advogado, no seu entusiasmo, apertou com força o braço da mulher, que disse: "Ai, Lupércio!".

— Você não vê? Ele estava sendo cariocamente malandro quando fazia o paulista, e paulistamente utilitário quando fazia o carioca. Um gigolô do estereótipo! Uma síntese brasileira! Mas qual dos dois era o verdadeiro José?

Duas viúvas dormiam sozinhas. A do Rio sem o seu José, aquela rocha de critérios e responsabilidades em meio à inconsequência carioca. A de São Paulo sem o seu Carioca, aquele sopro de ar marinho no cinza paulista.

As duas suspiraram.

Detalhes, detalhes

O entendimento é a saída para a crise política brasileira, de acordo. Deve haver diálogo, consenso, negociação e boa vontade. Mas como chegar a isso? O presidente já disse que estaria no palácio, de plantão, pronto para conversar com quem quisesse, e logo em seguida viajou. Todo mundo quer negociar. Infelizmente, a coisa não é tão simples assim. Negociar como? O quê? Com quem? Como ter certeza de que o negociador é confiável e pode decidir pelos outros? Detalhes, detalhes. A propósito, conta-se uma história ilustrativa. Dois-pontos.

Estamos em Roma, na época em que os cristãos eram perseguidos e, quando alcançados, atirados aos leões. O encontro entre os leões e os cristãos atraía multidões ao Coliseu romano, embora o resultado já fosse conhecido. Não havia *totocalcio* na época, mas, se houvesse, leões × cristãos seria sempre coluna 1, seca. Contam que uma vez um cristão conseguiu derrotar os leões, mas sua vitória não foi reconhecida até que se esclarecesse a suspeita de que ele atuara dopado, o que a autópsia não confirmou.

Os cristãos esperavam a vez de entrar na arena, nas masmorras do Coliseu, em celas que, com humor cruel, os romanos identificavam com tabuletas onde se lia "Canapés", "Entradas" etc. Na cela marcada "Sobremesa", um grupo de cristãos passava seus últimos momentos antes do encontro com os leões. Alguns rezavam, outros faziam aquecimento. Num canto da cela, abraçados, o velho Tertúlio e sua filha, Calpúrnia.

— Oh, papai. Vamos morrer.

— Tenha calma, minha filha. Reze.

— Ainda tenho uma esperança. Sei que Caius Flavius virá.

— Esqueça esse homem, minha filha.

— Mas ele me ama, papai.

— Não duvido de que seu amor seja sincero. Mas ele é, antes de tudo, um oficial romano. Não arriscará sua carreira para salvar uma cristã.

— Oh, papai...

Da arena chega o ruído das feras que acabam de devorar um grupo de cristãos e querem mais. E, mais alto e mais sanguinário do que o rugido dos leões, o rugido da multidão. Um soldado romano grita através das grades da cela:

— Cinco minutos, pessoal!

A revisão médica terminou. Todos estão em condições de alimentar os leões sem perigo de intoxicá-los. Alguns tentam esconder o nervosismo fazendo piadas. "Nada de corpo mole. Vamos fazer esses bichos mastigarem" etc. Mas o ambiente é de tensão. Nisso:

— É ele, papai!

Sim, é Caius Flavius, que acabou de entrar na cela e puxa Calpúrnia e o velho Tertúlio para um canto, longe dos outros.

— Escutem. Temos pouco tempo. Acho que há uma maneira de vocês se salvarem.

— Eu não disse, papai? Eu não disse? Ele é militar, mas é maravilhoso.

— Fale, homem, fale — diz o velho Tertúlio, agarrando o braço de Caius Flavius. Caius Flavius olha em volta. Baixa a voz. Diz:

— Descobri que um dos leões é cristão.

— O quê?!

— Basta vocês ficarem perto dele quando entrarem na arena. Ele fingirá que ataca vocês mas não os tocará.

— Vamos lá. Tá na hora!

É o soldado que abre a porta da cela e dirige os cristãos para o túnel. Calpúrnia se despede de Caius Flavius com um beijo apaixonado e agradecido. O velho Tertúlio aperta sua mão. Pai e filha começam a se dirigir para a arena. Então, o velho Tertúlio se lembra de um detalhe. Volta e pergunta para Caius Flavius:

— Só uma coisa. Como saberemos qual dos leões é o cristão?

— Não tem como errar — tranquiliza-o Caius Flavius. — É o que usa um crucifixo embaixo da juba.

O bacana

A rua ainda era a mesma. As mesmas casas. As mesmas árvores, só mais troncudas. Até o armazém do Espanhol (assim chamado por razões misteriosas, pois o dono sempre fora português) continuava lá. Ele desceu do carro e começou a caminhar pela calçada esburacada.

Parou em frente à casa que tinha sido a dele. Era a maior da rua. Puxa. Sentiu um aperto na garganta. Quanta lembrança! O muro com as marcas da bola. Lembrou-se, então, com uma intensidade que quase o sufocou, do time. O Valores da Zona.

Que tempo bom. Nunca mais fora tão feliz. A ideia do time tinha sido dele. Ele é que tinha bola. Ele é que contribuíra com a maior parcela, tirada de sua mesada, para a compra das camisetas. Lembrava ainda a formação do ataque: Venancinho, Alemão, ele, Mangola e Tobias da dona Ester, para diferenciar do Tobias da dona Inácia, que era beque.

O Venancinho morava numa casa de madeira em frente à dele. Será que...

Atravessou a rua e bateu na porta. Apareceu uma menina dos seus oito anos.

— Quié.

— O Venancinho ainda mora aqui?

— Quem?

— Venâncio. Venâncio, ahn...

Tentou se lembrar do sobrenome. Inútil. Só se lembrava de Venancinho. Vulgo Bicudo.

— Peraí — disse a menina, e fechou a porta.

Nunca mais, desde aquele tempo, tivera tantos amigos. O grito de guerra do time era "Valores da Zona — Unidos! Unidos! Unidos!". E eram unidos. Com eles provara o primeiro cigarro. Comprara as primeiras revistas de sacanagem. Lembrava das reuniões no galpão atrás da casa do Chico Babão. Os concursos de...

Apareceu uma senhora.

— Quer falar com quem?

— O Venâncio ainda mora aqui?

— Mora.

— Ele está?

— Está aposentado — disse a mulher, como se dissesse "só pode estar em casa". E apontou para o próprio peito — Pulmão.

— Será que eu posso falar com ele?
— Qual é sua graça?
Ele disse. Explicou quem era. A mulher tornou a fechar a porta. Ele ouviu a mulher gritando para alguém. Seu nome e sua descrição. E ouviu a voz de um homem exclamando:
— Ih. É o Bacana...
Não sabia que aquele era o seu apelido. Compreendeu tudo. Era como o chamavam pelas costas. Só porque sua casa era maior e ele tinha mesada.
Segundos antes de se virar e voltar para o carro, teve um pensamento definitivo.
— Só me deixavam jogar de centroavante porque a bola era minha...

A Voz da Felicidade

— Alô?
— Aqui fala a *Voz da Felicidade*. Quem fala aí?
— Como?
— Aqui fala a *Voz da Felicidade*. A voz que leva a alegria ao seu dia a dia. Amaro Amaral, o rei do dial. O que está nas ondas e não é surfista, está no fio e não é equilibrista. O que leva a sorte ao seu lar pelo ar.
— Eu não estou entendendo...
— Como é o seu nome?
— É... é...
— Você não sabe o seu nome? Já vi gente mal informada, mas a senhora leva o prêmio, hein?
— Não, é que...
— Não leve a mal. É Amaro Amaral, o homem do coisa e tal. Alegria não paga imposto. Diga lá. Já lembrou o seu nome?
— É Maria.
— A da sapataria? Estou brincando. Coisa e tal. Bom dia, dona Maria!
— Bom dia. Eu...
— Quando é que a mulher tira a roupa mais depressa?
— O quê?

— É uma charada, dona Maria. Responda num minuto e ganhe um colchão Celeste, nuvem anatômica. O relógio está correndo. O relógio está fazendo cooper. A senhora tem quarenta segundos.

— É que... Estou meio...

— Trinta segundos, dona Maria. O relógio foi correndo até a esquina e já está voltando. A senhora estava dormindo, dona Maria? A essa hora? Que voz de sono! O sol está brilhando e Amaro Amaral está cantando. "O sole mio, e coisa e tal..." Está bem, dona Maria, eu paro. Como é, e a charada?

— Eu...

— Vou lhe dar outra chance de ganhar um colchão Celeste, nuvem anatômica, onde dá para dormir até de olhos fechados. Já que a senhora gosta tanto de dormir, não é, dona Maria? Estou brincando. Posso repetir, dona Maria?

— Sim, é que...

— Quando é que a mulher tira a roupa mais depressa? Cuidado com o que a senhora vai responder, dona Maria. Este é um programa de família.

— Programa?

— Nós estamos no ar, dona Maria. A *Voz da Felicidade*, com Amaro Amaral, o baixinho alto-astral. Diga lá. A senhora tem mais um minuto. Acorda, dona Maria!

— É que eu estou meio zonza. Tomei uns comprimidos...

— O que é isso, dona Maria? Alegria não se compra em farmácia. Coisa e tal. E a charada?

— Tomei o vidro inteiro. Queria me matar.

— Não me diga isso, dona Maria. Que coisa feia. O mundo é tão bom.

— Não é não.

— Dona Maria, me dê o seu endereço que eu vou mandar um médico aí.

— Não, eu...

— Olha aí, produção. Vamos checar o número de telefone da dona Maria e descobrir o endereço dela. Dona Maria, por que a senhora fez isso? A senhora tem família, dona Maria? Como é o seu nome todo?

— Solidão....

— Maria Solidão. Olha aí, família Solidão, vamos dar uma mão.

— Há um ano que eu espero esse telefone tocar. Um ano. Hoje ele toca e...

— É a *Voz da Felicidade*, dona Maria, Amaro Amaral, seu amigo matinal. Dona Maria, a senhora está me ouvindo?

— Mais ou menos.

— Não desligue, dona Maria! Nós vamos ajudá-la. Atenção, dona Maria. Sensacional. Acabam de me passar um bilhete do patrocinador dizendo que a senhora não precisa responder à charada. Já ganhou o supercolchão Celeste, nuvem anatômica. Veja só o que a senhora ia perdendo, dona Maria. O mundo é bom.

— Um ano sem tocar...

— Alô, dona Maria. Para onde a gente manda o colchão? Eu mesmo vou aí entregar o colchão, dona Maria. Amaro Amaral, seu amigo matinal. Coisa e tal. Nos dê seu endereço que...

— Solidão...

— Atenção. Acabo de ser autorizado pelos meus patrocinadores a revelar a resposta da charada. A senhora vai saber a resposta da charada e ainda ganha um super-Celeste, nuvem anatômica, no mole. Tome nota, dona Maria. Não desligue.

— Um ano... Nada... Ninguém...

— Não desligue, dona Maria. Mas ainda não descobriram essa porcaria de endereço? Atenção, dona Maria. A charada era, quando é que a mulher tira a roupa mais ligeiro. A resposta é, quando começa a chover. A mulher vai correndo tirar a roupa do varal. Entendeu, dona Maria?

— Ahn...

— A mulher vai correndo... Alô, dona Maria? Dona Maria?

— (Clic).

A verdade

Uma donzela estava um dia sentada à beira de um riacho, deixando a água do riacho passar por entre os seus dedos muito brancos, quando sentiu o seu anel de diamante ser levado pelas águas. Temendo o castigo do pai, a donzela contou em casa que fora assaltada por um homem no bosque e que ele arrancara o anel de diamante do seu dedo e a deixara desfalecida sobre um canteiro de margarida. O pai e os irmãos da donzela foram atrás do assaltante e encontraram um homem dormindo no bosque, e o mataram, mas não encontraram o anel de diamante. E a donzela disse:

— Agora me lembro, não era um homem, eram dois.

E o pai e os irmãos da donzela saíram atrás do segundo homem, e o encontraram, e o mataram, mas ele também não tinha o anel. E a donzela disse:

— Então está com o terceiro!

Pois se lembrara que havia um terceiro assaltante. E o pai e os irmãos da donzela saíram no encalço do terceiro assaltante, e o encontraram no bosque. Mas não o mataram, pois estavam fartos de sangue. E trouxeram o homem para a aldeia, e o revistaram, e encontraram no seu bolso o anel de diamante da donzela, para espanto dela.

— Foi ele que assaltou a donzela, e arrancou o anel de seu dedo, e a deixou desfalecida — gritaram os aldeões. — Matem-no!

— Esperem! — gritou o homem, no momento em que passavam a corda da forca pelo seu pescoço. — Eu não roubei o anel. Foi ela que me deu!

E apontou para a donzela, diante do escândalo de todos.

O homem contou que estava sentado à beira do riacho, pescando, quando a donzela se aproximou dele e pediu um beijo. Ele deu o beijo. Depois a donzela tirara a roupa e pedira que ele a possuísse, pois queria saber o que era o amor. Mas como era um homem honrado, ele resistira, e dissera que a donzela devia ter paciência, pois conheceria o amor do marido no seu leito de núpcias. Então a donzela lhe oferecera o anel, dizendo: "Já que meus encantos não o seduzem, este anel comprará o seu amor". E ele sucumbira, pois era pobre, e a necessidade é o algoz da honra.

Todos se viraram contra a donzela e gritaram: "Rameira! Impura! Diaba!" e exigiram seu sacrifício. E o próprio pai da donzela passou a forca para o seu pescoço.

Antes de morrer, a donzela disse para o pescador:

— A sua mentira era maior que a minha. Eles mataram pela minha mentira e vão matar pela sua. Onde está, afinal, a verdade?

O pescador deu de ombros e disse:

— A verdade é que eu achei o anel na barriga de um peixe. Mas quem acreditaria nisso? O pessoal quer violência e sexo, não histórias de pescador.

Realismo

— Acho que deve ser uma Constituição realista.

— Isso.

— Nada de palavras bonitas mas que na prática não funcionam.

— Exato.

— Afinal, para alguma coisa deve valer a nossa experiência depois da última Constituição.

— Vamos incorporar à Constituição tudo o que aprendemos nesses anos todos.

— Fazer uma Constituição adaptada à realidade nacional.

— Perfeito.

— Acho que conseguiremos isso mantendo mais ou menos o texto constitucional como ele está, mas acrescentando, a intervalos, uma frase.

— Que frase?

— "Contanto que."

— Contanto que?"

— Por exemplo: "Todo o poder emana do povo e em seu nome será exercido".

— Isso é básico.

— Mas não funciona. Falta o "contanto que".

— Como?

— Contanto que os eleitos pelo povo não representem uma ameaça muito grande a interesses estabelecidos e privilégios conquistados, não despertem dúvidas no contexto internacional quanto ao tradicional alinhamento do Brasil com certo bloco ideológico, não causem muito nervosismo nos quartéis e não venham de novo com aquela história de reforma agrária para valer, porque aí não dá.

— Isso não se parece muito com linguagem constitucional.

— Pode ficar: "Todo o poder emana do povo e em seu nome será exercido, contanto que o povo seja razoável".

— Ficou melhor.

— Onde consta que o Brasil é uma República Federativa e se fala na autonomia dos Estados também cabe um "contanto que".

— Qual?

— "Contanto que os estados consigam viver com a ridícula parte que lhes cabe da arrecadação, porque isso não vai mudar, a União não vai abrir mão de um afeminado centavo e não adianta chorar."

— Sei não...

— Depois a gente bota em linguagem mais protocolar.

— Ah.

— Outra coisa. Os direitos dos cidadãos perante a lei.

— Também vai "contanto que"?

— Só vai. Todo brasileiro é igual perante a lei, contanto que não seja pé de chinelo, porque aí é culpado mesmo, ou rico, pois aí é considerado inocente até um bom advogado provar que é mesmo ou ele fugir do país, o que vier primeiro.

Já corrupto, como se sabe, não é nem culpado nem inocente. Está acima dessas classificações banais.

— Como é que deve ficar na Constituição?

— Todos os pobres são iguais perante a lei, e se acharem ruim vão se entender com o delegado Irajá, o que não dá colher de chá.

— Não sei se...

— Está bem, a gente prefacia o artigo com uma citação em latim. Outra coisa. Onde diz que todo brasileiro tem direito a um salário mínimo que cubra seus gastos essenciais com comida, casa, transporte etc.

— "Contanto que" nele.

— Claro. Contanto que não faça extravagâncias como comer todos os dias. É sabido que o que infelicita o brasileiro é a importação de hábitos estrangeiros, como o de refeições regulares. Isso é colonialismo cultural, que não leva em consideração nossas peculiaridades, e precisa acabar.

— Como fica o texto constitucional?

— "Todo trabalhador brasileiro tem direito a um salário mínimo que assegure para si e sua família casa, comida e etc."

— Contanto que?

— "Não leve isso muito a sério."

Serena

Serena tinha oito anos. Quando os pais de Serena começavam a brigar na mesa, ela fechava os olhos e tentava pensar em outra coisa. Pensava na sua casa de bonecas. Os pais de Serena brigavam na mesa porque era a única hora do dia em que ficavam cara a cara. No resto do dia ia cada um para o seu lado, queixar-se do outro. Na mesa, não paravam de brigar. Serena fechava os olhos.

— Passa a cenoura? — disse Serena, interrompendo uma frase da mãe.

— O quê? — disse a mãe de Serena, rispidamente.

— Passa a cenoura?

— Ora, não comece você também! — disse a mãe de Serena, e voltou a xingar o marido. Serena saiu da mesa. Foi para o seu quarto e fechou a porta.

Ajoelhou-se na frente da sua casa de bonecas. A casa tinha tudo que uma casa de verdade tem, em miniatura. Moveizinhos. Tapetinhos. Um telefonezinho. Em volta da mesinha da sala de jantar da casa de bonecas estavam sentados três bonequinhos. Um pai, uma mãe e uma menina. Serena enfiou a mão na casa e tirou a menina da mesa.

O pai e a mãe de Serena nem notaram que Serena não estava mais na mesa. Continuavam brigando. Foi só quando virou-se para ordenar que Serena comesse a cenoura que a mãe viu que ela não estava mais ali. E viu outra coisa. Viu que uma parede inteira da casa tinha simplesmente desaparecido. O pai de Serena viu a expressão de horror no rosto da mulher e também virou o rosto, e viu que a parede tinha desaparecido, e viu que do lado de fora da casa tinha um monstro, um monstro gigantesco vestido de criança, uma criança gigantesca, maior que a casa. E só quando o pai e a mãe de Serena pularam da mesa e se achataram contra a outra parede da sala, apavorados, se deram conta de que a criança era a Serena. Mas a Serena maior do que eles, maior que a casa!

— Meu Deus! — gritou a mãe de Serena.

— Calma, calma — disse o marido.

— Calma o quê? Faz alguma coisa! Telefona para a polícia. Telefona para os bombeiros!

O pai de Serena correu para o telefone e tentou em vão fazer uma ligação.

— Este telefone. É... É de brinquedo!

— Serena! — gritou a mãe. — O que que...

— Sshhh! — fez Serena de fora da casa, e o deslocamento de ar quase derrubou os dois.

Serena enfiou a mão na casa, pegou a mãe e a colocou no seu lugar na mesa. Depois pegou o pai e fez a mesma coisa. Mandou que eles comessem. Em silêncio. Sorrindo, mas em silêncio. Só então ela se ergueu, saiu do seu quarto e voltou para a mesa.

— Serena... — começou a dizer a mãe, ainda de olhos arregalados.

— Sssh — fez Serena.

E se serviu de cenouras.

Bom mesmo

O homem passa por várias fases na sua breve estada neste palco que é o mundo, segundo Shakespeare, que só foi original porque foi o primeiro que disse isso. Muitas coisas distinguem uma fase da outra — a rigidez dos tecidos, o alcance e a elasticidade dos membros, a energia e o que se faz com ela —, mas o que realmente diferencia os estágios da experiência humana sobre a Terra é o que o homem, a cada idade, considera bom mesmo. Não o que ele acha bom — o que ele acha melhor. Melhor do que tudo. Bom MESMO.

Um recém-nascido, se pudesse participar articuladamente de uma conversa com homens de outras idades, ouviria pacientemente a opinião de cada um sobre as melhores coisas do mundo e no fim decretaria:

— Conversa. Bom mesmo é mãe.

Já um bebê de mais idade discordaria.

— Bom mesmo é papinha.

Depois de uma certa idade, a escolha do melhor de tudo passa a ser mais difícil. A infância é um viveiro de prazeres. Como comparar, por exemplo, o orgulho com um pião bem lançado, ou o volume voluptuoso de uma bola de gude daquelas boas entre os dedos, com o cheiro de terra úmida ou de caderno novo? Existem gostos exóticos:

— Bom mesmo é cheiro de Vick Vaporub.

Mas acho que, tirando-se uma média das opiniões de pré-adolescentes normais e brasileiros, se chegaria fatalmente à conclusão de que, nessa fase, bom mesmo, melhor do que tudo, melhor até do que fazer xixi na piscina, é passe de calcanhar que dá certo.

Existe ainda uma fase, no começo da puberdade, em que a indecisão é de outra natureza. O cara se acha na obrigação de pensar que bom mesmo é mulher (no caso prima, que é parecido com mulher), mas no fundo ainda tem a secreta convicção de que bom mesmo é acordar com febre na segunda-feira e não precisar ir à aula. Depois, sim, vem a fase em que não tem conversa.

— Bom mesmo é sexo!

Essa fase dura, para muita gente, até o fim da vida. Mesmo quando sexo não está em primeiro lugar numa escala de preferências ("Pra mim é sexo em primeiro e romance policial em segundo, longe") serve como referência. Daí para diante, quando alguém disser que "bom mesmo" é outra coisa que não o sexo estará sendo exemplarmente honesto ou desconcertantemente original.

— Olha, bom mesmo é fígado com queijo.
— Melhor do que sexo?
— Bem... Cada coisa na sua hora.

Há quem anuncie o que prefere MESMO como quem faz uma confissão há muito contida. Abre o jogo e o peito, e não importa que pensem que o sexo não lhe interessa mais.

— Pensem o que quiserem. Pra mim, bom mesmo é discurso de baiano.

E há casos patéticos. Tem uma crônica do Paulo Mendes Campos em que ele conta de um amigo que sofria de pressão alta e era obrigado a fazer uma dieta rigorosa. Certa vez, no meio de uma conversa animada de um grupo, durante a qual mantivera um silêncio triste, ele suspirou fundo e declarou:

— Vocês ficam aí dizendo que bom mesmo é mulher. Bom mesmo é sal!

Com a chamada idade madura, embora persista o consenso de que nada se iguala ao prazer, mesmo teórico, do sexo, as necessidades do conforto e os pequenos prazeres das coisas práticas vão se impondo.

— Meu filho, eu sei que você, aí tão cheio de vida e de entusiasmo, não pode compreender isso. Mas tome nota do que eu vou dizer porque um dia você concordará comigo: bom mesmo é escada rolante.

E assim é a trajetória do homem e seu gosto inconstante sobre a Terra, do colo da mãe, que parece que nada, jamais, substituirá, à descoberta final de que uma boa poltrona reclinável, se não é igual, é parecida. E que bom, mas bom MESMO, é não precisar ir a lugar nenhum, mesmo sem febre.

A espada

Uma família de classe média alta. Pai, mulher, um filho de sete anos. É a noite do dia em que o filho fez sete anos. A mãe recolhe os detritos da festa. O pai ajuda o filho a guardar os presentes que ganhou dos amigos. Nota que o filho está quieto e sério, mas pensa: "É o cansaço". Afinal ele passou o dia correndo de um lado para outro, comendo cachorro-quente e sorvete, brincando com os convidados por dentro e por fora da casa. Tem que estar cansado.

— Quanto presente, hein, filho?

— É.

— E esta espada. Mas que beleza. Esta eu não tinha visto.

— Pai...

— E como pesa! Parece uma espada de verdade. É de metal mesmo. Quem foi que deu?

— Era sobre isso que eu queria falar com você.

O pai estranha a seriedade do filho. Nunca o viu assim. Nunca viu nenhum garoto de sete anos sério assim. Solene assim. Coisa estranha... O filho tira a espada da mão do pai. Diz:

— Pai, eu sou Thunder Boy.

— Thunder Boy?

— Garoto Trovão.

— Muito bem, meu filho. Agora vamos pra cama.

— Espere. Essa espada. Estava escrito. Eu a receberia quando fizesse sete anos.

O pai se controla para não rir. Pelo menos a leitura de história em quadrinhos está ajudando a gramática do guri. "Eu a receberia..." O guri continua.

— Hoje ela veio. É um sinal. Devo assumir meu destino. A espada passa a um novo Thunder Boy a cada geração. Tem sido assim desde que ela caiu do céu, no vale sagrado de Bem Tael, há 7 mil anos, e foi empunhada por Ramil, o primeiro Garoto Trovão.

O pai está impressionado. Não reconhece a voz do filho. E a gravidade do seu olhar. Está decidido. Vai cortar as histórias em quadrinhos por uns tempos.

— Certo, filho. Mas agora vamos...

— Vou ter que sair de casa. Quero que você explique à mamãe. Vai ser duro para ela. Conto com você para apoiá-la. Diga que estava escrito. Era o meu destino.

— Nós nunca mais vamos ver você? — pergunta o pai, resolvendo entrar no jogo do filho enquanto o encaminha, sutilmente, para a cama.

— Claro que sim. A espada do Thunder Boy está a serviço do bem e da justiça. Enquanto vocês forem pessoas boas e justas poderão contar com a minha ajuda.

— Ainda bem — diz o pai.

E não diz mais nada. Porque vê o filho dirigir-se para a janela do seu quarto, e erguer a espada como uma cruz, e gritar para os céus "Ramil!". E ouve um trovão que faz estremecer a casa. E vê a espada iluminar-se e ficar azul. E o seu filho também. O pai encontra a mulher na sala. Ela diz:

— Viu só? Trovoada. Vá entender esse tempo.

— Quem foi que deu a espada pra ele?

— Não foi você? Pensei que tivesse sido você.
— Tenho uma coisa pra te contar.
— O que é?
— Senta, primeiro.

Exéquias (ou O enterro do Cardosão)

Quis o destino, que é um gozador, que aqueles dois se encontrassem na morte, pois na vida jamais se encontrariam. De um lado, Cardoso, na juventude conhecido como Dosão, depois Doso, finalmente — quando a vida, a bebida e as mulheres erradas o tinham reduzido à metade — Dozinho. Do outro lado, Rodopião Farias Mello Nogueira Neto, nenhum apelido, comendador, empresário, um dos pós-homens da República, grande chato. Grande e gordo. O seu caixão teve que ser feito sob medida. Houve quem dissesse que seriam necessários dois caixões, um para o Rodopião, outro para o seu ego. Já Dozinho parecia uma criança no seu caixãozinho. Um anjo encardido e enrugado. De Dozinho no seu caixão, disseram:
— Coitadinho.
De Rodopião:
— Como ele está corado!
Ficaram em capelas vizinhas antes do enterro. Os dois velórios começaram quase ao mesmo tempo. O de Rodopião (Rotary, ex-ministro, benemérito do Jockey), concorridíssimo. O de Dozinho, em termos de público, um fracasso. Dozinho só tinha dois ao lado do seu caixão quando começaram os velórios. Por coincidência, dois garçons.
Tanto Dozinho quanto Rodopião tinham morrido por vaidade. Dozinho, apesar de magro ("esquálido", como o descrevia carinhosamente dona Judite, professora, sua única mulher legítima), se convencera de que estava ficando barrigudo e dera para usar um espartilho. Para não fazer má figura no Dança Brasil, onde passava as noites. As mulheres do Dança Brasil, só por brincadeira, diziam sempre: "Você está engordando, Dozinho. Olhe essa barriga". E Dozinho apertava mais o espartilho. Um dia caiu na calçada com falta de ar. Não recuperou mais os sentidos. Claro

que não morreu só disso. Bebia demais. Se metia em brigas. Arriscava a vida por um amigo. Deixava de comer para ajudar os outros. Se não fosse o espartilho, seria uma navalha ou uma cirrose.

Rodopião tinha ido aos Estados Unidos fazer um implante de cabelo e na volta houve complicações, uma infecção e — suspeita-se — uma certa demora deliberada de sua mulher em procurar ajuda médica.

E ali estavam, Dozinho e Rodopião, sendo velados lado a lado. Dozinho, o bom amigo, por dois amigos. Rodopião, o chato, por uma multidão. O destino etc.

Perto da meia-noite chegaram dona Judite, que recém-soubera da morte do ex-marido e se mandara de Del Castilho, e Magarra, o maior amigo de Dozinho. Magarra chorava mais que dona Judite. "Que perda, que perda", repetia, e dona Judite sacudia a cabeça, sem muita convicção. A capela onde estava sendo velado Rodopião lotara e as pessoas começavam a invadir o velório de Dozinho, olhando com interesse para o morto desconhecido, mas sem tomar intimidades. Magarra quis saber quem era o figurão da capela ao lado. Estava ressentido com aquela afluência. Dozinho é que merecia uma despedida assim. Um homem grisalho explicou para Magarra quem era Rodopião. Deu todos os seus títulos. Magarra ficou ainda mais revoltado. Não era homem de aceitar o destino e as suas ironias sem uma briga. Apontou com o queixo para Dozinho e disse:

— Sabe quem é aquele ali?

— Quem?

— Cardoso. O ex-senador.

— Ah... — disse o homem grisalho, um pouco incerto.

— Sabe a Lei Cardoso? Autoria dele.

Em pouco tempo a notícia se espalhou. Estavam sendo velados ali não um, mas dois notáveis da nação. A frequência na capela de Dozinho aumentou. Magarra circulava entre os grupos enriquecendo a biografia de Cardoso.

— Lembra a linha média do Fluminense? Década de 1940. Tati, Marinhos e Cardoso. O Cardoso é ele.

Também revelou que Cardoso fora um dos inventores do raio laser, só que um americano roubara a sua parte. E tivera um caso com Maria Callas na Europa. Algumas pessoas até se lembravam.

— Ah, então é aquele Cardoso?

— Aquele.

A capela de Dozinho também ficou lotada. As pessoas passavam pelo caixão de Rodopião, comentavam: "Está com ótimo aspecto", e passavam para a capela de Dozinho. Cumprimentavam dona Judite, que nunca podia imaginar que Dozinho tivesse tanto prestígio (até um representante do governador!), os dois garçons e Magarra.

— Grande perda.
— Nem me fale — respondia Magarra.

Veio a televisão. Magarra foi entrevistado. Comentou a ingratidão da vida. Um homem como aquele — autor da Lei Cardoso, cientista, com sua fotografia no salão nobre do Fluminense, homem do mundo, um dos luminares do seu tempo — só era lembrado na hora da morte. As pessoas esquecem depressa. O mundo é cruel. A câmera fechou nos olhos lacrimejantes de Magarra. A essa altura tinha mais público para o Dozinho do que para o Rodopião. Pouco antes de fecharem os caixões chegou uma coroa, para Dozinho. Do Fluminense.

O acompanhamento dos dois caixões foi parelho, mas a televisão acompanhou o de Dozinho. O enterro de Rodopião foi mais rápido porque o acadêmico que ia fazer o discurso esqueceu o discurso em casa. Todos se dirigiram rapidamente para o enterro do Cardoso, para não perder o discurso de Magarra.

— Cardoso! — bradou Magarra, do alto de uma lápide. — Mais do que exéquias, aqui se faz um desagravo. A posteridade trará a justiça que a vida te negou. Teus amigos e concidadãos aqui reunidos não dizem adeus, dizem bem-vindo à glória eterna!

Naquela noite, no Dança Brasil, antes de subir ao palco e anunciar o show do Rubio Roberto, a voz romântica do Caribe, Magarra disse para Mariuza, a favorita do Dozinho, que estranhara a ausência dela no cemitério àquela manhã. Mariuza se defendeu:

— Como é que eu ia saber que ele era tão importante?

E chorou, sinceramente.

O assalto

O caso se deu com um casal de, digamos, gaúchos. Eles foram passar as férias no Rio e foram cheios de recomendações.

— Não deixem de ver a Fernanda Montenegro!
— Não deixem de passear no bonde de Santa Teresa.

— Peçam a lagosta no Lucas.

Mas, principalmente:

— Cuidado com os assaltos!

Não foram simplesmente advertidos contra os assaltos. Durante semanas, antes de viajar, sofreram uma verdadeira catequese do terror. Ouviram experiências vividas por amigos — "Ninguém me contou, aconteceu comigo!" — e por amigos de amigos. Relatos cheios de detalhes assustadores.

— A tia Iná foi arrastada cinquenta metros pela calçada. E não largou a correntinha!

E ouviram conselhos sobre o que fazer para, pelo menos, diminuir o risco de assaltos. Um deles era jamais andar por qualquer rua deserta da zona Sul depois de uma certa hora da noite.

E ali estavam eles andando por uma rua deserta de Copacabana, a caminho do hotel, às dez horas da noite.

— Vamos correr?

— Calma. Não há razão pra isso. E eu estou meio fora de forma...

— Então vamos caminhar mais depressa.

— Calma, calma.

Foi quando viram que à sua frente, na mesma direção, caminhava um indisfarçável americano. Este sim, calmo e despreocupado nas suas calças xadrez.

— Olha só esse aí...

A mulher estava ocupada olhando para os lados. O homem insistiu. Apontou:

— Olha ali!

— O que é?

— A carteira dele. O volume que ela faz. Esse tá pedindo.

Caminharam assim por alguns metros, o americano na frente e eles atrás, o homem cada vez mais nervoso.

— Esse tá pedindo. Tá pedindo!

Faltavam ainda cinquenta metros para a avenida Atlântica. Quarenta. Trinta. O homem examinava cada sombra, cada pilastra de edifício, cada planta, esperando que a qualquer momento um assaltante pulasse do seu esconderijo sobre o americano. Finalmente, não se conteve. Quando faltavam vinte metros para chegarem à esquina, se adiantou, enfiou o dedo nas costas do americano e gritou:

— Isto é um assalto!

O americano virou-se, assustado, e fez:

— Ahn?

A mulher gritou:

— Talarico!

O americano:

— *What?*

A mulher:

— Você enlouqueceu?!

Ele pegou a mulher pelo braço, disse alguma coisa parecida com *Sorry, sorry* para o americano e saiu correndo na direção do hotel, arrastando a mulher. Mais tarde ele diria que provavelmente salvara a vida dos três com sua ação, pois, se era grande a probabilidade de haver um assalto naquele momento, a probabilidade de haver dois era menor. Também insinuou que se sentira movido por uma certa obrigação cívica de manter a tradição carioca, já que o americano estava pedindo. Mas na hora só o que podia dizer era: "Que foi que eu fiz, meu Deus? Que foi que eu fiz?".

Pouco depois de os dois chegarem, ofegantes, ao hotel, chegou o americano. Subiram juntos no mesmo elevador. Foi chato.

O estranho procedimento de dona Dolores

Começou na mesa do almoço. A família estava comendo — pai, mãe, filho e filha — e de repente a mãe olhou para o lado, sorriu e disse:

— Para a minha família, só serve o melhor. Por isso eu sirvo arroz Rizobon. Rende mais e é mais gostoso.

O pai virou-se rapidamente na cadeira para ver com quem a mulher estava falando. Não havia ninguém.

— O que é isso, Dolores?

— Tá doida, mãe?

Mas dona Dolores parecia não ouvir. Continuava sorrindo. Dali a pouco levantou-se da mesa e dirigiu-se para a cozinha. Pai e filhos se entreolharam.

— Acho que a mamãe pirou de vez.

— Brincadeira dela...

A mãe voltou da cozinha carregando uma bandeja com cinco taças de gelatina.

— Adivinhem o que tem de sobremesa?

Ninguém respondeu. Estavam constrangidos por aquele tom jovial de dona Dolores, que nunca fora assim.

— Acertaram! — exclamou dona Dolores, colocando a bandeja sobre a mesa. — Gelatina Quero Mais, uma festa em sua boca. Agora com os novos sabores framboesa e manga.

O pai e os filhos começaram a comer a gelatina, um pouco assustados. Sentada à mesa, dona Dolores olhou de novo para o lado e disse:

— Bote esta alegria na sua mesa todos os dias. Gelatina Quero Mais. Dá gosto comer!

Mais tarde o marido de dona Dolores entrou na cozinha e a encontrou segurando uma lata de óleo à altura do rosto e falando para uma parede.

— A saúde da minha família em primeiro lugar. Por isso, aqui em casa só uso o puro óleo Paladar.

— Dolores...

Sem olhar para o marido, dona Dolores o indicou com a cabeça.

— Eles vão gostar.

O marido achou melhor não dizer nada. Talvez fosse caso de chamar um médico. Abriu a geladeira, atrás de uma cerveja. Sentiu que dona Dolores se colocava atrás dele. Ela continuava falando para a parede.

— Todos encontram tudo o que querem na nossa Gelatec Espacial, agora com prateleiras superdimensionadas, gavetas em Vidro-Glass e muito, mas muito mais espaço. Nova Gelatec Espacial, a cabe-tudo.

— Pare com isso, Dolores.

Mas dona Dolores não ouvia.

Pai e filhos fizeram uma reunião secreta, aproveitando que dona Dolores estava na frente da casa, mostrando para uma plateia invisível as vantagens de uma nova tinta de paredes.

— Ela está nervosa, é isso.

— Claro. É uma fase. Passa logo.

— É melhor nem chamar a atenção dela.

— Isso. É nervos.

Mas dona Dolores não parecia nervosa. Ao contrário, andava muito calma. Não parava de sorrir para o seu público imaginário. E não podia passar por um membro da família sem virar-se para o lado e fazer um comentário afetuoso:

— Todos andam muito mais alegres desde que eu comecei a usar Limpol nos ralos. Ou:

— Meu marido também passou a usar desodorante Silvester. E agora todos aqui em casa respiram aliviados.

Apesar do seu ar ausente, dona Dolores não deixava de conversar com o marido e com os filhos.

— Vocês sabiam que o laxante Vida Mansa agora tem dois ingredientes recém--desenvolvidos pela ciência que o tornam duas vezes mais eficiente?

— O quê?

— Sim, os fabricantes de Vida Mansa não descansam para que você possa descansar.

— Dolores...

Mas dona Dolores estava outra vez virada para o lado e sorrindo:

— Como esposa e mãe, eu sei que minha obrigação é manter a regularidade da família. Vida Mansa, uma mãozinha da ciência à natureza. Experimente!

Naquela noite o filho levou um susto. Estava escovando os dentes quando a mãe entrou de surpresa no banheiro, pegou a sua pasta de dentes e começou a falar para o espelho.

— Ele tinha horror de escovar os dentes até que eu segui o conselho do dentista, que disse a palavra mágica: Zaz. Agora escovar os dentes é um prazer, não é, Jorginho?

— Mãe, eu...

— Diga você também a palavra mágica. Zaz! O único com HXO.

O marido de dona Dolores acompanhava, apreensivo, da cama, o comportamento da mulher. Ela estava sentada na frente do toucador e falando para uma câmera que só ela via, enquanto passava creme no rosto.

— Marcel de Paris não é apenas um creme hidratante. Ele devolve à sua pele o frescor que o tempo levou e que parecia perdido para sempre. Recupere o tempo perdido com Marcel de Paris.

Dona Dolores caminhou, languidamente, para a câmera, deixando cair seu robe de chambre no caminho. Enfiou-se entre os lençóis e beijou o marido na boca. Depois, apoiando-se num cotovelo, dirigiu-se outra vez para a câmera.

— Ele não sabe, mas estes lençóis são da nova linha Passional da Santex. Bons lençóis para maus pensamentos. Passional da Santex. Agora, tudo pode acontecer...

Dona Dolores abraçou o marido. Que olhou para todos os lados antes de abraçá-la também. No dia seguinte certamente levaria a mulher a um médico. Por enquanto, pretendia aproveitar. Fazia tanto tempo. Apagou a luz, prudentemente, embora soubesse que não havia nenhuma câmera por perto. Por via das dúvidas, por via das dúvidas.

A galinha apocalíptica

Na pequena cidade de La Tebaida, na Colômbia, uma galinha botou um ovo. Até aí, tudo bem. As galinhas da Colômbia botam ovos como as suas colegas do mundo todo. Não é verdade que, em honra a Colombo, ponham ovos em pé. O parto foi normal, galinha e ovo passavam bem, mas descobriram que na casca do ovo havia uma inscrição em relevo. "Juízo Final. Arrependei-vos." Houve comoção popular. O pároco de La Tebaida mandou o ovo com sua mensagem apocalíptica ao bispo da diocese. O ovo estava sendo examinado. Pode ser uma brincadeira, mas e se não for? Os habitantes de La Tebaida não têm dúvidas de que se trata de um anúncio do fim do mundo.

A verdade é que nos acostumamos com a ideia de que as grandes revelações devem vir acompanhadas de relâmpagos e clarins, como nos filmes. E no entanto a última comunicação de Deus podia estar no ovo que você comeu esta manhã, só que você não se lembrou de procurar. Deus também nos fala de forma elíptica. Por que não através do ovo da galinha?

A galinha é um bicho paradoxal. Desmente aquela ideia de que a neurose é uma forma extrema de inteligência. A galinha é neurótica e burra. Vive em constante sobressalto e no entanto produz essa coisa ponderada e lógica que é o ovo, a forma mais perfeita conhecida pelo mundo até aparecer a Rose di Primo. Talvez, durante todos estes anos, a galinha estivesse tentando nos dizer alguma coisa. O ovo, antes de ser um veículo de proliferação, seria um esforço de expressão da galinha, que só ficava nervosa pela frustração. Finalmente, desesperada, ela teria abandonado a comunicação visual e apelado para a literatura. A mensagem da galinha colombiana seria o primeiro comunicado da sua espécie ao mundo. Ela teria recorrido a uma frase de efeito para prender nossa atenção de saída. Qualquer outra frase — como "Preciso ser ouvida! Continua no próximo ovo" — não teria o mesmo impacto.

Não sei o que está acontecendo em La Tebaida. Imagino que a galinha esteja em observação. Teria posto outro ovo ou espera uma resposta do primeiro? Se pôs outros ovos, vieram em branco ou contêm novas mensagens? Que mensagens?

"Levem-me ao papa." "Reúnam a Assembleia Geral da ONU, é uma emergência." "Ainda há tempo, arrependei-vos eu digo!" Mas, não sei se pelo meu natural ceticismo com vocações literárias irresistíveis, desconfio um pouco das intenções da galinha de La Tebaida. Imagino que, depois de reunir cientistas e autoridades religiosas em torno de si, além de curiosos de todo o mundo, jornalistas e câmeras de TV, a galinha apocalíptica se prepara para emitir sua segunda mensagem aos povos. Grande expectativa. Temor reverencial. A galinha olha em volta. Está estranhamente calma. Até que enfim, conseguiu a atenção que cortejava desde o começo da História. Seu olhar se perde no infinito. Ela cacareja. O ovo está posto. O dono da galinha pega o ovo com a ponta dos dedos e o passa a uma autoridade. Sensação. Câmera de TV fecha na superfície branca. Uma caligrafia miúda cobre toda a superfície. É um poema.

"Amei sim, e fui amada
Pelo arauto da madrugada..."

Um mau poema. A galinha também não tem a revelação, só quer se expressar e procura um editor.

Sensitiva

— Silêncio no estúdio... Rodando!
— Vem, meu garanhão...
— Já vou.
— Corta. O que houve, Aloísio? A sua fala não é essa.
— Não, é que eu não estava pronto.
— Algum problema?
— Nada, nada.

— Podemos rodar?

— Vamos lá.

— Atenção. Silêncio no estúdio... Rodando!

— Vem, meu garanhão...

— Sua... sua...

— Corta. E aí, Aloísio? Sua fala é "Sua safadinha".

— Eu sei. É que na hora... "Sua safadinha". Não tem grilo. "Sua safadinha." Tá na mão. Vamos lá.

— Atenção. Silêncio. Rodando!

— Vem, meu garanhão...

— Sua safadinha...

— Safadinha, como você gosta. Vem!

— Minutinho.

— Corta! Aloísio...

— Eu sei. Eu sei. Desculpe.

— Você não diz "minutinho".

— Você tira as calças e deita.

— Certo.

— Qual é o galho?

— É que. Sei lá. Não consigo me concentrar.

— Depois de "sua safadinha" você não tem mais nenhuma fala. É tudo ação. Até o fim da cena. Ela diz "oh, sim, oh, sim" mas você não diz mais nada.

— Positivo.

— Algum problema com o cinto?

— É que ela diz "meu garanhão" e...

— O quê?

— Eu acho que não vou corresponder à expectativa.

— O que é? Problemas em casa?

— Não. É tudo, entende? A situação do Brasil. A inflação. O desemprego. A dívida externa. Estou preocupado.

— Era só o que me... Você não pode ser um sensitivo, Aloísio. Não no seu trabalho.

— O que é que eu vou fazer? Me preocupo.

— Vamos ter que usar o dublê.

— Acho melhor.

— Chamem o Vadão.

— Vadão! Acorda, Vadão!

— Estamos aí.
— Vadão, você sabe como é a cena. Você diz "Sua safadinha" e pumba.
— Pumba. Pode deixar.
— Você quer tempo para se preparar?
— O que é isso? Estou sempre preparado.
— Deus te abençoe. Vamos lá. Atenção. Silêncio no estúdio... Rodando!... Corta! Que foi, Lucimar?
— O que o Aloísio falou. Fiquei nervosa.
— Olhem aqui. De hoje até terminarem as filmagens, ninguém mais neste elenco lê jornal!

O caso Ló

No verão as pessoas procuram leituras leves, como bolachas de chope, rótulos de bronzeador e romances policiais. Talvez nem todas saibam que a literatura policial é muito mais antiga do que se pensava. É o que mostra um manuscrito recém-descoberto no Oriente Médio que está intrigando arqueólogos e estudiosos bíblicos. Não sabem ainda se é um testemunho real ou uma obra de ficção, o mau estado do papiro dificulta as investigações. Mas tudo indica que se trata da primeira história de detetive. Aqui estão alguns dos trechos já decifrados.

"Eis que tenho uma tenda num beco de Gomorra. Em verdade vos digo que é apenas um buraco com espaço bastante para meu estilingue, minha recepcionista, Bese-bá, e um cântaro de vinho de segunda. Gomorra. Eu amo esta cidade suja. Nasci aqui e vou morrer aqui. Em breve, do jeito que vão as coisas. Mas estou me adiantando na minha história. Onde é que eu estava mesmo? Ah, Gomorra. Aqui você encontra todos os vícios conhecidos. E, se quiser inventar algum novo, nunca faltará gente disposta a experimentar. Se é uma cidade iníqua? Vêm iníquos da Babilônia fazer estágio. Só vou dizer uma coisa: é para cá que o pessoal de Sodoma vem nos sábados à noite.

"E eis que eu estava na minha tenda curando uma ressaca. Muito vinho e pão sem lêvedo na taberna de Bezedeu na noite anterior. O velho Bezedeu conhece todo mundo na região e sua genealogia. Não é preciso muito para fazê-lo começar.

— Haal? Conheço. É filho de Gamaal, que deitou com Zom, filho de Abundal, filho de Zoatal, gerado por Nair, esposa de Erboim, filho de Erboão...

O jeito é beber para aguentar o velho Bezedeu. Por isso eu estava com ressaca. Minha cabeça doía como se tivesse levado o cajadaço de um profeta e o gosto na minha boca era como o das amoras azedas do Vale de Sidim. Eu tinha dado folga a Bese-bá, tirado minhas sandálias, colocado os pés sobre a mesa e fechado os olhos. E eis que senti o aroma de um pomar de romãs, e abri os olhos, e vi que uma mulher tinha entrado na minha tenda. E ela era formosa. E disse:

— Preciso da sua ajuda.

— Quem és, ó tu que entraste na minha tenda como o vento de Ramarcã, trazendo o frescor dos ciprestes? — perguntei, calçando rapidamente as sandálias.

— Você talvez conheça o meu marido.

Sempre havia um marido.

— Seu marido?

— Ló.

Todos conheciam Ló. Era o maior proprietário da região. Suas terras iam do Jordão aos arredores de Sodoma. E eis que a mulher de Ló perguntou se eu era discreto, pois se tratava de um assunto de família. E respondi que minha boca era um túmulo, e não me referia ao mau hálito, culpa do vinho na taberna do velho Bezedeu, pois perigosas são as noites de Gomorra. Ela disse que precisava de alguém para investigar Abraão.

— Abraão?

— O tio do meu marido. Sei.

Seu marido, Ló, nada podia saber da investigação. Ele devia muito ao tio. Mas ela desconfiava de Abraão.

— Por quê? — perguntei, esforçando-me para tirar os olhos dos seus seios, que eram como os lírios dos jardins de Bechamel, que sua túnica cobria como o orvalho da manhã.

— Seu comportamento, ultimamente. Anda espalhando que sua mulher, Sara, vai ter um filho seu.

— E o que tem isso?

— Abraão tem cem anos.

— Sei não. Estão conseguindo milagres com o suco da mandrágora...

— Ele não me convence. Acho que é tudo uma manobra para tirar as terras que ele deu a Ló.

— Mas Ló já tem tantas terras.

— Terra nunca é demais! — disse ela, e seus olhos chisparam como os tetos dourados do templo de Sinear.

— Sempre a questão agrária... — comentei com meus cadarços.

— Outra coisa... — disse a mulher de Ló.

— O quê? — perguntei.

— O velho Abraão anda falando com alguém. Recebendo ordens.

— De quem?

— Ninguém sabe. Isso é o mais grave. Ele não diz. Alega que não pode revelar a identidade do outro. Ele pode pôr a perder todo o patrimônio da família por ordem de um estranho. Se é que esse estranho existe e não é uma alucinação do velho. Isso é o que quero que você descubra. Com quem o velho está conspirando.

Eu devia ter recusado. Mas como recusar qualquer coisa a alguém que cheira como um pomar de romãs? E eis que aceitei o caso e me ofereci para levá-la em casa, pois nenhuma mulher estava segura nas ruas de Gomorra, ainda mais àquela hora, dez da manhã, mas ela recusou e saiu da minha tenda, e minhas entranhas se moveram. Comecei a sair também, para iniciar a investigação, mas alguma coisa me disse para voltar e pegar meu estilingue. Pois em verdade vos digo que talvez estivesse a ponto de enfrentar algo maior do que pensava. E naquele momento chegou minha ajudante Bese-bá, e se declarou alegre por me ver de pé e curado da ressaca, e eu disse que precisava dela, e ela começou a tirar a túnica, mas eu disse que era um trabalho, e saímos.

E eis que nossa primeira parada foi na taberna de Bezedeu, pois eu precisava de algumas informações. O velho Bezedeu sabia tudo sobre Abraão.

— É de Harã — disse. — Filho de Terá, que também gerou Naor e Hará que vem a ser o pai de Ló, e que morreu cedo. Terá era filho de Naor, que era filho de Serugue, que era filho de Reu, que era filho de Pe...

— Certo, certo. Volta ao Abraão.

— Ele saiu de Harã misteriosamente. Como se tivesse recebido ordens.

— Ordens? De quem?

— Não sei. Seja quem for, foi um bom conselheiro.

— Como assim?

— Abraão sempre fez as escolhas certas. Ficou rico. E ajeitou a vida do sobrinho, também.

— Alguma razão para ele querer tirar a herança de Ló, agora?

— Por que a pergunta?

— A mulher de Ló desconfia de que o velho está gagá. Esse tal conselheiro misterioso pode estar orientando o velho a jogar fora o patrimônio da família. É isso que eu vou investigar.

Comecei a sair mas o velho Bezedeu me deteve.

— Tome cuidado. Essa gente que controla Abraão... Deve ser gente graúda. Que não gosta de interferência. Eles são os donos do mundo. Você e eu, ó...

E Bezedeu fez um gesto dando a entender que nós éramos menores que os piolhos de um camelo. Gostei que Bezedeu se preocupasse comigo, mas sou duro como os cedros de Ba'hamil. Apalpei meu estilingue no bolso e disse que sabia cuidar de mim mesmo. Peguei o braço da minha assistente, Bese-bá. E eis que disse:

— Vamos.

E nos dirigimos para a casa de Abraão.

E era uma grande mansão murada rodeada por ciprestes. E eis que batemos na porta. E apareceu um mordomo gigantesco, o damasceno Eliezer, e perguntou o que queríamos.

— Entrar? — sugeri.

Mas Eliezer nos barrou o caminho, pois desdenhosos são os mordomos. E eis que demos a volta nos muros da casa de Abraão, e eu disse a minha assistente que iria montá-la, e ela disse: "Oh". Mas foi desfeito o equívoco e, subindo nos seus ombros, galguei os muros da casa de Abraão. E do alto do muro espiei para dentro do jardim de Abraão. E eis que vi Abraão no seu jardim e ele conversava com alguém. E vi que o velho Bezedeu tinha razão, pois era mesmo gente da alta. E, não podendo conter meu espanto, bradei:

— Mas é Jeová em pessoa!

E, avistando aquele a quem seu segredo se revelara, gritou Abraão para seus servos que me prendessem. E pulei do muro, em cima de Bese-bá, que desfaleceu. Consegui esconder-me num bando de ovelhas e permaneci entre elas em silêncio, embora recebesse na cabeça suas impurezas, e vi quando os empregados de Abraão ergueram Bese-bá e a levaram à presença do seu mestre. E temi pela minha sorte, pois fracas são as mulheres, e suas línguas são traiçoeiras como serpentes, ainda mais sob ameaças do damasceno Eliezer. E vi que Bese-bá falou a Abraão, e que Abraão transmitiu a informação a Jeová em pessoa. E provoquei um estouro das ovelhas, e corri, agachado, entre elas, na direção de Gomorra e da salvação. Embora soubesse que nem nos becos de Gomorra encontraria refúgio contra a ira de Jeová.

Soube depois que Bese-bá falara, e contara da investigação que fazíamos para a mulher de Ló, mas que fora imprecisa quando perguntaram onde eu poderia ser encontrado. Fiel até o fim, simulara a amnésia, não se lembrando se eu era de Sodoma ou Gomorra.

Procurei o velho Bezedeu na sua taberna e contei o que se passara. E, quando ouviu o nome de Jeová, seu rosto se encheu de horror, e ele lembrou que me avisara para não me meter com aquela gente. E me serviu um copo de vinho, embora suas mãos tremessem. E disse que a História era um camelo, e que os que faziam a História como Abraão, filho de Terá, e Ló, filho de Hará, andavam sobre o camelo como vizires, mas que nós éramos só o que o camelo ia deixando pela estrada. E não pude terminar meu vinho, tomado de temor e náusea.

Sem saber se eu estava em Sodoma ou Gomorra, Jeová, por via das dúvidas, destruiu as duas. Pois eram cheias de iniquidade, e, enquanto a destruição de uma me silenciaria, a destruição da outra liquidaria outros ímpios. E foi o que se passou. E hoje, da colina de Soar, quando olho para a planície do Jordão, vejo dois montes de enxofre onde outrora se erguiam Sodoma e Gomorra, minha Gomorra.

Sim, eu escapei das ruínas de Gomorra. Fui mais feliz que Bezedeu, que não tinha nada com a história nem com a História e morreu como um piolho. E na estrada de Sodoma avistei uma estátua de mulher, e era a mulher de Ló transformada em sal. E eis que a trouxe para Soar para ser o consolo do meu exílio e, quando faltam provisões, o tempero da minha mesa. E ainda sonho com os seus seios, como os lírios do jardim de Bechamel, e com o seu cheiro, como o de um pomar de romãs."

No canto

A mesa é chamada de "Politburo". Ali se reúnem, diariamente, velhos comunistas. O grupo tem se mantido constante, com ligeiras variações por doença, morte ou dissidência. Outro dia o grupo estava sombrio. Apesar da recepção festiva do dono do bar, que até lhes oferecera outra mesa mais na frente e longe do canto. Não aceitaram e foram para a mesa de sempre, onde sentaram nos lugares de sempre. Pediram o de sempre. Ficaram em silêncio. O ambiente não melhorou com a chegada do Alaor. O velho Alaor também estava sombrio.

— O que nos fizeram... — disse o Alaor, sem cumprimentar ninguém.

Ao entrar recebera os cumprimentos efusivos do dono do bar com cara feia, suspeitando de gozação.

— O que nos fizeram... — repetiu, fazendo sinal para o garçom trazer o seu.

— Pois é... — comentou outro.

— Tem gente que eu nem posso encarar, depois dessa.
— Legalizados!
— Puxa.

O garçom chega com o do Alaor e dá os parabéns pela legalização. É corrido da mesa.

— E o pior vocês não sabem — diz o Alaor.
— Que foi?
— Meu neto.
— O Lenine Augusto?

"Lenine" fora insistência do avô. O "Augusto", exigência da mãe. O pai, que se chamava Stálin, suspirara aliviado. Pelo menos o Alaor não impusera ao neto o nome de Stálin Filho.

Mas o que tinha acontecido com o Lenine Augusto?
— Nem conto.
— Doença?
— Pior.

Os outros se entreolharam. O que era pior do que doença? Algum desvio de conduta, envolvendo sexo e drogas? Mas o Lenine Augusto ainda não tinha dez anos.

— Hoje o pai veio falar comigo — começou a contar o Alaor. — Muito sem jeito. Disse que tinha feito o possível, mas não convenceu o guri.
— A quê?
— A desistir da Disneyworld.
— Puxa.
— Ele quer porque quer ir.
— Mas vem cá. Tu não vai falar com ele?
— E dizer o quê? Vai pra Rússia, meu filho?
— Olha — disse um. — O tal de Epcot Center, até eu gostaria de conhecer.

Ninguém se surpreendeu muito. Depois da legalização, nada os surpreenderia muito. Todos suspiraram. O velho Alaor suspirou mais do que todos. Depois fez um sinal para o garçom, indicando a mesa inteira. O de sempre, de novo.

Bobos II

Também tem a história de Carpaccio, considerado o melhor bobo da sua época, disputado pelas cortes mais ricas da Europa, um mestre. Dele se dizia que fazia rir as pedras e os bichos. Mas Carpaccio não era feliz.

Um rei poderoso convidou Carpaccio a encerrar sua carreira no seu reino. Teria o que pedisse. Riqueza, servos, mulheres. Sua única obrigação seria divertir a corte uma vez por semana. Meia hora, nada mais.

— Pois é... — disse Carpaccio, coçando o longo queixo — Não sei...

— Mas como, não sabe? — espantou-se o Rei. — Você terá honrarias que nenhum bobo jamais teve. Sentará à mesa com os nobres. Olhe... — e aqui o Rei inclinou-se para falar no ouvido do bobo, pois o que ia oferecer não tinha precedente — quando eu morrer, você será enterrado aos meus pés. Entrará no céu no meu cortejo e ganhará a eternidade, por assim dizer, de tabela.

— Como bobo?

— É claro.

— Aí é que está — disse o bobo. — Quem quer ser bobo eternamente?

O Rei não compreendia.

— Não compreendo — disse.

— Você não vê? — disse Carpaccio, tão famoso que já chamava o Rei de "você". — Eu não quero riquezas, nem servos, nem mulheres. Não quero sentar à mesa com os nobres. Não quero a eternidade.

— Mas isso é o que todo mundo quer.

— Menos eu.

O Rei impacientou-se.

— O que é que você quer, então?

Agora foi a vez de o bobo inclinar-se para falar no ouvido do Rei, porque o que ia dizer nunca tinha sido dito. Pelo menos por um bobo.

— Eu quero — disse Carpaccio — ser consequente.

O Rei piscou. Ainda não compreendia.

— Você é consequente. É um dos homens mais consequentes do mundo. Você faz rir as pedras e os bichos.

— Mas as pedras continuam pedras e os bichos continuam bichos.

— Você tira histórias do ar.

— Qualquer mentiroso faz isso.

— Você transforma água em confete. Faz um ovo ficar em pé. Tira moedas do nariz...

— Truques, truques.

— Você é amado, admirado, respeitado...

— Como bobo.

— Mas não um simples bobo. O melhor dos bobos. O rei dos bobos.

— O rei de nada.

O Rei ergueu-se e abriu os braços.

— Eu estou lhe oferecendo um reino. O meu reino. Com todas as vantagens...

Carpaccio fez a sua cara de pouco-caso, famosa em toda a Europa, que todos julgavam ser uma máscara cômica e era a sua cara mais real. A boca parecia a de um grande peixe triste.

— Que vantagens?

— Riqueza, servos, mulheres. Um lugar na mesa com os nobres. Um lugar certo no céu. Por que mais alguém quer ser rei?

— Para decidir. Para mudar as coisas. Para decretar que pedra é bicho e bicho é pedra. Para tirar a História do nariz.

— Mas isso é a desvantagem do poder!

— Isso é o poder. O resto até um bobo consegue, se viver bastante.

— E se um rei magnânimo lhe oferecer... — acrescentou o Rei.

— Aí está — disse Carpaccio com uma mesura irônica —, o reino dos bobos é uma deferência do poder.

— Mas é reino.

— Um reino sem coroa...

— Não seja por isso! — exclamou o Rei, e passou sua coroa para a cabeça do bobo.

— Um reino sem cetro...

— Não seja por isso! — gritou o Rei, e passou o cetro para as mãos do bobo.

— Um reino sem comando...

— Não seja por isso — disse o Rei, e mandou o Reunidor Real reunir toda a corte para ouvir uma proclamação. Em pouco tempo o salão encheu-se de damas e cavalheiros que olhavam com espanto para o bobo no trono, com a coroa na cabeça e o cetro nas mãos. O Rei falou:

— Este é o seu novo rei. Carpaccio Primeiro. Todo o poder é dele. Ele é quem manda. Ele é quem desmanda. Sua palavra é lei. Obedeçam. Eu abdico.

Com isso o Rei juntou-se à multidão que, boquiaberta, olhava para Carpaccio, esperando sua primeira ordem. Carpaccio levantou-se. Chamou os guardas. Apontou para o Rei e ordenou:

— Prendam-no. Ele será decapitado ao amanhecer.

Um "oh" correu pelo salão como uma onda. Os guardas hesitaram. Olhavam de Carpaccio para o Rei e do Rei para Carpaccio. Finalmente um dos guardas sorriu. Depois começou a rir. Os outros guardas também começaram a rir. Em pouco tempo todo o salão estava rindo. Boa, aquela. Muito boa. O reino inteiro ficaria sabendo da última do Carpaccio. Que grande bobo! O Rei bateu palmas e anunciou que passariam todos para o salão de jantar. Fez um sinal para Carpaccio. Não, ele não seria punido pela insolência. Pelo contrário!

— Venha — disse o Rei. — Você sentará comigo. Já nos divertiu bastante esta noite.

Cantada

— Eu sei que você vai rir, mas...
— Sim?
— Por favor, não pense que é *paquera*.
— Não penso, não. Pode falar.
— Eu não conheço você de algum lugar?
— Pode ser...
— Nice. 1971. Saguão do Hotel Negresco. Promenade des Anglais. Quem nos apresentou foi o barão... o barão... Como é mesmo o nome dele?
— Não, não. Em 1971 eu não estive em Nice.
— Pode ter sido 1977. Estou quente?
— Que mês?
— Abril?
— Não.
— Agosto?
— Agosto? No forte da estação? Deus me livre.
— Claro. Eu também nunca estive em Nice em agosto. Onde é que eu estou com a cabeça?
— Não terá sido em Porto-Fino?
— Quando?

— Outubro, 1972. Eu era convidada no iate do comendador... comendador...

— Petrinelli.

— Não. Ele era comprido e branco.

— O comendador?

— Não, o iate. Tenho uma vaga lembrança de ter visto o seu rosto...

— Impossível. Há anos que eu não vou a Porto-Fino. Desde que perdi tudo o que tinha no cassino há... Meu Deus, sete anos!

— Mas, que eu saiba, Porto-Fino não tem cassino.

— Era um cassino clandestino na casa de verão do conde... do conde...

— Ah, sim, eu ouvi falar.

— Como era o nome do conde?

— Farci d'Amieu.

— Esse.

— Você perdeu tudo no jogo?

— Tudo. Minha salvação foi uma milionária boliviana que me adotou. Vivi durante um mês à custa do trabalho escravo nas minas de estanho. Que remorso. O caviar não passava na garganta. Felizmente minha família mandou dinheiro. Fui salvo do inferno pelo Banco do Brasil.

— Bom, se não foi em Porto-Fino, então...

— Nova York! Tenho certeza de que foi Nova York! Você não estava no apartamento da Elizinha, no jantar para o rei da Grécia.

— Estive.

— Então está desvendado o mistério! Foi lá que nos conhecemos.

— Espere um pouquinho. Agora estou me lembrando. Não era para o rei da Grécia. Era para o rei da Turquia. Outra festa.

— A Turquia, que eu saiba, não tem rei.

— É um clandestino. Ele fundou um governo no exílio: $24^{\underline{o}}$ andar do Olympic Tower. É o único apartamento de Nova York que tem cabritos pastando no tapete.

— Espere! Já sei. Matei. Saint-Moritz. Inverno de...

— 1979?

— Isso.

— Então não era eu. Estive lá em 1978.

— Então foi 1978.

— Não pode ter sido. Eu estava incógnita. Esquiava com uma máscara. Não falei com ninguém.

— Então era você a esquiadora mascarada! Diziam que era a Farah Diba.

— Era eu mesma.

— Meu Deus, onde foi que nos encontramos, então?

— Londres lhe diz alguma coisa?

— Londres, Londres...

— A casa de Lady Asquith, em Mayfair?

— A querida Lady Asquith. Conheço bem. Mas nunca estive na sua casa da cidade. Só na sua casa de campo.

— Em Devonshire?

— Não é Hamptonshire?

— Pode ser. Sempre confundo os shires.

— Se não foi em Londres, então... Onde?

— Precisamos descobrir. Hoje eu não durmo sem descobrir onde nos conhecemos.

— No meu apartamento ou no seu?

— Hmmm. Foi ótimo.

— Para mim também.

— Quer um cigarro?

— Tem Gauloises? Depois de morar em Paris, não me acostumo com outro.

— Diga a verdade. Você alguma vez morou em Paris?

— Minha querida! Tenho uma suíte reservada no Plaza Athénée.

— A verdade...

— Está bem, não é uma suíte. Um quarto.

— Confesse. Era tudo mentira.

— Como é que você descobriu?

— O Conde de Farci d'Amieu. Não existe. Eu inventei o nome.

— Se você sabia que eu estava mentindo, então por que...

— Porque gostei de você. Se você tivesse chegado e dito "Topas?" eu teria respondido "Topo". De onde você tirou tudo aquilo? Hotel Negresco, Saint-Moritz.

— Não perco a coluna do Zózimo. Vi você e pensei, com aquela ali a cantada é noutro nível. Agora, me diga uma coisa.

— O quê?

— Você esquiava mesmo de máscara em Saint-Moritz?

— Nunca esquiei na minha vida. Nunca saí do Brasil. Eu não conheço nem a Bahia.

— Eu sei que você vai rir, mas...

— O quê?
— Eu conheço você de algum lugar, mesmo.
— Guarapari. Há três anos. Mamãe foi fazer um tratamento de lodo. Nos conhecemos na praia.
— Mas claro! Agora me lembro. Não reconheci você sem o maiô.
— Você quer o cigarro, afinal?
— Que marca tem?
— Oliú.
— Manda.

Metafísica

Contam que um admirador de Albert Einstein foi visitar o mestre em sua casa e o encontrou estirado numa poltrona, com a cabeça para trás e os olhos fechados. Não querendo perturbar o aparente repouso do professor, o visitante sentou-se num canto e ficou esperando que ele acordasse. Passou meia hora, o professor continuava estirado na poltrona, a cabeça para trás e os olhos fechados. Foi quando o visitante viu um ratinho aparecer debaixo da mesa e dirigir-se para os pés de Albert Einstein. O visitante ficou em pânico. O que fazer? O ratinho se aproximava dos pés do mestre com passinhos curtos mas resolutos. Devia acordar Einstein e avisar do perigo iminente? Ou esperar que o ratinho mudasse de rota? Ou, silenciosamente, sem acordar o professor, enxotar o ratinho? Enquanto o visitante decidia o que fazer, o ratinho chegou até o pé direito de Einstein e deu uma mordidinha no seu dedão pelo buraco do chinelo. Einstein nem abriu os olhos. Fez que sim com a cabeça. O ratinho voltou correndo para sua toca. Minutos mais tarde, Einstein abriu os olhos e deu com o visitante no canto. Este desculpou-se, disse que não pretendia acordá-lo, mas Einstein o silenciou com um gesto.

Não estava dormindo. Estava pensando. Sempre fazia isso. Sentava naquela poltrona, atirava a cabeça para trás, fechava os olhos e deixava o cérebro funcionar. Pensava no universo, pensava no funcionamento do universo, pensava nas explicações para o funcionamento do universo... Mas precisava ter cuidado. Sua mente tinha uma tendência muito grande para a metafísica. Escapava ao controle, disparava, quando ele via ela estava perdida no infinito, em equações fantásticas... Felizmente, sempre que isto acontecia, ele sentia uma cosquinha no dedão. Era o sinal para voltar à física, à realidade e às coisas prováveis. Fora assim que desenvolvera a sua teoria da relatividade. Seu cérebro indo em todas as direções, mas a cosquinha no dedão indicando o caminho, alertando-o para os excessos, chamando-o de volta à realidade e à razão.

O visitante engoliu em seco.

— E o senhor tem... uma explicação para a cosquinha no dedão?

Einstein não respondeu em seguida. Suspirou. Coçou a cabeça. Depois disse:

— Aí é que está. Só pode ser explicada como um sinal divino. Mas eu preciso resistir à metafísica!

O visitante procurou o ratinho com o olhar mas não o avistou. Além de tudo, era modesto.

Caixinhas

Ninguém jamais ficou sabendo o que, exatamente, o Ramão fez para a mulher, mas um dia ela começou a colecionar caixinhas. Nunca fora de colecionar nada e, de repente, começou a juntar caixas, caixetas, potezinhos, estojos. Em pouco tempo, tinha uma coleção considerável. O próprio Ramão se interessou. Dizia:

— Mostre a sua coleção de caixas, Santinha.

E a Santinha mostrava para as visitas a sua coleção de caixas.

— Que beleza!

As caixas, caixinhas, caixetas, potes, potezinhos, estojos, baús cobriam algumas mesas e várias estantes. Era realmente uma beleza. Mas, estranhamente, a Santinha era a que menos se entusiasmava com a própria coleção. Os outros a admiravam, ela não dizia nada. Ou então fornecia alguma informação lacônica.

— Essa é chinesa.

Ou:

— É pedra-sabão.

Ninguém mais tinha problemas sobre o que dar para a Santinha no seu aniversário ou no Natal. Caixas. E as amigas competiam, cada uma querendo descobrir uma caixa mais exótica para a coleção da Santinha. Uma caixinha tão pequenininha que só cabia uma ervilha. Um baú laqueado que, supostamente, pertencera ao Conde d'Eu. Etc. etc. O Ramão também contribuía. Quando saía em uma das suas viagens, nunca deixava de trazer uma caixinha para a Santinha. Que Santinha aceitava, sem dizer uma palavra, e acrescentava à sua coleção. E a coleção já cobria a casa inteira.

Quando a polícia, alertada pelos vizinhos, entrou na casa, viu o sangue, viu a Santinha sentada numa cadeira, muda, folheando a *Amiga*, mas a princípio não viu o Ramão. Só o viu quando começou a abrir as caixinhas. Havia um pouco do Ramão em cada caixinha. Até na que só cabia uma ervilha tinha um ossinho. Um fêmur estava no baú do Conde. E a Jacira ficou escandalizada quando soube que a cabeça do Ramão foi encontrada numa caixa de chapéu antiga que ela tinha trazido para a Santinha de Paris. Veja só, de Paris!

Ninguém desculpou a Santinha, mas o consenso geral era de que alguma o Ramão tinha feito.

Pôquer interminável

Cinco jogadores em volta de uma mesa. Muita fumaça. Toca a campainha da porta. Um dos jogadores começa a se levantar.

Jogador 1 — Onde é que você vai? Ninguém sai.

Os outros — Ninguém sai. Ninguém sai.

Jogador 2 — Bateram na porta. Eu vou abrir.

Jogador 1 — A sua mulher não pode abrir?

Jogador 2 — A minha mulher saiu de casa. Levou os filhos e foi pra casa da mãe dela.

Jogador 1 — Sua mulher abandonou você só por causa de um joguinho de pôquer?

Jogador 2 — É que nós estamos jogando há duas semanas.

Jogador 1 — E daí?

Jogador 2 — Ela disse: "Ou os seus amigos saem, ou eu saio".

Jogador 1 — Ninguém sai.

Os outros — Ninguém sai. Ninguém sai.

(A campainha toca outra vez. O dono da casa vai abrir, sob o olhar de suspeita dos outros. É um garoto. O garoto se dirige ao jogador 1.)

Garoto — A mãe mandou perguntar se o senhor vai voltar para casa.

Jogador 1 — Quem é a sua mãe?

Garoto — Ué. A minha mãe é a sua mulher.

Jogador 1 — Ah. Aquela. Diz que agora eu não posso sair.

Os outros — Ninguém sai. Ninguém sai.

Garoto — Eu trouxe uma merenda para o senhor.

Jogador 3 — Epa. O golpe do sanduíche. Mostra!

Jogador 5 — Vê se não tem uma sequência dentro.

Jogador 1 — Não tem nada. Só mortadela.

Garoto — A mamãe também mandou pedir dinheiro.

(Todos os jogadores cobrem as suas fichas.)

Todos — Ninguém dá. Ninguém dá.

Jogador 1 — Diz pra sua mãe que eu estou com um four de ases na mão. Como ninguém vai ser louco de querer ver, esta mesa é minha e nós estamos ricos.

Jogador 4 — Se você tem four de ases então tem sete ases no baralho, porque eu tenho trinca.

Jogador 1 — Diz pra sua mãe que o cachorrão falhou.

(Toca o telefone. O dono da casa se levanta para atender.)

Jogador 3 — Mas o quê? Não se joga mais? Ninguém sai.

Os outros — Ninguém sai. Ninguém sai.

(Apesar dos protestos, o dono da casa vai atender o telefone. Volta.)

Jogador 2 — Era a mulher do Ramiro dizendo que o nenê já vai nascer.

Jogador 4 — Meu filho vai nascer. Tenho que ir lá.

Jogador 1 — Ninguém sai.

Os outros — Ninguém sai. Ninguém sai.

Jogador 4 — Mas é o meu filho.

Jogador 3 — Você vai pro batizado. Quem é que joga?

Cinco jogadores em volta de uma mesa de pôquer. A fumaça é de três semanas. Batem na porta.

Jogador 1 — Vai abrir a porta, ó mulher!

Jogador 2 — Espera aí. Você está gritando com a minha mulher. Quer sair no braço?

Todos — Ninguém sai. Ninguém sai.

Jogador 2 — Com a minha mulher, grito eu. Vai abrir a porta, ó mulher!

(Quem chega é uma senhora que se dirige a um dos jogadores.)

Senhora — Vitinho...

Jogador 3 — Mamãe...

Senhora — Há três semanas que você não sai dessa mesa, Vitinho!

Jogador 1 — Ninguém sai.

Os outros — Ninguém sai. Ninguém sai.

Senhora — Eu trouxe uma camisa pra você trocar...

Jogador 4 — Epa. Examina a camisa. O golpe da mãe é conhecido. Já vi mãe trazer camisa com sequência fechada.

(Vitinho veste a camisa depois de mostrar que não tem nada escondido. O jogador 5 se levanta.)

Jogador 1 — Ninguém sai!

Os outros — Ninguém sai. Ninguém sai.

Jogador 5 — Mas eu vou ao banheiro.

Jogador 1 — Outra vez?

Jogador 5 — A última vez que eu fui faz dois dias!

Jogador 1 — Pois então. Ninguém sai.

Os outros — Ninguém sai. Ninguém sai.

Senhora — Vitinho, eu também trouxe um bolo.

Jogador 1 — Epa.

Os outros — Epa. Epa.

Jogador 2 — Já vi muito bolo de mãe com recheio de três valetes. (Abrem o bolo para examinar.)

Senhora — Quando é que você vai sair desse jogo, Vítor?

Jogador 1 — Ninguém sai. Só sai a mãe.

Os outros — Ninguém sai. Ninguém sai.

Jogador 2 — Vamos jogar. De quanto é o bolo?

Jogador 4 — Não dá pra ver. Tem pedaço de bolo em cima.

Jogador 1 — Agora essa. Tem bolo no bolo. Vocês estão me saindo...

Os outros — Ninguém sai. Ninguém sai.

Cinco homens em volta de uma mesa de pôquer. Não se enxerga quase nada através da fumaça de um mês.

Jogador 1 — Espera um pouquinho. Cadê meu sanduíche?

Jogador 2 — Você não tinha jogado o sanduíche?

Jogador 1 — E sanduíche é ficha?

Jogador 2 — Estava no meio da mesa e eu peguei.

Jogador 3 — Esperem. Quem ganhou a última mesa fui eu. O sanduíche é meu.

Jogador 4 — Desse jeito nós vamos ficar aqui a vida inteira.

Jogador 3 — A vida inteira eu não posso.

Jogador 2 — Só por que você está ganhando?

Jogador 3 — Em 1982 vai ter a Copa do Mundo na televisão e eu vou ver.

Jogador 1 — Ninguém vai.

Os outros — Ninguém vai. Ninguém vai.

(Toca o telefone. O jogador 3 vai atender. Volta.)

Jogador 2 — Quem era?

Jogador 3 — Minha mulher. Nossa casa está pegando fogo.

Jogador 1 — Ninguém sai.

Os outros — Ninguém sai. Ninguém sai.

(Entra uma mulher na sala. Dirige-se a um dos jogadores.)

Mulher — Preciso de dinheiro.

Todos (Tapando as fichas) — Ninguém dá. Ninguém dá.

Jogador 1 — Quem é que deixou essa mulher entrar?

Mulher — Como, quem é que deixou entrar? Eu moro aqui. A casa é minha. Se alguém tem que sair, são vocês.

Jogador 1 — Ninguém sai.

Os outros — Ninguém sai. Ninguém sai.

Jogador 3 — O que é isso?

Jogador 2 — É a porta. Eu vou abrir.

Jogador 1 — Epa.

Os outros — Epa. Epa.

Jogador 1 — Eu conheço o golpe da porta. Vai abrir com um par de nove e volta com um four de damas. Deixa as cartas.

(O jogador 2 vai abrir a porta. Volta cercado por três homens.)

Jogador 2 — É a polícia.

Jogador 1 — Bota o seis no baralho que vão entrar mais três.

Jogador 3 — Não é melhor sair alguém?

Jogador 1 — Ninguém sai.

Os outros — Ninguém sai. Ninguém sai.

Histórias de bichos

Dona Casemira vivia sozinha com seu cachorrinho. Era um cachorrinho preto e branco que dona Casemira encontrara na rua um dia e levara para casa, para acompanhá-la na sua velhice. Pobre da dona Casemira.

Dona Casemira acordava de manhã e chamava:

— Dudu!

O cachorrinho, que dormia na área de serviço do apartamento, levantava a cabeça.

— Vem, Dudu!

O cachorrinho não ia. Dona Casemira preparava a comida do cachorrinho e levava até ele.

— Está com fome, Dudu?

Dona Casemira botava o prato de comida na frente do cachorrinho.

— Come tudo, viu, Dudu?

Dona Casemira passava o dia inteiro falando com Dudu.

— Que dia feio, hein, Dudu?

— Vamos ver nossa novela, Dudu?

— Vamos dar uma volta, Dudu?

Saíam na rua. Dona Casemira sempre falando com seu cachorrinho.

— Está cansado, Dudu?

— Já fez seu xixizinho, Dudu?

— Vamos voltar pra casa, Dudu?

Dona Casemira e seu cachorrinho viveram juntos durante sete, oito anos. Até que dona Casemira morreu. E no velório de dona Casemira, lá estava o cachorrinho sentado num canto, com o olhar parado. A certa altura do velório o cachorrinho suspirou e disse:

— Pobre da dona Casemira...

Os parentes e os amigos se entreolharam. Quem dissera aquilo? Não havia dúvida. Tinha sido o cachorro.

— O que... o que foi que você disse? — perguntou um neto mais decidido, enquanto os outros recuavam, espantados.

— Pobre da dona Casemira — repetiu o cachorro. — De certa maneira, me sinto um pouco culpado...

— Culpado por quê?

— Por nunca ter respondido às perguntas dela. Ela passava o dia me fazendo perguntas. Era Dudu pra cá e Dudu pra lá... E eu nunca respondi. Agora é tarde.

A sensação foi enorme. Um cachorro falando! Chamem a TV!

— E por que — perguntou o neto mais decidido — você nunca respondeu?

— É que eu sempre interpretei como sendo perguntas retóricas...

E tem a história do papagaio depressivo.

Compraram o papagaio com a garantia de que era um papagaio falador. Não calava a boca. Ia ser divertido. Não há nada mais engraçado do que um papagaio, certo? Aquela voz safada, aquele ar gozador. Mas esse papagaio era diferente.

No momento em que chegou na casa, o papagaio foi rodeado pelas crianças. Dali a pouco um dos garotos foi perguntar ao pai:

— Pai, quem é Kierkegaard?

— O quê?

O papagaio estava citando Kierkegaard para as crianças. Algo sobre a insignificância do Ser diante do Nada. E fazendo a ressalva que, ao contrário de Kierkegaard, ele não encontrava a resposta numa racionalização da cosmogonia cristã. O pai mandou as crianças se afastarem e encarou o papagaio.

— Dá a patinha, Louro.

— Por quê? — disse o papagaio.

— Como, por quê? Porque sim.

— Essa resposta é inaceitável. A não ser como corolário de um posicionamento mais amplo sobre a gratuidade do gesto enquanto...

— Chega!

— Certo. Chega. Eu também sinto um certo enfaro com a minha própria compulsão analítica. O que foi que disse o bardo? "O mundo está demais conosco." Mas o que fazer? Estamos condenados à autoconsciência. Existir é questionar, como disse...

O pai tentou devolver o papagaio mas não o aceitaram de volta. A garantia era de que o papagaio falava. Não garantiram que seria engraçado. E o papagaio, realmente, não parava de falar. Um dia o pai chegou em casa e foi recebido com a notícia de que a cozinheira tentara se suicidar. Mas como? A Rosaura, sempre tão bem-disposta?

— Foi o papagaio.

— O papagaio?

— Ele encheu a cabeça dela. A futilidade da existência, a indiferença do universo, sei lá.

Aquilo não podia continuar assim. Os amigos iam visitar, esperando se divertir com a conversa do papagaio depressivo. No princípio riam muito, sacudiam a cabeça e comentavam: "Veja só, um papagaio filósofo...". Mas em pouco tempo ficavam sérios. Saíam contemplativos. E deprimidos.

— Sabe que algumas coisas que ele diz...

— Eu nunca tinha pensado naquela questão que ele colocou, da transitoriedade da matéria...

Os vizinhos reclamavam. O negativismo do papagaio enchia o poço do edifício e entrava pelas cozinhas. Como se não tivessem bastantes preocupações com o preço do feijão, ainda tinham que pensar na finitude humana? O papagaio precisava ser silenciado.

Foi numa madrugada. O pai entrou na cozinha. Acendeu a luz, interrompendo uma dissertação crítica sobre Camus que o papagaio — que era sartreano — fazia no escuro. Pegou um facão.

— Hmmm — disse o papagaio. — Então vai ser assim.

— Vai.

— Está certo. Você tem o poder. E o facão. Eu sou apenas um papagaio, e estou preso neste poleiro. Mas você já pensou bem no que vai fazer?

— É a única solução. A não ser que você prometa nunca mais abrir a boca.

— Isso eu não posso fazer. Sou um papagaio falador. Biologia é destino.

— Então...

— Espere. Pense na imoralidade do seu gesto.

— Mas você mesmo diz que a moral é relativa. Em termos absolutos, num mundo absurdo nenhum gesto é mais ou menos moral do que outro.

— Sim, mas estamos falando da sua moral burguesa. Mesmo ilusória, ela existe enquanto determina o seu sistema de valores.

— Sim, mas...

— Espere. Deixe eu terminar. Sente aí e vamos discutir esta questão. Wittgenstein dizia que...

III. Mar de palavras | Os anos 1990

Memórias do ar e do chumbo

Eu estava na rua da Praia, não me lembro por que ou com quem. Ouviu-se o som de uma sirene. Todos, na rua, começaram a andar na mesma direção, na direção da sirene. Alguns corriam. A pessoa que estava comigo me puxou pela mão. Seguimos a multidão. Seria um ataque aéreo? Impossível, a Segunda Guerra Mundial já tinha acabado, o nosso lado ganhara. Falava-se muito que uma guerra entre o Brasil e a Argentina seria inevitável, em algum ponto da nossa história. Será que o ponto chegara e aviões argentinos se aproximaram de Porto Alegre para bombardear o Largo dos Medeiros, o Café Central e as sedes do Grêmio e do Internacional, aniquilando de um golpe só toda a nossa capacidade de reação?

A multidão se aglomerava diante do edifício do *Diário de Notícias*, de onde vinha a sirene. A notícia estava escrita às pressas num cartaz preso à fachada do prédio ou pendente de uma janela. Gandhi assassinado! Não era guerra. Entre aliviado e perplexo — onde fora o assassinato de Gandhi, por que tinham matado o Gandhi e, acima de tudo, quem era o Gandhi? —, fiquei ali, maravilhado com aquela coisa mística, aquela entidade misteriosa onde as notícias do mundo chegavam em minutos, pelo ar, e eram propagadas, quando mereciam, com espalhafato oracular.

No dia seguinte, lá estava, na capa do *Diário*, tudo sobre o assassinato. A foto e a biografia de Gandhi e os detalhes da notícia que não cabiam no cartaz escrito à mão. Conto tudo isso porque foi certamente a primeira vez que me detive na primeira página do jornal antes de passar para a seção de esportes. Tinha um interesse particular na história. Fazendo parte da multidão convocada pela sirene para saber da novidade, eu praticamente fora uma testemunha ocular do crime.

Também foi a primeira vez que pensei no mecanismo de um jornal e imaginei como seria essa alquimia, a de captar o acontecimento no ar e transformá-lo em informação, como a breve lição de história, de grandeza e selvageria humanas ao mesmo tempo, que estava tendo ali, estendido no chão, debruçado sobre o *Diário*. Depois passei para o esporte e para meus ídolos do cotidiano. O jornal era isso, o sobressalto da novidade e a garantia de que as nossas amenas rotinas continuavam. Simultaneamente um espalhafato — ou espalha fatos — e um repetidor da nossa identidade comunitária e do conforto das nossas preocupações municipais e banais. O grande Gandhi fora assassinado, mas em compensação o grande Tesourinha estava curado da lesão e jogaria o Grenal, e um novo seriado completo estava para estrear no cinema Apollo.

Quando entrei na oficina de um jornal pela primeira vez, pouco depois, me decepcionei. O processo não era nada como eu o imaginara, a notícia não era destilada do ar, era transformada numa grande e barulhenta usina por pessoas sem o menor ar de alquimistas. E as linotipos! Até hoje falo delas como dinossauros: bichos fantásticos, com um tamanho que os jovens digitadores de hoje não podem sequer imaginar, metabolizando texto em chumbo. E durante muitos anos, como os dinossauros, elas também dominaram o mundo.

A informatização das redações e a progressiva "limpeza" das oficinas gráficas tiveram o mérito de devolver, pelo menos aos pré-eletrônicos como eu (confesso que ainda não entendo nem como funciona uma torneira), um pouco do velho mistério. Voltei à fascinada ignorância dos meus dez anos, estou de novo convencido de que tudo passa do ar para o papel por mágica. Mas seja feito do ar ou feito com chumbo, o jornal sempre me deu a mesma sensação simultânea de urgência e conforto. Nenhum outro meio de comunicação consegue isso, a autoridade para nos contar o que aconteceu com detalhes e distanciamento, e a intimidade para compartilhar tudo conosco num contexto doméstico cálido e próximo. O rádio nos diz, a televisão nos mostra, mas só o jornal nos envolve.

O *Diário de Notícias* de Porto Alegre não existe mais, o edifício que o sediava veio abaixo, eu mesmo já não estou bem aqui, mas, 45 anos, o deslumbramento daquele dia ainda persiste.

A hora do louco

O futebol pode não ser uma metáfora perfeita para a vida, como querem os seus poetas, mas pode-se recorrer a ele para símiles e imagens que nos ajudam a interpretá-la. Quantas vezes você e eu não levamos bolas nas costas, ou pisamos na bola, ou não tivemos outra maneira de descrever o que sentíamos, a não ser dizendo que o nosso meio-campo embolou? A vida é uma bola, há os que a dominam no peito e põem, maciamente, na grama, e há os que a aparam com o nariz e chutam a grama. E até uma desilusão amorosa pode se parecer muito com um bom passe mal retribuído.

Uma boa e significativa história de futebol é a história do Louco. Havia um técnico de futebol que gostava de dizer aos seus jogadores que o futebol é um exercício da lógica.

— Lógica e perseverança — dizia, e os jogadores sacudiam a cabeça, impressionados.

Existia uma maneira lógica de se jogar futebol, e era só insistir nela que a vitória viria. Nada de inventar, nada de invocar os deuses e as suas mágicas. Os caminhos do gol estavam traçados no gramado há anos, desde os primeiros ingleses, e a única coisa a fazer era descobri-los. Com lógica e perseverança. "Futebol", dizia, "é civilização." E os jogadores sacudiam a cabeça, de acordo. Só não entendiam como o técnico, com todo o seu racionalismo, mantinha no plantel o Gonça. Também chamado de "Búfalo Bril", já que combinava um físico de búfalo com uma cabeleira de palha de aço. Ou, mais sinteticamente, de "Louco". Para onde ia o técnico, ia o Louco. Que nem treinava. Que era mantido pelo técnico (mas claro que isso podia ser boato) num quarto escuro, ouvindo heavy metal e alimentando-se de parafusos.

No primeiro jogo difícil do seu novo time, o técnico conservava a calma. No intervalo, no vestiário, explicava no quadro-negro o que os jogadores estavam fazendo de errado, e como acertar. Logicamente. Sem drama. Friamente. Durante todo o segundo tempo, embora o gol tão procurado não saísse, o técnico nem levantava a voz. Mandava recados ponderados para dentro do campo.

— Triangulação pelas pontas. Sem afobação. Trinta minutos do segundo tempo e nada de gol.

— Vamos tramar pelo meio. Quem vem de trás continua pra receber na frente. Só chutar quando tiver certeza. Não perder a cabeça.

Trinta e oito do segundo tempo. Nada de gol.

— Os pontas fecham, o centroavante abre, os laterais entram em diagonal. Passes rápidos. Ainda há muito tempo.

Quarenta e dois minutos do segundo tempo.

— Preparem o Louco.

Com o Louco, que entrava no lugar do centroavante, o técnico mandava para dentro do campo uma única recomendação. Bola na área e seja o que Deus quiser. E dali em diante, para quem recebesse a bola, ele gritava: "Manda na área! Manda na área!", esperando que ela sobrasse pro Louco. Pois o que o técnico deixava de dizer nas suas preleções é que futebol é civilização, mas só até os 87 minutos. Daí por diante é a hora do Louco. E a única lógica é a da bola espirrada.

No Brasil, estamos ali pelos 38, 39 do segundo tempo e continua zero a zero. Aproxima-se a hora perigosa em que o Louco se tornará inevitável. Pior, se tornará bem-vindo. Não importa que nome ele tenha, Urutu ou algum outro bicho. O negócio é manter a cabeça e a calma. Insistir com a bola no chão. Pelo meio. Pelas pontas. Toques rápidos. Nós vamos conseguir.

Olha aí. Quarenta do segundo tempo.

Da timidez

Ser um tímido notório é uma contradição. O tímido tem horror a ser notado, quanto mais a ser notório. Se ficou notório por ser tímido, então tem que se explicar. Afinal, que retumbante timidez é essa, que atrai tanta atenção? Se ficou notório apesar de ser tímido, talvez estivesse se enganando junto com os outros e sua timidez seja apenas um estratagema para ser notado. Tão secreto que nem ele sabe. É como no paradoxo psicanalítico: só alguém que se acha muito superior procura o analista para tratar um complexo de inferioridade, porque só ele acha que se sentir inferior é doença.

Todo mundo é tímido, os que parecem mais tímidos são apenas os mais salientes. Defendo a tese de que ninguém é mais tímido do que o extrovertido. O extrovertido faz questão de chamar a atenção para sua extroversão, assim ninguém descobre sua timidez. Já no notoriamente tímido a timidez que usa para disfarçar sua extroversão tem o tamanho de um carro alegórico. Daqueles que sempre quebram na concentração. Segundo minha tese, dentro de cada Elke Maravilha existe um tímido tentando se esconder e dentro de cada tímido existe um exibido gritando "Não me olhem! Não me olhem!", só para chamar a atenção.

O tímido nunca tem a menor dúvida de que, quando entra numa sala, todas as atenções se voltam para ele e para sua timidez espetacular. Se cochicham, é sobre ele. Se riem, é dele. Mentalmente, o tímido nunca entra num lugar. Explode no lugar, mesmo que chegue com a maciez estudada de uma noviça. Para o tímido, não apenas todo mundo mas o próprio destino não pensa em outra coisa a não ser nele e no que pode fazer para embaraçá-lo.

O tímido vive acossado pela catástrofe possível. Vai tropeçar e cair e levar junto a anfitriã. Vai ser acusado do que não fez, vai descobrir que estava com a braguilha aberta o tempo todo. E tem certeza de que cedo ou tarde vai acontecer o que o tímido mais teme, o que tira o seu sono e apavora os seus dias: alguém vai lhe passar a palavra.

O tímido tenta se convencer de que só tem problemas com multidões, mas isso não é vantagem. Para o tímido, duas pessoas são uma multidão. Quando não consegue escapar e se vê diante de uma plateia, o tímido não pensa nos membros da plateia como indivíduos. Multiplica-os por quatro, pois cada indivíduo tem dois olhos e dois ouvidos. Quatro vias, portanto, para receber suas gafes. Não adianta pedir para a plateia fechar os olhos, ou tapar um olho e um ouvido para cortar o desconforto do tímido pela metade. Nada adianta. O tímido, em suma, é uma pessoa convencida de que é o centro do universo, e que seu vexame ainda será lembrado quando as estrelas virarem pó.

Conclusão

Um estranho encontro: você e o seu próprio sangue. Não seu sangue pingando de um corte no dedo ou seu sangue dentro de uma seringa. Seu sangue espalhando-se no chão na frente do seu nariz.

Vermelho-escuro é de artéria e claro é de veia. Ou será o contrário? O corte foi no peito mas não deve ter atingido o coração. Você ainda respira. Você ainda está lúcido. Sente o cheiro doce do sangue que avança lentamente e já está a poucos centímetros do seu nariz. A mancha de sangue já está maior do que a sua cara no parquê.

Onde está o homem que apunhalou você? Não está na sala, deve ter entrado no quarto. O que é que ele quer? Uma calcinha. Falou alguma coisa de uma calcinha. Você abriu a porta e ele entrou. Você não teve tempo de dizer nada. Ele perguntou onde estava a calcinha e golpeou você no peito com a faca antes que você pudesse falar. Você não sentiu nada. Quando viu estava no chão, com a cara no chão. Continua não sentindo nada. Só fascinação pelo sangue em movimento diante do seu nariz.

Seu sangue. É a primeira vez que você o vê assim, no atacado. Antes só tinha visto em porções. Mesmo aquele corte feio no dedo não sangrava muito. As gengivas, às vezes, sangravam um pouco. Você cuspia o sangue na pia misturado com a espuma da pasta de dente. Morango com chantili. No laboratório para fazer exame de sangue você virava a cara quando a agulha perfurava a veia mas depois olhava, curioso, quando passavam seu sangue da seringa para o vial. Pequenas quantidades, pouco para uma reflexão, menos ainda para uma filosofia. Agora ele estava ali, formando outro você diante do seu nariz, exigindo uma conclusão.

Seu sangue coisa nenhuma. Ninguém é dono do próprio sangue, só é seu depositário. O sangue pertence àquela parte de você que não tem seu nome, sobre a qual você não tem domínio. Ninguém tem. Por baixo da pele ninguém é de si mesmo. É de outra ordem cuja maquinação nunca adivinha. Uma sociedade obscura, uma irmandade secreta que sua mente não penetra e cujos códigos não decifra. O sangue do corte no dedo e da gengiva, o sangue no vial, são só vislumbres dessa outra existência dentro da sua, desse mundo que você tem por dentro e só conhece de radiografia. Ou seja, de más reproduções em preto e branco. Vagas silhuetas. Riscos num gráfico, vultos num visor. Mensagens clandestinas de espiões incompetentes. Não revelam nada do inimigo, salvo que ele continua lá. Você está ficando tonto.

O sangue se avoluma. O sangue não para, o sangue não quer parar. Só o que impede o sangue de fugir de você ao menor pretexto é a coagulação. A coagulação é a consciência profissional do sangue, o que o faz permanecer no emprego. Sem ela o sangue nos abandonaria pelo primeiro arranhão no joelho e fugiria da nossa mortalidade. Ele não quer morrer aprisionado dentro de você, virar pó junto com você. Dá-se o nome de vida a essa aflição do sangue, ao seu inconformismo de morrer junto com alguém que nem conhece. O sangue é bonito quando jorra porque essa é a cor da sua ilusão de liberdade. Quando você morre com um corte no peito e nem a coagulação segura o sangue, ele jorra espalhafatosamente e se espraia, convencido de que se livrou da nossa ridícula impermanência e que fluirá para o mar como um rio. Mas não vai muito longe. Coagula em torno de você, fica preto. Ele é a sua mortalidade repetida, sua segunda morte. A única eternidade do sangue é a mancha no parquê. Bem feito.

Você está ficando tonto. Quanto tempo até você se esvair em sangue? "Se esvair"... que será "esvair"? O oposto de "jorrar". Esvair é jorrar filosoficamente. (O homem voltou para a sala. Você ouve suas passadas. Ele está perto de você. Está debruçado sobre você. Está chamando você de filho da puta. Está perguntando pela calcinha.) Você não consegue ver, mas o sangue em que você se esvai deve estar desenhando o seu duplo ao lado do seu corpo. Como aqueles borrões de tinta nos testes psicológicos em que você sempre identificava uma caveira ou a frente de um Studebaker. O sangue vai coagular ao seu lado assim, como o seu gêmeo morto. Gêmeo não. Um desconhecido. A sua reprodução em vermelho. Você reduzido a um contorno. Que diabo de calcinha será essa? Você está curiosamente calmo. Talvez você já tenha morrido e sua mente só esteja olhando em volta antes de partir também, como alguém dando uma última checada no quarto de hotel onde passou alguns dias para ver se não esqueceu nada. A vida é uma breve parada, entre o nada e o nada, num quarto de hotel de um lugar desconhecido, que você tem que deixar quando recém está se acostumando com o padrão das paredes. Jorrar é gozar. Esvair é morrer com tempo suficiente para alguma conclusão e um pouco de literatura. Mas você precisa dela. Se não de uma explicação final, de uma certa simetria. Para que tudo não seja ridículo. Sua história se define. Pronto, você é uma vítima. É assim que a imprensa chamará você, amanhã. Vítima encontrada ao lado da sua réplica em sangue. Apartamento revirado. Assassino procurava alguma coisa.

Você não vê, mas sente a lâmina da faca no lado do seu rosto. Ele é o Executor na sua história, e ele está chorando. Está acusando você de ter desfeito um lar, está ameaçando cortá-lo de novo. Você não sabe o que fez. Quer dizer ao Executor que ele está enganado, mas não tem forças. Que lar? Que calcinha? É um engano. Você vai morrer de um engano. A vítima tinha um sorriso irônico nos lábios e...

Você ouve um som indefinido. Um "ug", como o de alguém atingido na barriga por uma bolada. Em seguida, o Executor cai ao seu lado, com a faca cravada no peito. O sangue, o filha da puta do sangue, começa a correr com alegria do buraco do peito dele. O sangue dele se mistura com o seu. Dessa vez sim, haverá no mínimo um riacho. Mas não chegará perto do mar. Tudo que vive coagula ou se esfarela.

O Executor está falando. Está dizendo que espera que você sinta remorso pelo que fez. Você quer dizer que aquela tragédia está sendo desperdiçada, que não sabe de nenhuma calcinha. Mas não tem forças. O Executor virou o rosto e está olhando para você. Você tenta sorrir. Não sabe se conseguiu. Morrerá sem saber se conseguiu. Ele diz:

— Este é o 6, não é?

E então você se lembra que o prego de cima do 9 na porta do seu apartamento caiu e o 9 virou 6. Mas você não dará essa felicidade ao sangue. Não confessará que a sua espécie é dada a esses ridículos, movida pelo ciúme, vítima de impulsos e do fortuito, e de noves que viram seis. Afinal, vocês são duas pessoas, dois cidadãos com sentimentos respeitáveis. Não são duas mulas carregando sangue como quem carrega drogas no estômago, sem saber para quem. Vítima e Executor terão a majestade possível quando forem encontrados em meio a esse lago coagulado. O sangue não sairá vitorioso.

Com os últimos movimentos da sua cabeça você diz que sim, fique tranquilo, você não se enganou de porta, este é o 6, sim. E os dois esvaem-se.

Botânica

O humorista lidera um grupo num giro da sua estufa, enquanto lá fora a tempestade rufa.

— Estas são facécias — aponta, mostrando uma espécie de orquídea contorcida.

— E ali?

— Chistes.

— Há chistes por toda a parte.

— Sim, os chistes brotaram espontaneamente, não são cultivados nem requerem cuidados especiais. São como bobagens-de-ministro, ordens-do-dia, outras-do--newton e moratórias-do-campo, espécies endêmicas que proliferam no Brasil.

— Como as piadas.

— Sim, se bem que a piada não nasce em qualquer lugar, só em determinadas condições.

— Estas plantas de folhas pontudas...

— Zombarias.

— E estas pequenininhas, de várias cores? São graciosas.

— Não, são gracejos. Graciosas são aquelas ali. E este fruto amarelo, estão vendo?

— O que é?

— Graçola.

— Dá suco?

— Não. Não dá nada. É como lorota, só tem aparência.

— O que é isso nesse vaso?

— Isso é uma pilhéria. E estes são remoques. E ali estão as piadas.

— Aquelas não são troças?

— Não, são motes. E, atrás, motes miniaturizados, motetes. E ali, claro, um motejo.

— E essa espécie de penugem que parece cobrir tudo...

— É ironia. Aqui, a ironia fina. Aquele arbusto desajeitado é a ironia pesada.

— *Essas* são troças.

— Acertou.

— Também parecem estar cobertas por uma leve...

— É a mofa. Ah, e aquela trepadeira que se enrosca no tronco, subindo com ele e quase o escondendo: é uma sátira.

— Sátira mordaz?

— Bem, tem a mordaz e a leve, também chamada sutil. Essa é a leve.

— E esta a... Epa!

— Quase pegou seu dedo, não é? Essa é perigosa. É o escárnio.

— Mas é horrível!

— Feio, não é? Cuidado, não cheguem perto.

— Pensei que o escárnio fosse proibido.

— Na verdade só nós, humoristas, devíamos ter licença para cultivá-lo, em condições controladas. O escárnio é uma variedade do sarcasmo que por sua vez é uma degenerescência da ironia pesada, mas hoje é considerado uma categoria à parte, e altamente perniciosa a toda vida vegetal, animal, social e nacional. Nós o cultivamos separado das outras plantas, mas humoristas inconscientes não tomam esse cuidado e o resultado é que o escárnio se espalhou pelo Brasil, se generalizou e hoje está fora do controle. É o que dá não regulamentarem a profissão.

— Esse som...

— Ele está rindo de nós. Mas vamos adiante. Aqui temos o belo ramo de chufas.

— E ali? São dichotes?

— Quase acertou. São ditérios. Ah, e aqui está ela.

— O que é?

— Uma anedota em formação. Vejam, as folhas recém estão se abrindo e...

Igualdade ou *sub specie aeternitatis*

Foi empurrando o dono da casa para trás com o revólver apontado no seu nariz.

— Para dentro, para dentro.

Fechou a porta com o pé sem olhar para trás. Segurou a frente da camisa do dono da casa e torceu como um torniquete. Olhou em volta.

— Tem mais alguém?

O dono da casa não conseguiu falar. Ele gritou:

— Mais alguém?

— Não!

A empregada tinha ido visitar a mãe doente. Por isso o próprio dono da casa abrira a porta.

— Cadê os outros?

— Não tem mais ninguém.

— Empregada?

— Mãe doente! Mãe doente!

O outro entendeu mal. Apontou com o revólver para a escada.

— Lá em cima?

— Minha mãe, não. A da empregada.

— E daí?

— Dei folga. Não tem mais ninguém em casa.

O assaltante desfez o torniquete, mas continuou com a frente da camisa presa no seu punho.

— Quero o cofre.

— Eu não tenho cofre.

— Tem. Eu sei que tem. Me leva até ele.

— Não tem cofre!

O assaltante encostou a ponta do cano do revólver na ponta do nariz do outro.

— Posso encontrar o cofre sozinho. Mas pra isso preciso te matar antes. Você escolhe se vai comigo.

— Mas eu não tenho cofre!

— Está bem. Vamos procurar juntos. Você na frente.

— Não existe cofre!

— Para a biblioteca. O cofre está sempre na biblioteca.

* * *

Que história é essa? Onde se passa? Quem são essas pessoas? Quando? É um assalto. Isso é claro. Numa casa com dois andares. Como se chama o assaltante? E o dono da casa? Isso importa? Digamos que o assaltante se chame Nogueira. Isso, Nogueira. E o assaltado é Pires. Nogueira e Pires. No Brasil, portanto. Ou em algum outro país lusófono. Não, no Brasil. Precisa ser no Brasil. O que acontece em seguida? Agora eles estão na biblioteca. Livros encadernados em estantes altas cobrindo as quatro paredes, imagino.

— Cadê o cofre?

— Não tem cofre.

O assaltante segurando o braço do dono da casa por trás. Nogueira torcendo o braço do Pires.

— Eu sei que tem cofre. Onde está?

— Pode procurar. Não tem cofre.

— Tem. Numa dessas estantes. Uma parte dessas estantes é falsa. Eu sei. Os livros são de araque. Em vez de livros tem uma portinhola escondendo o cofre. Onde?

— Ai!

Nogueira diminuindo o ângulo do braço dobrado nas costas do Pires.

Como eles se parecem? Eles se parecem? Os dois têm a mesma idade. Quarenta e poucos. Nogueira é mais magro. Branco, como o Pires, mas o Pires tem o cabelo mais claro. O Nogueira com a barba por fazer. Dentes ruins. A roupa não é de má qualidade, mas está surrada. Jeans, uma camisa branca, uma jaqueta. Pires também veste jeans, mas de grife. Uma camisa polo, cara. Continua segurando o livro que estava lendo quando foi abrir a porta, com um dedo marcando o lugar. Que livro? Isso a gente vê depois. Nogueira forçando Pires a acompanhá-lo numa inspeção das lombadas dos livros. Dobrando o seu braço e empurrando-o por trás. Que livros de araque disfarçam a portinhola que encobre o cofre? Existe um cofre? Isso a gente vê depois. Nogueira lendo as lombadas.

— Espinosa, Espinosa, Espinosa... Espinosa que eu conheço é técnico de futebol.

243

— Um filósofo do século XVII.

— Deve ser parente. Descartes, Pascal, Galileu... Não tem Malba Tahan? Meu pai lia Malba Tahan.

— Não, eu...

— Aqui. O cofre fica por aqui. Estes livros aqui. Estou quente?

— Não, está Kant.

O que é isso? Trocadilhos? Jogos de palavras? É uma comédia? Pires não está aterrorizado. Pires não se sente ameaçado pelo revólver de Nogueira. Desde que abriu a porta e Nogueira meteu o revólver na sua cara, Pires sente desprezo por Nogueira. Sente-se ultrajado. Sua casa invadida. Sua biblioteca violentada. Sente ódio. Sua calma é o seu ódio. Quem parece aterrorizado é o Nogueira. Obviamente não é um assaltante comum. Talvez esse seja o seu primeiro assalto. Entre os livros encadernados da biblioteca, Nogueira se sente coagido. Diminuído. Ele, de alguma maneira, reconhece isso e puxa os volumes de Kant da prateleira, derrubando-os no chão. Precisa estabelecer sua autoridade. Quem manda é ele. Ele é quem tem o revólver.

— Já disse que aqui não tem cofre nenhum!

— Tem. Eu sei que tem. Se não está no Kant, está em outro lugar.

— Não tem cofre. Nenhum desses livros é de araque. Pode derrubar todos no chão, você não vai achar um cofre.

— Cala a boca!

— Meu dinheiro está no banco. Em casa não tem nada. Só esses livros. Essa biblioteca vale uma fortuna. Minha fortuna é isso aqui.

— Eu sei. Isto aqui e mais três fazendas, dez apartamentos e a renda da financeira. Pobre do Pires.

— Você me conhece?

— Sei tudo sobre você, Bolão.

— Bolão. Há anos ninguém me chama assim. Era o meu apelido na escola. Você é o...

— Nogueira. Tá se lembrando agora?

— Nogueira. O Pastinha!

Certo. Foram colegas na escola. Impossível? Nem tanto. Uma boa escola pública. Ambos de classe média, na época. Depois de 1964 o pai de Pires fez fortuna (mercado de capitais, investimentos rurais, certamente nada muito limpo, e as ligações com a direita no poder ajudaram) e a família do Nogueira caiu na miséria. Pai espírita, morre cedo. Mãe obrigada a sustentar a família sozinha. Mudam-se da zona Sul para a zona Norte. Bolão e Pastinha. Inseparáveis na escola. Depois nunca mais se viram. Bolão formou-se em direito. Não, administração de empresas. Mas nunca trabalhou. É um intelectual. A família lhe dá uma participação nos negócios, e ele tem dinheiro aplicado e a renda dos apartamentos. Casou-se uma vez, não deu certo. Mora sozinho. Viaja. Escreve. Publica seus próprios livros. Nogueira não pôde completar o secundário. Agora Nogueira está com o revólver.

— Nogueira. O Pastinha!

— Isso. Eu mudei, não é Bolão? Tenho acompanhado a sua vida. Sei tudo sobre a sua vida. Aliás, fui no seu casamento.

— Eu me lembro.

— Você não me viu.

A todas estas o revólver apontado para a cara de Pires, os dois de pé entre os Kants derrubados. Nogueira larga o braço do Pires.

— Por que você acha que eu tenho um cofre na biblioteca, Pastinha?

— Vi uma fotografia sua no jornal. Nesta biblioteca. Cantei a pedra. O cofre está aí. Cheguei a sonhar com isso.

— Você se enganou.

— Onde está o cofre, Bolão?

— Não tem cofre, Pastinha. Abaixe essa arma.

— Não. Você não vai me enrolar não, Bolão. Esses seus livros não me impressionam. Vocês não vão me enrolar não.

— Vamos sentar e conversar. O que você quer?

— Quero o que está no cofre.

— Não tem nada no cofre. Não tem nem cofre. Você quer dinheiro? Eu lhe faço um empréstimo.

Pastinha encosta o revólver na testa do Bolão.

— Você não vai me emprestar nada, Bolão. Eu é que vou tirar de você.

— Está bem. Quanto você quer tirar de mim? Eu faço um cheque. Uma doação.

Pastinha agarra a frente da camisa polo de novo.

— Doação? Doação, seu merda? Você não vai me fazer uma doação coisa nenhuma. Eu vou limpar o seu cofre.

— Não tem cofre.

— Eu sei que tem!

Nogueira não quer só o dinheiro do Pires. Ele mesmo não saberia dizer o que quer. É mais do que dinheiro. Nogueira quer enfiar a mão no cofre do Pires como se metesse a mão no seu peito para arrancar o coração. Quer tirar a vida do Pires, a vida que ele não teve. É isso. Quer reparação. Quer equiparação. A obsessão pelo cofre é um desejo de chegar a um centro secreto, ele não sabe bem do quê. A diferença entre os dois está no cofre, Nogueira quer reparar a diferença. Algo assim. Talvez haja um segredo no passado dos dois, do Bolão e do Pastinha. Um pacto, um daqueles momentos solenes da infância. Juraram igualdade pelo resto da vida. Mas o Pires ficou rico e o Nogueira ficou pobre. A diferença está no cofre. Nogueira quer desfazer a diferença.

— Você disse que sonhou com o cofre nesta biblioteca?

— Sonhei.

— E no sonho, onde estava o cofre?

— Atrás de uma portinhola, no meio dos livros. Não sei que livros.

— Foi sonho, Pastinha. Olhe, vamos sentar ali...

— Eu estou com pressa! Quero o cofre. Eu sei que tem um cofre aqui.

— Então vamos fazer o seguinte. Jogar todos esses livros no chão. Não vai ser fácil. Temos que pegar a escada e começar pelas prateleiras de cima. Mas você vai se convencer de que não existe um cofre escondido. Só livros.

Nogueira aponta o revólver para a testa do Pires.

— Vou contar até três. Se você não disser onde está o cofre, eu atiro. Depois vou derrubar os livros sozinho.

— E não vai encontrar nada. Vai me matar por nada.

— Um...

— Não tem cofre.

— Dois...

— Não tem cofre.

— Três!

Silêncio. Pires olhando nos olhos de Nogueira com desprezo. Nogueira baixa o revólver e diz, tentando imitar o desdém de Pires:

— Você morreria mesmo pelo dinheiro. Ama mais o dinheiro do que a própria vida.

— Errado. O dinheiro pra mim não é nada. Amo isto.

Um gesto com a mão que segura o livro, mostrando a biblioteca, as poltronas profundas, as lâmpadas antigas, a coleção de conhaques.

— Mas sem dinheiro você não teria isso.

Pires dá de ombros.

— Detalhe.

— Foi o detalhe que me faltou.

— Se eu não tivesse isto, teria outros prazeres. Não é o dinheiro que faz o homem.

— Acertou. É a falta do dinheiro. Você e eu somos iguais, menos num ponto. Eu sou você sem o dinheiro.

Faltam informações sobre o que está acontecendo agora. Nogueira baixou o revólver. Isso significa uma desistência? Pires venceu? Qual é o tom da conversa deles? O confronto acabou, o Bolão e o Pastinha se reencontraram depois de trinta anos, seguem reminiscências e talvez conhaques? Vamos ver.

Pires sorri levemente.

— Você e eu... iguais, Pastinha?

— Éramos iguais.

— Se éramos iguais, por que eu estou aqui e você aí, querendo tirar o que é meu?

— Porque vivemos numa sociedade que...

— Não, não. Esquece a sociedade. A sociedade não tem nada a ver com você e eu, e com o que nos aconteceu. Somos indivíduos, e cada indivíduo é o responsável pelo seu destino.

— Então você é responsável pelo seu pai ter enriquecido à custa do...

— Seus dentes, por exemplo.

— O quê?

— Não vá me dizer que seus dentes ficaram desse jeito por culpa da sociedade, Pastinha. Você e eu começamos com os mesmos dentes, mas eu cuidei dos meus.

— Porque você tinha dinheiro!

— Não, Pastinha. Porque nós somos diferentes. Não sei que vida você levou, mas obviamente não deu prioridade à saúde bucal. Eu dei.

— Eu não tive dinheiro! Não tive pai rico! Não tive escolha!

— Calma, calma. Vamos sentar ali e conversar. Beber alguma coisa. Me dê esse revólver.

— Não.

— Está bem. Fique com o revólver. Não precisamos sentar.

— Só falta você me dizer que eu não tive a educação que você teve porque não quis, não tenho uma casa como essa e uma biblioteca como essa porque não dei prioridade à saúde econômica. Sabe o que eu devia fazer?

Nogueira faz um gesto ameaçador com o revólver, e Pires levanta o livro que tem na mão.

— Sabe quem escreveu este livro, Pastinha? Eu. Estava relendo alguns trechos, quando você bateu. São ensaios sobre os filósofos do século XVII. Eu sustento, por exemplo, que o pensamento cartesiano só se tornou possível porque Descartes escrevia em francês em vez de latim escolástico. A filosofia moderna é uma decorrência da linguagem. Descartes desenvolveu um sistema de argumentação abstrata porque saiu do latim para o francês, enquanto Bacon, por exemplo, não conseguiu fazer o mesmo com o inglês. Entende?

— Não.

— Claro que não. Minha teoria foi elogiadíssima. Bacon e Descartes eram iguais? Não. Educaram-se com o mesmo latim, como você e eu estivemos nos mesmos bancos escolares e aprendemos com os mesmos professores, mas depois cada um cresceu na sua própria língua. Isto é, na sua própria cultura, no seu próprio universo de referências, na sua própria sintaxe.

— Mas se os dois fossem franceses, os dois desenvolveriam o mesmo sistema de pensamento.

— Mas os dois não foram franceses, meu caro. Um era francês e o outro era inglês de nascimento. Não foi a sociedade que fez um francês e o outro inglês. Foi uma fatalidade genética.

— Mas você e eu falamos a mesma língua.

— O português que nós dois aprendemos juntos equivale ao latim com que Descartes e Bacon aprenderam a pensar, na escola. Mas Descartes estava destinado a falar francês, a língua do discernimento, e Bacon condenado ao rude inglês. Eu estava destinado a transcender o meu latim para a linguagem do saber e do empreendimento intelectual, você estava destinado a transcender o seu latim para a linguagem do ressentimento e da perplexidade, para o nada. Falamos a mesma língua na escola, depois desaparecemos dentro de nossas respectivas classes e culturas, como barcos se afastando do nevoeiro.

— Mas você acabou de dizer que cada indivíduo é responsável pelo seu destino.

— Responsável pelo que faz nos limites da sua predestinação. Acidentes, como o dinheiro, e pseudodeterminantes, como a sorte ou a dinâmica social, não têm qualquer influência nisso. E, mesmo, pelo que me recordo, estávamos falando de dentes. Cada indivíduo é responsável, ao menos, pelos seus dentes. Os meus são perfeitos.

— Não sei. Estou confuso. Estou com fome. Estou fraco. Você está me enrolando.

— Por que nós não nos sentamos, tomamos alguma coisa e conversamos mais a respeito? Me dê seu revólver.

Não. Inverossímil. Esse diálogo nunca aconteceria. Uma cena forçada, falsa, ridícula. Que história é essa? Vamos tentar outra vez.

Nogueira faz um gesto ameaçador com o revólver e Pires levanta o livro que tem na mão. E bate com o livro violentamente no lado da cabeça de Nogueira, que deixa cair o revólver. Pires rapidamente pega o revólver do chão e encosta a ponta do cano na ponta do nariz de Nogueira.

— E agora, hein? Hein? E agora? Quem é o merda agora? O que que eu faço com você, hein? Seu merda!

Nogueira em silêncio. Tonto. Recua, enquanto Pires cutuca o seu nariz com o revólver. Pires mostra o livro na sua mão.

— Sabe quem escreveu este livro que você levou na têmpora, Pastinha? Fui eu. Um livro elogiadíssimo. Um estudo sobre Espinosa e o panteísmo. A minha tese é que as raízes do existencialismo estão em Espinosa, que sua negação do livre-arbítrio e do fortuito em contraste com um monismo autoevidente e autorreferenciável prenuncia o antagonismo essência moral/existência pré-cultural em Heidegger, mesmo que num contexto panteístico. Na eternidade omnicludente de Espinosa já está o absurdo da condição humana e a inutilidade da busca de um direito individual à felicidade, que só se encontra na renúncia a um todo infinito, onde tudo é porque tem que ser. Nós somos finitos, Pastinha, condenados à nossa desigualdade, que não é nem certa nem errada, apenas é, sem remédio.

O que tudo isso quer dizer, vê se bota isso na sua cabeça, é que VOCÊ NÃO VAI LEVAR O QUE É MEU!

E Pires dá outra vez com o livro na cabeça do Nogueira, que bate com as costas na estante, fazendo cair um grosso volume de Montaigne de uma prateleira alta na cabeça do Pires, que desmaia. Quando Pires volta a si, Nogueira está encostando a ponta do revólver na ponta do seu nariz. Nogueira está vociferando.

— Acabou a brincadeira! Onde está o cofre? Quero saber agora! Senão quebro a sua cara! Quebro o seu nariz! Quebro os seus dentes!

Pires aponta, ainda tonto, para um lugar na prateleira. A portinhola camuflada imita uma coleção das obras de Marx. Nogueira abre a portinhola e dá com o cofre. Pede:

— A combinação.

Pires diz um número. Nogueira experimenta. Não funciona. Aponta o revólver para Pires, que ainda está estendido no chão.

— A combinação certa!

Pires parece espantado.

— A combinação é essa. Eu juro. Não, espera. Acho que errei um número. Tenta com 62 no fim.

Também não dá certo. Nogueira aproxima o revólver da cabeça de Pires.

— Vou quebrar sua dentadura dente por dente.

— Eu juro que não estou fingindo. Esqueci a combinação. É verdade, Pastinha!

— Como esqueceu?

— Há anos não uso esse cofre. Nem sei o que tem aí dentro.

— Se não sabe, por que não disse logo onde ele estava?

Pires agora está sentado no chão. Esfrega a cabeça onde caiu o Montaigne.

— Não sei. Era um jogo. Raiva. Para mostrar que você não conseguia me intimidar.

— Tente lembrar a combinação. Vou contar até três...

— Não adianta. Não vou me lembrar.

— Tente.

— Sei lá. Três no fim.

Nogueira tenta. Errado.

— Dois.

Errado também.

— Meia-meia.

Também não.

* * *

Acaba assim. Ou não acaba, continua assim. Pires está fingindo? Provavelmente não. Ou sim. Realmente não se lembra ou está enrolando o Nogueira? Não faz muita diferença. Tudo está ali para enrolar, de alguma forma, deliberada ou não, o Nogueira. Que não enfiará a mão no cofre como se sua mão chegasse a algum mecanismo obscuro, para corrigir os trinta anos passados, para desfazer a diferença. Que precisaria encontrar o Pires num deserto, numa representação física da eternidade, sem filosofia em volta, para recuperar a igualdade, para os dois começarem do mesmo ponto. Do pacto. Ou noutra sociedade. Aí seria outra história.

— A combinação certa! Vou contar até três.
— Se você me matar, aí mesmo é que eu não me lembro.
— Tente.
— Dezessete no fim.
— Não!
— Quarenta e dois.
— Também não.
— Zero um.

Amor

A verdade é que devemos tudo aos amores infelizes, aos amores que não dão certo. A poesia se faz antes ou depois do amor, ninguém jamais fez um bom poema durante um amor feliz. Pois se o amor está tão bom, pra que interrompê-lo? O amor feliz não é assunto de poesia, o amor feliz é em vez de poesia. Literatura é quando o amor ainda não veio ou quando já acabou, literatura durante é mentira. Ou ela é empolgação ou é remorso, revolta, saudade, tédio, divagação desesperada — enfim, tudo que dá bom texto.

Desconfie de quem explica um estado de exaltação criativa dizendo que está amando. Algo deve estar errado.

— Você está amando, mas ela não está correspondendo, é isso?

— Não, não. Ela também me ama. É maravilhoso.

— É maravilhoso, mas você sabe que não pode durar, é isso? Seu poema é sobre a transitoriedade de todas as coisas, sobre o efêmero, sobre o fim inevitável da felicidade num mundo em que...

— Não! É sobre a felicidade sem fim!

— Não pode ser.

— Mas é. Acabei o poema e vou fazer uma canção. Depois, talvez, uma cantata. E estou pensando num romance. Tudo inspirado no nosso amor. Não posso parar de criar. Estou transbordando de amor e ideia. Crio dia e noite.

— E a mulher amada?

— Quem? Ah, ela. Bom, ela sabe que a atenção que não lhe dou, dou ao nosso amor perfeito.

Está explicado. Ele não canta a amada ou seu amor. Está fascinado por ele mesmo, amando. E o poema certamente é ruim.

Porque o amor, para ser de verdade, tem de emburrecer. Só devem lhe ocorrer bobagens para dizer ou escrever durante um caso de amor. Ou é kitsch, de mau gosto, piegas ou copiado, ou não é amor. Qualquer sinal de originalidade pode até ser suspeito.

— Esses seus versos para mim... Estão ótimos.

— Obrigado.

— Essas juras de amor, essas rimas, essa métrica... De onde você tirou tudo isso?

— Eu mesmo inventei. Pensando em você.

— Seu falso!

— O quê?

— Só deixando de pensar em mim por algumas horas você faria uma coisa assim pensando em mim. Só tomando distância, escrevendo ou reescrevendo, raciocinando e burilando você faria isso. Um verso plagiado do Vinicius eu entenderia. Um verso original, e bom desse jeito, é traição. Só não sendo sincero você seria tão inteligente!

— Mas...

— Não fale mais comigo.

Pronto. O amor acabou, agora você pode ser criativo sem remorso. Você está infeliz, mas console-se. Pense em como isso melhorará o seu estilo.

Metafísica

Quando Einstein morreu, foi para o céu, o que o surpreendeu bastante. Assim que chegou, Deus mandou chamá-lo.

— Einstein! — exclamou Deus quando o avistou.

— Todo-Poderoso! — exclamou Einstein, já que estavam usando sobrenome. E continuou: — Você está muito bem para uma projeção antropomórfica da compulsão monoteísta judaico-cristã.

— Obrigado. Você também está ótimo.

— Para um morto, você quer dizer.

— Eu tinha muita curiosidade de conhecer você — disse Deus.

— Não me diga.

— Juro por Mim. Há anos que Eu espero esta chance.

— Puxa...

— Não é confete, não. É que tem uma coisa que eu queria lhe perguntar...

— Pois pergunte.

— Tudo o que você descobriu foi por estudo e observação, certo?

— Bem...

— Quer dizer, foi preciso que Eu criasse um Copérnico, depois um Newton etc. para que houvesse um Einstein. Tudo numa progressão natural.

— Claro.

— E você chegou às suas conclusões estudando o que outros tinham descoberto e fazendo suas próprias observações de fenômenos naturais. Desvendando os meus enigmas.

— Aliás, parabéns, hein? Não foi fácil. Tive que suar o cardigã.

— Obrigado. Mas a teoria geral da relatividade...

— Sim?

— Você tirou do nada.

— Bem, eu...

— Não me venha com modéstia — interrompeu Deus. — Você já está no céu, não precisa mais fingir. Você não chegou à teoria geral da relatividade por observação e dedução. Você a bolou. Foi uma sacada, é ou não é?

— É.

— Maldição! — gritou Deus.

— O que é isso?

— Não se escapa da metafísica! Sempre se chega a um ponto em que não há outra explicação. Eu não aguento isso!

— Mas escuta...

— Eu não aguento a metafísica!

Einstein tentou acalmar Deus.

— A minha teoria ainda não está totalmente provada.

— Mas ela está certa. Eu sei. Fui eu que criei tudo isso.

— Pois então? Você fez muito mais do que eu.

— Não tente me consolar, Einstein.

— Você também criou do nada.

— Eu sei! Você não entendeu? Eu sou Deus. Eu sou a minha própria explicação. Mas você não tem desculpa. Com você foi metafísica mesmo.

— Desculpe. Eu...

— Tudo bem. Pode ir.

— Tem certeza de que não quer que eu...

— Não. Pode ir. Eu me recupero. Vai, vai.

Quando Einstein saiu, viu que Deus se dirigia para o armário das bebidas.

Linguicinhas

A conversa naquela mesa de bar tinha chegado ao ponto em que só há duas coisas a fazer: ou se parte para casa ou se parte para a bobagem. E ninguém parecia disposto a ir para casa.

O Cléber começou. Falou direto para o Patrulheiro, que tinha esse apelido porque quando pequeno pedira um autógrafo ao Patrulheiro Toddy. O Cléber falou apontando para o nariz do Patrulheiro.

— Você é responsável pela morte de quantas criaturas?

O Patrulheiro não piscou. Pediu esclarecimento.

— Defina "criatura".

— Criatura. O nome está dizendo. Um ser criado por Deus.

— Racional ou irracional?

— Tanto faz?

O Patrulheiro pensou.

— Vale mosquito?

— Mosquito, mosca, passarinho, réptil, gente...

— Mosquitos — disse o Patrulheiro. — Uns 117 assim por alto. Algumas moscas, também. Poucas. Ah, e uma vez esmaguei uma lagartixa.

A Norinha advertiu:

— Não queremos detalhes!

— Eu já matei uma cobra — contou o Dado.

— Eu já atropelei um cachorro — disse alguém.

— Baratas! — lembrou-se outro.

O Miranda levantou uma questão. Mandara dedetizar o apartamento. Era responsável pelas mortes causadas? O consenso foi que o Miranda agira como um general que manda suas tropas atacarem o inimigo mas não mata ninguém diretamente. Moralmente, no entanto, tinha dezenas de insetos mortos no seu currículo.

— Vocês estão esquecendo os bichos que morrem por nossa causa — disse a Norinha. — Bois, carneiros...

— Galinhas... — disse a Marta.

A Marta adorava comer galinha. Nunca pensara na morte delas. Ficou subitamente deprimida.

— Esperem um pouquinho — pediu o Patrulheiro. — Existe um esquema montado para matar esses bichos desde que o mundo é mundo. Existiria mesmo se não estivéssemos vivos, ou se fôssemos vegetarianos.

— Mas eles morrem para nos alimentar.

O Patrulheiro propôs um plebiscito. Quantos se sentiam responsáveis pela morte do bicho cuja carne fora usada naquelas linguicinhas? Três disseram que não se sentiam responsáveis, dois disseram que não tinham certeza, uma (a Marta) disse que se sentia responsável sim, um disse que se sentia desobrigado de votar porque não comera a linguicinha e o Cléber perguntou de que bicho era mesmo a carne da linguiça, concluindo que era melhor não saberem. Pediram outra rodada de chope, mas o pedido de mais linguicinha foi vetado pela Marta.

O Patrulheiro então propôs o teste do botão. Pediu que todos imaginassem um botão no centro da mesa. Quem apertasse o botão estaria matando cem pessoas no Tibete, mas ganharia a Sena acumulada.

O Miranda quis detalhes. As pessoas, no Tibete, cairiam fulminadas ou seriam vítimas, por exemplo, de uma avalanche? O Cléber perdeu a paciência com o Miranda. Que diferença fazia? A Marta perguntou se os mortos incluiriam pessoas de todas as idades, se não poderiam ser só velhos ou bandidos e se não dava para não ser no Tibete, país com o qual ela simpatizava por causa do Dalai Lama e do Richard Gere, e sim na China, que afinal já tinha tanta gente? O Cléber olhou para o céu, pedindo piedade, o Patrulheiro argumentou que aquilo era um assunto sério e a confusão que se seguiu só foi interrompida quando o Dado levantou-se bruscamente, inclinou-se sobre a mesa e, com um gesto decidido, apertou o botão imaginário. Depois sentou-se e olhou em volta. Todos olhavam para ele, espantados.

— O quê? — disse o Dado, desafiador.
— Pô, Dado... — disse a Marta.
— Está feito — disse o Dado.

Fez-se um silêncio cheio de tibetanos mortos e ressentimento.

Depois, quando o Dado e a Marta foram para casa, todos concordaram que a cena do botão não tivera nada a ver com a responsabilidade moral de cada um. Alguma coisa não ia bem com o casal. Ah, não ia. A Norinha inclusive lembrou um detalhe da noite que só agora fazia sentido. Toda vez que a Marta falava, o Dado revirava os olhos.

Toda a vida

Me lembrei do ventre da minha mãe. Eu dentro da bolsa d'água. Você sabia que a gente fica flutuando lá dentro? Que vidão. Casa e comida de graça e não precisa nem mastigar. Dizem que do momento da concepção até o parto o homem recria no ventre materno toda a evolução da sua espécie. Uma recapitulação de milhões de anos condensada, como na *Seleções*. Toda a história da humanidade em nove meses. Desde a primeira ameba que inventou de subir à tona do mar, recebeu uma descarga elétrica e aí começou a procriar, eta nós. Sim, porque a vida começou no mar, você sabia?

— Calma, calma...

— O homem é um fruto do mar. Somos feitos em grande parte de água. Não sei bem qual é a proporção. Dizem que a gente ainda tem no sangue restos de água salgada, veja só. É por isso que a lua afeta tanto a vida do homem, é a maré subindo dentro da gente. Você sabia que o feto de uma baleia é igual ao feto de um homem? Então imagine o seguinte: até o seu segundo mês de vida nada está decidido, você tanto pode ser uma baleia quanto um concertista de piano ou um vendedor de enciclopédia. Imagine se houvesse um descontrole genético qualquer. Imagine a cara do seu pai ao receber a notícia: "Parabéns, é um golfinho"; é claro que está explicada a atração do homem pelo mar. É por isso que o mar é o símbolo de tantas coisas e domina a imaginação humana. É por isso que Copacabana fica cheia aos domingos.

— Se você parar de falar vai ser melhor. Tente relaxar. Já estamos chegando à rebentação.

— Claro que para vocês, salva-vidas, o mar não tem significado nenhum. É um emprego. Os salva-vidas são os burocratas do mar. Eu estou relaxado. Nunca me senti tão bem. Foi uma revelação. Era verdade, toda a vida da gente passa mesmo diante dos nossos olhos! E no momento em que a gente se sente mais perdido, uma pobre ameba indefesa na imensidão do mar, é nesse momento que vem a revelação. Não somos nada e ao mesmo tempo somos tudo. Somos o mar, somos a eternidade, somos a psat, prouct...

— Olha aí, você está engolindo água.

— Me lembrei de tudo. Me lembrei do ventre da velha. Me lembrei do parto, e era como se eu fosse aquele primeiro organismo que saiu do mar para a terra seca. Imagino que ele deva ter tido o mesmo choque. Onde é que eu fui me meter! Quero voltar para a minha bolsa d'água! Mas não, a gente vai em frente. Me lembrei do meu primeiro banho, das minhas primeiras fraldas molhadas, da água do batismo. Me lembrei de andar de quatro, depois andar ereto, depois virar o aquário lá de casa na minha cabeça com peixe e tudo. Me lembrei do meu primeiro barquinho feito de papel, da primeira vez que eu caí no lago da praça, do meu primeiro banho de mangueira.

— Você não está me ajudando! Já estamos quase alcançando a corda. Pare de falar e largue o corpo...

— Me lembrei da primeira vez que vi uma piscina. Tudo isso em cenas rápidas, claro. Uma montagem dos melhores momentos. Eu nunca tinha visto nada maior do que o chafariz da praça e pensei, meu Deus, e dizem que o mar ainda é maior do que isso! Anos depois voltei lá e era uma piscina de nada, mas para mim parecia um oceano. E então, me lembrei da primeira vez que vi o mar...

— Aqui está, alcançamos a corda! Agora vai ser mais fácil.

— Eu já era adolescente. Fiquei paralisado na frente do mar. Devo ter ficado uma boa meia hora olhando para o mar de boca aberta. Parecia uma coisa viva.

Até aquele minuto, a maior coisa viva que eu conhecia era a minha tia Cenira e o mar era maior do que a tia Cenira. Não tive medo. Tanto que, na primeira vez em que entrei no mar, fui entrando sem parar. Fui arrastado de volta à praia umas cem vezes até descobrir como se furava onda. Só parei quando não dava mais pé.

— Isso. Assim. Não, não se segure em mim, deixe que eu puxo você. Largue o corpo. E tente não falar mais!

— Você conhece aquela piada do cara que na hora de se afogar viu toda a sua vida passar diante dos seus olhos, menos a parte em que ele aprendeu a nadar? Pois eu nunca aprendi a nadar. Pelo menos, não que eu me lembre...

— Daqui a pouco já vai dar pé. Fique calmo.

— Eu estou ótimo. Quando a pessoa se embebeda, dizem que está na água e deve ser por isso. O afogamento dá uma sensação de euforia, de paz...

— É, mas você estava aos gritos lá longe...

— Estava? Não me lembro. É um fato muito recente para estar incluído nessa recapitulação. Talvez na próxima... A gente se lembra das coisas mais incríveis. Me lembrei onde eu guardei um chapéu-panamá que todos davam por perdido. Números de telefone. Cenas de *Gunga Din* e de velhas montagens do TBC com Tônia, Celli e Autran. E o curioso é que me lembrei de coisas que não podia ter presenciado. A passagem das tribos de Israel pelo mar Vermelho. O Dilúvio Universal. Toda a memória aquática da humanidade. *Moby Dick*, o *Titanic*, O Príncipe Submarino, Atlântida, Capitão Nemo, Esther Williams...

— Acho que aqui já dá pé. Experimente.

— Hein? Ah, obrigado. Pode deixar, daqui até a praia eu posso ir a pé.

— Você está bem?

— Estou, estou.

— Ei, onde é que você vai? A praia fica para lá. Você quer se afogar outra vez?

— Me lembrei que ficou faltando uma parte da minha vida. Importantíssima.

— Espere!

— Preciso me lembrar com todos os detalhes. Foi há anos. Sei que foi dentro de uma banheira cheia de espuma, que ela se chamava Sandra e que nos amávamos loucamente. Preciso me lembrar de tudo! Espere vinte minutos e depois vá me salvar!

Safenado

Abri os olhos e vi a Kathleen Turner debruçada sobre mim. Ela estava sorrindo. Fechei os olhos. Aparentemente havia uma má notícia e uma boa notícia. A má notícia era que eu tinha morrido. De nada adiantara vir fazer a operação em Boston. O coração não aguentara. Essas coisas acontecem mesmo nos melhores centros médicos. Chato, mas o que se vai fazer? O negócio era levantar a cabeça e partir para outra. Pois a boa notícia era que havia, sim, vida depois da morte. Não só vida como loiras.

Mas algumas coisas não fechavam. O que a Kathleen Turner estava fazendo de recepcionista no céu? E se aquilo não era eu, mas o meu espírito finalmente livre da sinusite e dos impostos, por que ele tinha um tubo enfiado na garganta? Reabri os olhos. A Kathleen estava me dizendo alguma coisa... *"You're o.k., mister Verissimo."* Tentei dizer que ela também estava com ótimo aspecto, mas quem pode falar com um tubo enfiado na garganta? E o.k. em que sentido?

— Examinamos seu prontuário e decidimos que você fará um estágio aqui no Paraíso. Se se adaptar às regras poderá ficar, mas seu caso será reavaliado periodicamente e...

— Mclmn bwlmdm?

— Quais são as regras? Dormir e acordar cedo, refeições frugais e sem sal, e volta e meia enfiaremos um termômetro em você, no orifício que estiver vago.

— Blmwolm mowelmnam!

— É o que todos dizem. Isso mais parece um hospital do que o céu. Mas não há alternativa, mister Verissimo. A não ser o Inferno ou, para as almas mais renitentes, Canapi, Alagoas.

— Gmlwlmn bmldm!

— O senhor quer falar com Deus, mister Verissimo? Sobre o quê?

Queria fazer algumas perguntas. Saber se brasileiro não tinha direito a algumas regalias no céu, ainda mais depois de dezoito meses de governo Collor. E por que, para evitar tanto transtorno e despesa, Ele já não colocara as veias safenas no peito em vez de na perna? E por que... Mas a Kathleen acabara de me enfiar um termômetro. Como a boca estava ocupada e os americanos não acreditam no sovaco, ela escolhera outro orifício. A eternidade, pensei, fechando os olhos, levará um tempão para passar.

Descobri que estivera delirando quando reabri os olhos e dei de cara com a minha mulher, que também sorria e dizia que eu estava oquei, em português. A enfermeira confirmou. O.k. Não era, afinal, a Kathleen Turner, mas um fac-símile razoável. Segundo o dr. Collins, a operação fora um sucesso. Quatro pontes. Eu devia ficar tranquilo. Em pouco tempo sairia da unidade de tratamento intensivo e iria para o quarto. O tubo na garganta estava ligado a uma máquina que respirava por mim. Nem aquele trabalho eu precisava ter, por enquanto. Não sentia dor. Podia não estar no céu (melhor assim, se acordasse no céu eu teria de reavaliar todas as minhas convicções, pois não acredito nessas bobagens metafísicas e estou plenamente convencido de que as pessoas são reencarnadas como peixes, e os peixes são reencarnados como pessoas, o que explica a cara de tanta gente por aí), mas estava bem e, principalmente, vivo. Toda a minha conversa com a falsa Kathleen Turner fora imaginação. Só o termômetro era verdadeiro.

Os hospitais americanos deviam ter escrito sobre a sua porta de entrada: "We don't give teaspoons". Eles não dão colher de chá. Poucas horas depois de sair da anestesia eu já estava sendo levado para o quarto — numa cadeira de rodas. O que quer dizer que me fizeram levantar da cama da UTI e dar alguns passos até a cadeira, depois de me arrancar o tubo da garganta, o que fez os pulmões recomeçarem a trabalhar no susto. No dia seguinte já me levaram para passear no corredor. Tentei organizar o meu inglês para pedir que esperassem pelo menos até as artérias novas e o coração se conhecerem e mandarem um comunicado conjunto para as pernas e todos acertarem o novo organograma, mas ninguém me ouviu. Era *let's go*, e não havia como não *let's go*.

Meu companheiro de quarto se chamava mister Germano, apelido Butch, e tinha um jeitão simpático, apesar de estar se recuperando mal de uma operação de válvula mitral complicada por problemas renais. Parecia um mafioso, mas daqueles que vão buscar as crianças na escola, não os que fazem o trabalho sujo. Um dos médicos internos que atendiam a nossa seção era alemão e sempre fazia a mesma pergunta quando nos examinava, primeiro o Germano e depois eu.

— Pés gués?

No começo não entendi. Que diabo queria dizer aquilo e em que língua? Por via das dúvidas, concordava.

— Pés gués?

— Yes!

Ele ficou satisfeito com a resposta, e só no terceiro dia me dei conta de que ele dizia *pass gas* e perguntava se nós estávamos expelindo gases, o que por alguma razão era muito importante para a nossa recuperação. Ou isso ou havia um cheiro esquisito no andar cuja origem ele insistia em investigar e perguntava aquilo para todo mundo.

Me entusiasmei na primeira vez em que vi o menu do hospital. O paciente podia escolher o que queria e a lista de opções era longa e apetitosa. Saladas, pratos de carne ou peixe, massas, pastelões, sobremesas. Só não dizia no menu que não faria diferença o que se pedisse, tudo teria o mesmo gosto. A única escolha era entre o insosso e o insípido. Já me tinham dito que depois da operação a gente tem sonhos fantasticamente nítidos e coloridos, mas não me tinham dito que a gente sonha principalmente com sal. Sonhos eróticos? Bem, uma noite sonhei que eu estava lambendo a estátua da mulher de Ló todinha.

Não senti nenhum dos efeitos da operação que antecipara, baseado no relato de outros. Nem dores nem depressão. Pelo contrário: meu sentimento quando saí do hospital no sétimo dia diretamente para o aeroporto e algumas semanas de recuperação na bucólica McLean, Virgínia, onde mora minha irmã, antes de voltar para o Brasil, era de euforia. Nada contra as dedicadas enfermeiras, os atenciosos médicos e a companhia de mister Germano. É que eu chegara à firme conclusão de que a massa da *apple pie* era feita com o mesmo molho de peixe à base de algum inimaginável substituto da gordura e não aguentava mais. Nos longos dias de não fazer nada do hospital, entre uma lamentável refeição e outra, meditei principalmente sobre o fato de não estar tendo sentimentos à altura do que me acontecera. Abriram meu peito, mexeram no meu coração, reordenaram minhas artérias, deram-me, provavelmente, mais anos de vida do que estava previsto no modelo original, e só o que eu sentia era fome e aborrecimento. Mas talvez a grande conquista da medicina moderna seja essa. A de banalizar o milagre. Vi o dr. Collins — certamente a pessoa no mundo que mais, como se diz, "privou da minha intimidade", pois tocou no meu coração — uma vez antes da operação e uma, duas ou três depois, rapidamente. Provavelmente nunca mais saberei da sua vida nem ele da minha. Como jamais saberemos o que aconteceu com o pobre do mister Germano, que não parecia nada bem quando o deixamos. Fomos episódios passageiros na vida um do outro. E a Kathleen Turner? Que afortunado viajante nos vazios da anestesia ela não estará recebendo de volta à Terra com seu sorriso, neste instante?

A operação ainda me reservava uma experiência nova: a de andar por dois aeroportos em cadeira de rodas, podendo furar filas e exigir privilégios sem despertar ódio. É a única maneira de viajar.

Bird

O apelido não era nenhuma alusão poética ao fato de ele ser um espírito livre que cantava pelo saxofone. Vinha de *yard-bird*, pássaro de jardim, gíria americana para os habituais frequentadores de pátios de prisão. Desde a adolescência ele entrou e saiu de prisões e hospitais por causa da droga. Não havia muita poesia no mundo de Charlie Parker. O filme de Clint Eastwood acerta em não tentar ser lírico sobre uma realidade sórdida. O jazz tem uma das suas raízes nos blues rurais, mas desde o seu começo foi uma música de cidade, a música do século da técnica e da explosão urbana. Também não dá para tratá-lo como a proverbial flor que nasce no lodo. O jazz moderno, principalmente, rejeita qualquer redução à pieguice literária. Os músicos que começaram o bebop queriam mostrar como eram melhores do que os outros e por isso inventaram um estilo que exigia destreza e sofisticação musical acima da média. No processo, inventaram a mais radicalmente nova forma de arte já feita na América, mas cuja novidade e beleza só eram autorreferenciáveis, não podiam ser comparadas a nada nem aproveitadas fora do seu meio. Parte da tragédia de Parker, que era menos intuitivo e mais intelectual do que a maioria dos seus correvolucionários, era que ele sabia que estava fazendo uma coisa maior e ao mesmo tempo que ela não significava nada e não tinha futuro fora do mundo fechado dos clubes e concertos de jazz, onde o seu único valor era o comercial, e passageiro. Parker poderia ter emigrado para a Europa, onde seria endeusado e provavelmente teria todas as drogas que quisesse sem problemas, mas — o filme sugere isso — escolheu ficar e ser destruído. Mas essa também pode ser uma presunção poética. Talvez ele apenas soubesse que não podia cantar longe da sua gaiola, que a sordidez era o que alimentava o seu gênio e que o que o destruía era o que o desafiava. Mas isso também é literatura.

Flaubert dizia que o artista devia levar uma vida de burguês e só enlouquecer na sua arte, ou mais ou menos isso. William Blake dizia que só o excesso levava ao discernimento, ou mais ou menos isso. O problema com o artista flaubertiano é que ele não é um bom assunto. O problema blakeano é que ele dá boas histórias mas se destrói no processo. Existe um antigo fascínio com o artista autodestrutivo. O criador dionisíaco, o poeta maldito, parece responder a uma secreta necessidade nossa de identificar espírito com danação. É um clichê que já matou muita gente. Mas que dá boas histórias, dá. Segundo Clint Eastwood, Charlie "Bird" Parker era um flaubertiano tentando fugir de dentro de um blakeano condenado a morrer cedo. O filme foi feito com a colaboração da viúva de Parker, Chan, o que o torna suspeito. Chan, ao que se sabe, era fogo. No filme só parece excêntrica. Parker era um notório excessivo, em tudo. Deve ter corneado a mulher muito mais do que aparece no filme. Se também tinha os sonhos de domesticidade e paz rural que o filme sugere, não sei. É provável que quisesse se livrar da dependência na droga, que o arruinou em todos os sentidos. Mas ele era um prisioneiro do clichê. No tempo em que as drogas — heroína era o que mais rolava — eram identificadas quase que exclusivamente com o mundo do jazz, Parker era o herói de muita gente, tanto pela sua música quanto pelo seu estilo de vida. As drogas eram parte da diferença entre a minoria que curtia a nova música e a maioria quadrada. O filme tenta fazer da sua tragédia uma história admonitória, contra as drogas. O que é louvável, mas passa longe da questão. A questão era que tudo — as drogas e as outras compulsões, o meio, a época, o caráter esquizofrênico de uma coisa "doida", que era ao mesmo tempo arte de vanguarda, entretenimento e música de fundo em boate — fazia parte da mesma história, ou da mesma danação. Clint Eastwood não filmou isso, filmou a mágoa da viúva. *Bird* é um filme digno. Não sei se é digno do gênio torturado que o inspirou.

O filme é surpreendente. Quem diria, Harry, o Sujo. Mas não deixa de ser um filme de Clint Eastwood, quase um western, estilizado e enfático. Em vez de realista como foi, por exemplo, o *Lenny* de Bob Fosse, que era sobre coisas parecidas. Devia ter sido feito em preto e branco, como *Lenny*. A cronologia é confusa. Tudo é menos recriado do que representado: Birdland não era como aparece, e Dizzy Gillespie não ganhou o apelido de "Tonto" por ser a figura sensata e paternal do filme. Eu podia até reclamar que o apresentador anão do Birdland, Pee Wee Marquette, não era tão anão, mas aí já seria avançar demais no supérfluo. O importante é que o filme foi realizado, é bom, e está fazendo muita gente se interessar pela música de Charlie Parker. Quem não conhecia o bop talvez não entenda qual era a novidade. O filme não tem nenhuma preocupação em ser didático e até fala pouco na música. Até começar o bebop, no início da década de 1940, improvisar, no jazz, era parafrasear. Com outras palavras você dizia a mesma coisa. O bebop (gente como o guitarrista Charlie Christian, que morreu antes de o movimento pegar, Thelonious Monk, Bud Powell, Tad Dameron, Dizzy, Kenny Clarke, Fats Navarro) começou a remanejar as palavras para dizer outra coisa. Quase todas as composições do bebop são baseadas em músicas populares conhecidas, mas transformadas pelo rearranjo das suas "palavras" — intervalos, extensão e acentuação da frase musical etc. — em coisas muito mais dramáticas e complexas, embora a progressão harmônica continuasse a mesma. O comum era fazerem novos temas de músicas rápidas, mas preservarem músicas lentas ("Embraceable You", "Lover Man") e só as transformarem no improviso. E, claro, criavam muitos temas em cima dos blues. Ninguém improvisava como o Charlie Parker. Nele, a conexão entre raciocínio e execução, por mais frenético que fosse o ritmo, era direta, e o raciocínio era impecável. Louis Armstrong foi o rei da paráfrase. Parker foi o maior improvisador do jazz até hoje.

Para mim, o melhor jazz foi feito do começo do bebop até o Miles Davis começar a usar sandálias. Dá uns vinte e tantos anos. E o melhor dessa época foi Charlie Parker. Bebop vem de uma vocalização onomatopaica de uma frase típica do estilo, com seus acentos em staccato. "Bebop, berebop" (ou, no samba, "eba, biriba"). Parker definiu o estilo. Um solo seu é ao mesmo tempo uma aventura intelectual e uma experiência emocional. Ele jogava com o comprimento das frases e a distribuição das pausas para criar e aliviar a tensão e, mesmo quando respeitava a melodia, como na série de gravações que fez com cordas e que só valem por ele, suas ornamentações, como anotações nas margens da melodia, batem todo o resto. Sua obra-prima é "Parker's Mood", o blues que no filme só toca inteiro atrás dos créditos, no fim, e que começa com uma frase solta, uma espécie de anunciação, que equivale em efeito dramático àquela do Bach na *Tocata e fuga* para órgão.

Vi Charlie Parker tocar uma vez. Ele e o Dizzy Gillespie, no Birdland. Eu não tinha idade para estar lá dentro, mas passava pelo porteiro e sentava numa espécie de auditório lateral onde não era preciso pedir bebida. Lembro da figura dele, gordo e impassível em contraste com o movimentado Dizzy, mas eu literalmente não sabia o que estava vendo. Gostava do jazz mais antigo, o moderno na época só me intrigava. "Descobri" Parker pouco antes de ele morrer. Parker morto virou culto. "Bird vive" escrito nas paredes, aquelas coisas. Mas é improvável que meio por cento da população americana tivesse conhecimento da sua morte. Ou da sua vida.

Solidários na porta

Vivemos a civilização do automóvel, mas atrás do volante de um carro o homem se comporta como se ainda estivesse nas cavernas. Antes da roda. Luta com seu semelhante pelo espaço na rua como se este fosse o último mamute. Usando as mesmas táticas de intimidação, apenas buzinando em vez de rosnar ou rosnando em vez de morder.

O trânsito em qualquer grande cidade do mundo é uma metáfora para a vida competitiva que a gente leva, cada um dentro do seu próprio pequeno mundo de metal tentando levar vantagem sobre o outro, ou pelo menos tentando não se deixar intimidar. E provando que não há nada menos civilizado que a civilização.

Mas há uma exceção. Uma pequena clareira de solidariedade no jângal. É a porta aberta. Quando o carro ao seu lado emparelha com o seu e alguém põe a cabeça para fora, você se prepara para o pior. Prepara a resposta. "É a sua!" Mas pode ter uma surpresa.

— Porta aberta!
— O quê?

Você custa a acreditar que nem você nem ninguém da sua família está sendo xingado. Mas não, o inimigo está sinceramente preocupado com a possibilidade da porta se abrir e você cair do carro. A porta aberta determina uma espécie de trégua tácita. Todos a apontam. Vão atrás, buzinando freneticamente, se por acaso você não ouviu o primeiro aviso. "Olha a porta aberta!" É como um código de honra, um intervalo nas hostilidades. Se a porta se abrir e você cair mesmo na rua, aí passam por cima. Mas avisaram.

Quer dizer, ainda não voltamos ao estado animal.

O ator

O homem chega em casa, abre a porta e é recebido pela mulher e pelos dois filhos, alegremente. Distribui beijos entre todos, pergunta o que há para jantar e dirige-se para o seu quarto. Vai tomar um banho, trocar de roupa e preparar-se para algumas horas de sossego na frente da televisão antes de dormir. Quando está abrindo a porta do seu quarto ouve uma voz que grita:

— Corta!

O homem olha em volta, atônito. Descobre que sua casa não é uma casa, é um cenário. Vem alguém e tira o jornal e a pasta das suas mãos. Uma mulher vem ver se a sua maquilagem está bem e põe um pouco de pó no seu nariz. Aproxima-se um homem com um script na mão dizendo que ele errou uma das falas na hora de beijar as crianças.

— O que é isso? — pergunta o homem. — Quem são vocês? O que estão fazendo dentro da minha casa? Que luzes são essas?

— O quê, enlouqueceu? — pergunta o diretor. — Vamos ter que repetir a cena. Eu sei que você está cansado, mas...

— Estou cansado, sim, senhor. Quero tomar meu banho e botar meu pijama. Saiam da minha casa. Não sei quem são vocês, mas saiam todos! Saiam!

O diretor fica parado de boca aberta. Toda a equipe fica em silêncio, olhando para o ator. Finalmente o diretor levanta a mão e diz:

— Tudo bem, pessoal. Deve ser estafa. Vamos parar um pouquinho e...

— Estafa coisa nenhuma! Estou na minha casa, com a minha... A minha família! O que vocês fizeram com ela? Minha mulher! Os meus filhos!

O homem sai correndo entre os fios e os refletores, à procura da família. O diretor e um assistente tentam segurá-lo. E então ouve-se uma voz que grita:

— Corta!

Aproxima-se outro homem com um script na mão. O homem descobre que o cenário, na verdade, é um cenário. O homem com um script na mão diz:

— Está bom, mas acho que você precisa ser mais convincente.

— Que-quem é você?

— Como, quem sou eu? Eu sou o diretor. Vamos refazer essa cena. Você tem que transmitir melhor o desespero do personagem. Ele chega em casa e descobre que sua casa não é uma casa, é um cenário. Descobre que está no meio de um filme. Não entende nada.

— Eu não entendo...

— Fica desconcertado. Não sabe se enlouqueceu ou não.

— Eu devo estar louco. Isso não pode estar acontecendo. Onde está minha mulher? Os meus filhos? A minha casa?

— Assim está melhor. Mas espere até começarmos a rodar. Volte para a sua marca. Atenção, luzes...

— Mas que marca? Eu não sou personagem nenhum. Eu sou eu! Ninguém me dirige. Eu estou na minha própria casa, dizendo as minhas próprias falas...

— Boa, boa. Você está fugindo um pouco do script, mas está bom.

— Que script? Não tem script nenhum. Eu digo o que quiser. Isso não é um filme. E mais, se é um filme, é uma porcaria de filme. Isso é simbolismo ultrapassado. Essa de que o mundo é um palco, que tudo foi predeterminado, que não somos mais do que atores... Porcaria!

266

— Boa, boa. Está convincente. Mas espere começar a filmar. Atenção...
O homem agarra o diretor pela frente da camisa.
— Você não vai filmar nada! Está ouvindo? Nada! Saia da minha casa.
O diretor tenta livrar-se. Os dois rolam pelo chão. Nisso ouve-se uma voz que grita:
— Corta!

O pior crime

Os sem-terra cometeram vários crimes além dos que o Éfe Agá diz que eles precisam explicar. O primeiro foi o de existir. Esse podia ser classificado como um crime menor, quase uma contravenção. Seria uma inconveniência tolerável, se não passasse disso. Mas quando, não contentes em existir, os sem-terra começaram a existir em grande número, a coisa tornou-se grave. Alguns não só existiam como se manifestavam. Outros foram ainda mais longe: se transformaram em vítimas. Morreram, num claro desafio à ordem estabelecida. Em muitos casos, de tocaia, só para aparecer mais. Finalmente deixaram para trás qualquer escrúpulo e cometeram um crime imperdoável: se organizaram. São justificados os protestos contra mais essa afronta. Organizando-se, os sem-terra mudaram as regras do jogo, demonstrando — além de tudo — falta de esportividade. Eram regras antigas, combinadas e aceitas por todos. Organizando-se, os sem-terra pisotearam uma tradição brasileira de fair play, que é o termo inglês para "não esquenta que depois a gente vê isso". Enquanto não estavam organizados era fácil enfrentá-los, controlá-los e derrotá-los — ou pedir calma, que era quase a mesma coisa. Organizados, eles ganharam uma força inédita capaz até de — nada detém a audácia desses marginais! — dar resultado.

Mas o pior crime dos sem-terra, o que deve estar atrapalhando o sono do Éfe Agá, para não falar nas suas viagens ao exterior, é o literalismo. Sua perigosa adesão ao pé da letra, sua subversiva pretensão de que a prática siga a teoria. É um crime hediondo, pois coage as pessoas a serem fiéis à sua própria retórica, o que é, no Brasil, antinatural. Como se sabe, todos no Brasil são a favor da reforma agrária. Fala-se em reforma agrária há gerações. Na saída da primeira missa o assunto já era a reforma agrária, e ninguém era contra. E vêm esses selvagens destruir todo um passado de boas intenções e melhores frases, querendo que nobre tese vire reles fato e princípio intelectual vire terra e adubo. E ainda pedindo pressa.

Polícia neles.

Papos

— Me disseram...

— Disseram-me.

— Hein?

— O correto é "disseram-me". Não "me disseram".

— Eu falo como quero. E te digo mais... Ou é "digo-te"?

— O quê?

— Digo-te que você...

— O "te" e o "você" não combinam.

— Lhe digo?

— Também não. O que você ia me dizer?

— Que você está sendo grosseiro, pedante e chato. E que eu vou te partir a cara. Lhe partir a cara. Partir a sua cara. Como é que se diz?

— Partir-te a cara.

— Pois é. Parti-la-ei se, se você não parar de me corrigir. Ou corrigir-me.

— É para o seu bem.

— Dispenso as suas correções. Vê se esquece-me. Falo como bem entender. Mais uma correção e eu...

— O quê?

— O mato.

— Que mato?

— Mato-o. Mato-lhe. Mato você. Matar-lhe-ei-te. Ouviu bem?

— Eu só estava querendo...

— Pois esqueça-o e para-te. Pronome no lugar certo é elitismo!

— Se você prefere falar errado...

— Falo como todo mundo fala. O importante é me entenderem. Ou entenderem-me?

— No caso... não sei.

— Ah, não sabe? Não o sabes? Sabes-lo não?

— Esquece.

— Não. Como "esquece"? Você prefere falar errado? E o certo é "esquece" ou "esqueça"? Ilumine-me. Mo diga. Ensines-lo-me, vamos.

— Depende.

— Depende. Perfeito. Não o sabes. Ensinar-me-lo-ias se o soubesses, mas não sabes-o.

— Está bem, está bem. Desculpe. Fale como quiser.

— Agradeço-lhe a permissão para falar errado que mas dás. Mas não posso mais dizer-lo-te o que dizer-te-ia.

— Por quê?

— Porque, com todo esse papo, esqueci-lo.

Rio acima

Todos os rios levam ao mistério. Do Aar ao Zwettl. Do Orinoco ao Deseado, passando pelo Oiapoque e pelo Chuí. Do Negro ao Branco. Do Madeira ao Prata. Do Grande ao Chico. O das Antas, o das Velhas, o dos Macacos, o das Mortes. O rio da vida, senhoras e senhores. Segurem-se até passarmos as pororocas. Aqui o Amazonas recebe as águas do seu maior afluente, o Atlântico. Aqui o Nilo muda de nome e vira Mediterrâneo. Por esta boca, o Mississippi expeliu Cuba, Porto Rico e todas as ilhas das Caraíbas. Aqui termina o Tejo e começa o mundo, uma obra de Camões. Aqui começa o nosso tour.

Rio acima. Observem como, de onde estamos, vemos passar as margens de ambos os lados... Engano, somos nós que passamos. Protejam a cabeça do sol e meditem sobre a finitude humana. Será servido um lanche antes de passarmos a fábrica de celulose, porque depois ninguém conseguirá comer. À esquerda, uma usina nuclear. Vejam os peixes fosforescentes. Vejam os banhistas fosforescentes. Não ponham a mão na água se não quiserem perdê-la. À direita, boiando, alguns mendigos. Prisioneiros de mãos amarradas. Vários fetos. Sapatos. Urinóis. Pneus. Sinais de civilização.

Uma nota pessoal, senhoras e senhores. Aquela casa na margem direita é minha. Tinha um coqueiro do lado que, coitado, de saudade, já morreu, e o videoshop do outro lado, claro, é novo. Aquela é a minha família, e aquele menino com água pela cintura, abanando para nós, sou eu. Mas isso também já passou. Rio acima!

O garoto abandonado naquele barco é Huckleberry Finn. Abanem, abanem. Aquela figura que acaba de mergulhar no rio do galho de uma árvore é Tarzan. Vejam como um jacaré se aproxima. Os dois se engalfinham. Não se preocupem, Tarzan vencerá. Na margem direita, um lobo e um cordeiro conversando. Da margem esquerda, João Guimarães Rosa contempla a terceira margem. O bebê flutuando dentro da cesta é Moisés.

Estamos no Rubicão! Porcaria, pois não? Vocês notarão que muitos rios históricos não merecem o nome que têm. O Danúbio, veremos mais adiante, não é azul. O Vermelho é marrom. O Amarelo é cinzento. O Mekong é vermelho de tanto sangue. Rio acima. Estamos no Tâmisa. Agora no Avon. Aquele ali na margem, pensativo, é Shakespeare. Vejam, no meio do rio, rodeada de flores, mantida à tona pelas suas vestes infladas, a doce Ofélia. Abanem, abanem. Eu não disse que esse tour tinha de tudo? Agora preparem suas câmeras. Aí vem, na sua barcaça imperial, Cleópatra descendo o Nilo. Rio acima. Estamos no Reno, no Pó, no Yang-Tsé, no São Francisco, no Tigre, no Eufrates, no Volga, no Jordão. Aquela cena vocês certamente vão querer fotografar, João Batista batizando Jesus. Estamos no Ganges, onde os vivos despejam os seus mortos e depois se lavam. O rio é sempre o mesmo e nunca é o mesmo. A água que purifica é a mesma que recebe o esgoto ácido. A água que mata a sede é a mesma que afoga, a que passa e não passa.

O rio é a Portela. À direita, Paulinho da Viola. Aquela cabecinha de nadador ali é a do Mao.

Galhos, troncos, casas, gado, canoas viradas, quatro com timão e sem timão — e uma fábrica inteira rebocada do Japão!

As águas começam a ficar lodosas. As grandes árvores se tocam sobre o rio. Estamos no Congo, a caminho do coração das trevas. Da fonte obscura de tudo. Mistah Kurtz, *he dead*. O cheiro azedo de limo e fósseis. O horror, o horror. O mar está longe, chegamos à nossa vertente. E a origem de tudo não é mistério, é um buraco no chão. Há outros rios debaixo desses, e é para lá que vamos um dia. Rio abaixo. A gorjeta é voluntária, obrigado.

Critério

Os náufragos de um transatlântico, dentro de um barco salva-vidas perdido em alto-mar, tinham comido as últimas bolachas e contemplavam a antropofagia como único meio de sobrevivência.

— Mulheres primeiro — propôs um cavalheiro.

A proposta foi rebatida com veemência pelas mulheres. Mas estava posta a questão: que critério usar para decidir quem seria sacrificado primeiro para que os outros não morressem de fome?

— Primeiro os mais velhos — sugeriu um jovem.

Os mais velhos imediatamente se uniram num protesto. Falta de respeito!

— É mesmo — disse um —, somos difíceis de mastigar.

Por que não os mais jovens, sempre tão dispostos aos gestos nobres?

— Somos, teoricamente, os que têm mais tempo para viver — disse um jovem.

— E vocês precisarão da nossa força nos remos e dos nossos olhos para avistar a terra — disse outro.

Então os mais gordos e apetitosos.

— Injustiça! — gritou um gordo. — Temos mais calorias acumuladas e, portanto, mais probabilidade de sobreviver de forma natural do que os outros. Os mais magros?

— Nem pensem nisso — disse um magro, em nome dos demais. — Somos pouco nutritivos.

— Os mais contemplativos e líricos?

— E quem entreterá vocês com histórias e versos enquanto o salvamento não chega? — perguntou um poeta.

— Os mais metafísicos?

— Não esqueçam que só nós temos um canal aberto para lá — disse um metafísico, apontando para o alto — e que pode se tornar vital, se nada mais der certo.

Era um dilema.

É preciso dizer que essa discussão se dava num canto do barco salva-vidas, ocupado pelo pequeno grupo de passageiros de primeira classe do transatlântico, sob os olhares dos passageiros de segunda e terceira classe, que ocupavam todo o resto da embarcação e não diziam nada. Até que um deles perdeu a paciência e, já que a fome era grande, inquiriu:

— Cumé?

Recebeu olhares de censura da primeira classe. Mas como estavam todos, literalmente, no mesmo barco, também recebeu uma explicação.

— Estamos indecisos sobre que critério utilizar.

— Pois eu tenho um critério — disse o passageiro de segunda.

— Qual é?

— Primeiro os indecisos.

Esta proposta causou um rebuliço na primeira classe acuada. Um dos seus teóricos levantou-se e pediu:

— Não vamos ideologizar a questão, pessoal!

Em seguida levantou-se um ajudante de maquinista e pediu calma. Queria falar.

— Náufragas e náufragos — começou. — Neste barco só existe uma divisão real, e é a única que conta quando a situação chega a esse ponto. Não é entre velhos e jovens, gordos e magros, poetas e atletas, crentes e ateus... É entre minoria e maioria.

E, apontando para a primeira classe, gritou:

— Vamos comer a minoria!

Novo rebuliço. Protestos. Revanchismo, não! Mas a maioria avançou sobre a minoria. A primeira não era primeira em tudo? Pois seria a primeira no sacrifício.

Não podiam comer toda a primeira classe, indiscriminadamente, no entanto. Ainda precisava haver critérios. Foi quando se lembraram de chamar o Natalino. O chefe da cozinha do transatlântico.

E o Natalino pôs-se a examinar as provisões, apertando uma perna aqui, uma costela ali, com a empáfia de quem sabia que era o único indispensável a bordo.

O fim dessa pequena história admonitória é que, com toda a agitação, o barco salva-vidas virou e todos, sem distinção de classes, foram devorados pelos tubarões. Que, como se sabe, não têm nenhum critério.

Fim de uma era

Antes de entrar no café, McThing vira-se para examinar a rua. Uma única lâmpada amarela, como um sol derrotado pela pouca ambição, ilumina aquele quarteirão de Berlim Oriental que a reconstrução conseguiu deixar ainda mais feio do que as ruínas. As bombas tinham melhor gosto do que os arquitetos socialistas, pensa McThing, notando que uma das sombras da rua, estranhamente, se mexe e está fumando. É a mesma sombra que o persegue desde que ele passou pelo Checkpoint Charlie, apresentando seu passaporte de vendedor de escovas. O guarda examinara a fotografia de McThing, depois o seu rosto, e devolvera o passaporte sem desconfiar que ele era um agente americano. Preciso me aposentar, pensara McThing. Estou começando a parecer um vendedor de escovas.

Daria para cortar a fumaça no interior do café com uma faca se não houvesse o perigo dela revidar. McThing olhou em volta. A terceira mesa da direita, dissera o Controle, em Berlim Ocidental. Depois, com um sorriso irônico, perguntara se McThing conseguiria se lembrar disso sem escrever no punho da camisa. McThing aguentara a referência à sua idade sem resposta. O Controle também não era mais o mesmo. Não tinha mais o mesmo gosto pelo seu trabalho. Antes, enchia seus rapazes de artefatos de espionagem — sapatos que se transformavam em transmissores celulares levantando-se a sola, para o caso de precisarem se comunicar com eles; dentes ocos cheios de gim Beefeater, para o caso de martínis inferiores — com entusiasmo juvenil. Mas agora seu rosto parecia desenhado com uma das suas tintas especiais. Estava lentamente desaparecendo. Nós todos estamos precisando nos aposentar, pensa McThing.

A terceira mesa à direita está ocupada por uma mulher. Ela tem cabelos loiros escorridos mas a tinta corre atrás. Seus olhos, nota McThing quando se aproxima da mesa, são dois capítulos da sua autobiografia. Os piores.

— Lembra-se de mim? — pergunta McThing, cuidando, ao mesmo tempo, de acertar a pronúncia alemã e a senha. — Leipzig. A feira de material de limpeza. 1984.

— 1985 — diz ela.

É a resposta certa. McThing pergunta se pode sentar-se. Ela hesita, depois faz que "sim" com a cabeça. A encenação é desnecessária, pois ninguém no café está prestando atenção neles.

— Que tal o café, aqui? — pergunta McThing.

— O chá é pior.

Quando vira-se para chamar o garçom, que nem olha para ele, McThing vê que a porta do café se abriu e por ela entrou a sombra. McThing a reconhece. Sente como se uma mão tivesse atravessado o impermeável, a camisa, a camiseta de flanela e a pele e agarrado seu coração, e a mão está gelada. Kruger! O velho Kruger em pessoa. E ele agora atravessa a bruma em direção à mesa como um transatlântico, mas com todas as suas luzes apagadas. Não há mais festas a bordo.

Esse também está na sua última viagem, pensa McThing, levantando-se para receber seu arqui-inimigo. Bem-vindo à reunião de ferros-velhos.

Kruger estende a mão.

— McThing.

O americano sorri.

— Deve haver algum engano. Meu nome é Schneider e sou um vendedor...

— De escovas, eu sei. Alô, Helga. Posso sentar?

Helga não responde. Kruger senta-se. Faz sinais para o garçom que, com mímica também, responde que aparecerá algum dia. Depois olha para McThing, que identifica algo parecido com afeto em seus olhos. Velho Kruger. Seu apelido, entre os agentes ocidentais, é O Pastor. A referência é ao cachorro.

— Finalmente nos encontramos — diz o velho Kruger. — Formalmente, quero dizer.

— Por que eu não fui detido no Checkpoint?

— Por que detê-lo em qualquer lugar? Este encontro nos interessa.

— Podemos continuar? — pergunta Helga, impaciente. — Preciso me suicidar ainda hoje.

— Por favor, por favor — diz Kruger. — Continuem.

Helga levanta o pulôver preto e pega um envelope. Coloca o envelope em cima da mesa. McThing recolhe o envelope rapidamente e começa a colocá-lo no bolso do impermeável. Depois dá-se conta do ridículo do que está fazendo. Por que a precaução, se o chefe da contraespionagem oriental está sentado na sua frente, e sorrindo como um avô? Helga levanta-se e afasta-se da mesa, sem dizer uma palavra. Kruger faz novos sinais para o garçom, que vira a cara. Depois volta a olhar para McThing.

— Velho McThing.

— Velho Kruger.

— Você é dos bons. Deve ser por isso que mandaram você nesta missão. Não vai abrir o envelope?

— Aposto que você já sabe o que tem dentro.

— Claro. Eu também sou dos bons.

— O que é?

— Uma receita que a Raisa está mandando para a Barbara Bush.

— Receita? De quê?

— Sei lá. Bolo. Biscoito.

— Talvez seja uma mensagem cifrada.

— Nada. É o que parece ser. Como tudo, hoje em dia, desgraçadamente. Ovo é ovo, farinha é farinha... Me mandaram colocar alguém atrás de você para ter certeza de que você não erraria o local do encontro e a senha. Resolvi vir eu mesmo, para termos essa conversa. Você não está tão velho como dizem.

— Obrigado. Você também está ótimo.

— Como vai o Controle?

— Assim como nós.

— Tão mal assim?

— Me diga uma coisa, Kruger. Por que passar a receita desse jeito? Por que não usaram a mala diplomática, ou o correio comum, ou o telefone vermelho?

— Eles têm que nos dar algum trabalho, meu velho. Não podem desmontar esse aparato todo do dia para a noite. Pense só no que teriam que gastar só em indenização para os agentes da KGB, ainda mais os mais antigos, como a Helga. Precisam nos manter em atividade, de algum jeito.

— Essa glasnost...

— Nem me fale.

— Está acabando conosco.

— E você não pensou no pior. Digamos que a gente se aposente...

— Tenho pensado muito nisso.

— Certo. Nos aposentamos. Finalmente vamos ter tempo para ler todos os novos romances de espionagem. E?

— E?

— Não vai haver mais novos romances de espionagem! A glasnost acabou com eles também. Nem imagino o que o John Le Carré escreverá daqui por diante. Receitas, provavelmente.

— Tem razão. E se este é um exemplo das novas histórias de espionagem, é melhor que acabem mesmo. Terei algum problema para voltar a Berlim Ocidental?

— Nenhum. Ninguém mais tem. Se quiser, mando dar uns tiros em você, para lembrar os velhos tempos.

— Não, obrigado. Não posso mais correr como antigamente. Foi um prazer conhecê-lo, Kruger.

— Não vá, ainda. Tome um chá.

— Prefiro um café.

Kruger levanta-se e vai atrás do garçom. Através da fumaça, McThing vê os dois brigando. Depois Kruger volta.

— E daí?

— Ele não vem. Diz que esta mesa não é a dele. Aliás, nenhuma das mesas é a dele. É do outro garçom, que passou para a Alemanha Ocidental.

— Você não disse quem você era? Não ameaçou mandá-lo para a Sibéria?

— Disse. Ameacei.
— O que foi que ele disse?
— "Eu, hein?"
— É a maldita glasnost. Bem, vou indo. Adeus, Kruger.

Mas Kruger está com o olhar perdido e não diz nada. Tem o ar levemente cômico de uma fera sem dentes.

Quando McThing chega na porta, houve um "Ei!". É Kruger que vem juntar-se a ele.

— Você esqueceu o envelope na mesa.
— Obrigado. Estou precisando me aposentar, mesmo. Adeus.
— Espere.
— O que é?
— Eu vou com você.
— Não será um escândalo? Afinal, você é o primeiro homem da contraespionagem no Leste...
— Os guardas da fronteira não conhecem a minha cara. E eu tenho um passaporte falso.
— Que profissão?
— Doceiro.
— Vamos.

A primeira

Não sei de que material é feita a bola de futebol hoje. Quando ganhei a minha primeira bola, ela era feita de couro. Tinha uma câmara dentro, como nos pneus. Enchia-se a câmara de ar com uma bomba de bicicleta — ou com os pulmões mesmo, naquele tempo se tinha fôlego — e ajeitava-se o mamilo da câmara dentro do couro da melhor maneira possível, antes de amarrar os cordões da bola, que tinham cadarços como as chuteiras. Minha primeira bola tinha o tamanho regulamentar, era uma número cinco autêntica. Os locutores de rádio chamavam a bola de futebol de "a número cinco", além de "o esférico", "a pelota" etc. O couro da bola tinha cor de couro, ou então era um pouco mais vermelho. A bola pintada de branco só era usada em jogos noturnos, não era a verdadeira. O couro reluzia.

Hesitava-se muito antes de dar o primeiro chute na bola nova, pois o couro começaria a ficar arranhado no primeiro toque. Era um dilema, você não conseguia resistir ao impulso de levar a bola para a calçada e começar a narrar seus próprios movimentos com ela como um locutor entusiasmado — "Domina a número cinco, atenção, vai marcar, dá de charles... goooool! Sensacionaaaaal!" — e ao mesmo tempo queria prolongar ao máximo aquela sensação do couro novo, intocado, em suas mãos. A compulsão de sair chutando ganhava. Depois de dois dias de futebol na calçada, a bola nova estava irreconhecível. O couro ia empalidecendo como um doente. E a primeira coisa que desaparecia era o que depois mais perdurava na memória, o cheiro de novo. Nenhum prazer do mundo se igualava ao do cheiro do couro de uma bola de futebol recém-desembrulhada latejando em suas mãos. (Ainda não se tinha descoberto a revistinha de sacanagem.) Imagino que o nosso antepassado que pela primeira vez meteu a mão no buraco de uma árvore e depois lambeu o mel nos seus dedos tenha tido uma sensação parecida, a de que a criação é difícil mas dadivosa, e há mais doçuras no mundo do que as que se têm em casa. Quase tão bom quanto o cheiro da primeira bola era correr atrás dela, mesmo que só fôssemos craques na nossa própria apreciação. ("Que lance, senhoras e senhores!", eu gritava, mesmo que só estivesse fazendo tabela com a parede.) Correr atrás da primeira bola é o que nós todos continuamos fazendo, tamanhos homens, até hoje. E continua bom.

O Falcão

Só uma palavra descrevia a vida de Antônio. Foi a palavra que ele usou quando viu o tamanho da fila do ônibus.

— Merda!

Estava mal-empregado, malcasado, mal tudo. E agora precisava chegar em casa e dizer à mulher que não atingira sua cota de vendas para o mês e que não podiam contar com o extra para pagar a prestação da geladeira nova. E que ela não o incomodasse.

Foi quando sentiu que encostavam a ponta de um cano nas suas costas. E uma voz igualmente dura disse no seu ouvido:

— Entra no carro.

Entrou no carro. O homem que metera a arma nas suas costas entrou em seguida. Antônio ficou espremido entre ele e outro homem. Que parecia ser quem dava as ordens.

— Vamos, vamos — disse o outro homem.

O carro arrancou. Eram quatro. Dois na frente. Os quatro bem-vestidos. Quando conseguiu falar, Antônio perguntou:

— O que é isso?

O silêncio.

— É sequestro?

Não podia ser sequestro. Ele era um insignificante. Não tinha dinheiro. Não tinha nada. Iam querer sua geladeira nova? Assalto também não era. Não pareciam interessados no que ele tinha nos bolsos (chaveiro, o dinheiro contado para o ônibus, uma fração de bilhete da loteria, as pastilhas para azia). Não pareciam interessados em nada. Olhavam para a frente e não falavam.

— Vocês não pegaram o homem errado, não?

O homem da esquerda, o que parecia estar no comando, finalmente olhou para Antônio. Disse:

— Fica quietinho que é melhor pra todo mundo.

— Mas por que me pegaram?

O homem sentado no banco da frente olhou para trás. Estava sorrindo. Não era um sorriso amigável.

— Você sabe por quê.

E de repente os quatro estavam falando. Cada um dizia uma frase, como se tivessem ensaiado.

— Você está sendo observado desde o aeroporto em Genebra.

— A Margaret, que você levou pro quarto, trabalha para o Alcântara. Foi ela quem nos deu o local do seu encontro com o Frankel, hoje. Foi a noite mais cara da sua vida, Falcão.

— Espera um pouquinho. Meu nome não é Falcão.

— Claro que não.

— Sabemos até que vinho você e a Margaret tomaram no jantar.

— A truta estava boa, Falcão?

— Meu nome não é Falcão!

— E a Margaret, que tal? Comparada com a truta?

— Eu posso provar que não sou o Falcão. É só olharem minha identidade!

— Nos respeite, Falcão. Nós estamos respeitando você.

— Mas é verdade! Vocês pegaram o homem errado! Olhem aqui...

Antônio começou a tirar a carteira do bolso de trás, mas o homem à sua direita o deteve. O da esquerda falou, num tom magoado:

— Não nos menospreze assim, Falcão. Só porque você é quem é, não é razão para nos menosprezar. Por favor.

— Mas olhem a minha identidade!

— Você tem mil identidades. O Alcântara nos avisou: não deixem ele enrolar vocês. O Falcão é uma águia.

— O Alcântara admira muito você, Falcão. Diz que se você não fosse tão bom, não seria preciso matá-lo.

Antônio deu uma risada. Na verdade, foi mais um latido. Seguido de um longo silêncio. Depois:

— Vocês vão me matar?

— Você sabe que sim.

Novo silêncio. Os quatro homens também pareciam subitamente tomados pela gravidade da situação. O da frente olhou para Antônio e sorriu, dessa vez sem desdém. Depois virou-se para a frente e sacudiu a cabeça. Como se recém-tivesse se dado conta do que ia acontecer dali a pouco. Iam matar o Falcão. Estavam vivendo os últimos instantes de vida do grande Falcão. E Antônio sentiu uma coisa que nunca sentira antes. Uma espécie de calma superior. Nunca na sua vida participara de uma coisa tão solene. Quando falou, sua voz parecia a de outra pessoa.

— Por quê?

— O senhor sabe por quê.

— Onde?

Alguns segundos de hesitação. Depois:

— Na ponte.

O motorista lembrou-se:

— O seu Alcântara mandou perguntar se o senhor queria deixar recado pra alguém. Algum último pedido.

Tinham passado a tratá-lo de "senhor".

— Não, não.

O homem da esquerda parecia saber mais do que os outros sobre a vida do Falcão.

— Algum recado para a condessa?

Antônio sorriu tristemente.

— Só diga que pensei nela, no fim.

O homem da frente sacudiu a cabeça outra vez. Que desperdício, terem que matar um homem como Falcão.

Quando chegaram à ponte, ninguém tomou a iniciativa de descer do carro. Ninguém falou. Pareciam constrangidos. Foi Antônio quem disse:

— Vamos acabar logo com isso.

— O senhor quer alguma coisa? Um cigarro?

— Estou tentando parar — brincou Antônio.

Depois se lembrou de um anúncio que vira numa revista e perguntou:

— Nenhum de vocês teria um frasco de Cutty Sark no bolso, teria?

Os quatro riram sem jeito. Não tinham. Antônio deu de ombros. Então não havia por que retardar a execução.

Um dos homens abriu os braços e disse:

— Não nos leve a mal...

— O que é isso? — sorriu Antônio. — O que tem que ser, tem que ser. E não posso me queixar. Tive uma vida cheia.

Os quatro apertaram a mão de Antônio, emocionados. Depois amarraram suas mãos atrás e o jogaram da ponte.

Tragédia

Com inglês e um pouco de mímica se é entendido até por motoristas de táxi em Nova York. O que eu não contava é que o inglês falado por um húngaro é mais incompreensível do que o húngaro. E o húngaro não se parece com nenhuma outra língua conhecida. Entramos num restaurante em Budapeste (isso faz anos) em que o menu era em húngaro e alemão. O húngaro é tão difícil que entendemos o alemão.

A comunicação com garçons pode ser uma provação em qualquer parte do mundo. Costumo tomar leite frio, de manhã. Sou da tribo dos que acordam com nojo da comida. O nojo vai passando com o correr do dia e no jantar posso comer até escargot com iogurte, mas de manhã só consigo tomar um copo de leite frio com, vá lá, um pedaço de pão. Em Tóquio, na primeira vez em que nos aventuramos a tomar café fora do hotel, fui munido da palavra japonesa para leite. *Miruku*, ou coisa parecida. Experimentei-a no garçom, que me devolveu um silêncio cheio de perplexidade. Tentei de novo, em várias flexões. Finalmente acertei: era preciso dizer a palavra rapidamente. Veio o leite. Quente. Não sei que mímica usei para dizer que o queria frio — duvido que tenha me abraçado e simulado uma tremedeira, o que só faria o garçom sair atrás de alguma corrente de ar polar dentro do restaurante —, mas ele entendeu, levou o copo e o trouxe de volta. Morno, com pedras de gelo dentro. Agradeci e tomei assim mesmo. Quem manda ter hábitos estranhos de manhã?

Em Budapeste não tive dificuldade em me fazer entender pelo garçom. Apontei com o dedo para a única palavra em alemão que qualquer pessoa precisa saber, além de *bite* e *danke: forelle*. Quer dizer "truta". Eu poderia andar pela Alemanha comendo truta em todas as refeições — salvo no café da manhã, claro. São as melhores do mundo, e não havia razão para as trutas húngaras não serem parecidas. Não fiquei sabendo. O garçom disse alguma coisa que, combinado com o gesto internacional de "não" na cabeça, me fez entender que não tinha truta naquele dia, em nenhuma língua. Apontei para a palavra com menos consoantes que vi, e que acabou sendo o nome de uma almôndega do tamanho aproximado de uma granada. Sobrevivi. Não sei por que estou contando isso. Acho que sábado é um dia para pequenas tragédias.

Bobagem

Emocionado e um pouco bêbado, aos cinco minutos do Ano-Novo ele resolveu telefonar para o velho desafeto.
— Alô?
— Alô. Sou eu.
— Eu quem?
— Eu, pô.
O outro fez silêncio. Depois disse:
— Ah. É você.

— Olha aqui, cara. Eu estou telefonando pra te desejar um feliz Ano-Novo. Entendeu?

— Obrigado.

— Obrigado não. Olha aqui. Sei lá, pô...

— Feliz Ano-Novo pra você também.

— Eu nem me lembro mais por que nós brigamos. Juro que não lembro.

— Eu também não lembro.

— Então, grande. Como vai Vivinha?

— Bem, bem. Quer dizer, mais ou menos. As enxaquecas...

Ele ficou engasgado. De repente se deu conta de que tinha saudade até das enxaquecas da Vivinha. Como podiam ter passado tantos anos sem se ver? Como tinham deixado uma bobagem afastá-los daquela maneira? As pessoas precisavam se reaproximar. Aquele seria o seu projeto para o fim do milênio. Reaproximar-se das pessoas. Só dar importância ao que aproxima. Puxa! Estava tão enternecido com as enxaquecas da Vivinha que mal podia falar.

— A vida é muito curta. Você está me entendendo? Assim não dá. Era como se estivesse reclamando com o fornecedor. A vida vinha com a carga muito pequena. Era preciso um botijão maior, senão não dava mesmo. E ainda desperdiçavam vida com bobagem.

Ele quis marcar um encontro para ontem. No Lucas, como antigamente. O outro foi mais sensato e contrapôs hoje, prevendo que ontem seria um dia de ressaca e segundos pensamentos. E tinha razão. Ontem à noite, ele voltou a telefonar. Falou secamente. Pediu desculpas, disse que não poderia ir ao encontro e despediu-se com um formal "Melhoras para a Vivinha".

Tinha se lembrado da bobagem que motivara a briga.

Ovo

Agora essa. Descobriram que ovo, afinal, não faz mal. Durante anos, nos aterrorizaram. Ovos eram bombas de colesterol. Não eram apenas desaconselháveis, eram mortais. Você podia calcular em dias o tempo de vida perdido cada vez que comia uma gema.

Cardíacos deviam desviar o olhar se um ovo fosse servido num prato vizinho: ver o ovo fazia mal. E agora estão dizendo que foi tudo um engano, o ovo é inofensivo. O ovo é incapaz de matar uma mosca. A próxima notícia será que bacon limpa as artérias.

Sei não, mas me devem algum tipo de indenização. Não se renuncia a pouca coisa quando se renuncia ao ovo frito. Dizem que a única coisa melhor do que ovo frito é sexo. A comparação é difícil. Não existe nada no sexo comparável a uma gema deixada intacta em cima do arroz depois que a clara foi comida, esperando o momento de prazer supremo, quando o garfo romperá a fina membrana que a separa do êxtase e ela se desmanchará, sim, se desmanchará, e o líquido quente e viscoso correrá e se espalhará pelo arroz como as gazelas douradas entre os lírios de Gileade nos cantares de Salomão, sim, e você levará o arroz à boca e o saboreará até o último grão molhado, sim, e depois ainda limpará o prato com pão. Ou existe e eu é que tenho andado na turma errada. O fato é que quero ser ressarcido de todos os ovos fritos que não comi nestes anos de medo inútil. E os ovos mexidos, e os ovos quentes, e as omeletes babadas, e os toucinhos do céu e, meu Deus, e os fios de ovos. Os fios de ovos que não comi para não morrer dariam várias voltas no globo. Quem os trará de volta? E pensar que cheguei a experimentar ovo artificial, uma pálida paródia de ovo que, esta sim, deve ter me roubado algumas horas de vida a cada garfada infeliz.

Ovo frito na manteiga! O rendado marrom das bordas tostadas da clara, o amarelo provençal da gema... Eu sei, eu sei. Manteiga ainda não foi liberada. Mas é só uma questão de tempo.

Coexistência

O advogado disse que tudo que eles tinham adquirido depois do casamento seria dividido entre dois.

— Parabéns — disse ele. — Você vai ficar com metade da minha alergia seborrágica de fundo nervoso.

— Você já tinha caspa quando casou comigo! — reagiu ela.

Ele a ignorou e perguntou ao advogado:

— E o apartamento?

— Isso vocês dois vão ter que decidir.

— O apartamento fica perto da casa da minha mãe e da minha ginástica, eu me criei nesta zona e os vizinhos simpatizam muito mais comigo do que com você — disse ela.

— O quê? Os vizinhos me adoram.

— Proponho um plebiscito — disse ela para o advogado. — Quem quer ficar comigo e quem quer ficar com ele. Sabe como é o apelido dele no prédio?

— Calma, calma — pediu o advogado.

— Como é o meu apelido no prédio?

— Calma — insistiu o advogado. — Isso não vem ao caso. O apartamento vocês decidem depois. Nesta sala, por exemplo, o que foi adquirido pelo dois?

— Esta poltrona.

A poltrona. O primeiro estofado que tinham comprado. Ele sentado na poltrona, ela no seu colo. Recém-casados.

— De quem é esse narizinho?

— É seu...

— De quem é essa boquinha?

— É sua...

Depois tinham comprado o sofá.

— Onde está aquele umbiguinho de que eu gosto tanto?

Os dois sentados no sofá. Ela abria a roupa para mostrar o umbigo.

— Este aqui?

— Aí está ele!

E beijava o umbigo dela.

Depois tinham comprado a televisão. E um dia os dois estavam abraçados no sofá, olhando a televisão, e ela começou a apalpá-lo, dizendo:

— Onde é que está?

— O quê?

— Você sabe.

— Não sei não. O quê?

— Ah, você sabe...

— Procura que você acha...

E ela finalmente achou. O controle remoto da televisão. De certa maneira, aquele diálogo fora o começo do fim. Tudo que acontecera depois fora decorrência. Tinha acabado a mágica.

* * *

Um dia, no banheiro, ele chamara a mulher, apontara para as escovas de dentes dos dois, penduradas lado a lado, e dissera:

— Olha que coisa bonita. Somos nós dois. Nada simboliza a união de duas pessoas como suas escovas de dentes lado a lado num armário de banheiro. Na cerimônia de casamento, o padre devia perguntar: "Aceita a escova de dentes dessa mulher ao lado da sua pelo resto da vida?".

— Pelo resto da vida, até que a morte nos separe...

— Ou o aparelho de barba — dissera ele, abraçando-a por trás.

— O quê?

— Sabe que a principal causa de divórcio no Brasil é a mulher raspar as pernas com o aparelho de barba do marido e depois não limpar? Em segundo lugar vem o adultério e em terceiro o ronco. Ela dera um tapa brincalhão na sua mão.

— Para. Eu só usei uma vez.

— Promete que não usa mais?

— Prometo.

— Jura? Pelo que há de mais sagrado? Pelas nossas escovas de dentes?

— Juro pelas nossas escovas de dentes.

Se tivesse ficado só naquilo, o casamento talvez ainda pudesse ser salvo. Mas ele continuara. Mesmo beijando-a na nuca, ele continuara.

— Sabe o que duas escovas de dentes penduradas lado a lado simbolizam? Coexistência. Não existe intimidade maior do que a de duas pessoas que juntam suas escovas de dentes. E a coexistência é impossível, a intimidade é impossível, o casamento é impossível, se um raspa as pernas com o aparelho de barba do outro — e depois não limpa!

— Eu já disse que não acontecerá de novo.

— Você não tem o seu depilador? Pois use o seu depilador e largue o meu aparelho de barba.

— Está bem, já disse!

Mas não havia salvação.

É o tempo. O tempo é um demolidor. Por isso estavam os dois ali, com o advogado, decidindo o destino dos estofados.

Entraram no quarto de dormir.

— Compramos a cama juntos.

— Eu não quero a cama — disse a mulher. — Pode ficar pra ele. Só me traria más recordações.

— Ah, é? Ah, é?

— Calma — disse o advogado.

Exatamente dez anos antes, numa noite, depois do sexo naquela cama, ela exclamara:

— Puxa!

E ele, orgulhoso:

— Você diz isso... sinceramente?

— E digo de novo. Puxa! Você, hein?

— Um adjetivo. Quero um adjetivo.

— "Puxa" não serve?

— Não. "Puxa" é interjeição. Quero um adjetivo qualificativo.

— Deixa ver...

— Magnífico? Glorioso? Ciclópico? Apoteótico?

— Foi perfeito.

— Só perfeito?

— Mais que perfeito.

— Foi a melhor de todas até hoje?

— É difícil comparar uma com a outra. Cada uma tem seu clima, suas características... Cada uma é boa à sua maneira.

— Mas esta foi espetacular?

— Foi...

— Numa escala de um a dez...

Cinco anos antes, naquele mesmo quarto, chegando em casa depois de uma festa, ela, bêbada, chutara um sapato do pé e quase o acertara.

— Você quase me acertou!

— Chute um sapato você também. Faça alguma coisa excitante na sua vida.

E ela chutara o outro sapato, forçando-o a se abaixar para não ser atingido.

— Não quero chutar sapato. Agora para.

— Vem cá, vem.

— Vem abrir o zi... zi... Palavra difícil. O zíper do meu vestido.

Ele fora abrir o vestido dela. Ela ordenara:

— Com os dentes.

Ele tentara pegar a chapinha do zíper com os dentes mas não conseguira.

— Não consigo.

— De que adianta ter um marido, se ele não consegue abrir um zíper com os dentes?

— Para com isso e... Onde você vai?

Ela saiu pela porta, descalça.

— Vou voltar pra festa e arranjar um homem pra abrir o meu zíper com os dentes.

Ele a segurara e a empurrara para a cama.

— Tanto homem na festa e eu tinha que vir pra casa logo com você! Por quê?

— Eu sou seu marido.

— Exato. Eu devia saber que não ia dar em nada...

O tempo, o tempo. Com o tempo um grande amor degenera para pequenas maldades.

— Como era o meu apelido no prédio?

— Nem queira saber.

E o advogado:

— Calma, calma.

Maria no espelho

Maria espera a visita de um homem. Maria olha-se no espelho. Maria vira-se, para olhar suas pernas por trás. Maria pensa:

"Ihhh, aquela mancha roxa continua ali. Será que ele vai ver? Só se olhar de perto. E ele não vai chegar perto. Com a minha sorte, ele não vai chegar nem perto. Oito e meia. Ele já deve estar chegando. Pode me dizer por que você está de vestido? Preto? Apertado? Vai ser um jantar íntimo, aqui mesmo. Ele vem de jeans e camiseta. Ele só usa jeans e camiseta. Deve dormir de jeans e camiseta. Você está linda. Gostosa. Tesão! Muita pintura. Eu pareço uma palhaça. Ele não vai me reconhecer. De pretinho e de batom, vai pensar que errou de apartamento. Desculpe, eu estou procurando a Mariazinha, minha colega de trabalho, muito sem gracinha. 'Não, sou eu mesma, pode entrar.' 'Você não pode ser a Mariazinha, a Mariazinha que eu conheço não tem pernas.' Tem, sim, senhor, o senhor é que não tinha notado. E não só pernas. Bunda também: 'Não! Bunda também?! Não pode ser a Mariazinha que eu...' Barulho do elevador. É ele! Não é ele. Esse homem não vem? Eu disse oito e meia. Meus brócolis vão murchar. Eu vou murchar. O molho pros brócolis! Esqueci! Não esqueci, já fiz. Ele não deve gostar de brócolis. Tem cara de quem não gosta de brócolis. Nem sabe o que é. Eu é que não sei nada sobre ele. Quatro meses trabalhando juntos e eu não sei nada sobre ele. Pode ser um tarado. Você não sabe o que o espera, rapaz. Experiências novas. Excitantes. Brócolis. Com molho! É ele? Não é ele. Se atrasou. Se perdeu. Desistiu. Também, que ideia jantarzinho íntimo. A primeira vez que a gente vai se ver fora do escritório e eu já convido pra vir na minha casa. Deve estar pensando que eu não quero perder tempo. 'Boa noite. Boa noite. Trouxe camisinha?' Eu devo estar louca, jantarzinho íntimo. Velas na mesa. Ele é capaz de comer as velas. Vou mudar de roupa. Me vestir de Mariazinha de novo. Não vai dar tempo. Que livro eu botei na mesa de centro para ele ver que, além de bunda, eu tenho cultura? Já esqueci. Meu Deus, não pode ser Paulo Coelho. Vou botar aquele dos santos barrocos de Minas Gerais, que eu ainda não abri. As velas na mesa saem. Está pensando que isto é um filme? Na vida real não tem vela na mesa. É ele? Não é ele. Ai, meu Deus. Vamos nos organizar. Que impressão eu quero dar? Ele entra e descobre... o quê? Primeira coisa: eu não sou a Mariazinha que ele pensa. A Mariazinha que ele vê no escritório é um disfarce. Eu sou... Maria. Acento no 'a'. Uma mulher complexa, vital, multifacetada. Grandes pernas, grande cabeça. No trabalho é uma, eficiente, discreta, algo contida. Em casa é outra: feminina, interessante. Folheia livros sobre o barroco mineiro, uma das suas paixões. As outras são balé aquático e física quântica. Experimenta com molhos. Sua pasta de dentes é Crest, comprada numa pequena farmácia do Village que ninguém conhece. A marca das suas calcinhas? Não usa calcinhas. O lugar mais esquisito onde já fez amor foi o confessionário de uma igreja. Barroca. Mineira. Com o padre, só para ter o que confessar. 'O quê? Você, o primeiro homem a entrar neste apartamento que não veio consertar a válvula do banheiro? Ora, não me faça rir. Tenho homens para jantar todas as noites, e guardo seus ossos para chupar no almoço, meu caro.' Vou mudar de roupa. Camiseta e calça solta. Afinal, foi a Mariazinha que convidou ele para jantar, não a Maria. É preciso um toque de desordem. O barroco mineiro jogado, assim, displicentemente, como se eu estivesse folheando na hora em que

288

ele chegou. Jogado no chão, é melhor. Senão fica tudo muito certinho. Senão ele entra e pensa 'Iiih, tudo muito certinho, ela deve ser neurótica por limpeza e provavelmente frígida'. Está tudo muito no lugar. Acho que vou entortar um quadro. Que mais? A música! Esqueci a música. Ele entra e está tocando o quê? O coro das mulheres búlgaras. Não, coitado, vai se sentir intimidado. Eu de pernas de fora e búlgaras cantando. Búlgaras e brócolis, ele é capaz de sair correndo. Maria Betânia cantando Roberto Carlos. Sei não, pode dar uma ideia errada. A Mariazinha escolheria Roberto. A Maria escolhe... Phillip Glass. Não, tá doida. Os três tenores. Também não. Keith Jarret? Não. Não tem música. Até a noite se definir. Porque tem noites que vão naturalmente para Frank Sinatra com violinos e noites que vão para Neguinho da Beija-Flor. Noites que acabam em Wagner e noites que acabam em Fagner. Se bem que as minhas noites geralmente acabam em *Jô Soares Onze e Meia*... Dependendo de como for a noite, mais tarde ponho alguma coisa para a gente dançar. Sabe, Maria? Você me surpreendeu... 'Ah, sim?' 'Sim. Eu não sabia que você era uma mulher assim tão (pausa) multifacetada...' 'E isso que você ainda não viu todas as minhas (pausa) facetas. E se não chegar logo, não vai ver nenhuma.'

Se ele começar a ficar muito chato, eu ponho as búlgaras a todo volume e corro com ele. Vou deixar a pintura como está. O vestido também. A mancha roxa também. Afinal, quem é você, hein, Maria?

Mariazinha ou Maria? Quem convidou ele para jantar foi a Mariazinha do escritório. Ele chega esperando encontrar a Mariazinha e encontra uma mulher. Uma estranha mulher de preto. Troco de roupa ou não troco de roupa? Ele deve estar chegando. Decisão rápida: quem abre a porta? Mariazinhha ou Maria? Ai, meu Deus, Mariazinha ou Maria? Eu posso estar decidindo o meu futuro. Este pode ser o momento mais importante da minha vida. A campainha! É ele! E agora? Posso ser a Mariazinha hoje e deixar a Maria para depois, quando ele vier outra vez. E se ele não vier outra vez? Pode se decepcionar com a Mariazinha e depois a Maria não terá uma chance. Mas se eu for a Maria de saída pode estragar tudo. Ele pode se assustar, eu posso ser Maria demais pra ele. Eu posso começar Mariazinha e terminar Maria. Não, vai deixar ele confuso. Mariazinha ou Maria, alguém tem que abrir essa porta!

Par ou ímpar? Que bobagem. Uni, duni, tê, quem vai abrir a porta é — você! Mas quem é você? Vou tirar o vestido. Isso. Abro a porta nua, digo que ainda não acabei de me vestir e venho para o quarto decidir quem eu sou. Quantos passos serão daqui até a porta? Se eu der um passo de Mariazinha e um passo de Maria até a porta, quem chegar na porta ganha. Se quem chegar na porta for a Maria, ela já tira o vestido e elimina várias etapas. Antes mesmo dos brócolis. Até que enfim, uma solução racional. Lá vou eu. Mariazinha, Maria, Mariazinha, Maria, Mariazinha..."

Meu coração

No fim, desculpe a literatura, é tudo entre nós e o nosso coração. Depois do dito e do feito, depois da paixão e da razão, depois da vida das células e da vida social e da vida cívica e das idas e das voltas, e da História e da biografia, e do que os outros fizeram conosco e nós fizemos com os outros, é tudo entre nós e ele. Segundos fora. Nós e ele. A única conversa que vale, a única intimidade que conta.

O coração não tem nada a ver com nada, fora a sístole e a diástole e a sua fisiologia medíocre. Ele nem nos daria conversa, se não dependesse de nós, se não precisasse da embalagem, dos terminais e de alguém que cuide dele. Tudo que lhe atribuem, do mais romântico ao mais calhorda, é falso. Trata-se de um mero músculo, e de um músculo egoísta, que só quer saber da sua própria sobrevivência. Da qual, por uma cruel coincidência, depende a nossa.

Fala-se do "time do coração". Mentira. O coração não tem time. O coração não se interessa por futebol. Só hoje, por exemplo, o meu se deu conta de onde estava. Paris, Nantes, Marselha ou qualquer outra cidade, é tudo o mesmo para ele, desde que ele tenha um lugar seguro onde possa bater e cuidar da sua vidinha.

Mas de repente ele se deu conta e pediu satisfações. Para onde eu o tinha trazido?

Expliquei. A França, a Copa, o Brasil, os jogos, a beleza dos jogos...

Meu coração não quis ouvir falar da beleza dos jogos. Ele não tem nenhum senso estético. Quis saber que história era aquela de morte súbita.

— É uma maneira nova de decidir as partidas que acabam empatadas. Há uma prorrogação e quem marcar o primeiro gol ganha.

Meu coração não quis acreditar.

— Quer dizer que, se esse time pelo qual você torce, como é mesmo o nome?

— Brasil.

— Quer dizer que, se o Brasil empatar com algum outro time, tem prorrogação com morte súbita?
— É...
— Você sabia disso quando me trouxe para cá?
— Sabia.
— Você deliberadamente me trouxe a um evento em que eu posso parar de repente, mesmo não tendo nada a ver com isso? Não era para ser um campeonato de futebol, um esporte, um divertimento, enfim, nada que me dissesse respeito?
— Desculpe. Eu tentei substituí-lo pelo distanciamento crítico, mas...
— Só me diz uma coisa. Se a prorrogação terminar sem que ninguém marque gol, o que acontece?
— Aí decidem nos pênaltis.
— Me leva pra casa. Me leva pra casa imediatamente. E pare de me envolver nos seus divertimentos. Você parece que não tem coração.
— Mas nada disso vai acontecer com o Brasil. Prorrogação, pênaltis nada disso.
— Quase aconteceu contra a Dinamarca!
— É, mas...
— Me tira daqui!

O sarrabulho

Os filhos tinham se criado ouvindo que ninguém fazia um sarrabulho como a dona Lazinha. Todos os anos, a mãe comprava o peru, preparava-o para a ceia de Natal e, quando ele estava pronto para entrar no forno, saía e voltava com o sarrabulho da dona Lazinha numa travessa coberta com uma toalha molhada. E o sarrabulho era mesmo uma delícia. Quando alguém elogiava o recheio do peru de Natal, sempre havia alguém da família para dizer:
— É da dona Lazinha.
E era o mesmo que dizer que, sendo da dona Lazinha, não se podia esperar outra coisa. Aquele era um dos estribilhos da casa, repetido com certeza dogmática, desde os primeiros Natais das crianças. Ninguém fazia um sarrabulho como a dona Lazinha.

Neste Natal a família se reuniu, como sempre, para comer o peru. O filho mais velho veio do Norte com sua família e o filho do meio trouxe a noiva. A filha mais moça era a única que continuava em casa. E foi ela que anunciou para a noiva do irmão, quando o peru chegou à mesa:

— Você vai conhecer o famoso sarrabulho da dona Lazinha.

— Não é da dona Lazinha — disse a mãe.

Fez-se um silêncio de incompreensão, seguido de revolta generalizada, na mesa. Como, não era da dona Lazinha? Onde já se vira, um peru de Natal sem o recheio da dona Lazinha?

— A dona Lazinha morreu — disse a mãe.

O filho mais velho chegou a comparar a morte da dona Lazinha à morte do John Lennon. O choque, o sentimento de perda e desorientação eram os mesmos. Para ele, aquilo significava o fim de uma era. Subitamente, todas as suas referências afetivas tinham desmoronado. Nem quis comer o peru, em sinal de protesto, e concentrou-se nas saladas. Todos ficaram abalados, e o sarrabulho da dona Lazinha dominou a conversa na mesa. Ninguém se lembrava de um Natal sem o sarrabulho da dona Lazinha recheando o peru. Até que o filho do meio resolveu perguntar:

— Quem era a dona Lazinha, afinal?

Durante todos aqueles anos, a dona Lazinha fora uma parte importante das suas vidas, e eles nunca a tinham visto. Não sabiam nada da dona Lazinha. Só o que conheciam da dona Lazinha era o sarrabulho.

— Era uma grande amiga minha — disse a mãe.

— E por que ela nunca veio aqui em casa?

O pai e a mãe trocaram um rápido olhar.

— Vamos mudar de assunto? — disse o pai.

Mas estava todo mundo curiosíssimo. O que significara aquele olhar entre o casal? Que mistério envolvia o nome da dona Lazinha? Nunca tinham se dado conta de que por trás do sarrabulho havia um ser humano, uma história, talvez um drama... A mãe parecia prestes a chorar.

— Vamos mudar de assunto, gente — insistiu o pai. — É Natal!

A noiva do filho do meio decidiu se manifestar. Para evitar que o jantar desandasse numa tragédia.

— Eu achei esse sarrabulho uma delícia. Foi a senhora mesma que fez?

— Não — disse a mãe, levantando-se da cadeira. — Comprei pronto, no supermercado.

E saiu da mesa às pressas, chorando convulsivamente, depois de atirar o guardanapo contra o peito do marido.

Os filhos ficaram atônitos. Todos aqueles anos de segura domesticidade, de continuidade e valores estáveis simbolizados pelo sarrabulho da dona Lazinha, e agora descobriam que o sarrabulho da dona Lazinha significava outra coisa. Mas o quê? Fosse o que fosse, era algo de que nunca tinham desconfiado. E jamais saberiam. O pai se recusou a fazer qualquer comentário ou dar qualquer explicação, sobre a dona Lazinha ou sobre o comportamento da mulher. Disse apenas:

— Passa a rabanada.

Homem e mulher na cama

— Então?
— Foi bom.
— Só "bom"?
— Foi muito bom.
— Numa escala, assim, entre um entardecer em Veneza e uma bala de coco perfeita...
— Uma combinação das duas coisas.
— Desenvolve.
— Foi ótimo. Perfeito.
— Se tivesse trilha sonora, seria Vivaldi ou Rolling Stones?
— Os dois.
— E a minha paradinha? O que você achou da minha paradinha?
— Adorei.
— Descreva, em suas próprias palavras, o que você sentiu na hora da paradinha.
— Bem, eu...
— Espera, espera.
— O que é isso?
— Aqui no gravador. Dia 10, do 11, segunda-feira. Número 127, barra 97. Tipo standard, com paradinha. Diga o seu nome, sexo, idade. estado civil, depois descreva como foi maravilhoso.
— Paulo, como você ficou inseguro depois da Matilde...
— Eu, inseguro?!
— Por amor de Deus!

O velho

O velho entrou na catedral de Freiberg pelos fundos, como fazia todos os domingos, e dirigiu-se para o seu nicho. Ficou sentado na laje fria, encostado na parede, encaracolando e desencaracolando uma mecha de barba branca enquanto esperava pelo sacristão. Pensando na sua vida. Pensando em nada. O sacristão trouxe o pão e o vinho, como fazia todos os domingos, e contou que a igreja estava cheia. Ele não queria olhar? O velho deu de ombros. Só queria comer e fazer o seu trabalho. Cheia ou vazia, era a mesma igreja. Sabe quem vai tocar aqui hoje, perguntou o menino. Quem? Bach. Quem?! Bach, o grande Bach. Por isso a igreja estava cheia. Você não sabe quem é Bach? O velho deu de ombros. Nem queria saber. Só estava ali para fazer seu trabalho. O menino disse que tinha pena do velho. O grande Bach ia tocar no órgão da catedral de Freiberg, no grande órgão que o grande Gottfried Silbermann levara quatro anos construindo para a grande catedral de Freiberg, e o velho nem se importava? Você merece a vida insignificante que leva, disse o menino, recolhendo o copo tosco em que trouxera o vinho e deixando o velho no seu nicho, encaracolando e desencaracolando a barba. Dali a pouco o velho ouviu um "Pst" e depois um "Você está aí?". Não respondeu. Não se moveu do seu nicho. Outro "Pst". O velho nada. Só quando a voz cochichou mais alto, com uma ponta de apreensão — "Ei, você está aí?" — é que respondeu: "Estou". "Pode começar", disse a voz. O velho dirigiu-se para os foles. Mas não começou a acioná-los logo. Ainda esperou dois longos minutos. Se alguém visse o seu rosto então, não saberia dizer que tipo de sorriso era aquele. Depois o velho começou a acionar os foles e o som glorioso do grande órgão encheu a catedral.

Certas palavras

Certas palavras dão a impressão de que voam ao sair da boca. "Sílfide", por exemplo. Diga "sílfide" e fique vendo suas evoluções no ar, como as de uma borboleta. Não tem nada a ver com o que a palavra significa. "Dirigível" não voa, "aeroplano" não voa e "bumerangue" mal sai da boca. "Sílfide" é o feminino de "silfo", o espírito do ar, e quer dizer a mesma coisa que diáfana, leve e borboleteante. Mas experimente dizer "silfo". Não voou, certo? Ao contrário da sua fêmea, "silfo" não voa. Tem o alcance máximo de uma cuspida. "Silfo", zupt, plof. A própria palavra "borboleta" voa mal. Bate as asas, tenta se manter aérea, mas se choca contra a parede e cai.

Sempre achei que a palavra mais bonita da língua portuguesa é "sobrancelha". Esta não voa mas paira no ar. Já a terrível palavra "seborreia" escorre pelos cantos da boca e pinga no tapete. Antônio Maria escreveu que, sempre que alguém usa "outrossim", a frase é decorada. Eu mesmo tenho uma frase com "outrossim" pronta para usar há uns vinte anos, mas ainda não apareceu a oportunidade. Quando sentir que vou morrer, a usarei, mesmo que a ocasião seja imprópria, para não levá-la entalada.

Às vezes fico tentado a usar a palavra "amiúde", mas sempre hesito, temendo a quarentena social. E também porque amiúde penso que "amiúde" devia ser duas palavras, como em "Ele entrou na sala à Miúde", ou à maneira do Miúde, seja o Miúde quem for. Muitas palavras pedem outro significado do que os que têm. "Plúmbeo" devia ser o barulho que um objeto faz ao cair na água. "Almoxarifado" devia ser um protetorado do sheik Al Moxarif. "Alvíssaras" deviam ser flores, "picuinha" um tempero e "lorota", claro, o nome de uma manicure gorda.

Vivemos numa era paradoxal em que tudo pode ser dito claramente e mesmo assim os eufemismos pululam. (Pululas: moluscos saltitantes que se reproduzem muito.) O empresário moderno não demite mais, faz um *downsizing*, ou redimensionamento para baixo da sua empresa. O empregado pode dizer em casa que não perdeu o emprego, foi *downsizeado*, e ainda impressionar os vizinhos. E não entendi por que "terceirizar" ainda não foi levado para a vida conjugal. Maridos podem explicar às suas mulheres que não têm exatamente amantes, terceirizaram a sua vida sexual. E, depois, claro, devem sair de perto à Miúde.

Múltipla escolha

1) Você faz o vestibular. Você:
   a) passa;
   b) não passa.

2) Você passa no vestibular. Você:

a) comemora com colegas que também passaram, abraça todo mundo, grita, quando vê está pulando no mesmo lugar abraçado a uma menina que você nunca viu e que se chama Maria Cristina;

b) comemora com seus familiares, faz todo o seu sonhado curso de Engenharia, custa a arranjar emprego, finalmente se associa a um primo e abre uma lavanderia, casa, tem filhos, netos, uma vida razoável e morre de uma falha do coração artificial em 2044.

3) Você não passa no vestibular. Você:

a) pensa em se matar, pensa em se dedicar ao crime, finalmente decide fazer um curso técnico, torna-se líder sindical, depois entra na política, acaba sendo o segundo torneiro mecânico eleito presidente na História do Brasil;

b) tenta de novo, e de novo, e de novo e acaba casando com uma viúva rica que é, inclusive, dona de uma universidade.

4) A Maria Cristina lhe dá seu telefone. Você:

a) não liga para ela, nunca mais a vê, e sai dessa história incólume;

b) liga para ela, e vocês combinam de se encontrar, apesar do seu pressentimento de que aquele sinalzinho que ela tem perto do canto da boca não pode dar em boa coisa.

5) Você e a Maria Cristina se encontram, na casa dela. Ela:

a) está sozinha em casa;

b) está com o pai, a mãe, um irmão/armário, duas tias grandes e um pitbull e nada acontece.

6) Ela está sozinha em casa. Vocês:

a) se amam loucamente e juram que nunca mais vão se separar;

b) se amam loucamente, depois conversam e descobrem que não concordam em muitas coisas — ela, digam o que disserem, ainda simpatiza com o Fernando Henrique, e odeia peixe cru — e vocês nunca mais se veem.

7) Vocês se amam loucamente e juram que nunca mais vão se separar. Você:

a) a pede em casamento, e ela aceita;

b) a pede em casamento, e ela diz que aquilo é uma loucura, que vocês são muito jovens, que precisam pensar, que as famílias nunca concordarão e que é melhor dar um tempo.

8) Você a pede em casamento e ela aceita. Você:

a) chega em casa com a notícia, a sua família não concorda, diz que aquilo é uma loucura, que vocês são muito jovens, que precisam pensar, que onde já se viu, que não contem com o dinheiro deles, que você vai jogar a sua vida fora por um sinalzinho perto do canto da boca, que blá-blá-blá, e você sai dizendo que vai fugir com ela e pronto e bate à porta;

b) chega em casa com a notícia, que causa um escândalo, e você se convence de que seria loucura mesmo, que o melhor é namorarem, os dois terminarem a faculdade, e no fim, se o amor ainda existir, pensarem no que fazer, e sua história também termina aqui.

9) Você a pede em casamento, ela diz que é melhor dar um tempo, você concorda, mas semanas depois ela diz que está grávida. Você:

a) casa com ela;

b) foge para Curitiba.

10) Você a pede em casamento, ela aceita, seus pais não aceitam, os pais dela não aceitam, você foge com ela. Você:

a) é obrigado a desistir de estudar e acaba vendendo artesanato na calçada para sustentá-la, sentindo que jogou a sua vida fora e lamentando a comemoração do maldito vestibular;

b) você e ela vão viver em Santa Catarina, amam-se loucamente, mas voltam duas semanas depois, a tempo de se inscrever em suas respectivas faculdades, e ficam bons amigos.

11) Ela diz que está grávida e vocês decidem se casar, com a bênção resignada das famílias. Você:

a) usa a ajuda que recebeu do seu pai para comprar uma van à prestação, acaba com uma frota de vans, fica rico, aparece na *Caras*, tem filhos e netos e morre de uma falha do coração artificial em 2044;

b) descobre, horrorizado, no altar, que o sinalzinho perto do canto da boca era pintado e agora está perto do olho, e pensa em como seria bom se a gente pudesse voltar atrás e corrigir todas as escolhas erradas que fez na vida, mas como saber se a escolha era errada ou não, já que a vida não tem gabarito.

12) O padre pergunta se você aceita a Maria Cristina como sua esposa. Você.

a) diz "sim";

b) foge para Curitiba.

Conto de verão n. 1: Esquisitices

A família chegou na casa da praia e, enquanto o pai e a mãe se ocupavam de tirar os tapumes das janelas e religar a luz, a filha adolescente foi direto para o seu quarto e sentiu que havia alguma coisa diferente dos outros verões, um cheiro que ela não lembrava, um brilho nas paredes, alguma coisa. Quando foi ajudar a mãe a desempacotar as compras na cozinha, disse que o mar tinha invadido a casa e a mãe disse que o mar nunca chegava até ali, tá louca? Então invadiu só o meu quarto, disse a filha, e naquela noite, quando entrou no quarto para dormir, viu que o chão estava coberto de algas, e quando foi pegar um dos livros que tinha deixado na prateleira no verão anterior derrubou várias conchas no chão, e quando abriu a gaveta da sua mesinha de cabeceira — juro, mãe! — descobriu uma estrela-do-mar. Não conseguiu dormir, o som do mar invadia o quarto, ela chegou a ouvir o ruído de fritura da espuma se desfazendo ao seu redor, como se o mar estivesse arrebentando em volta da cama. E as paredes fosforescentes! Se um peixe prateado pulasse na cama, refletiria o brilho das paredes no ar, antes de cair ao seu lado. Passou a noite esperando o peixe prateado. De manhã a mãe disse que o mar não estava mais perto da casa, estava onde sempre estivera desde que eles tinham construído a casa, e que ela se acostumaria com o ruído. E que não, não sentira o cheiro novo nem vira as algas no chão do quarto, nem as conchas, você parece doida. A filha perguntou se o mar nunca tinha invadido a casa e a mãe respondeu que não. Depois pensou um pouco e disse: não que eu me lembre. Naquela noite a filha leu um pouco — apesar das ondas estourando ao seu redor — depois mergulhou a mão na água e pegou um cavalo-marinho para marcar o lugar, e fechou o livro. Estava pronta para o peixe prateado, estava certa de que nunca mais seria a mesma. Quando a mãe contou para o pai as esquisitices da filha naquele verão, o pai só disse uma coisa. Catorze anos é fogo.

Conto de verão n. 2: "Bandeira branca"

Ele: tirolês. Ela: odalisca. Eram de culturas muito diferentes, não podia dar certo. Mas tinham só quatro anos e se entenderam. No mundo dos quatro anos todos se entendem, de um jeito ou de outro. Em vez de dançarem, pularem e entrarem no cordão, resistiram a todos os apelos desesperados das mães e ficaram sentados no chão, fazendo um montinho de confete, serpentina e poeira, até serem arrastados para casa, sob ameaças de jamais serem levados a outro baile de Carnaval.

Encontraram-se de novo no baile infantil do clube, no ano seguinte. Ele com o mesmo tirolês, agora apertado nos fundilhos, ela de egípcia. Tentaram recomeçar o montinho, mas dessa vez as mães reagiram e os dois foram obrigados a dançar, pular e entrar no cordão, sob ameaça de levarem uns tapas. Passaram o tempo todo de mãos dadas.

Só no terceiro Carnaval se falaram.

— Como é teu nome?

— Janise. E o teu?

— Píndaro.

— O quê?!

— Píndaro.

— Que nome!

Ele de legionário romano, ela de índia americana.

Só no sétimo baile (pirata, chinesa) desvendaram o mistério de só se encontrarem no Carnaval e nunca se encontrarem no clube, no resto do ano. Ela morava no interior, vinha visitar uma tia no Carnaval, a tia é que era sócia.

— Ah.

Foi o ano em que ele preferiu ficar com a sua turma tentando encher a boca das meninas de confete, e ela ficou na mesa, brigando com a mãe, se recusando a brincar, o queixo enterrado na gola alta do vestido de imperadora. Mas quase no fim do baile, na hora do "Bandeira branca", ele veio e a puxou pelo braço, e os dois foram para o meio do salão, abraçados. E, quando se despediram, ela o beijou na face, disse "Até o Carnaval que vem" e saiu correndo.

No baile do ano em que fizeram treze anos, pela primeira vez as fantasias dos dois combinaram. Toureiro e bailarina espanhola. Formavam um casal! Beijaram-se muito, quando as mães não estavam olhando. Até na boca. Na hora da despedida, ele pediu:

— Me dá alguma coisa.

— O quê?

— Qualquer coisa.

— O leque.

O leque da bailarina. Ela diria para a mãe que o tinha perdido no salão.

No ano seguinte, ela não apareceu no baile. Ele ficou o tempo todo à procura, um havaiano desconsolado. Não sabia nem como perguntar por ela. Não conhecia a tal tia. Passara um ano inteiro pensando nela, às vezes tirando o leque do seu esconderijo para cheirá-lo, antegozando o momento de encontrá-la outra vez no baile. E ela não apareceu. Marcelão, o mau elemento da sua turma, tinha levado gim para misturar com o guaraná. Ele bebeu demais. Teve que ser carregado para casa. Acordou na sua cama sem lençol, que estava sendo lavado. O que acontecera?

— Você vomitou a alma — disse a mãe.

Era exatamente como se sentia. Como alguém que vomitara a alma e nunca a teria de volta. Nunca. Nem o leque tinha mais o cheiro dela.

Mas, no ano seguinte, ele foi ao baile dos adultos no clube — e lá estava ela! Quinze anos. Uma moça. Peitos, tudo. Uma fantasia indefinida.

— Sei lá. Bávara tropical — disse ela, rindo.

Estava diferente. Não era só o corpo. Menos tímida, o riso mais alto. Contou que faltara no ano anterior porque a avó morrera, logo no Carnaval.

— E aquela bailarina espanhola?

— Nem me fala. E o toureiro?

— Aposentado.

A fantasia dele era de nada. Camisa florida, bermuda, finalmente um brasileiro. Ela estava com um grupo. Primos, amigos dos primos. Todos vagamente bávaros. Quando ela o apresentou ao grupo, alguém disse "Píndaro?!" e todos caíram na risada. Ele viu que ela estava rindo também. Deu uma desculpa e afastou-se. Foi procurar o Marcelão. O Marcelão anunciara que levaria várias garrafas presas nas pernas, escondidas sob as calças da fantasia de sultão. O Marcelão tinha o que ele precisava para encher o buraco deixado pela alma. Quinze anos, pensou ele, e já estou perdendo todas as ilusões da vida, começando pelo Carnaval. Não devo chegar aos trinta, pelo menos não inteiro. Passou todo o baile encostado numa coluna adornada, bebendo o guaraná clandestino do Marcelão, vendo ela passar abraçada com uma sucessão de primos e amigos de primos, principalmente um halterofilista, certamente burro, talvez até criminoso, que reduzira sua fantasia a um par de calças curtas de couro. Pensou em dizer alguma coisa, mas só o que lhe ocorreu dizer foi "pelo menos o meu tirolês era autêntico" e desistiu. Mas, quando a banda começou a tocar "Bandeira branca" e ele se dirigiu para a saída, tonto e amargurado, sentiu que alguém o pegava pela mão, virou-se e era ela. Era ela, meu Deus, puxando-o para o salão. Ela enlaçando-o com os dois braços para dançarem assim, ela dizendo "não vale, você cresceu mais do que eu" e encostando a cabeça no seu ombro. Ela encostando a cabeça no seu ombro.

Encontram-se de novo quinze anos depois. Aliás, neste Carnaval. Por acaso, num aeroporto. Ela desembarcando, a caminho do interior, para visitar a mãe. Ele embarcando para encontrar os filhos no Rio. Ela disse: "Quase não reconheci você sem fantasias". Ele custou a reconhecê-la. Ela estava gorda, nunca a reconheceria, muito menos de bailarina espanhola. A última coisa que ele lhe dissera fora "preciso *te* dizer uma coisa", e ela dissera "no Carnaval que vem, no Carnaval que vem" e no Carnaval seguinte ela não aparecera, ela nunca mais aparecera. Explicou que o pai tinha sido transferido para outro estado, sabe como é, Banco do Brasil, e como ela não tinha o endereço dele, como não sabia nem o sobrenome dele e, mesmo, não teria onde tomar nota na fantasia de falsa bávara...

— O que você ia me dizer, no outro Carnaval? — perguntou ela.

— Esqueci — mentiu ele.

Trocaram informações. Os dois casaram, mas ele já se separou. Os filhos dele moram no Rio, com a mãe. Ela, o marido e a filha moram em Curitiba, o marido também é do Banco do Brasil... E a todas essas ele pensando: digo ou não digo que aquele foi o momento mais feliz da minha vida, "Bandeira branca", a cabeça dela no meu ombro, e que todo o resto da minha vida será apenas o resto da minha vida? E ela pensando: como é mesmo o nome dele? Péricles. Será Péricles? Ele: digo ou não digo que não cheguei mesmo inteiro aos trinta, e que ainda tenho o leque? Ela: Petrareo. Pôncio. Ptolomeu...

Conto de verão n. 3:
Se estiver muito chato

É importante as pessoas combinarem como se comportarão em determinadas situações sociais para evitar surpresas. Aconteceu de um casal ser convidado a passar um fim de semana numa casa e chegar ao local sem a menor ideia do que os esperava.

A casa era grande e bonita, o lugar era aprazível, mas o homem — digamos que se chamava João — teve um pressentimento e deteve a mão da mulher, Maria, antes que ela tocasse a campainha.

— Espere. Você sabe que nós podemos estar entrando numa história.

— Como, história?

— Não sabemos nada dessa casa e de quem vai estar aí. E se entrarmos numa história infantil?

— Que história infantil?

— Sei lá. Não tem uma da donzela que chega numa casa de ursos e acaba dormindo na cama de um deles?

— Eu conheço a dos anõezinhos. Branca de Neve. A casa é de sete anões e Branca de Neve ficou morando com eles, até que a bruxa bate na porta com uma maçã envenenada.

— Vamos combinar o seguinte. Você só dorme na cama comigo e se aparecer um anão propondo qualquer tipo de arranjo doméstico mais prolongado, você dá uma desculpa qualquer. Diz que tem dentista na segunda. E em hipótese alguma chegue perto da porta, se baterem.

— Mas, se for a história da Branca de Neve, tem um final feliz. Ela ficou com um príncipe.

— Não chegue perto de nenhum príncipe, também.

— Está bem... Vamos entrar?

— Espere. Nós podemos estar entrando numa história do Tchékhov.

— Tchékhov?

— Russo. Século XIX. Grupo de pessoas reunidas numa casa de campo durante um fim de semana de verão era com ele.

— Como vamos fazer para saber se é uma história do Tchékhov ou não?

— Se todos tiverem nomes russos, falarem muito, parecerem não dizer nada mas forem se revelando aos poucos, é do Tchékhov.

— Há algum perigo?

— De maçãs envenenadas, não. Pelo contrário, comeremos muito bem. E, se surgir algum nobre, será certamente decadente e, provavelmente, impotente. O único risco é sairmos daqui conhecendo mais sobre a condição humana do que precisamos.

— Então, se estiver muito chato, eu faço um sinal, você diz que se lembrou que deixamos o gás ligado e damos o fora.

— Combinado.

— Vamos?

— Espere. E se estivermos numa história da Agatha Christie? Ela também gostava de grupos heterogêneos em casas de campo, onde havia um crime e todos eram suspeitos.

— Pode ser um fim de semana excitante.

— Não se um de nós for a vítima.

— O que fazemos?

— Vamos entrar. Se todos tiverem nomes como Nigel ou Milicent, o mordomo parecer culpado demais e estiver faltando um dos ferros da lareira, não damos desculpa nenhuma e saímos correndo.

— Certo. Vamos?

— Espere. Também pode ser uma história do Marquês de Sade.

— Marquês de Sade?!

— Um grupo de devassos reunidos numa mansão com virgens adolescentes e prostitutas, para rituais de deboche e tortura.

— Como devemos nos comportar?

— Valem as mesmas instruções da história infantil. Nada de dormir na cama de outro e não aceite proposta de nenhum anão.

— E, você, fique longe das virgens adolescentes.

— Já começou a me controlar?

Conto de verão n. 4: Quando ela aparecer

E tem, claro, a vizinha da frente. A linda vizinha do edifício da frente. A maravilhosa vizinha que anda nua pelo apartamento da frente. A estonteante vizinha da qual se ouvem tantas histórias. O que é estranho, porque ninguém jamais teve uma vizinha da frente assim. Todas as histórias de vizinhas da frente são mentirosas. Inclusive esta.

Principalmente esta.

Eu acompanhei todo o processo. A desocupação do apartamento em frente. Os trabalhos de reforma e pintura. As visitas de compradores ou inquilinos em potencial. Faço pesquisa nuclear, contabilidade e escultura em arame em casa — hoje em dia, para sobreviver, *"you have to turn around"*, como diz o meu amigo Borba — e trabalho perto da janela, de onde vejo todo o movimento da vizinhança. Lembro do dia em que o corretor a levou para conhecer o apartamento e o meu coração, modo de dizer, parou. Eu nunca tinha visto uma mulher tão bonita, e isso que ela ainda estava vestida. Ela espiou pela janela e sei que me viu. Desconfio. Tenho certeza. Acho que me viu. Talvez não tenha me visto. Mas foi depois de espiar pela janela que ela fechou negócio com o corretor. A pantomima não deixava dúvidas. Eram os gestos típicos de quem decidiu ficar com um apartamento porque gostou da vista, e gosto de pensar que foi o meu perfil de artista, do outro lado da rua, terminando uma águia de arame dourado, que a convenceu. Comentei com o meu amigo Borba que só faltava ela ocupar o apartamento com um marido ou coisa parecida. Mãe. Amiga halterofilista. Mas não. Ela era sozinha. Ela era perfeita.

E no primeiro dia nos olhamos nos olhos. Nossos olhares se encontraram no meio da distância entre os dois prédios, cercados de buzinas e outras emanações sujas da rua, alheios a tudo. Como dois equilibristas apaixonados num arame invisível, nossos olhares se encontraram no meio do caminho. Como dois passarinhos se beijando no ar, nossos olhares se encontraram. Tenho quase certeza. Ou ela podia estar olhando para outro andar.

No segundo dia ela passou do banheiro para o quarto envolta numa toalha esvoaçante, no terceiro dia esqueceu a toalha, no quarto dia parou na frente da janela, nua, e o seu olhar me dizia: "Hein? Hein?". Falando como artista: hein? E o meu olhar respondia, o coração parado e batendo forte ao mesmo tempo: maravilha. Maravilha! E no quinto dia começaram as mensagens.

Primeiro com as mãos. Os gestos dela de quem pergunta: "E agora?". Tentei indicar, numa sequência de gestos, o que eu pretendia fazer. Atravessar a rua correndo (dois dedos imitando a corrida, um dedo erguido na frente representando uma ereção estilizada), subir pelo elevador, bater na sua porta e possuí-la repetidamente durante toda a noite, por todos os meios, mas ela deve ter entendido mal porque em seguida fechou a janela com violência. Segundo o Borba o gesto dela na janela significara não "O que faremos agora que nos apaixonamos sem nunca nos falarmos, que nossos olhares se amaram no vácuo e você viu minha nudez, o que faremos agora, artista?" mas sim "Está olhando o quê, seu babaca?". O Borba disse que eu estava variando. Disse *You are variating, my friend*.

O Borba estava errado. No dia seguinte ela passou nua pela sua janela de novo, me viu na minha janela olhando para a sua, e se aquilo não era amor no seu rosto, se aquilo não era fascinação pelo vizinho da águia dourada, eu não me chamo Seráfico. Ela parou e fez a mímica internacional do telefone. Como se sabe, a mímica telefônica acompanhou o desenvolvimento do aparelho, e você pode dizer a idade de uma pessoa pelo modo como ela imita falar no telefone: dando manivela ao lado do ouvido (mais de setenta anos), girando um disco fantasma com a ponta de um dedo nostálgico (dos quarenta aos setenta) ou estendendo um charmoso mindinho e um irresistível polegar ao lado da deslumbrante cabeça como a vizinha da frente (nós, jovens fogosos e sem fio). Entendi. Ela queria meu número de telefone. Procurei freneticamente papel e pincel atômico, acabei usando uma das minhas folhas de cálculo nuclear para escrever o número e mostrar para a minha amada, que fez um sinal de "Espera" e desapareceu. Ela ia me ligar. Eu ia ouvir a sua voz nua.

Íamos combinar nosso futuro, nosso caso, camisinha musical ou não, talvez filhos, talvez Bali, ela ia me telefonar! E o telefone tocou. Corri para o telefone como um dia correríamos pela Piazza San Marco, espantando os pombos, e atendi.

Era o Borba. Contei o que estava acontecendo e disse que precisava desligar. Ela ia me telefonar a qualquer minuto. O Borba disse: "Corta essa." *Cut that thing.* O Borba disse que vizinhas da frente como a que eu descrevia não existem. Vizinhas da frente são um mito. Na versão do Borba, a mímica telefônica dela queria dizer que ela ia telefonar para a polícia para denunciar minha invasão visual de privacidade. Ou pior. Que ia convocar seus dois irmãos, Troncoso e Troncudo, para arrancarem alguns dos meus órgãos.

O melhor que eu tenho a fazer, segundo o Borba, é dar no pé. "*Beat the foot! Beat the foot!*" O Borba não entende o amor ou a sensibilidade artística. O Borba não sabe o que houve entre nossos olhares no espaço aéreo ou o efeito do meu perfil. Estou esperando o telefonema dela. Tenho certeza de que não me enganei.

Posso ter me enganado. Não me enganei. Já se passou um dia e ela não telefonou. Ainda vai comprar um telefone, é isso. Está na hora do banho dela. Quando ela aparecer, também vou ficar nu na frente da janela e mostrar que sou sincero.

Conto de verão n. 5: O Tapir

Esta é uma história terrível. Tem a ver com um homem e o seu cachorro e o desconcerto do mundo. Deve ter outros significados, mas o autor não quer nem saber quais são. Um homem e o seu cachorro.

A família morava numa casa e tinha um cachorro. Não sei de que raça. Não interessa. As crianças — um rapaz de dezessete, uma menina de doze — gostavam de brincar com o cachorro, mas quem cuidava dele mesmo era o pai. (O pai das crianças, não do cachorro.)

O cachorro obedecia ao pai. Respeitava a mãe, brincava com as crianças, mas sua lealdade era dedicada ao pai. Lealdade forte, total, canina mesmo. Quando o deixavam entrar na casa, o cachorro ia direto botar a cabeça no joelho do pai para receber o cafuné. Depois deitava aos seus pés.

Um dia, o pai entrou correndo em casa e fechou a porta atrás de si com rapidez e com cara de espanto.

— O que foi, Celmar? — perguntou a mulher.

— O Tapir.

— O quê?

— Avançou em mim.

— O quê?!

— Avançou. Quis me morder. Olha, chegou a rasgar a manga.

— Meu Deus. É raiva!

Mas quando a mulher foi olhar o Tapir, solto no quintal da frente, ele parecia normal. Aceitou o seu carinho, sacudiu o rabo, tudo como sempre. Mas foi só o Celmar botar a cara para fora da porta para o Tapir começar a rosnar e mostrar os dentes.

— Você fez alguma coisa pra ele, Celmar?

— Eu? Nada!

Quando as crianças chegaram foram recebidas pelo Tapir brincalhão de sempre. Mas, quando o pai saiu pela porta disposto a se impor ao Tapir pelo grito e acabar com aquela história, foi obrigado a voltar correndo para dentro da casa. O Tapir avançou nele de novo.

Qual era a explicação? Tapir não podia estar confundindo Celmar com outra pessoa, depois de tanto tempo. Nada mudara em Celmar. Loção de barba, roupas, nada. E, no entanto, Tapir tinha que ficar preso por uma coleira, nos fundos da casa, para Celmar poder transitar pelo quintal da frente sem susto. O quintal da frente da sua casa, da sua própria casa. Com o resto da família Tapir se comportava como antes. Segundo o veterinário, não havia nada de errado com ele. Mas era só avistar o Celmar, mesmo através de uma janela, e Tapir começava a rosnar e mostrar os dentes.

— Ouvi dizer que os cachorros têm um sexto sentido. Uma espécie de instinto para algumas coisas — disse, um dia, o filho, na mesa do jantar.

— Que coisas?

— Não sei, pai. Mas alguma coisa diferente ele notou em você...

Naquela noite, pela primeira vez, Celmar viu que a filha olhava para ele de uma maneira estranha. Desconfiada.

Outra noite. Celmar e a mulher na cama.

— O que você anda aprontando, Celmar?

— Como, aprontando? Por quê?

— O Tapir não se comportaria assim por nada.

— Não há nada! Eu sou a mesma pessoa de sempre. O cachorro é que enlouqueceu!

— Sei não. Sei não.

Dias depois, a família e os vizinhos acompanharam uma cena insólita nos fundos da casa. Tarde da noite. Celmar cara a cara com o Tapir, gritando:

— O que é? Hein? Hein? O que é?

E o Tapir quase arrebentando a coleira, tentando avançar no Celmar e latindo furiosamente.

Quando o Celmar anunciou que tomara a decisão de se livrar do cachorro, mãe e filhos se entreolharam. Depois a mulher disse que não iam se livrar do cachorro não. E disse:

— Nós achamos que ele está tentando nos avisar de alguma coisa.

— Então eu saio de casa! — explodiu Celmar.

E saiu. Está morando sozinho. Quando não está no escritório, passa horas deitado, pensando, ou se examinando no espelho, tentando descobrir o que o

Tapir viu nele de repente, e não aceitou. Tem saudade da casa e da família. Mas chegou à conclusão que sente falta, mesmo, é do Tapir. Enquanto isso, a mulher e os filhos estão convencidos de que foi melhor assim, e estão gratos ao Tapir pelo aviso. Às vezes a gente não sabe o tipo de gente que tem dentro de casa.

Deus

Deus tinha a barba por fazer e a gravata torta. O Marião o apresentou a todos em volta da mesa, providenciou outra cadeira e Deus sentou-se com a turma. Não parecia ser um louco.

O primeiro a falar foi o Arizinho.

— O Marião nos disse que você é Deus.

— Sou, sou.

Ele tinha um sorriso tímido.

— Deus, Nosso Senhor?

— Esse.

Alguém deu uma gargalhada e Deus riu também. O Dimas comentou:

— Eu sabia que o Marião conhecia todo mundo, mas essa...

O Arizinho estava sério. Olhava fixamente para Deus.

— Foi você que criou esta joça toda — disse o Arizinho, fazendo um gesto que, implicitamente, incluía o universo.

— É... — disse Deus, e encolheu os ombros, como que dizendo "o que se vai fazer?".

— Adão, Eva...

Deus limpou a garganta. Precisava explicar.

— Bom. Não foi bem assim. A Bíblia romanceou um pouco e...

O Turco, que dera a gargalhada, interrompeu para sugerir que Deus, que tudo podia, bem que podia encher a mesa de chopes, e algumas coisas para se beliscar. Aí o Marião protestou. Deus estava ali para descontrair depois do expediente, não estava ali para trabalhar. E era convidado dele. Deus ainda disse que não se importava, mas o Marião nem quis ouvir. Chamou o garçom, pediu os chopes e avisou:

— Capricha que tem gente importante na mesa.

O Valdo cochichou alguma coisa no ouvido de Deus. Estava fazendo um pedido, por via das dúvidas. Alguma coisa sobre o Internacional.

Borboletas

Criminologistas são o contrário de lepidopterologistas. Enquanto estes sonham em viver em lugares onde há muitas borboletas, aqueles sonham em viver em lugares onde os crimes são raros e eles podem exercer sua profissão com ciência e vagar. Um criminologista brasileiro deve se sentir como um lepidopterologista sepultado por borboletas, milhares de borboletas, tantas que não lhe permitem pegar sua rede e sua lupa, tantas que a apreciação fica impossível. Um criminologista no Brasil, onde a banalização do crime transforma a investigação técnica e a detecção em exercícios reincidentes de frustração, deve sonhar com a proverbial cidadezinha inglesa, onde assassinam uma velhinha de dez em dez anos. Em muitos casos, uma lepidopterologista. E ele pode colher pistas e impressões digitais, examinar os botões e o fumo de cachimbo deixados na cena do crime com instrumentos adequados, interrogar suspeitos e concluir pela culpa do vigário, com toda a calma.

No prototípico policial inglês o crime é apenas uma perturbação passageira na vida de uma comunidade onde, passado o choque — quem diria, o vigário! —, tudo volta à normalidade. Nos policiais americanos o crime é sempre um indício de uma perturbação mais funda, a ponta de uma engrenagem corrupta, de uma responsabilidade difusa, e a sua solução sempre desmonta algum sistema de poder por trás da loira com a arma. Dizem que a ideia de classes não viajou bem da Inglaterra para a sua principal colônia. No fim viajou, mas nunca se estruturou com a mesma solidez. Com a mesma presunção de inocência.

Sir Arthur Conan Doyle era espírita e fascinado por todas as formas de ocultismo. Mas criou o cético arquetipal, o detetive racional que nunca — que eu saiba — aceitou uma explicação sobrenatural para um caso, mesmo quando esta parecia ser a única explicação possível. Pode-se imaginar Sherlock Holmes contratado por algum amigo preocupado com a crescente crendice de Conan

Doyle — talvez o próprio dr. Watson — para salvá-lo do ridículo e da exploração por charlatões. Sherlock Holmes solucionando O Caso da Médium Rumena, mostrando para Conan Doyle que o que ele acreditava ser a materialização de almas do além não passava de um engenhoso método de projeção de imagens na fumaça e...

— Não — diz o escritor, interrompendo Holmes.

— Como "não", sir Arthur? — pergunta Holmes, surpreso...

— Dessa vez você errou.

— Eu nunca erro.

— Dessa vez errou. Pela primeira vez em sua vida, você deixa de resolver um caso a contento. Não há projetor. Não há fumaça. Eram mesmo almas do além, me instruindo a doar 50 mil libras para madame Codescu criar o seu Instituto do Mundo Paralelo.

— Meu caro sr. Arthur, aqui está o projetor, ainda quente...

— Não interessa. Eram almas do além, falando comigo.

— Isso é ridículo. Pense um pouco. Como é que coisas que não existem poderiam aparecer; poderiam falar com o senhor?

— Você não está falando? E você não existe. Você é uma invenção minha. É um ser imaginário.

— Isso é diferente. Eu...

— Desapareça, Holmes.

Há muitos casos de escritores que criam versões românticas de si mesmos, para agirem na ficção com a liberdade e a irresponsabilidade que eles não têm. Personagens que podem se entregar a fantasias, enquanto seu criador cuida de manter o controle e a sensatez. Conan Doyle fez o contrário. Criou a sua versão sensata em Sherlock Holmes, um mestre da dedução lógica que não fazia qualquer concessão à metafísica, enquanto ele se entregava às especulações mais alucinadas e acreditava até em fadas. Mais interessante do que um encontro do autor com a sua criatura seria um encontro de um psicanalista com o autor. Um homem que, por trás de um exterior perfeitamente doido, escondia um racional reprimido.

Não sei se o aparecimento do detetive puramente dedutivo, o que não sai da sua cadeira e soluciona o caso sem ver uma pista ou falar com um suspeito, só ouvindo o relato do crime, coincidiu com a popularização da psicanálise, mas o seu modelo, talvez inconsciente, é o psicanalista. Ele também chega à verdade escondida ouvindo um relato, distinguindo o significativo do irrelevante, interpretando enigmas e mensagens cifradas. Toda análise — no fim toda a literatura — é uma investigação, uma exploração dos vãos sombrios e estratagemas da mente, de desejos e álibis e dos sortilégios da memória. Se no fim da exploração está um crime, é uma história policial. Se está uma culpa, é uma análise bem-sucedida. Se sobra apenas um mistério indesvendável, é a história de todo o mundo.

Civilização, para um detetive brasileiro, é a velhinha morta na hora do chá. Na cena da última chacina sangrenta, obviamente ligada ao tráfico, que ele precisa investigar sabendo que não vai dar em nada, ele fecha os olhos e pensa na cena do crime inglês. As pistas intactas, os botões localizados, as impressões digitais recolhidas, o fumo de cachimbo mandado para o laboratório. Tudo pronto para ele começar seu trabalho, que concluirá com a constatação científica de que o vigário matou a velhinha depois de uma discussão sobre borboletas. Ele abre os olhos e vê que o sangue cobre seus sapatos.

O arteiro e o tempo

Se o Tempo tivesse uma cara, como seria? Para começar, não seria uma cara. Seriam várias. A cara do Tempo mudaria a toda hora. Bem, não a toda hora. Mas certamente a todo o ano.

A cara do Tempo ao nascer seria igual à cara de qualquer recém-nascido. Meio amassada, como um papel de embrulho que não se consegue alisar. Alguém poderia dizer "É a cara do pai" mas só estaria sendo delicado. Ao nascer, ninguém é a cara de ninguém.

Aliás, os dois ou três dias depois do nascimento são os únicos dias da vida em que a nossa cara é só nossa. Depois começa a ficar parecida.

Com o tempo, a cara do Tempo iria mudando.

Na infância, a cara da gente muda mais depressa. Sempre tem aquela tia que passa um ou dois meses sem nos ver e quando vê faz um escândalo.

— Não pode ser, como ele mudou!

Ou então não acredita.

— É mentira. Esse não é ele!

E a gente não sabe se fica orgulhoso por ter crescido tanto e estar ali enganando a tia ou finge que acha engraçado. Mesmo que por dentro esteja pensando: "Saco".

Depois, a nossa cara muda mais devagar.

A cara de quem tem quinze anos é muito diferente da cara de quem tem dez. Mas a cara de quem tem 35 não é muito diferente da cara de quem tem trinta.

Pelo menos não o bastante para enganar uma tia.

Depois de um certo tempo, o Tempo muda de cara devagar.

Mas muda.

Vai ficando enrugado, encurvado... Mas é engraçado: quanto mais velho fica o Tempo, mais rápido ele passa. Quando ele é moço, o Tempo parece que nem anda. Você fica torcendo para ele passar depressa — principalmente no começo do ano escolar, quando as férias estão lá longe e cada dia leva uma semana para terminar e cada semana leva um mês — e ele passa arrastando os pés, como um velho. Quando fica velho, passa correndo, como um moço. E um moço atleta.

Por isso os adultos não falam com o Tempo. Não conseguem. Ele não fica quieto.

Criança, sim, pode conversar com o Tempo. Pedir coisas:

— Passa depressa, pô!

— Pra quê?

— Pro verão chegar logo. Pro meu aniversário chegar logo. Pro Natal chegar logo.

— Calma...

— Anda!

— Tem tempo...

E o Tempo se espreguiça. E é capaz até de tirar uma soneca na sua cara. Afinal, ele tem todo o tempo do mundo. Ele é todo o tempo do mundo.

O homem que falava Naiki

Quando queriam dar uma ideia da erudição do dr. Solis, as pessoas diziam:

— Basta dizer que ele fala Naiki.

Ninguém sabia onde, no mundo, se falava Naiki e o próprio dr. Solis, sempre muito circunspecto, não ajudava. Dizia apenas:

— É uma língua do grupo dravídico...

Os pais apontavam o dr. Solis às crianças como exemplo de inteligência e cultura. Aliás, os dois exemplos da cidade eram o dr. Solis e o Lelo. O dr. Solis de inteligência e o Lelo — que não só não conhecia nenhuma língua, nem o português, como ainda achava que Zanzibar era verbo — de burrice. As crianças deviam estudar para não ser como o Lelo. E se estudassem muito um dia ainda seriam como o dr. Solis.

Caravanas de estudantes iam à casa do dr. Solis. "Viemos beber da sua cultura", dizia a professora. E as crianças, um pouco assustadas, rodeavam o dr. Solis na sua biblioteca. O dr. Solis sorria, pacientemente. Alguma pergunta?

— O senhor já leu todos esses livros?

— Já.

Às vezes uma se arriscava e pedia:

— Diz alguma coisa em Naiki.

E o dr. Solis:

— *Za cadu arramarraral cadverno.*

— Traduz.

Mas aquilo já era pedir demais. A professora arrebanhava as crianças para irem embora. Estavam cansando a inteligência do dr. Solis.

Alguns céticos da cidade desconfiavam que o dr. Solis era um farsante. E prepararam uma armadilha. Um dia chegaram na casa do dr. Solis com a notícia de que aparecera na cidade, imagine, outra pessoa que falava Naiki. O dr. Solis não se afobou. Perguntou onde estava essa pessoa. No hotel? Muito bem. Então precisava ir até lá conversar com ela.

A novidade se espalhou. O Lelo anunciou que ia haver um monólogo entre os dois, e em Naiki. Quando o dr. Solis chegou no hotel havia um bom público para assistir ao encontro das duas inteligências. O forasteiro, outro farsante, contratado para pôr o dr. Solis à prova, já o recebeu com uma frase:

— *Bassau rarim ai montul?*

O dr. Solis franziu a testa e ficou olhando para o forasteiro, sem dizer nada. Depois disse:

— Como?

Já com um ar superior, o outro repetiu:

— *Bassau rarim ai montul?*

Suspense na plateia. Será que o dr. Solis ia ser desmascarado? Será que os céticos tinham razão? Que todo este tempo o dr. Solis mentira para eles e realmente não sabia uma palavra em Naiki? Nem "bom-dia"?

— Repita, por favor — pediu o dr. Solis.

— *Bassau rarim ai montul?*

Aí o dr. Solis sacudiu a cabeça lentamente e, com um sorriso de divertida condescendência para seu interlocutor, comentou:

— Esses dialetos...

Foi carregado em triunfo pelas ruas da cidade. Que cabeça! Na frente do cortejo ia o Lelo, gritando:

— É um potentado. É um potentado!

Mendoncinha

Estou me acostumando com a ideia de considerar cada ato sexual como um processo em que, no mínimo, quatro pessoas estão sempre envolvidas.
S. Freud

— Tente relaxar...

— Desculpe. É que tem uma parte de mim que, entende? Fica de fora, distanciada, assistindo a tudo. Uma parte que não consegue se entregar...

— Eu entendo.

— É como se fosse uma terceira pessoa na cama.

— Certo. É o seu superego. O meu também está aqui.

— O seu também?

— Claro. Todo mundo tem um. O negócio é aprender a conviver com ele.

— Se ele ao menos fechasse os olhos!

— Calma. Eu sei como você se sente. Nessas ocasiões, sempre imagino que a minha mãe está presente.

— A sua mãe?

— É. Ela também está conosco nesta cama.

— Você se analisou?

— Estou me analisando. Pensando bem, ele também está aqui.

— Quem?

— O meu analista. Nesta cama. Meus Deus, ao lado da minha mãe!!

— Meu pai está aqui...

— Seu pai também?

— Meu superego e meu pai.
— O superego e o pai podem ser a mesma pessoa. Será que um não acumula?
— Não, não. São dois. E não param de me olhar.
— Mas sexo é uma coisa tão natural!
— Diz isso pra eles.
— Na verdade, não é mesmo? Nem nós somos só nós. Eu sou o que eu penso que sou, sou como você me vê...
— E a gente também é o que pensa que é para os outros.
— Quer dizer: cada um de nós é, na verdade, três.
— Quatro, contando com o que a gente é mesmo.
— Mas o que que a gente é *mesmo*?
— Sei lá. Eu...
— Espere um pouco. Vamos recapitular. Do seu lado tem você — aí já são no mínimo três pessoas —, o seu superego, o seu pai...
— Do seu lado, vocês três, a mãe de vocês e o analista.
— E o meu superego.
— E o seu superego.
— Mais ninguém?
— O Mendoncinha.
— Quem?!
— Meu primeiro namorado. Foi com ele que...
— Espera um pouquinho. O Mendoncinha não.
— Mas...
— Bota o Mendoncinha para fora desta cama.
— Mas...
— Ou sai o Mendoncinha, ou saímos eu e a minha turma!

Suflê de chuchu

Houve uma grande comoção em casa com o primeiro telefonema da Duda, a pagar, de Paris. O primeiro telefonema desde que ela embarcara, mochila nas costas (a Duda, que em casa não levantava nem a sua roupa do chão!), na Varig, contra a vontade do pai e da mãe. Você nunca saiu de casa sozinha, minha filha! Você não sabe uma palavra de francês! Vou e pronto. E fora. E agora, depois de semanas de aflição, de "onde anda essa menina?", de "você não devia ter deixado, Eurico!", vinha o primeiro sinal de vida. Da Duda, de Paris.

— Minha filha...

— Não posso falar muito, mãe. Como é que se faz café?

— O quê?

— Café, café. Como é que se faz?

— Não sei, minha filha. Com água, com... Mas onde é que você está, Duda?

— Estou trabalhando de *au pair* num apartamento. Ih, não posso falar mais. Eles estão chegando. Depois eu ligo. Tchau!

O pai quis saber detalhes. Onde ela estava morando?

— Falou alguma coisa sobre "opér".

— Deve ser "operá". O francês dela não melhorou...

Dias depois, outra ligação. Apressada como a primeira. A Duda queria saber como se mudava fralda. Por um momento, a mãe teve um pensamento louco. A Duda teve um filho de um francês! Não, que bobagem, não dava tempo. Por que você quer saber, minha filha?

— Rápido, mãe. A criança tá borrada!

Ninguém em casa podia imaginar a Duda trocando fraldas. Ela, que tinha nojo quando o irmão menor espirrava.

— Pobre criança... — comentou o pai.

Finalmente, um telefonema sem pressa da Duda. Os patrões tinham saído, o cagão estava dormindo, ela podia contar o que estava lhe acontecendo. *Au pair* era empregada, faz-tudo. E ela fazia tudo na casa. A princípio tivera alguma dificuldade com os aparelhos. Nunca notara antes, por exemplo, que o aspirador de pó precisava ser ligado numa tomada. Mas agora estava uma "opér" *formidable*. E Duda enfatizara a pronúncia francesa. *Formidable*. Os patrões a adoravam. E ela prometera que na semana seguinte prepararia uma autêntica feijoada brasileira para eles e alguns amigos.

— Mas, Duda, você sabe fazer feijoada?

— Era sobre isso que eu queria falar com você, mãe. Pra começar, como é que se faz arroz?

A mãe mal pôde esperar o telefonema que a Duda lhe prometera, no dia seguinte ao da feijoada.

— Como foi, minha filha. Conta!

— *Formidable!* Um sucesso. Para o próximo jantar, vou preparar aquela sua moqueca.

— Pegue o peixe... — começou a mãe, animadíssima.

A moqueca também foi um sucesso. Duda contou que uma das amigas da sua patroa fora atrás dela, na cozinha, e cochichara uma proposta no seu ouvido: o dobro do que ela ganhava ali para ser "opér" na sua casa. Pelo menos fora isso que ela entendera. Mas Duda não pretendia deixar seus patrões. Eles eram uns amores. Iam ajudá-la a regularizar a sua situação na França. Daquele jeito, disse Duda a sua mãe, ela tão cedo não voltava ao Brasil.

É preciso compreender, portanto, o que se passava no coração da mãe quando a Duda telefonou para saber como era a sua receita de suflê de chuchu. Quase não usavam o chuchu na França, e a Duda dissera a seus patrões que suflê de chuchu era um prato típico brasileiro e sua receita era passada de geração a geração na floresta onde o chuchu, inclusive, era considerado afrodisíaco. Coração de mãe é um pouco como as Caraíbas. Ventos se cruzam, correntes se chocam, é uma área de tumultos naturais. A própria dona daquele coração não saberia descrever os vários impulsos que o percorreram no segundo que precedeu sua decisão de dar à filha a receita errada, a receita de um fracasso. De um lado o desejo de que a filha fizesse bonito e também — por que não admitir? — uma certa curiosidade com a repercussão do seu suflê de chuchu na terra, afinal, dos suflês, do outro o medo de que a filha nunca mais voltasse, que a Duda se consagrasse como a melhor "opér" da Europa e não voltasse nunca mais. Todo o destino num suflê. A mãe deu a receita errada. Com o coração apertado. Proporções grotescamente deformadas. A receita de uma bomba.

Passaram-se dias, semanas, sem uma notícia da Duda. A mãe imaginando o pior. Casais intoxicados. Jantar em Paris acaba no hospital. Brasileira presa. Prato selvagem enluta famílias, receita infernal atribuída à mãe de trabalhadora clandestina, Interpol mobilizada. Ou imaginando a chegada de Duda em casa, desiludida com sua aventura parisiense, sua carreira de "opér" encerrada sem glória, mas pronta para tentar outra vez o vestibular.

O que veio foi outro telefonema da Duda, um mês depois. Apressada de novo. No fundo, o som de bongôs e maracas.

— Mãe, pergunta pro pai como é a letra de Cubanacã!

— Minha filha...

— Pergunta, é do tempo dele. Rápido que eu preciso pro meu número.

Também houve um certo conflito no coração do pai, quando ouviu a pergunta. Arrá, ela sempre fizera pouco do seu gosto musical e agora precisava dele. Mas o segundo impulso venceu:

— Diz pra essa menina voltar pra casa. já!

Eu, Tarzan

Uma das cenas mais inverossímeis e mais fascinantes da literatura mundial é do Tarzan aprendendo a ler nos livros de seu pai. Todos conhecem a história — pelo menos todos os que, como eu, devoravam os livros do Tarzan. Lord e Lady Greystoke são abandonados por marinheiros amotinados em algum ponto da costa oriental da África. Constroem uma casa sobre árvores na qual colocam seus pertences, inclusive os livros do lorde, e dentro da qual a lady dá à luz um filho. Os pais morrem pouco depois do nascimento da criança, que é criada por orangotangos. Um dia o jovem Tarzan resolve examinar o interior da cabana onde nasceu e descobre os livros do pai. Através de um processo de associações e deduções, Tarzan aprende a ler e a escrever, sozinho, não fosse ele um aristocrata. O autor dos livros do Tarzan, Edgar Rice Burroughs, acreditava que, mesmo criado por orangotangos, um lorde inglês era um lorde inglês, dotado de um intelecto superior, e isso bastava para explicar a sua incrível autoalfabetização. Mas sempre achei que foi muita sorte do Tarzan seu pai não ser, por exemplo, um latinista. Tarzan aprendeu inglês nos livros deixados pelo pai e pôde comunicar-se com outros humanos com facilidade desde o seu primeiro encontro com a civilização. Mas, e se tivesse aprendido latim? Não conseguiria se comunicar com ninguém, salvo pessoas que sabem latim. Pessoas, reconhecidamente, pouco tolerantes com as limitações alheias, e está aí — ou melhor, está lá, no passado — meu professor de latim que não me deixa mentir.

— Esse Tarzan, francamente. É um selvagem!

— Sei o que você quer dizer. Esse seu hábito de comer carne crua com as mãos, rosnando, o sangue escorrendo pelos cantos da boca...

— Não, não. Isso eu nem tinha notado. Mas ele é fraquíssimo nas declinações!

Enfim, a história de Tarzan e do seu aprendizado é uma boa metáfora para a importância de uma biblioteca, e de uma biblioteca adequada, na Educação. E também sugere a importância do fortuito na vida das pessoas. Pois como seria se, em vez dos livros que ajudaram Tarzan a descobrir coisas básicas — como o nome de tudo e o fato de que ele era um homem e não um animal —, ele tivesse descoberto grossos tomos filosóficos na cabana? Pode-se imaginar até o primeiro diálogo entre Tarzan e sua futura companheira.

— Eu, ser ontológico enquanto entidade histórica, você, Jane.

Não, Tarzan descobriu nos livros deixados pelo pai o que toda biblioteca deve ser, uma mistura do prático e do maravilhoso. É o lugar onde começamos a nos conhecer.

Sozinhos

Esta ideia para um conto de terror é tão terrível que, logo depois de tê-la, me arrependi. Mas já estava tida, não adiantava mais. Você, leitor, no entanto, tem uma escolha. Pode parar aqui, e se poupar, ou ler até o fim e provavelmente nunca mais dormir. Vejo que decidiu continuar. Muito bem, vamos em frente. Talvez, posta no papel, a ideia perca um pouco do seu poder de susto. Mas não posso garantir nada. É assim:

Um casal de velhos mora sozinho numa casa. Já criaram os filhos, os netos já estão grandes, só lhes resta implicar um com o outro. Retomam com novo fervor uma discussão antiga. Ela diz que ele ronca quando dorme, ele diz que é mentira.

— Ronca.

— Não ronco.

— Ele diz que não ronca — comenta ela, impaciente, como se falasse com uma terceira pessoa.

Mas não existe outra pessoa na casa. Os filhos raramente visitam. Os netos, nunca. A empregada vem de manhã, faz o almoço, deixa o jantar feito e sai cedo. Ficam os dois sozinhos.

— Eu devia gravar os seus roncos, pra você se convencer — diz ela. E em seguida tem a ideia infeliz. — É o que eu vou fazer! Esta noite, quando você dormir, vou ligar o gravador e gravar os seus roncos.

— Humrfin — diz o velho.

Você, leitor, já deve estar sentindo o que vai acontecer. Pare de ler, leitor. Eu não posso parar de escrever. As ideias não podem ser desperdiçadas, mesmo que nos custem amigos, a vida ou o sono. Imagine se Shakespeare tivesse se horrorizado com suas próprias ideias e deixado de escrevê-las, por puro comedimento. Não que eu queira me comparar a Shakespeare. Shakespeare era bem mais magro. Tenho que exercer esse ofício, essa danação. Você, no entanto, não é obrigado a me acompanhar, leitor. Vá passear, vá tomar sol. Uma das maneiras de controlar a demência solta no mundo é deixar os escritores falando sozinhos, exercendo sozinhos a sua profissão malsã, o seu vício solitário. Você ainda está lendo. Você é pior do que eu, leitor. Você tinha escolha.

Sozinhos. Os velhos sozinhos na casa. Os dois vão para a cama. Quando o velho dorme, a velha liga o gravador. Mas em poucos minutos a velha também dorme. O gravador fica ligado, gravando. Pouco depois a fita acaba.

Na manhã seguinte, certa do seu triunfo, a velha roda a fita. Ouvem-se alguns minutos de silêncio. Depois, alguém roncando.

— Rará! — diz a velha, feliz.

Pouco depois ouve-se o ronco de outra pessoa. A velha também ronca!

— Rará! — diz o velho, vingativo.

E em seguida, por cima do contraponto de roncos, ouve-se um sussurro. Uma voz sussurrando, leitor. Uma voz indefinida. Pode ser de homem, de mulher ou de criança. A princípio — por causa dos roncos — não se distingue o que ela diz. Mas aos poucos as palavras vão ficando claras. São duas vozes. É um diálogo sussurrado.

"Estão prontos?"

"Não, acho que ainda não..."

"Então vamos voltar amanhã..."

Flagrante

O João levantou a taça e disse, olhos nos olhos:

— À nossa.

O José levantou a sua taça e disse, sorrindo:

— À nossa.

Foi quando a mulher entrou pela porta do apartamento e exclamou:

— Arrá!

O João deu um pulo do sofá e gritou:

— Sueli! O que você está fazendo aqui?

— Seu... seu...

A Sueli estava tão indignada que não conseguia falar. Finalmente:

— Seu pilantra!

— Calma, Sueli — disse o João.

— Me enganando. E com outro homem. Te peguei em flagrante!

— Em primeiro lugar, Sueli, você não me pegou em flagrante. Nós só estávamos conversando. Em segundo lugar, mesmo se tivesse pego, eu não estaria enganando você, pela simples razão de que nós não somos mais casados. Estamos divorciados há um ano, e eu não devo satisfações a você sobre o meu...

— Você quer calar a boca, João? Eu estou falando com ele.

E a Sueli apontou para o José.

— Ele?

— É.

— E quem é ele?

— Meu novo marido.

Agora foi a vez do João ficar indignado.

— Você não me disse que era casado!

— Fica quieto, João — ordenou a Sueli. E para o José: — E então?

O José não disse nada. A Sueli começou a chorar. O José se aproximou dela, sem jeito.

— O que é isso, Suelizinha?

— Não chama ela de Suelizinha que ela não gosta — advertiu o João.

— Não me chama de Suelizinha!

— Viu?

— Pronto, pronto.

— Afaga o cabelo dela — instruiu o João.

José começou a afagar o cabelo da Sueli, que se acalmou e encostou a cabeça no seu peito. Agora o João começou a chorar. O José tentou consolá-lo mas foi repelido.

— Pilantra! — disse o João.

— Faz cafuné na cabeça dele que ele gosta — sugeriu a Sueli, fungando.

O José começou a fazer cafuné na cabeça do João. Ao mesmo tempo que afagava a cabeça da Sueli.

Ficaram assim por muito tempo, até que o João também se acalmasse. Escureceu. Pela janela aberta entrava o som de alguém assobiando o adágio falso do Albinoni.

Detalhes

Gilles de Laval, seigneur de Rais, um lorde da Bretanha, chegou a marechal da França pelas suas virtudes militares. Estava com Joana d'Arc em Orléans. Depois de encerrada sua carreira militar, Gilles transformou-se num patrono das artes, e seria lembrado como um exemplar grão-senhor do seu tempo se não fossem os persistentes rumores de que gostava de fazer coisas estranhas com meninos, inclusive matá-los. Ele também é apontado como o possível inspirador da história do Barba Azul. Na peça *Santa Joana*, de George Bernard Shaw, o autor o descreve como um jovem elegante e seguro de si, com uma extravagante barbicha encaracolada tingida de azul, e durante toda a peça o identifica como *Bluebeard*. Sabe-se que monsieur de Rais acabou excomungado e enforcado, por razões nunca esclarecidas. Não deve ter sido só pela barbicha insolente. Mas o fato é que se podem escrever duas biografias distintas do homem — como um bravo e um homem de espírito, ou como tarado. Ou então escrever uma biografia só, mas escolhendo os detalhes. A própria Joana d'Arc é heroína ou vilã, dependendo dos detalhes. Shakespeare, do ponto de vista do outro lado do canal, retratou a corajosa donzela dos franceses como uma aberração maligna na sua peça sobre Henrique VI. E, afinal, ela foi queimada como bruxa e só canonizada anos depois, e os ingleses ainda não se convenceram da sua santidade.

A posteridade é traiçoeira, às vezes esquece o detalhe, às vezes só conserva o detalhe. Por causa de uma única fotografia, Albert Einstein será lembrado para sempre não como o gênio da Física, mas como o homem da língua de fora. No Brasil, temos uma tradição de ignorar detalhes — para não falar de indícios, evidências e provas documentais — e conceder a todos o indulto tácito do deixa pra lá. A atual geração no poder pode dizer que o lugar que conquistou para o país, de último no ranking mundial por distribuição de renda (sim, ainda é sobre nós e o Botsuana), é apenas um detalhe, uma nota passageira, ao pé da sua história. Uma posteridade séria diria que ela é a história dos nossos grão-senhores, que esse desvario geográfico pelo qual partimos para o Primeiro Mundo e acabamos na África subequatorial basta para condená-los, se mais não seja por maus navegadores. No processo de nos botsuanizarem, eles também fizeram coisas estranhas com criancinhas e mataram alguns milhares, mas deixa pra lá.

A tese do detalhe supérfluo certamente prevalecerá e a posteridade brasileira será benévola. Até hoje, ninguém que confiou na falta de memória do Brasil se arrependeu.

Mar de palavras

Três náufragos cegos: Homero, Joyce e Borges, à deriva num mar de palavras. Seu navio ateu numa metáfora — a ponta de um iceberg — e foi ao fundo. Seu bote salva-vidas é levado por uma corrente literária para longe das rotas mais navegadas, eles só serão encontrados se críticos e exegetas da guarda-costeira, que patrulham o mar, os descobrirem na vastidão azul das línguas e os resgatarem de helicóptero. E, mesmo assim, se debaterão contra o salvamento. São cegos difíceis.

Joyce é o único que enxerga um pouco, mas perdeu seus óculos. Só enxerga vultos, silhuetas, esboços, primeiros tratamentos, meias palavras, reticências. Mesmo assim, diz que a mancha que vislumbra no horizonte é Dublin. Sim, é Dublin, ele a reconheceria em qualquer lugar. "Tudo é Dublin para você", comenta Borges, deixando sua mão correr fora do barco. Súbito, Borges pega alguma coisa. Uma frase. Ergue a mão que segura a frase gotejante e pergunta o que é. Um conceito? Uma estrofe? Em que língua?

— É Dublin — diz Joyce.

— É Dublin, do meu Ulisses — diz Joyce.

— Do *meu* Ulisses — diz Homero.

— O meu Ulisses contém todos os Ulisses da História. O seu Ulisses foi apenas o primeiro. E ele nunca esteve em Dublin.

— O meu Ulisses não esteve em lugar nenhum. Voltou de todos.

— Você está sendo mais obscuro do que nós, Homero — reclama Borges. — Você não pode ser obscuro. Você é o primeiro poeta do mundo. Se você já começa obscuro, o que sobrará para nós, que viremos depois? Seja claro. Seja linear. Seja básico. Seja grego, pombas.

— Todas as histórias são a história de uma volta — diz Homero.

— Pelo mar de palavras só se volta — concorda Joyce.

— Meu Ulisses voltava para Ítaca. Você voltava para onde, Joyce?

— Dublin. Sempre Dublin.

— Eu voltava para a biblioteca do meu pai — diz Borges. — Aliás, como o Ulisses do Homero, eu nunca estive em outros lugares. Sempre voltei deles. E voltei para a biblioteca do meu pai. Onde desconfio que estou neste momento.

— Você está no mar — diz Joyce.

— Você está no mar.

— Como você sabe que isto é mar? — pergunta Borges.

— Porque sinto o cheiro da minha mulher, Nora, que a Irlanda lhe seja leve. Nora Barnacle. Nora Craca. Meu pai disse que, com esse nome, ela nunca desgrudaria de mim. Tinha razão.

— Nora Craca — sorri Homero, sem que os outros vejam. — Uma Nora Craca não ficaria esperando, como Penélope. Uma Nora Craca iria junto.

— As mulheres se dividem em Penélopes e Noras Cracas — diz Joyce. — As Penélopes esperam. As Noras Cracas grudam.

— Quem me assegura que eu não estou na biblioteca do meu pai, com o fantasma de dois poetas? A biblioteca do meu pai também era úmida, e evocativa, e tinha cheiros.

— Para Dublin! — diz Joyce, de pé na proa do barco, ou o que ele julga ser a proa, apontando para a vaga mancha no horizonte.

— Os ventos estão para Ítaca — diz Homero.

— Ítaca não existe mais — protesta Joyce.

— Diga isso aos ventos — responde Homero.

— Mas não temos velas, não temos remos, não temos motor de popa, pelo que sabemos não temos nem popa, não temos nada. Salvo o nosso gênio, que não leva a lugar algum — diz Borges. — Estamos perdidos!

— Não estamos perdidos, Borges. Conhecemos este mar como ninguém. Já o cruzamos, em pensamento, mil vezes. Com Homero, que o inventou. Com Camões, com Conrad, com Sinbad, com o Capitão Nemo no *Nautilus*, com o Capitão Ahab no *Pequod*. Já ouvimos as suas sereias, já mergulhamos nos seus abismos e mijamos no fundo. Ninguém se aventurou neste mar como nós. Muitas dessas ondas fomos nós que fizemos. E é um mar feito de tudo que nós amamos. Letras, palavras, frases, parágrafos, capítulos, alusões, memórias, imagens e o cheiro de craca... Não estamos sozinhos. Não estamos perdidos. Sabemos onde estamos, e onde fica Dublin. O que mais um homem precisa saber?

— Como chegar lá — diz Borges.

— Eu sei como chegar a Dublin. Eu voltei.

— Não voltou — diz Homero.

— Como, não voltei?

— Você nunca voltou a Dublin. Eu nunca voltei a Ítaca. Borges nunca voltou à biblioteca do seu pai. Podemos tê-las evocado, mas elas não estavam mais lá. Não é só Ítaca que não existe mais. Nenhum lugar do nosso passado existe mais. Evocá-los é uma maneira de acabar de destruí-los, de povoá-los com mortos. Acreditem, eu sei. Pelo mar de palavras não se volta a lugar algum.

— E se formos resgatados por teóricos de helicóptero? Continuamos lidos. Revisionistas loucos para nos reexaminarem é que não faltam. Cedo ou tarde nos tirarão daqui.

— Não, você não entendeu? Não somos mais nós, somos apenas as nossas palavras. Não nos distinguirão delas. Se pularmos, nos confundirão com símiles voadores; se abanarmos os braços, nos confundirão com narrativas tentaculares ou outras criaturas do mar. Nos fundimos com a imensidão azul das línguas, jamais sairemos vivos daqui.

— Quer dizer que tudo isso, a ponta do iceberg, esse naufrágio, essa conversa, era apenas uma encenação? Uma representação de como acabamos, com todo o nosso gênio? — pergunta Joyce.

— É — responde Homero.

— O mar de palavras, então, é a morte?

— Não. É a eternidade.

— Eu sabia — diz Borges. — A biblioteca do meu pai.

Garrincha

Onde você estava no dia 17 de junho de 1962? Quem ainda não era nascido, por favor, vire a página e nos deixe com nossas memórias. Foi o dia em que o Brasil ganhou a Copa do Mundo pela segunda vez seguida, no Chile. Até hoje, é pavloviano: quando penso naquela Copa, ouço a música "Et maintenant" e sinto o gosto de cachaça com mel. Eu morava no apartamento de uma tia, no Leme. Acompanhávamos os jogos do Brasil pelo rádio tomando batidas de cachaça, cuidando para nunca variar a rotina que estava obviamente ajudando nosso time. A Clarice Lispector era vizinha, mas não me lembro dela participando desses rituais. Sentimos que tínhamos feito alguma coisa errada quando o Pelé se machucou, teríamos trocado a marca da cachaça? Depois descobrimos que tudo estava previsto. Com o Pelé machucado, o Garrincha se viu na obrigação de jogar por quatro e ganhar a Copa. A celebração das vitórias sempre começava com "Et maintenant" a todo volume no toca-discos e geralmente acabava no restaurante Fiorentina, ali perto. Vitória do Brasil era apenas outro pretexto para festa no Fiorentina, aonde iam "os artistas" e onde pareciam estar sempre comemorando alguma coisa. Hoje sei que se celebrava o fato de termos todos 35 anos menos do que teríamos um dia. Garrincha e Gilbert Bécaud, quem podia com essa tabelinha?

1962. Eu tinha saído de Porto Alegre naquele ano com a ideia de ganhar algum dinheiro no Rio e depois ir para uma vaga Londres fazer alguma coisa mais vaga ainda ligada a cinema. Éramos movidos a cinema, naquela época. Eu não tinha diploma de nada nem qualquer vocação aparente, fora um discutível "jeito para desenho". A Clarice, amiga da família, chegou a telefonar para o Ivan Lessa, que trabalhava em publicidade, para ver se me conseguia um emprego. Não deu. Chegou um amigo de Porto Alegre, companheiro de inconsequências, que ganhara uma bolada da venda de umas terras do pai e, entre usar o dinheiro para se estabelecer ou queimar tudo num fim de semana no Rio, optou pelo mais sensato e me convocou para ajudá-lo. Sim, tive meus três dias de condor, mandando baixar no Fred's (o Hotel Méridien hoje se ergue sobre as suas cinzas) e requisitando coristas para acompanhar nosso delírio de paulistas. A minha se chamava Letícia e, meu Deus, hoje deve ser avó. Foi uma despedida tardia da adolescência. Depois começou a vida real. Fui trabalhar com um americano com a promessa de ficar rico e quase acabei preso, casei, tentei um negócio que não deu certo e, quatro anos depois de me mudar para o Rio, voltei para casa. Que ficara ainda mais longe de Londres do que era antes. Lembro que a estrela principal do Fred's era a Lady Hilda. A Lady Hilda era intocável. A Lady Hilda namorava um delegado.

Em 1962, no Rio, você lia as colunas do Armando Nogueira, do Nelson Rodrigues, do Stanislaw Ponte Preta, do Antônio Maria, do João Saldanha, do Paulo Francis escrevendo sobre teatro e mandando pau na direita... Quem mais? Na *Manchete* saíam as crônicas do Rubem Braga, do Paulo Mendes Campos e do Fernando Sabino, e na *Cruzeiro* as gloriosas duas páginas do Millôr. Jango estava no governo, as reformas de base eram uma possibilidade (se apenas o Lacerda deixasse, porque os militares estavam sob controle e, como se não bastasse a Rose di Primo e o sundae do Bob's, havia o Garrincha. No auge, como todo mundo.

O ultimato

A Berenice tinha lhe dado um ultimato, contou o Fabinho na roda. Ou ela ou a turma. A turma se entreolhou. Ultimato era logo. O Solis tomou coragem e perguntou:

— E você escolheu o quê?

— Eu estou aqui, não estou?

Houve aplausos na mesa. Ó Fabinho, seu! Aquilo é que era amigo.

Um exemplo para outros que tinham fraquejado e escolhido a família. E uma lição para as mulheres. Ultimato não era coisa que se desse a um homem. Ultimato era o fim.

Pediram outra rodada de chope, para comemorar a vitória da amizade sobre a prepotência.

Mas aconteceu o seguinte: depois da separação, o Fabinho começou a aparecer menos na roda. A princípio houve compreensão. Livre da Berenice, ele estava aproveitando para namorar. Depois de tantos anos dando exclusividade à Berenice, precisava recuperar seu nome na praça. Claro. Mas quando reapareceu, num sábado de manhã, parecia preocupado. Avisou que só podia ficar pouco tempo. Ao contrário do Fabinho pré-ultimato, não tinha nenhuma piada nova para contar. E, pela primeira vez na história da mesa, ele foi o primeiro a sair. Precisava passar no supermercado.

Outro dia, no melhor da conversa, o Fabinho olhou o relógio e se levantou de repente, invocando a prostituta que os tinha gerado. Tinha esquecido! Marcara a visita de alguém para olhar os azulejos do banheiro, que estavam se soltando. Precisava ir para casa. Saiu correndo, deixando para trás uma turma perplexa. O que estava acontecendo com o Fabinho? O Mário Sérgio então disse a frase:

— Vitória da Berenice.

Sua tese era que, ausente, Berenice conseguira o que queria.

Roubara o Fabinho da turma. Pelo simples fato de não estar em casa, transformara o Fabinho num monstro de domesticidade.

— Temos que remir — disse o Solis.

A Berenice não podia vencer, assim, numa espécie de WO ao contrário. Não era uma questão pessoal. Era uma questão de princípios.

Em vez de piadas novas, o Fabinho agora só trazia para a mesa — quando aparecia — suas angústias caseiras. Azulejos soltos, cortinas despencadas, a disponibilidade e o aspecto de hortifrutigranjeiros, as vantagens da feira sobre o super e vice-versa, as... Até que o Magro gritou "Chega!" e disse o que toda turma estava pensando. Que o Fabinho se transformara num chato. Que, se continuasse assim, era melhor que ficasse em casa, cuidando dos seus ralos e rachaduras, e deixasse com a turma apenas a lembrança do Fabinho como ele era. Do Fabinho dos grandes dias. Depois da surpresa e do ressentimento, o Fabinho acabou concordando. Sabia que tinha mudado. Mas o que podia fazer para ser de novo o velho Fabinho?

Era impossível ir ao bar todos os dias, e ficar até tarde, e ser o companheiro divertido de antes, sabendo que tinha louça para lavar em casa. A boêmia bem--sucedida exigia um mínimo de logística.

— Me falta retaguarda! — protestou Fabinho, abrindo os braços. — Me falta retaguarda.

Combinaram que Fabinho procuraria Berenice com uma proposta de reconciliação. Ela voltaria, e eles acertariam o que o Solis chamou de um *modess vivendi*. Dias certos para ele estar com a turma, talvez três vezes por semana. Com hora certa para voltar pra casa. O importante era que Berenice retomasse a gerência do lar e liberasse o Fabinho para ser de novo Fabinho.

— Leve um organograma — sugeriu o Mário Sérgio, que acreditava muito em métodos audiovisuais.

Funcionou. A Berenice topou. Eles estão juntos outra vez. O Fabinho aparece na mesa três vezes por semana e é o velho, o legendário Fabinho, mesmo com hora marcada para ir embora.

Mas persiste na turma, embora ninguém a comente, a vaga sensação de vitória de Berenice. Por pontos.

Açúcar emprestado

Vizinhos de porta, ele o 41 e ela o 42.

Primeiro lance: ela. Bateu na porta dele e pediu açúcar emprestado para fazer um pudim.

Segundo lance: ela de novo. Bateu na porta dele e perguntou se ele não queria provar o pudim. Afinal, era coautor.

Terceiro lance: ele. Hesitou, depois perguntou se ela não queria entrar. Ela entrou, equilibrando o prato do pudim longe do peito para não derramar a calda.

— Não repara a bagunça...
— O meu é pior.
— Você mora sozinha?

Sabia que ela morava sozinha. Perguntara ao porteiro logo depois de se mudar. A do 42? Dona Celinha? Mora sozinha. Morava com a mãe mas a mãe morreu. Boa moça. Um pouco... E o porteiro fizera um gesto indefinido com a mão, sem dizer o que a moça era. Fosse o que fosse, era só um pouco.

A conversa começou com apresentações e troca de informações — "Nélio", "Celinha", "Capricórnio", "Leão", "Daqui mesmo", "Eu também" — e continuou enquanto comiam todo o pudim, que estava ótimo. Mas quando ela disse "Como a gente se entendeu bem, né?", cobrindo a mão dele com a dela, ele decidiu dar um lance preventivo e declarou que não queria envolvimentos em sua vida. Queria ser um homem sem envolvimentos. Entende? Sua decisão de vida era não ter envolvimentos.

— Como, envolvimentos? — perguntou ela.
— Envolvimentos — explicou ele.

Antes de sair, com a cara amarrada, ela disse:
— Me empresta uma gilete?
— Gilete? Eu não uso gilete.
— Não faz mal, eu tenho em casa.

E saiu, pisando firme e sem olhar para trás.

Uma hora depois, bateu na porta.
— Vim buscar o prato do pudim.

Ele viu que ela tinha cortado os pulsos. O sangue pingava na laje do corredor.
— O que é isso?!

E todo o tempo, enquanto ele estancava a sangueira da melhor maneira possível, e a colocava no seu carro, e a levava em disparada para o hospital, ela só repetia:
— Ué, não era você que não queria envolvimentos? Não era você?

Tim-tim

Durante muitos anos, o tim-tim me intrigou. Tim-tim por tim-tim : o que queria dizer aquilo? Imaginei que fosse alguma misteriosa medida de outros tempos que sobrevivera ao sistema métrico, como a braça, a légua etc. Outro mistério era o triz. Qual a exata definição de um triz? É uma subdivisão de tempo ou de espaço. As coisas deixam de acontecer por um triz, por uma fração de segundo ou de milímetro. Mas que fração? O triz talvez correspondesse a meio tim-tim, ou o tim-tim a um décimo de triz. Tanto o tim-tim quanto o triz pertenceriam ao obscuro mundo das microcoisas. Há quem diga que não existe uma fração mínima de matéria, que tudo pode ser dividido e subdividido. Assim como existe o infinito para fora — isto é, o espaço sem fim, depois que o universo acaba — existiria o infinito para dentro. A menor fração da menor partícula do último átomo ainda seria formada por dois trizes, e cada triz por dois tim-tins, e cada tim-tim por dois trizes, e assim por diante, até a loucura.

Descobri, finalmente, o que significa tim-tim. É verdade que, se tivesse me dado o trabalho de olhar no dicionário mais cedo, minha ignorância não teria durado tanto. Mas o óbvio, às vezes, é a última coisa que nos ocorre. Está no Aurelião. Tim-tim, vocábulo onomatopaico que evoca o tinido de moedas. Originalmente, portanto, "tim-tim por tim-tim" indicava um pagamento feito minuciosamente, moeda por moeda. Isso no tempo em que as moedas, no Brasil, tiniam, ao contrário de hoje, quando são feitas de papelão e se chocam sem ruído. Numa investigação feita hoje da corrupção no país tim-tim por tim-tim ficaríamos tinindo sem parar e chegaríamos a uma nova concepção de infinito.

Tim-tim por tim-tim. A menina muito dada namoraria sim-sim por sim-sim. O gordo incontrolável progrediria pela vida quindim por quindim. O telespectador habitual viveria plim-plim por plim-plim. E você e eu vamos ganhando nosso salário tim por tim (olha aí, a inflação já levou dois rins). Resolvido o mistério do tim-tim, que não é uma subdivisão nem de tempo nem de espaço nem de matéria, resta o triz. O Aurelião não nos ajuda. "Triz", diz ele, significa por pouco. Sim, mas que pouco? Queremos algarismos, vírgulas, zeros, definições. Espera um pouquinho. Aqui tem outra definição para "triz". Substantivo feminino. Popular. "Icterícia". Triz quer dizer icterícia. Ou teremos que mudar todas as nossas teorias sobre o universo ou teremos que mudar de assunto. Acho melhor mudar de assunto. O universo já tem problemas demais.

Os enlatados

O Grupo de Trabalho formado pela Rede para pensar na eventualidade de substituir as séries filmadas americanas na TV por produções brasileiras entra no seu décimo dia de reunião. Estão naquela fase de desânimo em que já nem entortam mais clipes de papel e começam a pensar vagamente em entortar um ao outro. O coordenador boceja, no que é acompanhado pelo seu assistente, que só não abre tanto a boca para não parecer carreirismo.

— Como é, gente — diz o coordenador. — Vamos ver se hoje sai alguma ideia que preste. A Direção está em cima de mim, reclamando da demora. Já estão nos chamando de "L'Armata Pestalozzi".

— Eu ainda acho que aquela minha ideia da série médica não era má.

— Pura imitação dos americanos.

— Mas tinha o toque brasileiro. Passava-se numa fila do INPS. Os dramas, as desilusões, os casos curiosos, os conflitos humanos, tudo que pode acontecer numa típica fila do INPS em qualquer lugar do Brasil.

— Desenvolve, desenvolve.

— Por exemplo. Um episódio poderia ser assim: simpático espertalhão que compra e vende lugares na fila comove-se com situação de jovem senhora com problema renal e lhe cede lugar de graça. Depois descobre que a mulher também é vigarista e vende seu lugar. Pede explicações. O amor floresce. Casam-se em plena fila. Madrinha do casamento é uma pitoresca velha hipocondríaca que está sempre em segundo lugar na fila, mas manda os outros passarem na sua frente com a frase: "Passa, passa, o meu caso é complicadíssimo e vai levar muito tempo...".

O coordenador olha em volta. Quer saber se todos compartilham da sua opinião sobre a ideia.

— O que é que a gente faz com ele?

— Eu sugiro azeite fervendo no ouvido.

— É pouco. Mas a personagem da velha hipocondríaca é aproveitável.

— Aí está. Uma grande série. *O hipocondríaco*. Os dramas, as desilusões, os casos curiosos, os conflitos humanos na vida de um hipocondríaco brasileiro. Uma espécie de *O fugitivo* que percorre todo o país fugindo de vírus imaginários. Sua vida amorosa é estranha e acidentada principalmente porque ele insiste em só beijar através de máscaras cirúrgicas. Um dia *O hipocondríaco* rouba um receituário e...

— Acho melhor você abandonar os casos médicos antes que você se torne um deles. Como é, pessoal? Ideias!

— Família de índios brasileiros, bem primitivos, nunca viram homem branco, vai morar em Copacabana. Não sei por quê, isso a gente vê depois. As complicações. Velho pajé briga com síndico do edifício. Este reclama das festinhas no apartamento. Pajé diz: "Festinhas, nada. Cerimônia pedindo água a Tupã, torneira não tem". Jovem índia não entende por que anda nua na praia e ninguém liga, mas na rua todo mundo olha e vem a polícia. Índio adolescente faz prova de coragem para se tornar guerreiro. Pinta o rosto, veste calça Lee e sai para caçar. Volta com Volkswagen crivado de flechas. Não é muito, mas ele explica: "Tentei matar Circular Leme-Leblon. Circular Leme-Leblon muito rápido".

O coordenador suspira.

— E pensar que eu entrei para a televisão para conviver com gente criativa. O mundo maravilhoso dos comunicadores. (Suspiro.)

— Ou então esta. A mesma família de índios em Copacabana. Só que um dos índios é politizado. Comeu um pesquisador francês, sei lá. Vai na mercearia e insiste em trocar contas de vidros, espelhinhos etc., por comida, com o português. O português acha muita graça. Índio diz: "Nós trocamos continente por contas de vidros com vocês e agora você não troca um lata de salsicha!". Hein? Hein?

O coordenador e seu assistente suspiram em uníssono.

— Quem sabe um western moderno brasileiro? População de Mato Grosso, aterrorizada com a onda de violência, contrata pistoleiros profissionais para enfrentar a polícia.

— Sutil mas perigoso.

— Famoso travesti é também detetive particular. O primeiro detetive homossexual da TV. Usa uma minúscula pistola com cabo de madrepérola na bolsa. Sua pulseira emite e recebe sinais de rádio, com os cílios postiços servindo como antena. Ele abre qualquer fechadura com um grampo especialmente feito para ele. Na sua luta contra o crime, prefere os métodos intelectuais, como citações de Saint-Exupéry e uma imortal imitação da Marlene Dietrich, mas, quando é preciso, também recorre à força, pulando, aos gritos, no colo dos marginais e arranhando eles todos. Nas situações extremas, quando está sem saída e prestes a ser massacrado pelos inimigos, tem uma arma infalível: desmaia. O que você acha?

— Eu acho que não.

Labirintos

O que é um labirinto?

Um labirinto é o caminho mais rápido entre o ponto A e o ponto B para quem queria ir para o ponto C.

Como se constrói um labirinto?

De preferência, de dentro para fora.

Quem inventou o labirinto?

Não se sabe o seu nome. O conceito de corredor não existia na arquitetura antiga. Nas habitações e nos prédios públicos uma peça dava na outra, ou todas se juntavam e davam num átrio central. Foi então que, numa remota região da Mesopotâmia, um arquiteto inventou o corredor. Mas como não tinha o conceito de peças, fazia casas só de corredores que se cruzavam e recruzavam, nas quais as pessoas entravam e nunca mais saíam, e que certamente estão nas origens do labirinto moderno. Impossibilitadas de ter qualquer contato social, ou mesmo de buscar mantimentos, as famílias que ocupavam essas casas acabaram extintas, levando com elas para o esquecimento o nome do arquiteto.

Como começou a mania dos nobres ingleses de terem um labirinto na sua propriedade rural?

Lord Auberon Bores-Easily, a quem se atribui a invenção do muxoxo, perdeu a paciência com a placidez e a previsibilidade das suas terras em Sussex e, reunindo engenheiros e jardineiros num trecho do seu gramado, decretou: "Quero uma complicação aqui". O próprio lorde desapareceu durante uma inspeção das obras e nunca mais foi visto.

Para que serve um labirinto?

Para você matar o tempo, e vice-versa. Para você exercer plenamente o seu direito de ir e vir, ir e vir, ir e vir. Para você saber o que é mudar de orientação, voltar atrás, rever posições, escolher novos caminhos, repetir os mesmos erros e perder a compostura sem precisar entrar na política. Para você passear com aquela pessoa especial com quem decidiu que quer passar o resto da sua vida. Para cronistas que precisam fazer muito material adiantado poderem escrever sobre um assunto sem qualquer atualidade ou utilidade, mas com várias partes. Para nada.

Como entrar num labirinto?

Pela entrada. Mas cuidado, pode ser a saída disfarçada.

Como reconhecer a saída de um labirinto do lado de fora?

Se não tiver ninguém saindo, é a saída.

Como sair de um labirinto?

Depende. Onde você está?

Num corredor estreito com paredes altas e brancas de cada lado.

Algum grafito nas paredes?

Tem. "Mané esteve aqui." Depois, "Mané esteve aqui de novo." Depois, "Meu Deus é a terceira vez que eu passo por aqui." Assinado... a lata de spray está na mão de uma caveira!

É o Mané... Algum outro grafito?

Sim. "Penso que estive aqui." Assinado Jorge Luis Borges.

Finja que não viu esse.

Como é que eu saio deste labirinto?!

Calma. Na verdade, a sua situação é invejável. Você tem sempre só duas escolhas, o que raramente acontece com quem não está num labirinto. Você só pode ir para um lado ou para o outro. Sempre tem cinquenta por cento de chance de fazer a escolha certa.

Não existe nenhuma maneira cem por cento certa de me livrar deste labirinto?

Existe, mas você devia ter tomado uma providência antes de entrar.

Qual?

Não entrar.

Espere! Acabo de encontrar uma planta do labirinto na parede com uma seta apontando um lugar!

O que diz a seta?

"Você não está aqui..."

Típico humor de labirinto. Se enxergar uma porta com os dizeres "Saída de Emergência", não entre.

Por quê?

É um cemitério.

Atenção! Encontrei uma caixa presa na parede com os dizeres "Se você está perdido, quebre o vidro". Estou quebrando o vidro!

O que tem dentro da caixa?

Calmante.

Talvez o exemplo de outras pessoas que tiveram experiências em labirintos me ajude a sair deste.

Bem, existem algumas parábolas. Como a do Esbanjador, do Avaro e da galinha.

Como é?

O Esbanjador entrou no labirinto e, para não perder o caminho de volta, foi deixando moedas de ouro atrás de si. Depois era só ir catando as moedas do chão que voltaria à liberdade. O Esbanjador chegou no centro do labirinto, examinou tudo, e estava se preparando para voltar quando deu de cara com o Avaro, que chegava botando a última moeda de ouro na algibeira. O Avaro tinha passado pela entrada do labirinto, visto as moedas enfileiradas, e não resistira. Saíra a catá-las, labirinto adentro. "Seu imbecil!", gritou o Esbanjador. "E agora, como vamos encontrar o caminho de volta?". "Sou avaro mas não sou burro", disse o Avaro. "No lugar de cada moeda, deixei um grão de milho. É só ir catando os grãos de milho do chão que voltaremos à liberdade."

E aí?

Aí entrou a galinha. Ela tinha passado pela entrada do labirinto, visto os grãos de milho enfileirados, e...

Não sei como essa parábola pode me ajudar a sair daqui.

É o problema com as parábolas. Elas dão lições valiosas, mas de uma forma que ninguém entende. Acho que essa tem a ver com os diferentes tipos de compulsão, e a perdição a que nos levam.

A galinha tinha a compulsão de viver, o Avaro a de juntar dinheiro, e o Esbanjador a pior compulsão de todas.

A de esbanjar?

A de entrar em labirintos.

Ponto de vista

Avolumam-se, com suspeito sincronismo, as denúncias na imprensa sobre a prática do nepotismo entre os políticos brasileiros. Como um dos atingidos pela nefasta campanha, que visa a manchar a imagem do servidor público no Brasil, a mando de interesses inconfessáveis, me senti no dever de responder publicamente às insidiosas insinuações, na certeza de que assim fazendo estarei defendendo não apenas minha honra — apanágio maior de uma vida toda ela dedicada à causa pública e à tradição familiar que assimilei ainda no colo do meu saudoso pai, quando ele era prefeito nomeado da nossa querida Queijadinha do Norte e eu era o seu secretário particular, depois da escola —, mas também a honra de toda uma classe tão injustamente vilipendiada, a não ser quando pertence a outro partido, porque aí é merecido. A imprensa brasileira, em vez de cumprir seu legítimo papel numa sociedade democrática, que é o de dar a previsão do tempo e o resultado da loteria, insiste em perscrutar as ações dos políticos, como se estes fossem criminosos comuns, não qualificados, e em difamá-los com mentiras. Ou, em casos de extrema irresponsabilidade e crueldade, com verdades. Outro dia, depois de ler uma reportagem em que um órgão da nossa grande imprensa me fazia acusações especialmente levianas, virei-me para minha chefe de gabinete e comentei: "Querida, por que eles fazem isso comigo?". Mas ela resmungou alguma coisa, virou-se para o outro lado e continuou a dormir, obviamente perplexa. As hienas da imprensa não medem as consequências das suas infâmias. Tive que proibir aos meus filhos a leitura de jornais, para poupá-los. Como a função dos quatro no meu gabinete é unicamente a de ler jornais e eventualmente recortar algum cupom de desconto, o resultado é que passam o dia inteiro sem ter o que fazer e incomodando a avó, que serve o cafezinho. Não me surpreenderei se algum jornal publicar esse fato como exemplo de ociosidade nos gabinetes governamentais à custa do contribuinte. O cinismo dessa gente é ilimitado.

Mas enganam-se as hienas se pensam que me intimidaram. Não viro a cara para meus acusadores, embora eles só mereçam desprezo, mas os enfrento com um olhar límpido como minha consciência e um leve sorriso no canto da boca. Minha vida como parlamentar é um livro ponto aberto, imaculadamente branco. Como ministro, não tenho o que esconder. E, mesmo que tivesse, não haveria mais lugar nos bolsos. As acusações de nepotismo são tão fáceis de responder que até meu secretário de imprensa, o Gedeão, casado com a mana Das Mercês, e que é um bobalhão, poderia se encarregar disso. Mas eu mesmo o farei.

Não, não vou recorrer a subterfúgios e alegar que o nepotismo é antigo como o mundo, existe desde os tempos bíblicos e está mesmo nas origens do cristianismo. Quando Deus Todo-Poderoso, que era Deus Todo-Poderoso, quis mandar um salvador para a Terra, quem foi que escolheu? Um filho! Nem vou responder à infâmia com a razão, denunciando a hipocrisia. Vivemos numa sociedade que dá o mais alto valor à lealdade e aos sentimentos de família. Enaltecemos o bom filho, o bom pai, o bom marido — e o bom cunhado, como acaba de me lembrar o Gedeão, aqui do lado —, e no entanto esperamos que o político, abjetamente, deixe de dar um emprego para alguém do seu sangue e dê para parente de outro, às vezes um completo estranho, cuja única credencial é ser competente ou ter passado num concurso. Também não vou usar o argumento do pragmatismo, perguntando o que é melhor para a nação, o governante ser obrigado a roubar para sustentar um bando de desocupados como a família da minha mulher ou transferir os encargos para os cofres públicos, com suas verbas dotadas, e regularizar a situação? Neste caso, o nepotismo é profundamente moralizante. Com a vantagem de estarmos proporcionando a um vagabundo treinamento no emprego. Meu menino mais velho, por exemplo, poderia ocupar a cadeira de ministro de Estado a qualquer instante, pois, como meu assessor, aprendeu tudo sobre o cargo, menos a combinação do cofre, que eu não sou louco.

Mas não vou dar aos meus difamadores a satisfação de reconhecer a pseudo irregularidade. No meu caso, ela simplesmente não existe. "Nepotismo" vem do italiano *nepote*, sobrinho, e se refere às vantagens usufruídas pelos sobrinhos do papa na Corte Papal, em Roma. Bastava ser sobrinho do papa para ter abertas todas as portas do poder, sem falar de bares e bordéis. "Sobrinho" não era um grau de parentesco, era uma profissão e uma bênção. A corte eclesiástica era dominada pelos *nepotes*, e, nesse caso, a corrupção era evidente. Qual o paralelo possível com o que acontece no Brasil hoje em dia? Só na fantasia de editores ressentidos, articulistas mal-intencionados e repórteres maldizentes as duas situações são comparáveis. Desafio qualquer órgão de imprensa a vasculhar meus escritórios, meus papéis, minha casa, meu staff, minha vida e encontrar um — um único! — sobrinho do papa entre meus colaboradores. Não há sequer um sobrenome polonês!

Exijo retratação.

Atentados

O delegado Charão mandou o homem se sentar e perguntou o que era.
— Querem me matar — disse o homem.
— Tem certeza?
— Absoluta.
— Prossiga.
O homem contou que vinha sofrendo uma série de atentados. Desde quando, quis saber o delegado.

— Há muitos anos. Começou com uma tentativa de asfixia e afogamento.

— Quem foi?

— Minha mãe.

O delegado Charão quase engoliu o palito que trouxera do almoço no canto da boca.

— Sua mãe?!

— Ela jura que não. Que todos os partos são assim. Mas se eu não tivesse me safado a tempo, teria certamente morrido lá dentro. Mesmo depois do meu nascimento, ela não desistiu. Tentou me envenenar várias vezes.

— Pense bem na acusação que está fazendo.

— Tenho certeza de que se não tivesse cuspido fora a maior parte do que ela tentava botar na minha boca, inclusive fazendo aviãozinho, eu não estaria aqui hoje. Era uma papinha suspeitíssima.

— Você, então, está formalmente acusando sua mãe de tentativa de assassinato?

— E meu pai.

— Seu pai também?!

— Uma vez ele ameaçou me bater com o cinto. Alegou que eu estava pedindo, o que é uma mentira. Nunca pedi para me baterem. Mesmo assim levei várias palmadas que só não me mataram porque tive sorte. Elas atingiram as nádegas, se tivessem atingido algum órgão vital, eu não estaria aqui hoje.

— Seu pai e sua mãe tentaram matá-lo...

— Não só eles. A conspiração era grande. Descobri que as professoras, na escola, também participavam da trama. Inventavam testes de matérias que eu não tinha estudado, só para me forçarem a ter um colapso nervoso e talvez tentar o suicídio. Um dia um professor de educação física me mandou fazer abdominais. Desconfiei daquilo, dei uma desculpa qualquer e disse que não podia. Era óbvio que ele queria me matar. Em casa, contei ao meu pai e ele deu razão ao professor. Minha mãe também apoiava a artimanha das professoras que me mandavam fazer deveres de casa, onde o risco de cortar o dedo na borda de um papel ou me espetar com a ponta do compasso e o ferimento infeccionar era enorme, em vez de brincar. Descobri então que eles estavam combinados. Tive certeza de que eles não esperavam que eu saísse vivo da escola no dia da formatura, quando todos sacudiam a cabeça e diziam, decepcionados, "Parece mentira". Eu tinha sobrevivido. Mas eles não desistiram.

— Fizeram o quê?

— Apelaram para as armas. Contataram o Exército, que me convocou. Durante o serviço militar, estive várias vezes à beira da morte. Quando não era a ordem unida de madrugada, era a comida. Tentaram me dar pneumonia com os banhos frios. Se eu não me escondesse durante os exercícios de tiro, não estaria aqui hoje. Porque não tenho dúvida de que as balas eram para mim. Foi quando me convenci de que a conspiração era muito maior do que eu imaginava. Tenho certeza que se ficasse mais tempo no Exército, o Brasil teria simulado uma declaração de guerra à Argentina, só para que eu fosse morrer na linha de frente. No dia depois da minha morte, a farsa acabaria.

— Todos, então, querem matar você.

— Não sei se são todos. Mas a maioria, é certo. Minha namorada, por exemplo. Recusava-se a fazer sexo comigo. Sua estratégia era fazer a testosterona acumular até invadir todo o sistema circulatório e me matar. Fui obrigado a casar com ela para termos sexo. Aí ela mudou de tática. Na lua de mel exigia sexo a toda hora, inclusive depois do almoço, claramente querendo provocar uma congestão. Se eu não tivesse fugido dela, não estaria aqui hoje.

— No seu trabalho...

— Queriam me matar, com o que me pagavam. Agora estou aposentado, e o governo é que quer me matar. Aliás, o Brasil há anos tenta me matar. De susto, de raiva, de frustração e de desânimo, sem falar nas endemias, na intoxicação alimentar, no Humberto Lucena e no serviço de saúde, certamente montado com o único objetivo de um dia me pegar e me liquidar. A conspiração é nacional. E universal. O clima tem dado repetidas provas de que também está na trama contra mim. Não tem nada a ver com El Niño, é conspiração. Outro dia quase tive uma insolação — foi um atentado do Sol! O buraco no ozônio, o trânsito, as duplas caipiras infantis, a fase do Internacional, os meteoros que um dia vão se chocar com a Terra — e tudo para acabar comigo! É tudo combinado.

O delegado Charão ficou mastigando seu palito e examinando o homem. Depois disse:

— O senhor certamente não quer que eu prenda o Universo.

E brincou:

— Eu não saberia onde colocar as algemas.

Mas o homem não estava para brincadeiras. Disse:

— No outro dia me olhei no espelho. Estava com rugas que não tinha antes. O cabelo que eu tinha também desapareceu misteriosamente. Não posso fazer metade das coisas que eu sempre fiz. O cérebro dá a ordem mas os outros órgãos não colaboram. O próprio cérebro mudou de comportamento, não funciona mais como antes, está sonolento e desinteressado. O coração dá sinais de má vontade também. O fígado não está nem aí. A genitália? É como se não fosse com ela.

Os pulmões também têm uma atitude suspeita. Entende, delegado? Eu estou tentando me matar. Descobri que eu também faço parte da conspiração! Mas esse não escapa. É por isso que eu estou aqui hoje.
— Por quê?
— Vim me entregar.

Variações

Ernest Hemingway dizia que um conto deve ser como a ponta de um iceberg. O iceberg é o que não está escrito, é o que o leitor infere do que está escrito. Da ponta que aparece. Na verdade, quem escreve o conto é o leitor, induzido pelo contista. O contista induz, o leitor deduz. Hemingway escreveu o melhor exemplo da sua própria teoria, o conto "Os assassinos", sobre um homem à espera dos pistoleiros que irão matá-lo. O homem sabe que seus assassinos estão chegando mas não foge nem faz nada para evitá-los. O conto é isso. Não se fica sabendo por que o homem será executado ou o motivo da sua resignação. Isso está no iceberg. Quando fizeram o filme da história do Hemingway, filmaram o iceberg.

Como a moda na era da linguagem digital dos computadores, que é quase uma volta aos hieróglifos, é a concisão, as pontas dos icebergs literários ficam cada vez menores e o trabalho dos leitores cada vez maior. Proponho ao leitor disposto a trabalhar a coautoria dos contos que seguem, todos eles com a parte que me cabe — ou a ponta que aparece — completa, só faltando a parte submersa. Que pode ser do tamanho que você quiser, leitor. São todas variações do conto do Hemingway.

Destino
Através do alambrado, ela viu a velha Noca se aproximando com a faca na mão. Não sabia se ela seria a escolhida, dessa vez. Já vira a velha Noca em ação, sabia o que a esperava. Pensou em se refugiar no fundo do galinheiro, em se esconder da velha Noca, mas desistiu. Não adiantaria. Se era para ser a sua vez, que fosse. Ela não filosofava, mas em algum lugar do seu pequeno cérebro se formou um pensamento: espécie é destino.

A Babi

Alguém sentou ao seu lado no bar. Ele não olhou para o lado. Sabia quem era. Ouviu a voz conhecida dizer:

— Você não é fácil de encontrar...

— O que você quer?

— A Babi mandou entregar isto. Disse que está pronta para voltar, se você a aceitar. Que está disposta a esquecer tudo.

E o homem colocou uma aliança no topo do bar.

Ele olhou a aliança, depois levantou a mão esquerda e mostrou que tinha cortado fora o dedo anular.

— Diga à Babi que nunca mais.

Depois ouviu o ruído inconfundível de uma arma sendo engatilhada. E a voz do outro:

— Então eu tenho outro recado da Babi.

Matuba

— Pô, Matuba... Você pegou todas. Até o pênalti.

— É. Tava numa tarde boa, né?

— E o que nós combinamos com o Trombinha?

— O quê?

— Era pra amolecer. Deixar passar umas três. E você pegou até o pênalti que eu fiz.

— Pera aí. Acho que essa reunião eu perdi. Era pra amolecer?

— Estava todo mundo combinado. Nós atrasando bola envenenada a tarde inteira e você pegando todas. Até o meu pênalti! O que que nós vamos dizer pro Trombinha?

— Vamos dizer a verdade. Que eu sou surdo e não entendi a combinação.

— E você é surdo, Matuba?

— Hein?

— Quer um conselho? Foge do país.

— Pra onde?

— Uma das Guianas.

Crônica e ovo

A discussão sobre o que é, exatamente, crônica, é quase tão antiga quanto aquela sobre a genealogia da galinha. Se um texto é crônica, conto ou outra coisa interessa aos estudiosos da literatura, assim como se o que nasceu primeiro foi o ovo ou a galinha, interessa aos zoólogos, geneticistas, historiadores e (suponho) ao galo, mas não deve preocupar nem o produtor nem o consumidor. Nem a mim nem a você.

Eu me coloco na posição da galinha. Sem piadas, por favor. Duvido que a galinha tenha uma teoria sobre o ovo ou, na hora de botá-lo, qualquer tipo de hesitação filosófica. Se tivesse, provavelmente não botaria o ovo. É da sua natureza botar ovos, ela jamais se pergunta: "Meu Deus, o que eu estou fazendo?". Da mesma forma o escritor diante do papel em branco (ou, hoje em dia, da tela limpa do computador) não pode ficar se policiando para só "botar" textos que se enquadrem em alguma definição técnica de "crônica". O que aparecer é crônica.

Há uma diferença entre o cronista e a galinha, além das óbvias (a galinha é menor e mais nervosa). Por uma questão funcional, o ovo tem sempre o mesmo formato, coincidentemente oval. O cronista também precisa respeitar certas convenções e limites, mas está livre para produzir seus ovos em qualquer formato. Nesta coleção, existem textos que são contos, outros que são paródias, outros que são puros exercícios de estilo ou simples anedotas e até alguns que se submetem ao conceito acadêmico de crônica. Ao contrário da galinha, podemos decidir se o ovo do dia será listrado, fosforescente ou quadrado.

Você, que é o consumidor do ovo e do texto, só tem que saboreá-lo e decidir se é bom ou ruim, não se é crônica ou não é. Os textos estão na mesa: fritos, estrelados, quentes, mexidos... Você só precisa de um bom apetite.

O fato e as versões

Atirei um pau no gato-to. Não me pergunte por quê. O gato estava ali e de repente eu quis matá-lo. Não sou um homem violento, mas naquele instante me transfigurei. A gente não se conhece, não é mesmo? Somos o nosso maior mistério. Aquele gato não significava nada para mim. Verdade que não era um gato comum. Era um gato-to. Mas mesmo assim. Quando vi estava com o pau na mão, fazendo mira. O gato-to ainda me olhou, viu o que eu ia fazer e quis fugir. Mas fui mais rápido. Atirei o pau no gato-to. E acertei. Fiquei satisfeito-to. Era toda a agressividade retida dentro de mim, as frustrações da vida moderna, sei lá. Ou quem sabe a minha implicância com gatos que naquele momento explodia numa ação irracional. Eu queria matá-lo. Sim, matá-lo.

Mas o gato-to não morreu-rreu-rreu. Se atirar um pau naquele gato e matá-lo fosse me libertar, eu continuava prisioneiro das minhas frustrações. Nem matar um gato-to eu conseguia. Notei que todos em volta me olhavam de uma maneira estranha. Alguns com reprovação, outros com incompreensão. O que é que eu tinha contra aquele pobre gato-to? Senti que precisava me justificar. Armava-se naquela praça um movimento surdo de solidariedade ao gato-to. O gato-to talvez pertencesse a alguém. A uma das crianças. O pai da criança viria me pedir satisfações. Eu não tinha mais o que fazer além de ficar atirando paus nos gatos-tos dos outros?

— Desculpe, eu não sabia que o gato-to tinha dono.

— É do meu garoto-to.

— Está bem, desculpe-pe. Olhe aí, ele não morreu-rreu-rreu.

— A questão não é esta-ta. É que o gato-to é propriedade privada. O senhor gostaria que eu andasse atirando paus no que é seu?

— Eu já pedi desculpa.

— Desculpas nada, vou chamar um guarda.

Poderia complicar. Me vi sendo corrido da praça por bebês e babás indignados.

— É ele! É ele! Tarado-do!

Como me justificar? Dizer que eu não estava mirando o gato, estava mirando uma criança? As pessoas ficam mais indignadas com a violência contra animais do que contra crianças, que todas praticam. Acertei o gato-to por engano, foi isso. Não tinha intenção. Queria acertar naquele chato de cabelo encaracolado. Olhei em volta, tentando encontrar uma cara compreensiva. Avistei dona Chica, a do 712. Pelo menos era uma vizinha, nos cumprimentávamos no elevador, ela me ouviria. Dona Chica tinha presenciado tudo.

Dona Chica-ca admirou-se-se com o berro, com o berro que o gato deu. Me disse que nunca tinha ouvido coisa parecida. Se fosse um berro. Mas não, tinha sido um berro. De repente, tive uma revelação. Ali estava a resposta. Sim, por isso tinha levantado a mão contra um semelhante e tentado matá-lo. Está bem, um gato-to não era meu semelhante, mas era outro ser vivo. E eu, um partidário da não violência, atirara um pau no gato-to. Por quê? Porque desde pequeno aquela pergunta me atormentava: por que berro e não berro? Eu nunca encontrara berro em nenhum dicionário. Nada o justificava. E, no entanto, geração após geração aprendia a mesma coisa, inocentemente. O berro, o berro que o gato deu. E naquele dia, naquela praça, eu subitamente vira a minha oportunidade de pôr tudo à prova. Avistara um gato-to, pegara um pau e atirara o pau no gato-to. Naquele instante perdia minha inocência.

Abandonava a teoria e passava a praticar a vida. Dona Chica-ca assegurou-me-me que o gato realmente dera um berro. Eu estava contente. Não praticara um ato de selvageria mas de rigorosa pesquisa científica. Pelo menos era isso que diria se alguém chamasse um guarda. Mas as crianças logo se desinteressaram de mim, as babás viraram a cara e o próprio gato-to, que fugira para um matagal depois do berro, voltou sem me olhar e, aparentemente, sem ressentimentos. Quando subíamos no elevador dona Chica-ca convidou-me-me a tomar qualquer coisa no seu apartamento-to e eu fui, que também não sou de ferro. Ou de ferrô. Demorara um pouco mas a minha infância tinha acabado-do.

Grande Edgar

Já deve ter acontecido com você.

— Não está se lembrando de mim?

Você não está se lembrando dele. Procura, freneticamente, em todas as fichas armazenadas na memória o rosto dele e o nome correspondente, e não encontra. E não há tempo para procurar no arquivo desativado. Ele está ali, na sua frente, sorrindo, os olhos iluminados, antecipando a sua resposta. Lembra ou não lembra?

Nesse ponto, você tem uma escolha. Há três caminhos a seguir.

Um, o curto, grosso e sincero.

— Não.

Você não está se lembrando dele e não tem por que esconder isso. O "Não" seco pode até insinuar uma reprimenda à pergunta. Não se faz uma pergunta assim, potencialmente embaraçosa, a ninguém, meu caro. Pelo menos não entre pessoas educadas. Você devia ter vergonha. Não me lembro de você e mesmo que lembrasse não diria. Passe bem.

Outro caminho, menos honesto mas igualmente razoável, é o da dissimulação.

— Não me diga. Você é o... o...

"Não me diga", no caso, quer dizer "Me diga, me diga". Você conta com a piedade dele e sabe que cedo ou tarde ele se identificará, para acabar com a sua agonia. Ou você pode dizer algo como:

— Desculpe, deve ser a velhice, mas...

Esse também é um apelo à piedade. Significa "Não torture um pobre desmemoriado, diga logo quem você é!". É uma maneira simpática de dizer que você não tem a menor ideia de quem ele é, mas que isso não se deve à insignificância dele e sim a uma deficiência de neurônios sua.

E há o terceiro caminho. O menos racional e recomendável. O que leva à tragédia e à ruína. E o que, naturalmente, você escolhe.

— Claro que estou me lembrando de você!

Você não quer magoá-lo, é isso. Há provas estatísticas que o desejo de não magoar os outros está na origem da maioria dos desastres sociais, mas você não quer que ele pense que passou pela sua vida sem deixar um vestígio sequer. E, mesmo, depois de dizer a frase não há como recuar. Você pulou no abismo. Seja o que Deus quiser. Você ainda arremata:

— Há quanto tempo!

Agora tudo dependerá da reação dele. Se for um calhorda, ele o desafiará.

— Então me diga quem eu sou.

Nesse caso você não tem outra saída senão simular um ataque cardíaco e esperar, falsamente desacordado, que a ambulância venha salvá-lo. Mas ele pode ser misericordioso e dizer apenas:

— Pois é.

Ou:

— Bota tempo nisso.

Você ganhou tempo para pesquisar melhor a memória. Quem é esse cara, meu Deus? Enquanto resgata caixotes com fichas antigas do meio da poeira e das teias de aranha do fundo do cérebro, o mantém à distância com frases neutras como jabs verbais.

— Como cê tem passado?

— Bem, bem.

— Parece mentira.

— Puxa.

(Um colega da escola. Do serviço militar. Será um parente? Quem é esse cara, meu Deus?)

Ele está falando:

— Pensei que você não fosse me reconhecer...

— O que é isso?!

— Não, porque a gente às vezes se decepciona com as pessoas.

— E eu ia esquecer você? Logo você?

— As pessoas mudam. Sei lá.

— Que ideia!

(É o Ademar! Não, o Ademar já morreu. Você foi ao enterro dele. O... o... como era o nome dele? Tinha uma perna mecânica. Rezende! Mas como saber se ele tem uma perna mecânica? Você pode chutá-lo, amigavelmente. E se chutar a perna boa? Chuta as duas. "Que bom encontrar você!" e paf, chuta uma perna. "Que saudade!" e paf, chuta a outra. Quem é esse cara?)

— É incrível como a gente perde contato.

— É mesmo.

Uma tentativa. É um lance arriscado, mas nesses momentos deve-se ser audacioso.

— Cê tem visto alguém da velha turma?

— Só o Pontes.

— Velho Pontes!

(Pontes. Você conhece algum Pontes? Pelo menos agora tem um nome com o qual trabalhar. Uma segunda ficha para localizar no sótão. Pontes, Pontes...)

— Lembra do Croarê?

— Claro!

— Esse eu também encontro, às vezes, no tiro ao alvo.

— Velho Croarê!

(Croarê. Tiro ao alvo. Você não conhece nenhum Croarê e nunca fez tiro ao alvo. É inútil. As pistas não estão ajudando. Você decide esquecer toda a cautela e partir para um lance decisivo. Um lance de desespero. O último, antes de apelar para o enfarte.)

— Rezende...

— Quem?

Não é ele. Pelo menos isso está esclarecido.

— Não tinha um Rezende na turma?

— Não me lembro.

— Devo estar confundindo.

Silêncio. Você sente que está prestes a ser desmascarado. Ele fala:

— Sabe que a Ritinha casou?

— Não!

— Casou.

— Com quem?

— Acho que você não conheceu. O Bituca.

Você abandonou todos os escrúpulos. Ao diabo com a cautela. Já que o vexame é inevitável, que ele seja total, arrasador. Você está tomado por uma espécie de euforia terminal. De delírio do abismo. Como que não conhece o Bituca?

— Claro que conheci! Velho Bituca...

— Pois casaram.

É a sua chance. É a saída. Você passa ao ataque.

— E não me avisaram nada?!

— Bem...

— Não. Espera um pouquinho. Todas essas coisas acontecendo, a Ritinha casando com o Bituca, o Croarê dando tiro, e ninguém me avisa nada?!

— É que a gente perdeu contato e...

— Mas o meu nome está na lista, meu querido. Era só dar um telefonema. Mandar um convite.

— É...

— E você ainda achava que eu não ia reconhecer você. Vocês é que esqueceram de mim!

— Desculpe, Edgar. É que...

— Não desculpo não. Você tem razão. As pessoas mudam...

(Edgar. Ele chamou você de Edgar. Você não se chama Edgar. Ele confundiu você com outro. Ele também não tem a mínima ideia de quem você é. O melhor é acabar logo com isso. Aproveitar que ele está na defensiva. Olhar o relógio e fazer cara de "Já!".)

— Tenho que ir. Olha, foi bom ver você, viu?

— Certo, Edgar. E desculpe, hein?

— O que é isso? Precisamos nos ver mais seguido.

— Isso.

— Reunir a velha turma.

— Certo.

— E olha, quando falar com a Ritinha e o Mutuca...

— Bituca.

— E o Bituca, diz que eu mandei um beijo. Tchau, hein?
— Tchau, Edgar!

Ao se afastar, você ainda ouve, satisfeito, ele dizer: "Grande Edgar". Mas jura que é a última vez que fará isso. Na próxima vez em que alguém lhe perguntar "Você está me reconhecendo?" não dirá nem não. Sairá correndo.

O suicida e o computador

Depois de fazer o laço da forca e colocar uma cadeira embaixo, o escritor sentou-se atrás da sua mesa de trabalho, ligou o computador e digitou:

"No fundo, no fundo, os escritores passam o tempo todo redigindo a sua nota de suicida. Os que se suicidam mesmo são os que a terminam mais cedo."

Levantou-se, subiu na cadeira sob a forca e colocou a forca no pescoço. Depois retirou a forca do pescoço, desceu da cadeira, voltou ao computador e apagou o segundo "no fundo". Ficava mais enxuto. Mais categórico. Releu a nota e achou que estava curta. Pensou um pouco, depois acrescentou:

"Há os que se suicidam antes para escapar da terrível agonia de encontrar um final para a nota. O suicídio substitui o final. O suicídio é o final."

Levantou-se, subiu na cadeira, colocou a forca no pescoço e ficou pensando. Lembrou-se de uma frase de Borges. Encaixa, pensou, retirando a corda do pescoço, descendo da cadeira e voltando ao computador. Digitou:

"Borges disse que o escritor publica seus livros para livrar-se deles, senão passaria o resto da vida reescrevendo-os. O suicídio substitui a publicação. O suicídio é a publicação. No caso, o livro livra-se do escritor."

Levantou-se, subiu na cadeira, mas desceu da cadeira antes de colocar a forca no pescoço. Lembrara-se de outra coisa. Voltou ao computador e, entre o penúltimo e o último parágrafo, inseriu:

"Há escritores que escrevem um grande livro, ou uma grande nota de suicida, e depois nunca mais conseguem escrever outro. Atribuem a um bloqueio, ao medo do fracasso. Não é nada disso. É que escreveram a nota, mas esqueceram-se de se suicidar. Passam o resto da vida sabendo que faltou alguma coisa na sua obra e não sabendo o que é. Faltou o suicídio."

Levantou-se, ficou olhando a tela do computador, depois sentou-se de novo. Digitou:

"No fundo, no fundo, a agonia é saber quando se terminou. Há os que não sabem quando chegaram ao final da sua nota de suicida. Geralmente, são escritores de uma obra extensa. A crítica elogia sua prolixidade, a sua experimentação com formas diversas. Não sabe que ele não consegue é terminar a nota."

Dessa vez não se levantou. Ficou olhando para a tela, pensando. Depois acrescentou:

"É claro que o computador agravou a agonia. Talvez uma nota de suicida definitiva só possa ser manuscrita ou datilografada à moda antiga, quando o medo de borrar o papel com correções e deixar uma impressão de desleixo para a posteridade leva o autor a ser preciso e sucinto. Tese: é impossível escrever uma nota de suicida num computador."

Era isso? Ele releu o que tinha escrito. Apagou o segundo "no fundo". Era isso. Por via das dúvidas, guardou o texto na memória do computador. No dia seguinte o revisaria. E foi dormir.

Visões

Este ano ele decidiu fazer um retiro espiritual durante o Carnaval. A mulher compreendeu. Ele precisava de uns dias de recolhimento, introspecção e autoanálise. "Um spa da alma", foi como descreveu o que queria. E, através de um parente religioso, conseguiu exatamente o que queria. Um cubículo de paredes nuas, salvo por um crucifixo, uma cama com colchão de palha, uma semana de comida frugal, água de moringa e reflexão. Faria um levantamento da sua vida até ali, para saber como vivê-la com sabedoria até o fim. Internou-se na segunda-feira para sair na sexta. Na quarta-feira teve a primeira visão. De uma das paredes nuas saiu uma adolescente nua, que ele reconheceu imediatamente. Irene, a vizinha Irene, seu primeiro beijo de língua. Naquela mesma noite, apareceu a prima Ivani, que o deixava tocá-la por fora da calcinha. Ivani entrou por uma rachadura do teto, sem calcinha. Na quinta-feira, um grande calor dentro do cubículo anunciou a chegada de Ingá, a empregada da colônia, a dos mamilos rosados, sua primeira vez até o fim. Em seguida, materializou-se num canto a sua primeira namorada séria, Maria Alcina, a que enchia o umbigo de mel para ele esvaziar com a língua. E de dentro da moringa saiu a sinuosa Sulamita dos cabelos negros até a cintura, que ele pensava que já tivesse esquecido. Naquela noite, se alguém olhasse pela portinhola, o veria dando voltas no cubículo, puxando um cordão imaginário de mulheres, que depois caberiam todas juntas no seu colchão de palha. Na sexta-feira, antes de sair, ele combinou com todas. Ano que vem, aqui mesmo, turma! Quando ele chegou em casa, a mulher só estranhou as olheiras.

Depois da batalha

Quando um casamento dá errado, você pode apostar que o problema começou na cama. Mas ninguém entendeu quando Jorge e Gisela voltaram da lua de mel separados e, em vez de constituírem um lar, constituíram advogados. Afinal, a não ser por alguma revelação insólita — um descobrir que o outro não era do sexo que dizia ser, ou era tarado, ou era, sei lá, um vampiro, ou do PFL jovem — nada que aconteceu ou deixou de acontecer na cama numa viagem de núpcias é tão terrível que não possa ser resolvido com tempo, compreensão ou terapia. O sexo não podia ter sido tão desastroso assim.

— Não, não — disse Jorge. — O sexo foi ótimo. O problema foi outro.
— Qual?
— Batalha naval.

O sexo tinha sido tão bom que Jorge e Gisela ficaram uma semana sem sair da cama. Mas o amor, como se sabe, é como marcação sob pressão no futebol. Por mais bem preparados que estejam os jogadores. eles não podem marcar sob pressão os noventa minutos. Nem se o Jorge e a Gisela fossem o Rincón e o Vampeta do sexo conseguiriam se amar o tempo todo, dia e noite, sem intervalos. E foi para preencher os intervalos que o Jorge propôs a Gisela que jogassem batalha naval. Tinham o que era preciso no quarto: papel e lápis. Qualquer borda reta serviria como régua para fazerem os quadradinhos. Não precisavam sair da cama. E o vencedor poderia escolher a forma como se amariam, depois da batalha.

— Jota 11.

— Água. Bê quatro.

— Outro submarino.

— Viva eu!

Quem passasse pela porta do quarto dos recém-casados e ouvisse aquilo não entenderia o que acontecia lá dentro. Jorge e Gisela, nus sob os lençóis, um atirando seus mísseis imaginários sobre a frota do outro. Gisela, estranhamente, acertando mais do que Jorge. Que já tinha perdido dois submarinos e um cruzador quando finalmente acertou um disparo.

— Agá nove — cantou Jorge.

— lh... — lamentou-se Gisela — Parte do meu porta-aviões.

— Arrá! — gritou Jorge, triunfante.

— Ele 12 — tentou Gisela.

— Água, água — disse, ansioso para terminar o serviço no porta-aviões inimigo. — Agá dez!

— Água. Dê 13...

— Água. Agá oito.

— Água. Efe dois...

— Água. Gê nove.

— Água. Ele seis.

— Água. I nove!

— Água. Ene...

— Espera um pouquinho. Como água?

— Água. Você acertou na água.

— Você me disse que Agá nove era parte do seu porta-aviões.

— E é.

— Mas eu disparei em volta do Agá nove e não acertei mais nada.

— Exatamente. Só acertou água.

— E onde está o resto do seu porta-aviões?

— E eu vou dizer? Engraçadinho! Tente adivinhar.

Jorge estava de boca aberta. Quando conseguiu falar, foi com a voz de quem acaba de encontrar uma nova forma de vida e tem medo de provocá-la.

— Deixa ver se eu entendi. O seu porta-aviões não está todo no mesmo lugar.

— Claro que não! Eu divido em quatro partes e boto uma bem longe da outra. Assim fica mais difícil de atingir.

Os amigos concordaram que seria perigoso ficar casado com uma mulher que espalhava o seu porta-aviões. Por melhor que fosse o sexo, era preciso pensar no resto da vida, quando os intervalos ficariam cada vez maiores. Jorge nem chegou a contar que os submarinos da Gisela não constavam do diagrama da sua frota. Segundo ela, estavam submersos, podiam estar em qualquer lugar, nem ela saberia onde encontrá-los. Era melhor pedir o divórcio.

O apagador de pirâmides

Descobriram que o cérebro do Einstein tinha uma anomalia. Uma deformação justamente na área que a gente usa para pensar no Universo e fazer cálculos abstratos, e que nele era maior do que o comum. De modo que você não precisa mais se sentir humilhado com os feitos mentais do homem que não apenas deduziu as leis da matéria como "sacou", no sentido de tirar do nada, teorias que só agora estão sendo comprovadas. Da próxima vez que mencionarem o gênio de Einstein na sua presença você pode dizer: "Também, com aquele cérebro, até eu".

Mas o tamanho do cérebro não determina, necessariamente, o tamanho da inteligência. O homem de Neandertal, que até pouco tempo era considerado nosso antepassado (hoje se especula que é o antepassado só de jogadores de rúgbi, aqueles cujo capacete protetor é o próprio crânio, e do Jair Bolsonaro) tinha um cérebro maior do que o nosso, além de uma estrutura óssea e muscular mais desenvolvida, mas não conseguia nem falar e deu em nada como espécie. Há uma tese segundo a qual, como o seu tempo de gestação era mais longo, o homem de Neandertal já nascia pronto e não precisava daquele período em que a gente depende totalmente da mãe, com o pai fazendo papel de palhaço do lado e a vovó atrás dando palpite, que é quando se forma a cultura humana. E com todo o seu tamanho o cérebro do homem de Neandertal não tinha nenhum dispositivo para a fala. Sem uma linguagem, ele foi um fracasso. A espécie durou 80 mil anos e desapareceu sem deixar um vaso, um palito, um chaveirinho. Só os seus grandes ossos.

Outra tese é que em todo embrião humano, até um certo estágio, o cérebro cresce como o de um embrião de Neandertal. Se não fosse a interferência de um novo código genético que cancela o primeiro, nasceríamos com o mesmo tipo de cérebro e ainda estaríamos nos comunicando às tacapeadas. As novas instruções são para o cérebro sofrer uma espécie de depuração, em que ele é, para todos os efeitos, editado. Fica um cérebro menor, mais compacto, mais ágil e, o que é o principal, com espera para a fala. Há nisso uma lição da biologia para os autores muito prolixos: cortem, cortem. O cérebro humano é o exemplo mais bem-acabado que existe das virtudes de uma boa revisão. E a predisposição para a síntese está nas nossas células.

Uma área fascinante da neurologia que não recebe a atenção merecida, ou recebe e eu é que não sei, é a da somatização. Da doença imaginária que o corpo, por assim dizer, encampa e desenvolve. Muito da história do mundo — certamente da história da religião — pode ser explicado pelo fenômeno da somatização, que não deixa de ser uma forma de milagre. Numa gravidez histérica a menstruação é interrompida, a barriga cresce durante nove meses e sua única diferença de uma gravidez real é que o bebê não está no ventre, mas no cérebro da mulher. Se o cérebro tem esse poder, então quem tem poder sobre o cérebro pode tudo, inclusive curar a doença imaginada e somatizada. Aí a diferença entre o charlatão e o facultativo — ou o santo — fica difusa. Tão difusa quanto a diferença entre o mal que existe mesmo e o mal que está só no cérebro do "doente". Ou o mal que paralisa ou faz ferida é menos mal por ser imaginado? A questão é definir o significado de "existe mesmo". Uma alucinação é tão real quanto o que "existe mesmo", para o alucinado.

Num espetáculo de hipnose a admiração das pessoas é geralmente dirigida para o lado errado. Não há nada de incomum no hipnotizador, que pode ser qualquer um. Você hipnotiza quem quiser, desde que o outro esteja convencido de que você pode. Pegue alguém na rua, introduza-o num grupo como Salam, o Mago Hipnotizador, com ou sem turbante, e imediatamente metade do grupo estará pronta para dormir, virar tábua, imitar uma galinha ou fazer qualquer outra coisa que ele mandar. O extraordinário na hipnose é essa vulnerabilidade da mente humana, essa avidez inconsciente pelo autoabandono e pelo controle por outra. Nem o ceticismo e a racionalização garantem sua defesa: você pode saber que o Salam é falso e não tem poder mágico algum, mas o seu cérebro — ou aquela parte do seu cérebro que você não conhece, e que nem lhe pertence — pode ter outra ideia, e se entregar. O seu cérebro pode estar apenas esperando uma voz de comando. Qualquer voz de comando.

O terrível não é que a gente nunca sabe o que os outros têm na cabeça. O terrível é que não sabemos o que nós temos na cabeça. Apenas portamos as mensagens, que não abrimos, que estão sob a nossa guarda, mas não são para o nosso conhecimento. Nossa sina na Terra é a mesma dos carteiros honestos.

O último paradoxo é que o cérebro humano é uma coisa tão complexa que nem o cérebro humano consegue entendê-lo.

E chegamos a Jorge Luis. Ninguém como o Borges descreveu como todo o mundo está no nosso cérebro, ou como o nosso cérebro é todo o mundo. Tem um poema em que ele diz que, com a sua morte, apagará as pirâmides, nem uma estrela restará na noite e nem a noite sobrará, e que com ele morrerá o peso do Universo. E que o seu legado será o Nada, para ninguém.

O irritante

Ele contou que tinha recebido um nome impossível dos pais. Fulgêncio, veja você. Como é que largam uma criança no mundo chamada Fulgêncio? Contou que assim que pôde, mudou de nome, para algo mais sensato. Passou a se chamar Arrébis.

Como o tínhamos conhecido recentemente, não fizemos o comentário óbvio: "Arrébis" ponto de interrogação, ponto de exclamação. Tinha mudado de Fulgêncio para Arrébis?! Que nome era aquele, Arrébis?

Para não sermos injustos, procuramos o professor Carmim, que sabe tudo. O professor Carmim fechou os olhos e espremeu as têmporas.

— Arrébis, Arrébis... Já me vem...

O professor Carmim nunca diz que não sabe. Pode não se lembrar na hora, mas isso apenas significa que ele um dia soube.

— Arrébis, Arrébis...

Já lhe vinha, já lhe vinha. Mas finalmente sacudiu a cabeça e desistiu. Disse:

— Sei apenas que tem a ver com a Pérsia.

Naquela noite, na casa da Val, que todas as quintas cozinha para nós e depois bota as cartas, a Miriam comentou com ele:

— O seu nome é persa, não é?

— Não, é Arrébis.

— Sim. Não. Arrébis não tem a ver com a Pérsia?

— Hein?

Ficou um clima meio assim. Alguém disse:

— A Pérsia hoje é o Irã.

— Não é o Iraque?

— Não, é o Irã. Ou será o Iraque?

Felizmente a Val trouxe vatapá e o Arrébis se descontraiu, e meia hora depois se ofereceu para ser o primeiro quando a Val começou a botar as cartas, e a Val disse que a vida dele era regida por cheiros, perfumes, que ele tinha uma sensibilidade olfativa muito desenvolvida, e ele disse ahn-ahn, não sentia cheiro nenhum, a troca de nome coincidira com uma crise de sinusite que o deixara sem olfato e sem paladar, que ele não sabia nem que gosto tinha o vatapá da Val (que eu, parênteses, chamo de valtapá, piada que ninguém mais no grupo aguenta), e a Val ficou invocada, porque podiam fazer pouco das suas cartas, mas ela não admitia que fizessem pouco do seu vatapá, e quando ele foi embora perguntou quem era, afinal, aquele sujeito irritante, e depois:

— Arrébis? Que nome é esse, Arrébis?

Fosse o que fosse, não queria mais vê-lo nos seus vatapás das quintas.

Nós devíamos ter adivinhado. O episódio das cartas devia ter nos alertado. Dois dias depois o Alvarinho anunciou que ainda ia dar uma bolacha no Arrébis. Quem trouxera aquele cara irritante para o grupo? O Pedro Paulo disse que tinha sido ele, que o Arrébis começara a trabalhar com ele na firma, que parecia um cara legal... Legal? Legal? Legal um cacete! E que nome era aquele, Arrébis? O Pedro Paulo e o Alvarinho acabaram se estranhando e até hoje não se falam.

Na outra quinta, sem ser convidado por ninguém, o Arrébis apareceu no valtapá. A Val ameaçou não deixá-lo entrar, mas a Maria Alice, grande coração, disse que não ficava bem, coitado. Mal o conheciam, ele podia ser uma ótima pessoa, só estava constrangido no grupo novo. Ela mesmo se encarregou de fazê-lo ficar à vontade. Sentou-se do seu lado e eles conversaram a noite inteira enquanto a Val botava as cartas e o Maneco tocava violão e cantava o seu repertório de sempre, que ninguém mais aguentava, e no fim da noite a Maria Alice queria bater no Arrébis, o Maneco teve de proteger seu violão senão a Maria Alice o quebraria na cabeça do Arrébis. A Maria Alice, que nunca fez mal a ninguém, que chora em largada de rali! No fim, convenceram o Arrébis a ir embora, mas a Val não perdoou a Maria Alice pelos copos e pratos quebrados na perseguição e as duas também não se falam até hoje. Aliás, os valtapás das quintas estão suspensos.

Não tem mais ninguém falando com ninguém no grupo. Até a separação da Miriam e do Alcyr, de alguma maneira, deve ter sido culpa do Arrébis. Cheguei a perguntar ao professor Carmim se Arrébis não era o nome de algum deus da discórdia da Antiguidade e ele ficou de puxar pela memória. Sobrou para o Pedro Paulo, que tem de aguentar o Arrébis no trabalho, e no outro dia perguntou para ele se, quando ele se chamava Fulgêncio, também era assim.

— Assim, como? — perguntou o Arrébis, agressivo.

E o Pedro Paulo deixou para lá. Não disse "irritante" para não piorar o clima na firma, que está irrespirável desde que o Arrébis chegou. Arrébis, Arrébis, que nome era aquele. O nome já era irritante. Só o nome já teria acabado com a turma. Se bem que o consenso geral era que a turma não se aguentava mais e estava para acabar, mesmo. Arrébis fora apenas um agente catalisador, posto no nosso meio para apressar o destino, por alguma entidade demiúrgica, como diria o professor Carmim, talvez persa.

Agendas

Obrigado pelas agendas, gente. Não precisava tantas, mas tudo bem. Gosto de ganhar agendas. Elas trazem um ar de otimismo e confiança no futuro. E de certeza implícita que eu vou estar vivo e ativo pelo menos durante mais um ano e um mês, já que todas incluem janeiro do ano seguinte. Obrigado pela força, gente.

As agendas se dividem em dois tipos. As que existem simplesmente para nos organizarmos e não perdermos a hora, e só nos dizem a que dias da semana correspondem os dias do mês e, vá lá, quando cai o Carnaval, e as que nos tratam como recém-chegados ao mundo. Para estas, cada passagem de ano é um renascimento. Elas são nossos manuais de sobrevivência, com tudo que precisamos saber sobre o tempo e o universo para nos situarmos neles no novo ano, com espaço para anotações. Já conhecemos o lugar, inclusive de outras agendas, mas não importa. As informações repetidas são uma forma de nos assegurar que tudo continua como era no ano passado e podemos recomeçar a vida do básico, que não mudou. A capital da Malásia (código DDI: 60, moeda: ringgit) continua sendo Kuala Lumpur que continua à mesma distância de Bangcoc, e uma légua de sesmaria continua equivalendo a 6600 metros. E por mais que tentasse, a Terra não conseguiu diminuir seus 12 760 quilômetros de diâmetro no Equador. Elas nos dizem tudo isso, e também a data do Carnaval.

Algumas informações precisam ser atualizadas de ano para ano, no entanto, e se é certo que a conversão de quilogramas para libras não vai mudar num futuro previsível, não se pode dizer o mesmo do nome da moeda do Brasil, que obriga os redatores de agendas a viver em alerta. Gosto de agendas com mapas e numa das que recebi este ano os mapas estavam devidamente atualizados — todos os novos países da África com seus nomes certos, por exemplo —, mas um cartógrafo desafiador se recusou a trocar o nome Leningrado por São Petersburgo, na certa confiando que a História ainda dará uma reviravolta e ele só teria que trocar de novo.

Coisas como tabelas de conversões e códigos telefônicos são mais ou menos óbvias, mas que outras informações dar numa agenda depende da inspiração de cada editor e dos seus critérios sobre o que é importante para nos integrar no mundo prático, que é o mundo das agendas. Saber quais são os feriados oficiais de todos os países da Terra pode ser importante. Vá você chegar no Açafrão sem saber que é o Dia do Bode Sagrado, quando fecha tudo. Mas eu preciso mesmo saber o índice pluviométrico de Sumatra nos últimos cinquenta anos? Algumas agendas não se limitam a dar as informações sumárias sobre o dia que o próprio dia seria obrigado a dar sob interrogatório inimigo: nome e número. Muitas dão o nome do dia em várias línguas, para enfatizar o seu caráter internacional. Informam, por exemplo, que o dia 14 de maio, além de ser sexta, *friday*, *viernes*, *vendredi* da 19ª semana, é o 134º dia do ano. Outras, querendo personalizar ainda mais a informação, incluem o nome do santo do dia, o que tem ajudado muito na escolha de nomes para filhos. Os nascidos em 14 de maio são do Dia de São Matias e antigamente isso não seria apenas uma sugestão de nome, seria quase uma ordem. Felizmente meus pais não consultaram nenhuma agenda para escolher meu nome e eu não me chamo nem Cosme nem Damião, o que teria mudado tudo.

Como são muitas as agendas e só posso usar uma por ano, resistindo à tentação de ficar com todas e planejar várias vidas clandestinas em loucos anos paralelos, decidi ficar sempre com a que traz, além das tabelas e dos mapas, as fases da lua. Nem todos os editores de agenda se dão conta da importância de saber exatamente quando é a próxima lua cheia. Somos uma minoria de obsoletos, reconheço. Românticos e lobisomens. Mas temos nossos direitos.

Casados × solteiros

Quando avistou o Caio chegando na praia, Bigode, técnico e capitão do time dos casados, levantou os braços para o céu.

— Graças a Deus! O jogo de domingo está no papo. Olha quem vem lá.

— Quem é?

— O Caio. Com ele no nosso time os solteiros estão per...

— Ele se divorciou.

— Não importa, o... Como, se divorciou?

— Se divorciou. Largou a mulher. Ou a mulher largou dele.

— Não me conta. O Caio? Com aquele chute?

— Que que tem o chute a ver com...

— Não. É que, sei lá. Logo o Caio... Escuta.

— O quê?

— Divorciado, tecnicamente é solteiro?

— Acho que é.

— Não pode. Só falta essa. O Caio no time deles.

— Acho que não escapa.

— Não pode! É traição. Largar a mulher, tudo bem. Mas trair o time?!

— Mas ele agora é solteiro.

— Está errado. Os divorciados que formem um time deles. Casados e solteiros é um jogo de tradição nesta praia. Antigamente era melhor. Não tinha nada disso. Estava malcasado, aguentava, mas não largava o time. Agora por qualquer coisinha se divorciam. Se fosse um lateral, vá lá. Mas um centroavante. E com aquele chute!

— Mas tem o outro lado da coisa.

— Que outro lado?

— O Jacinto agora é casado.

— O Jacinto casou?

— Casou. Com a mulher do Caio.

— O Jacintão?!

— Foi por causa dele que ela largou o Caio.

— Mas o que é isso?! E o Jacintão é bom de bola. No jogo do ano passado ele quase complicou a nossa vida.

— Não tem o chute do Caio.

— Mas é mais técnico. E outra coisa...

— O quê?

— Vai ter a vantagem psicológica. Ganha do Caio na moral.

— E o Caio vai querer acertar o Jacintão. Vai fazer falta atrás de falta. Talvez até pênalti.

— Exato!

E o Bigode foi procurar o Jacintão, convertido à velha ideia de que há males que vêm para o bem.

Sangue espanhol

"É o meu sangue espanhol", dizia a Mercedes, depois de cada explosão. Mas assim como explodia, voltava calma. E a Mercedes calma era um doce, era uma flor, era um encanto, era tudo que o Heitor queria numa mulher. Heitor, um homem de paz, que conhecera a Mercedes num dos seus remansos. Que só soubera do sangue espanhol da Mercedes na noite de núpcias, quando ela demolira o toucador do quarto do hotel com um pontapé.

— O que é isso? — gritara Heitor, da cama, apavorado.

E Mercedes explicara que esbarrara no toucador, que perdera a paciência com o toucador, que não sabia por que tinham posto o toucador logo ali, no seu caminho do banheiro para a cama, onde o seu marido a esperava, nu, pronto para o amor, e agora de olhos arregalados. E acrescentara:

— É o meu sangue espanhol.

A noite de núpcias foi adiada porque Mercedes teve que ir para um hospital enfaixar o pé. Mas nas noites de lua de mel que se seguiram Heitor pode provar como a Mercedes era um doce, era uma flor, era um encanto, era tudo que ele esperava, descontada a vez em que ela saíra correndo atrás da camareira, mesmo com o pé enfaixado para cortá-la com uma tesourinha de unhas. Até se instalarem no seu apartamento de recém-casados e Mercedes tentar fazer seu primeiro jantar para o marido, que acabara com a cozinha parcialmente destruída e os dois no hospital, Mercedes com luxação no outro pé e Heitor com um ferimento na cabeça, onde recebera a fôrma com o assado queimado que Mercedes jogara longe.

Depois dessa houve várias outras manifestações do sangue espanhol da Mercedes, mas mesmo assim o casamento durou dez anos e só terminou depois da cena no restaurante, quando tiveram que chamar os bombeiros para tirar gente de baixo de escombros, tal a confusão criada por Mercedes porque não conseguiram corrigir o desnível de uma mesa. Heitor, um homem de paz, resolveu que não aguentava mais. Divorciaram-se. O divórcio foi amigável. Durante uma das reuniões para tratar da repartição dos bens a Mercedes jogou seu próprio advogado pela janela, mas estavam num segundo andar, não houve maiores consequências e chegaram a um acordo.

A Mercedes casou de novo. Com um baixinho que no outro dia apareceu puxando uma perna. Não se sabe o que a Mercedes faz com o baixinho. Já o Heitor tem tido várias namoradas, mas ainda não se decidiu a casar. Dizem que sempre que o namoro fica sério, ele se lança numa investigação do passado da moça e faz pesquisais genealógicas tão minuciosas e demoradas que a moça perde o interesse, ou então se sente ofendida. Afinal, o que o Heitor quer saber a seu respeito? Que obsessão é essa por seus ascendentes e suas origens? Onde o Heitor quer chegar? E o Heitor só lamenta que um simples exame de sangue não dê a resposta que ele procura. Que o sangue não borbulhe, ameaçadoramente, na lâmina. Que não se ouçam castanholas, como um alarme.

O cachorro do Mota

O Mota tinha o que parentes e amigos chamavam, discretamente, de "um problema com a bebida". Assim evitavam chamá-lo de bêbado e também sugeriam que ele podia ser curado. Pois se o que o Mota tinha era apenas um problema, cedo ou tarde chegaria uma solução. Enquanto não vinha a solução, o Mota bebia.

A mulher do Mota recorria a santos e simpatias contra o vício do marido, como botar copos emborcados sob a cama do casal e misturar pedaços de rolha no seu picadinho. Os amigos, mais práticos, tentavam a ciência. Convenceram o Mota a fazer psicoterapia. Desistiram no dia em que encontraram o Mota e seu psicoterapeuta bebendo num bar; o psicoterapeuta, que não estava acostumado a beber, muito mais pra lá do que pra cá do que o Mota. Depois o psicoterapeuta concordou que era mais fácil o Mota convencê-lo a beber do que ele convencer o Mota a parar, e desaconselhou a continuação do tratamento.

Resignados, os amigos decidiram que as rezas da mulher do Mota eram a sua única esperança de cura. Mas até que elas começassem a funcionar, era preciso cuidar da integridade física do Mota. Pois o Mota dera para se perder no caminho de casa.

— Um cachorro de cego — sugeriu alguém.

Por que não? Afinal, para o cachorro, tanto fazia guiar um cego como um bêbado. Sua função seria levá-lo de casa para o bar e do bar para casa. E o cachorro teria vantagens adicionais para o Mota. Ele estaria protegido de assaltantes. Despertaria a compreensão e a pena das pessoas ao passar por elas, cambaleante, atrás do cachorro. Você também não beberia numa situação como a daquele pobre cego? De uma só vez, o Mota adquiriria um companheiro, um protetor, uma desculpa. E para os amigos, o cachorro trazia outra vantagem: ao contrário do psicoterapeuta, dificilmente se deixaria convencer pelo Mota a aderir à bebida. Pelo menos era o que eles pensavam.

Arranjaram um cachorro de cego para o Mota.

No princípio, tudo foi maravilhoso. O Mota bebia descansado, sabendo que não precisaria enfrentar a odisseia diária de descobrir o caminho de casa, entre todos os perigos urbanos. Os amigos e parentes ficavam despreocupados, sabendo que o destino do Mota não estava mais nas mãos sempre confiáveis do Deus dos bêbados mas nas quatro patas decididas de um cachorro sério. O Mota passou a não apenas chegar em casa sem problemas como chegar sempre na mesma hora. Como era uma criatura de hábitos firmes, o cachorro, por sua conta, estabeleceu um horário para a sua volta, e arrastava o Mota do bar para a casa sem um segundo de tolerância. Não foram poucas as vezes em que o Mota entrou em casa com um copo vazio na mão, tendo sido obrigado a acabar de beber no caminho.

Com o passar do tempo, no entanto, a mulher do Mota foi notando uma mudança na rotina do cachorro. A convivência com o Mota estava claramente afetando seu comportamento. O cachorro já não trazia o Mota para casa sempre na mesma hora. Às vezes os dois entravam em casa fazendo barulho, e depois a mulher do Mota descobria que fora o cachorro, e não o Mota, a derrubar a mesinha ou a cristaleira, com o Mota fazendo "Sssh" e arrastando o cachorro para o quarto.

A mulher do Mota e os amigos decidiram que a coisa chegara a um ponto irreversível no dia em que ela abriu a porta e viu o cachorro entrar trocando as pernas — e puxando outro bêbado.

— Você não é meu marido! — gritou a mulher do Mota.

— Aleluia! — gritou o bêbado, antes de tropeçar no cachorro e ficarem os dois estendidos no tapete, rindo baixinho.

Dispensaram o cachorro e a mulher do Mota redobrou as rezas.

Estragou a televisão

— Iiiih...

— E agora?

— Vamos ter que conversar.

— Vamos ter que o quê?

— Conversar. É quando um fala com o outro.

— Fala o quê?

— Qualquer coisa. Bobagem.

— Perder tempo com bobagem?

— E a televisão o que é?

— Sim, mas aí é a bobagem dos outros. A gente só assiste. Um falar com o outro, assim, ao vivo... Sei não...

— Vamos ter que improvisar nossa própria bobagem.

— Então começa você.

— Gostei do seu cabelo assim.

— Ele está assim há meses, Eduardo. Você é que não tinha...

— Geraldo.

— Hein?

— Geraldo. Meu nome não é Eduardo, é Geraldo.

— Desde quando?

— Desde o batismo.

— Espera um pouquinho. O homem com quem eu casei se chamava Eduardo.

— Eu me chamo Geraldo, Maria Ester.

— Geraldo Maria Ester?!

— Não, só Geraldo. Maria Ester é o seu nome.

— Não é não.

— Como, não é não?

— Meu nome é Valdusa.

— Você enlouqueceu, Maria Ester?

— Por amor de Deus, Eduardo...

— Geraldo.

— Por amor de Deus, meu nome sempre foi Valdusa. Dusinha, você não se lembra?

— Eu nunca conheci nenhuma Valdusa. Como é que eu posso estar casado com uma mulher que eu nunca... Espera. Valdusa. Não era a mulher do, do... Um de bigode.

— Eduardo.

— Eduardo!

— Exatamente. Eduardo. Você.

— Meu nome é Geraldo, Maria Ester.

— Valdusa. E, pensando bem, que fim levou o seu bigode?

— Eu nunca usei bigode!

— Você é que está querendo me enlouquecer, Eduardo.

— Calma. Vamos com calma.

— Se isso for alguma brincadeira sua...

— Um de nós está maluco. Isso é certo.

— Vamos recapitular. Quando foi que nós casamos?

— Foi no dia, no dia...

— Arrá! Está aí. Você sempre esqueceu o dia do nosso casamento. Prova de que você é o Eduardo e a maluca não sou eu.

— E o bigode? Como é que você explica o bigode?

— Fácil. Você raspou.

— Eu nunca tive bigode, Maria Ester!

— Valdusa!

— Está bom. Calma. Vamos tentar ser racionais. Digamos que o seu nome seja mesmo Valdusa. Você conhece alguma Maria Ester?

— Deixa eu pensar. Maria Ester... Nós não tivemos uma vizinha chamada Maria Ester?

— A única vizinha de que eu me lembro é a tal de Valdusa.

— Maria Ester. Claro. Agora me lembrei. E o nome do marido dela era... Jesus!

— O marido se chamava Jesus?

— Não. O marido se chamava Geraldo.

— Geraldo...

— É.

— Era eu. Ainda sou eu.

— Parece...

— Como foi que isso aconteceu?

— As casas geminadas, lembra?

— A rotina de todos os dias...

— Marido chega em casa cansado, marido e mulher mal se olham...

— Um dia marido cansado erra de porta, mulher nem nota...

— Há quanto tempo vocês se mudaram daqui?

— Nós nunca nos mudamos. Você e o Eduardo é que se mudaram.

— Eu e o Eduardo, não. A Maria Ester e o Eduardo.

— É mesmo...

— Será que eles já se deram conta?

— Só se a televisão deles também quebrou.

Beijinho, Beijinho

Na festa dos 34 anos da Clarinha, o seu marido, Amaro, fez um discurso muito aplaudido. Declarou que não trocava a sua Clarinha por duas de dezessete, sabiam por quê? Porque a Clarinha era duas de dezessete. Tinha a vivacidade, o frescor e, deduzia-se, o fervor sexual somado de duas adolescentes.

No carro, depois da festa, o Marinho comentou:
— Bonito o discurso do Amaro.
— Não dou dois meses para eles se separarem — disse a Nair.
— O quê?
— Marido quando começa a elogiar muito a mulher...
Nair deixou no ar todas as implicações da duplicidade masculina.
— Mas eles parecem cada vez mais apaixonados — protestou Marinho.
— Exatamente. Apaixonados demais. Lembra o que eu disse quando a Janice e o Pedrão começaram a andar de mãos dadas?
— É mesmo...
— Vinte anos de casados e de repente começam a andar de mãos dadas? Como namorados? Ali tinha coisa.

Perdidão

Perdido, perdidão mesmo, ficou o Rodrigo depois que a Taninha foi embora.
"Inconsolável", no caso dele, não era, como é que se diz? Força de expressão. Era impossível consolá-lo. Todos tentavam, ninguém conseguia.

Afinal, contando amizade, namoro e morar junto, aquilo com a Taninha durara dez anos. E uma noite ele contou que o que doía mais não era a briga, a separação, o abandono.

Era o desperdício.

Entende? O desperdício. Eu sei tudo sobre a Taninha. A mãe dela não sabe o que eu sei sobre a Taninha. Conheço cada sinal do seu corpo, cada pelo, cada marca.

Alguém sabia que ela tinha uma cicatriz pequenininha aqui, embaixo do queixo? Pois é, não aparecia, mas eu sabia. Ela tinha uma pinta numa dobrinha entre a nádega e a coxa que, aposto, nem a mãe conhecia. Nem ginecologista, ninguém. E o dedinho do pé virado para dentro, quase embaixo do outro? Era uma deformação, ninguém desconfiava. E eu sabia. E agora, o que que eu faço com tudo que sei da Taninha?

Eu passava horas vendo a Taninha dormir. Barriga para baixo, cara enterrada no travesseiro, a boca às vezes aberta. Mas não roncava. Às vezes ria. Um dia ela riu, acordou, me viu olhando para ela e disse "Você, hein?", depois dormiu de novo. Acho que, no sonho, eu tinha feito ela rir. Depois ela não se lembrava do sonho, disse que eu tinha inventado. O que que eu faço com isso? De que me adianta saber como a Taninha raspava a manteiga, cantava uma música no chuveiro que ela jurava que existia, "Olará-olarê, tou de bronca com você", que ninguém nunca tinha ouvido? E fechava um olho sempre que não gostava de alguma coisa, de uma sobremesa ou de uma opinião? Eu podia escrever um livro, Tudo sobre Tânia, mas quem ia comprar?

Não seria sobre ninguém importante. Não seria a biografia, com revelações surpreendentes, de uma figura histórica ou controvertida, só tudo o que eu sei sobre uma moça chamada Taninha, que me deixou, depois de anos de observação exclusiva. Taninha na cama, Taninha no banheiro, Taninha na cozinha, Taninha correndo do seu jeito particular, de nenhum interesse para a posteridade. Dez anos de estudos postos fora.

Estudei a Taninha em todas as situações, em todos os ambientes, em todos os elementos possíveis, Taninha na praia. Taninha enrolada num cobertor, comendo iogurte com frutas e vendo televisão. Taninha suada, Taninha arrepiada. O estranho efeito de relâmpagos e trovoadas no cabelinho da nuca de Taninha. Queremos cheiros da Taninha? Tenho todos catalogados na memória. Taninha gripada. Taninha distraída. Taninha contrariada, eufórica, rabugenta, com cólica e sem cólica. Taninha roendo unha ou discutindo o Kubrick.

Não havia nada sobre a Taninha que eu não sabia, toda essa erudição sem serventia.

O desperdício. Não posso oferecer tudo que sei sobre a Taninha para um inimigo. Dicas sobre os seus momentos de maior vulnerabilidade — ouvindo o Chico ou errando o suflê. A Taninha, que eu saiba, não tem inimigos, certamente nenhuma potência estrangeira. Não posso oferecer meus conhecimentos da Taninha para a ciência. Se ela ainda fosse um fóssil mumificado que eu desenterrei e passei dez anos examinando e cujas características — suas pintinhas, seu dedinho torto, sua provável maneira de dançar qualquer música fazendo "sim" com a cabeça e de raspar a manteiga — revolucionariam todas as teorias estabelecidas sobre o desenvolvimento humano...

Mas inventei uma ciência esotérica, de um praticante e um interessado só. Não posso nem dar um curso universitário, publicar teses, formar discípulos, participar de congressos sobre a Taninha. Sou doutor em nada. Doutor em saudade. Entende? Desperdicei dez anos numa especialização inútil.

Não adianta tentar consolar o Rodrigo. Convencê-lo a esquecer a Taninha e se dedicar a outras. Ele diz que não está preparado para outras. Toda a sua formação é em Taninha. Namorando outras — diz o Rodrigo — ele se sentiria como essas pessoas com diploma em física nuclear ou engenharia eletrônica que acabam trabalhando de garçom.

Dr. Gomide

Começou a ter sempre o mesmo sonho. Um pesadelo. Vinha caminhando por uma calçada coberta, atrás de arcos (depois identificou o cenário como um quadro do De Chirico) e quando passava sobre uma grade no chão uma mão o agarrava pelo tornozelo e o impedia de prosseguir. Enquanto se debatia para libertar o pé, era lentamente cercado por uma multidão. Identificava rostos na multidão: sua mãe, sua professora de catecismo, o tzar Nicolau II com a família, três moços com o uniforme do São Paulo (depois descobriu que era a linha média dos anos 1950, Bauer, Rui e Noronha), Indira Ghandi, Waldick Soriano... A multidão variava a cada sonho mas a sua mãe estava sempre lá, e gritava: "Agora você vai me ouvir! Agora você vai me ouvir!". O cerco ficava cada vez mais opressivo, ele lutava desesperadamente para soltar o pé, e sempre acordava gritando "Não! Não!" e chutando a mulher. Depois de ter o mesmo sonho todas as noites durante um mês, resolveu procurar ajuda. Não aguentava mais. Recomendaram que procurasse o dr. Gomide.

O dr. Gomide não era um psicanalista comum. Aliás, não era exatamente um psicanalista. Na porta do seu consultório estava escrito assim: "Dr. Gomide, não exatamente um psicanalista". Era famoso por acabar com pesadelos. Ele ouviu a descrição do sonho de olhos fechados, fazendo duas ou três perguntas. Depois disse: "Deixa comigo". E declarou que apareceria no sonho daquela noite. Mas como, aparecer no sonho? "Não se preocupe. Estarei lá." Faria, por assim dizer, uma análise "in loco", para não dizer "in louco". Mas como isso era possível?

— Deixa comigo.

O sonho daquela noite foi como o de todas as noites. O cenário vazio de De Chirico. Os arcos, a calçada, a grade no chão, a mão agarrando o tornozelo, a multidão materializando-se e aproximando-se sob os arcos, sua mãe na frente de dedo em riste. Ele começou a procurar o dr. Gomide entre as caras à sua frente (Carequinha, Café Filho, Marisol). Gritou: "Dr. Gomide!". Viu uma mão que acenava sobre as cabeças da multidão, ouviu a voz do dr. Gomide que gritava: "Calma, estou chegando aí!". Mas a multidão avançava, sua mãe gritava "Agora você vai me ouvir! Agora você vai me ouvir!" e ele acordou, gritando e chutando a mulher, antes que o dr. Gomide chegasse.

No mesmo dia contou o sonho ao dr. Gomide que fez "Hmmm" e acrescentou: "Deixa comigo". Naquela noite, quando o sonho começou, o dr. Gomide já estava ao seu lado. Quando a mão saiu do chão e o agarrou pelo tornozelo, o dr. Gomide abaixou-se, examinou a mão e observou que tinha um anel de doutor. Aquilo lhe dizia alguma coisa?

— Meu pai. Ele usava um anel assim.

— Hmmm. Seu pai queria que você seguisse a profissão dele. Estou certo? Mas você não quis. Você se rebelou contra a família.

— Não, não. Eu sou advogado como ele.

A multidão se aproximava. Parecia mais agressiva do que antes. Sua mãe estava entre Gengis Khan e Junior Baiano e duas cartucheiras se cruzavam sobre seu peito.

— Sua mãe talvez tivesse planos para você. Queria que você não seguisse a profissão do seu pai. Queria que você fosse bailarino. Oceanógrafo...

— Não sei. Não me lembro.

— Alguma coisa que você fez a desgostou. Tente se lembrar.

— Não consigo. Por que o senhor não pergunta a ela?

A mãe estava a poucos metros deles, com a cara transtornada, agitando o dedo na sua direção.

— Mamãe, este é o dr. Gomide. Ele quer...

Mas o dr. Gomide foi erguido do chão por piratas e atirado longe e ele só conseguiu escapar do cerco acordando e chutando as cobertas. Sua mulher passara a dormir na sala.

O dr. Gomide ouviu o relato do sonho em silêncio, só fazendo algumas anotações. No fim disse:

— Não se preocupe.

— Como não me preocupar, doutor? Eu não aguento mais esse sonho todas as noites.

— Vou curá-lo ou devolvo o seu dinheiro. Ainda não falhei. Não se preocupe.

— Mas doutor...

— Deixa comigo.

No sonho daquela noite, havia uma grande quantidade de beduínos na multidão. Sua própria mãe vestia roupas do deserto e o ameaçava com uma espada curva, gritando: "Agora você vai me ouvir! Agora você vai me ouvir!". Só quando o beduíno que liderava a turba o agarrou pela frente do pijama ele viu que era o dr. Gomide disfarçado, com um nariz postiço e a cara pintada.

— Pega isto — disse o dr. Gomide, empurrando uma metralhadora contra a sua barriga.

— Mas...

— Não discute e pega a metralhadora! Não foi fácil consegui-la.

Em seguida o dr. Gomide rodopiou e enfrentou a multidão, empunhando sua própria metralhadora.

— Ao diabo com a análise — gritou. — Vamos sair daqui à bala!

A solução

O sr. Lobo encontrou o sr. Cordeiro numa reunião do Rotary e se queixou de que a fábrica do sr. Cordeiro estava poluindo o rio que passava pelas terras do sr. Lobo, matando os peixes, espantando os pássaros e, ainda por cima, cheirando mal.

O sr. Cordeiro argumentou que, em primeiro lugar, a fábrica não era sua, era de seu pai, e em segundo lugar não podia fechá-la, pois isso agravaria o problema do desemprego na região, e o sr. Lobo certamente não ia querer bandos de desempregados nas suas terras, pescando seu peixe, matando seus pássaros para assar e comer e ainda por cima cheirando mal.

— Instale equipamento antipoluente — insistiu o sr. Lobo.

— Ora, meu caro, isso custa dinheiro, e para onde iria meu lucro? Você certamente não é contra o lucro, sr. Lobo! — disse o sr. Cordeiro, preocupado, examinando o sr. Lobo atrás de algum sinal de socialismo latente.

— Não, não! — disse o sr. Lobo. — Mas isso não pode continuar. É uma agressão à Natureza e, o que é mais grave, à minha Natureza. Se ainda fosse à Natureza do vizinho...

— E se eu não parar? — perguntou o sr. Cordeiro.

— Então — respondeu o sr. Lobo, mastigando um salgadinho com seus caninos reluzentes —, eu serei obrigado a devorá-lo, meu caro.

Ao que o sr. Cordeiro retrucou que havia uma solução:

— Por que o senhor não entra de sócio na fábrica Cordeiro e Filho?

— Ótimo — disse o sr. Lobo.

E desse dia em diante não houve mais poluição no rio que passava pelas terras do sr. Lobo. Ou pelo menos o sr. Lobo nunca mais se queixou.

Errarum

— Data venia, Excelência...

— Veria data. Excelência.

— Quero chamar a atenção dos doutos colegas para uma particularidade numérica sui generis. Octo sumas. Nós somos oito...

— Vossa Excelência permite?

— Dixit.

— Como chegou a essa conclusão?

— Deducto causa. Como eu sou um ou unum sum, e vocês são sete...

— Proponho que, antes de discutirmos se somos ou não oito, deliberemos se temos competência para contar, visto que isto é uma corte de Justiça e não de matemática.

(Uma hora depois.)

— Estamos de acordo que a Constituição nos faculta o cálculo. Proponho que cada um diga quantos é, ou quantas est.

— Unum.
— Unum.
— Unum.
— Unum.
— Unum.
— Unum.
— Unum.
— Unum.
— Concluso est. Neste plenário só tem um.
— Data venia. Excelência. A soma de oito uns dá oito.
— Discutibilis, ma bene trovato. Só não entendo, data venia, qual a importância desse fato ad rem, ad hoc e ad mim.
— Se somos oito, Excelência, há a possibilidade do empate.
— Comus?
— Se quatro votarem a favor e quatro contra, empatatus sumus.
— E mutatis mutandis?
— Dá no mesmo.
— Proponho que se discuta o conceito de quatro a quatro dar empate à luz do Direito Constitucional.
(Duas horas depois.)
— Estamos de acordo que quatro e quatro são iguais. Ergo, se der empate, estaremos no que Pontes de Miranda chama de in matus sin canis.
— Isso não devia ter sido previsto antes de começar o julgamento?
— Bobeare humanum est.
— Cintura dura lex, sed lex.
— Que quid pro quo!

Vizinhos

Você escolhe, até certo ponto, os que quer ter e as pessoas com quero quer viver, mas não escolhe as pessoas mais importantes da sua vida, as pessoas que condicionam e determinam a sua existência, os seus humores: seus pais e os seus vizinhos. Ninguém escolhe a família em que vai nascer — ou seja, a forma do seu nariz e da sua herança — nem, salvo raras exceções, os vizinhos que vão rodeá-lo.

E um vizinho pode ser a sua salvação. Não só metafórica, fornecendo o gelo que acabou ou o açúcar que faltou, mas a sério, chamando a polícia na hora do assalto, arrastando você do incêndio e fazendo respiração boca a boca, completando a parceria do buraco etc.

E um vizinho também pode ser a sua perdição. Pode reforçar ou acabar com a sua fé na humanidade, resgatar você da solidão e do desespero ou fazer você perder o sono, a razão e finalmente o controle e transformá-lo num assassino raivoso. Todo homem é ele e a sua vizinhança. E se é verdade que o maior mistério e desafio do homem é sempre o outro, então o vizinho é o outro na sua versão radical. É o outro do lado.

Bons vizinhos, maus vizinhos, vizinhos esquisitos... Carlos e Luiza um dia tomaram coragem e bateram na porta do seu vizinho esquisito, o dos três cachorros. Não era por nada não, mas será que ele podia baixar um pouco a música? Todos os dias, o dia inteiro, a mesma música no mesmo volume. Não apenas música, mas ópera. E não apenas ópera, mas ópera de Wagner. Se desse para baixar um pouquinho...

O vizinho esquisito explicou que, se dependesse dele, baixava. Nem gostava muito de ópera, muito menos de Wagner. Mas quem ouvia não era ele, era o Kaiser, seu pastor-alemão. O Kaiser exigia ópera, e naquele volume, o dia inteiro. E ai se não fosse Wagner.

Se eles quisessem tentar convencer o Kaiser... Carlos e Luiza desistiram, e recorreram às preces. Que deram certo, pois um dia o Kaiser foi atropelado na rua e morreu. Seguiram-se semanas de abençoado silêncio no apartamento ao lado, para alegria de Carlos e Luiza. Até que um dia, cedo de manhã, todos começaram a ouvir música chinesa vinda do apartamento do vizinho esquisito. Enlouquecedora música chinesa, a todo volume, sem parar. Um horror, concordou o vizinho esquisito, mas era uma exigência de seu pequinês.

Ping, aparentemente, só esperava a morte do Kaiser para impor seu gosto musical. Mas como se explicavam as semanas de abençoado silêncio, quiseram saber Carlos e Luiza. Ping decidira que alguns dias de luto e respeito se impunham, depois da morte do pastor-alemão.

Carlos e Luiza estão pensando seriamente em raptar o pequinês e dissolvê-lo no liquidificador, mas estão com uma dúvida, e fazendo pesquisa. O terceiro cachorro é um dinamarquês. Quais são os compositores dinamarqueses? Alguém sabe alguma coisa da música dinamarquesa?

Os vizinhos de cima fazem barulho, mas os vizinhos de baixo são os piores. Os vizinhos de baixo reclamam do nosso barulho. Cansada de tanto ouvir desaforo da vizinha de baixo, Magali resolveu vender o apartamento. Durante anos cuidara para não fazer barulho, durante anos levara uma vida de monja, na ponta dos pés, aterrorizada pela vizinha de baixo. E mesmo com todo o seu cuidado, não parava de ouvir críticas da vizinha de baixo. Críticas injustas, insultos, ironias. "Que festão ontem, hein?" só porque um copo quebrara no chão da cozinha. "Esta manhã o que foi, uma manada de búfalos, é?" Magali não sabia responder. Gaguejava, pedia desculpas, e a vizinha de baixo aproveitava para aterrorizá-la ainda mais.

Finalmente, Magali resolveu fugir. Pôs o apartamento à venda.

E avisava aos possíveis compradores: a vizinha de baixo podia ser um problema. A vizinha de baixo era difícil...

Até que apareceu a Consuelo. Alta. Cabelos puxados para trás. O busto, um promontório. Não era uma mulher, era uma força-tarefa.

Declarou "Sou espanhola" como se fosse um habeas corpus preventivo, que lhe permitia tudo, inclusive o coque e a insolência. Olhou o apartamento com ar superior, declarou que ficaria com ele e informou:

— Danço flamenco.

— Ótimo — disse a Magali.

E não disse mais nada. Depois que entregou a chave do apartamento a Consuelo e seus três acompanhantes, com um sorriso secreto nos lábios, e se mudou, Magali nunca deixou de ler as páginas policiais do jornal, antegozando a notícia do primeiro incidente.

E tem a história do Rogério que salvou uma vizinha do suicídio — sentiu cheiro de gás, arrombou a porta do apartamento dela, foi ali, ali — e se envolveu de tal maneira na vida da moça que teve de largar tudo, o escritório, os planos de curso no exterior, o futebol de salão das terças com os amigos, a namorada, tudo, porque se sente responsável pela continuação da vida da moça, que se não fosse por ele estaria morta e sem mais problemas, porque a moça é complicada e não perde oportunidade de lembrá-lo da sua obrigação de ajudá-la a enfrentar uma vida que ela não queria mais, porque o outro é sempre um mistério e um desafio e um sumidouro, e porque ela não é exatamente bonita, mas tem um olhinho caído, o lábio inferior saliente e não consegue dormir sem o Rogério segurar a sua mão. Entende?, diz o Rogério, mas ninguém entende. Comentam que Rogério é apenas um vizinho bom demais, que ninguém realmente salva ninguém, que é para isso que existem as paredes.

Histórias de vizinhos 2

Descobriram que, por alguma razão, por algum cano ou duto, podiam ouvir, do seu banheiro no terceiro andar, tudo o que se passava nos banheiros de cima e de baixo. Todos os ruídos, todas as vozes de todos os vizinhos do seu lado do prédio, do primeiro ao quinto.

Os ruídos se pareciam — não há muita variedade nos sons que a humanidade produz no banheiro, que são, afinal, a única linguagem universal —, mas as vozes eram difíceis de identificar. Qual seria aquele casal que sempre tomava banho junto, à noite, entre risadas?

Não podia ser o mesmo que brigava no banheiro todas as manhãs. E quem seria o barítono de uma sílaba só, que cantava seleções do cancioneiro popular fazendo: "Bom, bom, bom, bom, bom, bom?".

Tentavam ligar as vozes aos vizinhos que encontravam na entrada do prédio e no elevador. Só podia ser daquele homem solitário e triste do 403 a voz que agradecia com sentimento — "Obrigado, Senhor!" — cada movimento bem-sucedido dos intestinos, aparentemente sua única felicidade na vida. E o gordo do 203, ou era o do "bom, bom, bom" ou era o que gritava, para alguém ou para ele mesmo no espelho, todas as manhãs: "É hoje, campeão! É hoje!".

Um dia a briga diária do casal ficou feia. Chegou a insultos pesados, a berros descontrolados, ao ruído de vidro quebrado — e depois silêncio. Um devia ter matado o outro. Uma discussão daquela intensidade não acabava sem uma morte, ou pelo menos sem alguém no hospital.

Fizeram plantão no banheiro. À hora de sempre, ouviram o anônimo de cima — ou seria de baixo? — gritar: "É hoje, campeão! É hoje!". Aquele continuava vivo e saudável. E confiante.

A pessoa que levava um rádio para o banheiro e, por volta do meio-dia, fazia tudo o que tinha de fazer ouvindo um programa de horóscopo e conselhos sentimentais cumpriu sua rotina de todos os dias. Estava bem.

Ouviram o agradecimento ao alto de sempre pela evacuação satisfatória. "Obrigado, Senhor!", depois o ruído da descarga.

E à noite ouviram os sons inconfundíveis de um homem e uma mulher debaixo do mesmo chuveiro. Não podia ser o mesmo casal da briga. Mesmo depois de uma reconciliação espetacular, não podia ser o mesmo casal.

— Não ouvi o "bom, bom, bom" o dia inteiro.

Era verdade. O cantor não cantava. Devia ser ele a vítima. Podia estar num hospital com a cabeça quebrada. Podia estar morto. Podia estar esquartejado e guardado num freezer! Decidiram ir falar com o porteiro.

Não, disse o porteiro. Ninguém saíra do edifício para um hospital.

Ele não dera falta de nenhum morador. Todos os que normalmente passavam pela portaria, tinham passado aquele dia. A não ser, pensando bem, o gordo do 203... Ele tinha visto a mulher do gordo, mas não o gordo.

Era o gordo! O homem-tuba. O "bom, bom, bom", coitado. Mas já estavam combinando chamar a polícia quando o gordo saiu do elevador, com o cabelo ainda molhado do banho. E o gordo parecia tão contente de vê-los quanto eles de ver o gordo. Nunca tinham se falado antes, mas se abraçaram efusivamente, quase pulando juntos de tão alegres. Inclusive o porteiro, que nem sabia o que estava comemorando.

Depois o gordo confessou que ouvira uma briga feia num banheiro, uma briga que só podia acabar em morte ou com alguém no hospital, e pensara que fossem eles.

E então eles se deram conta de que, assim como ouviam o que os outros faziam no banheiro, os outros também ouviam suas vozes e seus ruídos mais privados. Passariam a se cuidar. E na manhã seguinte ouviram, aliviados, o casal brigando no banheiro. Ninguém estava no hospital, ou morto e esquartejado dentro de um freezer.

Continuavam vivos e ferozes. Não podia ser o mesmo casal que tomava banho junto. Ou podia? Vizinhos, nunca se sabe. Vizinhos são capazes de tudo.

A gente fica sabendo coisas dos vizinhos por vias indiretas. Quase sempre, entre vizinhos novos que não se conhecem, o primeiro contato é feito pelas crianças. De repente seu filho fez amizade com o filho do vizinho e o filho do vizinho está dentro da sua casa, brincando com o seu filho, comendo com o seu filho, e contando que o pai é alérgico a morango e a mãe foi miss. E muitas vezes se tem vislumbres do que é a vida do vizinho por um detalhe, por uma cena vista por uma porta entreaberta, por uma frase que escapa. Como na vez em que a garotada do condomínio fez alguma coisa que não devia e foram todos arrastados para casa, alguns pela orelha, pelas respectivas mães, cada uma ameaçando com um castigo diferente.

— Você vai ficar sem televisão por um mês!
— Seu pai não vai levar você no jogo!
— Pode esquecer a bicicleta!

E todas ficaram muito impressionadas quando ouviram uma mãe anunciar.
— Uma semana sem baba au rhum!

Que vida não seria aquela? Pensando bem, a mulher era a única no condomínio, e provavelmente no mundo, que ainda usava turbante.

Ponto e vírgula

Como lia muito em inglês havia uma séria dúvida de que eu soubesse escrever em português. Comecei no jornalismo trabalhando como copidesque — uma função que já deve ter sido substituída por uma tecla de computador — no *Zero Hora*. Naquele tempo você podia começar como estagiário, sem diploma. Quanto tempo faz isso? Basta dizer que a manchete do *Zero Hora* no dia seguinte ao da minha estreia foi "Castello hesita em cassar Lacerda". E a manchete saiu com um terrível erro de ortografia. "Exista" em vez de "hesita". Na minha casa, duas certezas conflitantes — a de que eu era analfabeto e a de que já começaria no jornalismo fazendo as manchetes da primeira página — se chocaram, criando o pânico. Mas eu era inocente. E tenho conseguido me manter inocente de grandes pecados ortográficos e gramaticais desde então, pelo menos se você não for um fanático sintático. Vez por outra um leitor escandalizado me chama a atenção por alguma barbaridade que eu prefiro chamar de informalidade, para não chamar de distração ou ignorância mesmo.

Afinal se a gente não pode tomar liberdades com a própria língua... E nenhum pronome fora do lugar justifica a perda de civilidade.

Mas tenho um temor e uma frustração. Jamais usei ponto e vírgula. Já usei "outrossim", acho que já usei até "deveras" e vivo cometendo advérbios, mas nunca me animei a usar ponto e vírgula. Tenho um respeito reverencial por quem sabe usar ponto e vírgula e uma admiração ainda maior por quem não sabe e usa assim mesmo, sabendo que poucos terão autoridade suficiente para desafiá-lo.

Além do conhecimento e audácia, me falta convicção: ainda não escrevi um texto que merecesse ponto e vírgula. Um dia o escreverei e então tirarei o ponto e vírgula do estojo com o maior cuidado e com a devida solenidade e colocarei, assim; provavelmente no lugar errado, mas quem se importará?

O Evangelho segundo...

"RINGO": Pô, eu primeiro? Logo o palhaço? Tá bom. Não sei onde o "John" nasceu. A mãe, o pai, não sei nada Ele era como nós, assim, média baixa. Meu pai, por exemplo, era da PM, tocava tarol na banda da PM. Aprendi bateria batucando no tarol dele, depois que ele teve o troço nos nervos e se aposentou. O velho sempre nos deu a maior força, tirava o Fusca da garagem pra gente ensaiar. Também, era a única chance que ele tinha pra dirigir o Fusca, a mãe não deixava mais depois do troço nos nervos. Tirava o Fusca da garagem e ficava vendo os ensaios, dizia que não gostava da música, daquela loucurada, e não entendia o nome da banda, "Os Bíteus", mas dava a maior força, e foi ele que conseguiu a nossa primeira apresentação, um faixa dele da banda da PM que tocava sax num conjunto e nos apresentou prum cara que conhecia outro cara, manja? Chegamos a tocar até em rádio, naquele programa de auditório que tinha na rádio cumé mesmo? Faz tanto tempo. Foi o "Paul" quem trouxe o "John" pra banda. Era colega de escola dele. O "Paul" disse que só sabia quatro acordes e o "John" sabia outros quatro e os dois juntos davam oito, e foram eles que tiraram todas as músicas dos Beatles, só de ouvido porque ninguém lia bulhufas. Só no ouvidão, e a gente tocava igual, nota por nota. E cantava sem entender uma palavra, a não ser "I Love You". E fazia o maior sucesso. Quer dizer enquanto a banda durou, né? Na época boa. Ano e pouco. Ninguém ganhava nada, mas a gente se divertia paca e a banda tava começando a ficar falada, já tinha guria nos seguindo, e aí deu no que deu, né? O "John" brigou com a Cileide e começou a namorar a maluca da Beatriz de quem ninguém gostava, que começou a botar minhoca na cabeça dele, e dizer que ele era um predestinado e não sei mais o quê, e deu no que deu. Ainda lembro do churrasco no quintal lá de casa, que o velho assou, quando o "John" disse que ia sair da banda. Foi a última vez que eu vi ele. Depois só vi no enterro. Nem vi, a cara tava tapada, disseram que a bala tinha sido na cara. Sei lá porque mataram o "John". Ele entrou numa muito doida, a Beatriz era de outro mundo, ouvi dizer que tinha droga no meio, era outro mundo. Eu? Larguei tudo. A banda já tinha acabado, mas depois da morte do "John" sabe o que foi que eu pensei? Que não é pra dar em nada mesmo. A vida, essas coisas. Eu era o palhaço. Sabe aquele cara em que todo mundo se deita? Era eu e eu gostava. Mas quando "Os Bíteus" acabaram, e o "John" morreu, eu pensei: vou ficar na minha. Chega de palhaçada. Não era pra dar em nada mesmo. Nunca entendi bem o que aconteceu, só sei que tenho uma saudade danada da turma, e daquele tempo.

Sou almoxarife da prefeitura. Quer dizer, era. Me aposentei. Nervos.

"PAUL": O "bonitinho do grupo era eu, mas quem fazia sucesso com as meninas era o "John". O "Ringo" disse que eu só sabia quatro acordes? Brincadeira, o "Ringo" sempre foi muito brincalhão. Na verdade eu era o único do grupo que conhecia música. Nós tínhamos um piano em casa. Era uma casa modesta, mas tinha um piano, minha mãe tocava. Aliás, a mãe do "Ringo" costurava para a minha mãe. E eu tive aulas, de piano, de solfejo, depois de violão. O "John" não sabia nada, mas tinha um bom ouvido. O pouco que ele sabia de música aprendeu comigo. Nos conhecíamos desde o primário, mas o que nos aproximou mesmo foi a música. E os Beatles. Eu já tinha começado a tocar com o "Ringo", que sempre foi um péssimo baterista, mas era um cara divertido, e com o "George", que vivia nas nuvens, mas tocava direitinho, e tive a ideia de trazer o "John" para o grupo e começar "Os Bíteus". Fizemos sucesso, sim. Bom, estávamos começando a fazer sucesso, um pouco. Aí surgiu a Beatriz na vida do "John"... Mas é sempre assim, não é? Há sempre uma mulher para separar os amigos, para desmanchar o bando, para pôr fim à nossa juventude. E é bom que seja assim, senão seríamos garotos pela eternidade, "turminha" para sempre, ridículos. Até a morte do "John" foi simbólica. Acho que ele morreu por nós, sim, mas não como um Cristo, não esse negócio místico do "George". Morreu porque foi ele que rompeu o encanto e trocou o bando de amigos pela mulher fatídica. Foi o primeiro dos "Bíteus" a ficar mortal, por isso foi o primeiro a morrer. Para nos ensinar, entende? Pois é, o profundo, segundo a Beatriz, era o "John", eu era só o bonitinho, mas tenho pensado muito nessas coisas. Por que mataram o "John"? Não interessa. Para a nossa história não interessa. Fui ao enterro. Fui o único a tirar o lenço do seu rosto. Mais do que ninguém, eu precisava ver seu rosto furado. Ele morreu mesmo por mim. Afinal, nos conhecíamos desde o primário. Abracei a Cileide, mas nem falei com a Beatriz. Abraçar a Beatriz seria como abraçar a morte. larguei a música, sim. O que que eu faço? Na verdade, não faço nada. Me recolhi a minha mediocridade. Minha mulher é sócia num curtume. Eu bebo, quer saber? Eu bebo, e penso muito.

"george": A Beatriz tinha razão, o "John" era um predestinado. Vi isso na primeira vez em que nos encontramos, na garagem da casa do "Ringo". Ele não era do nosso mundo, a Cileide não era para ele, "Os Bíteus" não era para ele, nem ele era para ele. O "Paul" entendeu tudo errado. Pensa que o "John" morreu por ele, que o "John" morreu para deixar ele filosofando sobre a vida. O "Paul" sempre foi um egocêntrico, acho até que era meio veado. O "John" ia nos mostrar o caminho para outro tipo de vida, outro tipo de consciência, ele ia nos salvar vivendo. Se ele tivesse vivido, não sei o que nós seríamos hoje, mas seríamos melhores. Mas houve aquela ciumeira com a Beatriz, o "Paul" nunca aceitou a Beatriz, e o "John" teve de se afastar de nós. O "Ringo" contou do último churrasco, do que o "John" disse no último churrasco? Ele olhou bem pra mim e disse uma frase que eu nunca vou esquecer. "Não vai haver outra vez." Assim, sem mais nem menos, olhando para mim, com o copo de cerveja erguido. E não houve outra vez mesmo.

Nunca mais. Nada parecido. Deixamos passar uma oportunidade. Não sei se de ser ou fazer o quê, acho que nem ele sabia, só sabia que deixamos passar. Não sinto que a banda tenha acabado não. Sem o "John" seríamos um grupo de malditos. Pelo menos assim cada um é maldito pro seu lado. Tenho esta barraca, vou me virando, minha mulher diz que nós estamos quebrados, não sei não. Pelo menos é bom saber que alguém ainda se lembra dos "Bíteus". Vai um mel puro?

Detalhes

Rupert Brooke nunca foi considerado um grande poeta, mas, como era um moço bonito, escrevia versos românticos e morreu durante a Primeira Guerra Mundial, com 28 anos, ficou como símbolo da juventude dourada inglesa mandada para aquela carnificina, a primeira e última guerra democrática, em que graduados de Oxford e Cambridge e a massa foram sacrificados nas mesmas trincheiras.

Um dos seus poemas mais famosos, "The Old Vicarage, Grantchester", é uma espécie de suma sentimental da Inglaterra vista de longe, de um paraíso pastoral lembrado por um dos seus exilados numa Europa em decomposição, em suas evocativas linhas mais "*Stands the Church clock at ten to there?/ And is there honey still for tea?*". E foi Rupert Brooke quem escreveu, no começo da guerra, o chamamento poético — intitulado 1914 — para a sua geração de aristocratas ir morrer com glória pelos verdes campos ingleses. No poema ele antecipa sua própria morte, com palavras que dariam arrepios em guerreiros românticos ainda por nascer. "*If I should die, think only this of me:/ That there's some corner of a foreign field/ That is forever England.*" (E se eu morrer, pense apenas isto de mim: que há um canto numa terra estranha que será para sempre a Inglaterra.) Brooke morreu servindo na Marinha inglesa, na ilha de Skyros, onde está sepultado, e onde há um monumento à sua memória. Pelo monumento não se fica sabendo que ele não morreu em ação e sim vítima de disenteria. Mas o velho John Ford dizia que, quando os fatos desmentem a lenda, se deve publicar a lenda. Um pequeno detalhe antipoético não deveria ter o poder de transformar o mito de um jovem deus trágico numa história de ardor juvenil frustrado, significando muito pouco.

Esquecido o detalhe, permanecem a morte prematura numa terra estranha e o símbolo, literariamente satisfatório, de patriotismo ou de juventude martirizada. De qualquer forma, a poesia vence a disenteria.

Pelo menos Brooke morreu moço. Se vivesse muito, os detalhes se acumulariam e ele não teria a reputação que tem hoje, e que cresce apesar dos seus versos e do fim sem glória. Razão teve o Taffarel quando decidiu que sua biografia esportiva estava pronta e recusou a convocação para a seleção do Luxemburgo, estava recusando a possibilidade de vexames que comprometessem a lembrança que ele quer deixar. Não deu chances ao tempo para desmoralizá-lo com mais detalhes. Com o tempo, os detalhes estragam qualquer biografia.

O policial se envolve em torturas que voltarão para acusá-lo, o político contradiz seus próprios ideais na prática... É o tempo, é o tempo. O tempo é danado para destruir reputações. E qualquer pessoa que não morre aos 28 anos ele toma como provocação.

A agenda

Um homem chamado Cordeiro abre a agenda em cima da sua mesa de trabalho e vê escrito: "Comprar arma".

Ele não se lembra de ter escrito aquilo. Como tem agenda justamente para ajudá-lo a se lembrar das coisas, compra uma arma, mesmo não sabendo para quê.

No dia seguinte, vê na agenda: "Marcar almoço com Rodrigues".

Mais uma vez, não se lembra de ter escrito aquilo, nem tem qualquer razão para almoçar com o canalha do Rodrigues. Mas marca o almoço. Durante o qual ouve do canalha do Rodrigues a notícia de que pretende se afastar da companhia e vender sua parte ao canalha do Pires, que assim terá a maioria e mandará na companhia, inclusive no Cordeiro.

Cordeiro insiste para que Rodrigues venda sua parte a ele e não ao Pires, mas Rodrigues ri na sua cara e ainda por cima não paga a sua parte no almoço.

Naquela tarde, Cordeiro vê na sua agenda: "Matar Rodrigues. Simular assalto". E o dia e a hora em que deve acontecer o assassinato, sublinhados com força.

E na mesma folha: "Providenciar álibi: lancha".

Lancha? Cordeiro vira a página.

Lá está o plano, meticulosamente detalhado. Sair com a lancha no domingo, assegurando-se de que todos no clube o vejam sair com a lancha, encostá-la em algum lugar ermo onde deixou seu carro no dia anterior, ir de carro até a casa de Rodrigues, matá-lo, jogar a arma fora, voltar de carro para a lancha e voltar de lancha para o clube, onde todos o veriam chegar como se nada tivesse acontecido. É o que faz.

Na segunda-feira, Cordeiro arregala os olhos e finge estar chocado quando chega à firma e ouve do Pires a notícia de que houve um assalto no fim de semana e o Rodrigues foi baleado, e está morto.

Pires revela que estava desconfiado de que Rodrigues iria vender sua parte na companhia a Cordeiro. Pretendia marcar um almoço para discutir o assunto com o canalha do Rodrigues, mas no dia Rodrigues dissera que tinha outro compromisso para o almoço.

Na saída do escritório, Pires diz que na última reunião dos três sócios tinha saído por engano com a agenda do Cordeiro e pergunta se por acaso o Cordeiro não ficou com a sua agenda.

Ou então:

Na segunda-feira, Cordeiro arregala os olhos e finge estar chocado quando chega à firma e ouve do Pires a notícia de que houve um assalto no fim de semana e o Rodrigues foi baleado, e está morto.

Os dois marcam uma reunião para tratar do que fazer com a parte do Rodrigues, mas não chegam a um acordo e brigam. Naquele mesmo dia, Cordeiro vê escrito na sua agenda: "Incriminar Pires".

É o que faz. Orientado pela agenda, consegue plantar pistas falsas e convencer a polícia de que Pires matou Rodrigues porque este pretendia vender sua parte na firma a Cordeiro. Com Pires afastado, Cordeiro assume o comando da firma e a faz crescer como nunca — sempre seguindo as ordens da agenda, que não erra uma.

Até que um dia a agenda lhe manda juntar todo o dinheiro em caixa na firma, vender o que for possível para levantar mais dinheiro e jogar tudo na bolsa. "Agora!", ordena a agenda.

Cordeiro jogou na bolsa tendo o dinheiro que tinha, o seu e o da firma. Foi na véspera da grande queda. Perdeu tudo. Quando consultou a agenda de novo, desesperado, sem saber o que fazer, encontrou apenas a frase: "Quem entende a bolsa?".

E no dia seguinte: "Comprar arma".

Experiência nova

Pegaram o cara em flagrante roubando galinhas de um galinheiro e levaram para a delegacia.

— Que vida mansa, hein, vagabundo? Roubando galinha pra ter o que comer sem precisar trabalhar. Vai pra cadeia!

— Não era pra mim não. Era pra vender.

— Pior. Venda de artigo roubado. Concorrência desleal com o comércio estabelecido. Sem-vergonha!

— Mas eu vendia mais caro.

— Mais caro?

— Espalhei o boato de que as galinhas do galinheiro eram bichadas e as minhas não. E que as do galinheiro botavam ovos brancos enquanto as minhas botavam ovos marrons.

— Mas eram as mesmas galinhas, safado.

— Os ovos das minhas eu pintava.
— Que grande pilantra...
Mas já havia um certo respeito no tom do delegado.
— Ainda bem que tu vai preso. Se o dono do galinheiro te pega...
— Já me pegou. Fiz um acerto com ele. Me comprometi a não espalhar mais boato sobre as galinhas dele, e ele se comprometeu a aumentar os preços dos produtos dele para ficarem iguais aos meus. Convidamos outros donos de galinheiro a entrar no nosso esquema. Formamos um oligopólio. Ou, no caso, um ovigopólio.
— E o que você faz com o lucro do seu negócio?
— Especulo com dólar. Invisto alguma coisa no tráfico de drogas. Comprei alguns deputados. Dois ou três ministros. Consegui a exclusividade no suprimento de galinhas e ovos para os programas de alimentação do governo e superfaturo os preços.
O delegado mandou pedir um cafezinho para o preso e perguntou se a cadeira estava confortável, se ele não queria uma almofada. Depois perguntou:
— Doutor, não me leve a mal, mas com tudo isso, o senhor não está milionário?
— Trilionário. Sem contar o que eu sonego do Imposto de Renda e o que tenho depositado ilegalmente no exterior.
— E, com tudo isso, o senhor continua roubando galinhas?
— Às vezes. Sabe como é.
— Não sei não, excelência. Me explique.
— É que, em todas essas minhas atividades, eu sinto falta de uma coisa. Do risco, entende? Daquela sensação de perigo, de estar fazendo uma coisa proibida, da iminência do castigo. Só roubando galinhas eu me sinto realmente um ladrão, e isso é excitante. Como agora. Fui pego, finalmente. Vou para a cadeia. É uma experiência nova.
— O que é isso, excelência? O senhor não vai ser preso não.
— Mas fui pego em flagrante pulando a cerca do galinheiro!
— Sim. Mas primário, e com esses antecedentes...

Noé 2 ou O segundo arrependimento

E viu Deus a Terra, e eis que estava corrompida, porque toda a carne havia corrompido o seu caminho sobre a Terra.

Então disse Deus a Noé: o fim de toda a carne é vindo perante a minha face, porque a Terra está cheia de violência, e eis que os desfarei com a Terra.

E disse o Senhor: Destruirei de sobre a face da Terra o homem que criei, desde o homem até o animal, até o réptil, e até a ave dos céus, porque me arrependo de os haver feito.

E disse Deus a Noé: Faze para ti um foguete interplanetário. E entrarás no foguete, tu e os teus filhos, e a tua mulher, e as mulheres de teus filhos contigo.

E, de tudo o que vive, de toda a carne, dois de cada espécie, meterás no foguete, para os conservares vivos contigo; macho e fêmea serão.

Porque eis que trago um asteroide que se chocará com a Terra, para desfazer toda a carne em que há espírito de vida debaixo dos céus: tudo o que há na Terra expirará, menos tu e os teus. E guiarei a tua arca espacial até um planeta escolhido, onde começarás outra Terra e outra prole.

Noé, porém, achou graça aos olhos do Senhor, que obviamente não sabia com quem estava falando. "Um foguete, Senhor?!", disse Noé, explicando em seguida que era um carpinteiro desempregado no Iraque, cuja situação, que já era ruim, ficara ainda pior com o bloqueio econômico das Nações Unidas, que duvidava muito que conseguiria ajuda do governo do seu país para construir um patinete, quanto mais um foguete, mesmo que fosse para disparar contra Israel ou para salvar Saddam e sua família, e, mesmo, o centro do mundo se deslocara desde os tempos bíblicos, não ficava mais entre o Tigre e o Eufrates. Deus que esquecesse sua ligação sentimental com o Oriente Médio, desistisse do Terceiro Mundo e dele, e tentasse um americano, de preferência da Nasa, que teria a tecnologia para fazer a nova arca. E, principalmente, a verba.

E Deus suspirou, e o hálito decepcionado do Senhor pairou sobre a Terra condenada. E viu Deus que tinha perdido seu tradicional canal de comunicação com o homem, que era escolher entre os varões o mais justo e reto em suas gerações, e quem consegue falar com os americanos? E seu arrependimento cresceu, e o seu dedo instigador apressou o asteroide na direção da Terra.

Enquanto isso, em Washington, dispensando qualquer aviso analógico e anacrônico de Deus e baseados em cálculos de seus computadores, técnicos levam ao presidente americano a confirmação de que o asteroide se chocará, sim, com a Terra e a destruirá, e que antes de liberar a informação para o mundo é preciso acionar a Operação Arca de Noé 2, a construção de um foguete que salvará um número mínimo de pessoas da destruição, macho e fêmea, começando, é claro, pelo presidente e pela Hillary ou uma estagiária da sua preferência para que ele continue a liderar o mundo livre lá fora. E quem mais?

Instala-se a controvérsia. A arca deve conter apenas americanos, que afinal ganharam a corrida espacial e merecem ou devem levar representantes de outras nacionalidades, mesmo no porão? Todas as raças devem ser representadas ou deve-se aproveitar a oportunidade para acabar de vez com o racismo, levando apenas brancos para a outra terra? Que critérios devem ser usados na escolha dos espécimes humanos? Os mais inteligentes, com sua tendência para a neurose e a miopia, ou os mais jovens, saudáveis e bonitos, com sua dificuldade de raciocínio e seu gosto musical duvidoso? Há um consenso de que o Leonardo DiCaprio deve ser um dos machos salvos da catástrofe, inclusive por uma questão de justiça, já que no *Titanic* ele morreu. Acabam concluindo que, já que a tecnologia espacial é um subproduto da Guerra Fria entre o capitalismo e o socialismo e os capitalistas ganharam, a locação de lugares deve obedecer às regras do mercado. Vai quem pagar mais, o que assegurará a sobrevivência dos mais ricos e, portanto, mais empreendedores e capazes, para colonizar a nova terra. Que já começará neoliberal, sem ter que passar por todo o tedioso processo histórico que tanto atrasou a vitória do capitalismo, e o segundo arrependimento de Deus, na Terra. Só fica para ser decidido quem limpará as privadas na lua de Saturno.

E Noé olhará por um buraco da sua tenda improvisada e verá o asteroide ficando maior a cada noite, e meditará sobre a mudança dos tempos. Pois houve um tempo em que para ser o escolhido de Deus bastava ser um varão justo e reto em suas gerações, e estes tempos não são mais, e nunca mais serão.

O pomodoro da discórdia

Era o primeiro dia na primeira praia da primeira ilha e o primeiro índio, que até então nem sabia que era índio, estendeu a mão e ofereceu a Cristóvão Colombo — um tomate.

— Um *pomo d'oro* — exclamou o Almirante, confundindo o fruto que brilhava ao sol novo da América com uma maçã selvagem. Depois examinou o fruto mais de perto e perguntou:

— Para que serve?

— Saladas — respondeu o índio. — Refogado. Molhos.

— Para o espaguete! — exclamou Colombo, compreendendo por que o destino o trouxera até ali. Lembrando que seu nono, em Gênova, vivia elogiando Marco Polo por ter trazido o espaguete do Oriente e sua nona vivia dizendo que *si*, o espaguete era bom, mas faltava alguma coisa. Sua missão estava revelada: numa só viagem, superava o Marco Polo do nono e descobrira o que faltava na macarronada da nona. Ficou com o tomate.

— O que você me dá em troca? — quis saber o índio.

Não se sabe que língua falavam. A linguagem mágica dos grandes encontros. Não interessa.

— Dou em troca um dos produtos supremos da nossa civilização. Uma preciosidade. Um dos frutos da indústria que breve chegará aqui e transformará este mato em outra Europa.

E Colombo deu uma miçanga ao índio. E perguntou que outra novidade ele tinha para lhe dar. E o índio ofereceu uma batata.

— O que faremos com isto? — perguntou Colombo, olhando a feia batata com pouco entusiasmo.

O índio descreveu o futuro da batata, desde a sua importância na alimentação dos camponeses europeus em fomes ainda por vir até as *noisette* e as fritas. E Colombo botou a batata na algibeira e deu em troca uma moedinha de valor tão baixo que em vez da cara mostrava o joelho do rei. O que mais o índio tinha para lhe dar?

O fruto do cacaueiro, de onde sairia o chocolate. O índio descreveu o significado do chocolate para a futura história do mundo, especialmente da Suíça e da Bahia, e como seriam os bombons, e as barras recheadas com avelãs, e suspeita-se que tenha mencionado até a musse da Olga Reverbel. E Colombo trocou o cacau por um espelhinho.

Que mais?

Fumo! Em breve, todos estariam experimentando as delícias do tabaco e o novo hábito dominaria o mundo. E para quem quisesse um barato ainda maior, o índio incluía a planta da coca junto com a planta do fumo em troca das contas que Colombo lhe oferecia.

Que mais?

Milho.

Manda.

Aipim.

Manda.

Um papagaio.

Manda.
Acabou.

— E isso que você tem no nariz? — perguntou Colombo, apontando para a argola de ouro.

— O que você me dá em troca?

Colombo ofereceu mais miçangas, o que o índio não quis. Outra moedinha. Comprimidos. Vale-transporte. Finalmente apontou sua pistola para a cabeça do índio e disse: "Isto". E disparou. Depois deu ordens a seus homens para recolher todo o ouro a vista, mesmo que tivessem que trazer os narizes juntos.

Do chão, antes de morrer, o índio amaldiçoou Colombo e praguejou. Que a batata tornasse a sua raça obesa, que o chocolate enchesse as artérias de colesterol, que o fumo lhe desse câncer, que a cocaína a enlouquecesse e que o ouro destruísse a sua alma. E que o tomate — pediu o índio aos céus, com seu último suspiro — se transformasse em ketchup.

E assim aconteceu.

Histórias que quase aconteceram 2

O primeiro exilado na ilha de Santa Helena não foi Napoleão Bonaparte, foi um nobre português chamado Fernando Lopez. Em 1510, Lopez tinha sido deixado no comando de uma fortaleza recém-dominada pelos portugueses em Goa, na Índia. Dois anos depois os conquistadores portugueses voltaram e descobriram que Lopez e sua guarnição tinham se convertido ao maometismo. Lopez foi punido com a amputação da mão direita, as duas orelhas e o nariz para aprender a não aderir aos bárbaros. Na volta para Portugal, sentindo-se incapaz de encarar a sua família sem cara, Lopez abandonou o barco e se autoexilou em Santa Helena. E ficou lá até o fim da vida, trinta anos, durante os quais plantou videiras e pomares e transformou a ilha num paraíso.

Quando os ingleses mandaram Napoleão para Santa Helena, mais de trezentos anos depois, não havia vestígio do que Lopez plantara. A ilha voltara a ser um lugar descolado, uma pedra no meio do nada, varrida por ventos sem remorso onde o imperador deveria refletir sobre suas glórias e seus pecados até morrer.

Mas há um terceiro exilado na história de Santa Helena. O carcereiro oficial de Napoleão. Digamos que seu nome fosse William. Por uma daquelas formalidades irracionais de que os ingleses gostam tanto, ele era obrigado a, diariamente, se certificar de que Napoleão estava em sua casa, para reportar à Coroa caso a Coroa perguntasse. Ele não tinha nenhum posto na tropa inglesa que ocupava a ilha. Nem se sabe (ou eu não sei) se era militar. Sua única missão na vida era enxergar Napoleão.

Provavelmente fazia um relatório todas as noites, dizendo sempre a mesma coisa com palavras diferentes. "Sim." "Está lá." "Continua lá." "É ele." "Vi o desgraçado." Etc. Como Napoleão provava a William sua presença dentro da casa? Mostrava a cara numa janela na hora combinada? Talvez, um dia, com especial enfaro, mostrasse a bunda. Ou apenas um dedinho, forçando William a deduzir que o dedinho era o dele.

Pode-se imaginar que os dois tenham, lentamente, enlouquecido juntos. E que depois de um certo tempo Napoleão convidasse William a trocar a frugal vida da caserna pelas mordomias da sua casa, e conversassem todas as noites até que viesse o sono, ou o delírio.

— Vamos, homem. Coma. Beba. Jamais sairemos desta maldita ilha, mesmo.

— Não me dê ordens. Você é o preso, eu sou o carcereiro. Você é o derrotado, eu sou o vencedor. Você não é mais um imperador. Nós somos iguais.

— Iguais? Você e eu?

— Iguais. Apenas dois homens longe de casa, com suas memórias.

— Sim. Mas as minhas memórias de casa são de um império, enquanto as suas são, no máximo, de um pudim.

— Somos iguais! Dois bichos numa ilha calcinada. Duas vasilhas vazias, atiradas no mesmo terreno baldio. Não interessa se antes elas tinham dentro conhaque fino e rum barato. Agora somos iguais. Os mesmos dois olhos, as mesmas duas orelhas, o mesmo nariz...

— Diga-me, William. Como você pode ter certeza de que eu estou mesmo aqui? De tanto me ver todos esses anos você agora me vê em toda parte. Para você, me ver não é mais um acontecimento, é um tique. Você até sonha comigo. Eu não estou mas aqui, William. Eu já fugi. Isto é um delírio.

— Sabe com quem que eu sonho, Nappy? Sabe quem aparece nos meus delírios?

— Quem? Se for mulher, me empresta.

— Lopez, o português. Ele passeia pelo meu cérebro como um fantasma shakespeariano, dizendo coisas.

— E o que ele diz, Will?

— Diz que somos iguais.

— Você é um maníaco igualitário, Will.

— Diz que sou igual a ele. Que ele plantou pomares e videiras e cobriu a ilha de flores, mas não podia cheirá-las porque não tinha nariz. Era como estar no paraíso e não estar. Era como estar no paraíso de outra pessoa.

— Como você, Will. Você está na minha história e não está, pois ninguém se lembrará do seu nome quando eu estiver na minha cripta nos Invalides. Você tem a liberdade que eu não tenho, mas não pode aproveitá-la enquanto eu estiver aqui, como o Lopez não podia cheirar seus pomares. Bom observador, esse Lopez. Eu o convidaria para jantar, se não fosse assustar a criadagem. E dizem que três fantasmas na mesa dá azar.

— Só vejo um fantasma em minha frente.

— Outro delírio, Will. Você é o fantasma nesta ilha. Eu sou real. Mais do que isso, eu sou imperial. Posso ser o primeiro louco da História que pensou que era Napoleão, mas, em compensação, nenhum louco, jamais, em toda a História, pensará que é você.

— Olha ele ali!

— Quem?

— Lopez. Atrás da vidraça. Terrível visão! Todos os homens sem cara da História. Todos os insignificantes, todos os mutilados pelo anonimato e pelo esquecimento do mundo — e ele está me abanando!

— Controle-se, Will. Pare de ter visões. Ordeno que você não veja mais ninguém além de mim. Você só existe para me ver, eu só existo enquanto você me vê. Minha posteridade é você. Os ingleses acharam que uma ilha era demais, me exilaram no seu nervo óptico. Troquei um continente por uma retina. Pronto, você está contente? Esse é o seu poder e sua significância. Se esfregar os olhos, você me apaga da História. Prove o bouquet deste vinho.

— Hmmm...

— Viu? Ainda nos restam pequenos consolos. Ao contrário de Lopez, ainda temos uma mão para erguer o vinho e nariz para cheirá-lo. E orelhas para estes nossos papos.

— Dispenso as orelhas.

— Will, Will...

Natasho

As crianças tanto insistiram que o pai acabou cedendo: compraria um cachorro. Como não conhecia nada de cachorros, procurou o sogro, que conhecia tudo. O sogro disse que sabia onde conseguir o cachorro ideal para as crianças: um "spaslov siberiano". Uma raça criada especificamente para os filhos da família imperial russa.

O "spaslov" era branco, peludo e pacífico. As crianças poderiam fazer o que quisessem com ele. Era um cachorro inteligente, facilmente treinável, que só dava algum trabalho porque tinha certos hábitos congênitos peculiares. Não só suas refeições tinham que ser em dois serviços — primeiro uma entrada, depois o prato principal — como, entre os dois serviços, ele precisava de um sorbet para limpar o paladar. Também precisava de uma máscara para dormir, pois era extremamente sensível à luz. E, em certos meses do ano, que correspondiam ao inverno europeu, era dado a períodos de depressão, que os especialistas chamavam de "nostalgia da neve". Fora isso, era um ótimo animal, dócil como poucos e excelente companheiro. Havia pelo menos um "spaslov" na infância de todos os tzares da Rússia.

O pai hesitou, mas as crianças ficaram entusiasmadíssimas com a descrição do "spaslov" (um cachorro russo!) e exigiram a sua compra. Já tinham até um nome pronto — Natasha — que teve que ser mudado quando o "spaslov" chegou e descobriram que era macho. Todos se apaixonaram pelo Natasho. Inclusive o pai, que volta e meia se pega estudando o cachorro, e no outro dia notou que o cachorro também o estudava, com algo no olhar que — se não fosse um absurdo — ele descreveria como ironia. Ou superioridade aristocrática.

O que será que ele pensa de nós?, pensa o pai. Nós o tratamos com a deferência devida à sua raridade, mas não podemos lhe dar o tratamento imperial que a sua linhagem exige. Passadas as primeiras semanas ninguém mais se preocupava em lhe servir os dois pratos com um sorbet no meio e o próprio Natasho, depois de esperar em vão pelo sorbet e a continuação da refeição enlatada, se resignara àquele desleixo plebeu. E ninguém mais lhe botava a máscara para dormir. Ele tinha que enterrar a cabeça numa coberta, na sua caixa de dormir no canto da cozinha, para que a vaga fosforescência do relógio do micro-ondas não impedisse seu sono.

De certa forma, pensa o pai, todo cachorro de raça representa uma vocação abandonada, os desígnios de uma linhagem interrompidos pela domesticação. O mundo está cheio de cachorros, por assim dizer, na profissão errada, como engenheiros fazendo faxina ou filósofos dirigindo táxis. Ascendência e utilidade pregressa não contam para nada e você encontra caçadores exímios reduzidos a pacatas vidas de apartamento e a caçar baratas, patrulheiros dos Alpes penando nos trópicos e a prole de lobos, com a astúcia de séculos de estepe e floresta acumulada nas glândulas, acompanhando velhinhas em praças sonolentas, longe das matilhas e do seu chamado. E cachorros nobres, criados para as larguezas da corte, para aparecer em retrato, obrigados a aguentar o confinamento com uma classe média sem pedigree. Além de comida enlatada.

O pai não sabe se sonhou ou se aconteceu. Acordou no meio da noite e viu o Natasho sentado ao lado da cama, olhando para o seu rosto. Como era uma noite de lua cheia, o cachorro talvez não tenha conseguido dormir nem com o cobertor tapando os olhos. Que agora estavam fixos nos olhos do homem, querendo dizer o quê? O pai não contou para ninguém, mas teve a impressão de que o cachorro o olhava como se olha um enigma. Era um olhar de incompreensão. Podia ser cansaço. Fora um dia cheio para Natasho, que correra com as crianças na calçada e servira de cavalo para o caçula. Podia ser melancolia, a tal "nostalgia da neve". Mas não, o pai tinha certeza de que era perplexidade. O cachorro estava tentando decifrá-lo. Ou talvez o estivesse convidando para uma comunhão de resignações, talvez fosse solidariedade. Talvez fosse compreensão.

Eu também não sou o que deveria ser, pensou o pai. Estou na profissão errada, possivelmente na família errada, certamente no lugar errado. Meus genes estão programados para outro continente, para outra vida. O que o olhar do Natasho dizia era que para um cachorro não tinha remédio, suas alternativas eram limitadas e mesmo a Rússia estava longe. Mas ele? Qual era a sua desculpa? Mas o pai acha que pode ter sido um sonho.

A natureza humana

Ideia para uma história.

Cirurgião plástico de uma cidade do interior é procurado na sua clínica por um homem que lhe oferece 1 milhão de dólares para fazer uma operação. O homem quer discrição total, não quer perguntas e quer outra cara.

O médico começa a dizer que o homem está enganado a seu respeito, que ele não trabalha assim, porque a ética, porque a...

O homem o interrompe:

— Um milhão e meio.

— Não posso.

— Dois milhões.

— Quando você quer a operação?

— Agora.

— Impossível. Temos que fazer testes. Preparar o...

— Dois milhões e meio.

O médico fica em silêncio, examinando o homem. Depois pergunta:

— Posso ver o dinheiro?

O homem abre uma maleta em cima da mesa do médico. Notas de cem.

— Quanto tem aí?

— Exatamente dois milhões e meio de dólares.

— Como você sabia que meu preço seria esse?

— Conheço a natureza humana. Aliás, foi com esta cara honesta e meu conhecimento da natureza humana que consegui juntar dois milhões e meio de dólares.

— Mas agora quer mudar de cara...

O homem sorri:

— Também sou um homem precavido.

O médico começa a fechar a maleta para guardar o dinheiro, mas o homem o detém com um gesto: Debaixo das notas de cem tira um pijama dobrado e uma sacola de plástico com escova de dente, pasta etc. Está pronto para ser internado.

— Vejo que o senhor é mesmo um homem precavido, sr. Silva.

— Silva, claro, não é o meu verdadeiro nome.

— Posso saber o seu verdadeiro nome?

— Pode. É Xis.

— Muito bem, sr. Xis. Vamos fazer essa operação. Que cara o senhor quer?

— Não importa. Só quero ficar irreconhecível.

— Nem sua mãe o reconhecerá.

— Não peço outra coisa.

O médico fala no interfone com sua recepcionista:

— Jussara, transfira o nariz da dona Heleninha, para amanhã.

Com o dinheiro da cirurgia, o médico investe na clínica, anuncia, aumenta sua clientela e sua renda, melhora de vida e passa frequentar outras rodas. Numa das quais, um dia, encontra uma cara conhecida.

— Sr. Xis!

O homem puxa o médico para um canto e sussurra seu novo nome. O nome da sua nova cara.

— Hugo. Hugo Pontecarrero.

— Hugo. Pensei que você tivesse deixado a cidade depois da...

— Com que dinheiro? Você ficou com tudo o que eu tinha.

E o homem conta que circula nas altas-rodas tentando usar seu conhecimento da natureza humana para ganhar dinheiro fácil, mas que ganhar dinheiro fácil está cada vez mais difícil. A operação lhe deixara com uma cara que não inspirava confiança. Uma cara de escroque. Com aquela cara ele jamais sairia da cidade.

— Você salvou a minha vida — diz Hugo Pontecarrero —, mas ficou com todo o meu dinheiro e me deu esta cara sem nenhum proveito.

E Hugo declara que o cirurgião lhe deve um futuro. E passa a chantageá-lo, ameaçando denunciá-lo pela operação clandestina e pelo dinheiro não declarado e exigindo sua cumplicidade na exploração dos seus novos clientes ricos. Até que um dia um detetive particular na pista de um certo escroque com cara honesta chega à clínica do cirurgião e pergunta se por acaso ele não operou um homem com tais e tais características, descrevendo o incômodo sr. Xis.

— Quem quer saber? — pergunta o médico.

A mãe dele, que quer vingança, responde o detetive. E o cirurgião, depois de ponderar sobre a natureza humana e a nossa responsabilidade no destino dos outros, nega-se a dizer onde o homem pode ser encontrado, pois isso seria antiético, mas oferece-se para fazer um retrato falado, por um preço. Raciocinando que os direitos autorais da cara, afinal, são dele.

Ideia para outro final.

— Jussara, transfira o nariz da dona Heleninha para amanhã.

O homem é operado, fica alguns dias internado na clínica em regime de discrição total, e sai com uma cara que nem sua mãe reconheceria.

O médico, depois de se informar — discretamente — sobre o que fazer com os dólares, descobre que todas as notas de cem são falsas. Depois da descoberta, passa um bom tempo olhando a cara falsa do Benjamin Franklin com o que o sr. Xis pagou sua própria cara falsa, ponderando sobre a natureza humana etc. Quando chega o detetive particular contratado pela mãe do escroque, o médico se oferece para incorporar-se à busca, pois só ele pode reconhecer a cara que fez. E um dia, seguindo uma pista levantada pelo detetive, o cirurgião e a mãe do escroque — que viajam juntos pelo mundo, atrás de vingança — dão com uma cara que o cirurgião identifica como a do sr. Xis.

— Que sr. Xis. Meu nome é Hugo Pontecarrero e não conheço nenhum de vocês dois.

— É ele — insiste o médico. — Essa cara é minha. Conheço o meu trabalho!

— Será? — pergunta a mãe.

Termina com o homem desafiando o médico a provar que é o autor da sua cara, o médico reclamando que a mãe, também, não ajuda na identificação ("Algum sinal ele deve ter!"), a mãe dizendo que coração de mãe não se engana, aquele não é o safado que procuram, e todo mundo no restaurante reclamando da gritaria.

Histórias de verão: O quinto túnel

Três homens num compartimento de um trem que atravessa uma região montanhosa. Eles não se conhecem. Estão em silêncio desde que o trem saiu da estação. Um lê um jornal, outro olha pela janela, e outro parece dormir. Quando o trem entra num túnel e tudo fica escuro, ouve-se uma voz que diz:

— Estou aqui para matá-lo.

O trem sai do túnel. Os três continuam como antes. Um olhando pela janela, o outro lendo um jornal, o terceiro de olho fechado. O trem entra em outro túnel. Ouve-se outra voz.

— Por quê?

Silêncio. Depois:

— Você sabe.

O trem sai do túnel. Os três não se mexeram. O trem entra em outro túnel.

— Quando?

— No quinto túnel.

— Este túnel qual é, o terceiro?

— Você devia ter contado.

O trem sai do túnel. Os três homens na mesma posição. O homem que lê o jornal vira uma página. O trem entra em outro túnel.

Ouve-se um estampido.

Quando o trem sai, o homem que olhava pela janela está com uma pistola fumegante na mão, o jornal está com um buraco no meio e o homem que lia o jornal está morto. E o homem que dormia está de olhos arregalados.

— O que foi isso?

— Ele ia me matar. Eu o matei primeiro.

— Como você sabia que ele ia matá-lo?

— Ele disse, você não ouviu?

— Eu estava dormindo. Não ouvi nada. Acordei com o tiro.

— Ele ia me matar no próximo túnel, mas eu agi antes. Foi legítima defesa. Ele disse que ia me matar.

— Só se fosse com este charuto — diz o homem que dormia, depois de examinar os bolsos do morto. — É a única coisa remotamente letal que ele carregava.

— Ele podia me estrangular, sei lá. Mas eu o enganei e atirei um túnel antes. A vítima enganou o assassino.

— Ou pode ter sido o contrário. O assassino enganou a vítima?

— Como?

— Você disse que ia matá-lo no quinto túnel, mas matou no quarto, antes que ele tivesse tempo de reagir ou fugir.

O trem entra no quinto túnel e tudo fica escuro. Ouve-se uma voz.

— Como você sabia que o túnel anterior era o quarto e este é o quinto, se estava dormindo?

Silêncio. Depois ouve-se um estampido.

Super-heróis práticos

Não precisamos de homens providenciais, com superpoderes, para resolver as questões da vida e da morte. Precisamos de pequenos heróis com respostas para os problemas de todos os dias, mesmo porque a vida é feita de todos os dias. Por isso, pensei em lançar uma série de aventuras contando as histórias dos super-heróis práticos e assim inspirar nossos políticos. Pra começar, uma aventura de Plect, o Homem Grampeador.

Estamos num escritório. Um homem e uma mulher, cada um na sua mesa. A mulher olha em volta, à procura de alguma coisa.

— Maldição... — diz a mulher.

— O que foi, Lana?

— Preciso de alguma coisa para prender essas folhas... você pode me ajudar?

— Infelizmente, não. Tenho apenas um clipe, mas está torto.

— Não adianta. Oh, Kevin. Você não serve para nada, mesmo.

— Desculpe, Lana. Com licença, preciso ir ao banheiro.

O homem retira-se. É sempre assim, pensa Lana. Quando eu preciso dele, Kevin sempre dá um jeito de desaparecer. E agora, como vou juntar esses papéis?

O homem reaparece. Só que agora sem os óculos e vestindo a roupa de Plect, o Homem Grampeador.

— Posso ajudá-la?

— Homem Grampeador!

Ele pega os papéis da mão de Lana.

— Acho que posso resolver isso...

Com um golpe do seu punho, grampeia os papéis e devolve-os a Lana.

— Pronto.

— Oh, Homem Grampeador. Você é maravilhoso!

— Obrigado!

Ele sai. Daí a pouco reaparece Kevin ajeitando os óculos.

— Hmm — diz Kevin. — Vejo que você encontrou um grampeador...

— O Homem Grampeador esteve aqui!

— Homem Grampeador?

— Aquilo sim é que é homem. Não é como alguns que eu conheço, com seu clipe torto...

— Puxa, Lana, sempre que acontece alguma coisa excitante eu estou longe!

E agora... o Homem Saboneteira!

Cheryl odiava quando acontecia aquilo. A espuma a impedia de abrir os olhos e ela não conseguia recolocar o sabonete no seu lugar.

— Eu sou uma tola mesmo — pensou Cheryl, tateando a parede do boxe cegamente à procura da saboneteira. Geralmente a encontrava, mas era irritante perder aqueles preciosos segundos, quando poderia estar esfregando seu corpo magnífico sob o chuveiro. Dessa vez, no entanto, por mais que tateasse, Cheryl não encontrou a saboneteira. Pensou em simplesmente soltar o sabonete no chão, mas era perigoso. Poderia escorregar nele e cair, machucando-se. Começou a entrar em pânico. O que fazer?

Foi quando sentiu que não estava sozinha sob o chuveiro.

— Oh! — fez Cheryl.

— Não se assuste — disse uma voz de homem, respeitosa, mas firme. — Solte o sabonete.

— Mas...

— Confie em mim. Solte.

Cheryl abriu a mão, deixando cair o sabonete. Em seguida, usou as duas mãos para afastar a espuma dos olhos. Abriu os olhos e deu com um homem forte e bonito ao seu lado, usando apenas uma sunga prateada em forma de concha. Ele estava sorrindo.

— Que-quem é você? — gaguejou Cheryl.

— Alguns me chamam de Homem Saboneteira. Você está bem?

— Oh, sim. Obrigada!

O homem colocou o sabonete no seu lugar e começou a sair do boxe. Cheryl o deteve com um gesto.

— Homem Saboneteira!

— Sim?

— Você não quer... ajudar a me enxugar?

Ele sorriu.

— Não posso, mocinha. Neste momento, há muitas outras pessoas na mesma situação em que você estava, nesta cidade. Elas precisam de mim.

— Oh, sim, compreendo — disse Cheryl. E suspirou, resignada, enquanto o Homem Saboneteira saía rapidamente do banheiro, deixando um rasto de pegadas molhadas no chão. Ele voltará, pensou Cheryl, destampando o xampu.

Para finalizar, uma aventura do Homem Crase!

Eduardo mordia a ponta da caneta nervosamente. Era o dia da prova de português e ele tinha que passar naquela prova. Se não passasse, sua vida estaria arruinada. Adeus férias, adeus planos, adeus tudo. E ali na sua frente estava a mesma dúvida que o perseguira o ano inteiro. Aquele "a" levava ou não levava crase? Eduardo lembrou-se do que lhe contara a irmã mais velha, que era secretária com redação própria, mas nunca aprendera a regra da crase. Quando tinha dúvidas, chamava o Homem Crase que defendia os oprimidos onde quer que se falasse e, principalmente, se escrevesse o português. Mais pessoas não recorriam a ele simplesmente porque não sabiam da sua existência. Bastava dizer "Alguém, me ajude" que o Homem Crase se materializaria e diria se a crase cabia ou não. Eduardo não acreditara na história da irmã, mas por que não tentar? Disse, baixinho: "Alguém... me ajude!". "Estou aqui", disse uma voz ao seu lado.

O Homem Crase aparecera discretamente, sem relâmpago ou estouro. Seu uniforme também era simples. A única ornamentação era uma crase dourada no peito. Depois de orientar Eduardo sobre a crase (não havia), ele desapareceu tão rapidamente quanto aparecera. E — o que mais encantou Eduardo — sem dizer nada parecido com "Desta vez eu ajudei, mas trate de aprender a regra, rapaz". Eduardo só teve tempo para dizer "Obrigado, Homem Crase!", antes de ele sair voando pela janela.

Omelete

Pior foi Jacinta, que perdeu o marido para uma omelete. Quando alguém — desinformado ou desalmado — perguntava perto da Jacinta se "omelete" era masculino ou feminino, ela respondia "feminino, feminino". Depois suspirava e dizia: "Eu é que sei". As amigas tentaram convencer Jacinta de que o Luiz Augusto não merecia um suspiro. O que se poderia dizer de um homem que tinha abandonado a mulher de dez anos de casamento, para não falar em cotas num condomínio horizontal da zona Sul, por uma omelete bem-feita? Mas Jacinta não se conformava. Foi procurar um curso de culinária. Pediu aulas particulares e específicas. Queria aprender a fazer omelete.

A professora começou com um histórico da omelete e sua força metafórica. A omelete era muito citada por revolucionários de todas as épocas para defender o radicalismo. Uma omelete justificava a violência feita aos ovos. Uma omelete... Mas Jacinta não queria saber da história da omelete. Queria aprender a fazer.

— Bem — disse a professora —, a omelete perfeita...

— Eu sei, eu sei — interrompeu Jacinta.

Sabia como era a omelete perfeita. Durante todos os seus anos de casada tinha ouvido a descrição da omelete perfeita. Luiz Augusto não se cansava de repetir que a omelete perfeita devia ser tostada por fora e úmida por dentro. Que seu interior devia se desmanchar, e espalhar-se pelo prato como baba. "*Baveuse*, entende? *Baveuse*." Durante dez anos, Jacinta ouvira críticas à sua omelete. Quando Luiz Augusto anunciara que encontrara uma mulher que fazia omeletes perfeitas — melhores, inclusive, que as do Caio Ribeiro — e que iria morar com ela, acrescentou:

— Você não pode dizer que não lhe dei todas as chances, Cintinha.

Jacinta sabia a teoria da omelete perfeita. Queria a prática.

Precisava aprender. "*Baveuse*, entende? *Baveuse*, entende? *Baveuse*."

O curso intensivo durou duas semanas. No fim do curso, a professora recomendou que Jacinta comprasse uma frigideira especial, de ferro, para garantir a omelete perfeita. Não havia como errar.

Jacinta telefonou para a casa de Beatriz e pediu para falar com Luiz Augusto.

— Precisamos conversar.

— Está bem.

— Aqui.

— Certo.

— Outra coisa.

— O quê?

— Não coma nada antes.

Quando Luiz Augusto chegou, Jacinta não disse uma palavra.

Apontou para a mesa, onde estava posto um lugar. Luiz Augusto sentou-se. Jacinta desapareceu na cozinha. Reapareceu quinze minutos depois com uma omelete dentro de uma frigideira nova. Serviu a omelete e ficou esperando, de pé, enquanto Luiz Augusto dava a primeira garfada. Luiz Augusto disse:

— Você chama isto de *baveuse*?

— Não — disse Jacinta —, eu chamo *isto* de *baveuse*.

E acertou com a frigideira a cabeça de Luiz Augusto, que caiu morto com a cara na omelete.

Galápagos

— Harry Belafonte.

— Harry Belafonte?

— É. Ele era a única pessoa viva em Nova York depois de uma guerra nuclear. Como era o nome do filme?

— Harry Belafonte?!

— Não Interessa quem era. Só sobrava ele em Nova York. Só ele no mundo. E ele não lavava os pratos. Quando acabava de comer, jogava os pratos sujos pela janela. Tinha todos os pratos e os copos de Nova York ao seu dispor.

— É disso que eu preciso, minha filha. Só o que eu faço é lavar copo. Minha vida é lavar copo. Mas, depois de uma guerra nuclear, como é que ainda tinha copo inteiro em Nova York?

— A cidade estava inteira. As pessoas tinham morrido de como é que chama? Radiação. Irradiação?

— Radiação. Esse aí o que que tem?

"Esse aí" era eu, em pré-coma alcoólico, com a cabeça sobre o tampo da mesa da cozinha. Mas consciente, ouvindo tudo, reconhecendo as duas pela voz. A Luciana e a Maria do Algodão, lavando copos. Quanto mais eu bebia, mais lúcido ficava. Só não conseguia me mexer.

— Ora, o quê. Esse já chegou pronto. Dizem que tá tomando vodca de manhã. Não sei como a Socorro aguenta. E pensar que ele foi campeão de natação.

Campeão é exagero. Algumas medalhas. E se me atiram numa piscina eu saio nadando como antes, como um peixe. Em tese, porque não entro numa piscina há uns trinta anos. Maria do Socorro era minha mulher. Quando nos casamos, seu nome ainda não era uma ironia.

— Tem copo limpo?

Uma terceira voz na cozinha. Algodão, o dono do apartamento.

Maria do Algodão, irritada.

— Calma. Calminha.

Nenhuma das mulheres da turma tinha mais paciência com o marido. Nem a Aimê, recém-casada com o Gordo Viana. Voltou da lua de mel já revirando os olhos para o céu de impaciência com o Gordo Viana. Todas as mulheres do Gordo Viana, cedo ou tarde, começam a revirar o olhos, mas Aimê começou com quinze dias.

— Deixa eu ajudar.

— Nã-nã-nã. Homem na cozinha só atrapalha. Se quiser ajudar, dá um jeito nesse seu amigo, que está ocupando espaço.

O Algodão me sacudiu, para certificar-se de que eu não estava morto. Aparentemente não estava, porque ele foi embora. Sua voz foi substituída pela da Chica.

— Vocês não vão acreditar. O Albino e o Tatá estão brigando de novo.

— Não me diz que é a mesma briga.

— É. Você acredita?

— Eu não aguento. Eu não aguento?

A Luciana era mulher do Tatá. A Luciana era quem tinha se lembrado do Harry Belafonte. Ela estava sempre se lembrando de filmes antigos, alguns improváveis. Vivia no passado. Era a sua maneira de não matar o Tatá. As brigas do Tatá e do Albino sempre começavam com os dois lembrando marcas de cigarro antigas e acabavam, ninguém sabia como, em horóscopo, no qual um acreditava e o outro não. Todas as reuniões da turma acabavam como o Tatá e o Albino brigando por causa do horóscopo.

— Esse aí, o que que tem?

— Ora, o quê.

— Não é melhor avisar a Socorro?

— Deixa ele aí. Só assim ele não está incomodando a coitada.

Preciso dizer, neste ponto, que uma vez salvei uma criança do afogamento. Foi na praia, durante o verão de mil novecentos e deixa pra lá. E a vodca, às vezes, é com Lanjal.

As três saíram da cozinha com os copos lavados tilintando numa bandeja. O Algodão inventou que não se toma nada no mesmo copo sem lavá-lo entre uma dose e outra. Nem cerveja. É uma das teorias do Algodão que enlouquecem a Maria e que ela aguenta porque não pôde dar-lhe um filho e se sente culpada. Tentei virar a cabeça, para apoiar o outro lado no tampo da mesa, mas não consegui. Vozes exaltadas invadiram a cozinha.

— Me larga, Luciana. Me larga!

— Tatá...

— Hoje eu vou acertar esse cara.

— Tatá, deixa de ser ridículo.

— Ridículo, é? Ele vai ver o ridículo.

— Essa briga interminável de vocês é ridícula. Vocês são ridículos. Se você não parar eu vou embora, Tatá. Vá ser ridículo, mas não na minha frente.

— Luciana, espera...

Os dois saíram da cozinha. Depois entrou alguém que se assustou quando me viu.

— O que é isso?!

A voz da Aimê. Atrás dela entrou o Romeu. O Romeu sempre dava em cima das mulheres do Gordo Viana. Era outra tradição da turma.

— Esse aí tá morto — disse Romeu. E depois: — Aimê, eu precisava te falar uma coisa.

— Aqui não, Romeu.

— Olha.

— O Viana pode aparecer a qualquer... Romeu, não!

— O Viana está mais chapado do que esse aí.

O parâmetro era eu. Aimê conseguiu escapar do Romeu, pois não ouvi mais nada dentro da cozinha, até ouvir a voz do Fábio, dizendo:

— Não precisa, não precisa.

Para o Algodão, que insistia em lavar o seu copo. E a voz enrolada do Algodão explicando que nova dose de bebida devia ser como a primeira, que devemos viver reinaugurando tudo, sempre, merda! E o barulho de um copo quebrando no chão. E o Fábio dizendo "Pode deixar, pode deixar", provavelmente pegando qualquer copo e fugindo da cozinha. Depois a voz da Maria, obviamente convocada pelo Algodão para limpar o chão, ordenando ao marido:

— Sai, sai!

Luciana veio ajudar a Maria do Algodão na limpeza. Conseguira acalmar o Tatá.

— Luciana, você não tem a impressão de que nós estamos sempre na mesma festa? Há anos. Dizendo sempre as mesmas coisas, fazendo sempre as mesmas coisas?

— E com as mesmas pessoas.

— Só muda a mulher do Gordo Viana.

— É como aquela ilha do Pacífico. Como é que chama? Uma que Darwin estudou para provar a sua teoria. Era tão fechada que tinha espécies em vários estágios da evolução vivendo ao mesmo tempo. Tinha os escolhidos pela seleção natural, mas tinha os rejeitados também. Bichos estranhíssimos, que não podiam continuar vivendo mas continuavam. Dizendo sempre as mesmas coisas, fazendo sempre as mesmas, ai!

— Você se cortou?

— Foi nada.

— Luciana, no tal filme que você falou. Por que o Harry Belafonte não era afetado pela radiação?

— Sei lá. Ele era imune.

— É. Algumas pessoas são imunes a tudo.

— Bom. Vou ver se consigo arrastar o Tatá pra casa.

— E o que a gente faz com esse aí?

— Deixa. Daqui a pouco a Socorro vem buscar.
— Que tristeza.

Nunca fiquei sabendo no que deu o menino que salvei do afogamento. Pode ser uma pessoa importante hoje. Um médico, um pesquisador. Se não acabou sendo um serial killer até que eu fiz alguma coisa útil. Que sei eu.

Rocambole

Ele ficou de pé na cama, nu, fez uma pose de espadachim e declarou:
— *Je suis* Rocambole!

Quando ela parou de rir, também ficou de pé na cama e preparou-se para enfrentá-lo num duelo de espadas imaginárias. Gritou:
— E *je suis* Marta Rochá!

Ele não entendeu.
— Por que Marta Rochá?
— Por que Rocambole?
— Rocambole. Personagem de romance de capa e espada francês. De onde vem "rocambolesco".

Ela desabou na cama e escondeu a cara no travesseiro.
— Que vergonha!

Ele deu uma risada e deitou-se ao lado dela. Estavam em lua de mel.
— Marta Rocha! Você pensou que fosse o doce!

Só então ele viu que ela estava chorando.
— O que é isso? Sua boba!
— Que vergonha!

Ele tentou fazê-la se virar, mas ela continuou com a cara enterrada no travesseiro.
— Vem para cá. Mas que bobagem!
— Eum suamuam cuam aumom llembm.
— Não entendi nada que você disse.

Ela livrou a boca só o suficiente para repetir.
— Eu sabia que não ia dar certo.
— O que não ia dar certo?

— Este casamento.

— Mas o que é isso?! Por quê?

— Eu sou uma burra e você sabe tudo.

— Burra, só porque não sabe quem foi o Rocambole? Ninguém sabe! Olha, se a gente sair batendo em cada porta deste hotel, aposto que ninguém vai saber quem era o Rocambole. Ou o que é "rocambolesco".

— Mas você sabe.

— E isso é razão para o nosso casamento não dar certo?

Ela pensou. Fungou.

— É.

Ele pôs-se de pé num salto e retornou à pose de espadachim.

— Olhe. *Je suis* Le Mousse au Chocolat! Para servi-la, mileidi.

Ela não olhou. Ele insistiu.

— Pavê. Jean-Luc Pavê, mosqueteiro do rei!

Ela continuava com a cara no travesseiro.

— Flan, o favorito da rainha.

Nada.

— Monsieur Le Crepe Suze, aventureiro e filósofo.

Nada.

— Tarte Tatin, garoto-prodígio.

Nenhuma reação.

— Crème Brulée, arqueólogo, violinista e espião internacional.

— Profiterole, a identidade secreta do rei Alberto.

— Cerises Flambée, líder revolucionário de Guadalupe.

— Fromage Blanc, o libertino libertário.

Ela nada.

— Baba au Rhum, o ladrão galante de Istambul.

Nada. Uma última tentativa:

— Apfelstrudel, o vingador da Baviera!

E, como ela continuasse com o rosto escondido no travesseiro, ele a cutucou com a ponta do pé e carregou no acento francês.

— *Alors*, Martá Rochá...

Aí ela virou-se e mordeu o dedão do pé dele. Ele gritou e pulou da cama. Ela correu para o banheiro. Quando saiu, ele estava sentado na beira da cama, vestido, olhando para a parede. Ela fez a sua mala, em silêncio. Quando terminou, disse:

— O quarto está alugado até o fim da semana...

Ele disse:

— Eu sei.

Ela:
— Se você quiser ficar...
— Fazendo o quê?
— Não, eu só pensei. Para não perder.
— Tudo bem.
— Você quer que eu faça a sua mala também?
— Não precisa.
— Então... desculpe.
— Tudo bem.
— Não ia dar certo.
— Tudo bem.
— Será que na portaria eles trocam as passagens?
— Acho que sim.
— Então... Tchau.
— Tchau.

Pacote

A primeira coisa que José viu em Aline foi o lábio inferior. Aproximou-se dela e puxou conversa atraído pelo lábio inferior. Era um lábio inferior carnudo e sensual. Protuberante e provocante. José se apaixonou pelo lábio inferior da Aline. Tanto que, pouco depois de vê-lo pela primeira vez, pediu o lábio inferior da Aline em casamento. Queria o lábio inferior da Aline só para ele. Durante a cerimônia de casamento, não despregou os olhos do lábio inferior da Aline. Pensando no prazer e na felicidade que seria ter aquele lábio inferior ao seu lado pelo resto da vida. Mas todo lábio inferior é ele e sua circunstância.

Para cima, Aline tinha um nariz afilado, olhos claros e bonitos, sobrancelhas bem desenhadas, cabelos castanhos. Além, claro, de um lábio superior, não tão cheio como o inferior. Para baixo, um queixo delicado, um pescoço não muito curto, omoplatas não muito salientes, seios pequenos mas bem-proporcionados, umbigo côncavo, sexo coberto por pouco cabelo, mais escuro que o da cabeça, pernas bem torneadas, pés satisfatórios.

Dos pés à cabeça, Aline complementava a contento seu lábio inferior. E o lábio inferior não mentia, descobriu José. Aline era mesmo quente e sensual como seu lábio inferior prometia.

Mas o lábio inferior tinha um passado. Tinha uma infância. Tinha amuos, tinha lembranças, preferências, implicâncias, manias, segredos e ressentimentos. José se impacientou quando Aline começou a contar um trauma de sua adolescência, algo envolvendo a mãe e... fez "Sshh" e encostou um dedo nos lábios da Aline, pedindo para ela deixar o assunto para depois da lua de mel. Fez a mesma coisa quando Aline começou a dizer alguma coisa sobre a política econômica do governo. José não pensara naquilo. O lábio inferior tinha uma história, e complexidades — e opiniões!

E tinha mais. Tinha um irmão, Ariosto, demitido do serviço público por conduta inconveniente e que não demorou em pedir ajuda a José para custear uma ação que movia contra o Estado.

Tinha uma mãe com a qual se relacionava mal, e cujas visitas sempre deixavam Aline nervosa, com o lábio inferior tremendo. José chegou a proibir as visitas da sogra, para impedir aquele atentado ao seu patrimônio, mas a própria Aline pediu que ele reconsiderasse a decisão. Aline tinha um grande sentimento de culpa com relação à mãe, por alguma razão. Além de tudo, era um lábio inferior com culpa.

E havia o pai de Aline, o seu Enésio. Depois de aposentado, ele descobrira uma nova religião, só de aposentados. Eram pessoas que viam vultos e mensagens na tela da televisão, quando as estações saíam do ar. Elas passavam a noite em claro, olhando aquele chuvisco na tela, e se reuniam regularmente para discutir o que tinham visto. O sonho do seu Enésio era visitar uma cidade na Califórnia, que era o centro da nova religião e de onde vinham os livros e os folhetos que ele comprava pelo correio com todo o dinheiro da aposentadoria, para desespero da mãe de Aline, que descarregava sua frustração em Aline, fazendo tremer seu lábio inferior.

Um dia, José e Aline estavam na cama, José mordiscando o lábio inferior de Aline como fazia sempre antes do sexo, quando tocou o telefone e era o seu Enésio, aflito, dizendo que vira na tela da TV que o mundo ia acabar e eles precisavam fugir. Para onde, ele não sabia. Aline ficou nervosa com o telefonema do pai e entrou numa depressão de semanas. Durante as quais, sem acesso ao lábio inferior de Aline e às suas promessas, José meditou muito sobre a vida.

Concluiu que o problema do outro é que o outro é sempre um pacote. Não se pode ter do outro só o que nos apraz e esquecer o kit completo. Vejam eu, disse José, para nos explicar sua tristeza. Eu só queria um lábio inferior carnudo e acabei com um universo.

O facão do seu Manuel

Seu Manuel era português e tinha um açougue. Acordava cedo e trabalhava duro e foi assim que educou os filhos e conseguiu até que Joaquim, o Joca, se formasse em economia na PUC e fizesse mestrado em Harvard. Nem no dia da chegada do Joca dos Estados Unidos, onde ganhara nota altíssima com sua dissertação de mestrado *Viés restritivo diagonal e viés distensivo horizontal nas economias emergentes*, o seu Manuel deixou de trabalhar. Tanto que, depois da recepção no aeroporto, o Joca foi direto para o açougue abraçar o pai, nem se importando com o avental sujo de sangue contra o seu Armani. Ficou contando do sucesso da sua dissertação para o seu Manuel enquanto este continuava a servir a freguesia, pois era um dia movimentado no açougue. Foi quando Joca viu, horrorizado, que toda vez que colocava a carne na balança, seu Manuel fingia distração e pressionava o prato da balança com seu facão, aumentando o peso. Não quis fazer uma cena na frente dos fregueses mas, assim que pôde, protestou. Que imoralidade era aquela? O pai não via que aquilo era desonesto? E, mesmo, o aumento no peso era tão pequeno que não compensava o risco de um freguês descobrir e fazer um escândalo. O pai não tinha vergonha?

Ó desgraçado, estás a cagar no prato em que comes — ponderou seu Manuel. E explicou que eram aquela pequena pressão do facão e aquele pequeno aumento no peso, repetidos várias vezes ao dia, durante anos, que tinham pago os estudos do Joca, inclusive o mestrado em Harvard e o Armani. Ou, continuou seu Manuel (em outras palavras, é claro), ele acreditava que cobrando preços justos, contentando-se com lucros honestos e, acima de tudo, tendo vergonha, o Brasil teria produzido a elite que produzira, inclusive economistas tão bons e tão elegantes para lhe dizer o que fazer? O Joca podia escolher entre trabalhar no açougue ou no governo. Seria rico e feliz, desde que nunca mais questionasse o facão.

Joca, apesar de fictício, hoje é funcionário do Banco Central, onde sempre justifica algum episódio de cegueira conveniente ou moral relativa lembrando a pressão do facão do seu Manuel no prato da balança. Que ele chama de *viés conjuntural perpendicular*.

O parente

Os convites para o casamento eram em papel branco pergaminhado, tinta preta em relevo. Os nomes dos pais da noiva e da noiva, Serena, os nomes dos pais do noivo, pai falecido, e do noivo, Francisco. Data, horário e igreja. Junto, um cartãozinho convidando para a recepção num bufê, depois da cerimônia. Simples, sóbrio e elegante. E ninguém conhecia um nome sequer do convite.

Durante dias, o assunto no grupo foi esse. Quem eram? Da noiva e da família da noiva, ninguém tinha ouvido falar. Não havia qualquer Serena entre as suas relações. E que possível Francisco seria aquele?

Passaram em revista os Franciscos que conheciam em idade de casar. Lembraram de dois, mas nenhum tinha aquele sobrenome. Foi quando um deles teve o estalo:

— É o Chicote!

— Tá doido.

— Claro que é.

— Cê tá sonhando. O nome do Chicote não era esse.

— É esse. Tenho certeza.

— Não acredito. O Chicote!

As mulheres se interessaram. O Chicote era, obviamente, um nome do passado dos maridos. Por que aquela surpresa com o casamento dele? Mas os homens estavam em polvorosa com a sua descoberta. O Chicote!

— Eu pensei que ele tivesse morrido!

Um lembrou da última vez que tinha visto o Chicote. O Chicote tentara lhe vender cotas de um condomínio de férias do qual nem se lembrava o nome, era Campos de Dentro ou Campos de Fora, e depois perguntara: "E bijuteria, interessa?". Parecia nas últimas, sem dois dentes da frente. Lembraram passagens na vida do Chicote, às gargalhadas. O Chicote no gol, tão pequeno que invariavelmente era chutado para dentro junto com a bola e depois chorava de raiva. O Chicote tendo que interromper um exame oral porque urinara nas calças. O Chicote encarregado de entreter a velha Ermelinda na sala enquanto os outros comiam as irmãs Ferreiro no quarto e depois flagrado bolinando a velha, que dormia. O fim quase trágico da experiência, quando o Chicote se convencera de que podia hipnotizar um cachorro. Acabara mordido pelo cachorro, corrido pelo dono do cachorro e levando uma surra do pai, o falecido seu Júlio. O Chicote certo de que tinham negado seu visto de emigrante para os Estados Unidos por causa da altura e depois contando como o episódio o radicalizara.

Depois que pararam de rir, todos decidiram que não dava para perder o casamento do Chicote. E um provocou novas gargalhadas quando disse:

— Imaginem a noiva do Chicote!

Igreja lotada. Gente finíssima. Até um senador. O grupo ficou junto. Através de discretas perguntas ao redor, descobriram que a família da noiva era de Goitis. Terras, gado. No altar, o Chicote sorria. Com todos os dentes. Quando a noiva entrou na igreja, os homens do grupo prenderam a respiração. Serena era uma aparição. Alta, um corpo deslumbrante, um rosto maravilhoso, uns olhos, um sorriso... O que mais impressionou os homens foi o sorriso. Não era um sorriso de felicidade. Era o sorriso da Felicidade, o original. E ela estava indo em direção ao Chicote. No fim da cerimônia, Serena teve que se curvar para beijar o Chicote.

Apesar da insistência das mulheres, nenhum dos homens quis ir à recepção, depois.

— Vocês não vão cumprimentar o Chicote?
— Que cumprimentar o Chicote!

Estavam todos de mau humor. Naquela noite, todos brigaram com as mulheres. E todos, de um jeito ou de outro, pensaram em suas vidas perdidas, e no que a Serena e o Chicote deviam estar fazendo, e na falta de critérios do Destino.

O tirano

Higino era o que se chamava de um rapaz "bem-apessoado", em contraste com a sua namorada Naralei, que tinha um nariz que só podia ser chamado de hediondo, como certos crimes. Ninguém entendia por que o simpático e talentoso Higino, que podia ser o que quisesse na vida, namorava Naralei, que era tudo que ele não era.

— Essa mulher vai atrasar sua vida — diziam os amigos.

Higino não queria falar a respeito. Respeitava Naralei, apesar de ela tratá-lo, em público, com desprezo. Não só respeitava como casou com ela, para o desgosto dos amigos e parentes. E Naralei confirmou as piores previsões feitas a seu respeito. Atrasou a vida do rapaz, que tinha tudo para ser um jovem executivo de sucesso, menos uma mulher que lhe desse apoio e tivesse inteligência e educação para acompanhá-lo em sua ascensão. E, principalmente, outro nariz.

O nariz era o culpado de tudo. Higino, belíssimo caráter, tinha pena de Naralei por causa do seu nariz. E Naralei infernizava a vida de Higino e de todo o mundo por causa do nariz. Higino era oprimido pelo nariz de Naralei. Vivia, por assim dizer, na sua sombra. O nariz de Naralei dominava a vida do casal. Era um tirano. Quando não humilhava Higino pelo tamanho e formato do seu nariz, Naralei compungia-o com suas lamentações de feia. O que não conseguia pela imposição, conseguia pela coriza.

Não surpreendeu ninguém quando, um dia, convencido de que jamais seria alguém na vida, apesar de bem-apessoado e cheio de qualidades, Higino rebelou-se contra o que o oprimia e deu um soco no nariz de Naralei. Depois, tomado de remorso, socorreu-a e, em vez de fugir de casa como pretendia, levou Naralei ao hospital, onde ela teve que ser submetida a uma operação plástica.

O cirurgião plástico, sentindo-se desafiado por aquele nariz colossal e disforme, superou-se e, quando tiraram os curativos, Naralei não apenas estava com um nariz perfeito como bela, inimaginavelmente bela. O nariz antigo, revoltante, impedia que se visse que Naralei tinha um rosto de proporções clássicas. Impedia, até, que se notasse que seu corpo, se não era escultural, era playboiável. Os amigos do casal que iam visitá-la no hospital, atraídos pelo milagre, acabavam cumprimentando não a convalescente, mas o marido. Como se ele tivesse casado de novo. E saíam impressionados, comentando: "Mulherão. Mulherão!".

O próprio cirurgião se encarregou de espalhar a notícia inclusive ao editor da *Playboy*, que a convidou para posar e em pouco tempo Naralei estava lançada numa carreira de modelo e, em seguida, de atriz. Fez teste na Globo, vai aparecer numa próxima novela e, aos repórteres que perguntam sobre marido ou namorado, diz que não gosta de falar da sua vida particular, inclusive recusando-se a identificar o rapaz bem-apessoado mas discreto, quase humilde, que cuida das suas roupas, prepara o seu banho e fica sentado tristemente num canto, enquanto ela dá entrevistas ou recebe os fãs.

E quando sugerem que Naralei devia livrar-se de Higino e da sua tristeza crônica para namorar alguém do meio artístico, alguém que a acompanhe aos lugares da moda, saia bem na *Caras* e não atrase sua vida, Naralei suspira e diz que eles talvez tenham razão mas não pode fazer isso, entende? Não pode. Deve seu sucesso a ele. E todos dizem, com admiração: que mulher. Além de beleza, caráter.

Os crus e os podres

Gourmet amigo meu, que acabo de inventar, chegou a um ponto de fastio com a vida e a comida. Diz que vai concentrar-se nos dois extremos do espectro culinário e ignorar todo o aborrecido resto. Vai concentrar-se nos crus e nos podres.

São duas áreas gastronômicas que oferecem uma variedade surpreendente. Nos crus ele pode escolher entre ostras frescas e outros mariscos, o carpaccio e as demais carnes cruas fatiadas, a carne crua picada que os franceses chamam de *Tartare* e os alemães, claro, de um nome muito maior, os peixes crus dos japoneses e todos os vegetais e legumes que podem ser comidos in natura depois de um banho para tirar os tóxicos.

Mas são os podres que o fascinam. Ele acha que a podridão é a maneira de a comida escapar do arbítrio do cozinheiro e encontrar seu próprio ponto de consumo. É quando a comida se come! O charque ou carne de sol não é apenas carne podre. É a carne como ela mesma se pretendia, antes de ter seu processo de maturação rudemente interrompido por algum assador afoito. O peixe à escabeche é o peixe que saiu da água, passou incólume pela civilização e voltou à natureza. Já que a podridão é o caminho natural de todas as coisas.

Tudo que é orgânico procura a podridão, se realiza na podridão. É esse momento mágico de autoindulgência que ele quer saborear nos alimentos. Quer ser cúmplice do alimento no momento em que ele se torna repugnante ao paladar comum, e portanto só acessível aos poucos que o compreendem. E, só para não humilhar seus ouvintes com um excesso de argumentação, nem cita todos os gloriosos resultados do leite estragado, como o queijo. O que dirá um certo legendário iogurte turco que, segundo a tradição, só pode ser comido cem anos depois da morte da cabra que deu o leite ou quando o armário em que está guardado explodir, o que vier primeiro.

O caso dos três Pimentas

Passo metade do meu tempo explicando às pessoas que não sou amante de S. H. Não que as pessoas perguntem diretamente. Geralmente dizem: "Vocês moram juntos, é?". E eu respondo que não, moramos no mesmo apartamento. Eu durmo no que era o quarto de empregada, S. dorme no outro extremo, no que ele chama de sua "Suíte Piranesi".

S. é obcecado por Giambattista Piranesi, arquiteto e gravurista do século XVIII que, depois de retratar todas as ruínas de Roma nas suas gravuras, começou a fazer ruínas imaginárias, ruínas monumentais, ruínas fantásticas. A suíte de S. é forrada de ruínas. É lá que ele recebe seus rapazes, quando está um pouco deprimido. Quando está muito deprimido põe na eletrola a ária de *Otelo* de Verdi em que Iago canta que crê num Deus cruel, deita-se ao comprido no chão e não recebe ninguém. Não fala nem comigo.

Temos esse arranjo desde que eu cheguei em Porto Alegre para estudar medicina, vindo da mesma cidade do interior da qual S. tinha sido expulso aos dezesseis anos, por provar, por dedução lógica, que o filho recém-nascido do prefeito não podia ser filho do prefeito. O fato de ir à escola maquiado e com um sinal pintado no rosto que a cada dia mudava de lugar também contribuiu para o seu banimento. Como minha mãe era costureira da família H. e S. e eu éramos amigos, apenas amigos, desde pequenos, ele me ofereceu o quarto de empregada. E é onde estou até hoje, mesmo depois de formado. Sei que as pessoas falam, mas o que posso fazer? Em Porto Alegre falam de todo mundo.

S. conquistou uma boa reputação como consultor de arte e era nessa capacidade que recebia, naquela tarde, o dr. Pimenta (o nome verdadeiro, claro, não é esse). O visitante estava de saída quando eu cheguei. S. nos apresentou e disse que o dr. Pimenta tinha dúvidas sobre a autenticidade de uma gravura alemã do século XV que comprara e que no dia seguinte iria vê-la para dar sua opinião. Depois que o dr. Pimenta saiu, e embora não parecesse ter sequer olhado para mim desde minha chegada, S. comentou:

— Como estava o pastel de Santa Clara que você comeu esta tarde, entre as quatro e as seis?

— Mas... Isso é espantoso, S.! — exclamei, maravilhado, como sempre, com o poder de dedução do meu amigo. — Como você sabe que eu comi um pastel de Santa Clara esta tarde, por volta das quatro e meia?

— Elementar, meu querido. Ou devo dizer alimentar? Há minúsculos farelos de pastel na frente do seu suéter. Quando você saiu, esta manhã, não vestia o suéter. Levava-o na sua maleta, para o caso de mudar a temperatura. Que efetivamente mudou por volta das quatro horas. Foi antes das seis porque esse específico, e delicioso, tipo de pastel de Santa Clara só é vendido numa confeitaria da cidade, que coincidentemente fica perto do seu consultório, e fecha às seis. Só espero que o pastel não tenha estragado seu apetite. Preparei trutas *en beurre noir* para o nosso jantar. Sirva o jerez.

Mal sabíamos nós que naquela tarde começara, para S., seu envolvimento no caso dos três Pimentas.

Dois dias depois, quando cheguei em casa, vi que alguma coisa acontecera para acabar com o bom humor de S. H. Do elevador ouvi os acordes do *Otelo*, de Verdi, que ele colocara a todo volume na eletrola. *"Credo in un dio crudele"*, cantava Iago quando abri a porta do apartamento. S. estava estendido no tapete persa, equilibrando um martíni seco sobre o peito.

Era sua receita especial, martíni *Just Friends*. Coloca-se um copo cheio de gim junto a uma garrafa de vermute o tempo suficiente para os dois se conhecerem, mas não para se misturarem. Outro mau sinal. S. só tomava martíni quando queria fugir deste mundo para um passado mais simples.

— O que foi? — perguntei, mesmo sabendo que o combinado era nunca lhe dirigir a palavra nas suas horas de depressão.

Ele ficou em silêncio. Só quando voltei para a sala meia hora mais tarde, depois de tomar um banho, é que respondeu:

— O Pimenta foi assassinado.

— O quê?

— Fui chamado lá, esta tarde. Aparentemente, fui a última pessoa a vê-lo vivo, fora o assassino. A polícia suspeitava que eu e o assassino éramos a mesma pessoa. Felizmente, eu tinha um álibi.

— Qual?

— Ele se chama Rock e tem longos cabelos loiros. Estive com ele aqui toda a tarde e ele confirmou isso. Depois que ameacei retomar os tênis que lhe dei de presente no Dia dos Namorados.

— Como o Pimenta foi morto, e por quê?

— Um tiro na cara. E não por razões estéticas, porque ficou pior do que era.

— Assalto?

— Só levaram uma coisa do apartamento.

— O quê?

— A gravura alemã do século xv de Schongauer, que eu tinha ido examinar, ontem.

— Um ladrão de ótimo gosto.

— E pouca percepção. A gravura era falsa. A não ser que exista um Schongauer em São Leopoldo fazendo gravuras muito parecidas com as do seu antepassado. O estranho é que...

— O quê?

— Você se lembra do outro caso Pimenta?

— Outro Pimenta?

— Irmão deste. Morreu da mesma maneira. Um tiro na cara. Ficou irreconhecível. Na época chegou-se a falar que era um assassinato político. Mas a família negou. Disse que o Pimenta era homossexual, que morrera por isso.

— Hmmm — disse eu.

— Bem observado — disse S. H., que obviamente recuperara seu bom humor.

Na manhã seguinte, quando entrei na cozinha para tomar café, encontrei S. H. de quimono grená lendo o *Zero Hora*. O segundo caso Pimenta ocupava boa parte da capa e quase todas as páginas policiais do jornal.

— A família diz que o assassinato é político. O segundo Pimenta estaria envolvido em política no passado, na época da ditadura. O assassinato estaria ligado às suas atividades clandestinas de então.

— No assassinato do primeiro Pimenta também não se falou em motivos políticos?

— E a família negou. Acho que a família mentiu nas duas vezes. E... Ei, aonde você vai?

— Ora, aonde vou. Trabalhar, claro!

— Hoje não. Hoje você vai sair comigo e auxiliar nas minhas investigações. Cancele todas a suas consultas.

— Mas S. ...

— Não discuta. Pense em como aproveitará tudo isso quando escrever a meu respeito, um dia, usando só as iniciais, claro.

Meia hora mais tarde chegamos ao apartamento do Pimenta, onde o policial que guardava a porta era um conhecido de S. H., ele não disse de onde, e nos deixou entrar, sob a condição de não mexermos em nada. S. H. jurou que não mexeria em um grãozinho de pó e nós entramos. S. H. mexeu em tudo e eu o ajudei na busca, embora não soubesse o que buscávamos. Até que ele exclamou: "Arrá".

— Que foi?

— A agenda do Pimenta. E olhe aqui.

Li o que estava escrito na página que S. me mostrou sem entender a agitação do meu amigo. "S. H. vem examinar gravura. Preparar canapés."

— E daí? — perguntei. — Ele apenas anotou a sua visita na agenda, para não es...

— Veja a data, homem!

Só então notei que a visita de S. H. estava marcada para aquele dia, e não para dois dias antes.

— Ele se enganou de dia. Botou que eu viria hoje, e não anteontem. Você vê, claro, o que isso significa.

— Ahn... — hesitei. — Francamente, não.

— Meu querido doutor! Se alguém olhasse a agenda, pensaria que eu só viria examinar a gravura hoje. Se esse alguém fosse o assassino, pensaria que tinha tempo para agir, antes que eu descobrisse.

— Descobrisse o quê?

— Que a gravura era falsa!

Naquela noite, enquanto fumava um baseado, S. H. parecia perdido em seus pensamentos. Por isso me assustei quando ele exclamou de repente:

— Cheguei, sim.

— O quê?

— Cheguei a uma conclusão. Não era isso que você queria saber?

— Mas isso é espantoso. Como você consegue...

— Elementar. Vi como você me olhava com ansiedade, e ao mesmo tempo hesitava em interromper meus pensamentos. Queria satisfazer sua curiosidade mas temia que ela fosse prematura, e desviasse meu raciocínio antes de ele chegar a uma conclusão. Pois cheguei a uma conclusão. Ou, antes, a várias conclusões.

— Quais são? — perguntei, na beira da cadeira.

— Vamos recapitular o que temos até agora. O Pimenta pede que eu vá ao seu apartamento examinar uma gravura alemã do século XV sobre cuja autenticidade tem dúvidas. Chega em casa e anota minha visita na sua agenda. Só que anota no dia errado, dois dias depois. Alguém olha a agenda e descobre que eu irei examinar a gravura e desmascará-la como falsa. Não sabe que eu já visitei o apartamento e já descobri que ela é mais falsa do que eu. Mata o Pimenta e rouba a gravura. Que conclusões podemos tirar, até agora?

— Bem — experimentei. — Em primeiro lugar, o assassino era alguém que o Pimenta conhecia intimamente, pois tinha acesso a sua agenda.

— Bravo! E também entrava e saía do apartamento livremente, pois não há indícios de que o assassino tenha forçado a entrada. Segunda conclusão: o assassino me conhece.

— Como?

— Sabia que eu fatalmente descobriria que a gravura era falsa.

— Espere aí. Você é conhecido na cidade como um expert em arte.

— Mas poucas pessoas sabem que eu sou tão bom que conseguiria distinguir um Schongauer verdadeiro de uma imitação só com o olhar, ainda mais que a imitação era ótima.

— Quantas pessoas sabem que você descobriria a imitação?

— Bem... Na verdade, só uma pessoa teria tanta certeza de que eu identificaria a fraude a ponto de matar para evitar que eu a visse.

— Eis o nosso assassino!

— Só tem um problema.

— Qual?

— Ele está desaparecido há quinze anos.

— Quinze anos?

— Pensando bem, está desaparecido desde a época do primeiro caso Pimenta. Do irmão que foi assassinado da mesma maneira que o Pimenta de agora.

— É só encontrar essa pessoa e teremos o homem que matou o Pimenta e roubou a gravura.

— Isso se minha teoria estiver certa — disse S. H., recolocando sobre a mesinha ao lado da sua bergère forrada de cetim o copo de cassis, que gostava de tomar enquanto fumava e pensava.

— Suas teorias raramente estão erradas, meu caro.

S. H. rebateu o elogio com um vago gesto da mão que segurava o baseado. Continuou:

— Há coisas neste caso que me intrigam. Fora a coincidência dos irmãos Pimenta terem sido assassinados da mesma maneira, num espaço de quinze anos, e de a família sustentar que o primeiro Pimenta foi morto porque era homossexual, quando era notoriamente um ativista político, e que o segundo Pimenta foi morto por razões políticas, quando era notoriamente um homossexual.

— Que outras coisas o intrigam?

— Quando me convidou para examinar sua gravura, o Pimenta disse que a tinha comprado recentemente. Mas corre nos círculos que ambos frequentamos, ou frequentávamos, que o Pimenta não tinha mais dinheiro. À medida que envelhecemos os garotos custam cada vez mais caro. Eu sei. O Pimenta não tinha dinheiro, certamente não para comprar gravuras alemãs do século XV. O mais provável é que quisesse vendê-la. Por isso precisava da minha avaliação. Tinha a gravura havia muito tempo.

— Um presente do assassino. Que, na iminência de ver seu valioso presente denunciado como falso...

— Mas se o assassino era tão íntimo do Pimenta, a ponto de ter acesso à sua agenda e frequentar seu apartamento sem empecilhos, por que não roubou a gravura, simplesmente, para evitar que eu a visse?

— Talvez tivesse tentado roubá-la. O Pimenta o flagrou, eles lutaram, e ele teve que atirar.

— Não há sinais de luta no apartamento. E ninguém carrega uma espingarda para roubar uma gravura. E o tiro no rosto. Como se a intenção fosse a de desfigurar, para dificultar a...

— Identificação — completei, já que S. parecia ter se retirado, deixando apenas seu corpo franzino, metido num robe felpudo e pantufas, para me fazer companhia. Prossegui: — O primeiro Pimenta também ficou desfigurado?

Mas meu amigo decididamente não estava mais ali. Eu tinha aprendido a ter paciência quando isso acontecia. Esperei e, dali a minutos, o espírito de S. H. voltou da sua breve excursão especulativa e ele respondeu:

— Sim. O primeiro Pimenta também ficou desfigurado. Nos dois casos, foi a mãe deles que identificou o corpo.

Na manhã seguinte, S. me convenceu a desistir do consultório e levá-lo à casa da sra. Pimenta, mãe dos irmãos assassinados. O carro era dele, mas S. H. não dirigia desde o dia em que um táxi batera na sua traseira e ele pulara para brigar com o motorista e só quando já estavam engalfinhados no meio da rua se deram conta de que se conheciam de uma boate da Independência, mas o vexame já estava feito. No caminho, comentei para S.:

— Você ainda não me disse quem é a pessoa que teria certeza que você identificaria a gravura falsa.

— Rognon — disse S. H. — Nome estranho, não é? O pai dele viu a palavra num livro francês e achou bonita. Quando descobriu que era rim, o garoto já estava registrado.

— Ele era...

— Obrigado pelas reticências. Era. Mais do que eu, se isso é possível. Era entendido em arte também. Seu sonho era morar em Paris e... Meu Deus!

O grito de S. quase me fez perder o controle do carro e despencar para o Parcão, em vez de dobrar à esquerda na Florêncio Ygartua.

— Que foi?

— Ele foi criado junto com os Pimentas! Era filho de um capataz na fazenda deles e a mãe dos Pimentas praticamente o adotou. Como é que eu não me lembrei disso antes?

— Você não é perfeito, S.

— Não destrua minha última ilusão a meu respeito!

A sra. Pimenta morava num dos únicos casarões dos Moinhos de Vento que ainda não virara clínica ou videoclube. O enterro do segundo Pimenta fora na tarde do dia anterior. Não havia movimento na casa, fora um carro de reportagem encostado no meio-fio. O empregado que abriu a porta nos fez um extenso interrogatório e não parecia muito convencido da nossa necessidade urgente de ver a dona da casa, até que S. o interrompeu, perguntou se não o conhecia de algum lugar, os dois acabaram descobrindo várias afinidades e ele nos deixou entrar. Com a condição de que fôssemos breves, pois aquela era uma casa de luto. Mas a sra. Pimenta, sentada como uma rainha numa cadeira antiga de espaldar alto, não demonstrava qualquer consternação. "Ela é uma leoa", me dissera S.

Ela estendeu uma mão imperial e perguntou:

— Que família?

S. fez um resumo da sua ascendência, uma espécie de arbusto genealógico, que a satisfez. Já o meu sobrenome obviamente a desgostou e dali por diante ela não me olhou mais. Perguntou se S. era o mesmo S. de quem seu afilhado, Rognon, falava com tanta admiração. S. disse que era e aproveitou para perguntar que fim levara seu amigo Rognon.

— Não sei — disse a sra. Pimenta.

E o seu rosto se fechou como um punho.

— Meu filho foi assassinado porque sabia coisas demais sobre seus companheiros de luta política — disse a sra. Pimenta, desafiando S. a desmenti-la.

— E o seu segundo filho?

— Eu estou falando do meu segundo filho! O primeiro morreu de más companhias.

E o olhar da velha completou a frase: "Como você".

S. respondeu ao que não tinha sido dito.

— Eu não conheci seu primeiro filho. Mas conheci o segundo. E sempre ouvi dizer que o primeiro era o que a senhora diz que o segundo era, e o segundo o que a senhora diz que o primeiro era.

Foi quando, para complicar ainda mais, entrou na sala o terceiro filho da sra. Pimenta, a tempo de impedir que sua mãe atirasse o vaso na cabeça de S.

— Mamãe, acalme-se!

O terceiro Pimenta era um político. Não podia ter certeza de que sua mãe não estaria alienando um eleitor com o vaso. O que estava acontecendo, afinal? S. explicou que apenas procurava algumas respostas, pois também se vira envolvido no assassinato do segundo Pimenta.

— Envolvido como? — quis saber a sra. Pimenta, já de volta à sua cadeira e à sua empáfia.

S. contou da visita do Pimenta, do seu convite para S. examinar a gravura, do...

— Que gravura?

E então, sem tirar os olhos dos olhos da velha, S. estendeu o braço e apontou com o dedo mindinho:

— Aquela gravura, sra. Pimenta.

Fiquei tão confuso com a descoberta de que a tal gravura desaparecida estava na parede daquela sala que perdi o olhar apreensivo trocado — segundo S. me contou mais tarde — entre mãe e filho.

— Ridículo! — disse a sra. Pimenta. — Essa gravura é minha. Nunca saiu dessa parede.

— É estranho, pois há exatamente quatro dias estava na parede do apartamento do seu filho, onde eu a examinei.

— Você a examinou? Mas você só iria...

A velha leoa calou-se, dando-se conta de que acabara de se entregar. Então ela vira a agenda em que o Pimenta marcara a visita de S. no dia errado! Fora ela que tirara a gravura do apartamento do filho assassinado. Mas então...

— Bom dia, minha senhora. Deputado... — disse S., levantando-se subitamente, despedindo-se dos dois com os calcanhares juntos e um rápido aceno da cabeça, em estilo prussiano, e saindo da sala antes que eles ou eu nos recuperássemos da surpresa. Alcancei S. no portão da casa, mal podendo esperar a oportunidade de ouvir suas explicações sobre tudo que acontecera. Dentro do carro, exigi:

— Por amor de Deus, me explique o que tudo isso significa!

Mas ele estava mergulhado em mais um dos seus infernais silêncios. E roendo as unhas, sinal de que também estava perplexo.

— Vamos até a polícia — ordenou.

— É incrível! — comentei. — Eu não tinha visto a tal gravura na parede. Mas você aparentemente a viu no momento em que entrou na sala.

— Vi mais do que isso — disse S. H. — Aquele vaso que ela quase atirou na minha cabeça. Embora possa parecer uma raridade do século XVIII para os olhos de um leigo, na verdade foi feito em São Sebastião do Caí, provavelmente há poucas semanas. Por que a sra. Pimenta, dona de uma das fortunas mais antigas deste Estado, tem uma gravura falsa na parede e um vaso falso para atirar nas visitas?

— Está arruinada.

— É provável. Tem investido muito na carreira política do terceiro filho. Com sucesso, pois as perspectivas dele na política são brilhantes.

— Foi ela que tirou a gravura do apartamento do filho.

— E viu a agenda em que ele marcara minha visita para o dia errado.

— Mas certamente não foi ela...

— Que matou o filho? Não. Isso não é próprio das leoas.

Na polícia, S. procurou um dos encarregados da investigação do caso. Era seu conhecido da noite e não hesitou em responder a todas as perguntas de S. Sim, fora a sra. Pimenta que identificara o corpo do filho, já que era impossível identificá-lo pelo rosto. Não, não tivera qualquer dúvida na identificação. Assim como não tivera qualquer dúvida em identificar o outro filho, assassinado nas mesmas circunstâncias, quinze anos antes. Mais uma coisa, quis saber S. O tiro fora dado à queima-roupa?

— Na cara — disse o inspetor.

— A vítima só não reagiria, afastando o cano da espingarda do seu nariz, se estivesse contida de alguma maneira.

— Ou se não acreditasse que o assassino seria capaz de atirar.

Notei que a resposta do inspetor agradou a S. Mais tarde, no carro, ele disse:

— Talvez tenhamos que refazer alguns conceitos zoológicos, meu querido doutor.

— Como assim?

— Sobre o comportamento das leoas.

— S., eu odeio quando você é críptico.

— Uma leoa não mataria o próprio filho. A não ser...

— A não ser?

— Para proteger um filho favorito.

No outro dia saí cedo de casa, para evitar que S. me pegasse para motorista nas suas investigações. Precisava atender meus pacientes. Quando voltei, tarde da noite, encontrei meu amigo em ótimo espírito. Minha fuga fora providencial. Obrigado a ficar em casa, ele acabara recebendo uma visita especialíssima.

— Madame P. em pessoa.

— A sra. Pimenta?

— Só para desmentir a lenda de que ela nunca passa da hidráulica. Veio pedir desculpas pelo seu comportamento de ontem. Conversamos sobre gravuras, vasos e espingardas.

— Espingardas?

— Eu puxei o assunto.

— E ela?

— Disse que sabia muito pouco sobre armas.

— E você?

— Disse que sempre desconfiara que a fotografia que saíra dela na coluna do Gasparotto, numa caçada em sua propriedade, com uma espingarda de dois canos num braço e um Orléans e Bragança no outro, era montagem.

— E ela?

— Acho que procurou alguma coisa para atirar na minha cabeça, para não fugir ao hábito, mas conseguiu se controlar. Não pode arriscar me ter como inimigo.

— Você praticamente a acusou de ter matado o próprio filho!

— Falamos com metáforas, como gente educada, mas ela sabe que eu sei. Não me admirarei se ela voltar aqui esta noite para me matar. Seja como for, enrole o tapete persa, porque sangue mancha.

— Você está sonhando, S.!

— Você acha? Uma mulher capaz de matar um afilhado, o que não faria com um mero conhecido?

— Eu ainda me recuso a acreditar que... Você disse "afilhado"?

— Não lhe contei? Além de gravuras, vasos e armas, falamos de cicatrizes.

— Que cicatrizes?

— Disse a ela que reconhecera uma cicatriz no corpo do morto, e que, estranhamente, quem tinha aquela cicatriz era o desaparecido Rognon. Era inacreditável que seu filho e seu afilhado tivessem a mesma cicatriz, no mesmo lugar.

— Mas S., você nunca viu o corpo do morto. Você mentiu!

— Nunca deixo de me maravilhar com a escala moral das pessoas. Estamos falando de uma mulher que deu um tiro na cara do afilhado e você se horroriza com uma pequena mentira estratégica. Claro que não vi o corpo. Mas meu palpite estava certo. Ela implorou para que eu não contasse a ninguém o que tinha descoberto. Eu disse que ia pensar. Posso ter assinado minha sentença de morte, mas foi divertido.

— E o que você descobriu, S.?

— Eu só tinha um palpite — disse S. H., servindo-se de conhaque.

Ele bebia cassis para meditar sobre seus casos, martíni para fugir deles e conhaque para comemorar sua solução. Era, evidentemente, hora de comemorar. Continuou:

— Tudo se esclareceu quando a sra. Pimenta caiu na minha armadilha, e confirmou o que eu apenas suspeitara: que o corpo encontrado há dias no apartamento do Pimenta, sem rosto, não era o do Pimenta. Era do Rognon.

— Quer dizer que o Pimenta continua vivo?

— Vivo e bem e preparando-se para gastar o que restou da fortuna da sua mãe em algum paraíso, longe daqui. A chave de tudo era o Rognon. Fiquei intrigado. Por que ele desaparecera logo depois do assassinato do primeiro Pimenta? E por que reaparecera agora? Ele...

Nesse momento tocou a campainha do interfone. Havia alguém na portaria do prédio querendo entrar.

— Ah — disse S., encaminhando-se para o interfone. — Ela voltou. Eu sabia.

Dali a minutos a sra. Pimenta entrou no apartamento. Carregava um estojo de couro que obviamente não continha um violino. Sem dizer uma palavra, abriu o estojo, tirou uma espingarda do seu interior e a apontou para o rosto de S. Eu dei um pulo da cadeira, mas S. me deteve com um gesto. Continuava rodando seu copo de conhaque. Disse:

— Sra. Pimenta, eu estava a ponto de contar todo o estranho caso dos três Pimentas ao meu impressionável amigo. Sua presença aqui me ajudará. A senhora pode preencher os pontos obscuros e me corrigir se eu estiver errado. Como eu ia dizendo, meu querido...

E S. prosseguiu, calmamente, embora a ponta dos dois canos da espingarda estivesse a centímetros do seu nariz.

A chave de tudo era o Rognon. Por que ele desaparecera depois do assassinato do primeiro Pimenta? Porque sabia demais.

— Talvez tenha sido ele mesmo quem providenciou o pobre coitado que morreu no lugar do primeiro Pimenta, há quinze anos.

— Quer dizer — consegui dizer — que o primeiro Pimenta também está vivo?!

— Sim. Os três Pimentas estão vivos. O primeiro precisava morrer porque suas atividades subversivas estavam a ponto de ser reveladas, prejudicando a carreira política do seu irmão mais moço. É preciso lembrar que estávamos em 1973, quando qualquer ligação com a subversão seria fatal para um político, ainda mais um político conservador como o jovem Pimenta. Mas mamãe Pimenta tinha a solução. Foi forjado o assassinato do primeiro Pimenta e a própria família espalhou que ele era homossexual e morrera por isso. Afinal, na época, ter um homossexual na família era um embaraço social, mas não era um embaraço político. Mamãe leoa matou vários coelhos com um tiro só. Livrou o filho subversivo da prisão e da tortura e livrou o filho político da associação, mesmo indireta, com a clandestinidade. O primeiro Pimenta foi para um exílio dourado. Em Paris, não duvido, onde sua mãe ia todos os anos lhe levar dinheiro. E Rognon, afilhado e cúmplice, vendeu seu silêncio por um estúdio na Rive Gauche, cercado de marroquinos, que sempre foi o seu sonho. Estou certo até agora, madame?

Como resposta, a sra. Pimenta encostou a cabeça no cabo da arma, como se fosse necessário mirar àquela distância.

— Recapitulemos — disse S. H.

Ele recuou a cabeça alguns centímetros para poder tomar um gole de conhaque sem que o copo batesse na espingarda.

— Forjam o assassinato do primeiro Pimenta, que sai do país com papéis falsos. Rognon, que ajudou na farsa, também viaja. Durante quinze anos os dois vivem em Paris à custa do dinheiro da sra. Pimenta, mãe e madrinha. Até que, apesar da sua desesperada tentativa de manter as aparências — aquele vaso, sra. Pimenta, francamente! —, a mamãe leoa vê se aproximar o fim da sua fortuna. Não há mais dinheiro para manter o primeiro Pimenta nem para pagar o silêncio de Rognon. Que vem ao Brasil reclamar pagamento e ameaçar contar tudo o que sabe. A família propõe pagá-lo com uma gravura rara do século XV de Schongauer, que vale milhões. Rognon concorda, mas antes quer que a gravura seja examinada pela única pessoa em Porto Alegre que pode atestar a sua autenticidade. Ou seja, eu. O segundo Pimenta, que não sabe que a gravura é falsa, me procura. Marcamos uma visita ao seu apartamento, onde examinarei a gravura. Mas por um lapso — sempre há um lapso —, anota minha visita na sua agenda no dia errado, dois dias depois. A sra. Pimenta vai ao apartamento do filho, vê na agenda que eu irei visitá-lo e, como sabe por informação do próprio Rognon que eu não deixarei de descobrir que a gravura não vale nada, e ainda por cima ficarei sabendo que a família está arruinada, decide que é hora de usar sua providencial espingarda outra vez. Marca um encontro com Rognon no apartamento do filho e lhe dá um tiro na cara. Como pretende fazer agora, só que na minha cara. Correto até agora, madame?

— Acabe logo que eu estou ficando com os braços cansados — disse a sra. Pimenta.

— O que a sra. Pimenta não sabia é que eu já vira a gravura. Também não sabia que eu sabia da cicatriz do Rognon. Sim, o gosto pela arte não era a única coisa que nos unia. E, por último, não sabe que eu menti, horas atrás, quando disse que tinha visto o corpo e a cicatriz. Não vi, minha senhora. Foi um truque para que a senhora confirmasse minhas suspeitas. Que, com sua presença aqui, e com esses dois canos prontos para curar, para sempre, minha sinusite, estão mais do que confirmadas.

Temi que a sra. Pimenta puxasse o gatilho naquele momento e depois virasse a espingarda contra mim. Mas, sem baixar a arma, ela perguntou:

— O que o fez suspeitar?

— O fato de que foi a senhora que identificou os corpos, sem qualquer hesitação. Uma mãe se apegaria à esperança de que os corpos sem rosto não fossem de seus filhos. Exigiria exames, faria um escândalo. A senhora, ao contrário, fez questão de dizer que eram seus filhos. E uma coisa que o inspetor me disse, ontem.

— O quê?

— Que uma pessoa só leva um tiro de espingarda à queima-roupa se não tem como afastar o cano da arma da sua cara... ou se não acredita que a pessoa puxará o gatilho. O Rognon por certo não acreditou que receberia um tiro da sua madrinha.

— E o senhor, sr. H. — disse a velha —, acredita que eu puxarei o gatilho?

— E a senhora acredita que eu contarei tudo que sei à polícia?

Durante mais de um minuto os dois ficaram se olhando por cima da arma, a sra. Pimenta só com um olho aberto. Finalmente, fazendo um sinal com a cabeça na minha direção, ela perguntou:

— E ele?

— Se resolvesse falar à polícia, só repetiria o que eu lhe disse. E eu negaria tudo.

A sra. Pimenta baixou a arma. Ficou olhando para S. algum tempo. Depois, em silêncio, guardou a espingarda no seu estojo de couro e saiu do apartamento. Então S. desmaiou.

Mais tarde, enquanto comíamos os crepes que S. havia preparado para a ceia, perguntei por que a sra. Pimenta insistira em dizer aos jornais que o segundo Pimenta fora assassinado por razões políticas.

— Ah — disse S. — Temos aí uma pequena lição sobre o que o tempo faz com a moral e o instinto de sobrevivência faz com as pessoas. Há quinze anos, ter um subversivo na família era politicamente fatal, hoje conta pontos. Mamãe leoa queria assegurar para seu terceiro filho um pouco da simpatia da esquerda, ao mesmo tempo que livrava o segundo dos seus credores.

Só na sobremesa me animei a fazer a pergunta que tinha engatilhada desde que a sra. Pimenta deixara o apartamento.

— Por que ela acreditou que você não a denunciaria à polícia, S.?

— Classe, meu amigo — disse S. — Naquele momento, nas duas extremidades daquela espingarda, não havia uma assassina e seu acusador, ou uma presa e o seu algoz, mas dois espécimes da mesma classe. No fim é o que prevalece. Classe e sangue. As vítimas, nesse caso, foram um pobre coitado que nem sabe por que morreu e Rognon, que durante toda a vida se considerou um membro da família, o quarto Pimenta, e que tinha a sensibilidade e o bom gosto de um aristocrata, e no fim descobriu que não passava de um agregado. E dispensável, quando foi preciso salvar os filhos de verdade. Nenhum era da nossa classe. Ela viu de que lado eu estava.

— Quer dizer que você não vai mesmo à polícia? — perguntei, incrédulo.

E então, pela primeira vez desde que morávamos no mesmo apartamento, ele disse:

— Venha ao meu quarto.

— O que é isso, S.?

— Não seja bobo. Quero lhe mostrar uma coisa.

Queria mostrar as gravuras de Piranesi que cobriam as paredes do quarto.

— Veja. Piranesi pintava ruínas. Era um arquiteto, um construtor, mas sua verdadeira paixão eram as ruínas. Quando não tinha mais ruínas para retratar em Roma, passou a fazer ruínas imaginárias. A criar ruínas. Ele olhava uma coisa e via a sua ruína. Eu sou o contrário. Olho a decadência e a amo, porque não vejo a decadência, vejo o que foi, o que decaiu. E não tenho a menor vontade de apressar o processo. Dá para entender?

— Não.

— Então vamos ao vinho do Porto.

Na sala perguntei como S. explicava seu formidável poder de dedução.

— Elementar, meu querido — disse ele com um gesto coquete. — Chame de intuição feminina.

O prisioneiro de Santa Teresa

Teresa tinha 21 anos e morava com a mãe num casarão de Santa Teresa. A mãe fora abandonada pelo marido. Vivia trancada no seu quarto, sem ver ninguém. Só via Teresa, a quem dizia que o homem era o pior dos bichos. Teresa mal conhecera o pai. Quando pensava nele, pensava num bicho fujão.

Teresa passava horas na janela, vendo o movimento de rua. O movimento da casa no outro lado da rua era grande. Moças e rapazes entravam e saíam da casa o dia inteiro. Mas as janelas da casa nunca se abriam. E as moças e os rapazes entravam e saíam da casa com as caras fechadas também.

Um dia dois caminhões do Exército pararam na frente da casa. Soldados saltaram dos caminhões e arrombaram a porta da casa. Depois saíram arrastando as moças e os rapazes e os colocaram dentro dos caminhões, aos chutes. Teresa viu quando um dos rapazes aproveitou uma distração dos soldados, pulou do caminhão, atravessou a rua, pulou a cerca e se escondeu atrás do muro da sua casa. Teresa desceu até a porta, fez "psiu" e um sinal para ele entrar. Quando os caminhões do Exército foram embora carregando os outros rapazes e moças, o rapaz que Teresa salvara estava no porão tomando um copo d'água e tremendo muito. Tinha 21 anos também. Ficaria no porão nos 24 anos seguintes. Até a semana passada, para ser exato.

No começo, Teresa trazia os jornais junto com o café da manhã. Dizia que era melhor ele não sair do porão. Poderia ser visto por alguém dentro da casa ou no quintal e ser denunciado. A perseguição aos subversivos continuava feroz. Havia notícia de execuções sumárias. Era perigoso. Um dia, o rapaz, que se chamava Plínio, tentou subir para o primeiro andar da casa. Descobriu que a porta estava trancada. A janelinha do porão que dava para o quintal tinha grades. Mesmo se quisesse, ele não poderia sair dali. Naquela noite, quando Teresa, depois de levar o jantar para a mãe, trouxe sua comida, Plínio protestou. Disse que se sentia como um prisioneiro. Pior que um prisioneiro. Não podia ouvir rádio. Não podia ver televisão. E não podia sair. E agora nem os jornais ela trazia mais. Teresa disse que os jornais estavam censurados, alguns tinham até fechado. Ele disse que acabaria serrando as grades para fugir. Ela disse que ele devia era lhe agradecer por ter salvo a sua vida. Ele pediu desculpas. Naquela noite, pela primeira vez, fizeram amor. Mas quando subiu para o seu quarto, de madrugada, Teresa fechou a porta do porão atrás de si. E no dia seguinte mandou emparedar a janelinha do porão.

Ela lhe trazia notícias, junto com comida, bebida, roupa, livros. Enquanto jogavam cartas, ou nos intervalos do amor, contava o que estava acontecendo no país. O sucessor de Médici era Geisel, um general carrancudo, mas que prometia uma certa abertura. As coisas pareciam que iam melhorar. O Exército continuava a patrulhar as ruas, prendendo suspeitos e atirando em quem resistisse, mas havia uma possibilidade de mudança. "Tem que melhorar", disse Teresa. "Não vejo a hora de sair daqui", disse Plínio. No dia seguinte, Teresa chegou com a notícia terrível. Geisel tinha sido derrubado. O presidente agora era Silvio Frota. Linha duríssima. O Congresso estava fechado, as prisões estavam cheias, os fuzilamentos eram diários. Plínio pediu para ver um jornal. Teresa disse que não existiam mais jornais. Plínio duvidou de que as coisas estivessem tão ruins. Naquele instante, por coincidência, houve um assalto na frente da casa e o tiroteio o convenceu. Ficou abatidíssimo. Teresa, cuja mãe tinha morrido naquela semana, o aninhou em seus braços. Pronto, pronto, disse. Breve tudo ia mudar e ele ia poder ver o sol outra vez. Por enquanto, ainda era perigoso. Me beije, vem.

Mas as coisas só pioraram, segundo o relato de Teresa. Frota foi derrubado por um mais duro ainda. Um tal de Brunier. Não havia abertura à vista. Ele ia morrer naquele porão.

Na semana passada, ele aproveitou um cochilo da Teresa, deixou-a deitada no seu colchão e subiu a escada. Perambulou pela casa. Descobriu um jornal. Não entendeu nada do que lia. O presidente não era o Armando Falcão, como dizia Teresa. Era Fernando Henrique Cardoso. Fernando Henrique Cardoso... Conhecia aquele nome de algum lugar. Não era um que... Não, não podia ser. Ligou a televisão. A cores, que beleza! Quem seria aquele Romário? Decidiu sair. Arriscar. Pegou dinheiro de uma gaveta da cozinha, depois de se certificar que, mesmo chamado "real", era brasileiro mesmo. Saiu para a rua. Era noite. Na esquina, avistou uma patrulha do Exército. Não! Ainda estavam caçando subversivos. Nada mudara. Correu de volta para a casa de Teresa mas só chegou até o portão antes de ser abatido por um tiro, confundido com um traficante. Quando Teresa o viu, ele estava enroscado no chão, morto. "Parece um bicho", pensou Teresa.

As mortes do Farley

Até a sua morte ridícula, a única coisa notável no Farley era o nome. Vinha de Farley Granger, um ator americano que sua mãe amava. Fora isso, Farley era uma pessoa comum, à qual nunca tinha acontecido nada. Até que aconteceu: Farley foi atropelado pela bicicleta de um entregador de lavanderia. Caiu, bateu com a cabeça no meio-fio e morreu. O entregador nem estava montado na bicicleta. Deixara a bicicleta estacionada contra um muro, num declive, a bicicleta saíra andando sozinha, Farley vinha dobrando a esquina com um pacote do supermercado (duas cervejas, bolachas, uma revista para a mulher), tropeçara na bicicleta e pumba.

No velório, diante da consternação geral de parentes e amigos — o Farley, tão moço, tão pacato! —, a primeira explicação foi que as circunstâncias da sua morte ainda não estavam bem claras. Tudo indicava que tinha sido um entregador de pizza. Numa moto. Mas ainda não estava bem claro. Podia ter sido um Volkswagen.

A viúva nem precisou pedir. Todos na família se conscientizaram, sem combinar nada, de que era preciso proteger o pobre do Farley dos detalhes da sua morte. Já que vivo não fora nada, que pelo menos morto não fosse ridículo. E a família também precisava se proteger do constrangimento de dizer a verdade, cada vez que perguntassem como o Farley morrera. Um atropelamento por bicicleta desgarrada, por mais doloroso que fosse, seria sempre um desafio à seriedade. A família precisava urgentemente de uma morte mais séria.

Antes de o enterro sair, já corria a versão de que Farley tinha sido atropelado por uma Mercedes. E mais: o atropelamento podia não ter sido acidental.

— Mas como? Quem ia querer mata o Farley?

— Nunca se sabe, nunca se sabe.

Naquela noite, tinha-se outra versão da tragédia. Não fora uma Mercedes, fora uma jamanta. E Farley morrera salvando uma criança. Correra para tirar a criança do caminho da jamanta, fora atingido e caíra com a cabeça contra o meio-fio. A jamanta não parara. A criança fugira, assustada. Estavam tentando descobrir sua identidade.

Passou o tempo, como costuma acontecer. E a legenda do Farley cresceu, com versões cada vez mais nobres e elaboradas para sua morte sendo empilhadas em cima da singela verdade, para que esta nunca aparecesse. Mas desenvolveu-se, entre os jovens da família, uma espécie de contracorrente. Por inconfidências dos mais velhos, sabiam que a morte do tio Farley tinha sido ridícula. Só não sabiam como. E como os mais velhos não forneciam os pormenores — "Não se fala nisso nesta família, não pergunte" — cresceu entre eles outra legenda: a das possíveis mortes insólitas do tio Farley. Escorregara num cocô de cachorro — não, numa clássica casca de banana! — e quebrara a cabeça. Abrira a boca para bocejar, entrara um besouro em sua boca e ele morrera engasgado. Morrera do que ninguém morre: tratamento de canal, limpeza de pele, até (as especulações chegavam ao delírio) atropelamento por bicicleta.

Sabe aquele satélite americano que perdeu velocidade e caiu, se despedaçando ao entrar na atmosfera? Os jornais não deram, mas um pedaço caiu no Brasil, adivinha em cima de quem. No outro dia, um dos jovens da família perguntou para a mãe se não era verdade que o tio Farley tinha ficado com a gravata presa numa porta giratória e...

Mas a mãe fez "sssh" porque as pessoas em volta podiam ouvir. E porque a banda ia começar a tocar. Estavam inaugurando o monumento ao Farley, na praça que tinha o seu nome, com uma inscrição no pedestal: "A pátria agradecida". Finalmente, o reconhecimento pela sua ação decisiva em defesa da democracia, quando acabara, por acidente, embaixo de um tanque de guerra, ainda segurando uma bandeira nacional, em circunstâncias que nunca tinham ficado bem claras.

O vingador da Lady Di

Digamos, João e Maria. Ele 37, ela trinta. Sem filhos. Bem de vida. Dinheiro dela. Sócia de uma loja. Ele teve um acidente de carro, ficou com problemas. Caminha, pensa, fala, veste-se sozinho, sai com o cachorro, trepa, tudo normal. Mas não consegue se fixar num emprego. Não briga, não causa transtorno, não reclama, apenas não consegue trabalhar. Passa longos períodos em casa, fazendo nada. Comentário da mãe dela: ele ficou manso. Não é um elogio. Comentário do pai dela: você não precisa ficar com ele. Ela: mas eu gosto dele, papai! Sei, minha filha, mas ele ficou outro. Não é mais o homem com quem você se casou. O que não admitia perder nem canastra. O vencedor. Esse é outro. Você não tem nenhum compromisso com esse outro.

* * *

Os dois estão voltando para casa de uma reunião na casa de amigos. Digamos Régis e Marlize. Régis disse que tinha uma fita especial que eles precisavam ver. Não era a mesma pornografia de sempre. Era pornografia e mais alguma coisa. No carro, João diz:

— Aquilo era verdade?

— Acho que não.

— Aquilo era verdade.

— Acho que não, João.

— O sexo não é simulado. Por que a morte ia ser?

— O sexo é simulado.

— Como, simulado? A gente vê a penetração, vê tudo.

— Não, o sexo é de verdade, mas é encenado. Para a câmera. Portanto, é simulado.

— Se o sexo é de verdade, não é simulado. Se é feito para ser filmado, gravado, isso é outra coisa. Mas é sexo. Os homens ejaculam mesmo. Ou você acha que aquilo é truque?

— Mas os orgasmos das mulheres são simulados. Isso eu garanto.

— Se a ejaculação era de verdade, o sangue também era.

— Você acha que eles mataram mesmo a mulher?

— Acho.

— Ó João!

Ela está dirigindo o carro. Ele não dirigia mais, desde o acidente. Quando ela olha para o lado, vê que os olhos dele estão brilhando. Os olhos de João estão cheios de lágrimas.

Digamos, Ana Maria. Nome de guerra, Káti, 27 anos, prostituta desde os catorze. Interior do Paraná. Deflorada pelo pai. Chegou na cidade de carona num caminhão, foi para a zona, conheceu o Polaco, grande amor, um filho. Polaco preso, Káti de volta na zona. Um tal de Valdir:

— Olha o endereço. Aparece lá para fazer um teste.

O teste era trepar com o Valdeci, um nordestino cujo pau era quase maior que ele. Tudo: pela frente, por trás, chupar, aprovada. Deixa o teu telefone, a gente te procura. O teste tinha sido gravado, já era a fita, nunca mais a procurariam, mas o tal de Valdir gostou da branca Káti. Aquele olhar de baixo para

429

cima, loirinha, narigudinha. Lady Dai, era isso. Lady Dai. Tinha futuro na difícil arte de representar.

João não consegue dormir. Mataram a moça. Claro que mataram a moça. O que estava por trás segurou, o outro saiu de cima dela e foi buscar a faca. O da faca chegou a olhar para a câmera, olhou para alguém atrás da câmera. Para confirmar que era para matar mesmo, não era simulado. E o riso dela. O riso inseguro de quem não sabe se é brincadeira ou não. Até depois da primeira facada, o riso ainda. Para não a chamarem de babaca quando fosse revelado que era tudo brincadeira. Pensou que nós íamos te matar mesmo, babaca? E a segunda facada. E a terceira. A gente vê a penetração, vê tudo. E o terror no rosto dela. João não consegue dormir com o terror no rosto de Lady Di.

Régis, depois da fita: e então? Marlize: que sangueira! Régis: confesso que me deu tesão. Marlize: você é doente mesmo. Régis: doente você vai ver na cama daqui a pouco.

Maria sai da cama, toma seu banho, faz seu café, toma seu café lendo seu jornal, só quando volta para o quarto para trocar o robe pelo vestido para sair e ir trabalhar vê que João está de olhos abertos, olhando para o teto.

— Quié, João?

— O quê?

— Desde quando você está assim?

— Não consegui dormir.

— Que foi?

— O filme. A fita.

— Francamente, João!

Maria hesita. Senta na cama e o consola, como a uma criança. Está cansada de tratá-lo como criança. Ele não é uma criança. É um homem grande. Físico de ex-remador.

— Sabe o que você parece? Uma criança.

— Eles mataram a moça, Má.

— Não mataram. Esquece a fita, João. Era uma fita! Uma encenação.

— Era verdade.

— Bom, eu não vou ficar aqui discutindo com você...

Da loja, Maria telefona para o dr. Alvear. Será que ele pode passar no apartamento e dar uma olhada no João? Pode ser à noite. Não, não, nada grave. Só dar uma olhada. O João está um pouco ansioso.

Pagavam quase nada, mas Káti precisava do dinheiro. O garoto precisava de material para a escola, precisava de roupa, precisava de remédio. O trabalho era chato. Quando era com o Valdeci ainda vá, ele era legal. O Valdeci era querido. Mas tinha os outros, tinha o Trapiche, tinha o Negro Boia. O Negro Boia era o pior. Se achava grande coisa, mas era o que mais brochava. Atrasava a produção. Káti só impôs uma condição para trabalhar com o Valdir. Nada de bicho. Nem cobra? Nem cobra. Uma noite, os dois jantaram juntos e Valdir disse que estava pensando em fazer umas fitas com história. Com enredo. O público estava pedindo uma coisa mais sofisticada, mais do que só vupt e vupt o tempo todo. Pela décima vez, Valdir pediu para Káti mudar seu nome de guerra. Para Diana, Káti achava falta de respeito. Nada de Diana. E nada com bicho.

Quando Maria chega em casa às seis e meia da tarde, João não está. Tem um bilhete da empregada: "Seu João não quis almoso e saiu com o Bronson e não volto". Maria começa a fazer telefonemas. Não consegue localizar João e o cachorro. Não sabe onde procurá-los. Sai à rua. O porteiro só viu o seu João sair do prédio com o cachorro, nem viu para que lado foram. Na vizinhança não sabem de nada. Quando o dr. Alvear chega, Maria conta que o João está angustiado, mas não diz por quê. Não fala da fita. Fitas pornô, o que o dr. Alvear iria pensar dela? Deles?

— Ele ainda faz fisioterapia?

— Não, não precisa mais.

— Tente convencê-lo a ir ao meu consultório. Para um check-up.

— Vou tentar. Desculpe a viagem perdida.

— Você quer que eu fique até ele chegar?

— Não, não, obrigada. Não sei que horas ele vai aparecer.

Antes de sair o dr. Alvear pergunta:

— Ele mudou muito depois do acidente, não foi?

— Mudou, mudou.

Antes do acidente, Maria jamais esperaria ver o João, daquele tamanho, com os olhos cheios de lágrimas.

Nove e pouco, toca o telefone. Era o Régis.

— João está aí?

— Não, e estou morrendo de preocupação. Não sei onde...

— Ele esteve no meu escritório esta tarde. Com o cachorro.

— Pra quê?

— Queria informação sobre a fita de ontem à noite. Onde eu tinha conseguido.

— E você disse?

— Dei a informação que ele queria. Não sei se vai adiantar. Olha, Maria...

— Quê?

— O João não estava bem, não.

Digamos, Curvelo. Retaco, ombros largos, musculoso, mas com uma barriga que tenta disfarçar sem sucesso. Seus quarenta anos. Fisioterapeuta. Ajudou João a se recuperar do acidente. Durante os exercícios e as sessões de massagem, dizia coisas que o outro João, o vencedor, acharia absurdas, mas o João convalescente achava formidáveis. Curvelo não comia carne, ou qualquer coisa vermelha. Dizia que todo mundo tem uma aura magnética, e que as auras se atraem ou se repelem. Sabia, por experiência própria, que era perigoso contrariar as auras. Casara com uma mulher com aura oposta à sua, que até tentara interná-lo, e num momento difícil da sua vida, logo depois de sua volta do planeta Sigma. Fora levado por extraterrestres. Não ficaria em Sigma porque lá eles só se alimentavam de tomates. A terapia durara meses, ele e João tinham ficado amigos. João sabe que pode contar com o Curvelo. Vai até o seu apartamento. Precisa da sua ajuda. Claro, doutor. Claro, doutor. Suas auras combinavam.

Chama a polícia, aconselha o pai de Maria. Ele é um desequilibrado. Não é, papai. Ele mudou, mas não ficou louco. Você já ligou para os hospitais? Ele pode ter sido atropelado. Ele saiu com os documentos ou só com o cachorro? Liga para o necrotério. Credo, papai!

Mulher com mulher Káti não gostava, mas fazia. A primeira fita com enredo do Valdir foi *Lesbos: A ilha da sacanagem*, baseada em *Robinson Crusoé*. Káti trabalhou com Jackie, uma morena. O Trapiche era o náufrago, o Negro Boia era o índio, o Valdeci tinha uma ponta.

* * *

O dono da loja vê entrar o trio. João, Curvelo e o cachorro. Um comprido e o outro largo. Don Quixote e Sancho Pança, pensa. Pois não?

— Eu sou amigo do Régis.

— Ah, pois não.

— Ele disse que o senhor tem umas fitas, aí, especiais.

— Sim.

— Será que...

— O senhor pode vir comigo?

Um escritório apertado atrás da loja. Mal cabem os quatro. O cachorro fica inquieto.

— Quieto, Bronson.

— O senhor desculpe, mas esse assunto tem que ser aqui. Eu não posso me arriscar. O dr. Régis deve ter dito, é tudo clandestino, tem que ser na confiança. As fitas são especiais.

— Eu sei.

O homem abre um armário. Porta de correr. Os vídeos enfileirados. Etiquetas brancas com o título escrito à caneta. O homem aponta.

— Crianças, animais, sadomasoquismo...

— Uma que o Régis tem...

— A com a Lady Di? *Baby, até a última gota.* É o que tem mais saída. As pessoas pedem "aquela da Lady Di". Deixa ver... Não está aqui, não. O dr. Régis deve devolver a dele hoje ou amanhã. Esta aqui é do mesmo gênero. *O último orgasmo.* O senhor...

— Onde elas são feitas?

— Como?

— Onde essas fitas são feitas? A da Lady Di?

O homem, desconfiado, estuda João. Depois:

— Por quê?

— Eu preciso saber.

— Desculpe, mas...

Curvelo substitui João na frente do homem. Sua barriga contra a barriga do homem.

— Ele precisa saber, e você vai dizer bonitinho. De onde você compra as fitas?

— É de um cara.

O cachorro se agita.

433

— Quieto, Bronson.

— Que cara?

— Um cara. Acho que ele faz as fitas. É daqui mesmo.

— Você tem o telefone dele? O endereço?

— Não.

— Tem, sim.

— Não tenho.

— Tem, sim.

Káti não queria bater no pobre homem. "Bate, ele gosta", disse Valdir. Káti não conseguia. Depois bateu, mas sem força. Valdir mandou parar a gravação. Puxou Káti para uma conversa. Qual era o problema?

— Eu não consigo.

— Ele gosta.

— Por que você não faz esse com a Jackie?

— A Jackie tá fazendo *O último orgasmo*.

— Eu não posso.

— Então tchau. Não me aparece mais.

Káti pensou no filho. Não podia perder aquele dinheiro. Voltou para a cama onde o homem estava amarrado, só de sunga, a barriga muito branca para cima, Káti começou a bater com o chicote. Pensou no Polaco na cadeia e bateu mais forte ainda. "Isso!", gritava o Valdir.

Terceiro dia sem notícia do João. O pai e a mãe de Maria mudaram-se para o apartamento para ficar com ela. Chegam Régis e Marlize, os únicos amigos que sabem do desaparecimento. Régis tem novidade:

— Ele esteve na locadora. Ele, o cachorro e outra pessoa.

— Que outra pessoa?

— O dono da locadora disse que era um armário.

— Quem será, meu Deus?

— Eles estão atrás do produtor do vídeo.

— Ele enlouqueceu.

— Não enlouqueceu, papai!

— O dono da locadora me deu o telefone do homem que vende vídeos. Um tal de Valdir.

434

— Vamos dar pra polícia.

— Não. Vamos telefonar pra ele.

Para fazer *Primas taradas*, Valdir contratou Sharon, outra loira. Káti antipatizou com Sharon de saída.

— Cadê a Jackie?

— Voltou pro Ceará.

— O quê? Ela não me disse nada.

— Problema de família.

Valdir mudou o roteiro de *Primas taradas* para favorecer Sharon, que passou a ser a prima dominadora. Sharon também substituiu Káti na cena de tortura do entregador. Káti protestou. Valdir disse que estava cansado das queixas de Káti. Se ela quisesse desistir, a porta da rua estava ali mesmo.

João e Curvelo no apartamento do Curvelo. O cachorro comendo na cozinha, os dois na sala decorada com retratos de santos e atletas. Desde a infância, Curvelo coleciona santinhos, figurinhas de jogador de futebol e fotos de atletas. Algumas fotos têm dedicatória, de gente que Curvelo ajudou a se recuperar com a fisioterapia, e dos seus tempos de massagista de futebol. Mas um retrato de são Judas Tadeu também está assinado: "Obrigado por tudo. Do teu Judas T.".

— Faca? — pergunta Curvelo.

— Justiça é faca. Mataram ela à facada.

— Coitadinha.

— Criaturas desprotegidas. O mundo está cheio delas.

— Não mais desprotegidas, não é, doutor?

João sorri modestamente.

O filme se chamará *Baby, até a última gota*, disse Valdir. Káti quis saber se Sharon ia estar nesse também. Não, disse Valdir.

— Nesse você é a estrela.

Ninguém atendia o telefone do tal Valdir. Daria para descobrir o endereço, sabendo o telefone? Fácil, diz o pai da Maria.

João segura a faca pela lâmina, como um crucifixo. Beija o cabo da faca, depois dá para Curvelo beijar o outro lado do cabo. Depois os dois se abraçam, emocionados.

— Pronto? — diz João.

— Pronto, doutor.

— Vamos, Bronson!

Valdir explicava a cena. Káti está com dois na cama. Ela não sabe, mas os dois combinaram matá-la. Enquanto o Negro Boia a toma por trás, o outro — um novo, Reginaldo, o mesmo que trabalhou com a Jackie em *O último orgasmo* — levanta da cama, vai até a cozinha e pega uma faca. O Negro Boia a segura enquanto o outro enfia a faca no seu corpo. Quatro vezes. Depois fariam os closes. Káti fez uma cara feia. Aqueles enredos do Valdir ficavam cada vez mais estranhos. Agora tinham mensagem. O papel de Káti era de uma pecadora que acabava pagando por uma vida suja. O papel de Reginaldo era de um louco dedicado a limpar a sujeira do mundo.

— Cadê o sangue? — quis saber Valdir.

O balde com o líquido vermelho estava ali.

— Vamos gravar.

Maria, o pai de Maria, Régis e Marlize chegam no endereço do tal de Valdir, uma grande fachada branca sem janelas no subúrbio. Só uma porta de ferro enferrujado, entreaberta.

— Eu ainda acho que a gente devia ter avisado a polícia — diz o pai da Maria.

Maria está olhando para uma coisa na calçada.

— Olha aqui...

São pegadas de cachorro. Vermelhas. Recentes.

— Meu Deus do céu...

Régis empurra a porta enferrujada com o pé. Os quatro entram lentamente num grande espaço sombrio. Chão de cimento. Custam a se acostumar com o escuro. Aos poucos divisam um cenário montado no fundo, um quarto de dormir cercado de refletores apagados. Dirigem-se para lá. No meio do caminho, quase pisam nos corpos. São quatro, numa poça de sangue.

— Meu Deus do céu! (Maria)

— Que sangueira! (Marlize)

— Vamos dar o fora! (pai de Maria)

— Limpem os sapatos! Limpem os sapatos! (Régis)

É dia, mas a rua está deserta. Ninguém os vê entrar correndo no carro e sair em disparada.

João e Curvelo limpam o sangue do interior do Gol do Curvelo. Depois, no apartamento do Curvelo, limpam o sangue das patas de Bronson. Depois se apertam as mãos, solenemente. João diz que precisa ir para casa. Maria deve estar preocupada. Nem sabe quantos dias está fora de casa.

— O senhor não quer que eu o leve?

— Obrigado. Vou pegar um táxi.

— O senhor não quer ficar com a faca?

— Não, ela é sua. Se precisarmos dela outra vez...

— Ela estará aqui.

Se abraçam de novo.

— Vamos, Bronson.

No carro, Maria, o pai, Régis e Marlize combinam que não dirão nada a ninguém. O importante é encontrar o João. Nunca estiveram no subúrbio. Não viram os corpos. Não sabem de nada. Aquilo não aconteceu.

— E o dono da locadora? Ele sabe que o João estava atrás do tal de Valdir.

— Ele seria o último a falar. As fitas dele são ilegais. Quanto menos ele se envolver com a polícia, melhor pra ele.

Quando chegam em casa, João está lá. Banho tomado, Coca Light com limão. Maria abraça-se nele, chorando.

— Que é isso, Má?

— Como você está? — pergunta Régis.

— Estou ótimo.

O pai de Maria sacode a cabeça. Maria continua colada no marido, beijando o seu rosto. O que se pode fazer?

Káti lê no jornal a notícia dos assassinatos. Valdir, Natalício (vulgo Negro Boia), Adalberto (câmera) e Reginaldo. Ainda bem que o Valdeci escapou, pensa. No jornal diz que não sabem quem são os assassinos. Certamente muitos, pois os quatro morreram a facadas sem poder reagir. Havia pegadas de um cachorro no local, não se sabe se o cachorro estava com os assassinos, com os assassinados ou se entrara ali por acaso depois das mortes. Os mortos faziam filmes pornográficos, podia ser uma guerra de gangues do setor. Merda, pensa Káti. E agora? De volta para a zona até o Polaco sair da cadeia.

João vê na TV uma reportagem sobre um hospital público. Digamos que uma criança morreu na sala de espera, sem socorro, porque o médico que devia estar lá não estava. Entrevista com a mãe desesperada, entrevista com o médico faltoso, um pulha que só falta culpar a criança por ter nascido pobre. Foto da criança sorrindo para a câmera. Pobre criatura desprotegida. Maria espia da cozinha e vê João com lágrima nos olhos.
— Que foi, João?
João pega o telefone e digita um número.
— Alô, Curvelo?

A invenção do milênio

Qual foi a maior invenção do milênio? Minha opinião mudou com o tempo. Já pensei que foi o sorvete, que foi a corrente elétrica, que foi o antibiótico, que foi o sufrágio universal, mas hoje — mais velho e mais vivido — sei que foi a escada rolante. Para muitas pessoas, no entanto, a invenção mais importante dos últimos mil anos foi o tipo móvel de Gutenberg. Nada influenciou tão radicalmente tanta coisa. Inclusive a religião (a popularização e a circulação da Bíblia e de panfletos doutrinários ajudaram na expansão do protestantismo), quanto a prensa e o impresso em série. Mas há os que dizem que a prensa não é deste milênio, já que os chineses tiveram a ideia de blocos móveis antes de Gutenberg, e antes do ano 1001, e que — se formos julgar pelo impacto que tiveram sobre a paisagem e sobre os hábitos humanos — o automóvel foi muito mais importante do que a tipografia. O melhor teste talvez seja imaginar o tempo comparativo que levaríamos para notar os efeitos da ausência do livro e do automóvel no mundo. Sem o livro e outros impressos seríamos todos ignorantes, uma condição que leva algum tempo para detectar, ainda mais se quem está detectando também é ignorante. Sem o automóvel, não existiriam estradas asfaltadas, estacionamentos, a Organização dos Países Exportadores de Petróleo e provavelmente nem os Estados Unidos, o que se notaria em seguida. É possível ter uma sociedade não literária, mas é impossível ter uma civilização do petróleo e uma cultura do automóvel sem o automóvel. Ou seja: nós e o mundo seríamos totalmente outros com o Gutenberg e sem o automóvel, mas seríamos os mesmos, só mais burros, com o automóvel e sem o Gutenberg.

É claro que esse tipo de raciocínio — que invenções fariam mais falta, não num sentido mais nobre, mas num sentido mais prático — pode ser levado ao exagero. Não seria difícil argumentar que, por esse critério, as maiores invenções do milênio foram o cinto e o suspensório, pois o que teriam realizado Gutenberg e o restante da humanidade se tivessem de segurar as calças por mil anos? Já ouvi alguém dizer que nada inventado pelo homem desde o estilingue é mais valioso do que o cortador de unhas, que possibilitou às pessoas que moram sozinhas cortar as unhas das duas mãos satisfatoriamente, o que era impossível com a tesourinha. Tem gente que não consegue imaginar como o homem pôde viver tanto tempo sem a TV e uma geração que não concebe o mundo sem o controle remoto. E custa acreditar que nossos antepassados não tinham nada parecido com tele-entrega de pizza.

Minha opinião é que as grandes invenções não são as que saem do nada, mas as que trazem maneiras novas de usar o que já havia. Já existia o vento, faltava inventar a vela. Já existia o bolor do queijo, faltava transformá-lo em penicilina. E já existia a escada, bastava pô-la em movimento. Tenho certeza de que se algum viajante no tempo viesse da Antiguidade para nos visitar, se maravilharia com duas coisas: o zíper e a escada rolante. Certo, se espantaria com o avião, babaria com o biquíni, admiraria a televisão, mesmo fazendo restrições à programação, teria dúvidas sobre o micro-ondas e o celular, mas adoraria o caixa automático, mas, de aproveitável mesmo, apontaria o zíper e a escada rolante, principalmente esta. Escadas em que você não subia de degrau em degrau, o degrau levava você! Nada mais prático na Antiguidade, onde escadaria era o que não faltava. Com o zíper substituindo ganchos e presilhas, diminuindo o tempo de tirar e botar a roupa e o risco de flagrantes de adultério e escadas rolantes facilitando o trânsito nos palácios, a Antiguidade teria passado mais depressa, a Idade Moderna teria chegado antes, o Brasil teria sido descoberto há muito mais tempo e todos nossos problemas já estariam resolvidos — faltando só, provavelmente, a reforma agrária.

E o Homem do milênio? Se não foi o Gutenberg, quem foi? Também depende dos critérios. Se o fato mais importante do mundo no fim do milênio é a globalização, então devemos honrar o homem que começou tudo isso: Gengis Khan. Foi ele que convocou as tribos das estepes e avançou contra o Ocidente, unindo a Europa no susto. Antes da ameaça dos mongóis, no século XIII, a Europa era uma coleção de Estados monárquicos e papais em conflito, sem qualquer identidade continental ou interesse no restante do mundo. Gengis e seus ferozes descendentes mudaram tudo isso. Criaram entre os europeus a ideia de uma identidade comum, despertaram o seu interesse no Oriente e em outros povos e foram os responsáveis indiretos pelo Renascimento, no século seguinte. E dizem que foi um neto do grande Khan, ao reclamar da falta de gosto da comida europeia antes de decapitar um garçom, que deflagrou a grande busca por especiarias que levou aos descobrimentos, ao comércio internacional e à civilização como nós a conhecemos. Nós, literalmente, não estaríamos aqui se não fosse o Gengis Khan. E a mulher do milênio, claro, é a Patrícia Pillar.

IV. Fizemos bem | Os anos 2000

Fizemos bem

Console-se com o seguinte pensamento: se não tivesse reprimido nenhum impulso e feito tudo que deu vontade de fazer, na hora em que deu vontade, você hoje estaria preso, ou gravemente desfigurado. Civilização é autocontrole.

Só chegamos vivos a este ponto porque resistimos à tentação de dizer aquela verdade, enterrar o nariz entre aqueles seios fazendo "ióim, ióim", jogar tudo no 17 ou sair dançando com o PM. Todo homem (mulher, menos) é a soma, não das suas decisões mas das suas hesitações, ou do que, pensando melhor, decidiu não fazer.

Nunca lamente o caminho não tomado, ele provavelmente levaria à ruína — ou à fortuna, mas ela não lhe faria bem. Quanta gente você não teve vontade de esgoelar e no fim apenas sorriu o limpou sua lapela? Quanto jornal você não teve vontade de amarrotar e jogar no lixo, desejando que em vez do jornal fosse o articulista, mas se conteve e passou, educadamente, à página seguinte? Fez bem. Ignore o aviso de que a repressão de impulsos leva a manchas na pele, cavernas no fígado e sono agitado do qual você acorda soqueando o travesseiro. Acredite, pensar melhor é muito mais saudável.

Uma retrospectiva de tudo que você imaginou fazer e não fez o convenceria disto: foi ou não foi mais prudente abandonar aquele plano de dinamitar o Ministério da Fazenda e, em vez disso, mandar uma carta com ironias pesadas sobre o modelo econômico aos jornais? A orelha dela estava ali, a poucos palmos da sua boca, por que não dar uma mordidinha, só porque vocês estavam numa roda com outros, inclusive o marido dela, seu patrão e ninguém entenderia quando você explicasse que confundira a orelha com um canapé? Mas você recuou, civilizadamente. Fez bem.

Eu, por exemplo, fiz bem quando resisti ao impulso de fugir de casa para ser aviador. Poupei-me da frustração de descobrir que eles não aceitavam pilotos de caça com menos de seis anos de idade. Um dia corri atrás de uma menina para dizer que a amava, pensei melhor e apenas esbarrei nela, esperando que ela interpretasse a colisão como uma declaração. Deixei-a sentada no chão, chorando, mas escapei do ridículo, pois eu nem sabia seu nome.

Pensei vagamente em estudar arquitetura, como todo mundo. Acabaria como todos que eu conheço que estudaram arquitetura, fazendo outra coisa. Poupei-me daquela outra coisa, mesmo que não tenha me formado em nada e acabado fazendo esta estranha outra coisa, que é dar palpites sobre todas as coisas.

É verdade que às vezes me pergunto como teria sido se eu não tivesse reprimido o impulso de ir estudar cinema em Londres. Eu hoje poderia ser, sei lá, um dos melhores lavadores de pratos do Soho. Agora é tarde, nunca saberei. Mas acho que fiz bem.

Meu personagem inesquecível

Esta história tem poucos personagens porque, naquele tempo, o mundo tinha poucos personagens. Eu criara a Terra, os bichos, as plantas e as coisas inanimadas, mas ao inventar o ser humano vi que tinha, talvez, superestimado meus poderes. Não o Adão, que desde o começo teve uma função definida na história. Era na sua visão que meu universo existiria. Sua percepção guiaria a narrativa, escrita, literalmente, na primeira pessoa. Através dos sentidos de Adão o próprio Autor se entenderia. Não, não o Adão. A Eva. Senti, no momento em que a introduzi na minha obra, que teria problemas. Ela seria aquilo que todo autor teme e nenhum autor resiste: o personagem que se apossa da história, e a leva em direções que ele nunca imaginara. O destruidor de sinopses.

Foi principalmente por causa de Eva que limitei meu elenco, e durante muito tempo não me animei a inventar outros personagens além dos estritamente necessários para minhas primeiras parábolas — e, mesmo assim, tendo que ceder à rebeldia de Eva a cada passo, tentando salvar um mínimo do projeto original. Sem Eva, a história teria sido outra. O que eu tinha em mente para Adão era algo na linha do *Robinson Crusoé*, talvez com mais ênfase na metafísica — só ele e o Autor, num diálogo eterno sobre a Razão do Ser e o Conhecimento do Mundo, numa paisagem reduzida à sua especificidade, exata e dura como um poema do João Cabral, onde a luxúria se restringiria às plantas de folhas grandes. Havia a vaga ideia de eventualmente dar um companheiro a Adão, um semelhante inferior, um Sexta-Feira *avant la date*, e assim inaugurar uma das vertentes temáticas que pretendia explorar na minha obra posterior, a do Mestre e do Escravo, um pouco na linha de Nietzsche, sem qualquer conotação sexual. Mas não. Superestimei meus poderes e, talvez influenciado pela luxúria transbordante do cenário, que clamava por sangue quente em vez de árduas álgebras (Borges) existenciais e masculinas, inventei a mulher. E perdi o controle sobre minha própria criação. Fiquei tão marcado por aquilo, que só fui criar outro personagem feminino anos depois, quando precisei produzir uma mulher para Caim. Até hoje me perguntam de onde saiu essa esposa providencial de Caim, já que Adão e Eva eram o primeiro casal, e nenhum outro existia para gerá-la. Sempre respondo apontando para a minha cabeça com um sorriso superior, querendo dizer que sou duplamente onipotente, como Deus mas, acima de tudo, como Autor. Seria muito pobre a literatura se, entre o plausível e o poético, exigissem sempre dela rigor científico e coerência, virtudes de artes menores. A mulher de Caim foi uma exigência do enredo, e o enredo é a única moral do escritor.

Poucos figurantes, portanto. Apenas quatro, não contando os anjos. Ou cinco, contando o Autor. Atribua-se a esparsa população do drama à minha insegurança, na época. Eu estava recém-começando no métier. Criar o céu e a Terra era nada, comparado com criar situações humanas e personagens convincentes numa narrativa fluente. Mais tarde minhas histórias envolveriam milhões, bilhões, e até outros planetas, mas nesses primeiros exercícios preferi escrever sobre o meu quintal. Dizem que todas as primeiras histórias são autobiográficas, e esta é. Em nenhuma outra, na minha obra, o Autor está tão presente, tão junto aos outros protagonistas. Só mais tarde Eu desenvolveria a técnica, imitada por Flaubert, de pairar acima dos meus textos, interferindo neles raramente e nunca menos que espetacularmente. Nesta história Eu ainda estava no chão, ainda era um Deus conviva. Leia-a com a indulgência devida a todos os contos de principiantes. Se a história é verdadeira? A literatura é sempre verdadeira. A verdade é que nem sempre é verdadeira.

Quatro personagens: Adão e Eva, os filhos Caim e Abel. Local: a leste do Éden. Mesmo depois da expulsão deles do Paraíso, Adão e Eva e Eu continuávamos nos frequentando. Apesar da sua desobediência, Eu me sentia responsável por eles. Não os privara apenas da fartura à flor da terra e da despreocupação idílica do jardim. Eu os arrancara do presente eterno e os lançara no Tempo. Precisava orientá-los. Afinal, eles eram minhas criaturas, dependiam de mim, e Eu sempre fui benevolente. A despeito do que Isaías escreveu a meu respeito, nunca fui vingativo. Além disso, éramos os únicos habitantes da Terra, e o isolamento cria laços fortes, como se sabe. Acompanhei o nascimento das crianças — primeiro Caim, depois Abel — e seu crescimento. Fui padrinho dos dois. Por falta de alternativas, certo, mas também porque o nosso convívio, meu com a família deles, era constante, e cordial. Não posso dizer que não havia ressentimentos de parte a parte. Eva não perdia oportunidade de me cobrar, alegando que Eu punira sua rebeldia mesquinhamente, mandando-a procriar e fazendo-a sofrer para procriar. Era como se Eu dissesse que, como ela trouxera o desejo e a vergonha para o mundo, estava condenada a padecer do sexo, e a sangrar no defloramento, sangrar a cada lua e sangrar no parto. O castigo pela sua indiscrição, segundo ela, tinha sido pior do que a danação da serpente, sentenciada a rastejar e comer pó por todos os dias da sua vida. Minha vingança tinha sido criar uma Natureza misógina, um claro abuso de poder do Autor, pois não eram outra coisa senão vingança mesquinha o hímen, a ovulação hemorrágica e a bacia estreita. Discutíamos muito, e pouco adiantava, Eu argumentava que criara Adão à minha imagem mas não tivera um modelo para criá-la, e errara por falta de familiaridade com a anatomia feminina. Ela não aceitava minhas ponderações. Adão mantinha-se distante das nossas discussões e muitas vezes advertia a mulher quando ela se exaltava demais, pedindo para ela se lembrar com quem estava falando. Eu fazia um gesto apaziguador, dizendo que estava tudo bem, mas não foram poucas as vezes em que, irritado com as acusações estridentes de Eva, tive vontade de, de... Eu não sabia o quê.

Eu não sabia o quê. Colocara um anjo com uma espada flamejante ao redor do jardim do Éden, e suas ordens eram evitar que Adão e Eva voltassem para o Paraíso. Se qualquer pessoa tentasse entrar no Éden, o anjo deveria usar sua espada flamejante e... E o quê? Não importava. A espada flamejante era suficiente para dissuadir os penetras, ou qualquer ideia de volta do exílio de Adão e Eva, mesmo que o anjo não soubesse o que fazer com ela. Mesmo que ninguém soubesse para que, exatamente, servia uma espada — nem Eu, seu criador.

Vivíamos bem no meu quintal, Adão e Eva com o suor do seu rosto. Eu com a minha onipotência, que também consistia em poder criar um prato de tâmaras e um copo de vinho do nada, para tomar no fim da tarde, se quisesse. Me entretinha projetando e produzindo frutas e legumes para alimentar meus personagens e bestas novas para ocupar a Terra, e são desse período o elefante, a girafa, o porco-espinho e o rinoceronte — se bem que, quanto a este, hoje até me pergunto se fui Eu mesmo. À noite, me divertia fazendo desenhos no céu com as estrelas, remexendo as constelações e inventando novas formas. O urso — isto poucos sabem — nasceu como constelação, e só depois virou bicho. Muitas vezes Adão caminhava comigo à noite, e conversávamos enquanto Eu mudava as estrelas de lugar ou experimentava com outras luas. Falávamos sobre os meninos. Adão comentava como os dois eram diferentes. Caim puxara a mãe, Abel era mais parecido com ele. Eu confesso que preferia Abel, que me adorava. Não era raro Abel dormir no meu colo, chupando o polegar de uma mão enquanto a outra encaracolava a minha barba preta (ela ainda era preta), e foi para ele que inventei a canção de ninar, a primeira música do mundo. Caim, como todos os primogênitos, era o favorito da mãe, e tinha o seu temperamento. E tinha os seus olhos, e aquilo por trás dos olhos que nenhum Deus ou Autor comanda. Gostava de mim, me respeitava, seguia os meus conselhos, mas desde cedo dera sinais de insubmissão. Foi ele que, com treze anos, me perguntou como seria a sua vida, em tom de cobrança. Respondi que sua vida seria como ele quisesse.

— Quer dizer — disse ele, me olhando de lado — que eu posso escolher?

— Claro — respondi.

— Hunnf — fez Eva, que estava por perto. Um som de desdém, que preferi ignorar, para não começar outra discussão. Continuei:

— Você pode fazer o que bem entender.

— Mas não é você o nosso Autor? Não é você que decide as nossas vidas?

Dei tempo para ele se corrigir.

— Não é o Senhor que decide as nossas vidas?

— Só até certo ponto. Veja.

Mostrei a fruta em que Eu estava trabalhando no momento, e que viria a ser a laranja.

— Eu faço o protótipo da fruta e coloco dentro as sementes. Meu trabalho termina aí. Na semente está o destino certo mas o seu único destino certo é ser esta fruta e nenhuma outra. Destino não é biografia. Na sua semente está o seu destino final, mas a sua biografia é você quem faz. Onde estas sementes cairão, onde esta fruta nascerá e como crescerá, que uso farão dos seus gomos, nada disso é comigo.

— Eu, então, sou como essa fruta. Um invólucro de semente entregue ao acaso.

— Ao acaso, e à sua decisão. Pois, ao contrário da fruta, você tem vontade própria. Pode determinar sua vida, escolher seu caminho, mudar de rumo se for preciso. Só não pode mudar o destino que Eu implantei em vocês como uma semente.

— E qual é o nosso destino?

Mudei de assunto e perguntei o que ele queria fazer da vida.

— Quero ser agricultor — respondeu Caim, inventando a palavra.

Abri os braços e indiquei o mundo vazio à nossa volta.

— Terra arável é o que não falta.

Naquela noite, Eva caminhou comigo sob as estrelas. Tinha ouvido minha conversa com Caim. Estava preocupada com ele. Caim começara a fazer perguntas cedo demais.

— Como a mãe dele... — comentei.

Mas Eva não queria discutir. Começou:

— Aquela história das sementes...

— Você acha que ele se convenceu?

— A questão é: o Senhor está convencido?

— Como assim?

— Sei lá — disse Eva. — Toda esta situação. Nós quatro, aqui. Nós cinco. Sozinhos, neste mundão. Sem saber bem por que e para quê. Sem saber qual é o seu papel nas nossas vidas. Sem saber se o senhor sabe.

Fiquei em silêncio por alguns passos. Ela nunca me falara naquele tom, antes. Não era um tom queixoso, ou desafiador, como de costume. Ela estava pedindo ajuda. Parei e apontei para um ponto no céu.

— O que você acha de outra lua? Vermelha. Bem ali.

— O senhor não vai responder a minha pergunta?

— Acabei de responder. Você precisa entender que tudo isso é muito novo para mim também. Estou começando do zero. Nós estamos começando. Vamos com calma. Eu ainda não acabei de fazer o universo. Sou onipotente mas não sou dois!

— Mas, e nós? O senhor decide tudo por nós, ou nós temos mesmo escolha? Quem somos nós? O que somos nós? O que será de nós, com o tempo?

— Calma. O tempo é um conceito novo. Com o tempo nasceu, também, o destino, pois o tempo tem que levar a algum lugar, a algum desfecho. Nada disso estava nos meus planos originais. Aliás, tive que mudar de planos por sua causa. Viu por que eu proibi que comessem do fruto da Árvore do Saber? Vocês trocaram a ignorância e a felicidade pela dúvida e pela angústia existencial, um presente permanente por um passado culpado e um futuro misterioso, e... Bem, mas não vamos começar essa história outra vez. O que está feito, está feito.

— Eu preciso saber o que será dos meus filhos!

— Eles serão homens retos, tementes a Deus. A culpa dos pais não lhes foi transmitida, a semente que eles carregam, contendo as minhas determinações, é nova e forte e garantirá a sua retidão. Dei-lhes todos os sentimentos nobres, e eles crescerão e viverão, felizes, até... até...

Até Eu não sabia o quê. Eva voltou para casa, insatisfeita com a minha resposta, e Eu fiquei no campo, pensando nas suas perguntas. Passei o resto da noite no campo, sozinho, sem conseguir dormir, movendo as constelações e experimentando com planetas de tamanhos diferentes, e pela primeira vez me indaguei se não devia voltar ao plano original, só Eu e Adão numa paisagem neutra, dialogando sobre o Ser e o Nada, a criação como pura teoria, a criação como pura palavra, sem os outros e suas dúvidas, sem a ira e a paixão, e o tempo, e o sangue mensal. A criação como coisa de homem. Mas o que estava feito, estava feito. Não adiantava chorar. Quando amanheceu, vi que, sem querer, tinha inventado o orvalho. Anos depois me dei conta de que o orvalho era apenas o primeiro prenúncio do Dilúvio com que eu tentaria apagar a história até ali e começar tudo de novo. E que naquela noite o que eu tinha inventado, mesmo, era a autocrítica. Embaraçosa para um Deus, fatal para um Autor.

Não era um mundão, era um mundinho. Eu também não me aventurava além do nosso pequeno condomínio, embora também tivesse criado o resto. Não ia atrás de outras histórias, não me arriscava a inventar outros personagens em outras paragens, já que mal podia com os que já existiam. Não podia desinventar Eva e os meninos, ou apenas Eva e Caim, os que tinham a rebeldia, atrás do olhar, pois o dócil Abel jamais seria um rebelde. Abel e Adão seriam meus companheiros para a eternidade. Adão, Abel e Eu Habitaríamos a leste do Éden, ou voltaríamos ao Éden, um mundinho ainda menor, a salvo do Tempo, e viveríamos nus, e pescaríamos, e Eu conjuraria tâmaras e vinho para todos, e seríamos a primeira e a última trindade. Mas estávamos lançados no Tempo, e o Tempo, descobri tarde demais, não tem volta. Salvo como o *ricorso*, de Vico e Joyce, um conceito discutível. Eu podia tudo, menos poder de novo, Eu não podia desfazer o feito.

E Eva me desafiava, Eva me cobrava, Eva um dia me agarrou pela barba, mais mãe judia do que nunca, e exigiu que Eu dissesse o que seria deles, me pediu o final da História, queria saber para onde o Tempo nos levava, qual era, afinal, o enredo. Não pude gritar "Não sei!". Um Autor não se desnuda assim, diante das suas criaturas. Haja o que houver, ele deve manter a hierarquia. Personagens insubmissos podem fugir com a História, mas cedo ou tarde precisam devolvê-la ao autor, nem que seja para ele pôr o ponto final. Não há caso registrado de um personagem entregar o manuscrito ao editor, sem o autor saber. No meu quintal mandava Eu.

Como não podia voltar atrás, o Tempo passou. Os meninos cresceram. Um dia tomei coragem e dei uma volta ao mundo, com uma comitiva de anjos bajuladores, para finalmente ver o que tinha criado e conhecer a minha obra toda. Os anjos não mentiam, meu mundo era realmente uma maravilha. Uma obra-prima. Voltei decidido a deixar Adão e sua família e emigrar para o que mais tarde seria o Brasil. Uma casa na praia, alguns criados, criados na hora, e tempo para pensar, inclusive no que fazer com o Tempo. Eu ainda não pensara em ter um filho meu. Caim e Abel eram meus filhos, meus netos, meus afilhados, minha prole. Mas já começara a imaginar como seria minha obra, quando me livrasse deste conto inaugural, confessional como todos os primeiros contos. A ideia de outros personagens me atraía. Outras raças, outros cenários — era preciso encher o meu belo mundo de gente e de histórias. Sentia, em mim, a inquietação de um autor épico. Sim, fatalmente criaria outras mulheres. O risco de disseminar Evas pelo mundo existia, mas eu começava a ver sua rebeldia como um desafio. Mil Evas não arrancariam a criação das minhas mãos. Um milhão de personagens com a insubmissão atrás dos olhos não me desbancariam como Autor do seu destino, como Senhor do seu enredo. Eu faria isso: voltaria ao Leste do Éden apenas para avisar Adão, Eva e os meninos de que os estava deixando para sempre, para me dedicar a inventar gente e histórias, à beira-mar, do outro lado do mundo.

Mas, quando voltei da viagem, tudo estava mudado. Caim começara uma plantação de trigo, e Abel domesticava cordeiros. Mais importante: Abel descobrira para o que servia a espada. Abel cortava a garganta de cordeiros, deixando-os sem vida. Deixando-os sem vida! Ele me mostrou como fazia, com grande animação, com aquele seu sorriso inocente, o meu afilhado favorito, sem se dar conta do que fazia. Fiquei olhando o animal que eu inventara esvaindo-se em sangue aos meus pés, com Adão, Eva e os meninos à minha volta, Abel segurando a espada flamejante que o anjo-sentinela lhe emprestara e ainda rindo, e foi certamente a primeira vez que me viram de boca aberta. Eu não pensara naquilo. A vida se dá e se tira. Caim me imitava, criava vida como Eu, plantando trigo, dando vida à fileira de trigo. Abel tirava a vida dos cordeiros, como eu nunca fizera, como eu nem sabia que se podia fazer. A vida também se tira! Naquela noite, enquanto comíamos a carne do cordeiro assada, outra novidade, Adão comentou o meu silêncio. Nada, nada, disse Eu. Cansaço da viagem. Abel veio sentar-se no chão ao meu lado, e esperou que Eu afagasse sua cabeça, como sempre fazia, mas não consegui. Minha mão pairou acima da sua cabeça, alguém até poderia dizer que com reverência, mas não consegui tocar seu cabelo. De longe, Eva me olhava, e vi algo diferente atrás dos seus olhos, algo triunfal, como se o universo que Eu criara para atormentá-la, como se as dores que Eu inventara para ela procriar, estivessem de alguma forma vingados. Quando fui caminhar pelo campo depois do jantar, levei uma costela do cordeiro. Não pude restituir a vida do cordeiro tirada por Abel. Num gesto de frustração, criei sete constelações novas. Não preciso dizer que naquela noite não dormi. Melhor seria se Eu tivesse feito o céu e a Terra para o meu deleite solitário, sem precisar do Homem para me admirar e obedecer. Por vaidade, troquei a paz da solidão pela convivência de um interlocutor, de um espectador, de alguém para perceber meu gênio, e ainda lhe dei uma família. Sucumbi à tentação da literatura e o que ganhou foi a insônia.

No dia seguinte, Abel se aproximou e perguntou se me ofendera, pois eu não afagara seus cabelos na noite anterior. Respondi que não, e beijei-o ternamente na testa, mesmo sentindo o cheiro de sangue nas suas vestes. E Abel me deu a pele do cordeiro que sacrificara, para me agasalhar à noite. Caim, que estava por perto, viu a oferenda de Abel, e correu para a sua lavoura. Voltou com um feixe de trigo, que também me ofereceu, mas vi atrás dos seus olhos o que não vira nos olhos de Abel, o mesmo orgulho rebelde da sua mãe, e ouvi a frase que ele não disse, mas seu semblante disse: "Os filhos de Adão te desafiam, Autor, teu reino não durou uma geração", e recusei o seu presente insolente. "Mas aceitaste o presente de Abel!", protestou Caim. E respondi que Abel não me desafiara, que Abel tornou-se como um deus por distração, inventando a morte para nos alimentar da gordura dos bichos, pois era puro como suas ovelhas, e seu olhar era límpido, e ele me amava. Vi então o semblante de Caim ser tomado pela raiva, e ele desapareceu.

* * *

Passaram-se dois dias sem que Abel ou Caim fossem vistos por Deus ou por todo o mundo, e no terceiro dia Adão e Eva vieram a mim para pedir que os ajudasse na busca, já que Eu era onipresente. Encontrei Caim no campo, e Caim mandou procurar Abel entre os cordeiros, que eram puros como ele, pois não era o guardador do seu irmão. E chegamos, Adão, Eva e Eu ao rebanho que pastava junto ao rio, e foi Eva quem primeiro viu o corpo de Abel estirado na relva, e a relva empapada de sangue. Seu grito terrível ainda ecoa na minha cabeça. Nesses milhões de anos, não o esqueci. Minhas histórias estão cheias de gritos que cortam o coração, que nos cortam de cima a baixo, mas nenhum foi mais terrível do que aquele primeiro, da primeira mãe vendo o primeiro filho morto, como uma ovelha, vendo no chão o primeiro sangue que não escorrera dela. Tentei abraçar Eva, mas ela me repeliu, soqueando o meu peito, e dessa vez Adão não a deteve. Adão me olhava com incompreensão. "O que é isso?", perguntou. "O que é isso?" E depois: "Isso pode?".

Eu estava atordoado. O que era aquilo? Aquilo não estava nos planos. Aquilo não estava nas regras. Eu não me lembrara de proibir aquilo — porque não me ocorrera que era possível. Até ver o cordeiro morto por Abel eu não sabia que podia. A vida também se tira! A vida acaba! Alguém cochichou alguma coisa no meu ouvido e levei tempo para decifrar as palavras. Era Caim, e ele dizia: "Alguns da sua prole não são como deuses por distração...".

— O quê?

— Confesse. Por essa você não esperava.

— O quê?

Eva e Adão estavam debruçados sobre o corpo sem vida de Abel, cercados por cordeiros curiosos. Era uma cena inédita. Nada parecido tinha sido visto antes, no mundo. Começaram a chegar anjos para ver a novidade também. A notícia se espalhara.

— Tenho o mesmo poder do seu afilhado preferido, Autor. Matar um cordeiro ou um irmão... Qual é a diferença?

Tentei reagir.

— Mas não pode. Tirar a vida. Não pode!

— Você nunca disse que não podia.

— O Senhor.

— O Senhor nunca disse que não podia. O Senhor não disse que eu era livre para fazer o que bem entendesse? Fiz o cadáver do meu irmão. Não por distração, ou para nos alimentar da sua gordura. Não por vaidade, como você, o Senhor, fez o universo. Fiz porque sou livre. Fiz porque podia fazer.

Consegui, a custo, recuperar um pouco da minha autoridade, e enfatizei a linguagem bíblica para tentar impô-la:

— A voz do sangue do teu irmão clama a mim desde a terra. E agora maldito és tu desde a terra, que abriu a sua boca para receber da tua mão o sangue do teu irmão. Quando lavrares a terra não dará mais a sua força. Fugitivo e vagabundo serás na terra.

Mas Caim não se intimidou e disse:

— O que vejo diante de mim? Um Deus temente ao homem. Não encontrei palavras para a minha indignação.

— Seu, seu...

— Por que não me matas? Só assim te igualarás a mim.

— Fugitivo e vagabundo serás sobre a terra! Essa é minha sentença. Vagarás na terra com a tua culpa, e a voz do sangue do teu irmão te perseguirá por onde fores.

— Mata-me agora. És o Autor, tens o poder.

Caim também adotara o tom bíblico, mas com ironia.

— Vai-te! — gritei. — Desaparece da minha frente!

— Já sei. Me mandarás matar. Um dos teus anjos armados fará, à traição, o que não tens coragem de fazer. Criarás bandidos para me emboscarem enquanto durmo, pois agora a morte está solta no mundo. Por tua insensatez, por teres favorecido ao meu irmão e recusado meu presente, o mundo se tornou um lugar perigoso.

Como resposta, fiz um sinal na testa de Caim com um dedo incandescente. Uma cruz. Não sei por que uma cruz. Foi o que me ocorreu na hora.

— Pronto — disse. — Podes ir. Esse sinal te protegerá. Qualquer que matar a Caim, sete vezes será castigado.

— Quero uma mulher.

— O quê?!

— Não vou errar sozinho pelo mundo, sem pai nem mãe, sem nem um irmão. Ou um padrinho.

— Está bem. Vai para Node. Lá encontrarás uma mulher pronta, esperando-te.

— Quem será essa mulher, se não for minha irmã?

— Não tenho que te dar explicações. Vai-te!

E saiu Caim de diante da face do Senhor, e habitou na terra de Node, da banda do oriente do Éden. E conheceu Caim a sua mulher, e ela concebeu e teve

Enoque, e ele edificou uma cidade, e chamou o nome da cidade pelo nome do seu filho Enoque. E de Enoque nasceu Irade, e Irade gerou a Meujael, e Meujael gerou a Metusael, e Metusael gerou a Lameque etc. etc.

Semanas depois do banimento de Caim, caminhando com Adão pelos campos tristes sob as estrelas, ele me perguntou, humildemente, por quê. O bom Adão, que envelhecera anos em dias, não entendera minha decisão. Por que banir Caim, em vez de matá-lo? Por que favorecê-lo, em vez de vingar Abel? "Porque, apesar de tudo, ele também era meu afilhado", respondi, sem convencê-lo. "Por que ele levará a minha marca e a sua culpa por onde for, e esse é um castigo maior do que a morte", respondi, sem convencê-lo. "Porque a culpa é minha, que nunca disse 'Não matarás', e dei às minhas criaturas o poder de escolher seus atos", tentei, mas Adão ainda não se convenceu. "Porque Caim fundará a primeira cidade, que terá o nome do seu filho, pois assim já estava previsto", experimentei, mas Adão não acreditou. E como não podia lhe dizer o que só outro Autor entenderia, que Eu poupara Caim porque era o Meu personagem mais interessante até ali, mandei que Adão fosse consolar sua mulher e me deixasse em paz.

— Escolheste Caim para continuar a tua história, dando-lhe não só o perdão como uma mulher e, com ela, uma descendência! — queixou-se Adão.

Pois Adão também esquecera sua humildade e transformara-se num crítico diante do Senhor.

— Minha história continuará com a tua descendência, Adão.

— Que descendência, se não temos mais nenhuma, se temos um filho morto e o outro banido?

— Vai consolar a tua mulher no seu luto. E ela conceberá outro filho, e com suas gerações encherei o mundo de gente e de histórias.

— Mas...

— Obedece, Adão. O Autor sou Eu, e Eu sei o que estou dizendo.

E Adão foi deitar-se com sua mulher, deixando-me a sós no campo. E olhei para as estrelas sem fazer um gesto, temeroso de que elas também se rebelassem contra mim. Pois a morte estava solta no mundo, e o mundo não era mais o que Eu criara. E foi então que notei que minha barba tinha embranquecido.

O botãozinho

O ministro leva um susto.

— Como você entrou aqui? Quem é você?

O homem sorri com seus dentes pontudos. Tem os cabelos engomados e dois caroços na testa que podem ser chifres. Pede calma. Afasta o rabo e senta na cadeira em frente do ministro.

— Sou um admirador seu — diz.

— Que cheiro horrível é esse? — pergunta o ministro.

O homem suspira.

— Eu sei, eu sei. Não consigo disfarçá-lo. Já usei todas as loções masculinas. Brut, Animal, Eau de Troglodyte. Nada adianta.

— O que você quer?

— Vim lhe fazer uma proposta.

— Uísque? — oferece o ministro.

— Obrigado. Não bebo.

— Pensei que você tivesse todos os vícios.

— Engano. Nunca provo da minha própria mercadoria.

— Eu bebo moderadamente — diz o ministro.

— Ah, a moderação. O pior dos hábitos humanos, do meu ponto de vista.

— Um cafezinho? Uma água?

— Talvez uma água.

— Com gás?

— Por que não? Não sou um asceta completo.

— O que eu queria lhe propor... — começa o visitante.

— Já sei. A minha alma, em troca dos seus favores.

— Não faço mais negócio com almas.

— Por que não?

— Bem, você sabe. O conceito de alma, hoje, está um pouco difuso. Estes não são tempos metafísicos. Místicos, talvez, mas não metafísicos.

— Qual é a diferença?

— O misticismo é a metafísica dos simples e dos assustados, não a dos filósofos. Não há mais futuro no tráfico de almas. O produto é perecível. Há muita falsificação.

— Muita alma paraguaia...

— Exatamente.

— Olha a sua água.

— Obrigado.

— Qual é a proposta, então?

O homem inclina-se para a frente para ter acesso ao bolso de onde tira uma caixinha, que coloca sobre a mesa do ministro. Abre a caixinha. Dentro há um botãozinho.

— O que é isso?

— Uma invenção minha. Você faz um pedido, aperta esse botãozinho e pronto. Seu pedido é atendido.

— Só aperto o botãozinho? Nada mais?

— Só aperta o botãozinho. Sem compromisso, sem condições, sem cláusula oculta, sem mais nada. Você faz o pedido e aperta o botãozinho...

— E pronto.

— E pronto. Seu pedido é atendido.

— Que tipo de pedido?

— Depende de você. O que você mais quer, neste momento?

— A inflação sob controle, a economia estabilizada, o bom nome do país com os investidores estrangeiros e, claro, a aprovação do FMI.

— Fácil! É só apertar o botãozinho.

— Deixa eu ver se entendi. Eu aperto o botãozinho...

— Morrem 1 milhão de pessoas e seu desejo se realiza.

— Morrem 1 milhão de pessoas?!

— Eu não tinha mencionado isso? Morrem 1 milhão de pessoas, mas tudo que você pediu acontece.

— Que pessoas são essas?

— Você não conhece.

— São deste país?

— Sim, mas você nunca as vê. Você não notará a diferença. Pensando bem, do jeito que elas vivem, nem elas notarão a diferença.

— Mas são seres humanos!

— Você está encarando isso da maneira errada. Não pense em 1 milhão de pessoas como seres humanos, pense nelas como um detalhe. Pense nelas como um botãozinho.

— Mas...

— Você estará sacrificando 1 milhão hoje, mas beneficiando muitos milhões que virão. Pode apertar o botãozinho várias vezes. Matará mais alguns milhões, mas também beneficiará mais muitos milhões em menos tempo. Tudo isso se...

— Se?

— Se está mesmo convencido de que o caminho é esse. Que os sacrifícios de hoje valerão a pena. Que os sacrificados de hoje não terão se sacrificado em vão, por uma hipótese. Você está ou não está convencido de que o caminho é esse e não há outro?

— Estou.

— Então aperta o botãozinho. O que é uma maldade com poucos para o bem de muitos. E lhe asseguro que nenhum dos que morrerão é seu parente.

— Vamos fazer o seguinte: eu faço o pedido, você aperta o botãozinho.

O homem recostou-se na cadeira com um sorriso decepcionado.

— Você não entendeu nada, não é? Eu não faço maldades. Fazer ou não fazer maldade é uma questão de opção. Eu sou o próprio Mal, eu não tenho opção.

O ministro estava olhando fixo para o botãozinho. Se apertasse várias vezes o botãozinho, sacrificaria vários milhões ao mesmo tempo, mas apressaria a chegada do futuro.

— Vamos — disse o visitante. — Se você está convencido de que o caminho é esse, aperte o botãozinho e garanta o seu sucesso.

O ministro suspirou.

— Por que você está fazendo isso comigo? — perguntou.

— Curiosidade intelectual. Digamos que eu sou um estudioso do comportamento humano.

Nesse instante o ministro acordou, olhou em volta e respirou aliviado.

Felizmente, fora tudo um sonho. Ele precisava parar com aquelas sestas em cima da mesa de trabalho depois de almoços pesados. Tinha muito o que fazer.

E apertou o botãozinho.

Palavras cruzadas

Vivia sozinho numa casa com dois gatos e seu passatempo era inventar palavras cruzadas, que mandava para um jornal por um pagamento simbólico.

Não precisava de dinheiro, o que quer dizer que não precisava dos outros. Amava as palavras e os seus gatos, nessa ordem. Os gatos eram castrados e as palavras com que brincava também. Que mal poderiam fazer as palavras que estudava como se elas também tivessem raça e pedigree, e arranjava em diagramas e jogos inofensivos? Nem ele, nem seus gatos, nem suas palavras jamais machucariam alguém, pois jamais tocariam em alguém. Mas um dia um mendigo bateu em sua porta.

Mendigo. Pedinte, sete letras. Do latim *mendicus*, cuja base é "*menda*", defeito físico, de onde também vem "emendar", correção de defeito ou erro. Esse mendigo não parecia ter qualquer defeito físico. Se não fossem a sujeira e as roupas esfarrapadas, poderia ser seu irmão. Poderia ser ele. E quando ele começou a fechar a porta, depois de dizer que não tinha nada para dar ao mendigo, ouviu deste as palavras:

— Cuidado com elas...

O mendigo estava apontando para um diagrama de palavras cruzadas pela metade que ele deixara ao lado da sua poltrona, quando fora abrir a porta.

— Cuidado com o quê?

— Com as palavras cruzadas. Elas arruinaram a minha vida.

— Você está louco. Palavras cruzadas são inofensivas. São um jogo, um passatempo, nada mais do que...

— Ah, é? Então ouça.

E o mendigo contou que nem sempre fora aquele miserável, sujo e esfarrapado. Era um advogado. Tinha dinheiro, posição, família. E uma paixão: as palavras cruzadas. Orgulhava-se de jamais ter deixado uma grade de palavras cruzadas incompleta. E mais: de jamais ter consultado um dicionário. Nas palavras cruzadas, você joga contra você mesmo, contra a sua própria inteligência e informação. E consultar um dicionário é como roubar.

— Um dia, não consegui completar uma palavra. Pela primeira vez na minha vida, não consegui terminar umas palavras cruzadas.

— Em que jornal? — perguntou o homem.

O mendigo disse o nome do jornal. O homem sentiu um aperto no coração, como um pressentimento. Era o jornal que publicava as suas palavras cruzadas. Que havia anos publicava as suas palavras cruzadas.

O mendigo continuou:

— Acertei a vertical. Pequena placa de metal ou outro material usado como enfeite. Dez letras. Lentejoula. Mas a horizontal não encaixava com a segunda letra. Era uma derrota. Passei quase duas semanas às voltas com aquilo. Levava o recorte do jornal para toda parte. Volta e meia, tirava o recorte do bolso e tentava de novo. Procurei outra palavra em vez de "lentejoula". Nenhuma dava certo. Procurei outra para a horizontal. Nenhuma encaixava com as verticais, com exceção do "e" de "lentejoula", como a que eu colocara. Fiquei obcecado. Não conseguia mais dormir. Não conseguia trabalhar. Me tornei um intratável. Brigava com a mulher e com as crianças por nada. E um dia, veio a desconfiança.

— Que desconfiança?

— Que só podia ser um erro do autor das palavras cruzadas.

— Impossível.

— Por que impossível? Todo o mundo erra. E nesse caso ficou provado que era um erro.

— Talvez um erro de impressão...

— Não, o erro era do autor. Só anos mais tarde me dei conta. Em vez de "lentejoula", ele usou "lantejoula". Se fosse "lantejoula", a horizontal encaixava, tudo encaixava. Mas o certo é "lentejoula". Eu estava certo, o autor estava errado.

— Mas o certo é "lantejoula".

— O certo é "lentejoula". Mas isso eu só descobri depois que a minha vida tinha desmoronado, a mulher e os filhos já tinham me deixado e eu já fechara o escritório, porque não podia me concentrar em mais nada. Eu rasgara as palavras cruzadas incompletas e as atirara no lixo, mas a obsessão continuava. Eu tinha fracassado. E então, um dia, decidi. Já que eu era um ser abjeto, levaria minha degradação ao máximo. E consultei um dicionário.

— O quê?

— Eu sei, eu sei. Mas eu não tinha mais amor-próprio, não tinha mais nada. Só aquela dúvida me roendo por dentro como um câncer. Abri um dicionário. E descobri que eu estava certo e o autor das palavras cruzadas estava errado. É "lentejoula".

— Não é.

— É.

— Não é.

— O certo é "lentejoula".

— É "lantejoula"!

— Por que você insiste? É "lentejoula". Eu estava certo. Pensei em escrever para o jornal, em descobrir o autor das palavras cruzadas e acusá-lo por tudo que me acontecera. Mas do que adiantaria? Eu só conseguiria lhe dar remorso. Minha mulher e meus filhos não voltariam a viver com um obsessivo. Eu não recuperaria a minha posição. O que eu poderia fazer com o autor? Matá-lo? Fora um erro, apenas. Todo mundo erra.

O homem deu uma nota de cem ao mendigo e fechou a porta. Sentia remorso, mas não muito. Afinal, o outro também não fora honesto. Consultara um dicionário. E não havia mesmo jeito de emendar, no sentido latino, a situação.

459

Pracinha

— Você não me conhece...

— Sim?

— Mas eu tenho, por assim dizer, acompanhado a sua vida.

— Ah, sim?

— É. Desde pequeno.

— Mas você tem a minha idade.

— É. Nós fomos pequenos juntos. Brincávamos juntos. Na pracinha. Você não se lembra. Não pode se lembrar.

— Acho que...

— Não, não. Nem tente. Faz muitos anos. Eu me lembro porque fiquei muito impressionado quando a minha mãe me disse que você ia morrer.

— O quê?

— Minha mãe me disse que você era muito doente. Que não era para bater em você, nem fazer você correr muito. Eu tinha vontade de bater em você. Mas nunca bati.

— Eu era muito doente?

— Foi o que a minha mãe me disse. Que você não ia durar muito. Que era para eu cuidar de você. Por isso eu deixava você ganhar tudo. Fiquei muito impressionado.

— Mas...

— Eu não imaginava que uma criança do seu tamanho, do nosso tamanho, pudesse morrer assim. Sem ser atropelado, sem ficar de cama. Estar brincando numa pracinha e ao mesmo tempo estar morrendo. Aquilo me marcou. Acho que passei a infância esperando você morrer. A vida toda.

— E eu não morri.

— Não morreu. Vocês se mudaram. Nunca mais brincamos na pracinha. Mas eu continuei acompanhando a sua vida. Uma vez cheguei a ir na sua casa. Minha mãe foi entregar uma torta. Era o seu aniversário. Quinze anos. Eu disse "Oi" mas você nem me olhou.

— Você disse que tinha vontade de bater em mim? Na pracinha...

— Tinha.

— Por quê?

— Porque você era insuportável. Você era intragável. Mas eu não podia bater. Em vez de bater em você, protegia você dos outros. Porque você ia morrer.

— Olha, eu...

— Você não sabe como aquilo me marcou. Pela vida toda. Fiquei amargo, fatalista. Imagina: um fatalista de dez anos. Achava que nada na vida valia a pena. Que sentido podia ter a vida, num mundo em que crianças morriam assim?

— Mas eu não morri.

— Eu sei. Mas aí o mal já estava feito.

— Eu nem sabia que estava doente!

— Vi o seu nome na lista dos aprovados no vestibular, no jornal. A sua foto se formando. As notícias das suas vitórias na vela. A participação do seu casamento. As fotos do seu casamento na coluna social. O seu lançamento como candidato a vereador. Até votei em você. Não sei por quê, achava que ainda tinha que proteger você porque você ia morrer criança, embora já fosse adulto. Mas esperei, esperei, e nunca vi o convite para o seu enterro. Vi o da sua mãe, mas não o seu. Procurava a notícia da sua morte e via a notícia da sua candidatura a deputado. Procurava o convite para o seu enterro e via a notícia da sua escolha como secretário de Estado. Uma vez, nem tive que abrir o jornal. Estava lá, na capa, sua cara e a notícia dos milhões desviados na secretaria. Mas nunca a notícia da sua morte.

— Desculpe, eu...

— Não, não. Tudo bem. Não é culpa sua.

— Se eu puder fazer alguma coisa por você... Só não posso morrer, claro.

— Claro. Ainda mais agora que vai para deputado federal. Aliás, com o meu voto.

— Obrigado.

— Oquei.

— O que é que você faz?

— Eu? Nada. Me viro. Tenho a pensão da mãe e vivo encostado. Invalidez.

— Invalidez?

— Problema psiquiátrico. Trauma de infância. E outras coisas. Acho que não duro muito.

— Mas você é moço. Tem a minha idade!

— É, mas...

— Escuta.

— O quê?

— Você quer me bater? Pode bater.

— O que é isso?

— Não. É o mínimo que eu posso fazer por você. Faz de conta que a gente está de volta na pracinha. Me bate. Vamos.

— Olha... Acho que eu não tenho mais força.

O crime da rua tal

Ideia para uma história. Um homem entra numa delegacia de polícia e diz que quer se entregar. É um assassino. Matou um homem. Onde? Como? Quando? Na minha casa, responde o homem. Rua tal, número tal. Com um espeto de churrasco. Há dez anos.

Há dez anos?! É, diz o homem. Fugi do local do crime, passei dez anos foragido. Mas não aguentei mais. Vivi dez anos com a minha culpa, e não aguentei mais. Por isso vim me entregar. Me prendam. Sou um assassino. Fui eu que matei o Steiner.

Quem? Flávio Steiner. Ou Fábio, não me lembro mais. Um agiota. Ele foi me cobrar um empréstimo que eu não podia pagar. Brigamos, eu estava com o espeto na mão... Para azar do Steiner, foi no dia em que eu fazia um churrasco para uns amigos. Me descontrolei, espetei o Flávio Steiner. Ou Fábio. Várias vezes. Vocês devem se lembrar do crime. Há dez anos. Rua tal, número tal. Ninguém se lembra.

Vão até a rua tal, número tal, seguindo as direções do homem. No carro, o homem conta que era a casa onde ele morava, sozinho, depois de se separar da mulher. Saí correndo e nunca mais voltei, conta o homem. Fui para o interior. Mudei de nome. Passei dez anos longe de tudo, não me arriscando a aparecer na cidade. No fim, o sentimento de culpa foi maior. Não aguentei mais a culpa. Preciso pagar pelo que fiz.

A casa da rua tal, número tal, não existe. Ou existe, mas agora é um videoshop. Ninguém sabe dizer quem era o dono anterior. Parece que a casa estava abandonada. Ou era alugada e o inquilino desapareceu. Qualquer coisa assim. Um crime na casa? Ninguém sabe de crime nenhum.

Não há qualquer registro de ocorrência envolvendo um Flávio ou Fábio Steiner nos arquivos da polícia. Um Fúlvio Steiner foi preso uma vez, por agiotagem e vigarice. Fúlvio! É esse, diz o homem. Mas não há mais nada sobre Fúlvio Steiner.

Nada sobre a sua morte. Nada sobre ele ter sido espetado, várias vezes, na rua tal, número tal.

Descobrem um endereço que pode ter sido o de Steiner. Aquele vagabundo?, diz a mulher que os recebe. Nunca mais vi, graças a Deus. Um dia saiu, dizendo que ia dar uma prensa em alguém, e nunca mais voltou. Quando? Uns nove ou dez anos. Se ele está morto? Espero que sim. Aquilo não prestava. Aquilo era uma peste. Se alguém matou, fez um bem para a humanidade. O que ele era meu? Nada. Vivíamos juntos. Nós nos amávamos! Mas o cachorro tinha outra família. Mulher e filha. Rua tal, número tal.

No outro endereço, outra mulher. A Maria Alice tinha três anos quando ele desapareceu, conta a mulher. Hoje está com treze. O Fúlvio era um bom homem. Não nos dávamos bem, ele vivia com outra, mas nunca deixou que faltasse nada para a Alicinha. Um bom homem. Vocês têm notícia dele?

Notícia. Claro. Os jornais! Os jornais devem ter noticiado o crime. O homem se lembrava da data exata? Claro. Como podia esquecer? Consultam os jornais da época. Os jornais do dia seguinte, das semanas seguintes, dos meses seguintes. Não há nada, em qualquer microfilme, sobre um crime na rua tal.

Já sei!, grita o homem. O Pinto e o Aparício! Quem? O Pinto e o Aparício! Eles estavam na minha casa quando o Steiner chegou. Eles viram tudo. Até tentaram me segurar, quando eu espetei o Steiner. Vamos procurar o Pinto e o Aparício! Quem sabe a gente esquece de tudo, sugere a polícia. Como, esquece? Eu não posso esquecer. Passei dez anos tentando esquecer e não consegui. Eu preciso pagar pelo que fiz!

Dona Sueli se surpreende ao ver o homem. Há quanto tempo! Você esteve fora, não esteve? Estranhei, porque você não apareceu no enterro do Pinto. Você não sabia? Coração. Há quatro anos. Obrigada. O Aparício? Acho que também morreu.

Aliás, tenho certeza. Vi o convite pra enterro no jornal. Mas aquele, também, era um esquisitão. Só você e o Pinto para aguentarem o Aparício. Pobre do Pinto. Não, dona Sueli não se lembra de ouvir o Pinto comentar nada sobre um churrasco, dez anos antes. Nada fora do comum. Vocês não faziam um churrasco todas as semanas?

Pronto. Um assassinato sem registro, sem corpo e sem testemunha. Um crime cuja única evidência é o criminoso. O melhor é esquecer de tudo, repete a polícia. Mas o homem reage. Está claro o que aconteceu: o Pinto e o Aparício esconderam o corpo. Talvez na própria casa da rua tal, número tal no quintal! A polícia tem de procurar o corpo de Fúlvio Steiner no quintal. Esquece, esquece, diz a polícia, alegando que não tem tempo, não tem equipamento... Mas eu preciso me entregar, protesta o homem. Eu preciso pagar pelo que fiz! Esquece, esquece. Faz de conta que nunca aconteceu. E a minha culpa?, pergunta o homem. O que que eu faço com a minha culpa?!

Na loja de vídeos não querem nem conversa quando o homem aparece com uma pá, pedindo para escavar o quintal. De jeito nenhum. E, mesmo, não existe mais o quintal. Fizeram um adendo na casa, para a seção de fitas eróticas.

Náufragos

Há muitas histórias de náufragos, inventadas e verdadeiras. A mais famosa das inventadas, a do Robinson Crusoé, parece que foi baseada numa verdadeira. De qualquer jeito, para uma história de náufrago só é preciso um naufrágio e uma ilha. Os náufragos podem ser um só, como o Robinson, dois, como o casal de *A Lagoa Azul*, ou muitos, como a família suíça de outra famosa história inventada. O maior fascínio das histórias de náufragos está na descrição do simples processo de sobreviver na privação, ou do poder da engenhosidade humana diante da Natureza indiferente ou hostil. Nos colocamos no lugar do náufrago e imaginamos como seria nos alimentarmos, nos protegermos e não enlouquecermos, sozinhos numa ilha deserta. Pois no fim todas as histórias de náufragos são sobre a solidão, sobre a falta do próximo e a distância dos outros. Há, inclusive, histórias de náufragos que dispensam a ilha. Mas as que eu vou contar são histórias de náufragos clássicas. De náufragos insulados. Começando com a história do náufrago que enriqueceu da noite para o dia.

Contam que um homem sobreviveu a um naufrágio e acabou numa ilha deserta, e lá viveu durante quarenta anos, até morrer. Os primeiros vinte anos foram os piores. Quando não estava ocupado procurando comida e tratando de se abrigar do sol, da chuva e do vento, quando não tinha mais o que fazer a não ser pensar e lembrar, pensava na vida que levara e lembrava tudo o que perdera. Pensava na sua dura vida de marinheiro, pensava na mulher fiel que o ajudava a enfrentar a dureza da vida e sempre o esperava no porto, pensava na sua casa modesta, pensava nos vizinhos e nos amigos, pensava nas coisas simples que nunca mais veria, e chorava, chorava muito. Antes de dormir, ao pôr do sol, o homem imaginava o que estaria fazendo, se ainda estivesse com a sua mulher fiel na sua casa modesta, ou com os vizinhos e amigos, na sua simplicidade.

E assim se passaram vinte anos de recordação e tristeza. E então, certa manhã, depois de uma noite de vendaval, o homem viu que o vento tinha derrubado uma árvore da ilha, e que no buraco deixado pelas raízes arrancadas havia um tesouro. Um grande baú cheio de moedas de ouro e de joias, certamente enterrado por algum pirata que nunca voltara para buscá-lo. Da noite para o dia, o náufrago tornara-se um milionário. Talvez um bilionário, ou um trilionário. Para que perder tempo calculando a fortuna? Havia o suficiente no baú para ele levar uma vida de rei. E a partir daquele momento, e pelos vinte anos seguintes, o homem imaginou tudo o que poderia fazer com a fortuna depois de abandonar a mulher, que não era mulher para um milionário, e os vizinhos e amigos, que só o importunariam com pedidos de dinheiro, e a sua casa modesta, e a sua dura vida de marinheiro. Mal podia esperar o pôr do sol para imaginar a sua vida de rei — ou quase rei, pois decidira que compraria dois títulos de nobreza, um para ele e um para a Gisele, sua nova esposa. E dormia sorrindo.

Também tem a história do navio que naufragou e só se salvaram o capitão e um maquinista, que nunca tinham se visto a bordo. O capitão vivia na ponte de comando e o maquinista nunca saía do porão. Ainda na praia da ilha deserta, o maquinista perguntou:

— Era o senhor que gritava pelo interfone: "Mais força, mais força, seus ratos preguiçosos!".

— Não, não — respondeu o capitão. — Era o imediato.

Mesmo assim, os primeiros vinte anos foram tensos.

Três náufragos: um arquiteto, um engenheiro e um banqueiro. Depois de secarem a roupa, examinarem a ilha deserta e escolherem o lugar onde construirão uma cabana, decidem distribuir as tarefas.

— Eu planejo a cabana — diz o arquiteto.

— Eu faço os cálculos e escolho o material — diz o engenheiro.

— Eu financio a obra — diz o banqueiro.

O arquiteto e o engenheiro se entreolham.

— Como financia? — pergunta o arquiteto.

— Com que dinheiro? — pergunta o engenheiro.

— Bom... — começa a dizer o banqueiro, olhando em volta. — Essas conchas podem servir como dinheiro e...

Mas desiste diante do olhar dos outros dois. E põe-se a trabalhar erguendo a cabana, enquanto o arquiteto e o engenheiro, sentados na praia bebendo água de coco, dão palpites. E risadas vingativas.

Esta história tem outra versão em que, além do arquiteto, do engenheiro e do banqueiro, também dá na praia um filósofo. O diálogo é o mesmo até o banqueiro sugerir que as conchas podem servir como dinheiro. Diante da reprovação do arquiteto e do engenheiro, o filósofo intervém:

— Mas é perfeito. Vocês não veem? Propondo usar conchas em vez de dinheiro, ele está dizendo que o dinheiro é, na verdade, uma mentira, ou apenas uma concha supervalorizada. Em termos absolutos, nada tem mais valor do que nada, o valor dado a qualquer coisa é apenas a reificação de um conceito abstrato determinado por uma hierarquização subjetiva arbitrária enquanto...

O filósofo para quando se dá conta da maneira como os outros três estão olhando para ele. E põe-se a trabalhar, erguendo a cabana, enquanto o arquiteto, o engenheiro e o banqueiro, sentados na praia bebendo água de coco, dão palpites. E risadas superiores.

Esquerda/Direita

Estava em uma discussão esquerda/direita e a certa altura alguém disse.

— Assumo todos os crimes do nosso lado se você assumirem os de vocês.

Aceito o desafio, passaram a contabilizar os mortos. Mas antes foi preciso resolver quem era de um lado e quem era do outro. Como a gente fazia no futebol, antigamente: ia escolhendo os jogadores de cada time alternadamente (e o último a ser escolhido era sempre o gordo que ninguém queria no seu time e geralmente ia para o gol). No caso, ninguém quis nem o Stálin nem o Hitler.

— Mas como, Stálin não era de esquerda?

— Só ficamos com o Stálin se vocês ficarem com o Hitler.

— Louco não!

— Mas Hitler foi um louco de direita.
— E o Stálin? Esse não era louco.
— Quem diz? Se o Hitler não vale, o Stálin também não vale.
— Está bem. Aceitamos o Hitler se vocês aceitarem o Stálin e o Mao Tsé-tung.
— Aceitamos o Mao Tsé-tung se vocês aceitarem a Inquisição.
— Aceitamos a Inquisição se vocês aceitarem o Khmer Rouge.
— Aceitamos o Khmer Rouge se vocês aceitarem o Chile.
— Aceitamos o Chile se vocês aceitarem Cuba.
— Aceitamos Cuba se vocês aceitarem Jacarta.
— Aceitamos Jacarta se vocês aceitarem a Revolução Francesa.
— Aceitamos a Revolução Francesa se vocês aceitarem o Gengis Khan.
— Mongol não!

E enquanto esquerda e direita comparavam seus prontuários e negociavam suas culpas, e decidiam quem cometera mais crimes e era pior do que o outro, uma boa alma que assistia a tudo se congratulava por estar acima daquilo, e se manter neutro enquanto os extremistas agiam, e não se meter naquela história, e portanto não ser responsável por nenhum daqueles mortos. Ou então, pensou de repente, era responsável por todos.

Destino, ou o livrinho de endereços

Ideia para antes de uma história. Uma mulher chamada Ada recebe um visitante. Se a história se passasse há alguns anos o visitante simplesmente bateria na porta do apartamento de Ada. Como passa hoje, o visitante precisa dar uma longa explicação no interfone do portão antes de ser admitido no prédio. E a explicação não é fácil.

Ada não entende o que o homem quer. Como é?! O visitante tenta de novo. Encontrou um livrinho de endereços na rua. Quer devolver o livrinho, mas não sabe de quem é. O primeiro nome com endereço no livrinho sob "A", é o dela. Ada. Ela talvez possa ajudá-lo a descobrir o dono do livrinho perdido.

Ada hesita, depois diz: "Entra". (E segue-se o diálogo conhecido. "Abriu?" "Não." "Hein?" "Não abriu." "Abriu?" "Agora sim." A repetitiva linguagem da era do medo.)

Ada (seus 35, 36 anos, não exatamente bonita, mas atraente, solteira, funcionária pública, mora sozinha, gato) examina o visitante (moço, boa cara, algo triste) antes de desengatar a corrente e deixá-lo entrar. O livrinho de endereços é uma agenda de bolso, capa preta e está cheio de nomes. Ada o folheia. Não reconhece nenhum nome. Além do seu, claro.

Mas diz:

"Ah, acho que sei."

Finge que sabe de quem é o livrinho, diz que se encarregará de devolvê-lo, pode deixar, agradece ao visitante, por pouco não o empurra porta afora. Ele já cumpriu o seu papel. Ada sente que quem bateu na sua porta não foi aquele homem de quem nem ficou sabendo o nome (Romildo), foi o Destino. O seu horóscopo para aquele dia dizia que alguém chegaria com novidades e seria o que ela esperara toda a sua vida. O que ela esperava a vida toda poderia estar naquele livro de endereços que o destino botara em suas mãos.

O dono do livrinho não era seu íntimo. Colocara seu nome e sobrenome, antes do endereço e do telefone. Podia ser uma mulher, mas a letra parecia ser de homem. Quem seria? Ela não conhecia nenhum dos outros nomes. Obviamente, não andavam nos mesmos círculos, não tinham nenhum amigo em comum. Talvez um daqueles nomes fosse o que ela esperara a vida toda. Meu Destino está neste livrinho, pensa Ada. E fecha os olhos e vira cegamente as páginas do livrinho, esperando que seu coração lhe diga onde parar. E para numa do "H". O primeiro nome que vê é "Henrique". Só "Henrique", sem sobrenome. É esse, pensa Ada.

"Henrique" tem um endereço e um telefone. Telefono ou vou procurá-lo? Vou procurá-lo, decide. Assim vejo como ele é. Posso não reconhecer o que eu esperei a vida toda no primeiro olhar, mas certamente saberei à primeira vista se ele não for o meu destino. Onde é mesmo o endereço? Vou ter que tomar um táxi. Valerá a pena, se "Henrique" for o que eu espero. Meu Deus, que "Henrique" seja o que eu espero. Que meu horóscopo esteja certo!

"Abriu?" "Não." "E agora?" "Ainda não... Abriu, abriu!" Não foi fácil para Ada explicar pelo interfone o que fazia ali, mas Henrique finalmente a deixou entrar. Está esperando na porta aberta do seu apartamento. Veste um robe de seda. Como o meu pai!, pensa Ada, cheia de esperança. Ele é baixo, com o cabelo obviamente pintado, mas não é desagradável. "Moro com a minha mãe", diz Henrique, indicando a mulher magra que não desgruda os olhos da TV quando Ada entra. Ada quase diz "Eu tenho um gato", mas se contém, para não parecer que está comparando as experiências. Henrique ouve o que Ada tem a dizer sobre o livrinho, depois examina o livrinho. Ele não é desagradável, pensa Ada. A decoração do apartamento é de muito bom gosto, a mãe pode ser um problema mas...

— Sei de quem é! — exclama Henrique.
— Como?
— Sei de quem é esse livrinho. Vou devolver pra ele. Pode deixar. E Henrique já está de pé. Ada não sabe o que fazer.
— Mas... — começa.
Henrique estende a mão para despedir-se dela.
— Muito obrigado, viu? Tenho certeza de que ele lhe telefonará, para agradecer pessoalmente
— Quem?
— O dono do livrinho.

Na rua, Ada se amaldiçoa. Amaldiçoa a falta de um táxi, amaldiçoa o seu Destino. "Henrique" obviamente não era o que ela esperava a vida toda. E agora não tem nem o livrinho para escolher outro nome.

No seu apartamento. Henrique folheia o livrinho, cheio de oportunidades. Não reconhece nenhum dos nomes, mas quem sabe que deliciosas aventuras não se esconderão entre suas capas pretas? Como aquele "Rudy", sob "R", por exemplo? Sem falar no desafio literário que será descobrir tudo sobre alguém a partir unicamente do seu livrinho de endereços, nome por nome por inédito nome...

Em outro ponto da cidade, Romildo também se amaldiçoa. Sentiu que o Destino lhe dava um sinal, quando encontrou o livrinho de endereços caído na calçada, aberto na primeira página, na página de Ada. Ada! É essa, pensou. E Ada em pessoa era tudo o que ele queria, era o que ele esperava a vida toda. Não exatamente bonita, mas atraente. E sozinha como ele. Mas a visita a Ada tinha sido um fracasso. Ela dissera que devolveria o livrinho de endereços ao seu dono, o botara para fora, e ponto-final.

A retirada

Ideia para uma história.
Uma pequena cidade é invadida por um exército em retirada. Os habitantes da cidade acordam com os ruídos da chegada do exército. Ouvem o som de cascos de cavalos e de rodas de canhões e dos passos arrastados de soldados nas pedras das

ruas. Quando abrem suas janelas dão com o lento desfile do exército derrotado, que antes do raiar do dia ocupa toda a pequena cidade. As pessoas que saem de casa tropeçam em soldados exaustos estirados na calçada. Mas a maioria não sai de casa, assustada. Que exército é esse? De onde ele vem? E em que guerra ele foi derrotado? Não há notícia de nenhuma batalha perto da pequena cidade. Não há notícia de nenhuma guerra, em parte alguma, perto dali.

O comandante do exército em retirada instala a sua tenda na praça principal da pequena cidade. O prefeito da cidade espera em vão sua visita, à prefeitura, para explicar aquela inesperada invasão na madrugada. Mas o comandante não sai da sua tenda. Finalmente, o prefeito e seus secretários decidem ir eles mesmos ao encontro do general. Ninguém os detém, na entrada da tenda. Os guardas estão estirados no chão, dormindo. O general está dormindo. Os cavalos estão dormindo. Todo o exército está dormindo. Provavelmente dormirá o dia inteiro. A batalha perdida deve ter sido terrível. A retirada deve ter sido longa e penosa. Mas que batalha? De onde o exército está se retirando?

No fim da tarde o general aparece na entrada da sua tenda se espreguiçando. Chuta os guardas, para acordá-los. Atravessa a praça e entra na prefeitura. Mas não quer falar com o prefeito. Quer usar o banheiro.

Tarde da noite, o general convoca o prefeito da pequena cidade para a sua tenda. O prefeito fica impressionado com a cara do general. Nunca viu uma cara assim. Todo o sofrimento do mundo está nessa cara, pensa o prefeito. Nem imagina o que o general passou, para ter uma cara assim. Todo o sofrimento do mundo, sofrido ou causado. O general agradece ao prefeito a hospitalidade da sua pequena cidade. Hospitalidade? "Vocês nos invadiram", pensa em dizer o prefeito. Mas não diz. Não quer ser o responsável por mais um sulco naquela cara. Diz que espera que a estada na sua modesta cidade ajude o exército a se recuperar, e que todos são bem-vindos, e, por sinal, quanto tempo pretendem ficar? O general oferece um licor ao prefeito. Diz que ele verá que seus homens são rudes mas não são desleais, e que sua convivência com os habitantes da cidade será pacífica. O prefeito diz que já houve contato entre os soldados e a população, que lhes ofereceu comida, agasalho e um melhor lugar para dormir do que a calçada, e que tem certeza de que não haverá problemas enquanto o exército estiver na pequena cidade. E, por sinal, quanto tempo pretendem ficar? O general sorri, com um esforço. Diz que o prefeito pode ir. Sim, aceita o convite para jantar na prefeitura na noite seguinte. Mas agora precisa dormir mais um pouco.

Curiosamente, não há feridos entre os soldados. Todos estão muito cansados, e deprimidos, e se queixam da saudade de casa, mas nenhum está ferido. Aos habitantes da cidade que lhes perguntam sobre a batalha que perderam, respondem vagamente. Só dizem que foi terrível, terrível. Falam de companheiros que morreram. Falam dos horrores que viveram, na batalha e na retirada. Mas desconversam quando alguém pergunta em que guerra, mesmo, eles estão lutando. Preferem falar da casa que deixaram ou dos antigos que perderam. No jantar do general e dos seus oficiais com o prefeito e figuras ilustres da pequena cidade, na prefeitura, a conversa é a mesma. Quando o prefeito, no seu discurso, declara que todos estão curiosos para saber de que batalha o exército em retirada se retirou, certamente por estar em insustentável desvantagem numérica ou por ter sido traído, pois por falta de heroísmo e sacrifício pela pátria todos sabem que não pode ter sido, e, por sinal, em que guerra — e, aliás, por que pátria — está lutando, o general responde que naquele momento de congraçamento não devem falar de coisas tristes e propõe um brinde a uma coisa que os militares amam mais do que os civis: à paz. E quando perguntam quanto tempo o exército em retirada pretende ficar na cidade, o general propõe outro brinde. À convivência.

Mas, como não pode deixar de ser, começa a haver problemas entre os soldados e a população. Compreensíveis, pois os soldados são homens rudes, longe de casa, marcados pela batalha terrível e a longa retirada, pela tristeza e o horror. Há estupros, casos de bebedeira e pilhagem e, no fim de um mês, o prefeito toma coragem e visita a tenda do general para protestar contra o comportamento do seu exército, Encontra-o estirado na sua simples cama de campanha, olhando para o teto, com todo o sofrimento do mundo no rosto, O general não se ergue para receber o prefeito. Continua olhando para o teto enquanto o prefeito diz que entende que os soldados são homens rudes, marcados pela batalha perdida e a penosa retirada, mas que assim não dá para continuar. A pequena cidade está sendo aterrorizada. A convivência é impossível.

— Vocês, então, estão nos mandando embora? — pergunta o general, sem tirar os olhos do teto.

O prefeito hesita. Não sabe qual será a reação do general. E se ele mandar destruir a cidade, queimar tudo e matar todo mundo, começando pelo prefeito? Já deve ter feito coisas piores na vida, pensa. Não se consegue uma cara assim sem ter sofrido e causado coisas piores. Posso propor um entendimento. Pedir que o general tente controlar a sua tropa. Com o tempo os soldados talvez se integrem à vida da pequena cidade. Talvez esqueçam o que passaram, e se tornem cidadãos comuns, pacatos, e desarmados. O próprio general que parece gostar tanto da cidade pode se estabelecer ali, trocar a tenda de comando no meio da praça por uma casinha, quem sabe conhecer uma boa moça... Mas o prefeito decide ser firme.

— É — diz.

— Muito bem — diz o general. — Nos retiraremos ao amanhecer.

Na manhã seguinte a população da pequena cidade é acordada pelos ruídos do exército em movimento, continuando a sua longa e penosa retirada.

O broche

Quando sentiu que ia morrer, dona Carminha mandou chamar a nora e pediu que o médico e os outros saíssem do quarto. Queria falar a sós com a viúva do seu filho.

— Senta aqui, minha filha — disse dona Carminha, batendo na colcha com sua mão comprida e fina.

Dalinda estranhou o convite para sentar na cama ao lado da velha, e o tom do pedido. A velha estaria arrependida de tudo que lhe fizera, e preparando uma reconciliação final? Ela não quer morrer com remorso, pensou Dalinda.

— Me serve um copo d'água, minha filha?

Dalinda serviu a água, que dona Carminha não bebeu. Ficou segurando o copo e sorrindo para a nora, que fez um esforço e também sorriu. Pobre velha, pensou Dalinda.

— Eu estou morrendo, minha filha.

— O que é isso, dona Carminha?

— Estou. Não passo desta noite.

— Não diga uma coisa dessas.

— E você ficou até o fim, não foi, Dalinda?

— Ora, dona Carminha. Eu...

— Depois que o Frederico morreu você podia ter se mudado, ido cuidar da sua vida. Mas preferiu ficar aqui, comigo. Até o fim. Por quê, Dalinda?

— Eu devia isso ao Frederico.

— Mas você e o Frederico estavam quase se separando!

— Não é verdade.

— Estavam. Eu sei. O Frederico me contava tudo.

— Dona Carminha...

— Eu sei por que você ficou.

— Fiquei para cuidar da senhora.

— Nã-nã-nã-nã-nã.

Dalinda se assustou com a animação da velha. Como era que uma moribunda falava com aquela animação?

— Você ficou por causa disto — disse a velha.

E pinçou de baixo do lençol, com seus dedos esqueléticos, o broche de diamantes que guardara sobre o peito. Dalinda precisou de alguns segundos para se recuperar antes de dizer:

— Mas que ideia, dona Carminha!

— Não precisa fingir. Eu sei. O Frederico me contou que você só falava neste broche, e como ele seria seu quando eu morresse e ele ficasse com minha herança.

— Não é verdade, dona Carminha!

— Pois chegou a hora, minha filha. A sua espera valeu a pena. É a única coisa valiosa que eu vou deixar neste mundo, depois que o meu filho se foi.

— Como é que a senhora pode pensar isso de mim, dona Carminha?

— Tome. É melhor pegar logo. Depois que eu morrer vai ter muito movimento por aqui e ele pode desaparecer. Nunca se sabe. Tome. É seu.

E a velha ofereceu o broche a Dalinda na palma da mão. Dalinda hesitou, depois estendeu a mão para pegá-lo.

— A não ser — disse dona Carminha, fechando a mão rapidamente — que eu o leve comigo...

— O quê?!

— É. Acho que é mais seguro. Vou levá-lo comigo.

— Dona Carminha! Não!

Mas a velha já estava usando a água para ajudar a engolir o broche.

Com o grito de Dalinda, os que estavam do lado de fora do quarto entraram correndo. Não havia mais o que fazer. Dona Carminha morreu em meia hora, para desespero de Dalinda. Que não queria se conformar. Que começou a gritar que aquilo era muito suspeito. Que dona Carminha em um momento estava ótima, conversando com ela com grande animação, e no outro estava morta, depois de tomar um copo d'água. Exigia um exame da água do copo, que podia muito bem estar envenenada. Foi um custo para o médico convencer Dalinda que a morte da velha era esperada, que não havia nada de suspeito na morte da velha. Dalinda não parava de gritar:

— Quero uma autópsia! Exijo uma autópsia!

A compensação

Não faz muito, tempo li um artigo sobre as pretensões literárias de Napoleão Bonaparte. Aparentemente, Napoleão era um escritor frustrado. Tinha escrito contos e poemas na juventude, escreveu muito sobre política e estratégia militar e sonhava em escrever um grande romance. Acreditava-se, mesmo, que Napoleão considerava a literatura sua verdadeira vocação, e que foi sua incapacidade de escrever um grande romance e conquistar uma reputação literária que o levou a escolher uma alternativa menor, conquistar o mundo.

Não sei se é verdade, mas fiquei pensando no que isso significa para os escritores de hoje e daqui. Em primeiro lugar, claro, leva a pensar na enorme importância que tinha a literatura nos séculos XVIII e XIX, e não apenas na França, onde, anos depois de Napoleão Bonaparte, um Victor Hugo empolgaria multidões e faria história não com batalhões e canhões mas com a força da palavra escrita, e não só em conclamações e panfletos, mas, muitas vezes, na forma de ficção. Não sei se devemos invejar uma época em que reputações literárias e reputações guerreiras se equivaliam dessa maneira e em que até a imaginação tinha tanto poder. Mas acho que podemos invejar, pelo menos um pouco, o que a literatura tinha então e parece ter perdido: relevância. Se Napoleão pensava que podia ser tão relevante escrevendo romances quanto comandando exércitos e se um Victor Hugo podia morrer como um dos homens mais relevantes do seu tempo sem nunca ter trocado a palavra e a imaginação por armas, então, uma pergunta que nenhum escritor daquele tempo fazia é essa que nos fazemos o tempo todo: para o que serve a literatura, de que adianta a palavra impressa, onde está a nossa relevância? Gostávamos de pensar que era através dos seus escritores e intelectuais que o mundo se pensava e se entendia, e a experiência humana era racionalizada. O estado irracional do mundo neste começo de século é a medida do fracasso dessa missão, ou dessa ilusão.

Depois que a literatura deixou de ser uma opção tão vigorosa e vital para um homem de ação quanto a conquista militar ou política — ou seja, depois que virou uma opção para generais e políticos aposentados, mais compensação pela perda de poder do que poder, e uma ocupação para enfim, meros escritores —, ela nunca mais recuperou sua respeitabilidade, na medida em que qualquer poder por armas ou por palavras é respeitável. Hoje a literatura só participa da política, do poder e da história como instrumento ou cúmplice. E não pode nem escolher que tipo de cúmplice quer ser. Todos os que escrevem no Brasil, principalmente os que têm um espaço na imprensa para fazer sua pequena literatura ou simplesmente dar seus palpites, têm essa preocupação. Ou deveriam ter. Nunca sabemos exatamente do que estamos sendo cúmplices. Podemos estar servindo de instrumentos de alguma agência de poder sem querer, podemos estar contribuindo, com nossa indignação ou nossa denúncia, ou apenas nossas opiniões, para legitimar alguma estratégia que desconhecemos. Ou podemos simplesmente estar colaborando com a grande desconversa nacional, a que distrai a atenção enquanto a verdadeira história do país acontece em outra parte, longe dos nossos olhos e indiferente à nossa crítica. Não somos relevantes, ou só somos relevantes quando somos cúmplices, conscientes ou inconscientes.

Mas comecei falando da frustração literária de Napoleão Bonaparte e não toquei nas implicações mais importantes do fato, pelo menos para o nosso amor-próprio. Se Napoleão só foi Napoleão porque não conseguiu ser escritor, então temos esta justificativa pronta para o nosso estranho ofício: cada escritor a mais no mundo corresponde a um Napoleão a menos. A literatura serve, ao menos, para isso: poupar o mundo de mais Napoleões. Mas existe a contrapartida: muitos Napoleões soltos pelo mundo, hoje, fariam melhor se tivessem escrito os romances que queriam. O mundo, e certamente o Brasil, seria outro se alguns Napoleões tivessem ficado com a literatura e esquecido o poder.

E sempre teremos a oportunidade de acompanhar a carreira de Napoleões, sub-Napoleões, pseudo-Napoleões ou outras variedades com poder sobre a nossa vida e o nosso bolso, nos consolarmos com o seguinte pensamento: eles são lamentáveis, certo, mas imagine o que seria a sua literatura.

Satisfações

Da recepção avisaram que tinha um Carmano para falar com ele. Carmano, Carmano... O nome não lhe era estranho. Queria falar com ele ou com qualquer um do jornal?

— Pediu para falar com o senhor.
— Manda subir.

Estava só ele na redação. Às quintas, sempre ficava até mais tarde para fechar o caderno de cultura que saía nos domingos. Fazia o caderno de cultura quase sozinho. Editava, diagramava, escrevia resenhas... Era isso. Comentara um livro desse Carmano semanas antes. Um livro policial. Metera o pau. Na certa o tal do Carmano viera pedir satisfações. Tarde demais para barrá-lo na recepção. Ele estava subindo. Ele estava no elevador. Talvez já engatilhando a pistola com que se vingaria da crítica. Ou seria uma navalha? No livro o assassino usava uma navalha.

Mas o Carmano que entrou na redação parecia estar desanimado. Era um homem franzino, mais fora das calças, mais moço do que ele. Chamou-o de senhor.

— O senhor é o Zardo do caderno de cultura?

— Sou eu.

Ele estendeu a mão.

— Carmano. O senhor escreveu sobre o meu livro na semana passada.

— Ah, certo. Certo. E aí? Tudo bem?

— Eu só queria fazer uma pergunta.

— Faça.

— O senhor...

— Me chame de você.

— Você disse que a cena do crime era inverossímil. O cara sozinho no local de trabalho. Como o criminoso iria saber que o cara estava sozinho, lembra?

— É. Olha, inverossímil, não. Achei meio forçado.

— O senhor escreveu "inverossímil".

— No sentido deformado. Improvável. Coincidência demais.

— Era só o assassino investigar a vida do cara para descobrir os seus hábitos, a sua rotina de trabalho. A cena não era inverossímil!

— Mas você não escreveu nada sobre essa investigação. Ficou parecendo que o assassino foi matar o cara contando com a coincidência, contando com a eventualidade de ele estar sozinho. Quer dizer...

— Mas a investigação está subentendida.

— Não. Pera um pouquinho. Você não pode pedir que o leitor subentenda nada. É como pedir que ele faça o seu trabalho por você. O leitor só sabe o que você diz pra ele. Só sabe o que você quer que ele saiba.

— Como é que você sabe?

— Eu sei, meu caro. Estou cansado de ler policial. E sempre me coloco no lugar do leitor comum. E o leitor comum nunca subentende. Entende o que você lhe conta ou não entende nada. Subentender, nunca. Não é a função dele.

— Se for inteligente, subentende. Talvez você não seja um leitor inteligente.

— Bom, se você vai partir para...

— Por exemplo: o que o senhor subentende de minha presença aqui, hoje, a esta hora?

— O quê?

— Não está subentendido que eu pesquisei a sua vida, descobri sua rotina de trabalho e sabia que às quintas você fica até tarde na redação, e que a esta hora estaria aqui sozinho? Aqui onde eu posso matá-lo sem que ninguém veja, e ninguém descubra até eu estar longe?

— Me matar?

Carmano levou a mão direita às costas. Disse:

— Não está subentendido que eu tenho uma arma na cintura, aqui atrás?

— Que arma?

— Subentenda.

— Navalha?

— Vejo que o senhor leu meu livro com atenção. Não gostou, mas leu até o fim. Outra pergunta. Por que o senhor disse que a identidade do criminoso ficava evidente desde o começo, no livro?

— Porque o criminoso era obviamente o menos provável, o que parecia mais inofensivo, o que ninguém desconfiaria.

— Porque era um insignificante como eu?

— Não. Eu...

— O senhor acha verossímil que eu tenha uma navalha aqui atrás?

— Acho. Quer dizer...

— Pois não é uma navalha.

Carmano começou a movimentar o braço lentamente, para mostrar o que tinha na mão escondida.

Zardo:

— Você vai me matar por causa de uma resenha? Só porque eu...

— Você me ridicularizou. Você me chamou de inocente inútil. Disse que eu tinha muito que aprender sobre livros policiais e que a primeira lição era não fazer outro.

— Mas eu gostei, viu? Eu gostei! Achei um pouco forçado mas...

Carmano mostrou a mão. Ela também não segurava uma pistola. Imitava uma pistola, com dois dedos estendidos. Que ele apontou para a testa de Zardo.

— Veja. Uma pistola subentendida.

E fez:

— Pum.

Depois que se recuperou, Zardo ligou para a recepção e deu ordens para nunca mais deixarem entrar alguém para falar com ele às quintas. Naquele domingo sairia uma resenha dele metendo o pau no trabalho de uma nova poeta. Era só o que faltava, a poeta também ir pedir satisfações.

Talvez agredi-lo com o salto do sapato. Ou coisa pior. Com as poetas, nunca se sabe.

O maior momento

Rodrigo disse que foi um elefante de argila. Tinha sete ou oito anos, estava numa aula de trabalhos manuais — lembra trabalhos manuais? — e ele e um grupo foram encarregados de fazer um elefante de argila. Passaram várias aulas fazendo o elefante de argila. O grupo começou com oito, depois de dois dias tinha cinco, no fim da semana tinha só dois, e quem terminou o elefante de argila foi o Rodrigo, sozinho. Ficou bom, diz o Rodrigo. Feito de memória até que ficou muito bom. E eu não desisti. Fui até o fim. É, disse o Rodrigo, acho que é a coisa de que me orgulho mais. Nada na vida me deixou tão contente. Aquele elefante de argila.

A Bela disse que foi a primeira vez que acertou um pudim. A mãe vivia dizendo que ela não acertava o pudim porque era muito nervosa. Fazia tudo certo, não errava nos ingredientes, não errava na mistura, mas de alguma maneira seu nervosismo se transmitia ao pudim e o pudim desandava. O pudim também ficava nervoso. No dia em que acertei o pudim — contou a Bela sorrindo —, tive uma crise de choro. Saí da cozinha para não influenciar o pudim, que poderia ter uma recaída. Mas na mesa, quando a mãe disse "O pudim é da Bela" e todo mundo aplaudiu, meu Deus do céu. Nunca mais senti a mesma coisa. Nunca mais.

Já a Rosa disse que nada se igualou a ter o primeiro filho. Olha aí, até hoje não posso contar que me emociono. E o engraçado é que foi um sentimento extremamente egoísta. Me enterneci por mim mesma. Eu olhava aquela coisinha, tão bem-feitinha, e me achava formidável, até ficava com ciúmes quando só elogiavam o bebê. Eu é que queria festa. Queria dizer "fui eu, fui eu, ele é apenas o produto da minha genialidade". Ele podia ser o teu elefante, Rodrigo. Uma coisa que eu terminei sozinha sem ajuda de ninguém. No Xavier, coitado, eu nem pensava. O

Xavier não tinha nada a ver com aquilo. E eu não deixei ele acompanhar o parto. Sempre considerei pai acompanhando parto uma espécie de penetra. Alguém querendo participar de uma glória que não merece, como prefeito inaugurando obra da administração anterior. A glória era só minha. Aliás, em todo o processo de procriação, parto, essas coisas, o homem é um penetra. Sem duplo sentido, claro. O primeiro filho. Sem dúvida nenhuma o primeiro filho. Elefante, não. Catedral. Fiquei satisfeita como se tivesse construído uma catedral sozinha. Depois o desgraçado cresceu e foi aquilo que todo mundo sabe.

O Marcinho disse que, com ele, foi a formatura. Ele nem sabia que era capaz de tanta solenidade. Vocês me conhecem. E naquela idade eu era ainda pior, não levava nada a sério. Mas recebi o canudo, voltei para o meu lugar, sentei e pensei: putaquiuspariu! Consegui me formar. Contra todos os prognósticos, inclusive os meus. Pela primeira vez na vida senti que tinha conseguido fazer uma coisa importante. Sabe aqueles momentos em que a gente pensa "eu não sou pouca coisa não, a coisa é pra valer e eu estou à altura da coisa"? Seja o que for a coisa. Sentado, de olho vidrado, uma colega até perguntou se eu estava me sentindo mal. Todo o mundo estranhou. Meu apelido na turma era Micromico, porque era baixinho e não parava quieto. E de repente estava ali, sério. Um mico solene. Eu tinha me dado conta, ao mesmo tempo, da importância da coisa, e da minha capacidade de enfrentar a coisa. E sabia que nunca mais esqueceria aquele momento, e aquela sensação. De, sei lá. Poder. Não poder no sentido de "poder", mas de poder poder, entende? De poder com a coisa. E nunca esqueci mesmo. E olha, eu teria dado um grande arquiteto.

Para o Raul Pedro, foi a vez em que ele acertou uma bicicleta. Nunca tinha testado uma bicicleta antes, mas do jeito que a bola chegou nele não havia alternativa. Fechou os olhos e fez o que tinha visto outros fazerem. Atirou-se para trás, pedalou no ar, sentiu o segundo pé acertar a bola, e quando levantou-se do chão viu que a bola tinha entrado no ângulo. Bem, no ângulo não, porque era uma goleira improvisada de praia. No que seria o ângulo numa goleira regulamentar. Não havia plateia para aplaudi-lo. O goleiro adversário, ressentido, só disse "Sorte". Seus companheiros de time também não se entusiasmaram muito com o lance. Não os conhecia, tinha sido escalado porque estava passando e faltava um jogador. Ele já se resignara à comemoração solitária do seu feito, pelo resto da vida, quando viu o garoto que vendia picolé na praia olhando para ele e sorrindo. O garoto estava sentado na sua caixa de isopor e quando viu que Raul Pedro o avistara levantou o dedão num sinal de positivo. Sua bicicleta tinha sido positiva. A única posteridade do meu lance, disse Raul Pedro, é um vendedor de picolé, que já deve ter esquecido. Mas eu não esqueci. Nunca me orgulhei tanto de alguma coisa como daquela bicicleta. Bem no ângulo.

A Gelsi contou que o seu momento foi há poucas semanas, algo sobre um parecer dela que deu numa condenação de milhões de reais, uma punição exemplar, da qual ela se orgulhava muito, embora, claro, ainda coubessem recursos e era pouco provável que os condenados pagassem um centavo, o Brasil sendo Brasil. Mas foi o seu momento, foi o seu grande momento. Eu hesitei um pouco, mas acabei escolhendo um certo entardecer no Arpoador, uma certa luz no rosto de alguém, o sentimento de que eu não merecia aquilo e justamente porque sentia que não merecia, merecia. O meu maior momento. Mas em seguida foi a vez da Thaís, e a Thaís nos arrasou. Contou como foi a sua apoteose. A justificativa da sua existência, o prêmio final por todo o seu empenho em viver com bom gosto e gastar o dinheiro do Gegê com inteligência. Foi a vez em que ela entrou no café do Hotel Carlyle, de Nova York, no meio do show do Bobby Short, acompanhada por uns brasileiros que nunca tinham conseguido entrar no lugar, e quando a viu o Bobby exclamou "Thaís!".

E para completar nossa humilhação, Thaís contou que Bobby Short pronuncia o "agá" do seu nome. Ficou todo mundo meio deprimido.

O encontro

Um homem dirige-se para o check-in de um voo qualquer e é interpelado por outro, que propõe comprar o seu lugar no avião. Como é? O outro diz que o voo está lotado, mas que ele precisa viajar naquele avião. Paga qualquer coisa pela passagem do homem.

— Desculpa, mas...

— Eu preciso pegar esse avião, entende? Tenho um encontro a que não posso faltar.

— Eu também tenho compromissos que...

— Escute! Pago o que você quiser. O dobro. Você me vende sua passagem, compra outra para outro horário, viaja de graça e ainda sai lucrando.

— Mas como é quê.

— Eles não pedem a identidade no check-in. Viajo com o seu nome. Ninguém vai saber. Qual é o problema?

— Sei não...

— É absolutamente necessário que eu esteja nesse avião, entende? É importantíssimo. Uma questão de vida ou morte. Pago o triplo.

O homem examina o outro. Sua aflição parece real. Seu compromisso deve, mesmo, ser muito importante. A expressão no seu rosto é a de alguém possuído. Não parece um vigarista. E, afinal, que tipo de vigarice poderia ser aquela?

— Como você me pagaria?

— Cheque.

— Deixa ver o talão. E sua identidade.

O outro mostra. O talão é de cheque especial, a identidade confere.

— Feito.

A transação é rápida. O outro preenche o cheque, troca o cheque pela passagem e dirige-se rapidamente para o check-in sem dizer mais nada. Ele não tem bagagem.

O homem compra outra passagem para outro voo com o mesmo destino. Terá que esperar duas horas no aeroporto. Está olhando a vitrine de uma loja de souvenires quando ouve o estrondo. Depois vem a correria, os gritos, as informações desencontradas. O avião caiu segundos depois de decolar. O avião explodiu ainda na pista. O avião se espatifou no chão quando voltava por causa de um problema técnico. Só não há dúvida quanto ao voo. É o que o outro tomara, com a sua passagem. Com o seu nome.

O homem corre para um telefone, depois de ver o avião despedaçado na pista e se convencer de que ninguém pode ter sobrevivido ao acidente. Precisa ligar para casa antes que liberem a lista de passageiros. Precisa avisar que está vivo, que não era ele no avião. A mulher não entende quando ele grita no telefone: "Eu estou vivo!".

— O quê?!

— Meu avião caiu, mas eu continuo vivo!

— Meu Deus! Você está muito machucado?

— Eu não estava no avião!

Ele não conta à companhia aérea que vendeu sua passagem para tirarem seu nome da lista das vítimas. Prefere passar semanas explicando a parentes desesperados e amigos compungidos que quem morreu no desastre não foi ele, pois viajara em outro voo, mas um homônimo. Um estranho homônimo: de todas as vítimas carbonizadas junto com seus documentos é a única sem parentes ou sequer conhecidos, localizáveis. Na investigação sobre o acidente, perguntam ao homem se ele tem certeza de que não conhece o outro, já que os nomes são idênticos.

— Eu nem sabia que ele existia. Parente não é.

— E duas pessoas com o mesmo nome voarem no mesmo dia...

— Coincidência, não é?

O encarregado da investigação suspira, resignado.

— Enfim. Que tragédia.

— Terrível.

— Ainda bem que o avião não estava lotado, senão...

— O avião não estava lotado?

— Não. Tinha uns trinta lugares sobrando.

Finalmente, depois de meses, o homem decide procurar a família do outro. Só há um nome igual ao do cheque na lista telefônica. O endereço é de uma casa num bairro de classe média. Quem abre a porta é uma mulher de uns trinta anos cujos últimos meses obviamente não foram bons. Ele pergunta se o outro está em casa. "Não", diz a mulher secamente. Ela sabe onde ele está? "Não." Ele é o seu marido? "É." O homem arrisca. Diz que tinha um encontro com o outro, meses antes, negócios. Dá a data do acidente.

Como o outro não apareceu...

— Não sei nada sobre os negócios dele — diz a mulher.

— Sei. Bom. Deve ser outra pessoa. Obrigado.

O homem começa a se afastar da porta, mas a mulher o detém.

— Espere.

— Sim?

— Que dia o senhor falou?

O homem repete a data e pergunta:

— Por quê?

— Foi o dia em que ele saiu de casa e não apareceu mais.

E a mulher começa a chorar.

O homem a abraça. Diz: "Pronto, pronto". Ela encosta a cabeça no seu peito. Ele afaga a sua cabeça. Apesar do seu aspecto sofrido, pensa o homem, ela é uma mulher atraente. "Pronto, pronto", repete.

Entre soluços, ela pergunta:

— O senhor não quer entrar?

Ele entra.

Os dois tornam-se amantes.

O homem passa a sustentar a viúva do outro, que não sabe que é viúva, que pensa que o marido apenas a abandonou. Ela não quer falar no marido. Mas ele insiste. Precisa saber mais sobre o homem que salvou a sua vida, ou comprou a sua morte. Aos poucos, ela conta. Era um homem comum, um homem como qualquer outro. Carinhoso, apesar de um pouco fechado. Corretor de imóveis, como ele sabia.

— Eu sei?

— Você não tinha um encontro de negócios com ele?

— Ah, é.

O casamento ia bem, apesar de ele pouco se abrir com ela. Raramente brigavam. Não havia motivo para ele desaparecer daquele jeito. Estavam casados havia dez anos, levavam uma vida normal. Apesar das visões...

— Visões?

— Ele tinha visões. As visões falavam com ele.

— Como, falavam?

— Não sei. Falavam. No dia em que ele desapareceu, por exemplo. Saiu de casa dizendo que tinha recebido uma missão. Que uma visão tinha lhe dado uma missão.

— Que missão?

— Não lembro bem. Algo sobre salvar alguém.

— Salvar? Quem?

— Ele não disse.

Não sei o que significa essa história. Eu só a inventei, não preciso entendê-la. Sei que o homem está até hoje sem dormir, tentando organizar algum sentimento sobre o que aconteceu. Sua mulher acha que ele deve se tratar, que é tudo trauma do acidente. Sua amante não entende por que ele mudou tanto, depois que ela lhe falou das visões do outro. E o homem passa as noites pensando.

Ele salvou a minha vida, comprou a minha morte e me legou a sua mulher, pensa. Talvez seja essa a vigarice. Não, que ideia... Mas por que eu? É a pergunta que ele se faz a noite inteira e todo o dia. Por que eu fui salvo? Para quê? Que engrenagem misteriosa se movimenta para me proteger, qual é o compromisso que eu preciso cumprir, para que encontro eu fui poupado, onde, quando, com quem, contra quem? Qual é a minha missão? E por que eu? Por que eu?

O mapa circular do mundo

Anastaso Malbaf, colecionador de mapas antigos, foi abordado numa livraria da Rue de Rivoli, entre a Rue de L'Échelle e a Place des Pyramides no mapa de Paris, por um homem malvestido e malcuidado que lhe ofereceu um mapa circular do mundo, de origem catalã, do século XV. Anastaso Malbaf disse que só existiam dois mapas circulares do mundo de origem catalã e que ele sabia onde estavam os dois. Existe um terceiro, disse o homem, e eu o tenho na minha casa. É um mapa estranho, disse o homem, o meu tesouro, pois além de trazer informações práticas para viajantes e navegadores e mostrar o mundo conhecido na época, nele também aparece a localização do Paraíso — que, por sinal, fica na África Oriental. Esforçando-se para que o entusiasmo não aparecesse na sua cara, pois um terceiro mapa circular do mundo de origem catalã seria um achado extraordinário, e valiosíssimo, Anastaso Malbaf perguntou se poderia examinar o mapa para se certificar da sua autenticidade e o homem disse que lhe daria seu endereço. Pediu papel e caneta a um funcionário da livraria e começou a fazer um mapa, dizendo que sua casa ficava "na cidade velha". Desenhou quatro ruas tortuosas que se cruzavam, colocou o nome de cada rua, a localização da sua casa numa das esquinas, o número da casa, 79, e quando ia dizer o nome da cidade. "Fica em..." — subitamente arregalou os olhos, levou a mão ao peito e caiu. O próprio Anastaso Malbaf acompanhou o homem na ambulância — Rue de Rivoli, Rue des Pyramides, Rue St. Honoré, Rue des Halles, Boulevard Sebastopol, Place du Châtelet, depois a ponte até o Hôtel-Dieu na Île de la Cité —, mas nada pôde ser feito por ele. O homem morreu no hospital. Coração. Teve um único momento de lucidez antes de morrer, quando disse a palavra "Amaloi", e que Anastaso Malbaf achou melhor não aproveitar para perguntar em que cidade do mundo ficava a sua casa. O homem não tinha documentos. Passaporte, nada. Nem carteira. Anastaso Malbaf ficou com o mapa que o homem segurava na mão quando caiu.

Na livraria, não sabiam nada sobre o homem. Ele nunca tinha sido visto ali antes. Seu sotaque era difícil de localizar, talvez Europa Central. Alguém conhecia as ruas que ele desenhara no papel? Sua casa ficava na esquina da Krapas com a Movale. Mas onde ficavam a Krapas e a Movale? Ninguém sabia.

Anastaso Malbaf recorreu a todos os seus amigos, de diversas nacionalidades. Os nomes "Krapas" e "Movale" significavam alguma coisa para eles? "Movale" não é o nome daquele poeta da... Não, não, aquele é Novalis. Ninguém conseguia localizar as ruas do mapa. "Fica na cidade velha", dissera o homem. Mas quase todas as grandes cidades do mundo têm a sua cidade velha. E quem garantia que a casa do homem ficava numa cidade grande? Podia ser na parte velha de uma cidade pequena. Mas qual? Em que país? Em que hemisfério?

O homem reconhecera Anastaso Malbaf na livraria. Logo, tinha alguma ligação com o mundo dos colecionadores de mapas antigos, ou se informara sobre Anastaso Malbaf no mundo dos colecionadores. Mas uma descrição do homem entre os colecionadores de Paris só provocou perplexidade. Um sotaque da Europa Central era comum entre colecionadores, mas ninguém reconheceu seu aspecto físico, sua roupa puída, seu ar de indigente. E, afinal — perguntaram a Anastaso Malbaf —, o que era mesmo que ele estava vendendo?

Anastaso Malbaf não disse. O terceiro mapa circular do mundo de origem catalã seria dele, só dele, nem que ele tivesse que arrombar a casa de número 79 na esquina da Krapas com Movale para consegui-lo — depois de descobrir onde ficava a esquina da Krapas com Movale, no mundo. Localizar o terceiro mapa circular do mundo de origem catalã passou a ser uma obsessão para Anastaso Malbaf. Ele esqueceu seus mapas antigos e começou a colecionar, furiosamente, mapas atuais das cidades do mundo, que examinava minuciosamente, tentando encontrar a esquina abençoada, o endereço da sua felicidade, o Paraíso. Mas foi folheando casualmente uma revista sobre agrimensura na sala de espera de seu dentista que Anastaso Malbaf viu o nome "Kapras" e quase teve um desfalecimento. Kapras, engenheiro tcheco, inventor de um mecanismo qualquer usado na medição de terras. Não foi fácil conseguir mais informações sobre Kapras. Ele não era conhecido nem entre os tchecos de Paris, nem entre os agrimensores. Mas Anastaso Malbaf persistiu na sua investigação e, exatamente seis meses depois do seu encontro com o misterioso estranho na livraria da Rue de Rivoli, desceu de um trem na estação de Kladna, a poucos quilômetros de Praga, entrou num táxi e disse para o motorista: "Krapas com Movale!". Quando o motorista disse que não conhecia a rua que homenageava um dos filhos mais ilustres de Kladna, provavelmente o único filho ilustre de Kladna? Era na cidade velha. Toca para a cidade velha, ordenou Anastaso Malbaf, que já sentia o cheiro do terceiro mapa circular do mundo de origem catalã, ao motorista. E quando o motorista desdobrou um mapa para consultar e pediu desculpas porque o mapa era antigo e talvez não tivesse os nomes novos das ruas da cidade velha, Anastaso Malbaf explodiu outra vez, sem se dar conta do que dizia. Malditos mapas antigos! O motorista finalmente encontrou a rua Kapras, mas nenhuma rua Movale fazia esquina com a Kapras. Apoplético, Anastaso Malbaf mostrou ao motorista o mapa feito pelo estranho na livraria, com o nome de quatro ruas. O motorista encontrou as outras duas ruas no seu mapa obsoleto e descobriu por que não encontrara a Movale: no mapa ela ainda se chamava Lenine. Começou a descrever o trajeto que fariam, traçando-o com o dedo no mapa — vou pela avenida Kennedy até a... mas foi interrompido pelo impaciente Anastaso Malbaf.

— Não interessa! Vamos! Vamos!

Quem abriu a porta do número 79 da rua Kapras foi um homem mal-encarado. "Quem é você?", perguntou o homem, como se pedisse uma razão mínima para Anastaso Malbaf existir. Por cima do seu ombro Anastaso Malbaf viu uma mulher sair da cozinha com uma expressão de esperança e medo no rosto, seguida por um garoto e por outro homem mal-encarado. Anastaso Malbaf se identificou e disse que estava ali para pegar o mapa circular do mundo de origem catalã que comprara do dono da casa. "Por quanto?", quis saber o mal-encarado. Um milhão de dólares, disse Anastaso Malbaf. "Ro-ro!", disse o mal-encarado. "Onde está Gregor?", perguntou a mulher. "Ele não está aqui?", perguntou Anastaso Malbaf. "Dei-lhe o cheque há seis meses, ele disse que estaria aqui para me entregar o mapa." "Entre", disse o homem mal-encarado.

"Não!", gritou a mulher. "Eles são da Amaloi!" Mas Anastaso Malbaf, que não tinha como saber que a Amaloi é a máfia tcheca que ficara com a família de Gregor como refém enquanto ele fora a Paris tentar vender seu tesouro, o terceiro mapa circular do mundo de origem catalã, entrou.

Anastaso Malbaf está na casa de Gregor, acompanhado da sua mulher e do seu filho, e dos dois homens da Amaloi. Não adiantou ele dizer que também fora enganado por Gregor, que Gregor fugira com seu dinheiro sem se importar com a sua família e, pior, sem lhe entregar o mapa. Os homens mal-encarados da Amaloi não deixam ele sair da casa. Concordaram em esperar por Gregor uma semana, não mais do que uma semana, pois já esperaram seis meses. Se em uma semana Gregor não aparecer com o milhão de dólares, sua mulher, seu filho e Anastaso Malbaf serão acorrentados à cama de ferro do quarto do casal e a casa será incendiada. Anastaso Malbaf passa o tempo respondendo às perguntas do filho de Gregor sobre Paris, mostrando num mapa de Paris onde fica a sua casa, o Trocadéro, o Canal Saint-Martin, a Rue de Rivoli... E, às vezes, Anastaso Malbaf pede para ver o terceiro mapa circular do mundo de origem catalã, que a mulher de Gregor guarda numa cômoda de pernas arqueadas. Fica olhando o mapa, com um meio sorriso triste nos lábios. E o sorriso fica mais triste quando o seu dedo, depois de percorrer carinhosamente todo o mundo conhecido do século XV, chega ao Paraíso.

Lança

Havia o lança-perfume de metal e o lança-perfume de vidro. O lança-perfume de metal era maior. Tinha, mesmo, um aspecto algo militar, podia ser uma granada alemã. Nada dava uma sensação de poder como um bom suprimento de lança-perfumes (lanças-perfume? Lanças-perfumes?) de aço quando começava o Carnaval.

O lança-perfume de vidro era uma espécie de grande ampola. A vantagem do vidro era que você tinha o controle visual da quantidade de "perfume" no seu interior, sabia quando a munição estava acabando. A desvantagem era que o lança-perfume de vidro era menor e quebrava com facilidade, muitas vezes na sua mão. Com o risco de tornar realidade a advertência: "Não vá me passar o Carnaval no pronto-socorro!".

Metal para a guerra de trincheiras, vidro para a guerra química.

Porque era uma guerra. Os alvos secundários eram as costas nuas — ou qualquer área desprotegida, dependendo da fantasia, havendo uma clara preferência por havaianas e odaliscas — das meninas. Os alvos principais eram os olhos do inimigo. Sempre que estou a ponto de pensar que a humanidade ficou mais bárbara com o passar do tempo, lembro que lança-perfume nos olhos dos outros já foi um brinquedo de Carnaval e me convenço de que melhoramos. Mas sou da geração que usou máscaras de plástico para proteger os olhos no Carnaval. Sem falar no gás de mostarda e na bomba atômica.

Primeira regra para o uso do lança-perfume: jamais acionar o gatilho, ou como quer que se chamasse aquele disparador do jato, com a bisnaga na posição vertical. Escapava o ar, acabava a pressão e você ficava só com um tubo de éter na mão, incapaz de atacar ou de se defender. Só restava ir para casa.

Éter. Não se sabia bem que o "perfume" do lança-perfume era éter perfumado, jamais nos passou pela cabeça que aquilo servisse para outra coisa além de brincadeiras inocentes, como dar calafrio nas meninas e tentar cegar os outros. Perdia-se a inocência — no tempo em que dava para identificar o dia, às vezes até a hora, em que a gente ficava adulto — com a descoberta de que o lança-perfume servia para outra coisa. Que éter dava barato.

Ressaca de lança-perfume era diferente de ressaca de, por exemplo, cuba-libre. Você não acordava com náusea, azia terminal e a firme decisão de nunca mais beber, talvez até de entrar para uma ordem religiosa. Acordava com a boca seca e um zumbido na cabeça. Sua cabeça era uma espécie de usina vazia onde só o que sobrara da atividade industrial era o zumbido. Seu cérebro ficara em algum lugar. Você tentava se lembrar onde deixara o cérebro, mas lembrar o que, sem cérebro? Em lugar do cérebro havia o zumbido. Entrava-se numa fase intermediária, em que o lança-perfume desempenhava dupla função. Como não bastava mais só fazer as meninas gritarem com o jato gelado na espinha, havia o pós-jato, a conversa, talvez até a intimidade de um cordão improvisado e um furtivo amasso antes de a noite acabar, você cheirava lança para criar coragem. O alvo prioritário do lança-perfume passava a ser você mesmo e sua inibição. Até uma certa idade, costas nuas passando era apenas uma vítima sem cara; depois de uma certa idade, costas nuas passando era um universo de possibilidades. E não se enfrentava um universo sem éter no lenço.

E na manhã seguinte, o zumbido.

Não sei quando foi que proibiram o lança-perfume. Parece que ainda existe um comércio clandestino, dos de aço e dos de vidro. Não sei; me retirei da guerra há muitos anos. Imagino que se quisesse voltar e me visse, de repente, num baile de Carnaval de hoje com a idade que eu tinha quando fui ao último — não me lembro do ano, mas tenho quase certeza de que eram quatro dígitos —, meu convite para cheirar lança-perfume causaria desdém e risadas. Os baratos, como as crises econômicas, têm seus ciclos misteriosos, mas duvido que eu conseguiria reintroduzir o lança-perfume entre os vícios modernos com sucesso. O mercado se sofisticou muito.

A gente também desmanchava Melhoral na cuba-libre. Foi o limite da minha devassidão.

Está bem, crianças, parem de rir.

Nova York e eu

As bombas atômicas tinham sido lançadas no Japão semanas antes, e multidões comemoravam o fim da Segunda Guerra Mundial na Times Square, mas a única coisa que lembro da primeira vez em que estive em Nova York é de duas mulheres que passeavam nuas dentro do seu apartamento e que eu via da janela do nosso hotel. Duas americanas muito brancas, indiferentes à sua janela aberta e ao meu olhar maravilhado e ao fato de que acabáramos de entrar, todos, na era nuclear. Na certa preparavam-se para também ir à Times Square beijar marinheiros. Eu ia fazer nove anos. Tínhamos chegado da Califórnia, onde passáramos dois anos, para pegar um navio de volta para casa. O navio era um cargueiro argentino chamado *Jose Menezes*, o primeiro a fazer a viagem de Nova York para o sul depois da rendição dos japoneses. Lembro da viagem porque aniversariei a bordo e porque um dos nossos companheiros era o Paulo Gracindo, que nos divertia fazendo a voz do Sombra, o personagem que interpretava no rádio. Mas não lembro mais nada de Nova York em 1945, salvo as mulheres brancas.

Oito anos depois, voltamos. Meu pai estava indo dirigir o departamento cultural da Organização dos Estados Americanos, substituindo o Amoroso Lima. Chegamos a Nova York de navio. Minha mãe se recusava a viajar de avião, fomos fregueses frequentes da linha Moore-McCormak. Primeira sensação: televisão no quarto do hotel! Ficaríamos alguns dias na cidade antes de ir para Washington. Saí a explorar Nova York sozinho, agora com a liberdade e a curiosidade dos dezesseis anos. No velho e gigantesco teatro Paramount, que não existe mais, o show depois do filme era com o ídolo da juventude do momento e novo Frank Sinatra, Eddie Fisher, que também não existe mais, embora, parece, continue vivo. Felizmente, mal pude ouvi-lo, porque as meninas à minha volta na plateia não paravam de gritar cada vez que ele abria a boca. Não foi exatamente o fim de uma guerra mundial ou o começo de uma era, mas não deixou de ser um momento histórico. Sim, vi o Eddie Fisher num instante extremo da sua glória fugaz.

Em Washington onde moramos durante quatro anos, sempre que dava eu pegava minha escova de dentes e me mandava, de ônibus, para Nova York. Passava dois ou três dias entrando e saindo de museus e cinemas, me alimentando de hambúrgueres e milk-shakes e, à noite, indo ao Birdland onde, uma vez — como não canso de contar — vi o Charlie Parker e o Dizzy Gillespie tocando juntos, e suspeito que o pianista era o Bud Powell. Por alguma razão, nunca fui barrado na entrada do Birdland, apesar de não ter idade para estar ali. Você podia sentar numa seção lateral só para ouvir a música, sem precisar beber. Nenhuma emoção musical que tive antes ou depois se compara à de ouvir a orquestra do Count Basie, espremida no palco, o seu som poderoso tornado ainda mais aplastante pelo teto baixo do Birdland, em ação. No Birdland vivi vários momentos históricos — pelo menos da minha história particular de ouvinte.

Certa vez decidi gastar menos ainda do que normalmente gastava nas minhas rápidas excursões a Nova York e fiquei num hotel ao lado da rodoviária. Todo o interior do hotel era mal iluminado por lâmpadas azuis, acho que para dificultar o trabalho de identificação de testemunhas na polícia depois, e a diária era de dois dólares e meio. Não é preciso descrever um quarto de dois dólares e meio, mesmo descontando-se o fato de que naquela época o dólar valia mais. O lençol não tinha sido mudado, calculei, desde a administração Roosevelt e as paredes dos cubículos não iam até o teto, de sorte que passei a noite inteira ouvindo mais ruídos corporais dos meus vizinhos do que eu pensava que existisse. Na verdade não passei a noite inteira: de madrugada desci pela escadaria azul e me mandei do hotel. Fiquei caminhando por Manhattan até o nascer do sol e depois fui me registrar no velho e confiável Wentworth, na rua 46, onde pelo menos tinha certeza de que nenhum fato histórico — como ser carregado por baratas ou morrer asfixiado no meio da noite — me aconteceria.

Em 1980 eu, a Lúcia e os filhos passamos uma temporada de quase um ano em Nova York. Foi o ano em que mataram o John Lennon. Lembro que interromperam a transmissão de um jogo de futebol para dar a notícia. Passei uma matéria sobre o assassinato para o jornal pelo telefone e fiquei acompanhando, pela TV, a vigília dos jovens no Central Park, em frente ao lúgubre edifício Dakota, onde antes da morte de Lennon o único acontecimento histórico tinha sido a concepção e o nascimento do bebê de Rosemary. As pessoas acendiam velas, se abraçavam, cantavam, sem saber exatamente o que acontecera, e por quê. As crianças foram para o parque no dia seguinte mas eu não quis ir. Mantive, escrupulosamente, a TV entre o fato e a minha percepção direta dele e das suas consequências. Não estava mais em idade de acreditar no que Lennon representava para os jovens, na sua fase de guru, mas, que diabo, os Beatles tinham sido importantes para a minha geração, aquela morte estúpida matara algum tipo de expectativa na minha vida também e eu não queria estar presente nas suas exéquias floridas.

Nos anos seguintes, estivemos várias vezes em Nova York. Desenvolvemos alguns hábitos nova-iorquinos, naquela boa intimidade que a gente vai criando com os lugares de que gosta. Comer sanduíches de pastrami era sempre no Bernstein da Terceira Avenida. Não podia faltar a espera na rua para assistir à segunda apresentação da noite no Blue Note — se o músico que estivesse se apresentando valesse a espera na calçada, claro. Eu voltava sempre a algumas livrarias favoritas, mas algumas me traíram e foram desaparecendo ao longo do tempo. Acompanhamos a lenta europeização de Nova York, os tradicionais coffee shops atendidos por velhas garçonetes de cabelo laqueado sendo substituídos por falsos bistrôs atendidos por representantes de todas as raças do mundo e o café aguado, misericordiosamente, dando lugar ao cappuccino e ao expresso. Não fazíamos muitos programas turísticos. Vimos o Bobby Short e o Woody Allen no bar do Hotel Carlyle. Uma vez fomos jantar no Windows on the World, no topo de uma das torres do World Trade Center. A vista era melhor do que a comida. Não, desculpe, não tive nenhum tipo de premonição. Uma vez ficamos presos no hotel porque estava chegando um furacão que, de acordo com as previsões, arrasaria boa parte da cidade. Não derrubou uma árvore. Depois disso achei que Nova York já se parecia tanto com a nossa casa que eu não teria mais nada de extraordinário a acrescentar às minhas lembranças dela. Nossa casa, por definição, é o lugar onde a história não acontece.

Na manhã do Onze de Setembro estávamos em Nova York. Eu lia o *New York Times* ainda na cama e a Lúcia tinha acabado de sair do banho. Tocou o telefone. Era minha irmã de Washington. "Liguem a televisão", disse ela. Liguei no momento em que o segundo avião se aproximava da torre do sul.

Amores de verão

Eu sei, eu sei. Não duram mais do que a marca do maiô os amores de verão, e lavarás meus beijos dos teus pés junto com o sal. E procurarás aquela concha que eu te dei na praia para lembrar de mim pra sempre e dirás "Ih, esqueci", aquela concha com a minha vida dentro. Eu sei, eu sei, meu coração também não coube na sua mochila, ficou numa gaveta, junto com o protetor solar número três e o *Harry Potter*. Nos encontraremos na cidade e eu pedirei meu coração de volta e você dará um tapa na testa e dirá "Ô cabeça" e dirá "Desculpe, viu, Renato", e isso não será o pior. Nos encontraremos por acaso, não como combinamos, mas isso também não será o pior. Nada do que combinamos aquela noite na praia, sob aquela lua, com aquela lua nos seus cabelos, com seus cabelos fosforescendo sob aquela lua, nada do que combinamos naquela noite sob aquela lua acontecerá, e isso também não é o pior. Eu sei, eu sei, eu não esperava que nossos grandes planos dessem certo, o juramento de não voltar para a escola mas fugir para os Estados Unidos, cada um com o seu sonho e o seu inglês do Yázigi, e dar duro e ser feliz e só voltar famoso, você como cantora e eu, sei lá, como o melhor entregador de pizza do mundo, ou o plano de casar ali mesmo, o luar como grinalda, a espuma do mar como testemunha, a concha em vez de um anel e ninguém ficar sabendo, e ficar vivendo na praia ou voltar e ir viver junto numa cobertura com piscina se nossos pais concordassem com o preço, para sempre, ou o plano de nunca, nunca mais, nunca nos separarmos. Mas pelo menos os planos menores, como a data certa para nos encontrarmos na cidade, na volta, eu esperaria que você não esquecesse, e você esquecerá, mas tudo bem, o pior não é isso. Nos encontraremos por acaso, meses depois, com o bronzeado desbotando, e você dirá "Desculpe, viu, Renato" e eu direi tudo bem, quem precisa de um coração enganado mesmo? Fique com ele, plastifique, use como centro de mesa, quem se importa? Eu já beijei os seus pés, eu já beijei todo o seu corpo enluarado, mas quem se importa? E direi: o pior, viu? O pior, o que dói, e doerá por muitos verões, é que meu nome não é Renato, é Roberto.

O da foto e o outro

— E este?
— Sou eu.
— Não é.
— Claro que sim.
— Não pode.
— Sou eu sim. Por que "não pode"?
— Magrinho assim?
— Eu era magrinho.
— Não pode.
— Nessa foto eu tinha, deixa ver. Cinco anos. Seis. Sou eu, sim.
— Mas não tem nada a ver com o que você é hoje!
— Porque o que eu sou hoje é esse da foto mais quarenta anos. Você não está fazendo a conversão visual. Põe quarenta anos nesse da foto.
— Mas não. Espera um pouquinho. Mesmo quando envelhece a pessoa fica com os traços que tinha antes. Alguma coisa fica. Um jeito no olhar. O nariz, por exemplo. O nariz da foto não é o seu.
— É o meu com quarenta anos a mais.
— Não, não. Um nariz como esse da foto evoluiria de outro jeito.

— Pensa no que acontece com o nariz da gente em quarenta anos. Ninguém tem o nariz que tinha com cinco ou seis anos. Seria o mesmo que ter as mesmas ideias.

— Mas dizem que com seis anos a personalidade da pessoa já está definida. Tudo que ela vai ser depois já está pronto aos cinco anos. Tudo que ela vai pensar também. A personalidade já está lá. Personalidade e destino. Se a pessoa vai ser um assassino, ou um numismata, já está na foto dos cinco anos. Com o nariz é a mesma coisa.

— Ah, é? E se a pessoa quebra o nariz?

— O quê?

— A pessoa quebra o nariz. Interrompe a sua evolução natural.

— Quebra como?

— Sei lá. Quebra. Leva um soco. Dá com a cara numa porta. Não interessa.

— Você alguma vez quebrou o nariz?

— Eu? Não.

— Então que argumento é esse? Pô!

— Só estou dizendo que a sua tese que o nariz não muda é furada.

— Não, não, não. Não, não, não, não, não. A minha tese é que ninguém muda tão radicalmente em quarenta anos a ponto de ficar com outro nariz. Não um nariz modificado pelo tempo. Outra categoria de nariz, outro modelo. Em suma: minha tese é que esse da foto não é você.

— Pois eu vou arrasar você. Sei exatamente quando e onde essa foto foi tirada. Aniversário da minha prima Sula. Jardim da casa da tia Gabina. Posso até te dizer que árvore é essa, porque o que eu mais gostava na vida era subir nessa árvore. Você está pronto? Goiabeira! E agora? Sei até que a árvore era uma goiabeira.

— A árvore pode ser uma goiabeira, embora só pelo tronco não dê para ver. A goiabeira pode ser a da sua tia Gabina. A ocasião pode muito bem ser o aniversário da sua prima Sula. Mas esse da foto não é você.

— Está bem. Você ganhou. É um impostor.

— Não sei. Você eu sei que não é. Não com esse nariz.

— Não, você tem razão. É um impostor. Alguém que se meteu na minha biografia e tirou essa foto no meu lugar no aniversário da minha prima Sula. É uma explicação perfeitamente razoável para o nariz diferente. O nariz é de outro.

— Ou então o impostor é você.

— Eu?

— Claro. Você é que se meteu na biografia desse da foto, assumiu suas lembranças, inclusive a da goiabeira da tia Gabina em que ele gostava de subir, e viveu a vida dele até agora. Quarenta anos de impostura, denunciados por uma foto.

— E por um nariz que não combinava. Perfeito.
— Tudo explicado.
— Só me diz uma coisa... Que fim levou esse da foto?
— Você é que deve saber. O que você fez com ele?
— Sei lá. Sumi com ele e tomei o seu lugar?
— Provavelmente. E esta outra foto, quem é?
— Eu, na minha formatura. Ou era ele?
— Não. Aí já era você. Olha o nariz.

Coisas que não existem mais

Cigarreira, por exemplo. Não existe mais. Nunca fumei mas lembro que acompanhava, fascinado, o ritual dos fumantes que traziam seus cigarros naqueles estojos de metal, dourados ou prateados. Só havia cigarreiras para homens. Mulher fumando era uma raridade e fumando em público um escândalo, mas mesmo que fumassem como homens as cigarreiras não eram para elas. Eram coisas sólidas; másculas, coisas para trazer no bolso interno do paletó, como uma arma ou um documento importante, inimagináveis entre as frivolidades de uma bolsa feminina. Oferecer o cigarro de uma cigarreira a uma mulher era um ato, ao mesmo tempo, de compreensão (não a condeno por fumar, mas entendo que você não pode andar com cigarros na bolsa), de sedução (sim, sou um homem de cigarreira, e você sabe o que isso significa) e de cumplicidade (estou lhe abrindo um dos meus recessos, você está se servindo da minha intimidade, talvez até lendo a inscrição no interior, mas é um vislumbre, o máximo permitido a alguém do seu gênero). E depois da cigarreira fechada com um estalo, o isqueiro tirado de outro bolso e oferecido aceso, numa rápida coreografia solícita, pois um homem de cigarreira geralmente também era um homem de isqueiro infalível. Parte do ritual era bater com a ponta do cigarro na superfície da cigarreira. Para o fumo baixar e encher a extremidade do cigarro, que sempre ficava meio vazia, era isso? Por alguma razão, sempre achei o gesto de bater com a ponta do cigarro o gesto definidor de gente grande. Você seria adulto quando batesse com a ponta de um cigarro antes de levá-lo a boca, e se batesse o cigarro na tampa de uma cigarreira prateada ou dourada, seria um adulto especial. Eu treinava para esse dia batendo com a ponta de cigarros de chocolate. Lembra dos cigarros de chocolate? Mas nunca fiz a transição do chocolate para o fumo. Talvez já prevendo que os cigarros me fariam mal (naquele tempo ninguém ainda concluíra que sugar fumaça não podia fazer bem), talvez porque não tivesse muito entusiasmo em ser adulto.

Rede de cabelo para homens. Também não existe mais. Usavam para dormir e para jogar futebol. Você vê fotografias de times de futebol daquele tempo e sempre tem uns três ou quatro com uma rede — ou meia — na cabeça, para manter os cabelos no lugar. Que tempo era esse? Acho que até o fim dos anos 1950 homem ainda usava rede na cama e no campo. Hoje, no campo se não na cama, a cabeça raspada substituiu a rede e a escolha é entre cabelos esvoaçantes ou cabelo nenhum. Não há qualquer relação conhecida entre o uso da rede de cabelo e o tipo de futebol que se jogava então e não se joga mais. E que fim levou chapéu de mulher com véu? Se ainda existe eu não tenho visto. Os chapéus vinham com véus que cobriam o rosto da mulher. A cobertura era apenas simbólica, pois os véus eram diáfanos e o rosto da mulher ficava reconhecível, mas o que simbolizava a falsa máscara? Talvez a moda viesse do fim da era vitoriana e fosse uma espécie de antídoto para o inevitável relaxamento de costumes que já começara: a mulher estava a meio caminho entre a repressão e a liberação mas ainda obrigada a simular recato, e a não ser identificada na rua. No véu estava implícito o anonimato, e a distância. Atrás do seu véu a mulher continuava sendo um ser enclausurado, olhando o mundo — simbolicamente — através de treliças conventuais, não importa o que estivesse fazendo por baixo da mesa. Já que para proteger do sol é que não era. Naquele tempo levantar o véu de uma mulher para beijá-la equivaleria a um descerramento, a uma cortina de primeiro ato, mesmo que ela estivesse vestindo só o chapéu. Os véus davam um ar de mistério lúbrico às mulheres. O que jamais se poderia dizer das redes de cabelo para homens.

E mata-borrão? Já devemos estar na segunda geração humana que não sabe o que é mata-borrão. Que nunca viu um mata-borrão, salvo em filme de época. Como explicar o prático objeto em forma de semicírculo com uma maçaneta em cima se, além de tudo, ele tinha um nome errado, um nome que desvirtuava sua função? Em vez de tratar, o mata-borrão prevenia o borrão, era um evita-borrão, portanto um difamado pelo próprio nome. A pronta aplicação da superfície porosa do papel do mata-borrão que absorvia o excesso de tinta molhada impedia que a tinta se espalhasse, ou fosse acidentalmente borrada e... Enfim, é um pouco difícil de explicar para quem não sabe nem o que é tinta molhada.

Não existem mais cigarreiras ou cigarros de chocolate, nem jogadores de futebol com rede de cabelo ou mulheres com véus e os mata-borrões não encontraram outra função no mundo — ao contrário, por exemplo, dos tinteiros, que dão bons vasinhos, ou dos dinossauros, que foram para o cinema — e o tempo continua fazendo das suas, passando desse jeito. Agora só falta eu ficar adulto de repente.

✲

Assadores

Os relatos se contradizem. Uns garantem que eles cruzaram espetos, outros insistem que não chegou a isso. O fato é que os dois tiveram que passar pelo posto médico anos de irem para a delegacia. Porque houve sangue.

Tinham combinado um churrasco na praia para os pais da Vanessa, a Van, conhecerem os pais do Ricardo, o Dão. A Van e o Dão estavam praticamente (essa palavra que não diz nada e serve para tudo) casados, era hora de os pais se conhecerem.

— Meu pai é um grande assador — dissera a Van.

— Meu pai faz um churrasco diferente — dissera o Dão.

Eles deveriam ter previsto o que iria acontecer, mas não previram. Decidiram que estava na hora de as famílias se encontrarem e que um churrasco na casa de praia dos pais da Van seria uma ocasião perfeita para o encontro.

Os dois assadores certamente se entenderiam. Quem não se entende, numa churrasqueira?

Começou mal. O pai da Van fez ao pai do Dão a pergunta fundamental, a pergunta que estabelece, de saída, a escola do assador. E dizem que também define índole e caráter.

— Sal grosso ou salmoura?

— Nem sal grosso nem salmoura — respondeu o pai do Dão. — Tenho uma técnica na grelha que dispensa o sal.

O que significa que o pai da Van já começou desestabilizado. Já começou em desvantagem. Mas procurou não demonstrar sua insegurança ao se dirigirem os rivais, lado a lado, para a churrasqueira. O pai da Van pensando: "Eu deveria ter desconfiado quando ele perguntou se tinha caipirinha de Underberg".

496

Ficara combinado que o pai do Dão traria a sobremesa, mas ele tomara a liberdade de trazer algumas coisinhas mais, que talvez agradassem. Invenções suas. Por exemplo: um combinado de aipim com queijo, para ser servido com o orégano e a geleia de pimenta, como aperitivo, "para nos libertar da ortodoxia do salsichão". E alguns cortes de carne que o pai da Van talvez nem conhecesse, como uma parte recém-descoberta, do cordeiro que...

Sentados em cadeiras de armar sobre o gramado que separava a casa da churrasqueira, os outros não acompanhavam o que se passava à beira das brasas. A luta de egos e de estilos que, em vez de aproximar os dois pais, os impelia para um desfecho imprevisível, potencialmente trágico. Só se deram conta do que estava acontecendo quando ouviram a voz do pai de Van que gritava "Ah, é? Ah, é?" com raiva, e quando olharam para dentro da churrasqueira... Bom, aí é que vem a divergência. Uns dizem que viram os dois esgrimando com espetos, outros, dizem que viram os dois engalfinhados, rolando pelo chão de lajotas. O fato é que, pouco mais de meia hora depois de terem sido apresentados um ao outro, os dois assadores estavam lutando.

Na delegacia, o pai da Van contou que aguentara tudo, o pouco-caso do outro com o sal grosso e o espeto, as frescuras para substituir o bom e honesto salsichão, os cortes de carne exóticos para serem preparados de maneiras exóticas ("Até com kiwi!"), mas não se controlara quando o outro chamara a costela de "lugar--comum" do churrasco, de "banalidade ultrapassada" e, finalmente (aí sim, viera a explosão), de "falta de imaginação".

Ninguém falava assim da costela na frente do pai da Van. Era como se falasse mal de um parente. Desrespeito, não!

— Ah, é? Ah, é?

E atacara.

O noivado, ou coisa parecida, da Van e do Dão resistiu à briga, e aos processos mútuos por lesões corporais, dos seus pais. As mães até ficaram amigas, mas nunca conseguiram que os maridos se reaproximassem. O pai do Dão dizendo que com retrógrado maluco não havia papo e o pai da Van dizendo que com quem insultava costela não havia papo. E alguém comentou que era assim em todas as artes: o inevitável conflito entre classicismo e vanguarda.

Abertura de *Guilherme Tell*

Situação clássica. Marido volta de viagem mais cedo do que o esperado e encontra a mulher na cama, nua sob o lençol. Estranha, porque são quatro horas da tarde. Pergunta o que ela faz na cama àquela hora.

— Enxaqueca.

Há um telefone celular sobre a mesa de cabeceira. O telefone toca.

— O que é isso? — pergunta o marido.

— Acho que é a abertura de *Guilherme Tell*.

— De quem é?

— Puccini.

— A música, não. O celular.

— É meu.

— Não é não.

A mulher estende um braço nu para pegar o telefone mas o marido a detém.

— Deixa que eu atendo.

Esse é o começo da história: a abertura. A continuação você pode escolher, entre três possibilidades. A primeira:

— Alô?

— É o seu Gastão?

O marido hesita. Depois:

— É.

— Ele acaba de entrar no prédio. Se manda!

— Ele quem?

— Como, "ele quem"? O marido. O... Espera um pouquinho. É o seu Gastão que está falando?

— Não, é o marido. Mas pode deixar que eu dou o recado.

Nisso o Gastão salta de dentro do armário, nu, e corre para a porta. O marido fica onde está, segurando o celular. Olha para a mulher.

— Quem era? — pergunta.

— Pela bunda não deu pra ver.

— Você não conhece.

— Gastão. Ele se chama Gastão.

— É.

— Há quanto tempo isso vem acontecendo?

— Foi a primeira vez.

— Você sabia que tinha alguém vigiando o prédio, para avisar da minha chegada?

— Sabia. Foi ideia minha.

— Não acredito.

— Pois é. Você não diz que eu sou incapaz de um pensamento sequencial? Pois planejei tudo. Dispensei a Noemia. Montei todo o esquema. Só não deu certo porque o seu Inácio demorou para avisar.

— O seu Inácio?!

— É.

— Quando a gente pensa que conhece as pessoas... — diz o marido. Está se referindo ao porteiro.

— E depois de todos os abonos de Natal!

A notícia da traição do porteiro dói mais no marido do que a traição da mulher. O que talvez explique a traição da mulher.

Segunda possibilidade. Marido atende o celular que toca a abertura de *Guilherme Tell*.

— Alô.

— Gastão? Sônia. Beijo. Você pode trazer presunto cru?

— Ahn, hummm...

— Gastão? Quem é? Quem é que está falando? Ai, meu Deus!

— Calma, eu...

— Onde está o Gastão? Quem é você? Por que está com o celular dele? O que aconteceu com o Gastão?

— Não aconteceu nada. Calma. Ele está aqui. Em algum lugar.

— Quem é você?

— Não interessa. Um amigo. Está tudo bem com o Gastão.

— Você está me mentindo. Ele teve um acidente. Você está assaltando o Gastão!

— Não é nada disso, ele...

— É sequestro?!

— Escuta! O Gastão está bem. Você vai falar com uma pessoa que pode lhe dizer tudo sobre o Gastão. O que eles estavam fazendo e onde está nesse momento. Notícias frescas. Espere só um minutinho.

E o homem passa o celular para a mulher, que faz uma cara de pânico.

— O quequieu digo?

O homem senta na beira da cama e cruza as pernas. Diz:

— Mal posso esperar pra ouvir.

* * *

Terceira possibilidade.

— Alô.

— Gastão? Sônia.

— Arrã.

— Eu sei onde você está.

— Arrã.

— Não tente me conversar. Eu sei. O seu Inácio, do edifício dela, me conta tudo.

— Arrã.

— Me deixa falar. Só quero dizer uma coisa. Você está ouvindo? Onde existe um homem traindo, existe uma mulher frustrada.

— Arrã.

— E onde existe uma mulher traindo, existe um corno abandonado.

— Arrã.

— Quieto! E uma mulher frustrada e um corno abandonado podem se juntar, meu caro. E podem ser vingativos. Entende? Nós vamos humilhar vocês. Eu e o marido dela. Vou fazer coisas com ele que você não imagina. Só estou avisando.

— Arrã.

Quando ele desliga o telefone, a mulher pergunta:

— Quem era?

— Era para ele.

— Sei.

— O Gastão.

— Sei.

— Faça-me o favor. Gastão?!

— Pelo menos ele...

— E outra coisa — interrompe o marido.

— Você se enganou.

— O quê?

— *Guilherme Tell...*

— Quequitem?

— Não é Puccini. É Rossini.

A cigana búlgara

A família era tão grande que, quando contaram ao dr. Parreira que seu sobrinho Geraldo tinha viajado para a Europa, ele precisou ser lembrado: qual dos sobrinhos era, mesmo, o Geraldo?

— O Geraldinho da Nena. Largou tudo e foi para a Europa.

O dr. Parreira sorriu. Desde pequeno o Geraldinho, filho único de mãe devotada e pai rico, fazia tudo o que queria. Lembrava-se dele criança, comendo espaguete com as mãos e limpando as mãos na toalha. E a Nena, mãe de Geraldinho, como se não fosse com ela. O dr. Parreira ainda chamara a atenção da irmã:

— Olhe o que seu filho está fazendo.

— Deixa o coitadinho se divertir.

Na adolescência, Geraldinho se metera em algumas encrencas. Uma vez até tinha recorrido ao dr. Parreira, o tio mais velho e mais bem relacionado, para livrá-lo do castigo. Uma aventura amorosa que acabara mal. Mas não era má pessoa. Apenas um vagabundo mimado. E, na opinião de todos, o mais simpático da família. Geraldo anunciara em casa que estava indo para a Europa e, apesar do choro da mãe, convencera o pai a financiar a viagem, e seu sustento na Europa até "conseguir alguma coisa".

Vez que outra, o dr. Parreira tinha notícias do Geraldo. ("Quem?" "O Geraldinho da Nena. O que foi pra Europa.") Geraldinho estava lavando pratos em Londres. Geraldinho estava ensinando surfe em Paris. ("Surfe em Paris?!") Geraldinho estava colhendo morangos na Suíça. Geraldinho tinha conhecido uma moça. Geraldinho estava namorando firme com a moça. E, finalmente, a única notícia que interessou ao dr. Parreira, pelo menos por dois minutos: a moça era cigana, de uma tribo búlgara. Depois: Geraldinho brigou com a moça. (Todos sacudiram a cabeça, afetuosamente. "O velho Geraldinho de sempre.") Depois? Geraldinho desapareceu.

— Como desapareceu?

— Há dois meses não tem notícias dele. A Nena está desesperada.

Pediram ajuda ao dr. Parreira, que como o mais velho, assumira o papel de patriarca da família depois da morte do pai, o Parreirão. Mas, antes que o dr. Parreira entrasse em contato com o Itamaraty, chegou a notícia terrível, Geraldinho estava num hospital em Berna. Tinha sido castrado e só choramingava, pedindo a mãe. Nena e o marido, Alcides, embarcaram imediatamente para a Suíça. Ao chegarem ao aeroporto de Zurique pegaram um táxi e descobriram tarde demais que era um táxi falso, que os levou para um galpão fora da cidade onde o Alcides também foi castrado e a Nena marcada na testa com um ferro em brasa com as três iniciais (soube-se depois) da frase, em búlgaro. "Mãe da besta." Dois primos mais velhos do Geraldinho também embarcaram para a Suíça e também foram sequestrados, no caminho para Berna. Não foram castrados, mas até prefeririam isso ao que passaram nas mãos de um bigodudo enorme chamado Ragud, que os outros incentivam com frases em búlgaro (soube-se depois) como: "Agora a posição do touro apressado, Ragud!".

O dr. Parreira convocou uma reunião da família para decidir o que fazer. Não seria prudente mandar outros familiares à Suíça, onde evidentemente todos corriam perigo. O brasileiro daria a assistência necessária aos hospitalizados e as autoridades suíças investigariam os atentados. Enquanto isso, alguém saberia dizer o que o Geraldinho tinha aprontado com a cigana búlgara? Ninguém sabia. Mas alguém lembrou que os ciganos búlgaros eram famosos por serem vingativos.

— O melhor — disse o dr. Parreira — é ninguém da família chegar perto da Europa, até que esta coisa passe.

Mas quando a "coisa" passaria?

Poucos dias depois da reunião da família em que tinham concluído que pelo menos no Brasil ninguém correria perigo, o dr. Parreira foi acordado no meio da noite com a notícia de que uma das suas fábricas estava em chamas. Fora invadida por um grupo, que escrevera uma frase em búlgaro numa parede antes de começar o incêndio. A frase era (soube-se depois): "Todos pagarão, até a terceira geração". Até a terceira geração!

As crianças não vão mais à escola e a família contratou segurança armada para 24 horas, e mesmo assim entraram na casa da coitada da dona Zizica, viúva do Parreirão e mãe do dr. Parreira, e escreveram uma palavra em búlgaro no seu lençol que ninguém teve coragem de traduzir para a velha — e tudo por culpa do Geraldinho, seu neto favorito. Todas as empresas da família têm recebido ameaças constantes, explosões são frequentes nas suas instalações e a falência próxima do grupo é inevitável. Mas a vingança dos búlgaros não cessará. Continuará até a terceira geração.

Preso em casa, atrás de barricadas, com medo até de chegar na janela, o dr. Parreira amaldiçoa a irmã pelo que não fez com o Geraldinho. Um único tapa na mão, um único "Não!", e tudo aquilo teria sido evitado. Mas Geraldinho podia comer espaguete com as mãos sem apanhar e o resultado estava ali. Todos sofriam pelo que ele tinha aprontado com a moça, fosse o que fosse. Provavelmente o mesmo que fazia com todas as moças que conhecia, nada grave: namoros inconsequentes, promessas e mentiras simpáticas — só que nenhuma das moças era uma cigana búlgara.

E chegou a notícia de que um grupo invadira o cemitério e pintara insultos em búlgaro no túmulo do Parreira pai. No túmulo do velho Parreirão!

Outra vida

Ela disse:

— Fiz uma descoberta terrível.

Ele disse:

— Ahn?

Ela disse:

— Descobri que a vida que eu vivi não era a minha.

Ele, sem desviar os olhos da televisão:

— Como assim?

— Minha vida, entende? A vida que eu vivi até hoje. Não era a minha.

Ele olhou para ela:

— Em que sentido?

— Eu simplesmente vivi a vida de outra pessoa. Sempre tive essa estranheza com as coisas que me aconteciam. Com os meus gostos, por exemplo. Nunca entendi o meu gosto por, sei lá, fígado. Beterraba. Quem é que gosta de beterraba? Tem loucura por beterraba? Eu tenho. Mas agora entendo. Não era eu. Eu estava vivendo a vida de outra pessoa. Meus gostos são de outra pessoa. Minhas decisões, minhas opiniões, tudo o que me aconteceu até agora...

Ele examinou o rosto da mulher por algum tempo, depois voltou os olhos para a televisão. Talvez fosse melhor deixar ela esgotar aquela ideia sozinha. Ela continuou:

— Você, por exemplo. Eu nunca casaria com um homem como você.

— Sei.

— Só uma pessoa que adora beterraba casaria com um homem como você.

— Está certo.

— E, meu Deus! Acabei de me dar conta...
— O quê?
— Deve ter outra pessoa vivendo a minha vida.
— Sei.
— Pense só. Neste exato momento, tem uma pessoa no mundo vivendo a minha vida enquanto eu vivo a dela. Uma pessoa com os meus gostos, com a minha biografia certa, com o marido que eu escolheria. E ela deve ter a mesma sensação de estranheza, de...
— Meu bem...
— O quê?
Ele indicou a televisão com as duas mãos e disse:
— Precisa ser durante o *Jornal Nacional*?
Ela saiu da sala pisando forte, furiosa. Pensando: na sua vida de verdade aquilo nunca aconteceria.

Os anônimos

Todas as histórias são iguais, o que varia é a maneira de ouvi-las. No grupo comentava-se a semelhança entre os mitos e os contos de fadas. Na história de Branca de Neve, por exemplo, a rainha má consulta o seu espelho e pergunta se existe no reino uma beleza maior do que a sua. Os espelhos de castelo, nos contos de fadas, são um pouco como certa imprensa brasileira, muitas vezes dividida entre as necessidades de bajular o poder e de refletir a realidade. O espelho tentou mudar de assunto, elogiou o penteado da rainha, o seu vestido, a sua política econômica, mas finalmente respondeu: "Existe". Uma menina de pele tão branca, de cabelo tão loiro e de rosto tão lindo que era espantoso que ainda não tivesse sido procurada pela agência Ford, apesar dos seus doze anos incompletos. Seu nome: Branca de Neve.

A rainha má mandou chamar um lenhador e instruiu-o a levar Branca de Neve para a floresta, matá-la, desfazer-se do corpo e voltar para ganhar sua recompensa. Mas o lenhador poupou Branca de Neve. Toda a história depende da compaixão de um lenhador sobre o qual não se sabe nada. Seu nome e sua biografia não constam em nenhuma versão do conto. A rainha má é a rainha má, claramente um arquétipo freudiano, a mãe de Electra mobilizada para eliminar a filha rival que seduzirá o pai, e os arquétipos não precisam de nome. O Príncipe Encantado que aparecerá no fim da história também não precisa. É um símbolo reincidente, talvez nem a Branca de Neve se dê ao trabalho de descobrir seu nome e, na velhice, apenas o chame de "Pri", ou, ironicamente, "Seu Encantado". Dos sete anões se sabe tudo: nome, personalidade, hábitos, fobias, CPF, tudo. Mas o personagem principal da história, sem o qual a história não existiria e os outros personagens não se tornariam famosos, não é símbolo de nada. Salvo, talvez, da importância do fortuito em qualquer história, mesmo as mais preordenadas. Ele só entra na trama para fazer uma escolha, mas toda a narrativa fica em suspenso até que ele faça a escolha certa, pois se fizer a errada não tem história. O lenhador compadecido representa os dois segundos de livre-arbítrio que podem desregular o mundo dos deuses e heróis. Por isso é desprezado como qualquer intruso e nem aparece nos créditos.

Laio ouve do seu oráculo que seu filho recém-nascido um dia o matará, e manda chamar um pastor. É o lenhador, numa caracterização anterior. O pastor é incumbido de levar o pequeno Édipo para as montanhas e eliminá-lo. Mais uma vez o universo inteiro fica parado enquanto um coadjuvante decide o que fazer. Se o pastor matar Édipo, não existirão o mito, o complexo e provavelmente a civilização como nós a conhecemos. Mas o pastor poupa Édipo, que matará Laio por acaso e casará com Jocasta, sua viúva, sem saber que é sua mãe, tornando-se pai do filho dela e seu próprio enteado e dando início a 5 mil anos de culpa. O pastor podia se chamar Ademir. Nunca ficamos sabendo.

Todos no grupo concordaram que as histórias reincidentes mostram como são os figurantes anônimos que fazem a história, ou como, no fim, é a boa consciência que move o mundo. Mas uma discordou, e disse que tudo aquilo só provava o que ela sempre dizia: que o maior problema da humanidade, em todos os tempos, era a dificuldade em conseguir empregados de confiança, que fizessem o que lhes era pedido.

Vivendo e...

Eu sabia fazer pipa e hoje não sei mais. Duvido que se hoje pegasse uma bola de gude conseguisse equilibrá-la na dobra do dedo indicador sobre a unha do polegar, quanto mais jogá-la com a precisão que tinha quando era garoto. Outra coisa: acabo de procurar no dicionário, pela primeira vez, o significado da palavra "gude". Quando era garoto nunca pensei nisso, eu sabia o que era gude. Gude era gude.

Juntando-se as duas mãos de um determinado jeito, com os polegares para dentro, e assoprando pelo buraquinho, tirava-se um silvo bonito que inclusive variava de tom conforme o posicionamento das mãos. Hoje não sei mais que jeito é esse. Eu sabia a fórmula de fazer cola caseira. Algo envolvendo farinha e água e muita confusão na cozinha, de onde éramos expulsos sob ameaças. Hoje não sei mais. A gente começava a contar depois de ver um relâmpago e o número a que chegasse quando ouvia a trovoada, multiplicado por outro número, dava a distância exata do relâmpago. Não me lembro mais dos números.

Ainda no terreno dos sons: tinha uma folha que a gente dobrava e, se ela rachasse de um certo jeito, dava um razoável pistom em miniatura. Nunca mais encontrei a tal folha. E espremendo-se a mão entre o braço e o corpo, claro, tinha-se o chamado trombone axilar, que muito perturbava os mais velhos. Não consigo mais tirar o mesmo som. É verdade que não tenho tentado com muito empenho, ainda mais com o país na situação em que está.

Lembro o orgulho com que consegui, pela primeira vez, cuspir corretamente pelo espaço adequado entre os dentes de cima e a ponta da língua de modo que o cuspe ganhasse distância e pudesse ser mirado. Com prática, conseguia-se controlar a trajetória elíptica da cusparada com uma mínima margem de erro. Era puro instinto. Hoje o mesmo feito requereria complicados cálculos de balística, e eu provavelmente só acertaria a frente da minha camisa. Outra habilidade perdida.

Na verdade, deve-se revisar aquela antiga frase. É vivendo e desaprendendo. Não falo daquelas coisas que deixamos de fazer porque não temos mais as condições físicas e a coragem de antigamente, como subir em bonde andando — mesmo porque não há mais bondes andando. Falo da sabedoria desperdiçada, das artes que nos abandonaram. Algumas até úteis. Quem nunca desejou ainda ter o cuspe certeiro de garoto para acertar em algum alvo contemporâneo, bem no olho, e depois sair correndo? Eu já.

Alfabeto

A — Primeira letra do alfabeto. A segunda é "L", a terceira é "F" e a quarta é "A" de novo.

AH — Interjeição. Usada para indicar espanto, admiração, medo. Curiosamente, também são as iniciais de Alfred Hitchcock.

AHN? — O quê? Hein? Sério? Repete que eu sou halterofilista.

AI — Interjeição. Denota dor, apreensão ou êxtase, como em "Ai que bom, ai que bom". Arcaico: Ato Institucional.

AI, AI — Expressão satírica, de troça. O mesmo que "Como nós estamos sensíveis hoje, hein, Juvenal?".

AI, AI, AI — Expressão de mau pressentimento, de que em boa coisa isso não pode dar, de olhem lá o que vocês vão fazer, gente.

AI, AI, AI, AI, AI — O mesmo que "Ai, ai, ai", mas com mais dados sobre a gravidade da situação. Geralmente precede uma reprimenda ou uma fuga.

B — Primeira letra de Bach, Beethoven, Brahms, Béla Bartók, Brecht, Becket, Borges e Bergman, mas também de Bigorrilho, o que destrói qualquer tese.

BB — Banco do Brasil, Brigitte Bardot, coisas desse tipo.

BELELÉU — Lugar de localização indefinida. Em alguns mapas fica além das Cucuias, em outros faz fronteira com Cafundó do Judas e Raio Que os Parta do Norte. Beleléu tem algumas características estranhas. Nenhum dos seus matos tem cachorro, todas as suas vacas estão no brejo — e todos os seus economistas são brasileiros.

C — Uma das letras mais populares. Sem ela não haveria Carnaval, caipirinha, cafuné e crédito e a coisa seria bem mais complicada.

CÁ — Advérbio. Quer dizer "aqui no Brasil". Também é o nome da letra K, de kafkiano, que também quer dizer "aqui no Brasil".

CÊ — Diminutivo de "você", como em "cê soube?" ou "cês me pagam". Também se usa "cezinho" mas em casos muito particulares, a sós e com a luz apagada.

CI — Ser mitológico. Na cultura indígena do Amazonas, a mãe de tudo, a que está por trás de todas as coisas, a responsável por tudo que acontece (ver CIA).

CO — "O outro." Como em copiloto (o outro piloto), coadjuvante (não o adjuvante principal, o outro) e coabitação (morar com a "outra").

CÓ — O singular de "cós", como em "cós das calças", que até hoje ninguém descobriu o que são.

D — 500 em latim. Vale meio M, cinco Cs e dez Ls.

DDD — Discagem Direta a Distância, ou Dedo Dolorido De tanto tentar.

DE — Prefixo que significa o contrário, o avesso. Como em "decúbito", ou com o cúbito para cima.

E — Conjunção. Importantíssima. Sem o E, muitas frases ficariam ininteligíveis, dificultando a comunicação entre as pessoas. Em compensação, não existiriam as duplas caipiras.

E? — E daí? Continue! Qual é a conclusão? Qual é o sentido dessa história? Onde você quer chegar, pombas? Vamos, fale, desembuche.

É — Afirmativa, confirmação, concordância. Também usado na forma reflexiva ("Pois é"), na forma interrogativa ("É?"), na forma reflexiva interrogativa ("Né?") e na forma interrogativa retórico-histriônica reflexiva ("Ah, é?").

É... — Com reticências, o mesmo que "Pois é", mas como expressão de desânimo ou resignação filosófica, muito usado por torcedores do Palmeiras e em comentários sobre o ministério do Lula.

F — Antigamente, escrevia-se "ephe".

FH — Em desuso.

GHIJKLMNOPQRSTUV — Letras que precedem o W, o X e o Z e sem as quais nenhum alfabeto estaria completo.

W — De "Wellington" ou "Washington". Só é mantida no alfabeto brasileiro para ser usada por jogadores de futebol, que têm exclusividade.

X — No Brasil, "queijo".

Z — O "S" depois de um choque elétrico.

ZÉ — A gente. Ver também "Mané".

ZZZZ — Sssshhhh!

Pijamas de seda

Délio era tão mau-caráter que enternecia as pessoas. Diziam "Flor de cafajeste" como se dissessem "Figuraça". E brincavam com ele:

— Délio, é verdade que você venderia a própria mãe?

— O que é isso — dizia o Délio, com modéstia.

Volta e meia alguém se apiedava de uma vítima do Délio. De uma das viúvas que ele enganava. Mas logo aparecia alguém para defendê-lo. Quem se envolvia com o Délio, com aquela cara de cafajeste, estava pedindo. Tudo que alguém precisava saber sobre o Délio estava na sua cara. Só se enganava com o Délio quem queria. Ou achava que a cara estava mentindo, que ninguém podia ser tão cafajeste assim.

Mas foi justamente uma viúva a responsável pela queda do Délio. Uma viúva e a fatal atração do Délio por pijamas. Ele tinha uma coleção de pijamas, muitos herdados de maridos mortos, presenteados pelas viúvas. E um dia um grupo foi visitar o Bonato no seu leito de morte. O Délio e mais uns três ou quatro. Na saída do quarto do Bonato, estavam todos impressionados com a cena dele nas últimas, mal podendo respirar, e sua mulher, a Leinha, segurando sua mão, e seu afilhado Davi, com sua cara de sonso, mal contendo o choro. O Délio comentou:

— Viram só?

— Pois é. Pobre do Bonato. Está nas últimas.

— Não, não — disse o Délio. — O pijama dele. De seda pura! E outra coisa: com monograma.

Seria facílimo transformar o "B" de Bonato em "D" de Délio. O Délio tinha uma cerzideira especialista em alterar monogramas.

Fizeram apostas no grupo sobre quanto tempo levaria para o Délio conquistar a Leinha. Três meses depois do enterro, o Délio foi visto na rua carregando um pacote, feliz da vida. Disse que estava levando os pijamas de seda do Bonato para a sua cerzideira. A viúva estava no papo.

Depois o Délio sumiu. Todos imaginaram que ele e Leinha estivessem em lua de mel. Talvez em Cancún. Mas um dia encontraram a Leinha e, quando perguntaram pelo Délio, ela deu de ombros e disse: "Sei lá". E Cancún, como estava Cancún? "Que Cancún?"

Finalmente, Délio apareceu. Deprimidíssimo. Só com o tempo e a insistência dos outros foi contando o que acontecera. Tinha encontrado alguém mais sem caráter do que ele.

— Quem, Délio?

— O Davi.

O Davi?! O afilhado do Bonato? Com aquela cara de sonso? "Exatamente", disse Délio. Com aquela cara dissimulada. Pelo menos ele, Délio, não disfarçava sua cafajestice. Ao contrário do Davi, que escondia a sua sob uma máscara de sacristão. Davi, o que mais chorava no enterro do padrinho, embora já fosse amante da Leinha. Davi, que chantageara Leinha, ameaçando deixá-la depois da morte do Bonato. Fora para segurar Davi que Leinha lhe dera os pijamas de seda do Bonato, com o "B" transformado, com tanta arte, em "D".

— Ela só queria a minha cerzideira! — queixou-se Délio, arrasado.

Em condições iguais, Délio não fugiria de uma disputa com Davi por Leinha e os pijamas de seda. Mas era preciso haver um mínimo de lealdade. Tudo às claras, na cara, e que vencesse o pior.

O Murilinho

De tanto ouvir falar do Murilinho — que era um gênio, que era um chato, que era um crânio, que era um bobo —, a Ângela não se conteve. No dia em que foi apresentada a ele, exclamou:

— Então você é o Murilinho?

E ele, abrindo os braços:

— Alguém tem que ser.

Ângela decidiu que não era alguém que ela gostaria de conhecer.

Na primeira vez em que convidou o Murilinho para ir a sua casa (contra os conselhos de muitos, que diziam que ela ia se arrepender), a Ângela se arrependeu. Falava-se em idades e alguém perguntou ao dr. Feitosa, um velho amigo da família que raramente os visitava e estava lá com a sua senhora:

— Dr. Feitosa, quando é que o senhor faz 69?

E o Murilinho, rapidamente, respondera por ele.

— Aos sábados!

E caíra na gargalhada, enquanto todos em volta congelavam. Depois que os convidados foram embora, o pai da Ângela pediu:

— Por favor, minha filha. Não traga mais esse moço aqui.

— Pode deixar, papai.

Ângela tinha decidido não só nunca mais convidar o Murilinho para a sua casa, como jamais vê-lo de novo.

Quando soube que a Ângela e o Murilinho estavam namorando, a turma se dividiu em dois campos. O dos que achavam que o Murilinho era brilhante, divertidíssimo, uma figura, e por isso mesmo a Ângela não o aguentaria por muito tempo, e o dos que achavam que o Murilinho era instável, complicadíssimo, um louco, e por isso a Ângela não o aguentaria por muito tempo. Mas a própria Ângela garantiu que as duas facções estavam erradas. O Murilinho mudara muito. Desde que começara o namoro, era outro homem. Normal. Pacato. Até o pai da Ângela concordara em recebê-lo outra vez em casa.

— Vocês vão ver. O Murilinho é outro.

Naquele exato momento, apareceu o Murilinho — vestido de mulher. Vestindo um tailleurzinho jeitoso, salto alto e um chapéu de aba larga. Quando recuperou a respiração, a Ângela gritou:

— Murilinho, o que é isso?!

— Eu sei. É o chapéu. Não se usa mais, não é?

A Ângela saiu correndo, aos prantos. Pronto. Acabara. O Murilinho, nunca mais.

Foi o próprio Murilinho quem insistiu numa festa de noivado. Não adiantou a Ângela dizer que ninguém mais casava, quanto mais noivava. O Murilinho queria tudo bem tradicional. Uma festa na casa da Ângela, com toda a família dela reunida, e os amigos da família, e toda a turma. Que foi à festa só para ver o que o Murilinho aprontaria dessa vez. Mas o Murilinho estava sério. Com uma gravata sóbria, não a que todos conheciam, com a figura de mulher nua com penugem de verdade no púbis, que ele costumava usar em ocasiões formais. Passou todo o tempo conversando gravemente com o pai da Ângela e com os mais velhos, inclusive o dr. Feitosa, só interrompendo a conversa para assoprar beijos carinhosos na direção da noiva. Quando pediu para fazer um discurso, Murilinho declarou que, apesar do que alguns poderiam pensar dele, era um homem à antiga, um homem convencional. Gostava dos velhos costumes e dos velhos valores, hoje tão esquecidos. Era tão antigo, disse, olhando para o pai da Ângela, que iria confessar uma coisa. Ele e Ângela ainda não tinham feito sexo. Dava para acreditar? O pai da Ângela sacudiu a cabeça, querendo dizer "estes jovens de hoje", mas continuou a sorrir. E então o Murilinho procurou Ângela com um olhar inquisidor e disse:

— A não ser que aquele negócio que a gente faz com o desentupidor de pia e o gato seja sexo, hein, Gê?

Grande confusão. O pai da Ângela tentou avançar no Murilinho e foi contido, mas a Ângela conseguiu acertá-lo com uma cadeira. A senhora do dr. Feitosa teve que ser carregada para casa. O noivado foi desfeito e o casamento cancelado. E o Murilinho ameaçado de tudo se aparecesse outra vez na frente da Ângela.

* * *

Ao casamento, a família não foi. Foi a turma, antecipando que alguma o Murilinho faria. Sair dançando com o padre, alguma coisa assim. Mas, fora fingir que queria arrancar as roupas da Ângela ali mesmo no altar, depois da cerimônia, o Murilinho se comportou bem. Correu para pegar o buquê da noiva, mas tudo bem. E você acredita que vivem felizes até hoje? Bom. "Felizes" talvez não seja a palavra exata. "Feliz" nunca é a palavra exata num casamento. Mas continuam juntos. Como? A Ângela não ajuda. Quando perguntam para ela como é ser a mulher do Murilinho, ela dá de ombros e responde:

— Alguém tem que ser.

A carta do Fuás 1

Posto que as notícias do achamento da terra nova já são da vossa ciência por relato de Pero Vaz de Caminha e outros, resumirei minha conta do que já sabeis, rogando o perdão de Vossa Alteza para o pecado que um escrevedor mais teme, o da redundância. Também rogo a Vossa Alteza que não duvide da minha sanidade, estou lúcido e verdadeiro como só um condenado pode estar. Não porei aqui mais do que aquilo que vimos, ouvimos e nos pareceu, a mim e a Vasco de Ataíde. Pois quem vos escreve é Fuás Roupinho, escrivão embarcado com Vasco de Ataíde na nave tresmalhada, de cujo desaparecimento vos deu conta o Caminha.

Mudo de parágrafo para que Vossa Alteza refaça-se do susto que lhe causaram meu nome e o do meu capitão. Faz parte da arte de escrever a distribuição sagaz de espaços abertos, como os jardins nas casas mouras. Assim respira o texto e respira o leitor. Toda arquitetura, de pedra ou palavra, deve ter aberturas bem-postas por onde circule o ar e cure-se a opressão, e não pretendo que esta carta seja uma enclausura onde vosso espanto procure a saída em vão, como uma freira tomada de fogos, um fantasma novato num mausoléu, ou um traque num calção. Respire, rei, e prepare-se para estranhezas. Vossos navegadores não vos deram apenas este mundo, destamparam muitos outros. Horrores e maravilhas, horrores e maravilhas.

Portanto, Senhor, do que hei de falar começo e digo:

A partida de Belém, como Vossa Alteza sabe, foi segunda-feira, 9 de março.

Sabe também Vossa Alteza que o mais difícil das viagens não é o Mar e as suas fúrias e o Desconhecido e seus monstros, o mais difícil é sair de Portugal. Somos a raça da saudade, eternamente divididos entre o chão e o além, entre o ficar e o ir. Portugal, com os braços e a garganta da minha mulher, me segurava no cais, como se o Restelo fosse vivo e chorasse e ralhasse. As pragas da minha mulher não se dirigiam só a mim, mas a todos os navegadores, a todos os homens que viajam, a todos da História que não ficaram. Para o que queria mais mundo quem já tinha Portugal? Tudo, disse ela, pela vaidade, pela fama vã, pelo que tira o Homem de casa. Ali, sobre o cais, éramos menos uma família do que uma alegoria. Um quadro do Portugal indeciso entre ser o que já era e ser outro, entre o campo e o mar, a agricultura e a epopeia, a amável pequenez e a odiável, mas soberba, conquista. Minha Maria bem representava o Portugal agropastoril que precisava ser deixado, com sua cor de terra virada, seus tufos, seus cheiros e suas lamúrias reincidentes. Eu me via como o Portugal que precisava ir, e substituir a epopeia semanal de descobrir Maria sob os seus camisolões, sempre a mesma Maria, repetindo-se como as estações, e montá-la, pela aventura de descobrir novas terras sob outros céus, e ocupá-las. Era o passado que me segurava, era o Tejo que molhava o meu ombro, perguntando-me para o que queria mais água quem já tinha tal rio. Desgrudei-me finalmente dos braços de Maria, mas as suas pragas me seguiram como cachorros raivosos, rampa acima. Ela nunca entendeu que saímos de Portugal para ter saudade de Portugal, que Portugal na nossa saudade é como Portugal preservado numa salmoura de afetos. Que entre o aqui e o lá, preferimos o lá, mas estando aqui.

Domingo, 22 do dito mês, às dez horas, pouco mais ou menos, houvemos vista das ilhas de Cabo Verde. Na noite seguinte, segunda-feira, ao amanhecer, se perdeu de nós o resto da frota, sem haver tempo forte nem contrário para que tal acontecesse. Fez o capitão suas diligências para os achar, a uma e outra parte, mas não mais apareceram, até meses mais tarde, quando os reencontramos neste porto de Calicute, onde comparamos aventuras sob a sombra das cimitarras árabes, que em breve nos atacarão. Pois também chegamos ao mesmo sítio a que chegaram Cabral, Caminha e os outros, mas não ao mesmo tempo, e sim quinhentos anos depois.

Vê Vossa Alteza que abri outro espaço para vosso desfalecimento, ou qualquer outra manifestação coreográfica de incredulidade. Enquanto vos refazeis, conto o meu conhecimento do Caminha, que se pode medir em garrafas, *az-zebibs* e anos de conversa nas tabernas de Lisboa. Tão bem ele me conhece que garantirá minha honestidade. Aliás, foi de Caminha a ideia, lançada numa mesa de escritores da Alfama, de viajarmos todos com a esquadra de Cabral num barco só de escrivães, abandonada quando nos vimos discutindo se o barco precisaria de um piloto ou se nossas interpretações das nuvens e exegeses criativas das correntes nos levariam ao destino, qualquer destino, e então descobrimos que o vinho nos empurrara, como solerte vento levantino, para a Terra da Bobagem. Seria o barco mais divertido da frota, ainda que dado a derivas depressivas, polêmicas corcoveantes e conflitos de estilos a bordo, e o único que os choques de teses e vaidades ameaçariam mais do que as tormentas do Mar Oceano. E que não dependeria de chegar a nenhuma terra para descrever seus sortilégios, pois qualquer guirlanda flutuante é uma Ilha Afortunada se bem imaginada qualquer lombo de baleia a Última Thule das lendas gregas, se bem contado. Mas sabe o Caminha que não invento, pois não se comem tantas azeitonas com um homem sem lhe conhecer o coração. E do Vasco de Ataíde não se duvide, pois é um nobre português e descrer da nobreza é desesperar da Humanidade.

Vimos-nos sozinhos num mar sem ondas, o Tejo sem as margens, com as velas murchas e os olhos grandes. E subitamente alguém apontou com terror para o horizonte e todos viram um rosto gigantesco com as bochechas estendidas, como os sopradores de vento que ilustram os mapas, e de tal força foi o sopro dos seus lábios quilométricos que o barco disparou sobre a água com as velas insufladas ao máximo e todos agarrados ao fixo mais próximo que os salvasse de ficar para trás, e sentimos que tínhamos sido impelidos para outro mar, ou o mesmo mar em outro mundo. E houvemos vista à terra e vimos o que viu Caminha. O monte a que chamaram Pascoal e as serras mais baixas e a terra chã. Mas o que vimos e fizemos depois em nada se pareceu ao que viram e fizeram eles. Pois, Senhor, tínhamos passado por um portal do tempo e chegamos à vossa nova terra quando nova já não era.

No ancoradouro em que aportamos, quinhentos anos depois, havia barcos fundeados, obra de dez ou doze, mas que pouco se pareciam com as naus de hoje. Vimos que no futuro o velame será imenso, o que permitirá que os barcos cheguem a vários andares de altura e várias funduras de quina, e com tal amplidão que seria possível aos navegadores portugueses atenderem ao secreto desejo da sua alma e levarem o Restelo na viagem. Mas o Restelo lá já estava! Além do cais erguia-se uma cidade não muito diferente de Lisboa ou do Porto. Nossa chegada foi saudada com fogos de artifício e bandeiradas, tiros de pólvora seca das naus e muito ruído da multidão. Desfilamos, escoltados, pelas ruas da cidade, vendo de perto a felicidade e a prosperidade de todos, e todos nos festejavam sem que para isso houvesse razão forte. Depois se explicou a alegria: tomaram a nossa nau como uma réplica das naus de quinhentos anos antes, e nossa chegada como uma comemoração do achamento da Papagália, pois assim será chamada a terra nova no ano 2000.

De nada adiantou falar do portal do tempo e do vento misterioso que nos lançara da costa da África para a costa do inexplicável. Não o entenderam e riram-se muito, e nos discursos que fizeram no banquete em nossa honra, em sua língua arrevesada que parecia português falado pelo nariz, julguei ouvir elogios aos recém-chegados, que tinham cruzado o oceano não numa casca de noz, mas numa imitação de casca de noz e mereciam tantos brindes com aguardente quanto era grande a sua coragem. Naquela noite todos os tripulantes dormiram com sete mulheres cada um, pardas e brancas, salvo o Ataíde, que dormiu abraçado com um crucifixo. E só eu encanei quatro, por diante e por trás, antes de sumir dentro de mim num sorvedouro de aguardente. E vi que no banquete a aguardente era servida a todos em taças de ouro.

Já o capitão viu outra coisa. Para Vasco de Ataíde os tiros de recepção no porto não eram de festim, eram de verdade, fomos escoltados através das ruas da cidade e das suas multidões maltrapilhas como prisioneiros, o banquete não foi um banquete, foi um interrogatório, e os brindes foram orações de exorcismo, pois nos tomavam como enviados do Demônio. Contou Ataíde que, contrariando sua natureza fidalga, teve de mentir como um cigano, dizendo que não éramos uma manifestação maligna, mas estávamos a recriar a viagem de quinhentos anos antes, em todos os detalhes, do velame aos cadarços e dos calções ao sotaque. E fez isso com grande dificuldade, pois em quinhentos anos o Homem, se aprendeu a construir barcos gigantescos, desaprendeu o latim. E assim os bispos, pois eram bispos, aceitaram que não éramos visitantes de outro mundo e sim encenações dos primeiros portugueses. E se isso pouco mudou seus humores, pois ali não tinham grande veneração pelos antepassados nem achavam que seu começo era de muito se festejar, pelo menos, segundo Ataíde, nos salvou da grelha. Mas fomos avisados para não nos misturarmos ao povo do Novo Portugal, pois assim Ataíde entendeu o nome futuro de Vera Cruz. O povo era ignorante e supersticioso, e mal distinguiria uma falsa pronúncia antiga de uma das línguas do Diabo.

E Vasco de Ataíde confirma que o vinho era servido em taças de ouro, mas só para os senhores e os bispos. (Continua)

A carta do Fuás 2

(Descoberta recentemente, por acaso, dentro de uma caixa de sapatos na Torre do Tombo, a carta de Fuás Roupinho, escrivão da frota de Cabral embarcado com Vasco de Ataíde na nau dada como desaparecida, e que um vento misterioso impeliu para a costa brasileira e, segundo o seu autor, para quinhentos anos depois, dá uma visão holística da nova terra, pois as versões de Fuás e de Vasco de Ataíde sobre o que viram no ano 2000 não podiam ser mais diferentes, e mostram as duas maneiras como o futuro do Brasil foi imaginado pelos descobridores. Já que a carta, ao que tudo indica, é imaginária.) Na vossa nova terra, Senhor, tudo será compartilhado e o que for de um será de outro. Das histórias conservadas do achamento, como relatou Caminha, as mais contadas em Papagália serão as das trocas com o gentio. De como os portugueses davam barretes vermelhos e carapuças de linho e sombreiros e recebiam em troca muito mais do que davam, e para cada barrete recebiam dez cocares, para cada carapuça doze colares e para cada sombreiro vinte papagaios.

Em Papagália, nos dias de festa, os nobres dão tudo do que é seu para os plebeus, e os plebeus dão tudo do que é seu para os nobres, e os nobres vivem como plebeus e os plebeus como nobres até a festa seguinte, quando destrocam tudo, pois a terra é rica e haverá para todos. Mas assim não viu meu capitão, Vasco de Ataíde, para quem o resultado de quinhentos anos em que um chapéu português valerá vinte papagaios na nova terra e um papagaio valerá vinte chapéus novos em Portugal será uma classe de nobres como vinte vezes quinhentos mais chapéus do que a outra, e que não trocará nada com ninguém.

Vimos, para a alegria de Vossa Alteza, o ouro e a prata que Cabral e Caminha não viram, e vimos a sua abundância. Ouro, prata, diamantes, tudo tem a vossa terra para ter Felicidade. E será feliz (digo eu) e não será feliz (diz o Ataíde). Vi que todos beberão em taças de ouro, viu o Ataíde que disso só farão os senhores e os bispos. Vi putos do tamanho da minha meia perna jogando com diamantes nas ruas, enquanto Ataíde só viu diamantes nos jogos da corte, onde um dos costumes é comê-los e cagá-los, pois descobrindo diamantes no próprio barro os nobres têm o prazer diário da garimpagem sem o desconforto da aventura ou de deixarem o litoral, além da lembrança da sua superioridade sobre bestas e pobres com sua merda sem conteúdo, e, mais ainda, saúde, pois a passagem de diamantes enobrece tripas que de outra forma seriam só tripas.

Para mim o encontro da inocência dos pardos com a bondade lusitana inaugurou um país como antes não havia, "*Dulcia incognita*", doçura inédita, uma Arcádia portuguesa. O povo é o mesmo que Caminha viu nas praias, mas com uma alma cristã e quinhentos anos de educação clássica e altruística, além das vergonhas tapadas, e com eles muitos portugueses queimados do sol e igualmente pardos.

Fazem tão pouco da vã fortuna de todos que a prata é usada nos telhados e nos urinóis. Já Ataíde diz que encontramos o Paraíso antes da Queda, Adãos e Evas antes da Culpa Feliz que os condenaria e salvaria, pois é preciso pecar para ser regenerado. E diz que salvamos os inocentes corrompendo-os, trazendo-os como comparsas ou escravos para a corrente da História, para o pântano do vício, para a ambição e o comércio e o torvelinho das dúvidas, para que tais provações lhe dessem o paraíso depois da Morte. Em Novo Portugal, no ano 2000, Vasco de Ataíde viu um antevestíbulo da Eternidade onde pardos e plebeus juntavam misérias para merecer lugares no Céu e senhores juntavam riquezas para comprá-los, e os bispos intermediavam.

Aqui em Calicute, muito discutimos com Caminha e os outros o fato de os pardos usarem arcos e setas como as usávamos antes de a pólvora nos trazer suas bênçãos, pois certamente eles não tinham notícia das Escrituras, onde os homens da Europa tinham buscado suas artes de matar com distância: a funda de Davi, as lanças dos essenitas e os arcos e as setas dos assírios no cerco de Jerusalém. Uns desconfiam que aqueles homens são descendentes de uma das tribos perdidas de Israel, o que explicaria o seu conhecimento bíblico, do que outros discordaram, visto que nenhum tinha as vergonhas circuncidadas. Outros pensam que o arco e as setas foram uma ideia que nasceu com o homem e eram uma das ciências naturais de Adão, ao contrário da besta e das armas de fogo, produtos da civilização moderna. Contei que em 2000 haverá bestas de seis e sete e até oito setas apontadas para todos os lados menos para trás, para caçar de tudo menos o caçador, mas as maiores armas de guerra serão gigantescas Catapultas Hipotéticas, enormes instrumentos de ataque que ninguém saberá como funcionam, dado que Papagália não fará guerra com nenhuma outra ilha. Haverá um exército só para manter, pintar, polir e azeitar os grandes instrumentos que não terá como disparar, pois o único que sabia morreu sem passar o segredo, já que nunca foi necessário. E as Catapultas Hipotéticas ficarão em seus lugares e só sairão para desfilar em dias de festa cobertas de crianças e flores. Em Papagália a pólvora só será usada em fogos de artifício e folguedos de rua, e só haverá explosões nos ares em dias de grande festa. Concordei que arco e setas são uma das ciências naturais que Deus insuflou em Adão pelas narinas, só não tendo certeza como a ciência passou dos descendentes de Adão para os outros seres, como os que encontraram em Vera Cruz, e por que os outros seres, imitando o arco e as setas, também não imitaram as falas e as vestimentas cristãs. Vasco de Ataíde diz que Novo Portugal será fortificado, pois muitos serão os inimigos que cobiçarão nosso entreposto privilegiado para as especiarias do Oriente, e os exércitos existem para garantir o comércio. E sobre o arco e as setas disse Vasco de Ataíde que são a única coisa comum a todos os homens da Terra, cristão ou não, além do membro desonesto, circuncidado ou não.

Em Calicute também muito falamos das moças da nova terra, e das suas vergonhas altas e cerradinhas, tão limpas de cabeleiras, como as viram Caminha e os outros. E ouvindo sobre as partes glabras das moças, lembrei-me da minha Maria, cujo vaso natural tem a cercá-lo um jardim chumacento como um quintal das Terras Altas onde muito chove, e como existem sob as fraldas nobres que conhece Vossa Alteza, salvo se na corte for diferente. E se me subiu, num mesmo assomo, a saudade de Portugal e a ventura de aí não estar.

Contei que quinhentos anos depois muito se falará de outros éfes, além de Fortuna, Fama e Fé, que chamarão os navegadores para os outros mundos. Éfes de Fêmeas Formosas com suas Fendas Fabulosas e Fechadas, mundos onde os montes das moças serão lisos e à toda vista e os montes da terra serão luxurian-tes, ao contrário da Europa, onde os montes das moças vicejam escondidos e os montes da terra são lisos. E o mundo e a História agradecerão o quanto devem às partes peludas da Europa.

Em Papagália todos andarão com suas vergonhas tapadas, mas as destaparão para as festas e para o banho diário, que será público, no mar. Em 2000, homens e mulheres se vestirão da mesma maneira e só se lhes conhecerá o gênero quando se destaparem, e não existirá qualquer pejo em se mostrarem um ao outro antes da cópula, para saber o que um pode fazer com o outro, ou se vale a pena. Parecem todos despreocupados e felizes e pouco trabalham, pois riqueza há para todos, e frutas e legumes para quem pegar. Vasco de Ataíde diz que não viu homens e mulheres copulando como animais contentes, não viu nobres e plebeus colhendo as mesmas frutas e legumes, ou nobre brando e plebeu feliz, ou todos se entregando juntos ao vício árabe do banho frequente, e que o que Portugal dará ao mundo, louvado seja Deus, será outro Portugal.

Em Papagália, os papagaios terão grande prestígio e devoção. Em quinhentos anos de convívio com os portugueses e intercâmbio com a Terra Mestre desen-volverão um português próprio, que usarão com desenvoltura. Terão a expressão, a inflexão, a entonação e a garrulice humanas, mas não terão o raciocínio, e se manifestarão sobre todos os assuntos com grande animação, mas pouco sentido. O que será a causa do seu prestígio e devoção entre as gentes, pois darão a impressão de transmitir ideias quando apenas transmitem barulho agradável, e em Papagália barulho terá mais valor do que ideias, por ser mais pacífico. Serão tão amados os papagaios que terão privilégios que os bispos e os nobres não terão no Segundo Paraíso, e serão chamados de "Comunicadores" em gratidão por nada comunicarem. Para Vasco de Ataíde, em Novo Portugal os papagaios serão venerados e formarão uma casta, mas serão mantidos pelos bispos e pelos nobres para distrair os plebeus e os pardos das suas misérias. Pois que tudo dizendo e não dizendo nada, pouparão o gentio de ter ideias articuladas, e dos malefícios do pensamento.

Em Papagália todos são súditos do rei de Portugal, vosso descendente, Alteza, mas na ilha não há governo, pois não carecem de nada do que faria um governo. Não usam dinheiro, portanto não precisam de impostos. Não fazem guerra, portanto basta um exército autogerido para polir as Catapultas Hipotéticas. E para os debates sem serventia e o divertimento, que são as outras funções do governo, há os papagaios. Vasco de Ataíde concorda que todos em Novo Portugal são súditos do seu magnífico descendente, Alteza, mas há um Vice-Rei que recebe ordens diretamente de Portugal quanto ao que gastar e o que fazer e finge que governa com um pequeno grupo de nobres que nunca muda, e os nobres fazem as leis para o seu próprio proveito. Mas há participação popular no governo, que é biparlatorial. No paço comunal existe um balcão abaixo, onde se reúne o povo para fazer suas reivindicações do governo, e um balcão acima, no qual o Vice-Rei e os nobres ouvem as reivindicações do povo, depois mijam nele.

Em duas coisas concordamos, eu e Vasco de Ataíde, sobre a terra nova, da qual uma ventania tão misteriosa quanto a primeira nos varreu de volta a 1500, e à rota para Calicute: que vossa grande ilha é deveras mui formosa e de muitos bons ares, e que quinhentos anos depois o nome de Vossa Alteza venturosa continuará a ressoar nas terras portuguesas e nos mares entre elas. Escrevo, Alteza, com a morte me lambendo os pés. Não sei que rancores Cabral despertou nos locais, que preferem o nosso sangue a bons negócios. Caminha já se foi, transposto por uma cimitarra. Não sei o que é feito de Vasco de Ataíde, meu vinagroso capitão. Não sei quantos escaparão com vida para beijar o chão do Restelo, e vossas mãos. Escrevo estas últimas linhas com meu próprio sangue. A verdadeiro escrivão pode faltar vocabulário e papel, mas jamais faltará tinta. Tive que fazer minha última escolha, entre segurar a espada com a destra e a pena com a outra, e assim bem esgrimar com os incréus, mas mal escrever, ou a pena com a destra e a espada com a outra, e assim escrever melhor e viver menos. Vê Vossa Alteza que preferi a boa caligrafia à boa defesa. Se alguma posteridade eu tiver, que venha como um exemplo para os escrevedores do futuro: que sejam caprichosos e claros, mesmo sendo mentirosos.

A cidadezinha natal

Ideia para uma história. Homem chega num carro com motorista a uma cidadezinha do interior. Manda estacionar o carro na única praça da cidadezinha, em frente à única igreja, e diz para o motorista ficar esperando no carro enquanto ele inspeciona a cidadezinha a pé. Não leva muito tempo. A cidadezinha é quase nada. A praça, a igreja, a prefeitura, algumas casas em volta da praça, poucas ruas. O prédio mais alto da cidadezinha tem quatro andares. É o que fica em cima da maior loja da cidade, a Ferreira e Filhos, que vende de tudo.

O homem entra no único boteco da praça, pede uma cerveja e puxa conversa. Quer saber quem é que manda na cidadezinha. Há quatro ou cinco pessoas no boteco, que não pararam de observar os movimentos do homem desde que ele desceu do seu carro com motorista. O maior carro que qualquer uma delas jamais tinha visto. Ninguém fala.

O homem repete a pergunta. Quem é que manda na cidadezinha? As pessoas se entreolham. Finalmente o dono do boteco responde.

— O prefeito é o dr. Al...
— Não, não. Não perguntei o prefeito. O que manda mesmo.
— É o Ferreira Filho.
— O da loja?
— É.
— Ele manda na cidade? Não tem alguém mais alto?
— Tem o delegado Fro...
— Polícia, não. Alguém mais alto.
— Tem o padre Túlio.
— O padre Túlio manda no Ferreira Filho?
— Bom... — começa a dizer o dono do boteco.

— Só quem manda no Ferreira Filho é a dona Vicentina — interrompe alguém, e todos caem na risada.

— A esposa dele?

Mais risadas. Não, não é a esposa. Nem a mãe. Dona Vicentina é uma costureira que não costura. O ateliê da dona Vicentina ocupa uma pequena sala na frente da sua casa, mas está sempre vazio. O verdadeiro negócio da dona Vicentina, e suas sobrinhas, acontece nos fundos da casa. É lá que ela recebe o Ferreira Filho, e o prefeito, e o delegado e, desconfiam alguns, até o padre Túlio. Se alguém manda no Ferreira Filho, e na cidadezinha, é a dona Vicentina.

Portanto é na sala dos fundos da casa da dona Vicentina que o homem reúne as autoridades, oficiais e reais, da cidadezinha, naquela mesma noite, e faz a sua oferta. Quer comprar a cidadezinha. Como comprar? Comprar. Cash. Tudo. A praça, os prédios, a população, tudo. E os arredores até o cemitério. Mas como? Não é possível. Há empecilhos legais, há...

Todos os protestos cessam quando o homem revela a quantia que está disposto a pagar por tudo, e por todos. É uma quantia fabulosa. Em troca, pede pouca coisa. Um retoque na praça, onde ele quer que seja construído um coreto sob uma árvore milenar, que também deve ser providenciada. Cada habitante da cidade, ao receber o seu dinheiro, receberá junto instruções sobre o que dizer, quando forem perguntados. Dirão que se lembram, sim, do homem. Que ele nasceu e cresceu, sim, na cidadezinha. Que era filho da dona Fulana e do seu Sicrano (os nomes serão fornecidos depois). Que muito brincou na praça, sob a árvore milenar. Que estudou na escola tal, com a professora tal, que terá muitas boas lembranças dele. Uma das habitantes mais antigas da cidadezinha será escolhida para fazer o papel da professora tal. Cada habitante da cidadezinha terá seu papel. Só o que precisarão fazer, quando forem perguntados, é contar histórias sobre a infância e a adolescência do homem na cidadezinha. As histórias também serão fornecidas depois.

— Mas perguntados por quem? — quer saber Ferreira Filho.

— Por repórteres. Virão muitos repórteres aqui.

— Por quê?

O homem não diz. Pergunta se está combinado. Se pode contar com a cidadezinha e com seus habitantes. Todos concordam. Está combinado. Dona Vicentina diz que se alguém não concordar, vai ter que se ver com ela.

No dia seguinte, depois de dizer que o dinheiro e as instruções virão em poucos dias e antes de entrar no carro, o homem olha em volta da praça, examinando cada uma das casas ao seu redor.

Finalmente escolhe uma, aponta, e diz:

— Se perguntarem, eu nasci ali.

Entra no carro e vai embora. Poucos dias depois chegam o dinheiro e as instruções, ou os papéis a serem distribuídos entre os habitantes. É feito o combinado. Constroem o coreto no meio da praça e transplantam uma grande árvore milenar para lhe fazer sombra. E quando a cidadezinha é invadida por repórteres querendo saber da vida do homem, todos respondem de acordo com as instruções. Alguns até improvisam, como a dona Vicentina, que conta que foi a primeira namorada dele. Mas por que tantas perguntas?

— Vocês não souberam? — diz um dos repórteres.

— Ele se matou, ontem. O último pedido dele foi para ser enterrado aqui, na sua cidadezinha natal.

No dia seguinte chega o corpo, para ser enterrado no cemitério. Depois da cerimônia, as autoridades, oficiais e reais, da cidadezinha se reúnem na casa da dona Vicentina para decidir o que fazer. O fato de ele ter se suicidado complica um pouco a coisa, mas no fim fica decidido. Colocarão um busto dele na praça, ao lado da árvore que amava tanto, com uma placa de agradecimento. Afinal, era o filho mais ilustre da cidadezinha.

A rainha do micro-ondas

Sérgio convidou Cláudia para jantar e disse que ele mesmo faria a comida.

— O meu nhoque é famoso.

— Quero só ver — riu a Cláudia.

— Quarta-feira?

— Quarta-feira.

Na quarta-feira, Sérgio abriu a porta para Cláudia de avental. Explicou que não, não acabara de decapitar uma galinha. O sangue no avental não era sangue, era o molho do nhoque. Pequeno acidente. Nada grave. Estava nervoso.

Instalou Cláudia na sala, perguntou se ela já queria começar no vinho ou se preferia um aperitivo, ela perguntou se tinha Campari, não tinha, ela disse que vinho estava ótimo, ele serviu o vinho, ela perguntou se podia ajudar em alguma coisa, ele disse que não e voltou para a cozinha. Quando sentaram-se para jantar, ela perguntou:

— Por que está nervoso?

— Você aqui, no meu apartamento? Comendo a minha comida? Espera aí um pouquinho.

Cláudia sorriu. Pensou em dizer: "Eu é que devia estar nervosa, sozinha, aqui no seu apartamento", mas não disse. Pensou em dizer: "Eu nunca esperava ser convidada", mas não disse. Pensou em dizer: "Eu não podia sonhar que você estava a fim de mim", mas não disse. Deixou o sorriso dizer tudo.

— São de farinha.

— Hein?

— Os nhoques. Faço com farinha, acho que ficam mais leves. O engraçado é que nhoque de farinha é considerado mais fino, mas o nhoque de batata é mais caro. Como você está cansada de saber.

— Sérgio...

— Sim?

— Posso te fazer uma pergunta?

— Já sei o que você vai perguntar. O molho. Acertei? Esse gosto diferente do molho. É o meu segredo. Você não adivinha o que tem no meu molho. Ninguém adivinha.

— Não, Sérgio. Eu ia perguntar...

— Pergunte.

— Por que a gente não esquece os nhoques e...

Ela parou de falar quando viu a expressão no rosto dele. Surpresa e dor.

Como se alguém tivesse lhe dado a notícia de uma morte na família. Uma tia favorita, atropelada.

— Você não gostou.

— O quê?

— Do nhoque.

— Não, adorei. Adorei!

— Você não gostou do meu nhoque.

— Não é isso, Sérgio. Eu...

Ela não sabia como continuar a frase. "Eu ia sugerir que a gente esquecesse a mesa e fosse para a cama"? "Eu pensei que o nhoque fosse só um pretexto, ou uma mensagem cifrada, e ia pedir para pular as preliminares e ir logo para o que interessava"? "Eu entendi tudo errado"?

Ele começou a tirar o prato da sua frente. Ela segurou o prato.

— Sérgio, deixa. Eu amei o nhoque.

Ele, puxando o prato:

— Não precisa fingir.

Ela, puxando o prato com as duas mãos:

— É o melhor nhoque que eu já comi na minha vida, Sérgio. Juro.

Ele, puxando o prato com força:

— Eu vou servir outra coisa.

Ela:

— Não precisa!

Ele largou o prato e voltou para o seu lugar. Durante algum tempo nenhum dos dois falou. Ela hesitou, depois recomeçou a comer o nhoque. Pensou em pedir desculpa, mas concluiu que, também, não era o caso de se humilhar. Pensou em fazer "hummm" depois de cada garfada, mas achou que poderia ser acusada de ironia. Ele não estava comendo. Estava estendido na cadeira, desconsolado, olhando para a parede. Ela o magoara. Ela, decididamente, entendera tudo errado. Decidiu tentar uma reconciliação.

— Qual é o segredo do seu molho, afinal?

Ele sacudiu a cabeça, querendo dizer que não valia a pena.

Só depois da sobremesa ele falou de novo.

— O que você ia me perguntar?

— Não, queria saber por que eu deixei você nervoso.

— Porque eu sei que você cozinha muito bem. Não queria fazer feio.

— Eu, cozinhar bem? Eu nem sabia como se fazia nhoque.

— Mas me disseram que você...

— Disseram errado.

— Tinha até curso na França.

— Iih, já vi tudo. Grande confusão. É a outra Cláudia!

— A outra Cláudia?

— Eu não sei fazer nada. Sou a rainha do micro-ondas.

De madrugada, ela acordou e viu que ele a olhava. Os dois sorriram. Ele perguntou:

— Por que você ficou?

Ela pensou em dizer: "Para restaurar o meu ego". Pensou em dizer: "Porque você fez aquela cara quando eu disse para esquecer os nhoques, e eu nunca aguentei ver cachorro abandonado". Pensou em dizer: "Porque sou uma estudiosa dos abismos humanos, e você promete". Mas disse:

— Porque mal posso esperar para provar seu café da manhã.

Sumido

Me disseram "Você anda sumido" e me dei conta de que era verdade. Eu também, fazia tempo que não me via. O que teria acontecido comigo?

Não me encontrava nos lugares em que costumava ir. Perguntava por mim e as pessoas diziam que havia tempo não me viam. E faziam a pergunta: "Que fim você levou?". Eu não tinha a menor ideia. A última vez que me vira fora, deixa ver... Eu não me lembrava!

Eu teria morrido? Impossível, na última vez em que me vira eu estava bem. Não tinha, que eu soubesse, nenhum problema grave de saúde. E, mesmo, eu teria visto o convite para o meu enterro no jornal. O nome fatalmente me chamaria a atenção.

Eu podia ter mudado de cidade. Era isso. Podia ter ido para outro lugar, podia estar em outro lugar naquele momento. Mas por que iria embora assim, sem dizer nada para ninguém, sem me despedir nem de mim? Sempre fomos muito ligados.

No outro dia fui a um lugar que eu costumava frequentar muito e perguntei se tinham me visto. Não era gente conhecida, precisei me descrever. Não foi difícil porque me usei como modelo. "Eu sou um cara, assim, como eu. Mesma altura, tudo." Não tinham me visto. Que coisa. Pensei: como é que alguém pode simplesmente desaparecer desse jeito?

Foi então que comecei, confesso, a pensar nas vantagens de estar sumido. Não me encontrar em lugar algum me dava uma espécie de liberdade. Podia fazer o que bem entendesse, sem o risco de dar comigo e eu dizer "Você, hein?" e eu ser obrigado a me dizer alguma coisa como "Vai ver se eu não estou lá na esquina". Mudei por completo de comportamento. Me tornei outro! Que maravilha. Agora, mesmo que me encontrasse, eu não me reconheceria.

Comecei a fazer coisas que até eu duvidaria, se fosse eu. O que mais gostava de ouvir das pessoas espantadas com a minha mudança era: "Nem parece você". Claro que não parecia eu. Eu não era eu. Eu era outro!

Passei a me exceder, embriagado pela minha nova liberdade. A verdade é que estar longe dos meus olhos me deixou fora de mim. Ou fora do outro. E um dia ouvi uma mulher indignada com o meu assédio gritar: "Você não se enxerga, não?"

Foi uma revelação. Claro, era isso. Eu não estava sumido. Eu simplesmente não me enxergava. Como podia me encontrar nos lugares onde me procurava se não me enxergava? Todo aquele tempo eu estivera lá, presente, embaixo, por assim dizer, do meu nariz, e não me vira.

Por um lado, fiquei aliviado. Eu estava vivo e bem, não precisava me preocupar. Por outro lado, foi uma decepção. Conclui que não tem jeito, estamos sempre, irremediavelmente, conosco, mesmo quando pensamos ter nos livrado de nós.

A gente não desaparece. A gente às vezes só não se enxerga.

Viagens no tempo

Nenhuma ficção sobre viagens no tempo, que eu saiba, foi sobre a que, para mim, seria a mais fascinante — e terrível: ser transportado para o mundo como ele era antes de aprendermos a fazer fogo. Imagine-se nesse passado. Esqueça o frio. Mesmo sem o fogo, já saberíamos como nos aquecer. E é provável que você tenha caído na África Equatorial, onde, dizem, tudo começou. Ou nós começamos. Não é isso.

Num mundo sem fogo, não existe luz. Pense nisto: depois que o sol se põe, não se enxerga mais nada. Até o sol reaparecer, não se enxergará mais nada. Você estará numa escuridão total e irremediável. A luz das estrelas não o ajudará a saber se aquele escuro mais espesso que parece se mover é um parente, um amigo ou um leão. Uma lua cheia melhorará a sua percepção, mas não muito: cada sombra indefinida continuará a ser uma ameaça e um possível terror. Quando não houver estrelas ou lua, você só saberá o que acontece à sua volta pela audição, pelo olfato ou, meu Deus, pelo tato. Imagine a vida sem nem um palito de fósforo. Imagine uma noite inteira de ruídos estranhos dos quais você não pode fugir, pois como encontrará uma árvore no escuro? Imagine-se aninhado numa árvore para passar a noite com segurança e descobrindo, ao amanhecer, que dormiu abraçado a uma jiboia! Eu sei que não tem jiboia na África Equatorial, é só um exemplo.

Quantos anos os pré-homens terão vivido assim, só conhecendo o fogo dos incêndios provocados na mata por relâmpagos e desesperados por algum meio de domesticá-los, os relâmpagos ou o fogo, para iluminar as suas noites? O sol seria adorado pelos primitivos porque era a fonte da vida e, afinal, qualquer bola incandescente daquele tamanho passando diariamente pelo céu fatalmente causaria admiração, mas desconfio que o que era adorado, acima de tudo, era a luz. Não a lâmpada mas a sua dádiva, o poder de enxergar. O fim do terror do invisível, ainda mais do invisível que roncava.

O sono é uma decorrência da mecânica do universo. Dormimos porque a Terra gira em torno do seu eixo e uma das suas metades está sempre na sombra e seus habitantes não têm o que fazer no escuro a não ser dormir. Como continuamos a dormir como fazíamos na savana africana, ou pelo menos a ter sono a intervalos regulares, isso significa que o cérebro humano não tomou conhecimento nem da invenção da fogueira, quanto mais da lamparina, da lâmpada a gás e da luz elétrica. Para o nosso cérebro, a escuridão da noite continua total e irreversível. Ele ignora os avanços na nossa percepção do mundo, um pouco como a burocracia brasileira ignora a informática e continua presa a vias e carimbos pré-históricos. Temos sono porque o nosso cérebro ainda não sabe que enxergamos no escuro.

Viagens no tempo seriam mais atraentes e proveitosas se pudéssemos ir em busca dos nossos antepassados. Não dos conhecidos, mas dos mais remotos. Os da savana. Munidos de algum tipo de documento de identidade genética, e com algum meio de identificar geneticamente os outros, mesmo os outros primitivos, que substituísse o puro palpite ("Sei não, mas aquele hominídeo tem o nariz da tia Dulce"), sairíamos à cata de parentes na era pré-fogo, numa viagem sentimental às origens do nosso DNA. Uma excursão à nascente.

Sabemos algumas coisas com absoluta certeza sobre os nossos antepassados genéticos. Sabemos com absoluta certeza que todos viveram até a maturidade sexual, que todos tiveram pelo menos uma relação sexual na vida e que todos, sem exceção, eram férteis, o que reduz bastante o campo de pesquisa. Só teríamos que procurar entre fêmeas com filhos que nos ajudassem a localizar os pais das crianças e, entre estes, o que tivesse o DNA como o nosso. Ajudaria, claro, se também tivesse o nariz da tia Dulce.

O que diríamos para esse antepassado, em que língua, com que gestos? Só agradecer por ter sobrevivido ao duro início da vida humana, inclusive aos leões, e assim iniciado a nossa linhagem não seria o bastante. O momento requereria alguma solenidade. Talvez um discurso, dizendo que não o tínhamos desapontado, que também tínhamos vivido o suficiente para passar adiante nossos genes e assegurar a sua descendência, milhões de anos depois. E trocaríamos presentes.

Que presente poderíamos levar da nossa era para ele? Eu levaria uma caixa de fósforos.

Miss Simpatia

Aline foi Rainha do Sesquicentenário da Independência, Mônica e Elvira, Princesas e Maria José, Miss Simpatia. E aconteceu de se encontrarem numa festa, justamente a festa com que o clube festejou os trinta anos do memorável baile em que as quatro tinham sido eleitas. Aline, Rainha. Mônica e Elvira primeira e segunda princesas, respectivamente. E Maria José, a Zequinha, Miss Simpatia. No encontro, elas gritaram e pularam e se abraçaram exatamente como tinham feito naquela noite, ao ouvirem o resultado do concurso. Bem, não exatamente. Estavam trinta anos mais velhas. Mônica e Elvira tinham engordado bastante, como se engordar fosse uma sina das princesas. Aline não podia pular muito por causa do rosto e dos seios novos, sua última plástica fora semanas antes. Quem gritou e pulou com o mesmo entusiasmo foi a Zequinha. A Zequinha era assim. Esfuziante. Desde pequena. "Esfuziante" era um adjetivo criado para ela. A Zequinha continuava esfuziante.

As quatro não tinham mais se visto desde o baile memorável. Aline, que estava noiva na ocasião (e, cochichava-se, grávida), casara em seguida, com um militar, e se mudara para o Rio. Mônica, que só viera à cidade para o feriado de Sete de Setembro e o baile, voltara para a escola. Elvira ficara na cidade até o fim daquele ano mas frequentava pouco o clube, quase não era vista, falava-se que tinha problemas em casa. No fim do ano desaparecera, junto com a família. Só a Zequinha nunca fora embora. Zequinha continuava na cidade.

Os organizadores do baile pediram para as quatro esperarem num camarim, antes de serem chamadas ao palco para relembrarem aquela noite, trinta anos antes. As quatro aproveitaram para trocar informações sobre suas vidas. Aline contou que estava no quarto marido. Gritos das outras. Mônica contou que trabalhava muito (psicóloga, consultora de empresas) nunca casara mas tinha um relacionamento com um homem bem mais moço. Mais gritos. Elvira contou que chegara a trabalhar como modelo, até tentara alguma coisa em televisão, mas agora só se dedicava a tratar do pai. As outras se lembravam, claro, dos problemas do seu pai. Ninguém se lembrava, mas todas fizeram ruídos de comiseração. Principalmente a simpática Zequinha. E quando as outras perguntaram como tinha sido a sua vida, Zequinha disse: "A minha? Comparada com a de vocês, não foi nada!". Rindo, como se "nada" fosse tudo que ela queria. A Zequinha vivia para o marido, os filhos e os netos, não queria outra coisa. A Zequinha continuava contente da vida.

Foi quando a Aline ficou séria e perguntou:
— Você não ficou chateada com o que eu disse aquela noite, ficou?
— Que noite? — perguntou Zequinha, ainda rindo.
— Do concurso.
— Eu não me lembro do que você disse!
— Jura?
— Juro. A única coisa que eu lembro daquela noite é o pulo que eu dei quando anunciaram o resultado. Eu, Miss Simpatia!
— Eu lembro do que você disse, Aline.
— Eu também.

Mônica e Elvira, primeira e segunda princesas, lembravam-se da maldade da Rainha. Trinta anos antes, Aline dissera que escolher alguém como Miss Simpatia num concurso de beleza era apenas uma maneira polida de lhe dizer que estava na festa errada. A faixa de Miss Simpatia não era consolo suficiente para Zequinha por não ser tão bonita quanto ela, Aline, e suas princesas.

— Juro que não me lembro! — disse Zequinha.

Aline explodiu:

— Pare com isso, Zequinha! Quer parar com isso? Eu era uma beleza e me transformei nisto. Até o meu cabelo é falso. Quer saber? Até o cabelo. Essas duas ficaram esses horrores. Quando eu olho a minha faixa de Rainha, choro, está entendendo? Choro. Nenhuma de nós é mais o que era. E você continua a ser simpática! Só você ainda merece a sua faixa. Pare de ser simpática, Zequinha!

Aline passou a soluçar. As duas princesas não lhe deram atenção. Zequinha tentou consolá-la. Abraçou-a. Disse: "Pronto, pronto". O que poderia fazer? Continuava simpática.

Apetitosos

À ideia de que não somos mais do que uma erupção passageira na superfície de um planeta menor numa galáxia entre trilhões de outras se antepôs, ultimamente, a convicção — agora não mais religiosa, mas cientificamente plausível — de que o universo existe para a gente existir. O fato de a Terra estar na distância exata do

Sol para haver vida como a nossa — um pouquinho mais perto ou um pouquinho mais longe e nem você, eu ou qualquer outro mamífero seria possível — é apenas uma amostra dessa grande deferência conosco. Somos a razão de tudo, o resto é cenário ou sistema de apoio. E não fazemos feio entre os mamíferos. Nenhuma outra espécie com a mesma proporção de peso e volume se iguala à nossa.

Nosso habitat natural é o planeta todo, independentemente de clima e vegetação. Somos a primeira espécie da História a controlar a produção do seu próprio alimento e a sobreviver fora do seu ecossistema de nascença. Em nenhuma outra espécie as diferentes categorias se intercasalam como na nossa, o que nos salvou do processo de seleção natural que militou nas outras. E o que a nossa sociabilidade não conseguiu, a técnica garantiu. Mutações que decretariam o fim de outra espécie em poucas gerações, na espécie humana são corrigidas ou compensadas pela técnica. Exemplo: a visão. Enxergamos menos do que nossos antepassados caçadores e catadores, mas vemos muito mais, graças à oftalmologia e a todas as técnicas de percepção incrementada.

Mas nosso sucesso tem um preço. Chegamos aonde estamos consumindo tudo à nossa volta e hoje somos tantos que também nos transformamos em recursos consumíveis. Em breve a carne humana superará em valor calórico todas as outras fontes de alimento disponíveis sobre a Terra. E 10 mil anos ingerindo comida cultivada, mesmo com a maioria só comendo para subsistir, nos tornaram cada vez mais apetitosos e nutritivos. Gente já é o principal exemplo de recurso subexplorado do planeta. E as leis da evolução são impiedosas: comunidades virais e bacteriológicas se transformam para nos incluir, cada vez mais, na sua dieta. Já que estamos ali, aos bilhões, literalmente dando sopa.

O meu canivete

A humanidade se divide em duas categorias: a dos que dividem a humanidade em duas categorias e a dos que não dividem a humanidade em duas categorias. Os que dividem a humanidade em duas categorias a dividem de acordo com critérios variados: entre os que raspam a manteiga e os que tiram pedaços, entre os que abotoam a camisa de baixo para cima e os que abotoam de cima para baixo etc.

Eu divido a humanidade em duas categorias gerais, homens e mulheres, e, entre os homens, os que têm — ou tiveram, em algum momento da vida — um bom canivete, e os que não têm ou nunca tiveram um bom canivete.

É importantíssimo um bom canivete na vida de um homem. Sei, porque nunca tive um, e sempre senti isso como uma lacuna, no bolso e na vida. Um homem deve ter um bom canivete. Não precisa ser daqueles completos, que incluem até fio de aço para o caso de alpinismo de emergência. Apenas um bom e volumoso canivete que encha a sua mão e lhe dê a sensação de estar pronto para qualquer eventualidade, de abrir a lata de sardinha encontrada no meio do deserto que pode salvar a sua vida a limpar a unha suja. E eu nunca tive um bom canivete.

E um dia, ganhei um. Está bem, não era, assim, um canivete para levar para o mato ou intimidar desafetos. Na verdade, ganhei de brinde, junto com nem me lembro mais o quê. Um canivetinho para pendurar no chaveiro. Mas eu finalmente carregava várias lâminas no bolso — ou, vá lá, no bolsinho dos trocados — para as minhas necessidades básicas de homem.

O abridor não servia para deslocar nenhum tamanho conhecido de tampa de garrafa, esqueça a lata de sardinha no deserto. Não importa. Eu tinha um quase canivete e era um homem mais completo. Experimentava a mesma sensação de autonomia pessoal e disponibilidade para a aventura que acompanhava o homem primitivo ao se afastar da horda, armado com o mínimo do que precisava, além da astúcia, para sobreviver sozinho. Era de novo um catador/caçador como meu antepassado mais remoto. E se o maior desafio para o meu solitário antepassado e seu pré-canivete na savana era o tigre-dente-de-sabre enquanto o meu era abrir o celofane de CDS, isso não diminuía a minha identificação com ele e com sua arma simples. Estávamos ambos prontos para tudo. Só mudara o tudo.

Pois com o tempo modificam-se as necessidades básicas de um homem. O inventor do canivete nunca imaginou que um modelo moderno do seu instrumento incluiria um cortador de pelos do nariz. É que é grande a nossa distância das savanas.

Aeroporto de Cingapura, há algumas semanas. Não me pergunte quantas, de tanto mudar de fuso horário já não tenho bem ideia nem do ano. Estamos no meio do caminho entre Londres e Sydney. Temos tempo para perambular pelo aeroporto, examinar as vitrines com os produtos típicos do lugar — roupas da Gap, cosméticos da Lacombe etc. — e esticar as pernas. Para voltar para o avião temos de passar por aparelhos de detenção outra vez. Só que os aparelhos de detenção de Cingapura detectam mais do que os outros. O portal que denuncia metal na gente faz "piiii" quando eu passo. É a primeira vez que eu faço "piiii" na viagem. O guarda me pede para abrir os braços e me investiga mais de perto com seu bastão eletrônico. Ouve-se um "piii" mais estridente. Mostro a caixinha de remédio que carrego no bolsinho. É de metal, e a óbvia culpada da minha estridência. Faço cara de doente para o guarda, e de um doente que não aguentará muitas passadas mais de bastão eletrônico e pode morrer em suas mãos. Mas ele continua a inspeção.

Retirada a caixinha, continuo a apitar. É o meu canivete. Relutantemente, retiro-o do bolsinho e mostro para o guarda. Olha que coisa mais pequenininha e inofensiva. Ele pega o canivete e dá para outro guarda, junto com o meu cartão de reembarque. O outro guarda toma nota do meu nome. Boa, penso. Vão me devolver o canivetinho na chegada. Nada disso. "Confiscated", diz o segundo guarda. Sou, de novo, um homem sem canivete.

No avião fiquei pensando: está certo. Os aviões do Onze de Setembro foram sequestrados com cortadores de papel. Qualquer arma é arma, todas as precauções se justificam. Nas refeições que servem a bordo as facas agora são de plástico. É verdade que na maioria dos casos bastaria ameaçar a tripulação com a ingestão forçada da comida que servem para dominá-la. Mas têm razão em não deixar nada minimamente cortante ao alcance dos passageiros. Há cartazes anunciando a proibição em todos os aeroportos, eu apenas não imaginei que meu canivetinho pudesse ser enquadrado nas ameaças à segurança. Agora imagino a cena.

— Isto é um sequestro. Sou da Al Dente, uma facção que luta contra o espaguete mole em todo o mundo, e estou disposto a tudo pela causa. Leve-me à cabine de comando ou eu a cortarei com este canivete.

— Que canivete?

— Como que canivete? Este que tenho na minha mão.

— Isso é um canivete?

— Você deve estar brincando. É um canivete, sim, e tem dezessete funções diferentes, além de cortar aeromoças difíceis. Você deveria ver o que ele faz com plásticos de CDs. Agora chega de conversa e me leve à cabine de comando.

— Cavalheiro, por favor. Deixe de brincadeira e sente-se.

— Você não me ouviu? Leve-me à cabine de comando ou eu... Epa.

— Que foi?

— Deixei cair o canivete. Ninguém se mova! Alguém pode pisar nele sem ver.

— Está bem, está bem. Agora sente-se, por favor. Vamos começar a servir a comida.

— Represália, não!

Pensando bem, fiquei com um certo orgulho do meu canivetinho. Sempre poderei dizer que um tive um canivete que, se não servia para abrir garrafas, foi considerado capaz de sequestrar um Boeing. E confiscado. Só não entendi bem por que tomaram nota do meu nome em Cingapura. A esta altura devo estar em algum relatório difundido entre todas as companhias de aviação do mundo. "Atenção: tentou entrar com arma dissimulada em avião. Potencialmente perigoso. Mantenham-no sob controle e diminuam a sua porção de Coca Diet."

O homem que sabia perder no pôquer

O melhor jogo de pôquer de Las Vegas não é em nenhum dos grandes hotéis ou cassinos, é o do Manny, que durante o dia é salva-vidas na piscina do MGM Grand e de noite recebe os grandes jogadores em sua casa. Os jogos duram a noite inteira. Manny nunca dorme. Os banhistas do MGM Grand não sabem o perigo que correm. Na roda que se reúne na casa do Manny para jogar, não há dúvidas de que no dia em que mergulhar na piscina para salvar alguém, Manny não voltará à tona. Meu nome, por sinal, é Jack, Jack o Charuto, porque ninguém nunca me viu sem um charuto na boca, salvo quando me tiraram da barriga da minha mãe, e mesmo assim o obstetra não tem certeza. Sou, obviamente, um personagem fictício do Verissimo. Sempre que estou em Las Vegas vou jogar na casa do Manny. Qualquer um pode entrar na casa do Manny, basta saber a senha ("É aqui?") e/ou pagar quinhentos dólares. Mas não recomendo que você entre no jogo se não tiver dinheiro, muito dinheiro. Poços de petróleo e/ou tias ricas ajudam. E/ou muita coragem. Já vi gente sair carregada da mesa do Manny, depois de perder toda a sua fortuna na perigosa presunção de que a sua trinca era imbatível. A trinca, qualquer jogador de pôquer lhe dirá, é a mais cruel das mãos. Já matou muita gente, do coração ou de causas menos convencionais como tiro na testa. Nos casos de enfarte, o Manny tem um amigo médico de plantão para testar se o cara não está fingindo. Às vezes o cara morre do teste.

Não preciso dizer que o pôquer do Manny é frequentado por alguns tipos estranhos. Como o maior ganhador da roda, o Fred. Lucky Fred. Fred Sortudo. Nunca vi ninguém tão sortudo e tão triste. Fred Sortudo não é apenas triste. É um amargurado. Quanto mais ganha, mais triste e amargurado fica. E certa manhã, depois que todos os outros jogadores já tinham ido embora e o Manny se preparava para fechar a casa e ir trabalhar na piscina do hotel, o Fred Sortudo me contou a razão da sua amargura. Tinha sido o maior ganhador da noite, outra vez, e eu perguntei se ele tinha ideia de quantas rodadas ganhara. De quantas vezes arrastara as fichas da mesa para a sua pilha, com aquela expressão de sofrimento no rosto. Que porcentagem? Trinta, 40%, 60% das vezes? Ele me olhou durante algum tempo, como se quisesse chegar a alguma conclusão a meu respeito, e decidiu que podia me confiar seu segredo. Era a primeira vez que o contaria para alguém. Talvez concluíra que, sendo fictício, eu era de confiança. Perguntou: sabe quantas vezes eu tive a melhor mão da mesa? E ele mesmo respondeu: todas. Como, todas? perguntei. Todas. Cem por cento das vezes. Sabe aquele seu full hand? Eu poderia ter batido aquilo. Tinha um straight flush. E por que não bateu?, perguntei, tirando o charuto da boca, coisa que só faço nas refeições, para beber o bourbon, e em casos extremos de espanto. Aí é que está, disse ele, as bochechas caídas como as de um cachorro. As bochechas mais tristes que eu conheço. Aí é que está. Você se dá conta do que aconteceria se eu ganhasse todas as rodadas, 100% das rodadas, sempre? Você estaria milionário, disse eu. Não!, gritou o Fred Sortudo. Você não vê? Eu não entraria mais em nenhuma roda de pôquer, neste ou em qualquer outro hemisfério. Ninguém ia querer jogar comigo. Por isso eu preciso perder de vez em quando. Sei que tenho o jogo melhor, mas não aposto. Passo. Não sei quantas vezes atirei um royal straight flush com ás na ponta no bagaço e disse: "Estou fora". Ou desmanchei um four de reis e pedi três cartas, só para não ganhar. Porque eu sempre tenho a melhor mão. Desde que comecei a jogar tem sido assim. Sempre. É terrível.

Foi a minha vez de ficar olhando para o Fred Sortudo, tentando decidir se ele estava me gozando ou não. Aquelas bochechas trágicas não pareciam ser as de um gozador. Ninguém tem sorte assim, disse eu, finalmente. Isso não é normal. Exato! Gritou ele. Não é normal. É um sinal de alguma coisa que eu não identifico. Uma bênção que eu não sei de onde vem, e o que eu fiz para merecer. É um mistério, uma anomalia, uma danação. Entende? Ter sorte assim é pior do que ter azar! Se eu não ganhasse nunca ou ganhasse pouco seria igual a milhares de outros, igual ao resto da humanidade. Porque ter azar é normal. Ganhar sempre me coloca em outro plano — que eu não sei qual é. Só sei que não é normal. Perco de propósito para parecer normal. Para recusar essa dádiva que eu não quero e não entendo, entende? Perguntei se ele tinha a mesma sorte em outros tipos de jogo. Não, só no pôquer. Sentia que tinha uma missão na vida que ainda não lhe fora revelada, que fora abençoado por alguma razão. Mas fosse qual fosse sua missão, certamente não era a de ganhar sempre no pôquer. Mas o negócio dele era o pôquer. Vivia do pôquer. E para continuar ganhando no pôquer, não podia ter sorte demais. Para poder viver do pôquer, precisava perder no pôquer. E também havia a questão do orgulho profissional. Receber sempre as melhores cartas significa que eu não sei se sou bom no pôquer ou não, disse Fred. Minha única habilidade provada no pôquer não é saber ganhar, é saber fingir que perdi.

Naquela noite, teve uma rodada em que ficamos, outra vez, só eu contra o Fred Sortudo. Eu com um full hand, par e trinca, sabendo que, se a história que me contara naquela manhã fosse verdadeira, o Fred tinha um jogo mais alto na mão. Sempre tinha um jogo mais alto na mão. A questão era o que pretendia fazer com ele. Arrisquei e apostei todas as minhas fichas. Fred Sortudo não sorriu, exatamente, mas fez uma boa tentativa. Atirou suas cartas na mesa e disse: "Leva". Não resisti. Me debrucei por cima da mesa para virar as cartas dele e descobrir se o seu jogo era mesmo melhor do que o meu e se a sua história era verdadeira. Mas ele tapou as cinco cartas com a mão e me impediu de vê-las. Nunca saberei se a história de Fred Sortudo era verdadeira. Sua tristeza era. Aparecem uns tipos bem estranhos no pôquer do Manny.

João e Maria

Esta é uma daquelas histórias que as pessoas juram que aconteceram, não faz muito, com um amigo delas. Há anos você ouve a mesma história, sempre com a garantia de que aconteceu mesmo. Há pouco, com um amigo. Nesta versão o amigo se chama João e a mulher se chama Maria, para simplificar.

O João começou a desconfiar das constantes conversas da Maria com o José, amigo do casal. Volta e meia o João pegava a Maria e o Zé cochichando, e quando se aproximava deles, eles paravam.

— O que vocês dois tanto conversam?

— Nada.

Ou a Maria estava falando ao telefone e, quando o João chegava, dizia "Não posso agora" e desligava.

— Quem era?
— Ninguém.

Não foi uma nem duas vezes. Durante semanas, o ninguém ligou muito. E um dia a Maria anunciou que precisava viajar. Sua vó Nica. No interior. Muito mal. Nas últimas. Precisava vê-la. Iria na sexta de manhã e voltaria no domingo.

— Logo na sexta, Maria?
— Por quê? Que que tem na sexta?
— Nada.

João telefonou para a sogra e perguntou como ia a vó Nica.

— A mamãe? Deve estar bem. Foi com o grupo dela fazer compras no Paraguai.

Maria só levou uma pequena sacola na viagem. Claro, pensou João. Só o que iria precisar, no hotel em que se encontraria com o Zé para um fim de semana de amor. No fim da tarde, só para confirmar, João telefonou do seu escritório para o escritório do Zé. Não, o seu José não estava. Tinha saído cedo e avisado que não voltaria. Muito bem, pensou João. Muito bem. Era assim que ela queria? Pois muito bem. Ele se vingaria. Levaria uma mulher para casa. Sim, para casa. Uma mulher, não. Duas. Fariam um *m*, ou como quer que se chamasse aquilo — na cama do casal!

Na boate, já bêbado, João perguntou para as duas mulheres, Vanessa e Gisele:

— Sabem que dia é hoje?
— Fala, filhote — disse a Vanessa.
— O meu aniversário. E sabe que presente a minha mulher me deu?
— O quê? (Gisele)
— Cornos! E com o Zé. Com o Zé!
— Sempre tem um Zé — filosofou a Vanessa.

João desconfiara que uma das duas mulheres era um travesti, mas ao chegarem na casa, ele não se lembrava mais qual. Decretou que os três tirariam a roupa antes de entrar na casa. As mulheres toparam. Quando João conseguiu acertar o buraco da fechadura e abrir a porta, a Gisele tinha pulado nas suas costas e se pendurado no seu pescoço, e a Vanessa tentava pegar o seu pênis, e era assim que eles estavam quando as luzes da casa se acenderam e todos que estavam lá para a festa de aniversário que a Maria e o José tinham passado semanas planejando gritaram: "Surpresa!".

Meninas

Primeiro dia de aula. A menina escreveu seu nome completo na primeira página do caderno escolar, depois seu endereço, depois o nome da cidade, depois o nome do estado, depois "Brasil", "América do Sul", "Terra", "Sistema Solar", "Via Láctea" e "Universo". A Rute, sentada ao seu lado, olhou, viu o que ela tinha escrito e disse: "Faltou o CEP".

Quase brigaram.

Ela era apaixonada pelo Marcos, o Marcos não lhe dava bola. Um dia, no recreio, uma bola chutada pelo Marcos bateu na sua coxa.

Ele abanou de longe, gritou "Desculpa", depois foi difícil tomar banho de chuveiro sem molhar a coxa e apagar a marca da bola. Ela teve que ficar com a perna dobrada para fora do boxe, a mãe não entendeu o chão todo molhado, mas o que é que mãe entende de paixão?

Sua melhor amiga era a Rute, que anunciou que teria três filhos, Suzana, Sueli e Sukarno.

"Sukarno?!"

"Li o nome no jornal."

"Mas por que Sukarno?!"

"Não tem nome de homem que começa com 'Su'."

E a Rute nem queria ouvir falar em não ter filho homem, o que resolveria o problema. Não transigiria.

Na festa de aniversário da Ana Lúcia, ela, a Rute, a Nicete e a Bel chegaram em grupo e foram direto para o banheiro. De onde não saíram. A Nicete às vezes entreabrindo a porta para controlar a festa, e a Bel dando uma escapada para trazer doces e a notícia de que não, o Marcos não estava dançando com ninguém. A Rute contou que já tinha pelos pubianos e perguntou se as outras queriam ver, mas não houve unanimidade.

Naquele ano, a última página do caderno da menina estava toda coberta com o nome do Marcos repetido. Marcos e sobrenome, Marcos e sobrenome. Às vezes o nome dela com o sobrenome do Marcos. Às vezes o nome dos dois com o sobrenome dele. E na saída do último dia de aula antes das provas, alguém arrancou o caderno das mãos dela e levou para o Marcos ver. Ela correu, tirou o caderno das mãos do Marcos e disse: "Desculpa". Naquela noite, chorou tanto que a mãe teve que lhe dar um calmante. Nunca mais falou com o Marcos.

Nunca mais encheu seu caderno com o nome de alguém. Nunca mais se apaixonou, ou chorou, do mesmo jeito. Do pior dia da sua vida só o que repetiu muitas vezes, depois, foi o calmante.

Pensou que se um dia saísse um livro com o seu diálogo com Marcos seria um livro de cem páginas com "Desculpa!" na primeira página e "Desculpa" na última, e todas as outras páginas em branco. Seria o livro mais triste do mundo.

Um professor disse para a menina que só havia um jeito de compreender o universo. Ela devia pensar numa esfera dentro de uma esfera maior, dentro de uma esfera ainda maior, dentro de uma esfera maior ainda, até chegar a uma grande esfera que incluiria todas as outras e que por sua vez estaria dentro da esfera menor. A menina então entendeu que a sua melhor amiga Rute tinha razão, era preciso botar o CEP. Num universo assim, era preciso fixar um detalhe para você nunca se perder. Nem que o detalhe fosse a mancha no teto do seu quarto com o perfil da tia Corinha, a que queria ser freira e acabara oceanógrafa.

A menina disse para a Rute que era preciso escolher um detalhe da sua vida, em torno do qual o universo se organizaria. Cada pessoa precisava escolher um momento, uma coisa, uma espinha no rosto, uma frase, um veraneio, um quindim, uma mancha no teto — um lugar no universo em que pudesse ser encontrada, era isso.

— Pirou — disse a Rute.

O Nono e o Nino

Alguns da família dizem que tudo começou quando o Nono se debruçou para ver de perto o Nino, recém-nascido, pelado em cima de uma cama, e o Nino fez xixi na sua lapela. Na lapela! O xixi do Nino descreveu um arco e acertou a lapela da fatiota que o Nono vestira especialmente para visitar a filha caçula e conhecer o décimo neto. Na ocasião, o Nono teria exclamado *Mascalzone!* e dado uma risada, mas todos tinham notado que a risada era forçada. A coisa começara ali. Outros da família dizem que isso é bobagem. Que o Nono esqueceu o xixi na lapela e sempre tratou o Nino como tratava os outros netos: um pouco distante, mas com carinho. Segundo esta facção, tudo começou no tal almoço da comparação. O fatídico almoço da comparação.

O Nono era um avô italiano clássico. Nada lhe dava mais prazer do que reunir *la famiglia* em casa para os almoços de domingo. E o Nono dominava a mesa, aos domingos. Dava ordens, dirigia a conversa, fazia perguntas sobre a vida de todos e não ouvia as respostas, propunha brindes, mandava servir vinho para as crianças — *si, si, vino*, Coca-Cola fura o estômago — e sempre terminava os almoços puxando uma canção italiana, que todos tinham que cantar, sob pena de receberem um pedaço de pão na cabeça. Depois da sobremesa e antes do café, todos tinham que cantar junto com o Nono.

No tal almoço fatídico, Giovanna — a neta que vivia bajulando o Nono, a única que ele deixava brincar com a sua papada — quis saber o que era "*pasta asciutta*". Ela já sabia o que era "*pasta asciutta*", mas também sabia que o Nono gostava quando lhe faziam consultas sobre o seu assunto preferido, qualquer coisa que tivesse a ver com a Itália e, principalmente, com comida italiana. Tanto que ele só começou a falar depois que a Giovanna, aos gritos, conseguiu silenciar o resto da mesa. Inclusive o Nino, que improvisara um jogo de futebol com uma ervilha desgarrada e narrava o jogo com grande entusiasmo. O Nino estava, então, com dez anos.

— Ssshhhh, o Nono vai falar. O Nono vai falar!

O Nono esperou até ter a atenção de todos, e começou.

— É bela. Existe "*pasta asciutta*" e "*pasta in brodo*". "*Pasta asciutta*" é a pasta como nós comemos hoje. "*Pasta in brodo*" é quando a *pasta* vem num caldo. *Capisci?* A pasta pode ser "*asciutta*", seca, ou "*in brodo*", molhada.

— Como meleca — disse o Nino.

Por um instante, o silêncio pairou sobre a mesa como uma locomotiva escolhendo o lugar para cair. Então o Nono falou.

— Quê?

— Como meleca. Do nariz. Meleca também pode ser molhada ou seca.

O Nono olhou para a mãe do Nino. Sua filha, sua filha caçula. Ela era a responsável por aquilo. Ela gerara aquele monstro e aquela comparação sacrílega.

— Liga não, papai... — disse a filha.

— Ele é um humorista — tentou justificar o pai do monstro.

— Mas é verdade! — insistiu Nino. — A meleca dura é mais fácil de...

— Chega! — gritou sua mãe.

Naquele domingo, o almoço não terminou em canção. O Nono saiu da mesa antes do cafezinho. A Giovanna foi atrás para consolá-lo. Na mesa, Nino recebeu um peteleco em cada lado da cabeça. Mãe e pai, numa operação conjunta.

Daquele almoço fatídico em diante, nos anos que se seguiram, o Nono sempre se referiu ao Nino como "O Humorista".

— O Humorista não quer mais polenta?

— Vejo que O Humorista está com cabeleira de veado.

— O Humorista não vem hoje? Está estudando para o vestibular? De quê? Humorismo?

— O Humorista nunca mais veio aqui. Eu não me importo. A Nona dele, *sí, símporta. Ma io...*

Tentavam aplacar o velho.

— No domingo que vem ele vem, papai.

— Por mim...

E houve outro domingo fatídico. O domingo em que o Nino anunciou ao Nono, na mesa do almoço, que usara a cozinha italiana como exemplo na sua tese de formatura.

— Exemplo de quê? — perguntou o Nono, desconfiado.

— Do imanente e do aparente como categorias filosóficas.

— Quê?!

O pai e a mãe do Nino tentaram detê-lo com sinais, sem sucesso. Nino continuou.

— Na cozinha italiana, o imanente é a massa, que é sempre igual. O aparente é a forma que toma a massa, *fettuccine, cappelletti, tortellini, orecchiette, farfalli,* que dá uma ilusão de variedade, assim como a individualidade humana parece negar a essência imanente única do ser enquanto...

— *Illusione? Illusione?*

O Nono já estava de pé.

— É, Nono. A cozinha italiana é uma falcatrua. A massa é sempre a mesma, feita da mesma maneira. Só o que muda é...

— A comida italiana é a mais variada do mundo!

— Não é, Nono. A forma da massa não altera o sabor. A variedade é ilusória, como...

— Saia desta mesa. Agora! E não volte nunca mais.

— Mas Nono...

— Agora!

E quando o Nino se retirava, o Nono gritou:

— *Mijon! Mijon!*

Dando razão à facção que sustentava que, na sua alma calabresa, o Nono nunca perdoara o xixi na lapela.

540

A volta da Andradina

A volta da Andradina para casa foi cuidadosamente preparada, como a visita de um chefe de Estado. Sua irmã mais velha, Amélia — a irmã com a melhor cabeça, era a opinião geral —, tratou de todos os detalhes. Para começar, a discrição. Todos na casa, do dr. Saul, marido da Amélia, ao Bolota, neto recém-nascido da cozinheira, receberam ordens para, em hipótese alguma, revelar o dia e a hora da chegada da Andradina. O Bolota só ficou de olhos arregalados, mas o resto da família jurou não dizer nada. Fora da casa, ninguém precisava saber que a Andradina estava voltando.

A chegada da Andradina só não teve ensaio geral. Tudo foi planejado. Quem iria ao aeroporto buscá-la, quem ficaria na casa, quem cuidaria das malas. Na véspera da chegada, Amélia reuniu todos na sala para as últimas instruções. Horário de partida para o aeroporto, provável horário de chegada da Andradina na casa (se o avião não atrasasse), como cada um deveria comportar-se. Importantíssimo: nem uma palavra sobre o caso. Para todos os efeitos, ninguém sabia de nada. Para todos os efeitos, Andradina apenas decidira passar uma temporada em casa, descansando e revendo a família. Nada mais natural. Alguém perguntou:

— E na mesa?

— Como, na mesa?

— Na mesa. Na conversa normal. No dia a dia. Não se toca no assunto?

— Só se ela tocar. Entendido?

Entendido. Ninguém diria nada. E principalmente ninguém mencionaria o nome "Geraldo". Regra número um da casa: daquele momento em diante, "Geraldo", não. "Geraldo" em hipótese alguma. Como margem de segurança, talvez fosse melhor banir todos os nomes começados em "Gê". De pessoas e de coisas.

— Ai, meu Deus! — disse Alicinha, a filha do meio, a que falava mais e nem sempre se dava conta do que dizia. Precisaria se controlar para não dizer "Geraldo". Tinha certeza de que acabaria dizendo "Geraldo". Cruzaria com a tia Andradina no corredor e em vez de "Bom-dia" diria "Geraldo". Alicinha ficou muito nervosa.

A Operação Chegada transcorreu sem problemas. O avião não atrasou, Andradina entrou na casa no horário previsto. Sorriu para todos, fez festa para o Bolota, disse que preferia não almoçar.

Estava cansada, iria para o quarto, talvez dormisse um pouco, mais tarde comeria alguma coisa. Amélia decretou silêncio absoluto na casa enquanto Andradina descansasse. O Bolota foi exilado, para evitar o risco do choro extemporâneo. Durante toda a tarde, Amélia patrulhou a casa, pronta para abafar no nascedouro qualquer ruído que pudesse perturbar o descanso de Andradina. Pensando: "Como ela está pálida, coitadinha. Como ela está pálida".

Andradina era a irmã mais moça. Amélia era meio mãe de Andradina. Infelizmente, Andradina não ouvira o que Amélia lhe dissera sobre o Geraldo. Todas as suas previsões sobre o Geraldo tinham se cumprido. Bem que Amélia avisara. Quando Andradina saiu do quarto, no fim da tarde, encontrou a mesa da cozinha posta, com três tipos diferentes de bolo. Inclusive o seu favorito, de banana.

No jantar daquela noite, todos se esforçaram para deixar Andradina à vontade. O dr. Saul, que raramente falava, foi quem mais falou. Chegou a lembrar o seu tempo de bailarino. É, bailarino. Alguém se lembrava do tuíste? Dançara muito tuíste. A Alicinha, que normalmente era a que mais falava, não disse nada. Ficou muda durante todo o jantar, apavorada com a possibilidade de dizer "Geraldo", ou coisa parecida, sem querer. Andradina comeu pouco e falou pouco. Passou o tempo todo com um sorriso triste nos lábios. Foi cedo para o quarto. Não, não acompanhava a novela. Quando Andradina se retirou, todos respiraram aliviados.

Tinham se comportado bem. Amélia voltou do quarto, onde fora ver se a irmã tinha tudo de que precisava, e premiou toda a família com a sua aprovação. Tinham se comportado muito bem. O primeiro dia da volta da Andradina, pelo menos, fora um sucesso. Sem gafes. Coitadinha da Andradina.

No café da manhã do dia seguinte, quase uma catástrofe. Alicinha começou a dizer "Me passa a..." e parou. Será que podia dizer "geleia"? Geleia era com "gê"? Mesmo se fosse "jeleia" com "jota", o som seria o mesmo e as consequências poderiam ser desastrosas. Completou: "... manteiga?". Andradina aparentemente não notou a hesitação da sobrinha. E logo depois do café pediu para falar com Amélia no quarto. Queria contar tudo. Com detalhes. As duas irmãs passaram a manhã trancadas no quarto.

Fora alguns soluços da Andradina, ninguém ouviu nada do que se passava lá dentro. Nem quando colaram o ouvido na porta. Perto do meio-dia, a Amélia saiu do quarto, sacudindo a cabeça como se dissesse "eu bem que avisei". E deu novas instruções. A partir daquele momento, além de "Geraldo" e qualquer palavra começada com "gê", ninguém deveria falar em arreios, chapéu de marinheiro e pomada mentolada na presença da Andradina.

O homem que caiu do céu

O homem atravessou o telhado e caiu na cama ao lado da Denilda, que acordou com o estrondo, deu um grito, pulou da cama, correu do quarto e só voltou quando os bombeiros já tinham examinado os estragos no teto, a polícia já revistara o homem para descobrir sua identidade, o homem já tinha sido levado para o hospital, inconsciente, e ela já tinha sido acalmada pela mãe e por vizinhos.

De onde viera aquele homem? Não havia nenhum prédio mais alto do que a casa de Denilda nas redondezas, nenhuma estrutura de onde ele poderia ter caído ou sido jogado. Ele teria caído de um avião? Estava de terno e gravata, tinha um aspecto respeitável apesar dos estragos que sofrera ao atravessar o telhado e o forro da casa de Denilda, podia, sim, ser um passageiro de avião, até da classe executiva, mas como alguém cai de um avião sem ninguém notar? Nenhuma companhia aérea tinha dado falta de qualquer passageiro.

O terno, a gravata e o aspecto também eliminavam a possibilidade de o homem ter sido disparado de um canhão e, de certa maneira, de ser um ladrão que andava pelo telhado e se dera mal. E mesmo o estrago no telhado era muito grande para ter sido causado apenas por um ladrão sem sorte. O estrago só poderia ter sido feito por alguém caindo de uma grande altura.

O homem não tinha nada nos bolsos que o identificasse. Suas roupas não tinham qualquer etiqueta. Dois dias depois da queda, ele recuperou os sentidos, no hospital, mas não se lembrava de nada. Nem do próprio nome, muito menos de onde caíra sobre o telhado da Denilda. Que foi visitá-lo no hospital, junto com a mãe. Quando viu Denilda, o homem sorriu e disse: "Oi". Denilda não sabia se brigava com ele pelo susto que lhe dera (onde já se vira, cair assim sobre a casa de alguém!) e exigia que ele pagasse os consertos do telhado, ou se perguntava como ele estava. Ele continuava sorrindo para Denilda.

— Como você está?

— Bem, bem.

E, milagrosamente, estava bem. Fora alguns rasgões na roupa, estava inteiro. Nada quebrado. Um milagre. Ele falava um português engraçado. Sem sotaque, mas cuidadoso, como se tivesse aprendido a língua recentemente. Se tinha família, e algum lugar para onde ir quando saísse do hospital, não sabia. Dinheiro? Também não se lembrava.

Denilda decidiu levá-lo para casa. Até ele recuperar a memória. A mãe não gostou mas acabou concordando. Afinal, era Denilda que trabalhava e mantinha a casa. Denilda, que estava se aproximando dos quarenta e nunca se casara. Que dizia que homem como ela queria não se encontrava em qualquer lugar. Que já tinha desistido de encontrar um homem como ela queria, em qualquer lugar.

Na saída do hospital, tiveram que enfrentar a imprensa. A notícia do misterioso bólide humano chegara aos jornais. Denilda respondeu às perguntas dos repórteres. Disse que se responsabilizaria por ele, até que aparecesse algum familiar, ou alguém com informações sobre seu passado e as circunstâncias de ele ter caído sobre o seu telhado. O homem só sorria.

O homem nunca recuperou a memória, e, aos poucos, Denilda foi aceitando a conclusão de que ele não tinha memórias para recuperar. As amigas que vão visitá-la ficam encantadas com o Vando — ela decidiu chamá-lo Vando — e mais de uma começou a dizer, ao ver Vando ajudando a Denilda em casa e sendo tão carinhoso com ela, "mas esse homem caiu do...", antes de se controlar. A própria Denilda tenta não pensar na forma como Vando despencou na sua vida. Não, não é que ela não se sinta à vontade com a metafísica e não queira especular sobre preces atendidas, e o que ela fez para merecer aquela dádiva do céu.

As perguntas de Denilda são outras. Que mérito há em ter o homem que se pediu a Deus se ele cai, literalmente, na sua cama, sem nenhum mérito seu? Se você não o conquistou, apenas o encomendou?

— Onde é que fica o meu amor-próprio? — foi o que ela perguntou ao Vando, na cama, na outra noite. Ele apenas sorriu, beijou o seu ombro e perguntou "vamos outra vez?", mas ela o empurrou, irritada, reclamou que era impossível ter uma conversa séria com ele e ameaçou jogá-lo pela janela.

A vida eterna

Manoel foi pro céu. O que o surpreendeu muito. Ateu, descrente total, a última coisa que esperava era descobrir que há vida depois da morte. Mas morreu e, quando abriu os olhos, se viu numa sala de espera cheia de gente, com uma senha na mão, esperando para ser chamado para uma entrevista. Não havia um grande portão dourado, como vira em mais de uma representação da entrada do céu, e aparentemente são Pedro não era mais o porteiro. Fora substituído por recepcionistas com computadores que faziam a triagem dos recém-chegados. Mas o resto era igual ao que as pessoas imaginavam: nuvens, todo mundo de camisola branca, música de harpa...

A recepcionista era simpática. Digitou o nome de Manoel no computador e, quando a sua ficha apareceu, exclamou:

— Ah, Brasil! Português?

— Português.

E o português dela era perfeito. Fez várias perguntas para confirmar os dados sobre Manoel que tinha no computador. Sempre sorrindo. Mas o sorriso desapareceu de repente. Foi substituído por uma expressão de desapontamento.

— Ai, ai, ai... — disse a recepcionista.

— O que foi?

— Aqui onde diz "Religião". Está: "Nenhuma".

— Pois é...

— O senhor não tem nenhuma religião? Pode ser qualquer uma. Nós encaminhamos para o céu correspondente. Ou se o senhor preferir reencarnação...

— Não, não...

— Então, sinto muito. Sua ficha é ótima, mas...

Manoel a interrompeu:

— Não tem céu só pra ateu, não?

Não existia um céu só para ateus. Nem para agnósticos. Também não eram permitidas conversões post mortem. E deixá-lo entrar no céu, numa eternidade em que nunca acreditara, talvez tirando o lugar de um crente, o sr. Manoel teria que concordar, não seria justo. Infelizmente, ela tinha que...

— Espere! — disse Manoel, dando um tapa na testa. — Me lembrei agora. Eu sou Univitalista.

— O quê?

— Univitalista. É uma religião nova. Talvez por isso não esteja no computador.

— Em que vocês acreditam?

— Numa porção de coisas de que eu não me lembro agora, mas a vida eterna é uma delas. Isso eu garanto. Pelo menos foi o que me disseram quando eu me inscrevi.

A recepcionista não parecia muito convencida, mas pegou um livreto que mantinha ao lado do computador e foi direto na letra U. Não encontrou nenhuma religião com aquele nome.

— Ela é novíssima — explicou Manoel. — Ainda estava em teste.

A recepcionista sacudiu a cabeça, mas disse que iria consultar o Chefe. Manoel deveria voltar ao seu lugar e esperar a decisão.

De volta ao seu lugar, Manoel se viu sentado ao lado de outro descrente. Que perguntou:

— Você acredita nisso?

— Eu... — começou a dizer Manoel, mas o outro não o deixou falar.

— É tudo encenação. É tudo truque. Eles tentam nos pegar até o último minuto. Olha aí.

E o outro se levantou e começou a chutar as nuvens que cobriam o chão da sala de espera.

— Isso é gelo seco! Você acha mesmo que existe vida depois da morte? Você acha mesmo que nós estamos aqui? Estão tentando nos engambelar. É tudo propaganda religiosa. É tudo...

Manoel saltou sobre o homem, cobriu sua cabeça com a camisola, atirou-o no chão e sentou-se em cima dele. Para ele ficar quieto e não estragar tudo. Era claro que também não acreditava em nada daquilo. Era tudo uma ficção para enganar os trouxas. Mas, fosse o que fosse, duraria a vida eterna.

Antigas namoradas

O Plínio se aposentou. Não tinha nada para fazer, e um dia se viu pensando nas suas namoradas. Todas as namoradas que tivera, desde a primeira. Quem fora a primeira? A Maria Augusta, claro. Nunca mais pensara na Maria Augusta. Foi uma lembrança tão forte que ele chegou a exclamar em voz alta:

— Gugu!

A mulher pensou: pronto. O Plínio ficou gagá. Só estava esperando se aposentar para ficar gagá. Senilidade instantânea. Não perdeu tempo. Mas o Plínio continuou:

— Que coisa. Como eu fui me esquecer dela?

— Quem?

— A minha primeira namorada. Maria Augusta. Gugu. Nós tínhamos doze anos. O primeiro beijo na boca. Ela que me deu. Namoramos escondidos. Uma vez combinamos que um ia sonhar com o outro. Seria um sonho só. Nos encontraríamos no sonho. Engraçado, as coisas que a gente começa a se lembrar...

— E sonharam?

— Hein? Não, claro que não. Mas mentimos que sim. O namoro durou um verão. Nunca mais soube dela. Depois veio a... a... Sulamita!

— Você namorou uma Sulamita?!

— Espera. Preciso fazer uma lista.

O Plínio saiu atrás de papel e caneta. Pronto, pensou a mulher. O Plínio encontrou uma ocupação.

— Então, vamos ver. Gugu, Sulamita...

— Que idade tinha essa Sulamita?

— Uns catorze. Primeiro beijo de língua. Primeira mão no peito. Mas só por fora. Ela não queria fazer mais nada. Meu Deus, as negociações! As intermináveis negociações. Deixa. Não deixo. Pega aqui. Eu não. Só um pouquinho. Não. Você não me ama! Sexo, sexo mesmo, ou uma simulação razoável, foi só com a seguinte, que se chamava... Não. Antes do sexo teve um anjo. A Liselote. Loira, magra, alta. Pele de alabastro. O que é mesmo alabastro?

— Não sei, acho que é uma espécie de...

— Não importa. A pele da Liselote era de alabastro. Namoramos durante anos. Um dia fizemos um pacto suicida, mas eu levei tanto tempo para escrever o bilhete que ela achou que era má vontade e o namoro acabou. Anos depois nos encontramos e ela me disse que era psicóloga e tinha quatro filhos. Depois da Liselote, então, veio o sexo animal! Com a, a... Como era o nome dela? Marina. Não, Regina. Cristina. Por aí. Fizemos de tudo, ou quase tudo. Foi a primeira namorada oficial, daquelas de ficar de mão dada na sala. Nossas famílias se conheciam. Durou quatro anos. Engraçado eu não me lembrar do nome dela. Me lembro de um sinalzinho na nádega, estou vendo ele agora, mas não me lembro do nome. Era para acabar em casamento assim que eu me formasse, o pai dela nos ajudaria... Mas um dia ela me viu descascando uma laranja e teve uma crise. Por alguma razão, o meu jeito de descascar uma laranja desencadeou uma crise. Ela disse que não podia se imaginar casada comigo, com alguém que descascava laranja daquele jeito. Mandaram ela para a Europa, para ver se ela se recuperava e, na volta, noivava comigo. Mas não teve jeito.

— Priscila.

— O quê?

— O nome dela é Priscila.

— Como você sabe?

— Você me apresentou, não lembra? Só não me contou a história da laranja.

— Nem sei se foi laranja. Alguma coisa que eu fazia que... Bom, Priscila. Depois dela, deixa ver... Mercedes. A boliviana. Colega na faculdade. Baixinha. Grandes seios. Vivia cantarolando. Não parava de cantarolar. Um dia eu reclamei e ela atirou um vaso na minha cabeça. Depois, depois...

— Não teve uma Isis?

— Isis! Claro. Eu falei da Isis pra você? Era corretora de imóveis. Bem mais velha do que eu. Foi quem me ajudou a escolher um escritório, depois da formatura. Não chegou a ser namoro. Fizemos sexo de pé em várias salas vazias da cidade, e ela nunca chegou a tirar o vestido. Não era bonita, mas tinha pernas longas, usava meias pretas e rosnava quando tinha um orgasmo. Rosnava. Era assustador. O negócio acabou quando eu encontrei o escritório que queria. Grande Isis... Olha aí, até que não foram muitas. Gugu, Sulamita, Liselote, Priscila, Mercedes, a boliviana... Ah, teve uma, eu já contei? Uma que miava quando a gente estava na cama. Miava! Me chamava de "meu gatão", toda melosa, e miava. Já pensou o ridículo? Como era o nome dela?

— Era eu, Plínio.

— O quê? Não. O que é isso?

— Era eu.

— Não era não. Que absurdo. Nós, inclusive, não transamos antes de casar.

— Transamos, namoramos, e eu miava porque você pedia.

— Era outra pessoa.

— Era eu, Plínio. Bota o meu nome na sua lista.

— Não. Nem sei por que eu comecei essa bobagem...

— E quer saber de uma coisa? Não é o seu modo de descascar laranja, Plínio. É o seu modo de chupar laranja. A Priscila tinha razão. Não sei como eu aguentei todos esses anos. A Priscila tinha razão!

João Paulo Martins

— Você não é o...?

— Sou. E você é a Ana Beatriz.

— Eu não acredito!

— Tempão, né?

— Sabe que eu era apaixonada por você, na escola?

— O quê?!

— Era. Juro.

— E por que nunca disse nada?

— Tá louco? Era amor secreto. Só quem sabia era o meu diário. E a Leilinha, minha melhor amiga.

— Eu acho que lembro da Leilinha. Não era uma...

— Era. Completamente maluca. Ela vivia me dizendo: "Fala com ele, fala".

— Devia ter falado. Eu achava você linda.

— Verdade? Você nem me olhava!

— Lembro até hoje do seu cabelo comprido, repartido no meio.

— Não é possível! E você nunca...

— Nem pensar. Não podia nem sonhar que você daria bola pra mim. A Ana Beatriz? Me dar bola? Nunca!

— Veja você... Se um de nós tivesse falado alguma coisa...

— Pois é. Podia até ter pintado um... Você casou, ou coisa assim?

— Coisa assim. E você?

— Não. Quer dizer, tive aí um relacionamento que não deu certo. Quer dizer, deu durante dez anos, mas...

— Sei.

— Escuta. Você tem alguma coisa pra fazer agora?

— Não, não. Eu...

— E se a gente fosse tomar um café? Recuperar o tempo perdido?

— Vamos, uai.

— A Ana Beatriz apaixonada por mim... Veja você. Quando que eu ia pensar?

— Me lembro que enchi uma página de caderno com a minha assinatura como seria, se eu casasse com você. "Ana Beatriz Martins. Ana Beatriz Martins. Ana Beatriz Martins..."

— Martins?

— O seu nome não é Martins?

— Não. É Trela.

— Você não é o João Paulo Martins?

— Não. Sou o Augusto Trela.

— Augusto Trela?!

— É. Lembra?

— Não. Tem certeza de que nós fomos colegas?

— Tenho.

— Que engraçado. Eu não... Olha: desculpe, viu?

— O que é isso? Acontece.

— Esse café. Será que a gente pode...

— Claro. Fica pra outra vez.

— Desculpe, hein? Cabeça, a minha.

— Tudo bem.

— Então... Tchau.

— Ana Beatriz...

— Ahn?

— E se eu dissesse que meu nome é Martins?

— Mas não é.

— Que diferença faz? Eu não era o João Paulo Martins na escola, mas posso ser agora.

— Como?

— Se eu não tivesse dito nada, há pouco, você nem saberia que eu não era ele.

— Mas acabaria sabendo.

— Só se você quisesse. Eu poderia ser o João Paulo Martins até quando você quisesse. Até você pedir para ver a minha identidade. E você poderia nunca pedir para ver a minha identidade. Eu ser ou não ser o João Paulo Martins seria uma decisão exclusivamente sua.

— Mas...

— Escute. Esta pode ser a nossa oportunidade para reparar um erro do passado. Eu nunca ter declarado que amava você, e você nunca ter declarado que me amava.

— Mas eu não amava você. Amava o João Paulo Martins!

— Então me faça o João Paulo Martins!

— Isso é loucura. Eu...

— Outra coisa: este João Paulo Martins é melhor do que aquele.

— Por quê?

— Aquele nem olhava para você.

— Sei não...

— Você não vê? João Paulo Martins e Ana Beatriz foram feitos um para o outro. Senão o destino não lhes teria dado esta segunda chance!

— Sim, mas...

— Só um café. Depois a gente vê o que que dá.

— Tá bom, Augusto.

— João Paulo.

Conhecer o Aurelinho

Eles viajaram no mesmo avião, lado a lado. Não se falaram. Nem se tocaram, fora uma leve cotovelada, involuntária, na hora de cortar o bife.

— Desculpe.

— Tudo bem.

Só. Nem mais uma palavra. Ela olhando para a frente o tempo, ele olhando pela janelinha, espiando a revista de bordo, tentando dormir. Ela pensando no que a esperava, o enterro da tia Chica, pobre da tia Chica, o encontro com os primos que mal conhecia, a chateação. Tinha boas recordações da tia Chica, única irmã do seu pai, mas não a via havia muitos anos. Se obrigara a ir ao enterro em memória do pai. Pobre da tia Chica. Papai a adorava. Mas ia ser uma chateação. Como era mesmo o nome dos primos? Tinha um Saul. Sabia que tinha um Saul. Mas, e os outros?

Também ficaram juntos na fila do táxi, sem se falarem. Ele tinha mais ou menos a sua idade. Quarenta e tantos, cinquenta. Uma boa cara, apesar da expressão triste. Por que será que nem me olha? Eu não estou tão acabada assim. Ou estou? Preciso dar um jeito nesta cara. Botox não. Deus me livre. Mas preciso dar um jeito. Na minha cara, na minha vida, na...

— Pegue esse você.

— Mas você está na minha frente.

— Não, tudo bem. Eu pego o outro.

— Obrigada.

O primo Saul a abraçou e a chamou de Cris. Agradeceu por ela ter vindo. A mãe falava muito nela. Sempre dizia, é uma pena vocês não conviverem mais com a prima Cristina, com a filha do Paulo. É uma pessoa adorável. Desde pequenininha, uma menina adorável. Ela ia gostar muito de saber que você veio, Cris, disse Saul. Ninguém a chamava de Cris. O Saul era gordo e estava com os olhos vermelhos. Levou-a para cumprimentar o resto da família. Ela estava no meio de um círculo de primos lacrimejantes, tentando lembrar seus nomes, quando viu o homem entrar. Seu vizinho do avião. Ele também sorriu ao reconhecê-la.

— Coincidência.

— Pois é...

— Você é...

— Cristina, sobrinha da tia Chica.

— Cristina?!

Ela estranhou. Por que aquela surpresa? O rosto dele parecia ter se inundado de prazer.

— Eu sou o Aurélio. Aurelinho. A sua tia Chica vivia...

Claro! A tia Chica vivia dizendo que eles precisavam se conhecer. Aquilo até virara uma brincadeira na família. A Cristina e o Aurelinho da dona Marta eram feitos um para o outro, segundo a tia Chica. Só precisavam se conhecer. Mas nunca se encontravam, por mais que a tia Chica tentasse aproximá-los. O pai de Cristina repreendia a irmã: "Não tente fazer o papel do destino, Chica. Um dia eles vão se encontrar". E o encontro nunca se dera. Quando a Cristina vinha passar as férias no Sul, o Aurelinho estava na praia. Na vez em que o Aurélio, já homem-feito, fora ao Rio com ordens da tia Chica para procurar a Cristina, alguma coisa acontecera. Uma inundação ou uma revolução. Não tinham se encontrado. Anos depois, quando o Paulo se queixava para a irmã que a filha não se acertava com ninguém, a tia Chica sentenciava: "É porque ela não conheceu o Aurelinho". Conhecer o Aurelinho se transformara num adágio familiar, significando acertar a vida. E agora ali estava ele. O Aurelinho da dona Marta, em pessoa, radiante no meio do velório por ter finalmente encontrado a Cristina do seu Paulo.

— Você também mora no Rio.

— É.

— A sua mãe, a dona Marta...

— Faleceu.

— Hmmm.

Não conversaram muito mais do que isso durante o velório, e se perderam um do outro depois do enterro. Mas descobriram que estavam no mesmo hotel — e em quartos contíguos! Naquela noite, eram as únicas duas pessoas no bar do hotel, e no dia seguinte as únicas duas no café da manhã. Trocaram reminiscências da tia Chica, riram bastante, ele contou que também não era casado e que nunca se acertara com ninguém. Foram para o aeroporto no mesmo táxi, mas só quando se viram outra vez sentados lado a lado no mesmo voo foi que Cristina perguntou:

— Você não acha tudo isso coincidência demais, não?

— Você quer dizer que...

— Que a tia Chica pode estar orquestrando tudo.

— Lá de cima?

— Sei lá. Ela pode estar, finalmente, em posição de determinar o nosso destino. E está puxando as cordinhas.

— Será?

Quando chegaram ao Rio, marcaram um jantar num restaurante para aquela noite mesmo. Coincidência ou não, o fato era que o encontro tão desejado pela tia Chica finalmente acontecera. Mas quando entrou no seu apartamento e olhou em volta, as suas coisas desorganizadas como ela queria, aquele cenário de resignação confortável e boa solidão, tudo que ela teria que desalojar para acomodar o destino, Cristina pensou: não vou. Desculpe, Aurelinho, mas não vou. E pensou: boa tentativa, tia Chica. Mas tarde demais.

Aquele nosso tempo

O Alfredo contou para o Binho que estava escrevendo um livro sobre "o nosso tempo". O Binho entendeu que o Alfredo estava escrevendo sobre "o nosso tempo" no sentido, assim, de "O Nosso Tempo", o século XX, a era moderna, mas o Alfredo esclareceu:

— Não, não. O nosso tempo, nosso, da turma. A nossa juventude.

O Binho achou uma boa ideia, depois pensou melhor. Quando encontrou o Alfredo de novo — coisa rara, a turma quase não se encontrava mais — perguntou:

— Você não vai contar tudo, vai?

— Por que não?

— Você acha?

— Por que não?

E como o Binho fizesse uma cara de "sei não", o Alfredo o cutucou e disse:

— Nós aprontamos algumas, hein? Hein?

O Régis ficou sabendo do livro pelo Binho e telefonou para o Alfredo. Não se falavam havia anos. Conversa vai, conversa vem, o Régis falou no livro. Era verdade que o Alfredo estava escrevendo um livro sobre a turma, sobre "aquele nosso tempo"? Era, confirmou o Alfredo.

— Romanceado? — perguntou o Régis.

— Como romanceado?

— Você vai usar os nomes verdadeiros?

— Claro.

— Você acha?

— Por que não? Tem histórias fantásticas. Aquela vez em que nós fomos com a Maria Estela pra..

— Alfredo, usa pseudônimo.

Quem procurou o Alfredo não foi a Maria Estela. Foi o Argeu, que, apesar de tudo, tinha casado com a Maria Estela. Queria saber sobre o livro.

— Não tem nada demais... — começou a dizer o Alfredo.

Argeu o interrompeu. Alfredo nunca mais tinha visto o Argeu depois do casamento. O Argeu era o mais cabeludo da turma. O Argeu estava completamente careca.

— A Maria Estela faz muito trabalho na igreja — disse o Argeu.

— Sim, mas...

— Não põe a Maria Estela no livro, Alfredo.

O próximo foi o Finta, que não fez rodeios.

— Que história é essa de livro?

— Pois é. Estou pensando em escrever sobre aquele nosso tempo. Acho que tem algumas histórias...

— A da galinha no velório, por exemplo?

— É. Essa é uma delas.

— Não bota o meu nome.

— Mas você foi um dos que...

— Não bota o meu nome. Ou bota um pseudônimo.

— Mas foi uma coisa de adolescente, perfeitamente...

— Tá doido? Você sabe o que eu sou hoje, Alfredo? E você se lembra de quem era o velório?

— Mas...

— Quer um conselho? Esquece esse livro.

O Alcides disse que era uma boa ideia escrever o livro, que o livro resgataria uma época, que seria divertido e ao mesmo tempo importante, que muita gente ia se lembrar do seu próprio passado lendo o livro, e meditaria sobre as loucuras e os sonhos perdidos de uma geração, e que o Alfredo devia, sim, escrever o livro — desde que não o citasse.

— Mas Alcides, você era o nosso líder. O nosso guru. O livro seria quase todo sobre você. O livro não tem sentido sem você.

— Usa um pseudônimo.

Alcides explicou que sua terceira mulher tinha uma carreira política e que o livro poderia prejudicá-la. Ela não sabia nada do seu passado. E, além do mais, ele já era avô.

— Pô, Capitão — disse Alfredo.
— Capitão?
— Você não se lembra? Seu apelido na turma era Capitão Fumaça.
— Sabe que eu não me lembrava?

Alfredo decidiu reunir a turma para falar na sua ideia para o livro. Conseguiu reunir o Binho, o Régis, o Farelo, o Borjão, o Pinto, a Suzaninha (que foi com o marido, um comerciante desconfiado que ninguém conhecia) e o Argeu representando a Maria Estela. Não encontrou os outros, ou encontrou mas eles não foram à reunião. E descobriu que o Ferreira tinha morrido. Explicou que ele mesmo financiaria a edição do livro. O que significava que seria uma edição pequena, que sua circulação seria restrita, que poucas pessoas leriam. Explicou que sua intenção era capturar um momento na vida deles, da turma. Para que todos pudessem lembrar "aquele nosso tempo". O tempo em que todos eram jovens, e o que eles sentiam, e pensavam, e tinha aprontado. Ninguém seria prejudicado, só se divertiriam. Tudo tinha acontecido havia muito tempo. Como se fosse em outro país. E com o tempo, disse Alfredo, tudo vira literatura. Mesmo com os nomes verdadeiros.

Depois que o Alfredo terminou de falar, todos ficaram em silêncio. Aí o Pinto disse:
— Tá doido.

E o Régis disse que, se o livro saísse com o nome dele, ele processava. E o Argeu anunciou que se Maria Estela fosse mencionada ele embargaria a edição. E a Suzaninha disse que queria mais era esquecer o seu passado, mas se o seu Alfredo insistisse em escrever o livro de qualquer maneira, queria que seu pseudônimo fosse Tatiana.

Chiclete

Sandrinha levantou a mão:
— Oquiefloufouvia, puofessou?
— O quê? — disse o professor, suspirando.
O professor sempre suspirava quando Sandrinha levantava a mão.

— Oquiefloufouvia?

— Dona Sandra, se a senhora tirasse esse chiclete da boca, talvez ficasse mais inteligível.

Sandrinha tirou o chiclete da boca.

— O que é filosofia, professor?

— Filosofia. A palavra vem do grego. Quer dizer "amor à sabedoria".

— Filósofo é quem ama a sabedoria?

— Exatamente.

— A dos outros também?

— Não entendi, dona Sandra.

— Sim, porque na minha experiência, filósofo ama a própria sabedoria, mas não dá muito valor à sabedoria dos outros.

— A senhora tem muita experiência com filósofos, dona Sandra?

— Tou namorando um.

O namorado filósofo da Sandrinha não dava muito valor à sua sabedoria. Era isso?

— Nanhoma.

Sandrinha tinha posto o chiclete de novo na boca.

— Dona Sandra, por favor. Jogue esse chiclete fora.

— Pouquepuofessou?

— Porque eu estou pedindo.

Sandrinha tirou o chiclete da boca.

— O chiclete ajuda a pensar, professor. Foi o que eu disse pro meu namorado. Se ele mascasse chiclete, melhoraria a sua filosofia.

— Resolva isso com ele. Esta é a minha aula, é o meu espaço, e no meu espaço não quero ninguém mascando chiclete.

— Mas se você tira o chiclete da minha boca, está invadindo o meu espaço.

— A sua boca não é um espaço independente, dona Sandra. Faz parte de um espaço maior, o espaço desta sala de aula, que é o meu. Seu chiclete é que está invadindo o meu espaço.

— Discordo, professor. Nada pode ser mais meu do que o espaço no interior da minha boca. Meu chiclete só estaria invadindo o seu espaço se fosse um chiclé-balão. E não é.

— Dona Sandra, eu...

— Professor!

— O quê?

— Você se deu conta?

— Do quê?
— Nós estamos tendo uma discussão filosófica!

Chegaram a um acordo. Sandrinha poderia mascar seu chiclete, desde que não fizesse barulho. Ao primeiro estalo, o chiclete seria confiscado e Sandrinha posta para fora da sala. Outra coisa: com chiclete na boca, Sandrinha estava proibida de falar em aula. Até o fim do ano.

— Até o fim do ano, professor?!

Era demais. Acertaram uma alternativa: até o fim do semestre.

Sandrinha podia mascá-lo, mas, ao primeiro estalo, ele seria confiscado.

Uma cabine de trem

Uma cabine de trem, no tempo em que os trens tinham cabines. Leste Europeu, ou Oeste Europeu. Seis pessoas na cabine. Um homem mais velho, de barba grande como as de um profeta bíblico. Um homem um pouco mais moço, de cavanhaque. Uma senhora com cabelos grisalhos e vestida de preto. Uma moça com a pele muito branca. Um moço de pele escura. Um homem pequeno, de idade indefinida, que, ao contrário dos outros homens, não tirou o chapéu ao entrar na cabine.

O trem acaba de sair da estação onde todos embarcaram. Fala o homem mais velho:

— Me desculpem, mas sou um curioso. Tudo que é humano me fascina, e o que me fascina acima de tudo são as coincidências. Em toda reunião fortuita de pessoas diferentes, como esta, nesta cabine de trem, existem coincidências. Sempre que ando de trem penso nisso, nas centenas de vidas compartilhando um determinado espaço num tempo determinado, e o que elas podem ter em comum além de estar viajando no mesmo trem, na mesma direção. Nós, por exemplo. Minha teoria é que, num grupo de seis pessoas reunidas pelo destino numa cabine de trem, é inevitável que existam coincidências incríveis, insuspeitados pontos em comum, talvez até relações familiares. Podemos pôr isso à prova. Proponho que cada um se apresente e nos conte um pouco da sua vida, para descobrirmos se algo nos aproxima além do acaso. Será, inclusive, uma maneira de passar o tempo, já que a viagem é longa. A senhora, por exemplo, madame, fale um pouco a seu respeito...

— Não, não. Comece o senhor.

— Está certo, sou o mais velho aqui, e a ideia foi minha. Sou húngaro. Meu nome é Kalmar Slavos. Talvez tenham ouvido falar de mim? Não? Bem, é compreensível. Meu trabalho diplomático sempre foi feito nos bastidores, na surdina, ao pé dos ouvidos, por assim dizer. Sempre preferi a discrição, mas há uma avenida, uma praça ou no mínimo um busto em minha homenagem em várias capitais europeias. Fui eu que, sozinho, evitei uma guerra entre a Romênia e a Bulgária e provoquei uma guerra entre a Finlândia e o Turbajão, que só não teve maior repercussão porque a aviação finlandesa não conseguiu encontrar o Turbajão no mapa, o que me permitiu ganhar o Nobel da Paz naquele ano. Alguém mais nesta cidade já ganhou um prêmio Nobel? Ou pelo menos é húngaro?

— Eu sou inglesa — disse a senhora de cabelos grisalhos. — Lady Taverley. Meu marido, Lorde Taverley, e eu criamos cavalos em Somethingshire e muitos animais ganharam prêmios que equivalem em importância ao Nobel para os cavalos. Meu marido fazia parte da equipe de polo inglesa que recentemente excursionou pela Mongólia e foi não apenas derrotada como comida por uma equipe de descendentes diretos de Gengis Khan. Talvez tenham visto o noticiário nos jornais. Estou voltando do funeral. Meu marido foi enterrado no Deserto de Gobi junto com seu cavalo, "His Highness", apesar dos protestos do cavalo. Estou levando a medalha póstuma que lhe deram para nossa sala de troféus, se é que ela ainda está lá e Pablo, meu amante espanhol, não vendeu tudo. Alguém mais aqui é inglês, ou tem um amante chamado Pablo?

— Eu sou francês — disse o homem de cavanhaque. — Jean-Paul Jeanpaul. Muitos me consideram o melhor mágico do mundo. Transformo qualquer coisa em outra coisa. Eu mesmo me transformei em outra pessoa, para me salvar. Este que está aqui não sou eu. Só o cavanhaque é verdadeiro, o resto é conjurado. É que há alguns anos fiz uma apresentação em um pequeno principado europeu, tão pequeno que o time de futebol joga sem alas para não invadir os países vizinhos. Lá, fiz o príncipe virar sapo, para grande divertimento da família real, mas esqueci as palavras que o transformariam de novo em príncipe. Na hora deu um branco... acontece. O resultado é que estou fugindo, disfarçado, desde então. Para minha segurança, trago o príncipe no bolso. Aposto que ninguém aqui tem uma experiência parecida com a minha.

— Eu também sou do mundo dos espetáculos — disse o homem pequeno, que não tirara o chapéu. — Sou Marco Vesúvio, italiano. Profissão: projétil. Trabalhava num circo, onde meu número consistia em ser disparado de um canhão, voar cinquenta metros e cair de ponta-cabeça numa rede de segurança. Como se sabe, nos circos existem muita inveja e perfídia. O engolidor de espadas tem inveja do trapezista; o domador de leões tem inveja do palhaço; a mulher barbada tem inveja do leão; e todos fazem o possível para sabotar o trabalho dos outros. Meu número era o de maior sucesso de público e o que causava mais inveja. Um dia fui disparado do canhão, e a rede de segurança não estava lá. Havia sido retirada pelos invejosos. Voei cem metros em vez de cinquenta. Vocês devem ter notado que não tirei o chapéu ao entrar na cabine. Não foi por desrespeito às senhoras. É que o capacete de aço entrou no meu crânio. Só pode ser retirado cirurgicamente. Estou viajando para fazer a operação.

— Foi o resultado do choque de sua cabeça com o chão, depois de perfurar a tenda do circo?

— Não. Caí na arquibancada, no colo de uma senhora. Era minha mãe, que não me via desde que saí de casa. Ela bateu com um guarda-chuva na minha cabeça, para me castigar por ter fugido de casa e escolhido aquela profissão, que nenhuma mãe pode aprovar. Daí o capacete encravado.

— Meu nome é Jamal Raj Monsoon — disse o homem moreno. — Sou da Índia. Passo todo o tempo andando de trens, pois não tenho mais nada para fazer. Sou marajá de um Estado indiano que me paga milhões de rupias por ano para não ficar lá. É uma velha tradição do lugar: meu pai, meu avô e meu bisavô eram tão corruptos que a população achou mais barato pagar para mantê-los longe do governo e das finanças locais. Não conheço o Estado do qual sou marajá hereditário, pois, como corrupto presumido, não posso nem chegar perto. Todos os anos eles avaliam quanto eu estaria roubando do tesouro se fosse o governante e me pagam metade, em rupias e às vezes rubis. Não me dão nem a oportunidade de descobrir se sou corrupto como meu pai, meu avô e meu bisavô ou não. Só o que faço é andar de trem. Sou uma vítima da tradição. Ninguém nesta cabine é tão desgraçado quanto eu.

— Eu sou alemã — disse a moça de pele muito branca. — Meu nome é Lisellote Gutte. Tenho poderes mediúnicos. Estou a caminho de Bruxelas para uma reunião com os dirigentes das principais nações do mundo, levando um recado do Além para a humanidade. Uma mensagem de Deus em pessoa, que me escolheu como seu intermediário porque não confia em nenhuma das grandes religiões do mundo. Parte de minha mensagem, inclusive, é que o atual papa é um impostor. Se alguma coisa acontecer comigo nesta viagem, o mundo estará perdido.

— Bem — disse o homem de barba grande —, vejo que minha teoria não se confirma. Não temos nada em comum. Nem nacionalidade, nem biografia, nem destino, salvo o destino deste trem. O que também não deixa de ser incrível.

Na verdade, a teoria do húngaro não estava errada. Por uma coincidência incrível, estavam reunidos naquela cabine os seis maiores mentirosos do mundo.

Lugar-comum

Cada macaco está no seu galho e todos, todos olham o próprio rabo e deixam o rabo do vizinho. A chuva chove no molhado, o sol brilha para todos... Chuva e sol? Casamento de espanhol! Passam índios — ou serão hindus? — em fila indiana. Vacas vão para o brejo. Caçadores, num mato sem cachorro, caçam com gatos, e todos os gatos são pardos no escuro. Rios correm para o mar. Paus nascem tortos, e assim permanecem. Semeadores de vento colhem tempestades enquanto, ao fundo, um grupo separa o joio do trigo e outro faz das tripas coração e um terceiro constrói castelos no ar e... Súbito, tudo para no lugar-comum. Os índios, as vacas, os caçadores, até os rios. A paisagem fica estática, as frases ficam suspensas. Só os mercadores fingem que não ouvem o silêncio ameaçador, mas em seguida também param, e esperam. Algo vai acontecer. Algo — ou alguém — vai chegar. E então ele aparece. É Gerúndio! O imperativo Gerúndio. Ele caminha pelo lugar-comum, as mãos entrelaçadas atrás como um inspetor. Examina as frases paradas e chuta alguns verbos como se fossem pneus. Depois, dá a ordem:
— Circulando!
E vê tudo recomeçando à sua volta. Cada macaco sentado no seu galho e olhando o próprio rabo em vez do rabo do vizinho. A chuva chovendo, o sol brilhando, a fila indiana passando, as vacas indo para o brejo, os caçadores caçando com gatos, os rios correndo para o mar... O mundo sendo ordeiro e previsível, como tem que ser.

A mancha

Enriquecer. Rogério achava engraçada aquela palavra. Quando lhe perguntavam o que ele fizera depois de voltar do exílio e ele respondia "enriqueci" era como se fosse alguma coisa orgânica. Como se dissesse "engordei" ou "perdi os cabelos". As pessoas riam e não pediam detalhes, não perguntavam: "Enriqueceu como?". Se ele dissesse "fiquei rico" teria que explicar. Contar que comprava e vendia imóveis, pegava casas e prédios abandonados, reformava e vendia, ou demolia e negociava o terreno. Mas dizer "enriqueci" era uma maneira de desconversar. De dizer que enriquecer lhe acontecera como qualquer outra fatalidade biológica. Não era culpa sua. Os poucos que conheciam a sua vida riam da resposta como quem diz: "Bem feito!".

Comprava e vendia imóveis. Comprava barato, arrumava e vendia ou demolia. Vivia atrás de prédios decrépitos, de casas em ruínas, de sinais externos de abandono. Dedicava-se àquilo como alguém que se entrega a uma causa. A mulher, Alice, já se acostumara com suas freadas bruscas, sempre acompanhadas da frase "Olha ali!", quando ele avistava outro edifício morto, outro jardim selvagem, outro possível negócio. Alice dizia "Bendito cinto de segurança", porque o cinto salvara seu rosto e seu casamento mais de uma vez. Rogério descia para examinar o prédio e não era raro deixar o carro parado no meio da rua com a mulher dentro aguentando as buzinadas. Ela o conhecera depois do exílio, depois de tudo passado. Já o conhecera assim, agitado, estabanado. Tendo pesadelos. Dizia: "Deixa o passado no passado, que é o lugar dele, Rô". Não sabia se ele já era assim antes do exílio, antes de se conhecerem, antes de passarem uma noite inteira discutindo cinema, discordando em tudo e se apaixonando. A mãe dele não ajudava. Dizia: "Ele sempre foi muito ansioso". Mas o exemplo que dava era o jeito dele de comer pêssego quando garoto.

Ele se mantinha informado sobre heranças litigiosas, falências, despejos, sinais de inadimplência e impostos atrasados, tudo que pudesse indicar a existência de uma propriedade desvalorizada em algum lugar para comprar barato, arrumar e vender ou destruir e enriquecer ainda mais. E dirigia olhando para os lados. Examinando as fachadas dos prédios. "Procurando os cariados", dizia. Era a sua causa, por ela ele sacrificava tudo. Percorria a cidade, de carro, atrás de sinais de decomposição. Dizia que rodeava a cidade como um cachorro faminto rondando um refeitório, atento para as sobras. Ou para comida deteriorada. O sogro, pai de

Alice, que era do ramo imobiliário, dizia: "Ele vive do nosso lixo". E chamava-o de "Rogério, o Demolidor".

— Olha ali!

Freada brusca. Era um prédio estreito de quatro andares. Recuado, atrás de um muro baixo e de um terreno de terra batida que a vizinhança adotara como depósito de lixo.

— Rogério, nós estamos atrasados. Deixa para ver depois.

Estavam indo conhecer a casa nova do irmão dela. Jantar marcado para as nove, já eram nove e quinze. E a casa ficava fora da cidade.

— Vou dar só uma olhada rápida.

O portão do muro baixo não existia mais. A porta do prédio estava trancada. Nenhum cartaz, mas uma plaqueta pregada na porta: "Tratar com Miro" e um número de telefone. A plaqueta era pequena. Miro não parecia muito interessado em vender. E era antiga. Ninguém que tratara com o Miro nos últimos anos fechara negócio. Rogério anotou o número na sua agenda. Sempre carregava uma agenda no bolso, para anotações como aquela. Era um homem organizado, apesar da agitação constante. Deu alguns passos para trás para examinar a frente do edifício. Não havia muito o que fazer com ele. Com aquela largura, dava para uma peça na frente, mais duas ou três atrás, no máximo. Escritórios. Todo o prédio como sede de um pequeno negócio. Nem pensar em instalar elevador. Talvez valesse pelo terreno. Trataria com o Miro.

— E esta nossa política, seu Rogério? E esta nossa política?

O cunhado, Léo, que era dos que conheciam a sua vida, gostava de provocar Rogério. Instruía o filho de cinco anos:

— Diz pro tio Rogério o que você é.

E o menino, enfatizando as sílabas:

— Re-a-ci-o-ná-ri-o.

— "Como o papai." Diz.

— Co-mo o pa-pai.

— Esse menino está feito na vida — dizia Rogério.

— O titio é que está feito na vida, não é, Duda?

— É — dizia o garoto.

— Você conhece algum deles que não esteja feito na vida, meu filho?

— É — repetia o garoto, desinteressado.

A casa nova do cunhado era um casarão num condomínio fechado. O cunhado tinha saído a caminhar com ele depois do jantar. Para mostrar as canchas de tênis e o lago, iluminados.

Tudo comunitário. Para cada um de acordo com suas necessidades. "É o novo comunismo", dissera Léo, apertando o braço do cunhado. A área era toda cercada e patrulhada por guardas armados. O maior custo do condomínio era com segurança, mas o cunhado dizia que tranquilidade não tinha preço.

— E esta nossa política, seu Rogério? O que você me diz? — provocava o cunhado.

— Não posso me queixar — dizia Rogério.

O prédio estreito de quatro andares era da mãe do Miro. O filho cuidava dos negócios dela. A mulher não tinha pressa em vender, mas se a oferta fosse boa... Combinaram um encontro para Rogério ver o prédio por dentro. Miro era gordo, com uma barba cerrada, e vestia um casaco de couro preto, apesar do calor. Tinha, provavelmente, metade da idade de Rogério mas respirava com dificuldade e pediu licença para não subir a escada. Rogério podia subir, examinar o que quisesse. Ele esperaria ali.

No primeiro andar, a escada terminava no começo de um corredor escuro que levava para o fundo do prédio. Virando à esquerda e passando o início do segundo lance das escadas, dava-se na porta aberta da única peça do andar com vista para a frente do prédio, e de onde vinha a luz que permitia a Rogério enxergar onde pisava. As janelas da peça eram dois buracos vazios. A primeira coisa que chamou a atenção de Rogério na sala foi o chão coberto por um carpete. Um incongruente carpete fino, de má qualidade mas inteiro, cobrindo o assoalho de parede a parede. Também fora a primeira coisa que ele notara anos antes, numa outra sala, numa outra vida, quando o negro tirara a venda dos seus olhos. O carpete incongruente. Lembrava-se de pensar que provavelmente a sala servia para outra coisa e na adaptação apressada não tinham se lembrado de tirar o carpete. Rogério caminhou até as janelas e espiou para fora. O gordo Miro estava na frente do prédio, chutando o chão de terra batida e fumando. Rogério virou-se e viu a mancha no chão. Um mapa da Austrália, mais escuro do que o resto do carpete. Em seguida, sem pensar, mas pressentindo com alguma parte das suas vísceras o que veria, olhou para a parede à sua esquerda, perto do teto. Lá estava ele. O perfil do Dom Quixote. As paredes estavam cheias de estrias, em algumas partes o reboco tinha caído, como que arrancado a dentadas, mas o perfil do Dom Quixote — o nariz adunco, a barba pontuda, até o gogó — continuava lá, inconfundível, desenhado em sépia sobre o fundo branco pela umidade.

Miro não sabia quem tinha ocupado o prédio. Não sabia nem quando ele fora construído. Podia perguntar para a mãe, mas duvidava que ela soubesse. Ela nunca sequer vira o prédio, parte da herança do pai, ou da mãe, ou de um avô, ele não sabia bem.

E agora a mãe não podia mais sair de casa. Rogério perguntou quanto queriam pela propriedade, mas não esperou Miro completar a resposta.

— Bom, só o terreno vale...

— Feito.

— Espera aí. Eu ainda não disse o preço!

— Desculpa.

— O senhor está passando mal?

— Não, não. Por quê?

— Parece meio...

— Não, não. Isso é normal. Quanto vocês querem?

Dessa vez, Rogério fingiu que prestava atenção e fingiu que hesitava antes de dizer "Feito". Combinaram de se encontrar no dia seguinte, para tratar da papelada. E Miro ficou de tentar descobrir alguma coisa sobre a história do prédio. Principalmente no período dos anos 1960, começo dos anos 1970, por aí, pediu Rogério.

— Anos 1970?! — espantou-se Miro, fazendo uma careta. — Duvido que alguém ainda se lembre de alguma coisa dos anos 1970...

Rogério ficara de pegar a filha no balé. Quando chegou em casa sem Amanda a mulher gritou:

— Francamente, Rogério!

— Esqueci, esqueci. Vou buscá-la agora.

— Eu vou. Pode deixar, eu vou.

A filha entrou em casa indignada. O pai a fizera esperar quase uma hora. No carro, ouvira as queixas da mãe. "Seu pai está cada vez pior!"

Chegou protestando:

— Francamente, papai!

— Amêndoa, Amandinha. Amandíssima...

— Nem vem.

— Dá um beijo no seu pobre pai, vai.

— Não-o!

— Perdão para os patetas!

— Me larga!

No quarto, começou a dizer a Alice que tinha uma coisa para lhe contar, mas ela não quis ouvir.

— Você não pode continuar desse jeito, Rogério. Só pensando no trabalho. E sempre essa agitação. Essa tensão. Você sabe que dorme com os dentes trincados? Sabe?

— Deixa eu te contar o que aconteceu hoje.

— Eu não quero ouvir. Vou tomar meu banho.

— Eu conto pra você no banho.

Mas Alice fechou a porta do banheiro antes que ele pudesse entrar.

Mais tarde, na cama, ela ouviu. Disse que ele não podia ter certeza de que era o mesmo prédio. Ele não lhe contara que nunca vira o prédio, que era levado para lá com os olhos vendados?

— Mas eu reconheci a peça. E a mancha está lá, no chão. A mancha do meu sangue.

— Não pode ser.

— E o Dom Quixote na parede.

— Depois de tantos anos, está tudo como antes? Um prédio caindo aos pedaços?

— Justamente por isso. Vai ver ninguém ocupou o prédio depois. Só tiraram os móveis e deixaram tudo como era. O carpete, as paredes como estavam. Nem eram muitos móveis. Na peça, só tinha uma cadeira de ferro onde nos botavam e uma espécie de sofá onde eles sentavam. Um sofá mole. Eu te contei. O negro se afundava no sofá.

— Pensa um pouco, Rogério. A peça fica na frente do prédio. Dá para a rua. Você acha que eles iam fazer uma sala de tortura na frente do prédio, para todo o bairro saber?

— Mas eu me lembrei de tudo. Das duas janelas, de tudo. E a mancha do meu sangue está lá.

— Depois de quarenta anos, você reconheceu a mancha do seu sangue num carpete. Está bom...

— E o perfil do Dom Quixote na parede.

— Rogério, eu só te peço um favor. Não fale nada disso na frente da Amanda.

Foi como dizer: "Não traga seu passado para dentro de casa".

Rogério gostava da cara que o seu Afonso, seu mestre de obras, fazia sempre que examinava pela primeira vez um prédio que iria reformar. Era uma cara de desânimo. A cara dizia: "O que é que me arranjaram agora?". E seu Afonso sempre terminava sua apreciação com a mesma frase: "Vamos ver no que vai dar", num tom que advertia para não esperarem muito dele. O Rogério queria fazer o que com aquele prédio magro e feio?

— Vamos só dar uma limpada e tapar os buracos.

— Posso começar na terça.

Rogério hesitou. Terça. Talvez não.

— Dê uma segurada, seu Afonso. Ainda tem uns problemas com os papéis. Eu aviso quando for para começar.

Não havia problema com os papéis. As negociações com Miro e sua mãe tinham sido rápidas e a documentação estava toda em ordem. Ele podia fazer o que quisesse com o velho prédio, sem demora. Pô-lo abaixo ou transformar num palacete. Rogério não sabia por que hesitara. Ou sabia. Não saberia era explicar.

— O Glenn Ford gosta de bater.

Rubinho, seu companheiro de cela, avisara que o pior deles era um parecido com o Glenn Ford. O Glenn Ford não usava nenhum instrumento. Nem protegia as mãos. Batia com o punho ou a mão aberta e sorria só para um lado, como o ator. E os outros?

— O negrão não participa. Tem um magrinho, de bigode, que é o que mais fala. Esse ameaça com um porrete. Eles também têm um negócio elétrico, um tipo de dínamo, para dar choque. Já me mostraram mas ainda não usaram.

O negro era o encarregado de levá-los para o interrogatório. Iam com os olhos vendados no banco de trás de um carro, com o negro ao lado. Um de cada vez. Subiam um lance de escada. Era o negro que retirava a venda quando chegavam à sala. Na primeira vez, Rogério ficara sentado na cadeira de ferro com as mãos algemadas por baixo de um dos braços da cadeira e o negro afundado no sofá mole, com os joelhos quase mais altos do que a cabeça, esperando, por meia hora, sem se falarem. Rogério olhando em volta, o carpete surpreendente, o teto, as paredes, as formas que as marcas de umidade tomavam no reboco. Tentando se recuperar do pavor que sentira dentro do carro, com os olhos vendados. Tentando se controlar. Aquela mancha ali parece um dragão. Aquela podia ser um chapéu. Aquela, um perfil do Dom Quixote de la Mancha, sem tirar nem pôr. Uma mancha do Dom Quixote em vez de um Dom Quixote de la... E então o magrinho de bigode entrara na sala. Sem porrete. Apenas perguntara:

— O que você é do Alcebíades?

— Quem?

— Do Alcebíades. O sobrenome é o mesmo.

— Não sei.

— Não sabe. Má notícia, meu jovem.

E o magrinho de bigode saíra da sala, depois de fazer um sinal para o negro, que era grande e pesado e levara algum tempo para se livrar do sofá mole e ir abrir as algemas. Depois a venda nos olhos e a viagem de volta no carro com a coxa do negro colada na sua.

Na primeira vez, Rogério não vira o tal negócio elétrico. Nem o Glenn Ford. Mas ele voltaria à sala atapetada. Não ser parente do Alcebíades, aparentemente, era um erro.

Estranho. Rogério nunca sonhava com sua prisão. Não sonhara nem no exílio. Mas tinha um sonho recorrente. Seu pai repreendendo-o, dizendo: "Nós criamos você pra cuidar da fazenda, e veja o que você fez. A fazenda está abandonada. Não tem ninguém cuidando da fazenda!". E ele tentando esconder o rosto.

Não sabia o que significava o sonho. A família nunca tivera fazenda. Seu pai nunca fora dono de nada, além da casa com a oficina no fundo. "E agora?", dizia o pai no sonho. "Vou voltar do exílio e vou pra onde?"

Miro não descobrira nada sobre o histórico do prédio. Provavelmente nem tentara. A mãe dele tinha uma vaga ideia de ter alugado dois andares para uma firma de dedetização, ou coisa parecida. E só. Na vizinhança do prédio, ninguém se lembrava de vê-lo ocupado. Rogério tirou uma tarde para ouvir a vizinhança.

No lado oposto da rua, descobriu uma senhora que morava ali desde 1950.

— Fins dos anos 1960, começo dos anos 1970. A senhora não se lembra de movimento no prédio? Carros chegando. Gritos lá de dentro.

— Gritos?

— Movimento. Carros chegando e saindo.

— Não. Desde que eu me lembro, aquilo só é depósito de lixo.

— Tem certeza?

— Anos 1970, meu filho. Quem é que se lembra dos anos 1970? Eu não lembro mais nada.

— Derruba logo esse prédio, Rogério — disse Alice. — O terreno parece bom. Vende para uma construtora. Ou constrói você mesmo.

— Você quer ir lá olhar?

— Olhar o quê?

— A peça. A mancha. Pra ter uma ideia.

— Eu não! Estou te dizendo pra esquecer e você me pergunta se eu quero ver? Você nem sabe se é o mesmo prédio. E fica aí remoendo o passado.

— Eu sei que é.

— Então esquece. Põe abaixo. Não fica remoendo.

— É o meu sangue que está lá no chão, Alice.

— Não é. E se fosse, de que adiantaria? Você quer o sangue de volta?

— Não é isso.

— O que é então?

— Não é isso.

— Tenta esquecer, Rô. Fazia anos que a gente não tocava nesse assunto. Por que ficar se atormentando agora? É tudo passado. Deixa o passado no passado, que é o lugar dele. Ou destrói e constrói outra coisa mais bonita no lugar. Não é o que você faz?

O Glenn Ford fizera uma cara de nojo, depois de impaciência.

Acertara sem querer no nariz, que começara a sangrar.

— Olha o que você está fazendo no tapete.

Era como a sua mãe, reclamando da sua sofreguidão ao comer pêssego. Ele sempre sujava a camisa. Um dia ainda iria engolir o caroço e morrer engasgado.

— Põe a cabeça pra trás.

O Glenn Ford tentara forçar sua cabeça para trás mas as algemas presas num pé da cadeira de ferro mantinham a sua espinha arqueada e a cabeça pendente. O sangue pingava diretamente no chão.

— Olha que cacaca. Ó Bedeu, pega um pano molhado.

O negro demorou para sair do sofá mole. Quando voltou com um pano molhado já havia uma poça de sangue no carpete. O Glenn Ford apertou seu nariz com o pano molhado. O pano ficou empapado de sangue. O Glenn Ford desistiu.

— Tira esse filho da puta daqui. Desse jeito não adianta.

No carro, o negro segurou o pano contra o seu nariz. Disse, como se fosse o parecer de um velho observador de interrogatórios, ou um reconhecimento de que, apesar da revolta do Glenn Ford, a culpa por sangrar tanto não era do Rogério:

— Nariz é foda.

Foram as únicas palavras que Rogério e Rubinho ouviram o negro dizer, no tempo todo.

Os dois eram levados para interrogatório em dias alternados, ou um de manhã e o outro à tarde. Um dia Rubinho foi levado e não voltou. Dezoito anos depois, num 2 de janeiro, Rogério viu no jornal a foto do primeiro bebê nascido na cidade naquele Ano-Novo, poucos minutos depois da meia-noite. O bebê, chamado Sidnei, no colo da mãe. A mãe olhando ternamente para o bebê. E ao lado da mãe, sentado na cama, olhando para a câmera e sorrindo com orgulho, o Rubinho! Identificado na legenda como o pai da criança, Alcides Sunhoz Filho, jornalista. Parecia mais gordo mas não mudara muito. A mesma testa alta, as mesmas orelhas grandes. Não havia dúvida, era o Rubinho. Foi fácil para Rogério localizá-lo. Marcaram um encontro.

— Eu não me lembrava do seu nome — confessou Rubinho, quando se encontraram.

— Eu nunca esqueci o seu. Só que era um nome falso.

— Pois é. Nem me lembro por que "Rubinho". Não tinha nada de heroico, né? O perigoso revolucionário Rubinho.

— O que você faz?

— Sou RP de uma empresa. Jornalismo, mesmo, não deu mais.

— Você ficou preso, ou...

— Fiquei, por um tempo. Depois me soltaram. Você?

— Fiquei uns anos fora do país. África, depois Europa.

— E fez o quê, na volta?

— Enriqueci.

O outro riu, e não pediu mais detalhes. Contou a sua experiência.

Voltara ao jornalismo e chegara a ter uma coluna assinada, mas com pseudônimo. Pois é, outro codinome. Escrevia sobre cinema. Rogério talvez a tivesse lido, às vezes. Ele assinava-se Marcello. Homenagem ao...

Rogério de boca aberta. Outra coincidência.

— Você não vai acreditar. Sabe que você é responsável pelo meu namoro com a minha mulher? A primeira conversa que tivemos foi uma discussão sobre a sua coluna. Um filme que você e ela tinham amado e eu tinha odiado. E o Marcello era você! Olha só.

O sorriso orgulhoso do Rubinho era o mesmo da foto na maternidade.

Tinham trocado endereços, telefones e promessas de fazerem alguma coisa juntos, assim que o recém-nascido Sidnei deixasse a mãe sair de casa. A Alice ia adorar conhecer o "Marcello". Mas em quinze anos não tinham se visto mais. Agora Rogério procurava o nome verdadeiro do Rubinho na lista telefônica. Como era mesmo?

Arlindo Soares. Alcino Sunhê. Alguma coisa assim. Então lembrou-se de que tinha tudo anotado numa agenda. Costumava guardar suas agendas, em ordem, por ano. Em que ano fora aquele encontro? 1987 ou 1988. E ele anotara qual nome, sob que letra? Procurou Rubinho.

Lá estava (Rubinho), depois (Marcello!), entre parênteses, e Alcides Sunhoz, com o endereço e o telefone. Ligou para o número, acrescentando o prefixo que ainda não existia na época. Quem atendeu tinha voz de adolescente. "É o Sidnei."

— Seu pai está?

Alcides Sunhoz também custou a se lembrar.

— Quem é, mesmo?

Depois se lembrou. Claro, claro, poderiam se encontrar. Mas Rogério notou uma ponta de irritação na sua voz. Ele provavelmente também achava que lugar do passado era no passado.

— Como está o Sidnei?

— Está ótimo.

— Ele está com quê, quinze anos?

— Quinze. E você, tem filhos?

— Uma filha. Doze anos. Amanda. Mimadíssima. Sabe como é, filha única de pai velho...

— Sua esposa é...

— Alice. Você não chegou a conhecê-la, da outra vez. Ela gostava muito do que você escrevia, sobre cinema. Nós gostávamos. Você nunca escreveu mais nada?

— Nada. Nem vou mais a cinema.

— Escuta.

— Culturalmente, virei uma batata. Politicamente também.

— Escuta. Naquele nosso encontro, não chegamos a falar muito sobre a nossa experiência em comum. Na cela, e naquele lugar que nos levavam. Que o Bedeu nos levava.

— Porra. Bedeu. Esse nome eu nunca vou esquecer.

— E o Glenn Ford?

— Glenn Ford?!

— Lembra? O mais filho da puta. O que gostava de bater.

— É mesmo! E sorria só prum lado. O outro, o magrinho, o Wilson Grey, usava um porrete, mas batia mais na cadeira do que na gente. Era a ideia dele de coação psicológica. Sempre de paletó e gravata, lembra?

Ele ficou sério. Quando falou outra vez, foi com a voz embargada. Talvez fosse a primeira vez que falasse naquilo com alguém.

— Sabe que eu não me lembro de ter medo? Tinha raiva. Nunca sabia o que ia acontecer, se iam nos matar ou não. Mas não tinha medo. Você?

— Eu ficava apavorado no carro. Com os olhos vendados, sem saber exatamente para onde estavam nos levando. Lá, na cadeira, o sentimento era de ultraje. A palavra é essa. Desamparo e ultraje. Mas pelo menos nunca usaram o dínamo, lembra? Devia estar estragado.

Rogério viu que o outro tinha baixado a cabeça. Estava de olhos fechados, com o queixo enterrado no peito, obviamente tentando se controlar.

— Desculpe, eu... — começou Rogério.

Rubinho sacudiu a cabeça e fez um sinal de "tudo bem" com a mão. Mas levou algum tempo até conseguir falar.

— O que nos fizeram, não é mesmo? — disse, finalmente. — O que nos fizeram.

— Escuta...

— Terrível, né? De tudo aquilo, o que ficou foi a autopiedade. Olha aí, estou até tremendo. Nada foi conquistado, nada foi purgado. Só nos quebraram.

— Escuta. No outro dia, por acaso, eu descobri a sala.

— A sala?

— Onde nos interrogavam. A da cadeira de ferro e do carpete.

— Não me lembro de nenhum carpete.

— Identifiquei a sala pela mancha de sangue no carpete. E por uma mancha na parede.

— Não me lembro de mancha de sangue.

— Quando eu sangrei do nariz, lembra? Quando o Glenn Ford me acertou o nariz.

Rubinho pôs-se de pé. Estavam num café, tinham dividido uma cerveja. Rogério segurou o seu braço para detê-lo.

— O que você quer? — perguntou Rubinho. — Tenho que ir embora. Um relações-públicas depressivo não serve pra nada.

— Eu queria que você visse a sala.

Rubinho livrou seu braço da mão de Rogério.

— Pra quê? Pelos velhos tempos? O que você quer fazer? Quer que aquilo signifique alguma coisa? Não significou nada. Só significou que nos pegaram e nos quebraram.

— Eu queria que você também identificasse a sala.

— Eu tenho que ir embora. Quanto é essa merda?

— Eu pago.

— É mesmo, você é rico. Então paga. Nós não temos nada em comum, está entendendo? Ficarmos na mesma cela significou tanto quanto, sei lá. Meu filho ser o primeiro bebê a nascer no estado em 1988. Foi uma casualidade, significando nada.

— Senta aí, pô. Vamos conversar.

— Conversar sobre o quê? Não sei qual é a sua intenção, mas não me inclua nela. Não me lembro de nada daquela sala. Só da cadeira de ferro.

Mas Rubinho sentou-se outra vez. Bebeu o resto de cerveja do seu copo como um sinal de que aceitava recomeçar a conversa, mas a contragosto. Rogério pediu outra cerveja ao garçom.

— Quem eram aqueles caras? — perguntou. — Eu fui preso pelo Exército, mas eles não eram Exército. Nem Dops. Quem eram?

— Era uma coisa clandestina. Tinha gente do Exército, gente da polícia, mas era informal, clandestino. Os empresários tinham feito um fundo... Diziam que alguns até participavam das sessões de tortura.

— Eu nem sabia o que eles queriam saber. Não pertencia a nenhum grupo. Apanhei para revelar o que não sabia.

— Do meu grupo, que eu saiba...

Rubinho fez uma pausa, depois completou, olhando para o copo:

— Só sobrei eu. Que eu saiba.

— Você continuou sendo torturado? Depois que não voltou mais para a nossa cela?

— Não. Na minha última sessão na cadeira de ferro perdi os sentidos. Acordei num hospital. Depois fiquei preso num quartel mais algumas semanas e me soltaram. E você, continuou a apanhar?

— Houve mais umas duas sessões. O Glenn Ford teve o cuidado de não me fazer mais sangrar. Dois dias depois da última sessão eu estava num avião para Portugal, a caminho da ilha do Sal.

— E agora? Você descobriu a tal sala. E daí?

— Eu comprei a tal sala.

— Comprou?!

— Comprei o prédio. É o que eu faço. Compro coisas passadas e transformo em coisas novas. Ou destruo e faço outras.

Rubinho continuava a olhar para o seu copo. Depois de um minuto, perguntou:

— Onde fica esse prédio?

Seu Afonso precisava de uma definição. Se não fossem começar a obra naquela semana, ele tinha outros serviços para a sua turma. E então estariam ocupados por dois meses, talvez mais. Rogério propôs que começassem a tapar os buracos e a raspar as paredes para a pintura mas não tocassem na sala de frente do primeiro andar. A do carpete.

— O senhor não acha melhor botar todo o prédio abaixo?

— Isso a gente vê depois.

— Vamos restaurar e pintar essa monstruosidade, e depois, talvez, demolir?

— É, seu Afonso. Quando eu decidir o que fazer, lhe aviso.

— Vamos ver no que vai dar — suspirou seu Afonso.

A mãe de Rogério costumava dizer que era um erro chamar velhice de "idade avançada". Era "idade atrasada", isso sim. E ela se transformara numa prova disso, esquecendo coisas, trocando nomes, comportando-se como uma criança. Ultimamente dera para resistir às frequentes idas à casa do irmão de Alice, que gostava de reunir a família com qualquer pretexto e sempre insistia na presença da dona Dalvinha, a sogra da irmã.

— Nós não somos do mesmo nível deles, Rogério. Eu não me sinto bem.

— Que bobagem é essa, mamãe? A senhora sempre gostou da família da Alice. E agora vai conhecer a casa nova do Léo. O lugar é muito bonito. Um condomínio horizontal, lindo.

— Eu não me sinto bem, meu filho. Ele é tão rico.

— Mamãe, eu sou mais rico do que ele.

— Eu sei. Mas mesmo assim.

Era aniversário do cunhado. No meio do churrasco, Léo gritou para a mãe do Rogério, que até ali recusara tudo o que lhe ofereciam e confessara para o filho, num cochicho, que esquecera como usar talheres:

— Dona Dalvinha, convença esse seu filho a tirar umas férias. A Alice diz que ele anda impossível.

— Ele sempre foi assim. Quando era garoto...

— Iiih — anunciou Amanda. — Lá vem a história do pêssego!

— Ele comia pêssego como se fossem roubar da mão dele. Sujava toda a camisa. Só faltava morrer engasgado com o caroço, por mais que eu avisasse.

De todos os desgostos que Rogério, o único filho, dera aos pais, incluindo o envolvimento em política, a prisão e o exílio, dona Dalvinha escolhera a história do pêssego para anular todas as outras. O pai de Rogério era carpinteiro. Morrera quando ele estava no exílio. Só ao embarcar para Portugal, com a roupa do corpo e o corpo ainda dolorido da tortura, o nariz ainda inchado, Rogério descobrira que o pai pertencia a uma organização religiosa com ramificações internacionais e através dela conseguira seu exílio, que iniciara em Cabo Verde. E só na volta ao Brasil descobrira que o pai lhe deixara uma razoável herança em dinheiro, com a qual começara a comprar propriedades para revender, e a enriquecer com a sofreguidão com que se atirara na política e comia pêssego. As cartas do pai para o filho exilado eram secas, mal escritas. Ele tentava catequizar o filho, convencê-lo a esquecer a política e se dedicar à religião, e expiar o desgosto que causara nos pais. Na religião encontraria o que procurava com tanta ansiedade, a salvação, a justiça, o que fosse. Dona Dalvinha resumira tudo na história do pêssego.

O cunhado tinha convidado alguns dos seus novos vizinhos para o churrasco. Gente do condomínio. Um deles era um empresário aposentado, ainda vigoroso nos seus setenta e poucos anos, que apresentou como "Cerqueira, um fera no tênis". Cerqueira tinha um olhar de águia e uma cara esculpida em pedra, e depois do almoço, numa roda formada por espreguiçadeiras sobre o relvado, declarou para quem ainda estava acordado que não tinha escrúpulo de se declarar um direitista. Era de direita e se orgulhava disso. Marchara pelo Brasil em 1964 e marcharia

573

de novo pelos mesmos ideais. E mais. Achava que a história ainda faria justiça à revolução e ao regime militar, que tinham livrado o Brasil do comunismo e da anarquia e modernizado o país.

O cunhado levantou a cabeça, procurou Rogério por cima da borda da sua espreguiçadeira com um olhar malicioso e perguntou:

— Você concorda com isso, Rogério?

— Depois de um churrasco desses, concordo com qualquer coisa.

— Não. Sério.

— Concordo, concordo com tudo.

— Viu só, Cerqueira? O que faz o dinheiro. Nada mais de direita do que um esquerdista que enriqueceu.

Cerqueira não entendeu. Parecia não ter nenhum senso de humor.

— Não tem nada a ver com dinheiro. Não estávamos defendendo o capitalismo. Estávamos defendendo a liberdade. Quebramos algumas cabeças? Quebramos. Mas ninguém recebeu mais do que merecia. Eles queriam uma guerra e tiveram uma guerra. E perderam.

Rogério conseguiu enlaçar Amanda, que passava correndo pela espreguiçadeira junto com um primo e um menino mais velho.

— Me solta, pai!

— Fica um pouquinho com seu pai.

— Não posso!

— Então dá um beijinho.

— Saco. Toma. Pronto.

O cunhado estava contando que Rogério tivera problemas, durante o regime militar.

— Quem é Rogério? — perguntou Cerqueira.

— Eu aqui — disse Rogério, levantando o dedo.

— Sei — disse Cerqueira. E não quis saber dos problemas.

Rogério:

— Ouvi dizer que os empresários tinham um fundo para ajudar na repressão. Um fundo que financiava ações clandestinas.

— Nós ajudamos a reprimir a subversão. Não vou negar. Ajudamos mesmo. Nos engajamos na luta contra o comunismo, e fizemos muito bem. Um dia ainda vão nos agradecer.

Do fundo da sua espreguiçadeira, Rogério não viu quem disse:

— Mas os esquerdinhas estão de volta...

Podia ser o pai da Alice.

— O comunismo é como o resfriado — disse Cerqueira. — Enquanto não inventarem uma vacina...

Cerqueira tinha senso de humor, afinal. Continuou:

— Eles podem voltar, mas nós também ainda estamos aqui!

E ergueu o braço dramaticamente, como se empunhasse uma bandeira. Rogério ouviu risadas e aplausos de dentro de mais de uma espreguiçadeira. Cerqueira tinha fãs no condomínio.

— Mas hoje eles é que estão por cima, seu Cerqueira.

— É o que eles pensam!

E o cunhado contou que Cerqueira ia propor a instalação de um alarme no pórtico de entrada do condomínio para disparar toda vez que se aproximasse um esquerdista, mas que ele vetara a ideia por questões familiares. Mais risadas das espreguiçadeiras.

Já era noite quando voltaram para casa.

Amanda dormindo no banco de trás, com a cabeça no colo da avó.

— "Saco." Onde é que essa menina aprende a dizer coisas assim?

— O quê? Elas dizem coisas muito piores. Você não sabe porque quase não convive com ela.

— E quem era aquele garoto que não largava dela?

— É neto do Cerqueira. Aquele velho com cara de...

— Eu sei quem é. O neto deve ter uns vinte anos.

— Não exagera. Tem catorze. Eu conheço a mãe dele.

— De onde?

— Do artesanato. Do cabeleireiro. A gente se encontra muito.

— Você convive com cada um...

— Ela é muito simpática. E essa é a nossa gente, Rô. É a nossa classe. É a sua classe.

— Minha, não. Eu só estou nela como ouvinte.

— Isso não existe, Rogério.

Do banco de trás, dona Dalvinha se manifestou:

— Seu pai dizia que os pobres ficarão com a Terra.

— Menos os condomínios fechados, mamãe — disse Rogério.

— Não sei. Puta que os pariu, não sei.

Rubinho tinha parado na porta. Já dissera "Não sei" várias vezes.

— É a mesma sala ou não é?

— Não sei. Eu não me lembrava do carpete.

— Olha ali a mancha de sangue.

— Como é que você sabe que é sangue? E que o sangue é seu?

— A cadeira de ferro era ali. Eu me lembro da mancha que ficou na frente da cadeira. Parecia o mapa da Austrália. E olha. Ali na parede. O Dom Quixote.

— Onde?

— Ali. O perfil do Dom Quixote, sem tirar nem pôr.

— Não estou vendo.

— Por amor de Deus. O nariz, a barba...

— É. Pode ser.

— Pode ser, não. É.

— Eu não vejo. E esta porta não era aqui.

— Claro que era. Essa porta dando para o corredor, a outra dando para o banheiro.

— Tem certeza?

— Absoluta.

— Não sei. Eu me lembrava de uma sala maior...

Ficaram conversando no quintal de terra batida na frente do prédio. Lá dentro, a turma do seu Afonso estava em ação, raspando paredes e obturando buracos. Menos na sala do carpete. Ordens do seu Rogério. Não tocar na sala do carpete.

— Me lembro de ficar olhando para a cara do Bedeu, tentando algum tipo de contato — disse Rogério. — Pensando em perguntar qual era o time dele. Qualquer coisa que nos aproximasse. Como brasileiros. Sei lá, como gente. E ele impassível, afundado naquele sofá. Era o único que a gente conhecia pelo nome, lembra?

— Mas ninguém tapava a cara. Ninguém usava disfarce. O Glenn Ford, o Wilson Grey... Era de cara aberta. Acho até que o Wilson Grey se barbeava por nossa causa.

— E usavam esta sala da frente. No primeiro andar. Não se importavam que ouvissem os nossos gritos. Sabiam que ninguém na vizinhança iria fazer perguntas.

— Mas nos vendavam os olhos para vir até aqui. Curioso, né? Não tinham problema em mostrar a cara mas não queriam que se identificasse o edifício. Se é que o edifício é este mesmo.

— Porque um edifício fica. Também envelhece e se deteriora, como as pessoas, mas fica. Continua onde estava durante toda a história. Fica para lembrar a história. Os Glenn Fords e os Wilson Greys e os Bedeus mudam de cara, desaparecem. Saem da história. São absorvidos pelas outras caras. Absolvidos pelo tempo. Pelo esquecimento. Mas um edifício fica. Para lembrar.

— Mesmo que não se saiba bem o quê.

Rogério continuou:

— Um dia, faz anos, eu até pensei ter visto o Glenn Ford na foto de uma solenidade na polícia. Alguém tomando posse ou coisa parecida e ele lá atrás, esticando o pescoço, se esforçando para aparecer na foto. Se esforçando para voltar à história, o coitado.

— Coitados de nós. Coitados dos quebrados. Eu contei que todos do meu grupo desapareceram? Esses, sim, saíram da história.

— Morreram?

— Não sei. Nunca mais soube de ninguém.

De novo o olhar desviado. Os olhos baixos.

Rogério não fez a pergunta: foi você que entregou?

— Você disse: "Nada foi conquistado, nada foi purgado".

— Disse? Foi um descuido. Me emocionei e esqueci que não sou mais um intelectual. Queria dizer que só o que ficou daquilo foi a autopiedade. Foram essas nossas lamúrias. Nem cicatriz eu tenho. Pelo menos nenhuma que apareça.

— Mas alguma coisa aconteceu. Não só a nós naquela cadeira de ferro. Ao país, a toda uma geração. Foi isso que eu senti quando vi a mancha no chão. Porra! Alguma coisa tinha havido e deixado uma marca. E esquecer isso era uma forma de traição.

Rubinho não gostou da palavra.

— E o que foi traído com o esquecimento? A nossa causa? Eu nem sei se a sua causa era igual à minha. O seu sangue? Você nem sabia por que estava apanhando e eles não sabiam que você não sabia. Foi isso o traído? É essa a história que não devemos esquecer, esse choque de ignorâncias?

Seu Afonso tinha saído de dentro do edifício em obras coberto de pó. A cara branca enfatizava o seu desconsolo cômico de palhaço. Parara ao lado dos dois e esperava a vez para falar. Rubinho continuou:

— Sabe qual foi a única coisa que eu consegui avisar para o meu irmão quando me prenderam? "Esconde o Lukács!" A casa estava cheia de indícios da minha participação no grupo e até de planos de ação do grupo, mas eu só me lembrei dos meus livros. Porque eu me sentia muito mais revolucionário lendo do que agindo. Entende? Era a minha forma de ignorância. Mas nem o Glenn Ford nem o Wilson Grey estavam muito interessados em estética marxista. O Bedeu, eu não sei.

Por isso você entregou o grupo, pensou Rogério. Foi a sua forma de traição. Mas não disse isso. Disse:

— O que é, seu Afonso?

— Doutor, não dá pra fazer nada que preste com essa monstruosidade. Vamos derrubar?

Rubinho respondeu por Rogério:

— Vamos.

— Calma, seu Afonso — disse Rogério. — Calma.

— Acho uma grande ideia, seu Afonso — disse Rubinho. — Põe tudo abaixo. É a única coisa a fazer com monstruosidades. Pôr abaixo, esquecer e começar tudo de novo. Sem vestígios do passado.

A adesão de um aliado não melhorou muito o humor do seu Afonso, que voltou para dentro do monstro ainda mais desconsolado.

— E afinal é ou não é a sala em que nos torturaram?

— Que diferença faz? O que você quer fazer com ela? Esquece. Põe abaixo.

— É ou não é?

— Meu voto é não. Mas, e se fosse? Não significa nada.

— Pra mim significa. Não sei o quê, mas significa. Tem que significar.

— Não significa. Nada mudou, nada avançou, nada foi purgado. Houve uma guerra que a vizinhança nem notou. Mal ouviram os gritos. No fim da guerra nenhum território tinha sido conquistado ou cedido e vencidos e vencedores pegaram seus mortos e seus ressentimentos e voltaram para os seus respectivos países, que é o mesmo país! Mais estranho do que guerras que não resolvem nada é essa nossa paz promíscua, vencedores e vencidos convivendo sem nunca saber bem quem é o quê. No Brasil é sempre assim, e sabe por que no Brasil é sempre assim? Porque você queria perguntar ao Bedeu qual era o time dele. Queria mostrar que vocês dois eram da mesma espécie, que só aquilo tinha importância porque a guerra era de mentira mesmo. Ou queria a vitória das boas almas: não ganhar, mas dar remorso no inimigo. É o que você quer agora. Quem sabe reconstituir a sala? Reproduzir a cadeira de ferro e o sofá, dar um brilho na mancha de sangue no carpete, encenar o Glenn Ford e o Wilson Grey nos dando porrada. Talvez convencê-los a desempenhar seus próprios papéis, já que estão aí, abandonados pela história. Depois de serem os personagens mais importantes das nossas histórias, os coitados. Uma reunião sentimental: você, eu, o Glenn Ford, o Wilson Grey e o Bedeu, juntos outra vez, para as novas gerações. Isso se algum de nós ainda estiver vivo, claro.

Rubinho parou de falar. Tinha se exaltado. Se emocionado de novo.

— Só o que eu quero é não esquecer. Esquecer é trair — disse Rogério.

— A diferença é essa — disse Rubinho, em outro tom. — Você quer que seja a sala, eu não quero. Você quer se lembrar, eu não quero. Sabe por quê? Meu filho, o Sidnei, está tentando me ensinar a lidar com o computador. Ele sabe tudo, eu não consigo aprender. E ele me disse por quê. Disse: "Pai, você tem uma mente defensiva". É exatamente isso. Desenvolvi uma mente defensiva como um condomínio fechado. Uma mente com guarita, que abate qualquer inimigo na porteira. Novas técnicas, lembranças, ideias, tudo que possa perturbá-la e solapar sua burrice assumida é abatido na entrada. Durante algum tempo me refugiei no cinema, na literatura, depois resolvi ficar burro. Me refugiar na burrice. Meu único objetivo na vida é ser um simpático profissional até poder me aposentar. E do jeito que o Sidnei é bom no computador, acho que em breve ele vai poder nos sustentar e a minha aposentadoria virá mais cedo. Pergunta como eu vou acabar os meus dias.

— Deixa pra lá.

— Pergunta. Vou plantar macieiras. A família da minha mulher tem terras numa região alta e fria, ideal para maçãs. Quando não estou sendo simpático, inventando mentiras burras e promovendo eventos burros para os meus patrões, leio tudo o que posso sobre maçãs. São as únicas novidades que passam pela guarita sem serem abatidas. As macieiras serão o meu exílio tardio. Você se exilou da guerra, eu vou me exilar da paz. E estou até pensando em mudar de nome.

— Outro codinome...

— É. O último.

Despediram-se com promessas de se encontrar em breve. Os dois casais. Quem sabe um jantar? Alice precisava conhecer o "Marcello". Aquele pseudônimo era em homenagem a quem, mesmo? Ao Mastroianni? Não, ao repórter que o Mastroianni interpretava em *La dolce vita*, lembra? Claro. Quem poderia esquecer. Mas sabiam que nunca mais se procurariam.

Antes de ir para o seu carro, já cruzando o muro do quintal, Rubinho apontou para o prédio e gritou:

— Dinamita!

E Rogério sorriu e abanou, pensando: "Pelo menos ele sabe que a culpa dele seria soterrada nos escombros. E a minha culpa, qual é?".

No sonho, ele escondia o rosto do pai, que dizia: "Para onde eu vou voltar, sem a nossa fazenda? Eu preciso de um lugar para voltar!". Ele se contorcia, para escapar da cobrança do pai. Alice sacudiu-o.

— Que foi?

— Você estava tendo um pesadelo, Rô. Se debatendo. E com esses dentes trincados!

Rogério decidiu: mandaria demolir o prédio. Mas, antes de poder dar a ordem ao seu Afonso, teve uma surpresa. Foi procurado por Miro, que cumprira sua promessa e encontrara dados sobre os aluguéis no prédio herdado pela sua mãe. Aparentemente a velha era mais organizada do que se pensava e guardava toda a papelada em grandes latas quadradas de biscoito. Só custara um pouco a se lembrar que fazia isso, e mais um pouco para se lembrar onde estavam as latas. Os papéis, apesar de velhos, conservavam o cheiro bom das latas. Rogério descobriu que, de 1968 a 1972, todo o primeiro andar do prédio tinha sido alugado por alguém, um homem, com atividade desconhecida que pagava em dia. O sobrenome do homem não era comum. Rogério sabia de apenas uma pessoa com aquele sobrenome.

— Flama não era um sócio do seu pai?

— Era. Meu Deus, o seu Flama. Há quanto tempo eu não ouvia esse nome. O seu Flama e a dona Ester. O Léo dizia que a dona Ester cheirava a velório. Só porque um dia foi a um velório e descobriu que o cheiro era igual ao da dona Ester. Por quê? Ele morreu?

— Não sei. É que...

— Espera aí. Morreu, sim. Já faz algum tempo. Acho que ela também.

— Ele foi sócio do seu pai de quando a quando?

— Ele fundou a firma com o papai. Tanto que, no princípio, o nome dele vinha na frente. Ficou na firma até, até... Não sei. Por quê?

— Nada. É porque eu vi o nome dele nuns papéis e não sabia se era a mesma pessoa. Arthur Flama.

— Que papéis?

— Uns papéis. Uma propriedade que eu estou vendo.

— Eles moravam num casarão. Acho que ainda é da família. Foi uma das primeiras casas com piscina da cidade. Não me diz que a casa está abandonada.

— Não, não.

— Aquela parte da cidade está se deteriorando. E já foi o bairro mais nobre. Como este nosso, que também está indo pelo mesmo caminho...

Rogério rodando pela cidade. Um cachorro faminto em torno do refeitório, esperando encontrar um naco do que ninguém mais quer, qualquer coisa cuspida fora. O alimento que o enriquece. O rebotalho da cidade. A sua causa misteriosa, que nem ele entende. Comprar o passado, renovar, vender e enriquecer mais. Ou comprar o passado, destruir e pensar no que fazer com o vazio.

O vislumbre de uma fachada podre no meio de um quarteirão o faz entrar na contramão para investigar, e ele bate de frente num táxi. Alice não pode ir buscá-lo na oficina para onde levaram o carro porque tem a apresentação de balé da Amanda, ele esqueceu? Ele esqueceu. Rogério, você não pode continuar assim. Você ainda vai se matar. A ausência no balé lhe vale três dias de silêncio emburrado da Amanda. Amêndoa, Amandinha, Amandíssima, não odeie o seu pai.

Vamos viajar, Rogério. Vamos levar a Amanda e viajar. Daqui a pouco ela entra em férias e poderemos viajar os três juntos. Você precisa passar mais tempo com ela, Rogério. Não precisa ganhar mais dinheiro. Já tem dinheiro que...

— Você perguntou ao seu pai?

— O quê?

— Sobre o Flama.

— Não, esqueci. O que você quer saber, mesmo?

— Em que período eles foram sócios.

— Por quê, Rogério? Me diz por quê.

— Só para saber. Só isso.

— Nós vamos lá amanhã. Pergunte você mesmo.

Almoço de domingo na casa dos sogros. Amanda não precisa de muito convencimento para repetir o seu número do balé. Todos aplaudem com entusiasmo e concordam que ela é uma grande bailarina. Depois do número, distraída, ela corre e se atira no colo do pai, que aproveita para beijá-la repetidamente como um fã frenético, fazendo-a rir. Subitamente ela se lembra: "Nós estamos de mal!", e pula fora. Rogério começa a dizer para o sogro que quer lhe perguntar uma coisa, mas este o interrompe com um gesto da mão e pergunta para a filha, do outro lado da sala:

— Você já falou pro Rogério da nossa ideia?

— Qual é a ideia?

— Estamos pensando em comprar um terreno no condomínio do Léo para construir e pensamos: por que não comprar dois terrenos e construir duas casas ao mesmo tempo? Diminuiria o custo. O que você me diz?

A sogra tem o seu argumento pronto:

— Para a Amanda seria ótimo. Estaria perto dos primos...

— Olha, eu até hoje não tinha visto coisa igual, em matéria de condomínio horizontal — continua o sogro. — Me apaixonei pelo lugar. E a segurança é total. Hoje em dia isso é primordial. E então?

— Não — diz Rogério.

— Não?

— Não, a Alice não tinha me falado na ideia.

— Bom, pensem a respeito. O Léo já viu dois terrenos ótimos. Perto do lago e perto do deles.

— Vamos ver.

— Pensem bem, pensem bem. O que você ia me perguntar?

— Não. Era sobre o Flama. Ele foi seu sócio até quando?

— O Flama? Deixa ver... Puxa. Um nome do passado... Por que você quer saber?

— É que, esses dias, eu vi o nome dele nuns papéis e fiquei curioso. Não é um nome comum.

— Arthur Jaguaré Flama. Não era um homem comum, também. Tinha convicções fortes. Nós todos tínhamos, na época. E o Flama era, um pouco, nosso líder. Nosso orientador. Se essa é a palavra. Um pouco celerado.

— Ele foi sócio da firma até quando?

— Até 1981, 1982, por aí. Depois se aposentou e morreu há uns dez anos.

O sogro subitamente se lembra do que sabe da vida de Rogério e olha-o com apreensão. Pergunta:

— Vocês andaram se cruzando por aí?

— Não, não. Eu não o conheci.

Do outro lado da sala, Alice, que não perdeu uma palavra da conversa, comenta:

— Ainda bem que esse tempo já passou.

Naquela noite, na cama:

— Que história é essa com o Flama?

— História nenhuma.

— Por que você quer tanto saber quando o papai e o Flama foram sócios?

— Curiosidade, Alice. Só curiosidade.

— Tem a ver com o edifício da mancha, não tem?

— Alice...

— Você ainda não demoliu o prédio, Rogério?

— Não. Vou demolir. Eu só...

— O quê?

— Eu preciso saber, Alice. Tente entender.

— Saber o quê, Rogério? Deixe o passado no passado. O que eu preciso entender?

— Alguma coisa aconteceu naquele prédio. Me aconteceu. Aconteceu pra nós todos.

— Mas já passou, Rô. Passou do prazo. Como um enlatado. Ficou tóxico. Hoje só vai nos envenenar. E pra quê? Por quê? Só porque você acha que é o seu sangue naquele carpete?

Rogério ergueu-se da cama e pôs-se a caminhar pelo quarto. Não era a primeira vez que fazia isso.

— Rô...

— A sala do carpete foi alugada pelo Flama. Todo o andar foi alugado por ele, entre 1968 e 1972. Ele ainda era sócio do seu pai. Eu fui preso e torturado em

1970. Só aparece o nome do Flama, mas existia um grupo de empresários que financiavam a repressão paralela.

— Você acha que o meu pai era um deles?

— Não sei. Você não ouviu ele dizer, hoje? Todos tinham convicções fortes e o Flama era o "nosso orientador". Também era o que mostrava a cara, o que assinava os contratos de aluguel e fazia os pagamentos. Sempre rigorosamente em dia. Porque era o que tinha as convicções mais fortes. Mas o dinheiro não era só dele.

— E o que você quer, agora? Quer reparação? Quer vingança? Rô, só me diz uma coisa...

— E hoje estamos todos aqui, até pensando em morar juntos em volta de um lago artificial. Nossa paz é pior do que as nossas guerras.

— Me diz uma coisa.

— O quê?

— Vale a pena? Nos envenenar, envenenar tudo, desse jeito? Só porque você viu uma mancha?

— Não é só isso, Alice.

— É, Rogério. Só não é só isso se você não quiser.

— Morreu gente, Alice. Correu outro sangue.

— Faz muito tempo. Vem pra cama.

— Me sinto um traidor. Não sei do que ou de quem, mas um traidor.

— Isso passa. Vem pra cama.

— Você está me pedindo para esquecer.

— Não, Rô. Estou pedindo para você lembrar. Lembrar de nós, da sua filha, da sua saúde. Vem pra cama, vem.

E mais tarde:

— Rô...

— Hmm?

— Destrói aquele prédio.

Seu Afonso tinha encontrado uma espécie de motor, ou dínamo, enferrujado numa das peças de fundo do primeiro andar. Para o que serviria aquilo? Rogério disse que não sabia e anunciou que trazia uma nova ordem. "O senhor ganhou, seu Afonso. Pode demolir o prédio." Se a notícia agradou ao seu Afonso, isso não chegou ao seu rosto. Ele suspirou, deu de ombros, e entrou no prédio para mandar parar a raspagem e os retoques. Murmurando: "Vamos ver no que vai dar". Rogério ficou olhando o prédio de fora. Era realmente muito feio. Era monstruosamente feio e sem graça. Nada o redimia, não merecia ficar. Seus escombros, sim, serviriam para alguma coisa. Uma sepultura passageira, antes que também fossem retirados para o reaproveitamento do terreno. Uma breve tumba contendo o quê? O sangue de um, a culpa de outro e o remorso de ninguém. E um dínamo enferrujado.

"O que o senhor quer?" Pela primeira vez, no sonho, ele falava. "O que o senhor quer?" E pela primeira vez o pai não dizia nada. Só o acusava com os olhos. De tudo que ele não fizera. Do lugar para o pai voltar, quando tudo tivesse passado, que ele não providenciara. No fim do meu exílio você não pensou, diziam os olhos do pai.

— Você acha uma boa ideia, construir uma casa no condomínio do Léo?

— O que você acha?

— Eu confesso que não saio mais tranquila de casa, aqui no nosso bairro. Mesmo com os seguranças. E está tudo se deteriorando...

— Vamos ver.

— E para a Amanda seria ótimo. Ficar perto dos primos.

— Onde é que ela anda?

— Tinha uma festinha na casa do Dico.

— Dico. Esse eu não conheço.

— Conhece. É o neto do Cerqueira. São amiguinhos.

— Ele é um homem velho. Ela tem só doze anos!

— Não é um homem velho. Tem pouco mais idade do que ela. E estão se dando muito bem. Aliás, ela achou péssima a ideia da viagem porque não quer ficar longe do Dico. Aonde você vai?

Ele tinha se levantado da poltrona mas não sabia para onde ir. Queria sair de carro, andar pela cidade, procurar edifícios mortos e jardins selvagens, inspecionar suas obras... Mas tinha jurado a Alice que pararia, que ficaria mais em casa. Rogério, o Demolidor, tentaria sossegar um pouco. Domar a sofreguidão. Pôs-se a andar pela sala, examinando tudo como se fosse a sua primeira visita.

— Rogério, liga a televisão. Vai ler um livro.

— Amiguinhos, amiguinhos... Não dizem que não existe mais namoro? Que já vai todo mundo pra cama, com qualquer idade?

— Sabe qual é outra boa razão para fazer uma casa no condomínio do Léo? Você vai poder fazer exercício. Caminhar nos bosques. Descarregar essa energia toda no tênis. Aposto que não vai mais dormir com os dentes trincados e ter pesadelos.

Tênis, pensou Rogério. Está aí uma boa causa. A última. Tênis. Não podia ser muito difícil. Era só emagrecer um pouco e voltar quarenta anos para buscar suas pernas. Iria aprender tudo sobre o tênis.

A demolição do prédio foi rápida. Seu Afonso contou: sabe aquela mancha no carpete, na sala da frente do primeiro andar? Atravessou o carpete e manchou o piso de madeira também. Rogério imaginou a mancha atravessando a madeira e o cimento e penetrando o chão sob o prédio, entranhando-se no chão sob os escombros. Todo sangue encontra o lugar da sua quietude. Onde lera aquilo? O lugar da quietude do seu sangue seria o esquecimento, embaixo da terra num bairro de surdos, quanto mais no fundo melhor. A traição desapareceria junto com o prédio. A traição viraria pó.

— O senhor mesmo vai construir aqui?

— Não, seu Afonso. Vou vender o terreno vazio.

— Não tem espaço para muita coisa...

— Talvez outra monstruosidade.

Seu Afonso suspirou.

Léo não podia se afastar da churrasqueira e pediu para o Cerqueira acompanhá-los até os dois terrenos. Era uma caminhada curta, sobre a relva. Os dois terrenos ocupavam uma elevação que começava na beira do lago. Cerqueira e o pai de Alice caminhavam na frente, comandando a subida. Talvez se conhecessem daquele tempo. Ou talvez o sogro não estivesse, afinal, envolvido nas atividades do seu sócio, o celerado Flama, naquele tempo. Mesmo tendo convicções tão fortes quanto as dele. Rogério não sabia. Também havia inocentes, naquele tempo. Os que não ouviam os gritos e os que não queriam ouvir. Agora não interessava mais. Estava tudo sepultado. E Rogério se sentia vitorioso. Tinha conseguido passar um braço pelos ombros da Amanda sem que ela o rejeitasse. E ela o abraçara pela cintura! Caminhavam assim, abraçados, na frente de Alice e da mulher de Léo, que subiam lado a lado, de braços cruzados, conversando, coisas de cunhadas, enquanto os dois filhos menores de Léo corriam à sua volta. Amêndoa, Amanda, Amandíssima, não era isso que eu imaginava para você, naquele tempo. Não era este país, não era esta falsa paz. Eu nem conhecia sua mãe e já pensava em você, e no mundo que eu queria lhe dar, naquele tempo. Você não existia e já era a minha causa. A minha primeira causa. Não consegui. Quebrei a cara. Ou quebraram o meu nariz. Em troca te dou este gramado, este sol, este lago, este país e este pai. Todos artificiais, mas o que se vai fazer? A nossa paz em separado. O país verdadeiro fica do lado de fora da cerca, mas os seguranças estão armados e têm ordens para atirar. E prometo que a nossa casa será a maior de todas. Enriqueci, Amêndoa. Desculpe.

Ele virou-se e perguntou para a mulher do Léo se era permitido fazer plantações no condomínio. O sogro ouviu e gritou:

— O quê? Rogério, o Demolidor, quer plantar?

— Que tipo de plantação? — perguntou Alice.

— Pensei em plantar macieiras.
— Macieiras?!
Cerqueira falou sem se virar. Com desprezo.
— Maçã só dá em lugares altos e frios.
Cerqueira tinha um perfil de águia e era o mais alto de todos. Apesar da idade, caminhava com mais energia do que os outros e chegaria ao topo da elevação primeiro. Eu vou te pegar, pensou Rogério. Vou aprender tênis, vou treinar com sofreguidão e vou te arrasar, velho filho da puta. Vocês não podem ser invencíveis em tudo.

No ponto mais alto dos terrenos Alice abriu os braços para a paisagem e disse:
— Olha que maravilha!
E Amanda confidenciou para o pai:
— Acho maçãs uma grande ideia.
Rogério beijou a testa da filha, quase em lágrimas.
No churrasco, Amanda advertiu:
— Não vai contar a história do pêssego de novo, vovó.
Dona Dalvinha não estava comendo nada. Mentira que tinha comido em casa. Cochichou para o filho que não se sentia bem com gente rica. O que o pai dele diria daquilo, daquela gente? Rogério lembrou-se de uma coisa e perguntou:
— Mamãe, tinha algum Alcebíades na nossa família?
— Claro. O seu tio Bia.
— O tio Bia se chamava Alcebíades?!
— Se chamava. Por quê?
— Nada, nada. Coma pelo menos a salada.

A verdade

A verdade é uma deusa implacável. Exige dos seus devotos que sacrifiquem tudo no seu altar e não se contenta com pequenas oferendas. Veja o meu caso, leitor. Estou prestes a imolar, aos pés da Verdade, uma coisa que me é valiosa como poucas. A amizade de Bento Santiago, que se autodenomina Dom Casmurro. Somos amigos de longa data, mas duvido que a amizade dure até o fim destas linhas.

Minha devoção à Verdade é maior do que qualquer outra. Das minhas amizades não terei que prestar contas às portas do Purgatório, mas da minha honestidade sim.

Éramos amigos, já disse. Hoje quase não o vejo. Sei que vive enfurnado no Engenho Novo, onde cultiva legumes e remorsos. E onde escreveu a mentira que pôs entre capas e chamou de memórias, e que tanto ofendeu a minha deusa. Não era raro nos reunirmos, Bentinho, Escobar, eu e eventuais num café do centro, para trocarmos lorotas e difamarmos o mundo, ou, como ele mesmo escreveu na sua pseudoconfissão, falarmos da lua e dos ministros. Fui algumas vezes à casa de Bentinho e dona Capitu na Glória e outras vezes vieram eles a provar a canjica da dona Oscarina, minha falecida. Bentinho e Escobar eram homens de sucesso, tinham estado juntos no seminário e juntos andavam, com ou sem suas esposas, pelos tablados e galerias do Rio. Juro que uma vez os vi, num momento descuidado, de mãos dadas, o que me pareceu natural entre colegas em tantas coisas.

Os dois caçoavam do meu ofício de investigador amador, que Bentinho chamava de Bisbilhoteiro Diletante. Eu devia minha estranha atividade a três presentes: um na infância, uma lupa, outro no começo da vida adulta, a herança de uma tia que me desobrigara de ser caixeiro ou desembargador e me permitira dedicar todo o tempo à minha bizarrice, e o terceiro, minha curiosidade insaciável pela vida alheia, dado pela Divina Providência. Tinha um escritório na Ouvidor com uma placa de ferro na frente: meu nome, Palhares, e embaixo: "Investigo". "Investigas o quê, Palhares?" era a pergunta que muito me faziam na roda do café. "O que não se sabe e se quer saber", dizia eu, com uma cara que combinava com a lógica aristotélica da resposta. Ríamos muito.

Mas aqui começa a tristeza, leitor. O holocausto de uma amizade e a oblação de um passado de alegres bulhas e boa camaradagem para saciar a deusa Verdade. No seu livro, Bentinho diz que sua suspeita de infidelidade foi confirmada no velório de Escobar, quando a reação da dona Capitu diante do morto não deixou dúvidas no seu coração. Mentira. Meses antes da infausta morte por afogamento de Escobar, Bentinho havia me procurado. Era a primeira vez que ia ao meu escritório e passou algum tempo comentando a decoração da sala, o calor daquele inverno e a corrupção no país antes de entrar no assunto que o levara à Ouvidor. O assunto justificava sua relutância e o seu suor fora da estação. Bentinho queria que eu investigasse Escobar. Queria que eu o seguisse como sua própria sombra. Queria saber de todos os seus movimentos. Queria, acima de tudo, saber de seus encontros amorosos.

Aceitei, a contragosto, a incumbência. Primeiro porque tratava-se de um amigo. Segundo porque, fora um ou outro caso de desavença societária, aquela seria a minha primeira investigação com direito a esse nome, embora fosse improvável que eu finalmente usasse minha lupa. Durante todos aqueles anos ocupara o escritório da Ouvidor principalmente para meus próprios encontros amorosos e a leitura sossegada dos jornais, longe da minha santa Oscarina. Bentinho ofereceu-me um bom dinheiro pelo trabalho, mas recusei. Eu não era, nas suas palavras, um bisbilhoteiro diletante? Bisbilhotaria pelo prazer de bisbilhotar. Só pedi que me dissesse a razão da insólita incumbência de seguir seu amigo, e aí foi a vez de ele recusar.

Transformei-me na sombra de Escobar, dentro das minhas limitações de investigador sem muita experiência. A ponto de, numa das nossas reuniões do café, termos comentado a incrível coincidência de estarmos ultimamente nos encontrando tanto, em diferentes locais da cidade, pois nem sempre eu conseguia disfarçar minha condição de sombra. Mas Escobar não desconfiou que eu o seguia, e não foi discreto nos seus movimentos. Tanto que no fim de algumas semanas pude apresentar a Bentinho um relatório minucioso da investigação, culminando, se este é o termo apropriado, com uma cena de vaudeville francês na Lapa, com Palhares, *"l'ombre maladroite"*, esgueirando-se por corredores escuros e espremendo-se num providencial armário para não ser visto por Escobar e sua companheira, num quarto alugado por hora e ocupado por duas. Não estava no relatório, pois decidi que a viva voz amenizaria o choque da fria escrita, o nome de quem acompanhava Escobar no quarto sórdido da Lapa. Era dona Capitu.

Bentinho leu meu relatório em silêncio e fez uma careta quando ouviu o nome da esposa. Não pude interpretar sua expressão, tanto podia ser desilusão ou cólica. Perguntou-me se eu tinha visto os dois na cama. Respondi que o armário onde convivera com naftalina e baratas por duas horas não tinha frestas nem respiradouros, mas que os sons que ouvi lá dentro eram de abandono sexual, inegável abandono sexual. E que ouvira, de dona Capitu, inúmeros "ais" e alguns "uis". "Mas não os viste na cama", insistiu Bentinho. Realmente, não os tinha visto na cama. Não podia imaginar que dona Capitu reagisse com "ais" e "uis" a um exame médico nem manicure. Mas não, não os tinha visto na cama. Bentinho suspirou fundo e disse: "As dúvidas, sempre as dúvidas...". E saiu, levando meu relatório.

Surpreendi-me no dia seguinte quando Bentinho e Escobar chegaram juntos à mesa do café e passaram a combinar animadamente uma ida ao teatro, naquela noite, com as esposas. As dúvidas, concluí, tinham vencido. Bentinho as preferira, e a paz conjugal e a amizade antiga dos ex-seminaristas, à certeza de ser um marido enganado. Fiquei contente. Meu relatório não seria a causa do fim de um casamento e de uma amizade, ou (bati na madeira da mesa do bar) de um crime passional. E eu provara para mim mesmo que era um bom investigador e que poderia até me dedicar à carreira a sério, não fossem a naftalina e as baratas, agora que minha santa Oscarina estava fazendo sua canjica no céu.

Mas não demorou para que Bentinho me procurasse outra vez, na Ouvidor. E me pedisse um favor. Escobar, que se mudara para o Flamengo, não longe da casa de Bentinho e dona Capitu, na Glória, dera para banhar-se no mar em frente à sua casa depois do anoitecer, e declarara que estaria na praia àquela noite, que se anunciava cálida e propícia. Bentinho me pediu para acompanhá-lo num encontro com Escobar na praia. Iria confrontá-lo com o meu relatório e precisava da presença do seu autor para autenticá-lo. Por alguma razão, achava próprio fazer o encontro na praia. Talvez porque Escobar estaria mais indefeso em traje de banho, sua quase nudez e as polainas de Bentinho simbolizando o instinto e os bons costumes, o primitivo e o civilizado, o deboche e a honra. Bentinho não optara pelas dúvidas irresolvidas, afinal. Queria ter certeza da infidelidade da mulher. Desafiaria Escobar a dizer a verdade. Teremos uma alegoria moral nas pedras do Flamengo, pensei. E vesti-me de acordo.

Na hora acertada, cheguei à praia, onde já estavam os dois ex-seminaristas. Escobar lia o meu relatório. Com dificuldade, pois sobrara pouca luz do pôr do sol. Só levantou a cabeça para me olhar quando terminou a leitura. Sacudiu o relatório e disse:

— A mulher que estava comigo não está aqui.

Comecei a responder, mas Bentinho me interrompeu:

— Não interessa quem era a mulher.

— Como, não interessa?

Fui eu que fiz a pergunta, espantado. Não interessava que a mulher era a dona Capitu?!

— O que interessa — continuou Bentinho — é que você me traiu.

Levei alguns segundos para entender. A alegoria moral não era bem a que eu esperava. Bentinho ainda estava falando.

— Essa mulher é só uma. Você deve ter me traído com muitas.

— Quer saber de uma coisa? — disse Escobar, atirando o relatório na areia. — Vou dar o meu mergulho. Não aguento cenas de ciúme barato.

E correu na direção da água.

— Volte aqui! — ordenou Bentinho.

Mas Escobar continuou correndo. Depois de um instante de hesitação, Bentinho correu atrás dele. A escuridão aumentara. Eu mal podia divisar as duas figuras. Vi Bentinho entrar na água, depois julguei vê-lo saltar nas costas de Escobar e os dois desapareceram, não sei se no mar ou no escuro. Eu não podia fazer nada. Tinha vestido meu melhor terno, meus melhores sapatos e minha melhor gravata, antecipando não um mergulho, mas uma cena de graves resoluções e bom texto, no seco. Fiquei estático e apavorado. O que tinha acontecido? Onde estavam os dois? Passaram-se alguns minutos e vi um vulto sair da água, arrastando os pés. Depois vi que era uma figura vestida e encharcada. Bentinho. Não vi Escobar. Nunca mais vi Escobar. Bentinho passou por mim sem parar. Disse apenas:

— Vai. Vai!

— E o Escobar? – perguntei.

— Vai! Vai!

Fui. Ficar ali significava ter que dar explicações. Por que eu não fizera nada, e preferira preservar a elegância e os bons sapatos a tentar salvar um semelhante? Li nos jornais sobre a morte por afogamento do conhecido comerciante Escobar, e os perigos do banho de mar noturno. Recolhi-me à minha confortável mediocridade e passo os dias no meu escritório da Ouvidor, lendo ou fazendo nada. Se aparecer um cliente em potencial querendo saber o que investigo, respondo que é o grande mistério das paixões humanas, mas que já estou providenciando a retirada da placa. Nunca mais fui ao café, mas sei que Bentinho também nunca mais foi lá. E nem me procurou. Tenho-lhe grande afeição, e teria mantido meu silêncio se ele não tivesse escrito suas memórias. Não salvei o Escobar, mas me senti obrigado a salvar a Verdade de ser afogada pelas mentiras do Bentinho. Talvez porque saiba que estou chegando cada vez mais perto das portas do Purgatório.

Abraão e Isaque

Deus mandou Abraão imolar seu único filho, Isaque, e oferecê-lo em holocausto a Ele sobre uma das montanhas de Moriá. E tomou Abraão a lenha do holocausto e um cutelo e levou seu filho ao lugar que Deus lhe dissera. E edificou Abraão ali um altar e amarrou a Isaque e deitou-o em cima da lenha. E estendeu Abraão sua mão com o cutelo para imolar seu único filho. Mas um anjo do Senhor lhe bradou desde os céus: "Abraão, Abraão, não estenda tua mão sobre Isaque e não lhe faça mal. Agora sei que temes a Deus, pois não lhe negaste teu único filho em holocausto". E Abraão levantou os olhos e viu um cordeiro que Deus provera para oferecer em holocausto em lugar do seu filho, e assim fez. E o anjo do Senhor bradou que a semente de Abraão se multiplicaria como as estrelas do céu, e subiria à porta dos seus inimigos, e abençoaria todas as Nações da Terra, porque Abraão obedecera à voz de Deus.

Muitos anos depois:

— Eu ainda sonho com aquele dia e acordo tremendo.

— Você era um menino...

— Vejo o cutelo na sua mão, vejo o seu rosto contorcido pela dor, vejo os seus olhos cheios d'água...

— Você era um menino...

— Lembro de tudo. Lembro dos trovões.

— Era a voz do anjo, me falando dos céus.

— Não ouvi a voz do anjo. Ouvi trovões. Só você ouviu a voz do anjo.

— Meu filho...

— Eu sei. Faz muito tempo. É melhor esquecer. Mas não consigo esquecer. Sonho com aquele dia todas as noites, e acordo tremendo.

— Você era um menino.

— Me lembro das nuvens escuras. De uma revoada de pássaros negros. Pássaros atônitos, chocando-se no ar. O céu parecendo recuar com o horror da cena. Um pai imolando um filho!

— Um sacrifício. Um ritual necessário de sangue. A cerimônia inaugural da nossa tribo, com os favores do céu.

— Um horror.

— Uma história muito maior do que a nossa. Muito maior do que a de um filho imolado. Hoje sou o pai de nações, o patriarca do mundo, porque obedeci ao Senhor e minha semente foi abençoada.

— Você ficou com o poder, eu fiquei com os pesadelos.

— Nossa tribo foi abençoada. Da minha semente nasceu a nossa glória.

— Você ficou com a glória, eu fiquei com as marcas das cordas.

— Você viu o meu rosto contorcido de dor, filho. Viu meus olhos cheios d'água. Viu que eu estava sofrendo por ter que matá-lo.

— O fio do cutelo encostou na minha garganta.

— Mas eu não o matei!

— Porque Deus não deixou. Porque Deus mudou de ideia.

— Meu filho...

— Eu sei. Faz muito tempo. É melhor esquecer. Vou conseguir sobreviver às minhas memórias e aos meus pesadelos. Como você sobreviveu ao que sabe.

— O que eu sei?

— Que deve tudo que tem, seu poder e sua glória, a um Deus volúvel. A um Deus incerto do que faz. A um Deus que volta atrás. A um Deus inconfiável.

— Ele estava me testando.

— Então é pior. Um Deus frívolo e cruel.

— Você era apenas um menino...

— Me lembro das nuvens escuras e dos pássaros atônitos. E do céu recuando diante daquela abominação: um pai matando um filho. E me lembro dos trovões.

— Era o anjo do Senhor falando comigo.

— Eram trovões.

— Obedeci à voz dos céus porque temo a Deus.

— Mais razão para temê-lo tenho eu, meu pai, que senti o fio do cutelo na garganta.

— Na origem de todos os povos há uma cerimônia de sangue.

— Então na origem de todos os povos tem uma abominação.

— Esta conversa se repete, filho. Por quanto tempo ainda a teremos?

— Por todos os tempos, pai.

v. Recapitulando | Os anos 2010

Vi

Não posso me queixar. Em oitenta anos de vida, vi...

— um homem pisar na Lua pela primeira vez...

— um presidente brasileiro se matar, um ser deposto e dois serem empessegados...

— um presidente dos Estados Unidos ser abatido a tiros...

— um negro ser eleito presidente dos Estados Unidos e não ser abatido a tiros...

— a morte do telefone de discar e do disco de vinil, que ressuscitou...

— o aparecimento da caneta esferográfica...

— uma guerra mundial, que terminou com o lançamento de duas bombas atômicas que mataram 200 mil civis...

— mulheres sendo presas na praia por vestirem muito pouco e mulheres sendo presas por se taparem demais...

— a ascensão e a queda do monokini...

— a ascensão e a queda do twist, do hully-gully e do chá-chá-chá...

— a queda de Benito Mussolini e de Adolf Hitler...

— a queda do Muro de Berlim...

— a queda dos meus cabelos...

— Nelson Mandela e o fim do apartheid...

— Muhammad Ali...

— o Pelé jogar...

— as derrotas da seleção por 2 a 1 em 1950 e por 7 a 1 em 2014, e os anos gloriosos entre uma e outra...

— os Beatles...

— o 11 de setembro de 2001...

— as sondas espaciais que mandam fotos de planetas distantes, como paparazzi siderais...
— o Fellini filmando...
— o Charlie Parker tocando...
— o aparecimento do computador...
— o aparecimento da internet...
— o aparecimento do celular...
— a Patrícia Pillar...
— a primeira aparição da Ingrid Bergman em *Por quem os sinos dobram* e a da Rita Hayworth em *Gilda*...
— o Internacional ser campeão brasileiro em 1975, 1976 e 1979 (invicto) e campeão do mundo em 2006 com um gol do Gabiru (Gabigol!)...
— o implante de cabelo (funcionou com o Renan Calheiros, ué)...

Tempo de gaveta

Ele se apresentou como escritor. Antes que eu pudesse perguntar o que já tinha publicado, acrescentou:
— Inédito.
Escrevera um romance, mas ainda não o publicara. Lera num artigo que os livros precisam de um "tempo de gaveta". Antes de publicar o livro, o autor deveria colocá-lo numa gaveta e esperar. Depois de um certo tempo, poderia ler o livro com distanciamento crítico e só então decidir se ele merecia ou não ser publicado. Depois de um certo tempo, afirmava o artigo, o livro seria outro.
— E foi o que você fez?
— Foi. Escrevi um romance curto, meio autobiográfico como a maioria dos primeiros romances. Achei que ele estava bom, pronto para ser editado. Mas hesitei. Talvez fosse melhor esperar para ler o livro mais tarde, com frieza, e só então decidir editá-lo. Ou não.
— E você botou o livro numa gaveta.
— Botei.
— Por quanto tempo?

— Quase dois anos.

— Dois anos? E durante todo esse tempo não teve vontade de pelo menos espiá-lo?

— Tive, mas resisti. Finalmente, abri a gaveta e tirei o manuscrito. Já estranhei o peso. Meu pequeno romance aumentara de tamanho. Comecei a ler e não reconheci o que tinha escrito. Em vez da minha cidade e das minhas experiências como adolescente, a história se passava na Rússia tzarista. Procurei em vão pelas cenas da minha iniciação sexual com a babá do vizinho e não encontrei. Mas encontrei o Napoleão Bonaparte!

— O seu livro se transformara em...

— *Guerra e paz*, pois é. Ou coisa parecida. Pensei que tivesse enlouquecido. Fechei a gaveta e passei mais dois anos sem abri-la. Com medo de que aquele meu delírio fosse verdade e eu estivesse mesmo louco. Até que um dia...

— Você abriu a gaveta de novo...

— Não, a gaveta se abriu sozinha. O tamanho do manuscrito forçara a gaveta a se abrir. Meu nome continuava na primeira folha, mas o resto do manuscrito, que daria uns seis volumes, era de reminiscências de um francês... Um romance meio autobiográfico, como o meu, mas a semelhança terminava aí.

— Proust?

— Proust. Botei esse manuscrito numa gaveta maior. Esperei mais um ano. De vez em quando dava uma espiada, para ver no que meu pequeno romance estava se transformando dessa vez. Um dia, criei coragem, abri a gaveta e peguei a primeira folha para ler. Começava assim: "No princípio Deus criou os céus e a Terra..."

— A Bíblia!

— E com a minha assinatura. Fechei a gaveta imediatamente. Passei meses sem abri-la. E então, anteontem, decidi. Abri a gaveta, disposto a acabar com aquela brincadeira. Eu não era um louco. Aquilo não podia estar acontecendo. Abri a gaveta e encontrei...

— O quê?

— Meu romance. Meu pequeno romance, como eu o havia deixado tantos anos antes.

— E você vai finalmente publicá-lo?

— Não sei...

— Por quê?

— Acho que as gavetas estavam querendo me dizer alguma coisa...

O menino e o passarinho

Se essa história é difícil de acreditar é porque ela se passa na terra do Faz de Conta, onde passarinho fala. Foi o que o menino descobriu, quando ouviu o passarinho dizer — por nenhuma razão, só para implicar com ele:

— Passarinho é melhor do que gente.

Depois de se recuperar do susto, o menino perguntou:

— Como assim?

— Para começar — disse o passarinho — nós somos mais bonitos. Olhe essa plumagem. Olhe essa combinação de cores em dégradé.

— Nós também somos bonitos — disse o menino.

— São nada.

— Olhe essa camisa cor de abóbora. Essas calças roxas...

— Que sua mãe comprou para você. A minha beleza nasceu comigo. Eu sou bonito de graça!

Enquanto o menino pensava numa resposta, o passarinho continuou:

— Vocês sabem voar? Nós sabemos.

— Nós também sabemos.

— Sabem nada.

— Temos aviões que nos levam para qualquer lugar. Atravessamos oceanos. Chegamos mais alto do que qualquer passarinho chegou. Já chegamos à Lua!

— Para voar em avião precisa comprar passagem. Entrar na fila do check-in. Despachar a bagagem, que pode se extraviar. E para ir mais longe do que qualquer passarinho já foi, precisam de foguetes e programas espaciais caros. Nós, para voar, só precisamos abrir as asas.

— Sim, certo, mas...

— Você já viu alguma coisa mais linda do que uma revoada de pássaros ao anoitecer? Não existe espetáculo sequer parecido, na Terra.

O menino pensou num desfile de escola de samba, mas decidiu não dizer nada. O passarinho tinha claramente vencido a discussão. Faltava só um golpe de misericórdia, para liquidar com o menino.

— E além de tudo, eu canto — disse o passarinho.

— Eu também — disse o menino.

— Canta nada. Ouça.

E o passarinho começou a assoviar. Uma única frase, várias vezes. E o menino pediu:
— Canta outra.
— Como, outra? Esse é o meu canto.
E o menino começou a assoviar todas as músicas que conhecia, de Jorge Ben Jor à *Marselhesa*.
E o passarinho se afastou, lentamente, cabisbaixo, derrotado e pensando:
— É, preciso variar meu repertório...

Recapitulando

Como personagem do poema de T.S. Eliot que podia medir sua vida em colherinhas de café, podemos medir nossos últimos 28 anos em Copas do Mundo. Foram sete, cada uma correspondendo a uma etapa no nosso relacionamento com o futebol, ou com a seleção, que é o futebol depurado das duas circunstâncias menores, e portanto com o país.

Em 70, João Saldanha simbolizava, de certa maneira, nossa ambiguidade com relação à seleção. O país que ela representaria no México, o "Brasil Grande" do Médici e do milagre, certamente não era o país do Saldanha, nem o nosso. Vivíamos numa espécie de clandestinidade clandestina, na medida em que a clandestinidade oficial era a guerrilha. Mas, que diabo, a seleção também era do outro Brasil, da nação sofrida tanto quanto do Estado mentiroso, e assim como o Saldanha aceitou ser o técnico e disse de cara quais eram as onze feras titulares, nós também nos empolgamos.

Pra frente, apesar de tudo, Brasil.

O Saldanha acabou tendo que sair, segundo a melhor versão, porque o Médici quis impor o Dario de centroavante, mas duvido que algum opositor do regime, mesmo sabendo o que a vitória no México renderia politicamente para o governo, tenha deixado de levantar da cadeira cada vez que o Jairzinho pegava a bola ou de gemer quando o Banks defendeu aquela cabeçada do Pelé. Assim, a Copa de 70 ficou como a Copa da ambiguidade. Nunca foi tão difícil e nunca foi tão fácil torcer pelo Brasil. Difícil porque torcer era uma forma de colaboracionismo, fácil porque o time era de entusiasmar qualquer um.

E a de 70 foi, claro, a Copa do Pelé. Ele estava no ponto exato de equilíbrio entre maturidade e potência: já sabia tudo e ainda podia tudo. E estava decidido a transformar a Copa num triunfo pessoal, num fecho simétrico para o que começara em 58, na Suécia, e não conseguira completar em 62, no Chile, nem em 66, na Inglaterra. O México foi a desforra de Pelé, um lance da sua biografia que ele gentilmente compartilhou com o Brasil.

Na Copa de 74, o Brasil ainda vivia sob um regime militar, mas tínhamos uma forte razão sentimental para torcer pela seleção: era uma seleção tão medíocre que inspirava a caridade. Torcíamos não por entusiasmo, mas por espírito cristão.

Médici tinha sido substituído por Geisel e, neste caso, a mediocridade era um estágio acima, mas em relação à seleção de 70, a de 74 era um retorno à pré--história, quando a bola era de pedra. Zagallo, que naquele tempo só tinha um ele, chegou a resumir nossa estratégia numa patética confissão de incapacidade: o negócio, na Copa da Alemanha, era cavar faltas perto da área adversária e confiar nos nossos batedores. Nenhum outro comentário sobre a incrível falta de talento para o manejo da bola que se seguiu à grande geração de 70 é mais loquaz do que esse. Nossa esperança era a bola parada, nosso terror era a bola em movimento.

Hoje, lembrando aquele tempo e aquela seleção, concluímos que nenhum dos dois era tão ruim assim. Os dois tinham a virtude do realismo. Depois da euforia da seleção de Pelé, e da falsa euforia do milagre econômico de Médici, resignação e cabeça no lugar. O Geisel, como o Zagallo, sabia que a prioridade era administrar a ressaca.

Enquanto isso, a grande sensação da Copa era a Holanda de Cruyff e do carrossel. (Em Porto Alegre, o centroavante Claudiomiro declarou que não via nenhuma novidade no estilo "holandiano", era o mesmo que o "seu" Minelli usava no Internacional. A Holanda perdeu a Copa para a Alemanha em 74, mas em 75 e 76, Minelli e seus holandianos foram bicampeões do Brasil.) O carrossel revolucionaria o futebol. Dizia-se que depois de 74 e da Holanda o futebol nunca mais seria jogado da mesma maneira. Depois de inventar o capitalismo, o colonialismo e o iogurte, os holandeses tinham reinventado o futebol.

Mas em 78 nem os holandeses eram mais tão holandeses.

Copa da Argentina, 1978. Com Cláudio Coutinho, dizia-se, o espírito renovador que começara a tomar forma na seleção de 70 — preparo físico europeu, a teoria substituindo, em parte, o empirismo e o vamos-lá-que-brasileiro-já-nasce--sabendo-tudo chegavam ao comando do nosso time. Era a tecnocracia no poder.

Fazia-se pouco da erudição e do jargão pretensioso do Coutinho, mas ao mesmo tempo desconfiava-se que com ele o futebol brasileiro ficava mais adulto. Ninguém mais acreditava que todo jogador europeu tinha cintura dura e que bastava deixar o brasileiro exercer seu talento natural para tudo dar certo. Com Zagallo em 74 a reclamação era que sua cautela constrangera a criatividade brasileira. Injustiça. Zagallo sabia que tinha um time fraco. Aquilo não era cautela, aquilo era pânico. Em 78, o time era melhor. Com Coutinho, a esperança era que o Brasil voltasse à sua alegria, mas com método.

No fim nem a alegria se materializou nem o método deu certo. Mas não houve a desmoralização completa do nosso estudioso capitão, que pode reivindicar pelo menos o campeonato moral. A Copa foi da Argentina, ganha, dizem, tanto pela mobilização do seu governo quanto pelo mérito dos seus jogadores, mas não a ponto de podermos chamá-los de campeões imorais.

E o que você estava fazendo enquanto o goleiro do Peru tomava os seis gols que a Argentina precisava para se classificar? Eu me lembro de ficar prostrado na frente da TV, meditando sobre a cupidez humana e a gratuidade de todas as coisas. Mas, como o Coutinho não tinha levado o Falcão, e levado em seu lugar o Chicão, meu pensamento final sobre a Copa de 78 foi "bem feito".

A tecnocracia não merecia sobreviver às suas bobagens. Nem na seleção nem no governo.

O que eu lembro com mais nitidez da Copa de 82 na Espanha não é nenhum lance ou jogo. É um teipe promocional da Globo feito com o jogador Éder em que ele aparecia correndo por um campo florido, simbolizando, sei lá, seu espírito livre ou o ímpeto irreprimível da nossa juventude. Não vou dizer que tive um pressentimento de derrota ao ver o teipe, mas tive, sim, a consciência de estar vendo um exagero, alguma coisa excessiva da qual ainda íamos nos arrepender.

Há quem diga que o triunfalismo das televisões brasileiras foi responsável, se não pela derrota em 82, então pela frustração arrasadora que veio depois, quase igual à de 50. Mas tanto o triunfalismo quanto a frustração se justificam; esperava-se muito daquele time do Telê. A entressafra de bons jogadores parecia ter acabado, outra geração de exceção chegava ao seu equilíbrio perfeito numa Copa, dessa vez tinha que dar. Até que ponto o triunfalismo influiu no time e o fez continuar atacando para as câmeras quando um empate contra a Itália servia, é difícil dizer. O fato é que, como num folhetim antigo, fomos derrotados pela soberba. E a mais brilhante geração de jogadores brasileiros depois dos anos 60 ficou sem sua apoteose merecida.

Hoje, claro, o carnaval publicitário feito em torno dos jogadores é muito maior do que há dezesseis anos. Com mais dinheiro envolvido e filmes promocionais mais espetaculares, o triunfalismo hoje parece maior. Mas depois de 82 as pessoas não se entregaram a ele com a mesma facilidade. O ceticismo precavido com esse time ainda é um reflexo do choque de 82.

A Copa de 86 foi a primeira que não aconteceu no meu aparelho de televisão e que eu vi sem intermediários. Fui cobri-la para a *Playboy*. No México, as pessoas olhavam o crachá que me identificava como correspondente da *Playboy* e imediatamente olhavam para a minha cara, perplexas com meu óbvio pouco jeito para descobrir os aspectos mais lúbricos da competição. Eu me esforçava para fazer uma cara que não desmentisse o crachá, mas acho que convenci a poucos.

Fomos para o México cautelosamente vacinados contra o triunfalismo precoce e com uma seleção cercada de controvérsias. Telê ganhara outra chance, mas a sua lista final de convocados causara tanta discussão que ele estava mais defensivo e desconfiado do que de costume e o ambiente entre a seleção e a imprensa era cordial mas tenso. O Brasil que ficara em casa — uma minoria, a julgar pelo volume de brasileiros em Guadalajara — era o Brasil do Sarney do Cruzado, do Sarney herói, lembra? Enfim, de outro milagre. Mas a seleção, ao contrário da de 70, não era uma geração no seu ponto ideal de equilíbrio entre experiência e capacidade. Viu-se depois que já era uma geração em declínio, com mais experiência do que pernas. Nova derrota, nova frustração e uma leve suspeita de que continuávamos sendo os melhores do mundo, mas que já era tempo de provarmos isso na prática, senão o pessoal ia começar a desconfiar.

Em 90, na Itália, cheguei a ouvir uma tese suicida: era melhor o Brasil perder do que consagrar o feio esquema do Lazaroni. O ideal seria o Brasil ganhar, mas ganhar mal — ali, o que nos daria a satisfação da vitória sem o efeito colateral da redenção do Lazaroni. Não prevaleceram nem as teses suicidas nem as moderadas. O Brasil não ganhou nem bem nem mal e perdeu sem ser humilhado. E o que prevaleceu foi a tese do Lazaroni, tanto que ganhou em 94, nos Estados Unidos, aplicada pelo Parreira.

Mas o maior consolo da eliminação do Brasil de 90 foi que pudemos ficar na Itália vendo futebol em vez de torcendo por teses. Nada contra as teses. A tese é o futebol dos sem-pernas e sem-fôlego, como poderíamos continuar jogando sem ela? Mas o descompromisso com as teses nos torna livres, e foi para desfrutar ao máximo essa liberdade que passei a torcer pela Argentina, que Deus me perdoe. Se ganhasse a Argentina, a Copa das teses seria vencida por um time que não redime nenhuma. Ninguém poderia dizer, de uma vitória da Argentina, que vencera um sistema. Na Argentina dá certo tudo o que não é esquema: carisma, coração, picardia, até mau-caráter, todas essas coisas que vêm antes, depois ou em vez da teoria.

O melhor adversário da Argentina para uma final antítese teria sido a Inglaterra, com o seu futebol simples e esforçado. Argentina e Inglaterra foram os times que começaram pior na Copa de 90, uma final entre os dois não representaria nada além da sua capacidade de autossuperação. Não provaria nada, não estabeleceria nada, não teria nenhuma sobrevida teórica. Mas deu a Alemanha na final contra a Argentina. A Alemanha representava algumas ideias bem definidas sobre futebol, e eu sonhava com a simetria perversa de uma final sem qualquer ideia. Depois de tanta discussão, por puro enfaro, eu estava torcendo pela insensatez. Mas ganhou a Alemanha.

As gerações do nosso futebol depois de 70 seguiram a sequência que alguém já identificou como um ciclo reincidente na História: da Idade dos Deuses para a Idade dos Heróis para a Idade do Homem Comum. A seleção de 70 não tinha só deuses, é verdade. Não vamos esquecer que fomos campeões no México com Félix no gol e Brito à sua frente. Mas, com o tempo, eles também se transformaram em titãs, junto com Tostão, Gérson, Jairzinho e o resto da corte de Pelé.

A seleção de 74 tinha alguns deuses caídos e não aguentou a comparação com a de 70. A de 78 foi um esboço da de 82, esta sim uma geração que inaugurava a Idade dos Heróis. O herói, como se sabe, é o Deus democrático, eleito pelos seus semelhantes, ao contrário do Deus clássico, que já nasceu Deus, mas será sempre um Deus menor. Nunca houve qualquer dúvida de que Pelé desceu do céu dentro de uma bola iluminada e já saiu chutando, enquanto Zico, por exemplo, teve que conquistar seus poderes.

Mas a geração de Zico — ele, Sócrates, Júnior, Falcão etc. — foi uma geração de grandes jogadores que não chegaram a deuses porque nasceram na parte errada do ciclo. Uma geração sem apoteose. A Copa de 86 foi uma elegia para a de 82, a triste despedida de uma geração que teve tudo, menos o que mais queria. E veio a Idade do Homem Comum.

Ela começou na Itália em 90. O que parecia ser um medíocre time de transição, uma depressão passageira antes da vinda de novos titãs, era uma geração a caminho da sua apoteose, quatro anos depois. Aaron Copland, um compositor americano, escreveu, há anos, uma Fanfarra para o Homem Comum. Ela devia ter acompanhado a subida de Dunga e seus companheiros para receber a taça em Pasadena, em 1994. Seria o tema apropriado para o fim de uma epopeia improvável.

O homem que voa

Geraldo e Marina estão casados há quinze anos. Uma noite os dois sentados no sofá da sala assistindo à novela Geraldo diz:

— Marina, preciso te contar uma coisa.

— O quê, Geraldo?

— Eu voo.

— Você o quê, Geraldo?

— Eu posso voar.

— Que loucura é essa, Geraldo?

— É verdade. Descobri quando eu tinha uns onze anos. Se eu quiser, posso sair voando agora mesmo.

— Geraldo, para de dizer bobagens e deixa eu assistir à novela.

— Você não acredita? Então olhe só.

E Geraldo decola do sofá, dá algumas voltas por dentro da sala, sai pela janela aberta, circunda o prédio da frente, volta e senta de novo no sofá.

Marina desmaia.

Já restabelecida, Marina pergunta:

— Por que você nunca me disse nada? Por que esperou até agora para me dizer?

— Eu queria ter certeza de que o nosso casamento era sólido. Que você não se apavoraria com a revelação, que acabaria se acostumando com ela. Achei que depois de quinze anos não havia mais perigo de você sair correndo.

— Mas você nunca falou pra ninguém que pode voar? Nunca contou?

— Não. Na escola, eu já era meio esquisito. Se descobrissem que eu também voava, não iriam largar do meu pé. Meus pais também se assustariam. Você é a primeira pessoa a saber.

— Mas Geraldo... Todos precisam saber que você voa. Você é um fenômeno da Natureza! Um caso único. Tem que ser examinado pela Ciência...

— Deus me livre.

— Nós podemos ganhar dinheiro com isso. Você virará uma celebridade internacional. Se apresentará em shows. Já posso até ver você chegando no palco pelo ar e...

— Tá doida. A coisa que eu menos quero no mundo é atrair atenção.

— Quando é que você voa? — pergunta Marina.

— Às vezes, de noite, quando você está dormindo, eu saio pela janela e sobrevoo a cidade. Com a lua cheia, é bonito.

Marina (sentida):

— E você nunca pensou em me levar junto para passear ao luar, como o Super-Homem fazia com a mocinha no filme... Geraldo! E se você for o novo Super-Homem?! Um Super-Homem de verdade? Você pode ser o herói que o mundo está esperando.

— Eu, Super-Homem, com esta cara, com este físico, com esta gastrite crônica? Não, obrigado. Prefiro continuar como técnico contábil, com a minha vidinha de sempre.

— Mas Geraldo...

— E você tem que jurar que não vai contar pra ninguém, Marina. Jura.

— Está bem, Geraldo. Eu juro.

E os dois continuam com a vidinha de sempre. De vez em quando, ela faz um pedido, como:

— Bem, uma lâmpada do lustre queimou. Você pode trocar pra mim?

E o Geraldo voa até o teto, muda a lâmpada do lustre e volta para o sofá. E os dois continuam vendo a novela.

O olhar da truta

O homem pediu truta e o garçom perguntou se ele não gostaria de escolher uma pessoalmente.

— Como, escolher?

— No nosso viveiro. O senhor pode escolher a truta que quiser.

Ele não tinha visto o viveiro ao entrar no restaurante. Foi atrás do garçom. As trutas davam voltas e voltas dentro do aquário, como num cortejo. Algumas paravam por um instante e ficavam olhando através do vidro, depois retomavam o cortejo. E o homem se viu encarando, olho no olho, uma truta que estacionara com a boca encostada no vidro à sua frente.

— Essa está bonita... — disse o garçom.

— Eu não sabia que se podia escolher. Pensei que elas já estivessem mortas.

— Não, nossas trutas são mortas na hora. Da água direto para a panela.

A truta continuava parada contra o vidro, olhando para o homem.

— Vai essa, doutor? Ela parece que está pedindo...

Mas o olhar da truta não era de quem queria ir direto para uma panela. Ela parecia examinar o homem. Parecia estar calculando a possibilidade de um diálogo.

Estranho, pensou o homem. Nunca tive que tomar uma decisão assim. Decidir um destino, decidir entre a vida e a morte. Não era como no supermercado, em que os bichos já estavam mortos e a responsabilidade não era sua — pelo menos não diretamente. Você podia comê-los sem remorso. Havia toda uma engrenagem montada para afastar você do remorso. As galinhas vinham já esquartejadas, suas partes acondicionadas em bandejas congeladas, nada mais distante da sua responsabilidade. Os peixes jaziam expostos no gelo, com os olhos abertos mas sem vida. Exatamente, olhos de peixe morto. Mas você não decretara a morte deles. Claro, era com sua aprovação tácita que bovinos, ovinos, suínos, caprinos, galinhas e peixes eram assassinados para lhe dar de comer. Mas você não estava presente no ato, não escolhia a vítima, não dava a ordem. Não via o sangue. De certa maneira, pensou o homem, vivi sempre assim, protegido das entranhas do mundo. Sem precisar me comprometer. Sem encarar as vítimas. Mas agora era preciso escolher.

— Vai essa, doutor? — insistiu o garçom.

— Não sei. Eu...

— Acho que foi ela que escolheu o senhor. Olha aí, ficou paradinha. Só faltando dizer "Me come".

O homem desejou que a truta deixasse de encará-lo e voltasse ao carrossel junto com as outras. Ou que pelo menos desviasse o olhar. Mas a truta continuava a fitá-lo. Ele estava delirando ou aquele olhar era de desafio?

— Vamos — estava dizendo a truta. — Pelo menos uma vez na vida, seja decidido. Me escolha e me condene à morte, ou me deixe viver. A decisão é sua. Eu não decido nada. Sou apenas um peixe, com cérebro de peixe. Não escolhi estar neste tanque. Não posso decidir a minha vida, ou a de ninguém. Mas você pode. A minha e a sua. Você é um ser humano, um ente moral, com discernimento e consciência. Até agora foi um protegido, um desobrigado, um isento da vida. Mas chegou a hora de se comprometer. Você tem uma biografia para decidir. A minha. Agora. Depois pode decidir a sua, se gostar da experiência. O que não pode é continuar se escondendo da vida, e....

— Vai essa mesmo, doutor? — quis saber o garçom, já com a rede na mão para pegar a truta.

— Não — disse o homem. — Mudei de ideia. Vou pedir outra coisa.
E de volta na mesa, depois de reexaminar o cardápio, perguntou:
— Esses camarões estão vivos?
— Não, doutor. Os camarões estão mortos.
— Pode trazer.

Posteridades

O túmulo do Herbert Spencer fica em frente ao do Karl Marx no cemitério Highgate, em Londres. Spencer morreu em 1903, o que significa que os dois são vizinhos há 115 anos.

Pode-se especular que, vez por outra, cheguem na sacada dos seus respectivos monumentos para uma conversa de fim de tarde.

— Que tempo, hein Herbert?

— Horrível, Karl. Eu sempre digo que a única vantagem de estar morto na Inglaterra é que nos livramos do clima.

— Não me refiro ao clima, Herbert. Me refiro a esse tempo que estamos vivendo. Ou que os vivos estão vivendo. Essa crise...

— Imaginei que você estaria contente com ela, Karl. Você sempre disse que o capitalismo ia acabar...

— Mas não assim, não num desastre sem qualquer significado histórico. Causado pela pura ganância, pela intolerância, pelo fascismo redivivo, pela simples cupidez humana. Há algo menos científico do que a cupidez humana, Herbert?

— Bem...

— O que eu tinha previsto era o fim de um processo, a síntese final de uma inevitável progressão dialética que terminaria com o proletariado livre para sempre dos seus grilhões numa sociedade sem classes. Não com a classe média fazendo as contas para comprar um novo micro-ondas. Que consciência revolucionária pode nascer de uma insatisfação com a falta de crédito?

— Pois eu baseei toda uma filosofia na defesa da cupidez humana, como você deve se lembrar, Karl. Nada é mais natural do que a cupidez humana, e a ciência deve reconhecer que as leis da Natureza também regem o comportamento humano.

E a primeira lei da Natureza é cada um por si e por suas ambições. É o desejo do micro-ondas que move, metaforicamente, a humanidade.

— Você e o seu darwinismo social. Como é mesmo a sua frase famosa? A sobrevivência dos mais capazes...

— Que hoje todo mundo pensa que é do Darwin, e é minha. Infelizmente, não podemos controlar nossa posteridade do túmulo.

— Mas a sua posteridade está ganhando da minha, Herbert. O capitalismo em crise não comprova a minha teoria, comprova a sua. A fome do mundo não é de igualdade e justiça, é de eletrodomésticos e férias no verão. Quem manda no dinheiro e, portanto, no mundo são três ou quatro gerentes financeiros que sonham com um novo Porsche. Não foi a reação que derrotou o comunismo, foi o consumismo. Nunca uma troca tão pequena de letras significou tanto.

— Não se deprecie, homem. Que importa se o capitalismo acabará com uma revolução ou um gemido, se se autodestruirá ou se regenerará? Aconteça o que acontecer, ainda virá mais gente visitar o seu túmulo do que o meu. Aliás, nenhum dos neoliberais que vinham prestar suas homenagens ao seu filósofo favorito tem aparecido, ultimamente. Como você vê, as flores que deixaram da última vez no meu túmulo estão mais murchas do que os prognósticos econômicos para 2018. Você ainda é o cara.

— Obrigado, Herbert. Mas você não está querendo ver o paradoxo. Se o capitalismo cair por acaso, por nenhum determinismo científico, eu caio junto com ele. Terei sido o pior tipo de profeta, o que acerta por engano.

— O acaso, o acaso... Nesse ponto nós sempre concordamos, discordando do Darwin. Ele atribuía a evolução ao acaso. Nós sempre achamos que havia um fim previsível para as nossas respectivas explicações do mundo, que nossas evoluções tinham um objetivo que as redimiria.

— Mas num ponto Darwin teria razão em defender o acaso, Herbert.

— Qual?

— Foi por puro acaso que enterraram você aí, na minha frente, e podemos ter essas nossas conversas de fim de tarde.

— É verdade, Karl.

Crer

O garoto me pediu um cavalo. Eu perguntei: "Um cavalinho de brinquedo?".
Ele disse: "Não, um cavalo de verdade". Eu disse que ia ver, mas que seria difícil
carregar um cavalo de verdade no meu saco.

Ele ficou me olhando. Depois disse:

— Você não é o Papai Noel de verdade, é?

— Claro que sou. Por que você pergunta?

— Porque no outro xópi tem um Papai Noel igual a você.

— E você pediu um cavalo pra ele?

— Pedi. E ele disse que ia me dar.

— Bom, talvez o saco dele seja maior do que o meu.

— Mas o Papai Noel de verdade é ele ou é você?

O que dizer para o garoto? É que nós temos o poder da ubiquidade, entende? Ubiquidade. A capacidade de estar em mais de um lugar ao mesmo tempo.
Onipresença. Pergunte a sua mãe. Só existe um Papai Noel, mas ele está por
toda parte. Está em todos os shoppings do mundo. Cada Papai Noel é a manifestação de uma mesma e única entidade superior. Só muda o nome e o tamanho
do saco. Eu sei, é um conceito difícil de entender. Ainda mais na sua idade. Há
anos, séculos, discute-se a natureza dessa entidade multipartida. Existiu um
Papai Noel histórico, que viveu e morreu, mas seu espírito perdurou, e perdura
até hoje, porque a sua essência transcendia a sua materialidade. Sua sobre-
-existência supratemporal e a-histórica, como a definiria Kierkegaard, depende
de uma predisposição da humanidade para ver na sua figura a idealização de
um paradigma infantil de bom provedor, e a eternização da infância num "pai"
amável que nunca morre, e volta, ciclicamente, todos os anos, ano após ano, na
mesma data. No resto do ano ele reassume a sua imaterialidade mas mantém-
-se introjetado nos que acreditam nele, controlando suas ações e pensamentos,
que serão premiados ou punidos quando da sua rematerialização anual, numa
espécie de Juízo Final parcelado. Eu, o Papai Noel do outro shopping e todos
os milhares, milhões de papais noéis que surgem nessa época do ano somos
apenas caras diferentes do mesmo ente reincidente que traz presente ou castigo, representando uma cosmogonia moral que rege o comportamento humano.
Há quem diga que essa entidade que recompensa e pune não passa de um mito
infantilizante que aprisiona a razão numa superstição obscurantista. Que Papai

Noel não existe. Que eu sou uma fraude. Que o Papai Noel do outro shopping é uma fraude. Que todos os outros papais noéis do mundo são impostores, que por trás das suas barbas falsas há apenas pobres coitados tentando faturar alguns trocados sazonais com a crença alheia e enganando criancinhas. Não é verdade. Pode puxar a minha barba. Eu existo, eu...

Nisso o garoto fez xixi no meu colo. Foi levado pela mãe, com pedidos de desculpa. Melhor assim, pensei. Minha explicação só iria assustá-lo. E eu só estaria tentando convencer a mim mesmo. Sou gordo, tenho uma barba naturalmente branca, sou quase um predestinado para ser Papai Noel de shopping. Mas todos os anos preciso combater minhas dúvidas. Como em qualquer caso envolvendo crença e fé, o pior são as dúvidas. Com o xixi eu nem me importo.

Mas veja como crer é importante. Em seguida sentou no meu colo um homem dos seus quarenta anos. Não queria me pedir nada, só queria colo. Tinha estourado o limite do seu cartão de crédito nas compras de Natal e precisava que alguém o consolasse.

Temperatura ambiente

Calor. Muito calor. Deve ser o ar-condicionado. Esses hotéis modernos exageram. O calor me acordou. Isso aqui está um forno. Vou levantar e procurar o controle da temperatura. O termostato. Onde ficará o termostato? Não tem termostato. É aquecimento central. Vou telefonar para a portaria. Dizer que assim não dá, pedir para diminuírem. Qual será o número? Engraçado, o telefone só tem um botão. Sem número. Como eu faço pra ligar pra fora? Esses hotéis modernos... Espera um pouquinho. O que eu estou fazendo num hotel? Fui dormir ontem à noite na minha cama e acordo numa cama de hotel? Ou não foi ontem à noite, já se passaram dias e eu é que não me lembro? O que será que eu andei fazendo? E como vim parar aqui, neste quarto sem nenhuma decoração, sem... Meu Deus, sem janela! E sem porta!! Como é que eu entrei aqui? Como é que eu vou sair daqui?! O quarto só tem uma cama e uma mesa de cabeceira com o telefone. E uma televisão. Nem um quadro na parede, nem uma paisagem. E esse calor! A televisão. Vou ligar a televisão e descobrir ao menos onde eu estou. Pronto.

Reprise de *Jeannie é um gênio*. Onde é que se muda o canal? Ah, ótimo, não tem como mudar de canal. O telefone. Vou apertar o botão do telefone e ver o que acontece. Alguém vai ter que atender. Alguém vai ter que me dar explicações.

— Alô.

— Alô? Sim. Olha. Para começar, o calor está terrível. Não dá para diminuir o aquecimento no quarto?

— Não senhor. Esta é a nossa temperatura ambiente normal.

— Outra coisa: a televisão só pega um canal. Que está dando uma reprise de *Jeannie é um gênio*.

— Sim, senhor. Só tem esse canal, e é sempre a mesma reprise.

— Mas... mas... Isto aqui é o inferno!

— Não, senhor. É o purgatório. No inferno a reprise de *Jeannie é um gênio* é dublada em espanhol.

Os obrigados

Era preciso subir sete andares para chegar à tribuna de imprensa, e no quarto andar eu parei de dizer "Não tenho mais idade, não tenho mais idade" porque não tinha mais fôlego. Mas foi só encontrar meu lugar, com a visão perfeita do campo do estádio de Yokohama onde se realizaria a final da Copa de 2002, e recuperar o fôlego, e me tornei um homem agradecido. Estava chegando ao fim de um mês de trabalho difícil, mas durante o qual fiz duas das coisas de que mais gosto, que são viajar e ver futebol. O que quer dizer que estava num paraíso. Um paraíso com escadas demais, mas um paraíso. Só podia estar agradecido.

E não apenas aos que tinham me proporcionado a oportunidade de ver minha quinta decisão consecutiva de Copa do Mundo e aos companheiros de missão. Cabia também repetir o agradecimento público que fiz às minhas coronárias, quando, contra todas as previsões, elas me trouxeram até o ano 2000. Obrigado, meninas! Obrigado pela bonificação. Por essa prorrogação sem morte súbita. Cheguei a 2002 e ao fim de mais uma decisão de Copa com a participação do Brasil, que sempre são as mais emocionalmente desgastantes, em razoável estado. Com fígado para as comemorações e um cérebro em condições perfeitas para saber o que está acontecendo. E um cérebro em condições perfeitas para saber o que está acontecendo, ou eu já disse isso? E todos os sistemas ainda funcionando, embora às vezes eu custe a lembrar para o que servem alguns.

Uma vez, com meus catorze ou quinze anos, tive o seguinte pensamento: quando eu ficar bem velho (com quarenta anos, por aí) os americanos já terão descoberto a cura de todas as doenças e o segredo de uma vida sem fim, salvo bigorna na cabeça. Portanto, pra que me preocupar?

A verdade é que ninguém pensa seriamente na morte antes dos trinta e poucos anos. A inevitabilidade da morte nos bate de repente, sem aviso, sentados na privada ou no meio de um picolé. Você num minuto está bem, eternão, e no momento seguinte é um mortal irreversível. E pelo resto da vida carregará aquela coisa, o sentimento da sua morte, com você. Como uma hérnia inoperável que só se pode acomodar.

Chega o momento em que todo homem, principalmente todo cardíaco, desenvolve uma fé irrealista na pesquisa médica. Se convence que de algum lugar, provavelmente do Japão, virá o cateter mágico que depositará bactérias amestradas nas suas artérias, e elas começarão a desobstrução definitiva que lhe dará mais cem anos (só mais cem, não é como se estivéssemos pedindo a eternidade) de vida. No fim tudo se resume numa corrida entre a fatalidade e os laboratórios.

Chegar ao ano 2000 foi um feito, chegar a 2002 e ao fim de uma Copa com muito deslocamento e pouco elevador foi uma surpresa, e chegar ao fim de noventa e poucos minutos de um Brasil e Alemanha que só começou a se definir na metade do segundo tempo foi um milagre. Mas conseguimos.

A Copa da Alemanha em 2006? Se depender de mim, terei idade, sim. Mas depende dos japoneses.

O bunraku é uma das tradicionais formas de teatro do Japão, junto com o nô e o kabuki. No bunraku, bonecos são manipulados por pessoas encapuzadas vestidas de preto, e uma das suas convenções é que a plateia precisa fingir que os bonequeiros não estão no palco para poder aproveitar o espetáculo. Quem se concentrar nos movimentos dos manipuladores, em vez de nos bonecos, não acompanhará a trama e perderá o melhor. No futebol brasileiro e nos campeonatos mundiais organizados pela Fifa acontece a mesma coisa: para aproveitá-los você precisa fingir que os manipuladores não existem, ou são apenas recursos cênicos neutros. Fica cada vez mais difícil ignorar a presença dos vultos negros movendo os atores e os cenários do futebol. Mas é preciso concentrar-se no espetáculo e fazer de conta que não tem mais ninguém no palco. Pois a única maneira de aproveitar o que uma Copa do Mundo e um campeonato nacional têm de único e de sensacional é encará-los como teatro bunraku. É ver os manipuladores em cena — pois alguns nem se dão mais ao trabalho de usar capuz —, saber que eles estão lá, mas ignorá-los e dar toda a atenção à arte e à grandeza do futebol jogado.

Entrega em domicílio

Não sei quando será, mas não deve demorar. O lugar? Qualquer grande cidade brasileira. Noite. É cedo, mas não se veem carros nas ruas nem gente nas calçadas. Só o que se vê são motociclistas. Suas motocicletas têm caixas atrás, para carregar os pedidos. São entregadores. Motoboys. Teleboys. Eles se cruzam nas ruas vazias, em disparada. Como os carros não saem mais à noite, e os motociclistas não os respeitam mesmo, os faróis semafóricos não funcionam. O amarelo fica piscando a noite inteira, e nos cruzamentos a preferência é dos entregadores mais corajosos. Há várias batidas e pelo menos um morto por noite. Mas o número de motociclistas nas ruas não para de crescer.

    A população não sai mais de casa. Tudo é pedido pelo telefone. Os restaurantes despediram seus garçons e trocaram por motoboys. Telegarçons. Se você quiser um jantar fino à luz de velas, com vários pratos, sobremesa e vinho, existem serviços de entrega para tudo. Um entrega os pratos finos. Outro a sobremesa. Outro os vinhos. Outro a toalha de linho, os talheres e as flores. E já há um de televelas.

    Como as pessoas não saem à noite e ninguém mais vai jantar na casa de ninguém, há uma cooperativa que se prontifica a mandar os próprios teleboys como convidados a jantares finos. A telenós. Você especifica o tipo de conversa que quer à mesa — mais ou menos intelectual, divertida, safada, política, variada etc. — e na hora marcada chegam os telecomensais, no número e com o traje que você quiser. Eles comem, conversam, elogiam os anfitriões e vão embora ou, por um adicional, limpam a cozinha.

    Como a sociedade passou a depender deles para tudo, é natural que comece a haver distorções criminosas no mundo da entrega a domicílio e teleboys se aproveitem do seu poder para aterrorizar a população. Você abre a porta para o entregador de pizza com a muçarela pequena que pediu e de repente se vê acossado por um bando de dez, cada um com uma caixa de supercalabresa que você é obrigado a pagar, e ainda dar gorjeta. Não adianta você telefonar para a polícia. A polícia também não sai mais na rua. Existe um serviço de telessocorro que fornece ajuda parapolicial, mas eles não agem contra teleboys. O corporativismo da classe é forte.

Os motoboys dominam a noite e desenvolveram uma cultura própria. Têm seu folclore, seus mitos, seus heróis. Como Fast Boy Menezes, que entrega sorvete na mão em qualquer ponto da cidade e você não paga pela parte que derreter. Ou Jorge Armário Freitas, que adaptou sua moto para carregar qualquer coisa, bateu seu próprio recorde entregando um piano de cauda numa recepção improvisada — com o banquinho e o pianista — e morreu numa freada brusca, esmagado pela jacuzzi portátil que levava para uma festa gay.

Não sei quando será, mas não deve demorar.

Feijoada completa

Carolina olha Pedro dormir. Está acordada há tempos. Tem dormido mal. Acorda várias vezes durante a noite. Está assim desde que tomou a decisão de deixar o Pedro. Não sabe como dizer que vai deixá-lo. Que não pode mais, que não aguenta, que chega.

— Pedro...

— Ahn.

Carolina não consegue ir adiante. Pedro está sorrindo. Dormindo e sorrindo. Até dormindo o filho da puta é simpático. Dizer o quê? "Pedro, acorda que eu quero te dizer uma coisa. Eu vou embora. Nosso casamento acabou, viu? Não deu certo. Ponto-final. Agora pode voltar a dormir."

Não. Melhor deixar para outro dia. Ou não dizer nada. Ir embora e pronto. Telefonar da casa da Milene, dizer pelo telefone. Isso. Sem precisar ver a cara dele, sem ele poder mexer com o cabelo dela e dizer "Carol, Carolzinha, o que é isso?", como sempre faz quando ela perde a paciência com ele. Com voz de injustiçado. Isso, melhor dizer pelo telefone. Sem remorso.

Não. Agora. Tem que ser agora.

— Pedro.

— Quê?

— Acorda.

Ele abre um olho.

— Que horas são?

— Não sei. Sete.

— Sete? Ô! Carol! Hoje é sábado!

É mesmo. Ela tinha esquecido. Sábado. Dia de acordar tarde. Dia do futebol dele. Dia de feijoada depois do futebol. Ela botara o feijão de molho na noite anterior, como fazia todas as sextas-feiras. Como podia ter esquecido? Era a falta de sono.

— Dorme, vai.

Nove horas. Os dois na cozinha, ela fazendo o café. A barriga dele esticando a camiseta, o umbigo à mostra.

— Como é que você pode jogar com essa barriga?

— Sou meia de ligação. Não precisa correr muito. Cadencio o jogo. Tudo em cima pra feijoada?

— Vão ser quantos?

— Os de sempre. O Toca, o Binho, o Alaor, talvez uma das mulheres.

— Não me diz que vem a Luizinha Bundinha.

— Não. Ela e o Binho se separaram.

— Eles eram casados?

— E eu sei? Acho que eram.

— É, às vezes não dá certo.

— O nosso deu, né, negra?

Agarrando-a por trás.

Agora, pensa ela. Só uma frase, para prepará-lo. Um preâmbulo para o que virá. "Será que deu certo?" Ou: "Não tenho tanta certeza...". Mas não. Ela não tem coragem. Diz:

— Não esfrega essa barriga nojenta em mim.

Olhando ele tomar café, xícara numa mão e pão na outra, de pé, pronto para sair correndo para o seu amado futebol, ela pensa: é um pobre tipo. Onde foi que ouviu aquilo? Pobre tipo. Está sempre bem-humorado. Simpático até dormindo. E com toda a simpatia não ultrapassa sua cota mínima como vendedor do laboratório, não progride, não traz dinheiro para casa. Mas não perde o bom humor. Pobre tipo. Quem é que dizia aquilo? A Jeanne Moreau. Naquele filme francês, qual era mesmo? "*Pauvre type*." Os cantos da boca virados para baixo. Significando desdém absoluto. Era o que ele merecia. Era um "*pauvre type*". Ela pensa: às vezes faz falta uma boca como a da Jeanne Moreau.

— Tchau, negra. Beijo.

— Tá. Tchau.

Carolina e Milene no telefone.

— E aí, mulher?

— Não consegui. Não tive coragem.

— Você só está prolongando a agonia, Carol.

— Eu sei, eu sei. Mas sei lá.

— Sai daí agora. Pega as tuas coisas e vem pra cá. Deixa um bilhete.

— Um bilhete? Você acha?

— Fica mais fácil.

— Não pode ser só um bilhete. Tem que ser no mínimo uma carta.

— Então escreve a carta.

— Você acha?

O Pedro gosta de dizer que a mulher estudou. Que lê, sabe línguas, vai ver filme francês. E que ele é um grosso. Que ela casou com ele pela sua beleza física. Só pode ser, já que pelo intelecto não foi. Sim, ela vai escrever uma carta. Escrevia muito para o pai, em Minas, quando ele ainda era vivo. E ele respondia, dizendo: "Suas cartas estão cada vez melhores". Deixaria uma carta para o Pedro. Dizendo tudo. Dizendo o quê? Que não aguenta mais, que chega. Mas com jeito.

— Vou escrever a carta.

— Você quer que eu vá até aí ajudar você a trazer suas coisas?

— Não, não. Pode deixar.

Perto das onze, o Pedro telefona para casa.

— Carol, escuta só. O seu Menezes está jogando futebol conosco.

— Quem é o seu Menezes?

— Quem é o seu Menezes, Carol? É só o dono do laboratório. Ou o chefão deles aqui no Brasil. O Alaor falou do nosso jogo e ele veio. Puta surpresa. Ele e mais o Estevão de vendas. O meu chefe, Carol. Os meus dois chefes. E escuta: os dois vão comer aí em casa. O Menezes já tinha ouvido falar da nossa feijoada e quer provar.

616

— Pedro...

— Em suma: põe mais água no feijão. Vai chegar todo mundo com uma fome e uma sede de anteontem. Como é que nós estamos de cerveja?

— Não sei, não sei. Tem que ver.

— Põe no freezer.

— Mas pra quanta gente?

— Um batalhão, Carol.

E agora? Liga para a Milene. A Milene não ajuda.

— Sai daí, Carol. Não faz essa feijoada.

— Mas vem o patrão dele. Vem um batalhão. Vai ser importante pra ele, no emprego.

— Azar. Ou melhor assim. Desse jeito acaba tudo com um desastre. Um vexame. Uma feijoada negada. Nada marca o fim definitivo de uma relação como uma feijoada negada.

— Também não é assim.

— Tem que ser assim, Carol. Um corte total. Ele não está acostumado a chegar em casa e estar tudo pronto, feijão no fogo e couve cortada? Pois deixa ele ver como vai ser sem você. Sem a escrava dele obedecendo a ordens.

— Ele sempre foi carinhoso comigo, Milene.

— Nunca te deu valor, isso sim. Foi um songamonga. Um imprestável. Escreve a carta e sai daí, Carol.

— Já escrevi a carta.

— Então sai!

Dez minutos depois, o Pedro de novo.

— Como é que está indo?

— Pedro, eu...

— Não precisa se afobar. Olha, na mesa não vai dar pra todo mundo. Arruma a mesinha da sala, ou a da cozinha. Outra coisa: prepara umas linguiças pra tira-gosto. Tem linguiça?

— Acho que tem.

— E caipirinha! Cumbuca de gelo, limão... Como é que nós estamos de cachaça? Acho que sobrou do sábado passado.

— Pedro, você não está jogando não?

— O seu Menezes entrou no meu lugar. Eu pedi pra sair.

— Por quê? Sentiu alguma coisa?

— Não, foi só pro seu Menezes entrar de meia de ligação. Ele está em pior forma do que eu. E ruim que dói.

— Pedro, olha...

— Ih, acho que o seu Estevão se machucou. Está caído no campo. Vou ter que desligar. Não esquece a linguiça!

O pai dela dizia: "Ele não é homem para você, Carolina". Era simpático, certo. Boa-praça. Mas... O pai não dizia "Ele não está à sua altura", mas era o que pensava. Não criara e educara a filha, piano, Aliança Francesa, história da arte, para casar com alguém como o Pedro. Mas ela casara com o Pedro. Ele era um homem bonito, antes de engordar. E era carinhoso. Sempre fora carinhoso. Quando ela perdia a paciência com ele, ele afagava sua cabeça e dizia: "Carol, Carolzinha, o que é isso?". E os diálogos eram sempre os mesmos.

— Francamente, Pedro!

— Carolzinha... Desculpe!

Ela se adaptara à vida e aos gostos do Pedro. Tolerava o sagrado futebol dos sábados no sítio do Alaor, que era propagandista do mesmo laboratório e ganhava o dobro do que o Pedro em comissões. Aprendera a fazer feijoada com a mãe do Pedro. Tolerava os colegas de trabalho que o Pedro trazia para casa depois do futebol. O Binho, que tocava violão e cantava, ou pensava que cantava, e cujo repertório era de matar. O Toca, que era sempre o último a sair e às vezes precisava ser corrido para casa. Tolerava até a Luizinha quando o Binho a trazia, Luizinha e seu shortinho apertado com metade da bunda de fora.

Uma noite, depois de beber um pouco, Pedro começara a falar sério. Deitado na cama, enquanto ela se preparava para dormir. Ela nunca o ouvira falar daquele jeito. Até a chamando de Carolina em vez de Carol.

— Eu atrasei a sua vida, não é, Carolina?

— Como, atrasou a minha vida?

— Tudo o que você podia ter sido. O piano...

— Ó, Pedro. Que piano? Eu só estudei piano porque papai insistiu.

— Mas você tocava bem. Me lembro do nosso noivado. O que era aquilo? Chopin?

— Mozart.

— Você tocava bem. Podia ter sido uma concertista. Podia ter tido outra vida.

Ela se deitara ao seu lado. E mentira:

— Minha vida é ótima.

— Podia ter tido outro marido.

Ela o abraçara e mentira de novo:

— Estou satisfeita com este.

— Desculpe, viu, Carolina.

— Ó, Pedro, você é engraçado. Quando não bebe é alegre como um bêbado. Quando bebe, fica sóbrio.

— Eu sou um atraso na sua vida.

— Não seja bobo.

E ele dormira com a cabeça no peito dela e a boca aberta.

Carolina no quarto. Mala, onde tem mala? Nos filmes, sempre que alguém vai sair de casa abre uma mala e começa a jogar roupa dentro. Ela não encontra nem a mala. Está no armário do corredor. Ela abre a porta do armário. A mala está embaixo do aspirador, de mil coisas. E vou levar o quê? Minha roupa toda não cabe numa mala. Levo pouca coisa. Roupa de baixo e pouca coisa mais. Numa sacola. Depois venho buscar o resto, quando acertar a situação com o Pedro. O Pedro nunca vai aceitar a situação. O Pedro vai ter um troço. O Pedro...

Toca o telefone. É o Pedro.

— Negra, me lembrei. Não esquece o torresmo. Frita um montão.

— Ahn.

— Não esquece o arroz branco e a farofa. E a malagueta.

— Eu...

— Laranja-baía ou da seleta. Cê tá ouvindo?

— Estou, Pedro.

— Paio, carne-seca, toucinho...

— Eu sei, Pedro.

— Adivinha de onde eu estou ligando? Do hospital!

— O quê? Por que...

— O seu Estevão levou um pisão no pé e eu trouxe ele aqui pra tirar uma chapa. Não foi nada. Estão enfaixando o pé dele. E o jogo continua.

— Mas ele está bem?

— Está, está. Foi se meter a jogar de centroavante, a defesa era só de gente do departamento que ele chefia, tudo com bronca dele... Já viu, né?

— Mas... Vocês vão voltar pro jogo?

— Eu vou. O seu Estevão acho que vai pra casa.

— Pedro, quem sabe a gente...

— Deixa eu ir embora que quando eu saí o jogo tava cinco a cinco.

— Pedro...

— Bota água nesse feijão!

Carolina pensa: ele deve ter se apresentado para abandonar o futebol e levar o chefe ao hospital. Típico do Pedro. É sempre o que se apresenta, o que quer ajudar. Não foi para fazer média com o chefe, disso ela tem certeza. Seria um sinal de esperteza, de ambição. O Pedro não tem maldade nem ambição.

Ela escrevera isso na carta: você não tem ambição, não tem um objetivo na vida e eu não posso continuar assim. Não queria magoá-lo, mas não aguentava mais.

A Milene tinha razão. Era melhor sair daquele jeito. Com um corte impiedoso. Imaginava ele chegando em casa com os amigos, com o seu Menezes, com um batalhão, e não encontrando nem ela nem a feijoada. Ele lendo a carta, a lista das coisas que ela não aguentava mais, o adeus. Ele... Ele o quê? Tendo um acesso de raiva? Chutando os móveis? Chorando. Provavelmente chorando. Típico do Pedro. Onde deixar a carta? Na mesa da sala de jantar, não. Ele teria que ler na frente dos outros, seria constrangedor. No quarto. Em cima da cama. Em cima do travesseiro dele. Pronto. Feito. Fim. Vou-me embora. Sem remorso, pensa ela, chaveando a porta da frente, levando roupa de baixo e pouca coisa mais numa sacola. A carta explica tudo. Depois a gente conversa. Ele vai acabar entendendo. Sem remorso.

Ela já está quase chegando na casa da Milene quando seu celular toca.

— Negra? Telefonei pra casa e você não tava lá.

— Saí pra pegar mais cerveja no bar do seu Lírio.

— O dinheiro vai dar?

— Não sei. Vamos ver. Onde você está?

— No campo. O seu Estevão veio junto. Com o pé enfaixado.

— Ele não ia pra casa?

— Veio pra tirar satisfação do Foguinho, que foi quem deu o pisão no pé dele. O maior rebu. Quis brigar. Eu tive que defender o Foguinho.

— Pedro, você brigou com o seu chefe? E ele com o pé enfaixado?

— Briguei. Amigo é amigo. Nessas horas não tem chefe.

— Pedro...

— E tá dando tudo errado. O seu Menezes foi bater um lateral e mexeu num ninho de marimbondo. Levou a maior ferroada. Tá lá o Alaor tratando do inchaço, só falta chupar o pescoço dele, mas o seu Menezes não quer conversa. Acho que também vai embora.

— Pedro, quem sabe a gente suspende a feijoada?

— O quê? Que nada. Agora mesmo é que tem que sair. Alguma coisa tem que dar certo hoje. Você se lembrou de fazer um bom refogado?

— Fiz. Não, ainda não.

— Aproveita a gordura da frigideira pra temperar a couve.

— Tá, Pedro.

— Essa feijoada tem que ser especial. E olha, se o dinheiro não der, pede pro seu Lírio pendurar. Ele é nosso irmão.

— Eu sei.

— Beijo. O jogo tá recomeçando. Eu vou entrar no lugar do Menezes. Lá pelas três a gente está aí.

Na casa da Milene. As duas sentadas na cozinha. Milene:

— Você fez a coisa certa, Carol. Não fica com essa cara.

— Será que fiz?

— Fez, Carol. Esse casamento não tinha futuro. Vá tratar da sua vida. Você pode ficar aqui o tempo que quiser.

— Sei não, sei não.

De repente, Carol se levanta e pergunta:

— Que horas são?

— Quinze pras duas.

— Eu vou voltar.

— Carol, não seja...

— Eles vão estar chegando lá pelas três. Vou fazer a feijoada.

— Tá louca, Carol. Fazer uma feijoada em meia hora?

— Na panela de pressão, dá.

— Carol...

— É uma feijoada especial. Ele vai chegar chateado. Provavelmente perdeu o emprego, depois de brigar com o chefe. Vai querer esquecer tudo, com os amigos, com a caipirinha, com a cerveja. Ele vive para esses sábados, pro futebol e pra feijoada, Milene. Eu não posso fazer isso com ele. Eu não sou um monstro, Milene.

— Ai, meu santo...

— Me empresta um dinheiro pra comprar cerveja?

— Ah, não. Eu não vou financiar essa loucura. Aí fico eu com remorso.

— Você tem linguiça em casa? Me empresta umas linguiças.

— Você enlouqueceu, mulher!

* * *

Na volta para casa, Carolina faz um inventário mental. Torresmo tem. Arroz branco, farofa e malagueta, tem. Cachaça e limão, acho que tem. Paio e carne-seca, acho que não. O toucinho vai ter que trabalhar dobrado pra dar o gosto. Esquece a couve mineira, esquece a laranja, esquece a linguiça. Passo no seu Lírio e peço pra pendurar as cervejas. Depois corro pra casa. Vai dar. Com sorte, vai dar.

Dá. Quando a turma chega a panela de pressão ainda está vibrando no fogão mas o feijão está quase pronto. Em vez do batalhão vieram os de sempre, mais a namorada nova do Binho, uma anti-Luizinha discretamente vestida de blusa solta e jeans, que não tira os óculos escuros e não fala com ninguém. Todos comentam o jogo, que terminou oito a sete, e os desastres do dia. Estão provavelmente todos despedidos do laboratório, com exceção, talvez, do Alaor, que só faltou carregar o seu Menezes no colo depois do ataque dos marimbondos. A caipirinha acaba logo mas a cerveja não. O Binho ameaça pegar o violão no carro para cantar, como faz todos os sábados, mas sua nova namorada diz: "Por favor, não", conquistando a simpatia geral. Depois que sai o Toca, que é sempre o último do grupo a sair, Pedro abraça Carolina por trás e diz:

— Sabe o que a mamãe diria de feijoada feita em panela de pressão? "Que pecado!"

— Eu me atrasei um pouco, Pedro. Foi o que deu pra fazer.

— O que é isso, negra? Foi a melhor feijoada que eu já comi.

— Não estava completa, mas...

— Estava ótima.

Depois, no banheiro, antes de se deitar, se olhando no espelho, Carolina tenta imitar Jeanne Moreau dizendo *"pauvre type"*. Os cantos da boca puxados para baixo. *"Pauvre type."* Não consegue. Ele é um pobre tipo. O que se pode dizer de alguém que defende um amigo sabendo que pode lhe custar o emprego? Que é apenas o Pedro sendo o Pedro, um que nunca vai ser outra coisa. Que nunca vai ser nada na vida. E eu vou ser nada ao lado dele, por todos os sábados da nossa existência. Não consigo imitar a Jeanne Moreau dizendo *"pauvre type"*. Me falta a boca da Jeanne Moreau. Eu não sou um monstro.

Nisso o Pedro bate na porta do banheiro e pergunta:

— Carol, que envelope é esse em cima do meu travesseiro?

Em Cafarnaum

E aconteceu que chegou a Cafarnaum a notícia de um homem que transformava água em vinho. O estranho homem estivera numa festa de casamento em Canaã, na província da Galileia, e ao ser informado de que acabara o vinho, mandara encher seis talhas de pedra com água, e transformara a água em vinho. E a notícia se espalhara por toda a região, e chegara a Cafarnaum.

E aconteceu que um homem entrou na venda de Guizael, em Cafarnaum, e Guizael achou o homem estranho, e deduziu que aquele era o homem que transformara água em vinho, em Canaã. E Guizael agradeceu a Deus por ter levado o homem a Cafarnaum, e ofereceu comida ao homem estranho: pão, peixe, coalhada e um copo de água. E Guizael piscou um olho para o homem estranho, e disse: podes transformar esta água no que quiseres, para acompanhar o jantar.

E o homem sorriu, e tocou a borda do copo com um dedo, e a água se transformou em vinho. E Guizael foi tomado de grande alegria, e disse: tens um grande poder. E o homem disse: ainda não viste nada. E tocou o pão com um dedo, e o pão se multiplicou, e o balcão da venda de Guizael se cobriu de pães. E o homem tocou o peixe, e os peixes também se multiplicaram. E assim aconteceu com os potes de coalhada. E Guizael exultou.

E Guizael propôs um negócio ao homem estranho. Uma parceria na venda. Ele multiplicaria os potes de coalhada, e os pães, e os peixes, e transformaria a água em vinho, e Guizael economizaria na farinha dos pães e no leite da coalhada, e não dependeria mais dos seus fornecedores de peixes e de vinho. O homem só entraria com o seu dedo milagroso, e em troca teria direito a 20% do faturamento da venda.

O homem sorriu e disse que sua missão era outra. Que estava no mundo para multiplicar o número de crentes em Deus, e para transformar não água em vinho mas o coração e a mente das pessoas, e que o único lucro que buscava era a salvação da humanidade. Trinta por cento, disse Guizael. O homem sacudiu a cabeça. Não se interessava pela riqueza, sua glória não seria deste mundo.

Fifty-fifty, disse Guizael, ou o equivalente em aramaico. E vendo que o homem hesitava, prosseguiu: aquela sua missão não acabaria bem. Mudar o coração e a mente das pessoas, o que era aquilo? Ele acabaria preso como agitador, talvez até executado. E sua pregação seria em vão. Seu sacrifício não mudaria nada. Mas se ficasse em Cafarnaum e aceitasse a proposta de Guizael, o homem teria uma vida longa e feliz. Cafarnaum não era o mundo, mas era um lugarzinho simpático, ótimo para se criar os filhos.

E o homem aceitou a proposta de Guizael para ficar em Cafarnaum. E disse: sabes, claro, que isso vai mudar a história da humanidade. E disse Guizael: a humanidade não merece mesmo. E o homem sorriu, e tocou o copo com seu dedo outra vez, e trocou o vinho tinto em vinho branco, para acompanhar o peixe.

Finais

Ideia para três contos.

Um posto de gasolina. Noite. Dois carros entram no posto quase ao mesmo tempo. Um dirigido por um homem, o outro por uma mulher. Para simplificar: João e Maria. Os dois com idades parecidas, jovens. Enquanto os frentistas abastecem os dois carros, entra no posto um terceiro carro. Pela janela do terceiro carro, uma mulher grita, desesperada:

— Me ajudem! Me ajudem!

Os frentistas ficam paralisados. João e Maria não sabem o que fazer. Se a mulher está sendo assaltada, não querem chegar perto. Mas a mulher grita:

— Eu estou tendo um filho!

Os quatro correm para acudi-la.

A mulher está sozinha no carro. João se oferece para levá-la a um hospital. Ela grita:

— Não dá tempo! Não dá tempo!

— Tem que ser aqui mesmo — diz Maria. — No banco de trás.

Transferem a mulher para o banco de trás. Um dos frentistas vai chamar uma ambulância. O outro vai buscar uma toalha, um pano limpo, lenço de papel, qualquer coisa.

João para Maria:

— Você sabe o que fazer?

— Não tenho a menor ideia. Você?

— Acho que é só esperar e, sei lá. Aparar a criança.

Mulher:

— Ai. Já vem. Ai, meu santíssimo. Já vem!

João:

— Calma.

Maria, para a mulher:

— Segura a minha mão. E faz força.

João:

— Calma.

Mulher:

— Está saindo! Está saindo!

Quando a ambulância chega o bebê já nasceu. Mãe e filho são levados para um hospital. João abraça Maria, que está tendo uma crise de choro. Maria, quando consegue se controlar, diz:

— Não sei como você pôde ficar tão calmo.

— Não era calma. Era pavor.

— Você viu que o bebê tinha uma marquinha no braço? Um coraçãozinho.

— Não vi. Só vi que era homem.

— Que ideia da mulher, dirigindo grávida. Devia estar indo pro hospital. Sozinha. Por que ela estava sozinha?

— Isso nós nunca saberemos.

— Mas nós nunca vamos esquecer esta noite, vamos?

— Nunca.

E os dois se dão "tchau", entram nos seus carros, pagam pela gasolina e saem, cada um para um lado.

Final 1

Dez anos depois, João e Maria se reencontram num navio de cruzeiro, rumando para a Patagônia. Ela está com o marido. Não o reconhece. Ele diz:

— Fizemos um parto juntos, lembra?

Ela:

— Você!

Ele:

— Nunca me esqueci do seu rosto segurando a mão daquela mulher. Acho que foi a coisa mais bonita que eu vi na minha vida.

Ela diz que nunca esqueceu aquela mulher sozinha, tão terrivelmente sozinha.

Ele diz:

— Eu nunca esqueci você.

E conta que está no cruzeiro para se recuperar do terceiro divórcio.

Final 2

Um dia depois, João e Maria se reencontram na recepção do hospital onde os dois foram visitar a mãe e o recém-nascido. Têm dificuldade em descobri-los, pois não sabem o nome da mulher. Finalmente descobrem. Mãe e filho passam bem. A mulher se chama Irma e o menino Rudimar ("Nome do avô", diz a mulher). João e Maria aceitam ser os padrinhos de Rudimar. No batismo, os dois já estão de mãos dadas. Irma e Maria acabam abrindo uma butique juntas, mas Irma nunca conta a Maria por que estava sozinha naquela noite.

Final 3

Quinze anos depois, João e Maria se cruzam na rua. Os dois se reconhecem, se abraçam e ele a convida para tomarem um chope num bar. O bar é assaltado por um garoto armado. João se levanta para reagir. Segundos antes de o garoto disparar contra os dois, Maria vê que ele tem um sinal no braço. Um coraçãozinho.

Misto-quente

Combinaram de se encontrar para o almoço. Ela tinha uma coisa importante para dizer. Decidiram que ela diria o que tinha para dizer antes de pedirem a comida.

— Seguinte — disse ela. — Nosso namoro acabou.

Ele levou um choque.

— O quê?

— Ganhei uma bolsa de estudos no Canadá. Vou ficar fora um ano.

— Mas...

— Nenhum namoro resiste a um ano de separação. É melhor parar agora.

Dito o que tinha para dizer, ela passou a estudar o menu, enquanto ele tentava se recuperar do choque.

— Hmm... — disse ela. — Acho que vou pedir uma saladona, depois uma vitela ao molho branco com batatas a vapor e, deixa ver... Purê de maçã. E umas alcaparras. E você?

Ele continuava a olhar fixamente para ela, como se estivesse em transe. Finalmente falou:

— Um misto-quente.

— Um misto-quente? No almoço? A comida aqui é muito boa. Pede outra coisa.

— Eu quero um misto-quente.

— Você ficou sentido...

— Não fiquei sentido. Só quero um misto-quente.

Quando tomou os pedidos, o garçom apiedou-se dele.

— O senhor quer alguma coisa com o misto-quente? Ketchup? Mostarda? Fritas?

Só um misto-quente. Um simples misto-quente. Um despretensioso misto-quente. Presunto e queijo entre fatias de torrada. Só. O básico.

Sem adornos. Sem complicações. Intocado pela inconstância humana. Incapaz de uma desfeita ou de uma crueldade, seja com quem for.

O garçom desculpou-se e foi tratar dos pedidos. Ela disse:

— O misto-quente é contra mim. É isso?

— O misto-quente não é contra nada nem ninguém. Um misto-quente é um misto-quente.

— Você está revoltado comigo, e...

— Não estou revoltado. Estou em paz. A perspectiva de um misto-quente me aquece o coração. Estou pairando sobre as maldades do mundo, a mesquinhez dos homens e a traição das namoradas. Você sabe que existe uma seita no Nepal que só se alimenta de mistos-quentes? Dizem que purifica o espírito, ajuda a digestão e leva à sabedoria suprema. Parece que o queijo e o presunto representam a dualidade alma/corpo em todos os seres, o queijo simbolizando a alma e o porco o corpo, e a torrada o envelope cósmico que...

— Quer parar com isso?!

— E, além de tudo, eu nunca simpatizei com o Canadá.

Os bolsos do morto

O morto não é exatamente um amigo. Mais um conhecido, mas daqueles que você não pode deixar de ir ao velório. E lá está ele, estendido dentro do caixão forrado de cetim, de terno azul-marinho e gravata grená, esperando para ser enterrado.

Se fosse um amigo você ficaria em silêncio, compungido, lembrando o morto em vida e lamentando sua perda. Como é apenas um conhecido, você comenta com o homem ao seu lado — que também não parece ser íntimo do morto:

— Poderiam ter escolhido outra gravata...

— É. Essa está brava.

— Já pensou ele chegando lá com essa gravata?

— "Lá" onde?

— Não sei. Aonde a gente vai depois de morto. Onde vai a nossa alma.

— Eu acho que a alma não vai de gravata.

— Será que não? E de fatiota?

— Também não.

— Bom. Pelo menos esse vexame ele não vai passar.

— Você é da família?

— Não. Apenas um conhecido.

Você examina o morto. Engraçado: ele vai partir para a viagem mais importante, e mais distante, da sua vida, mas não precisa carregar nada. Identidade, passaporte, nada. Nem dinheiro, o que dirá cheques de viagem ou cartões de crédito. Nem carteira!

Você diz para o outro:

— A coisa mais triste de um defunto são os bolsos.

O outro estranha.

— Como assim?

— Os bolsos existem para ele carregar coisas. Coisas importantes, que definem a sua vida. CPF, licença para dirigir, bloco de notas, caneta, talão de cheques, remédio pra pressão...

— Pepsamar.

— Pepsamar, cartão perfurado da Sena, recortes de artigos sobre a situação econômica, fio dental... Isso sem falar em coisas com importância apenas sentimental. Por exemplo: um desenho rabiscado por uma possível neta que parece, vagamente, um gato, e que ele achou genial e guardou. Entende?

— Sei...
— E aí está ele. Com os bolsos vazios. Despido da vida e de tudo que levava nos seus bolsos, e que o definia. O homem é o homem e o que ele leva nos bolsos. Poderiam ter deixado, sei lá, pelo menos um chaveiro.
— Você acha?
— Claro. As chaves da casa. As chaves do carro. Qualquer coisa pessoal, que pelo menos fizesse barulho num bolso da fatiota, pô!

Você se dá conta de que está gritando. As pessoas se viram para reprová-lo. "Mais respeito" dizem as caras viradas. Você faz um gesto, pedindo perdão. Sou apenas um conhecido, desculpem. Mas continua, falando mais baixo:
— A morte é um assaltante. Nos mata e nos esvazia os bolsos.
— Sem piedade.
— Nenhuma.

Palavra

Peguei meu filho no colo (naquele tempo ainda dava), apertei-o com força e disse que só o soltaria se ele dissesse a palavra mágica. E ele disse:
— Mágica.

Foi solto em seguida. Um adulto teria procurado outra palavra, uma encantação que o libertasse. Ele não teve dúvida. Me entendeu mal, mas acertou. Disse o que eu pedi. (Não, não, hoje ele não se dedica às ciências exatas. É cantor e compositor.) Nenhuma palavra era mais mágica do que a palavra "mágica".

Quem tem o chamado dom da palavra, cedo ou tarde, se descobre um impostor. Ou se regenera, e passa a usar a palavra com economia e precisão, ou se refestela na impostura: Nabokov e seus borboleteios, Borges e seus labirintos. Impostura no bom sentido, claro — nada mais fascinante do que ver um bom mágico em ação. Você está ali pelos truques, não pelo seu desmascaramento. Mas quem quer usar a palavra não para fascinar mas para transmitir um pensamento ou apenas contar uma história tem um desafio maior, o de fazer mágica sem truques. Não transformar o lenço em pomba, mas usar o lenço para dar o recado, um lenço-correio. Cuidando, o tempo todo, para que as palavras não se tornem mais importantes do que o recado e o artifício — a impostura — não apareça, ou não atrapalhe.

O Mario Quintana disse que estilo é uma dificuldade de expressão. Na época em que a gente não podia escrever tudo o que queria, estilo muitas vezes era disfarce. Apelava-se para metáforas, elipses, entrelinhas, e dê-lhe parábolas sobre déspotas militares — na China, no século XV. Uma impostura maior, a do poder ilegítimo, obrigava à impostura da meia palavra, do truque mais ou menos óbvio. O consolo era que o medo da palavra de certa forma a enaltecia: estava implícito que o regime só sobrevivia porque a palavra não podia exercer todo o seu sortilégio. Hoje, nos vemos diante de outro regime ilegítimo, mas livres para escrever o que quisermos e livres da obrigação de dissimular. E nos descobrimos sem nem estilo, nem muita relevância. Pode-se escrever tudo e não adianta nada. A palavra "mágica" é só a palavra "mágica".

Robespierre e seu executor

Maximilien Marie Isidore de Robespierre foi um dos líderes da Revolução Francesa. Chamado de "O Incorruptível", foi o principal teórico e porta-voz dos jacobinos, a facção mais radical dos revolucionários, em oposição aos girondinos, mais moderados. Exigiu o guilhotinamento do rei e da rainha e instalou o "Terror", que liquidou opositores da Revolução, ou apenas suspeitos de se oporem à Revolução, numa orgia de sangue que não poupou nem seu ex-companheiro Danton (o Trótski para o seu Stálin, numa analogia um pouco forçada). Pouco depois da execução de Danton, o próprio Robespierre foi preso por seus inimigos girondinos e condenado à morte. Na mesma guilhotina.

Imaginemos que, na véspera da sua execução, Robespierre recebe na cela a visita de um verdugo oficial. Que se apresenta:

— Louis-Phillipe Affilè.
— Enchanté.
— Seu admirador.
— Muito obrigado.

— Foi por sua causa que entrei para o serviço público. Foi ouvindo seus discursos que me decidi a servir à Revolução.

— A Revolução agradece.

— Sou obrigado a fazer esta visita, antes de cada execução. Para, por assim dizer, preparar o terreno...

— Você quer dizer, a minha nuca.

— Também devo medir a sua cabeça, para saber o tamanho do cesto. O farei com a devida reverência. É a cabeça mais brilhante da República.

— Esteja à vontade. Minha cabeça não pertence mais à República. A República não a quis mais. Na verdade, minha cabeça já pertence a você.

— O senhor prefere raspar a nuca?

— Como foi com o Danton?

— Ele disse que uma navalha antes da lâmina da guilhotina seria uma apoteose do supérfluo.

— Ah, as frases do Danton. Ele foi o mais frívolo de nós dois. Se contentava em fazer frases. Eu queria fazer História.

— Maria Antonieta pediu para manter todo o seu cabelo. Disse que era por razões sentimentais. Sentia-se muito apegada a ele.

— Você também foi o executor da Maria Antonieta?

— Sim. Foi no meu turno. Nós, os verdugos, não temos tido descanso. O senhor nos dá muito trabalho. Ou nos dava...

— Tudo pela Revolução.

— Eu sei. É por isso que mantenho este emprego, apesar das lamúrias dos condenados, das ofertas de propina... Tudo pela Revolução.

— O Danton e a Maria Antonieta ofereceram propina para não serem guilhotinados?

— O Danton não. A Maria Antonieta sim. Uma fortuna. Resisti. Também sou incorruptível. Inspirado no senhor.

— E se eu lhe oferecesse uma fortuna para me ajudar a fugir?

O verdugo fica em silêncio. Depois sorri.

— Eu diria que o senhor está me testando. Para saber se minha admiração pelo senhor é sincera. E se eu sou mesmo incorruptível, como o senhor.

— E se eu insistisse na oferta?

— Então todas as minhas ilusões ruiriam. Minha admiração pelo senhor desapareceria e eu não acreditaria em mais nada. Nem na Revolução.

— Situação interessante — diz Robespierre.

— Para continuar me admirando, você precisa me matar.
Silêncio. O verdugo pergunta:
— Foi um teste, não foi?
— Claro — diz Robespierre.
— E então, vamos raspar a nuca?
— Só uma aparadinha, para o corte da lâmina ser limpo.

Teatrinho

Mauro e Mel eram casados. Faziam teatro e, para ajudar no orçamento, se apresentavam em festas de crianças. Levavam um pequeno palco e um elenco de fantoches para manipular: Chapeuzinho Vermelho, Lobo Mau etc. Não ganhavam muito com isso, mas sempre ajudava. Convites para apresentações não faltavam. O teatrinho para crianças estava indo bem. O que não estava indo muito bem era o casamento dos dois.

Aquele dia já tinha começado mal. O Mauro amargurado, se queixando da vida e da falta de oportunidade para fazer teatro de verdade. Afinal, era um ator formado, não podia passar o resto da vida fazendo teatro de fantoches. A Mel, cansada das lamúrias do Mauro, rebatendo que os fantoches pelo menos pagavam as contas, e não deixavam de ser teatro. Os dois tinham brigado desde o café da manhã, e continuaram brigando no carro, a caminho da festa de aniversário onde se apresentariam naquela tarde. E só não continuaram brigando enquanto montavam o palco porque a plateia já começava a ocupar seus lugares, as crianças maiores no chão, as menores no colo das mães, num clima de grande expectativa.

Chapeuzinho Vermelho apresentava o espetáculo.
— Alô, amiguinhos! Meu nome é Chapeuzinho Vermelho e...
A cabeça do Lobo Mau apareceu num canto do palco.
— Chapeuzinho... Isso lá é nome?
Chapeuzinho (depois de um segundo de hesitação):
— Ih, o Lobo Mau já quer entrar na história. Ainda não é a sua vez, Lobo Mau. Vá embora e espere a sua deixa.
Lobo Mau:

— Lobo Mau... Isso não é um nome, é uma sentença. Eu não sou intrinsecamente mau. Posso decidir ser mau ou não. A existência precede a essência, segundo Sartre. É a velha questão, *to be or not to be*.

Chapeuzinho:

— Amiguinhos, vamos dar uma vaia no Lobo Mau para ele ir embora e esperar sua vez? Vamos lá, todo mundo... Buuuuuu!

As crianças vaiaram o Lobo Mau, que desapareceu.

Chapeuzinho:

— Meu nome é Chapeuzinho Vermelho, e eu estou levando estes doces para a vovozinha. Será que esta floresta é perigosa? Será que eu vou encontrar um...

Aparece o Lobo Mau.

Chapeuzinho:

— Lobo Mau!

Lobo Mau:

— Em pessoa. Mas você, também, está pedindo, hein, beibi? Sozinha desse jeito no meio de uma floresta escura... Você não lê jornal, não?

Chapeuzinho:

— Eu... eu... Eu estou levando estes doces para a vovozinha.

Lobo Mau:

— E como é que essa vovozinha mora no meio da floresta, em vez de num condomínio fechado? Me dá esses doces.

Chapeuzinho:

— Não! Por que você quer os doces da vovozinha?!

Lobo Mau:

— Para a sobremesa, depois de comer você.

Chapeuzinho:

— Você esqueceu? Na história, você primeiro tem que ir até a casa da vovozinha, comer a vovozinha, vestir a camisola dela e me esperar deitado na cama.

Lobo Mau:

— Esta é uma versão condensada, sem o travestismo. Prepare-se para morrer!

Chapeuzinho (correndo de cena):

— Não! Vou chamar o caçador. Socorro!

Sozinho no palco, o Lobo Mau dirigiu-se à plateia:

— Amiguinhos, desculpem-me. Vocês não têm nada com isso. É uma crise pessoal, entendem? Eu não sou mau. Aliás, não sou nem lobo. Sou um ator. Antes disso, sou um ser humano. Perguntem à mamãe o que é isso. É uma coisa complicada, é...

Entrou em cena o caçador, carregando uma espingarda, que apontou para o Lobo Mau.

Caçador:

— Pare!

Lobo Mau:

— Você interrompeu meu solilóquio, pô.

Caçador:

— Mãos ao alto!

Lobo Mau:

— Está bem, atire. Atire! Vamos acabar logo com isso. Aqui está o meu peito. Mire no coração, que não tem mais serventia. Atire, Mel!

Caçador (fazendo o som do disparo):

— Pum!

O Lobo Mau caiu para a frente, quase despencando do palco. Silêncio na plateia. Depois começaram as vaias — "Buuuuu" —, não se sabe se para o desfecho abrupto da versão abreviada, para o fim do Lobo Mau ou para a condição humana. E depois começou a chuva de brigadeiros contra o palco.

A tia que caiu no Sena

A conversa era sobre parentes, os parentes estranhos, interessantes ou, por qualquer razão, notáveis de cada um. Alguém já tinha contado que um parente comia favo de mel com abelha dentro. Outro contara que um tio longínquo se perdera no mato e fora encontrado quase à morte depois de uma semana. Outro que um avô tinha conhecido a Marlene Dietrich em Berlim. Outro que uma tia-avó fora miss, ou um primo jogava futebol profissional e até não era ruim. Foi quando Alda, timidamente, sem saber se o que tinha para contar merecia ser contado, disse:

— Eu tenho uma tia que caiu no Sena.

Ficaram todos esperando que ela continuasse, mas não havia mais nada para contar.

— Como foi que sua tia caiu no Sena?

— Não sei.

Mas como não sabia?

— Não sei. Sempre ouvi contarem em casa que a tia Belinha tinha caído no Sena, mas nunca perguntei como.

— E a tia Belinha nunca contou?

— Não. Ela foi morar em outra cidade. Nos vimos pouco. E eu nunca me lembrei de perguntar.

— Ela ainda vive?

— Vive.

Aquilo não podia ficar assim. Uma pessoa não podia cair no Sena e fim de história. Era preciso investigar. Caíra no Sena como? Por quê? Fora um acidente? Caíra de um barco? Caíra de uma ponte?

Alda foi intimada a descobrir tudo o que pudesse sobre a queda da tia Belinha no Sena e contar para o grupo.

A mãe não ajudou.

— Foi quando ela esteve em Paris...

— É óbvio, mamãe. Mas quando foi isso? Ela estava sozinha? Foi com alguém?

— Não me lembro.

— Ela não contou como caiu no rio?

— Contou. Deve ter contado. Senão como é que a gente ia saber que ela tinha caído? Contou. Mas eu não me lembro. Faz tanto tempo.

— Vou falar com ela.

A tia Belinha nunca se casara. Estava internada numa clínica. Sempre fora pequena e magra e com a velhice ficara ainda menor e mais magra. Mas os olhos continuavam vivos. Fez uma festa quando viu a sobrinha.

— Aldinha!

— Como vai, titia?

— Eu não vou mais, minha filha. Eu agora só fico.

— Mas a senhora já andou bastante, hein, titia? Lembra quando foi a Paris?

— Ah, Paris, Paris. Nunca mais voltei. Fiquei só com as lembranças daquela vez. As lembranças me fazem companhia e me consolam.

— Como foi que a senhora conseguiu cair no rio, titia?

— Que rio?

— O Sena.

— Eu caí no Sena?!

— A senhora mesma contou.

— Meu Deus, é mesmo. Eu caí no rio. Eu caí no Sena! Como foi aquilo, meu Deus? Eu não consigo...

E seus olhos de repente perderam o brilho. Quando falou outra vez, foi para se queixar da sua memória. Nem aquele consolo lhe restava. Nem as lembranças tinha mais. Como fora que ela caíra no Sena?

Alda contou para o grupo que a tia Belinha tinha ido sozinha a Paris e lá conhecera um conde francês, ligeiramente arruinado e ligeiramente maluco, com quem tivera um tórrido caso de verão. Numa noite quente, dançando numa margem do Sena, depois de muitos copos de champanha, os dois tinham tropeçado e...

Picasso e Goya sob o sol

Uma tarde, depois de um bom almoço, estirado numa cadeira preguiçosa no terraço da sua casa na Côte d'Azur, Picasso adormece e sonha que está no Museu do Prado, em Madri, na frente do quadro *As meninas*, do Velázquez, e que ao seu lado está alguém que a princípio ele não reconhece. Ele e o outro são as únicas pessoas no grande salão do museu onde a pintura de Velázquez é o único quadro. A pintura de Velázquez é o único quadro no museu inteiro.

Picasso julga reconhecer o homem ao seu lado, mas não tem certeza de que seja quem está pensando.

— De onde eu conheço o senhor?

— Talvez dos meus autorretratos...

— Francisco Goya!

— Em pessoa. Ou o que resta dela. E o senhor é...

— Pablo Picasso.

— Foi o que eu desconfiei. Mas nos seus autorretratos o senhor nem sempre é reconhecível...

— É que eu nunca aceitei que os dois olhos não pudessem ser do mesmo lado do nariz.

— Mas eu deveria tê-lo reconhecido pelas fotografias. O senhor é uma das pessoas mais fotografadas do mundo. Eu o invejo.

— Por ser tão fotografado?

— Não. Por poder pintar os dois olhos no mesmo lado do nariz. E a boca onde quiser. E os pés no lugar das orelhas. Eu não tive essa liberdade. Fui um revolucionário na minha arte, mas não o bastante. Éramos reféns da anatomia. O senhor se libertou disso.

— Me diga, o que o senhor acha dessa ideia de esvaziar o Prado e deixar só *As meninas*, do Velázquez, em exposição?

— Acho justo. É uma maneira de dizer que, depois de Velázquez, toda a pintura é supérflua.

— Mas as suas pinturas negras também foram banidas do museu, com todas as outras...

— Está certo. Eu não as pintei para serem expostas. Foram pintadas nas paredes da minha casa, para só serem vistas por mim. São expressões da minha misantropia, do meu asco pela vida, da minha loucura final. Quem quer ver a sua degradação exposta em público?

— Elas são as pinturas mais poderosas e inquietantes jamais feitas. E olha que eu não sou de elogiar a concorrência.

— O seu *Guernica* não fica atrás...

— Obrigado, mas eu acho *Guernica* uma ode à inutilidade da arte. Foi elogiado como um libelo contra a estupidez humana, mas não impediu que outras "Guernicas" acontecessem, e a estupidez humana prevalecesse. Guernica foi apenas um aperitivo para Hiroshima.

— Somos supérfluos de várias maneiras, além da que decretou o Prado. Todo artista é supérfluo.

— Menos o Velázquez.

— Menos o Velázquez.

— Sabe, sr. Goya, muita gente já nos comparou e notou como nossas trajetórias são opostas. O senhor começou como pintor da corte, retratando a vida alegre da aristocracia na Madri dos Bourbon, e acabou doente, num exílio amargo entre pinturas negras, sozinho e esquecido. Sua trajetória foi da frivolidade para as trevas. Eu, ao contrário, fui ficando cada vez mais mundano, cada vez mais frívolo. Comecei como um artista de vanguarda incompreendido e acabei como uma celebridade internacional, uma das pessoas mais fotografadas do mundo, fazendo arte instantânea como criança. Apesar de velho, ainda tenho saúde e tesão pela vida. Agora mesmo, acabo de comer um peixe maravilhoso feito pela minha atual mulher... A sétima, se não perdi a conta.

— Por sinal, sr. Picasso, obrigado por sonhar comigo na sua sesta. A única maneira que eu tenho de voltar à vida, nem que seja só para rever *As meninas*, é na imaginação dos outros. E, não sei se o senhor notou, no seu sonho eu não sou surdo, como fui durante grande parte da minha vida. Muito obrigado.

— Olhe, senhor Goya! Que estranha luminosidade emana do quadro do Velázquez! O senhor não está vendo?
— Não, eu...
— Parece o sol. É a luz de um sol!

Picasso acorda com o sol na sua cara. Pensa em chamar a mulher para lhe trazer um chapéu, mas não se lembra do seu nome.

O lenhador

O morto chamava os fins de tarde de "a hora das sombras compridas". Era esse o título do manuscrito que encontrei no apartamento onde ele e a loira tinham sido assassinados. "A hora das sombras compridas." Poesias, escritas à mão, numa pilha em cima da mesa da sala. Uma das poucas coisas no apartamento que não estavam respingadas de sangue.

Não me surpreendeu que o cara fizesse poemas. Também há poetas em Bangu, por que não? Mas tudo no morto negava a poesia. Tudo nele era antipoético, do seu biotipo à sua biografia, que o delegado Friedrich me forneceu. Começando pelo nome, Tadeu. Mas ali estava o manuscrito, poemas feitos a Bic. "A hora das sombras compridas" e a assinatura dele. Numa pilha bem-arrumadinha, pronta para ser encontrada. Mas o delegado Friedrich não notara a pilha. Polícia nunca nota a poesia. Eu noto. Eu até exerço. Também faço meus versos, que não mostro para ninguém. São devaneios privados. Mas isso não interessa. Não estamos aqui para falar da alma fugidia de um repórter de polícia, mas sim de um duplo assassinato.

Os mortos estavam atirados no sofá. A loira de camisola. Linda. Mesmo coberta de sangue, linda. Ele de cueca. Os dois tinham sido mortos a facadas. Cortes profundos, feitos — não sei por que me ocorreu logo isto — com faca de açougueiro. Ou facas. Tanto estrago, em dois ao mesmo tempo, só poderia ter sido feito por mais de um carniceiro.

Meu editor, o Mosquito, tinha pedido: vai dar uma olhada nessa carnificina em Bangu. Pode dar molho. Meu editor se chama Mesquita, mas é pequeno e magro e vive zumbindo nos nossos ouvidos, por isso ganhou o apelido de Mosquito, mas ele não sabe. "Pode dar molho" é a maneira de o Mosquito dizer que a história pode render mais do que apenas outro assassinato num subúrbio do Rio. Algo mais por trás da sangueira para servir aos nossos leitores.

— Procura o delegado Friedrich — me instruíra o Mosquito. — Ele me deve uns favores.

O delegado Friedrich era um alemão grande e gordo, com cara de quem já vira tudo na vida e não queria ver outra vez. Só disse "Rá" quando eu contei que trazia um abraço do Mosquito. Mas me deixou entrar no apartamento antes que retirassem os corpos e me contou tudo o que sabia sobre as vítimas. O nome antipoético do morto, a identidade da loira, tudo. Os vizinhos tinham contado muita coisa, mas Friedrich já conhecia o casal. Contou que a loira, Cristina, nunca saía sozinha de casa, só acompanhada pelo homem. No resto do tempo ficava trancada no apartamento. Era por isso que o delegado os conhecia. Um dia, quando o homem não estava, acontecera um princípio de incêndio na cozinha do apartamento. Friedrich ajudara os bombeiros a arrombar a porta e salvar a loira. Depois recomendara ao homem não deixar a porta trancada daquele jeito, mas o homem não lhe dera atenção. Não dissera nada, só grunhira. Talvez a sua espécie nem soubesse falar.

Friedrich me convidou para tomar uma cerveja num bar ao lado da cena do crime. Perguntei se podia levar o manuscrito dos poemas comigo e ele respondeu com um gesto de pouco-caso. No bar ele me contou que, depois do princípio de incêndio, tinha começado uma investigação sobre o casal. Por sua conta.

— O que levou você a investigar o homem?

— O homem não, a mulher.

— Linda, né?

— Isso que você só viu ela coberta de sangue. Imagine como era sem o sangue. Cristina...

O delegado disse o nome da mulher com reverência, como se a evocasse para sentar-se ali conosco. Ela ou um holograma dela. Eu podia estar enganado, talvez o gordo Friedrich também tivesse uma alma de poeta. Bangu podia ser um viveiro de poetas secretos e eu nem sabia...

— Descobri tudo sobre os dois. Ele já tinha ficha na polícia. Pouca coisa. Era um ninguém. Até seus crimes eram medíocres. Ela era amante do dono de uma rede de açougues na zona Sul. O Nogueira. Riquíssimo. Morava num apartamento que o Nogueira tinha comprado pra ela, em Laranjeiras. Era onde os dois se encontravam. Todo mundo sabia da amante em Laranjeiras, inclusive a mulher do Nogueira, dona Santa, e os dois filhos. O codinome da amante na família era "Laranjeiras".

— Como você descobriu tudo isso?

— É impressionante como as pessoas falam quando encaram um distintivo de polícia.

— E aí?

— Aí que um dia o Nogueira tem um AVC e fica à beira da morte. E surge a suspeita de que o velho tivesse feito um testamento deixando tudo, inclusive os açougues, ou grande parte da sua fortuna, para a Laranjeiras.

— E aí?

— Aí que, a partir de agora, é tudo conjectura. É a minha tese. Que pode estar errada, mas eu acho que está certa.

Friedrich fez uma pausa dramática, pediu outra long neck e continuou:

— A tese é a seguinte: esta história é igual à da Branca de Neve.

— Da Branca de Neve?!

— Lembra da história? A rainha má tem ciúme da beleza da Branca de Neve. Pergunta pro espelho mágico quem é a mulher mais linda do mundo e o espelho, com a franqueza que caracteriza todos os espelhos, diz: "Não é você, é a Branca". A rainha má então contrata alguém para matar Branca de Neve. Um lenhador.

— Um ninguém.

— Isso. É pro lenhador levar Branca de Neve pra floresta, matá-la, depois levar seu coração pra rainha, como prova de que a matou. O lenhador leva Branca de Neve pra floresta, e o que acontece? Se apaixona por ela. Se maravilha com sua beleza. Decide que, em vez de matá-la, vai soltá-la. Ou, no caso do nosso lenhador, ficar com ela. Entende? O lenhador é um personagem secundário na história da Branca de Neve. Apenas um detalhe. Um coadjuvante. Mas sem ele e sem sua decisão de poupar Branca de Neve não haveria a história. O lenhador acaba sendo o personagem mais importante da história. Um simples lenhador.

— Como ele prova pra rainha que eliminou a Branca?

— Leva o coração de um bicho qualquer, pra mostrar como se fosse da Branca. No caso do nosso Tadeu ele poderia até comprar um coração num dos açougues do Nogueira, seria um toque irônico. Se bem que a dona Santa, que tinha ajudado o marido no açougue na época difícil, fatalmente reconheceria um coração de boi. Mas o nosso Tadeu não faz nada disso. Simplesmente desaparece com a Laranjeiras. Ou com a Branca. E se esconde em Bangu.

— Segundo a sua tese, então...

— A rainha má é a dona Santa, que não tem nada de santa. Branca de Neve é Cristina. O lenhador é o Tadeu, que traz Cristina pra Bangu e a mantém trancada num apartamento, certo de que jamais serão descobertos, até serem descobertos. E executados, por ordem da rainha má. Esta será a linha da nossa investigação. Não prevejo dificuldade pra chegar ao assassino. Ou aos assassinos. Os filhos do Nogueira fazem tudo que a mãe manda. Estavam apavorados com a perspectiva de serem excluídos do testamento. E tinham acesso a facas afiadas. Em suma: pra esta história ser igual à da Branca de Neve, só faltam os anõezinhos.

— O velho Nogueira morreu, afinal?

— Ainda não. Está em coma. Ninguém sabe o que diz seu testamento. Pode ter deixado tudo para a Laranjeiras. Até os açougues.

Várias long necks depois o Friedrich estava lembrando o que seu pai lhe contava sobre Bangu, na época em que ali havia uma famosa fábrica de tecidos e um time de futebol que não fazia feio nos campeonatos cariocas, onde tinham jogado Zizinho, Parada e até o grande Domingo da Guia.

— Hoje as pessoas só vêm a Bangu pra desaparecer — disse Friedrich. — Como eu, que desapareci aqui há seis anos e nunca mais fui visto.

O Mosquito tinha me avisado que, depois de algumas cervejas, o Friedrich começava a ficar lamuriento. Pensei em perguntar se ele é que tinha dedado o esconderijo do casal à dona Santa. Como uma forma de vingança, sei lá. Mas achei melhor não dizer nada.

Voltei para o jornal, carregando o manuscrito. Talvez houvesse alguma coisa ali que eu pudesse aproveitar na minha matéria. Algo sobre amores impossíveis, ou coisa parecida. Os leitores gostam de um pouco de literatura com o seu sangue. Fiquei pensando no Tadeu, no ninguém, no mero lenhador, que um dia se vê dono da mulher mais linda do mundo, que lhe deve a vida, mas que ele precisa trancar em casa. Imaginei como teria sido a invasão do apartamento pelos carniceiros. Talvez tivessem chegado num entardecer, na hora das sombras compridas. Talvez o Tadeu temesse a hora das sombras compridas de todos os dias, e o que elas poderiam trazer. Depois fiquei pensando no que diria ao Mosquito.

— Olha, deu molho. É basicamente a história da Branca de Neve. Sem os anõezinhos.

As tentações de frei Antônio

Naquela noite, como em todas as noites, frei Antônio atirou-se na sua cama de pedra coberta com aniagem e palha, e tentou não pensar nela. Tinha dado suas nove voltas no claustro, rezando e tentando não pensar nela. Tinha comido o pão seco e a sopa rala no refeitório, entre os outros freires, tentando não pensar nela. Agora, na cama, a única maneira de não pensar nela era dormir. Mas frei Antônio não conseguia dormir, pensando nela.

— Bacana!
— Eu não disse?
Luana estava de boca aberta. O quarto era mesmo uma beleza.
Quando o Túlio dissera que tinham aproveitado as celas do mosteiro, com pequenas adaptações, para fazerem os quartos, mas que os quartos eram ótimos, ela não acreditara. O quarto era pequeno e as paredes de pedra tinham sido mantidas. Mas a decoração era linda e o quarto não era frio, era aconchegante, bem como dizia no prospecto. Aconchegante, dissera o Túlio. Você vai ver. E era.
— O que é aquilo?
— Acho que era onde os monges dormiam.
— Assim, em cima da pedra?
— É, Lu. Mas a nossa cama é aquela ali...
O quarto só tinha uma janela alta e estreita. Quase uma seteira. Naquela noite, depois do amor ("Nunca pensei, fazer isso num mosteiro..."), Luana ficou olhando a luz da lua cheia que entrava pela janela alta e estreita.

Frei Antônio olhava a janela alta e estreita por onde entrava a luz da lua cheia. Lua. Ela se chamaria Lua. Teria cabelos loiros. Seria uma Lua loira. Senhor, que a porta se abra agora e entre uma Lua loira. Uma Lua nua. Uma Lua loira e nua. Nua e Lua, Senhor. Agora, Senhor. Lua e nua e loira...
Quando finalmente dormia, frei Antônio não sonhava com ela. Sonhava com o Inferno. Sonhava com o Sol. Às vezes acordava no meio da noite, suado, e pensava: "As chamas são para você aprender, Antônio. São o seu castigo". Mas castigo por quê, se a porta nunca se abria, se a Lua não estava deitada ao seu lado? Ela só

existe na minha imaginação. Eu a conjuro e ela não vem. Eu a amo e ela nunca virá. E eu arderei no Inferno só pelo que pensei.

— Imagina a vida que eles levavam, Túlio.
— Quem?
— Os monges. Deviam ficar ali, deitados, coitadinhos...
— Pensando em mulher.
— Será? Acho que não. Tinham escolhido uma vida sem mulher. Sem sexo.
— Falando nisso, chega pra cá, chega.
— Não. Para. Como seria o nome dele?
— De quem?
— Do monge que vivia nesta cela.
— Sei lá. Isso aqui deixou de ser mosteiro há uns cem anos...

Luana ficou pensando no último monge que ocupara aquela cela, cem anos antes. Como seria ele? Passou a imaginá-lo. Imaginou-se entrando na sua cela e deitando-se com ele. Assim como estava, nua. Ele a expulsaria da sua cama de pedra? Coitadinho.

Frei Antônio sentiu que havia outro corpo com ele na cama. Sentiu seu calor. Mas não abriu os olhos. Não virou a cabeça. Estava sonhando, claro. Tinha medo de abrir os olhos e descobrir que não havia ninguém ali. Tinha medo que o calor fosse embora. Ouviu uma voz de mulher perguntar:
— Como é o seu nome?
— Antônio. E o seu?

Mas não houve resposta. Frei Antônio abriu os olhos e viu a luz da lua cheia saindo pela janela.

— Antônio...
— Ahn?
— O quê?
— Você disse "Antônio".
— Eu? Tá doido?
— Estava sonhando com quem?
— Com ninguém.
— Chega pra cá, chega.

— Ó, Túlio. Você só pensa nisso?
— É que, sei lá. Este quarto está carregado de sexo. Tem sexo escorrendo pelas paredes. Você não sente?
— Não.
— Já sei! Vamos fazer amor na cama de pedra.
— Não. Na cama dele, não.

Natal branco

O condomínio se chama Happy Houses. No portão de entrada está escrito "Entrance" em vez de "Entrada" e todas as ruas têm nomes em inglês, como "Flower Lane" e "Sunshine Street". O condomínio tem um "playground" para as crianças, com serviço permanente de "baby-sitters" e uma área de lazer para adultos chamada "Relaxation and Recreation". Cada casa, em estilo americano, tem sua "swimming pool" e o policiamento de todo o projeto é fornecido pela empresa de segurança "Confidence". No Natal, as casas ficam cobertas de luzinhas decorativas e os moradores costumam fazer uma grande festa comunitária na praça central, ou "Central Park", do condomínio, com Papai Noel, troca de presentes e tudo, ao som de "Jingle Bells". E sempre há um que começa a cantar "White Christmas", e não demora estão todos cantando, em inglês, que sonham com um Natal branco, com um Natal com neve. E, numa noite de Natal, aconteceu o seguinte: quando estavam todos cantando "White Christmas" começou a nevar sobre o condomínio.

A princípio, ninguém acreditou. O que era aquilo? Flocos brancos caindo do céu e se acumulando no chão do "Central Park", nos galhos da árvore de Natal, na cabeça das pessoas? Parecia neve.

— É neve! — exclamou alguém.

— Como, neve? Aqui? No verão? Com esse ca...

Não pôde completar a frase porque foi atingido no nariz por uma bola de (agora não havia mais dúvidas) neve.

A algazarra foi grande. O sonho se realizava. As preces tinham sido ouvidas. Pois só um milagre explicava aquela neve. Só um milagre explicava estarem tendo um Natal branco, como deveriam ser todos os Natais.

Todos correram para dentro de suas casas, para procurar agasalhos e voltar para a praça. A neve não parava de cair, cada vez com mais intensidade. Já havia neve acumulada nos jardins e nos telhados. Surgiram bonecos de neve, iguais aos de filme americano. As crianças se divertiam rolando na neve. E continuava a nevar, e a nevar. A locomoção sobre os montes de neve se tornava difícil. Muitos decidiram voltar para suas casas antes que a neve os impedisse de andar nas ruas. As casas não tinham calefação, como seria se ficassem soterrados pela neve durante dias? As lareiras das casas eram só para dar um toque americano, como nos filmes, à decoração. Não adiantariam nada. O socorro demoraria a chegar, por causa da neve. E continuava a nevar, e a nevar. A neve já estava pelas janelas das casas. Os telhados poderiam não aguentar o peso de tanta neve acumulada. Ninguém dormiu tranquilo sob as cobertas, naquela noite.

No dia seguinte, outro milagre. A neve desaparecera por completo. Só restara um montinho na cabeça de um jacaré de borracha boiando numa das piscinas, e este também desapareceu com o calor. Os proprietários se reuniram no "Meeting Room" da "Relaxation and Recreation" para discutir o fenômeno. Estranhamente, não saíra nenhuma notícia de nevadas em outros lugares da região. A neve só caíra no "Happy Houses". Por que seria? Decidiram não falar do ocorrido para ninguém fora do condomínio. Se acontecesse outra vez, contariam. Ser o único lugar do Brasil em que nevava no Natal só aumentaria o valor das propriedades. Mas, por enquanto, não diriam nada. A nevada poderia muito bem ter sido uma lição.

O escalado

Boa tarde, auditório! Boa tarde, telespectadores! Vocês me conhecem do teatro, do cinema e da televisão e agora aqui estou eu, escalado pela emissora, não me perguntem por quê, para apresentar *Não Ria e Fique Rico*, o novo programa milionário da TV brasileira que todas as semanas trará a felicidade para um participante, que poderá sair daqui com até 500 mil no bolso. Quinhentos mil! Não ganhei isso nem fazendo novela, quando eles sabiam me aproveitar. E sem mais demora vamos chamar nossos três participantes de hoje, escolhidos entre milhares que nos escreveram pedindo para participar, começando por... Eloir Dalvento! Boa tarde, dona Eloir! Tome seu lugar atrás desse... dessa... desse negócio aí. Isso. Em seguida vamos chamar... Marcos Pontiagudo! Boa tarde, seu Marcos! Fique aí ao lado da dona Evoni. Eloni? Eloir, claro. Desculpem, eu não dormi bem essa noite. Quem dormiria, depois de receber um ultimato como eles me deram? Ou faz o programa ou... Bom, esquece. Vamos começar *Não Ria e Fique Rico!* Nossos três candidatos estão a postos e... Espera. Falta um candidato. E ele é, deixa ver... Não é ele, é ela. Dalva Florimar! Aplausos para a dona Dalva, auditório! Fique ao lado do seu Marcos nesse troço. Púlpito. Acho que isso se chama púlpito. Quem se importa? Vamos lá. Atenção para as regras do jogo. Na frente de cada um de vocês há um botão. Um verde, um amarelo e um vermelho. Quando eu fizer uma pergunta... Desculpem. Não é nada disso. Antes das perguntas, cada um de vocês tem que girar a Roda da Felicidade. É isso, produção? Não consegui decorar o roteiro do programa. Estou acostumado a decorar roteiros de novela e peças de teatro... Eu já fiz Shakespeare. Alguém me viu? Uma adaptação livre de *Otelo* passada na Inglaterra em que Otelo era gay e a Desdêmona se chamava Desmond. A Barbara Heliodora odiou mas disse que eu me salvava do caos. Mas deixa isso pra lá. Cada um faz girar a Roda da Felicidade. Se a roda parar no mês de aniversário do concorrente ele ganha 10 mil, se cair no mês de aniversário de outro concorrente, este ganha os 10 mil, e se não cair no mês de aniversário de ninguém, acontece alguma coisa engraçada com a pessoa que girou a Roda da Felicidade. Derramam uma lata de tinta amarela na sua cabeça ou aparece um palhaço para tentar lhe dar um beijo e deixá-la lambuzada de vermelho, ou vem um lagarto verde e... e... Faz o que mesmo produção? Enfim, depende do botão que os outros dois apertarem, ou de quem apertar um botão primeiro, ou alguma idiotice parecida. Ah, importante: os outros dois não podem rir, aconteça o que acontecer, senão não apenas não ganham nada como têm que pagar à emissora. Depois vêm as minhas perguntas sobre os afluentes do Amazonas e as capitais da Europa. Isso se eu ainda não tiver saído correndo e gritando deste estúdio. Mas vamos lá! A senhora primeiro, dona Heloísa! Gire a Roda da Felicidade! E pensar que eu fiz dois anos de laboratório e três de expressão corporal, pra isso...

Obsessão

A culpa não é minha, delegado. É do nariz dela. Ela tem um nariz arrebitado, mas isso não é nada. Nariz arrebitado a gente resiste. Mas a ponta do nariz se mexe quando ela fala, delegado. Isso quem resiste? Eu não. Nunca pude resistir a mulher que quando fala a ponta do nariz sobe e desce. Muita gente nem nota. É preciso prestar atenção, é preciso ser um obsessivo como eu.

O nariz mexe milímetros, delegado. Para quem não está vidrado, não há movimento algum. Às vezes só se nota de determinada posição, quando a mulher está de perfil. Você vê a pontinha do nariz se mexendo, meu Deus. Subindo e descendo. No caso dela também se via de frente. Uma vez ela reclamou, "Você sempre olha para a minha boca quando eu falo". Não era a boca, era a ponta do nariz. Eu ficava vidrado no nariz. Nunca disse pra ela que era o nariz. Eu sou louco, delegado? Ela ia dizer que era mentira, que seu nariz não mexia. Era até capaz de arranjar um jeito de o nariz não mexer mais.

Mas a culpa mesmo, delegado, não é do nariz, não é dela e não é minha. A culpa é da inconstância humana. Ninguém é uma coisa só, nós todos somos muitos. E o pior é que de um lado da gente não se deduz o outro, não é mesmo? Você, o senhor, acreditaria que um homem sensível como eu, um homem que chora quando o Brasil ganha bronze, delegado, bronze? Que se emocionava com a penugem nas coxas dela? Que agora mesmo não pode pensar na ponta do nariz dela se mexendo que fica arrepiado? Que eu seria capaz de atirar um dicionário na cabeça dela? E um Aurelião completo, capa dura, não a edição condensada ou o CD? Mas atirei. Porque ela também se revelou. Ela era ela e era outras.

A multiplicidade humana é isso. A tragédia é essa. Dois nunca são só dois, são dezessete de cada lado. E quando você pensa que conhece todos, aparece o 18°. Como eu podia adivinhar, vendo a ponta do narizinho dela subindo e descendo, que um dia ela me faria atirar o Aurelião completo na cabeça dela? Capa dura e tudo? Eu, um homem sensível? Porque ela não era uma, delegado. Tinha outra, outras, por dentro. Tudo bem, eu também tenho outros por dentro. Por exemplo: nós já estávamos juntos havia um tempão quando ela descobriu que eu sabia imitar o Silvio Santos. Sou um bom imitador, o meu Romário também é bom, faço um Lima Duarte passável, mas ninguém sabe, é um lado meu que ninguém conhece. Ela ficou boba, disse: "Eu não sabia que você era artista". E eu também sou um obsessivo. Reconheço. E a obsessão foi a causa da nossa briga final.

Tenho outros por dentro que nem eu entendo, minha teoria é que a gente nasce com várias possibilidades e, quando uma predomina, as outras ficam lá dentro, como alternativas descartadas, definhando em segredo, ressentidas. E, vez que outra, querendo aparecer. Tudo bem, viver juntos é ir descobrindo o que cada um tem por dentro, os dezessete outros de cada um, e aprendendo a viver com eles. A gente se adapta. Um dos meus dezessete pode não combinar com um dos dezessete dela, então a gente cuida para eles nunca se encontrarem. A felicidade é sempre uma acomodação.

Eu estava disposto a conviver com ela e suas dezessete outras, a desculpar tudo, delegado, porque a ponta do seu nariz mexe quando ela fala. Mas aí surgiu a 18ª ela. Nós estávamos discutindo as minhas obsessões. Ela estava se queixando das minhas obsessões. Não sei como, a discussão derivou para a semântica, eu disse que "obsedante" e "obcecante" eram a mesma coisa, ela disse que não, eu disse que as duas palavras eram quase iguais e ela disse "Rará", depois disse que "obcecante" era com "c" depois do "b", eu disse que não, que também era com "s", fomos consultar o dicionário e ela estava certa, e aí ela deu outra risada ainda mais debochada e eu não me aguentei e o Aurelião voou. Sim, atirei o Aurelião de capa dura na cabeça dela. A gente aguenta tudo, não é delegado, menos elas quererem saber mais do que a gente.

Arrogância intelectual, não.

... e zumbis

Li que faz sucesso um livro chamado *Orgulho, preconceito... e zumbis*, uma versão do romance *Orgulho e preconceito* da Jane Austen com, aparentemente, alguns personagens a mais. Não sei se isso é o começo de uma tendência literária, paralela à nova moda dos vampiros, mas, se for, aqui estão algumas sugestões para outros títulos.

Guerra e paz... e zumbis — As tropas de Napoleão, invadindo a Rússia, são cercadas por estranhos seres com o olhar parado que riem quando são espetados por baionetas e enterram os soldados de ponta-cabeça na neve. O próprio Napoleão recebe a visita de zumbis na sua tenda e enlouquece, convencendo-se de que é outro Napoleão.

Romeu, Julieta... e zumbis — Depois de se matarem, os namorados voltam como zumbis e começam a atormentar suas famílias, passando temporadas ora na casa dos Montecchio, ora na casa dos Capuleto, assustando os empregados, recusando-se a arrumar seu quarto etc.

Dona Flor e seus dois maridos... e zumbis — Dona Flor é obrigada a comprar uma cama maior.

Os três mosqueteiros, Os irmãos Karamázov, Os sete samurais, Os Maias... e zumbis — Um romance compilatório em que os diversos personagens se encontram e se desencontram, brigam e se amam em uma Lisboa imaginária, e em que os zumbis só entram para aumentar a confusão.

Ulisses... e zumbis — Zumbis seguem um personagem em Dublin durante um único dia. No fim encurralam o personagem, pedem que ele diga para onde tudo aquilo está levando e ouvem a resposta: "O quê? Eu estou perdido desde a primeira linha!".

Dom Quixote de la Mancha... e zumbis — Dom Quixote convoca os zumbis para serem sua guarda pessoal e o seguirem numa carga contra um rebanho de bois, que confundiu com guerreiros vikings. Os zumbis se entreolham, dão uma desculpa e se afastam, lentamente, comentando: "E dizem que nós é que somos estranhos...".

O Ser, o Nada... e zumbis — Um grupo de zumbis invade o café Les Deux Magots, cerca a mesa do Jean-Paul Sartre e propõe uma nova filosofia, baseada no não ser ou no ser nada, que Sartre aprova e que toma conta de Paris durante vinte minutos.

O Velho, o mar, Moby Dick... e zumbis — Outra compilação. A história de um velho pescador, Santiago, que pega uma baleia cinzenta. Quando a baleia vê os zumbis que, nunca fica bem explicado por quê, estão no barco com o pescador, fica branca.

As abelhas

Numa cidade à beira-mar, num castelo de altas torres, vivia uma princesa chamada Luciclara que gostava muito de mel. Luciclara comia mel todos os dias. Potes e potes de mel. Desde criancinha.

E Luciclara era linda. Tinha cabelos dourados, olhos azuis, faces rosadas, lábios petalosos e um corpo de anjo. E, acima de tudo, Luciclara era doce. Tudo nela era melífluo. Sua voz, seus gestos, seu modo de andar... Desde que não lhe faltasse mel.

Luciclara não podia passar um dia sem seu mel, e cada vez mais mel. Se por acaso os potes atrasassem, Luciclara ficava irritadiça e começava a reclamar de tudo. Seus olhos azuis faiscavam e qualquer coisa era motivo para irritá-la. Como no dia em que uma abelha, uma simples abelha, entrou pela janela do seu quarto na torre mais alta do castelo, da qual ela avistava o mar e os morros ao redor, e zuniu em volta da sua cabeça.

— Iiique — gritou Luciclara. — Um animal! Tirem isso daqui!

— É só uma abelha, princesa. Uma simples abelha.

— Não interessa! Tirem isso daqui! Matem! E cadê o meu mel?

Depois de comer o mel, Luciclara se acalmava. O castelo inteiro se acalmava. O rei, pai da princesa, dera ordens para que nada incomodasse sua linda e doce filha. E que nunca lhe faltasse o mel.

Mesmo que, para ficar calma, Luciclara necessitasse de cada vez mais e mais mel.

Dias depois, duas abelhas entraram pela janela do quarto na torre mais alta, provocando outra reação da princesa.

— Mas o que é isso? É uma invasão!

— São abelhas, princesa.

— Mas de onde vêm essas pestes?

— Dos jardins em volta do castelo, princesa. Dos morros.

— Mas por que elas estão aparecendo agora?

— Porque aumentou muito o consumo de mel no castelo, princesa. Foi preciso instalar mais colmeias. Há muito mais abelhas.

— E o que mel tem a ver com abelhas?

— São as abelhas que fazem o mel, princesa.

— O quê? Eu sempre pensei que ele caísse do céu!

O rei ficou num dilema. Nos dias que se seguiram, aumentou a invasão de abelhas no castelo. Não apenas no quarto da princesa, na torre mais alta. Em todos os aposentos reais. Na cozinha. Na comida. Na beira da piscina. No spa. E começou a ser perigoso sair do castelo. Havia o risco de as abelhas atacarem quem saísse sem proteção. O rei podia mandar destruir as colmeias. Reconquistar o terreno do castelo ocupado pelas abelhas. Mas aí faltaria o mel para a sua linda e doce filha continuar linda e doce, e contente. Luciclara não podia viver sem mel. O mel não pode existir sem as abelhas. E era impossível convidar abelhas para uma conferência em alto nível. O que fazer?

O enganado

Alguma coisa ia lhe acontecer. Trinta e sete anos, saúde perfeita, ganhando dinheiro como nunca — alguma coisa estava errada. O mundo todo em crise e ele ali, sem um problema. Ou com um problema só: a ausência de problemas.

Alguma estavam lhe preparando. Ia ter um enfarte fulminante. Perder o emprego. Perder uma perna. Estava tudo bem demais. Ele era o único homem da sua idade com os quatro avós ainda vivos! Aquilo não era natural. Alguma estavam lhe preparando. E não demoraria.

Alguém sentou ao seu lado no bar e disse:

— Você não me conhece.

Era um homem bonito, mais moço do que ele. O homem estendeu a mão e se apresentou.

— Eu sou o Carlos.

— Muito prazer...

— Sua mulher deve ter lhe falado a meu respeito.

— Não, não falou.

O homem fez uma cara de desapontamento. Disse:

— Ela me prometeu que lhe contaria tudo. Assim fica mais difícil...

Ele sentiu, com alívio, que sua tragédia chegava. Então era isso. Sua mulher o enganava. Era melhor do que um enfarte.

— Quem sabe você mesmo me conta tudo, Carlos?

— Bom, não há muito para contar. Nos conhecemos...

— Onde?

Estava tomado por uma espécie de volúpia de sofrimento. Queria saber tudo. Queria ser arrasado pelos detalhes.

— Num shopping.

Ele gemeu baixinho. Perfeito. Nas suas intermináveis tardes fazendo compras enquanto ele trabalhava, ela também namorava. Carlos continuou:

— Aconteceu. Não pudemos evitar. Ela me ajudou a escolher uma gravata, começamos a conversar e... Aconteceu.

— Há quanto tempo vem acontecendo?

— Três meses.

— Motéis?

— Às vezes. E no meu apartamento, quando mamãe não está.

Ele tentou visualizar sua mulher num motel com aquele homem. A mãe dos seus filhos numa cama redonda e refletida no espelho do teto, com outro. O banho de óleos. Teria banho de óleos? As tardes de loucura e prazer. Era demais. Ele não aguentava! Pediu mais detalhes.

— A iniciativa foi dela?

— Não, minha. Ela resistiu bastante.

— Não tente me consolar — suplicou ele.

— Decidimos que você precisava saber. Ela o respeita demais. Aceita o divórcio, a separação dos filhos...

Sim, sim. Os filhos. Teria que ser pai e mãe para eles. Apoiá-los para que vencessem o trauma da separação. Sua vida seria um inferno dali para diante. Não se suicidaria para poupar as crianças e sempre protegeria o nome da mulher na frente deles. Mas por dentro estaria destruído.

— A Cláudia ia lhe falar sobre nós ontem, mas acho que não teve coragem. Ela me contou que você vinha sempre a este bar por esta hora e...

— Que Cláudia?

— Como, que Cláudia? A sua mulher.

A mulher dele se chamava Sônia.

— Que foi? — perguntou Carlos.

— Nada, nada.

— Escute, Raul. Você deve reagir. Não é o fim do mundo. Eu sinto muito, mas divórcios acontecem a toda hora. Vá para casa, converse com a Cláudia...

— Olhe aqui. Eu não preciso dos seus conselhos, entendeu? Você já fez a sua parte, destruindo o meu lar, destruindo a minha vida. Agora é comigo. Dê o fora antes que eu...

Carlos deu o fora. Ele chamou o barman e pediu outro uísque. Duplo. Era a primeira vez que repetia o uísque desde que começara a frequentar o bar. O barman estranhou:

— Problema, seu Mário?

Ele não se conteve. Quase soluçando, com os olhos cheios de lágrimas, respondeu:

— Acabei de saber uma coisa terrível. Finalmente!

A diferença

Uma vez imaginei o encontro de Batman e Drácula numa clínica geriátrica, na Suíça.

Batman não acredita que Drácula tenha mais de quinhentos anos. Não lhe daria mais de duzentos.

— Tempo demais — diz Drácula. — Estou na terceira idade do Homem. Depois da mocidade e da maturidade, a indignidade...

O cúmulo da indignidade, para o conde, é a dentadura falsa. Ele não pode ver sua própria dentadura sobre a mesinha de cabeceira sem meditar sobre a crueldade do tempo. Já tentou o suicídio, sem sucesso. Estirou-se numa praia do Caribe ao meio-dia, para que o Sol o reduzisse a nada. Só conseguiu uma boa queimadura. Dedicou-se a uma dieta exclusiva de alho. Só conseguiu que as mulheres o expulsassem da cama. A estaca no coração também não funcionara. Precisava ser de um determinado tipo de madeira benta, usada numa determinada fase da lua, a logística do empreendimento o derrotara. E ninguém se dispõe a matá--lo, agora que seus caninos são postiços e ele não é mais uma ameaça. Drácula está condenado à vida eterna, à velhice sem redenção e à indignidade sem fim. Internou-se na clínica com a vaga esperança de que a Morte, que vem ali buscar tanta gente, um dia o leve por distração.

— E você, Batman?

Batman conta que está na clínica para retardar a Morte. Não confessa sua idade, mas recusa-se a tirar a máscara para que não vejam suas rugas. Ele não é um super-herói com superpoderes, inclusive o de não morrer, como o Super-Homem.

— Eu sou dos que morrem — diz Batman, com um suspiro.

No tom da sua voz está a lamúria milenar da espécie dos que morrem. Drácula parece não ouvi-lo. Está interessado em outra coisa.

— Você vai terminar esse iogurte? — pergunta.

Mas Batman continua sua queixa.

— Eu já não voava. Hoje quase não caminho. Não posso mais dirigir o Batmóvel, não renovaram minha carteira...

Mas ele não quer a redenção da morte. Quer a vida eterna, a mesma vida eterna de um homem de aço.

— Vamos fazer um trato — sugere Drácula. — Quando a Morte vier buscá-lo, trocaremos de lugar. Você veste este meu robe de cetim e a echarpe de seda, eu visto essa sua fantasia ridícula, e a...

Mas Batman o interrompe com um gesto. A Morte não pode ser enganada.

— Claro que pode — diz Drácula. — É só você passar um pouco da minha pomada no seu cabelo que a Morte o tomará por mim e...

— Que cabelo? — pergunta Batman, com outro suspiro, também antigo.

— Não somos muito diferentes — diz Drácula.

— Somos completamente diferentes! — rebate Batman. — Eu sou o Bem, você é o Mal. Eu salvava as pessoas, você chupava o seu sangue e as transformava em vampiros como você. Somos opostos.

— E no entanto — volta Drácula com um sorriso, mostrando os caninos de fantasia — somos, os dois, homens-morcegos...

Batman come o resto do seu iogurte sob o olhar cobiçoso do conde.

— A diferença é que eu escolhi o morcego como modelo. Foi uma decisão artística, estética, autônoma.

— E estranha — diz Drácula. — Por que morcego? Eu tenho a desculpa de que não foi uma escolha, foi uma danação genética. Mas você? Por que o morcego e não, por exemplo, o cordeiro, símbolo do Bem? Talvez o que motivasse você fosse uma compulsão igual à minha, disfarçada. Durante todo o tempo em que combatia o Mal e fazia o Bem, seu desejo secreto era de chupar pescoços. Sua sede não era de justiça, era de sangue. Desconfie dos paladinos, eles também querem sangue.

— Se eu ainda pudesse fazer um punho você ia ver qual é a minha compulsão neste momento — rosna Batman.

Mas Drácula não perde a calma.

— E veja a ironia, Batman. O Morcego Bom passa, o Morcego Mau fica. Um não quer morrer e morre, o outro quer morrer e não morre. Ou talvez não seja uma ironia, seja uma metáfora para o mundo. O Bem acaba sem recompensa e o único castigo do Mal é nunca acabar.

Drácula continua:

— Somos dois aristocratas, Batman, um feudal e outro urbano, um da Velha Europa e outro da Nova América. Eu era Vlad, o Impalador, na Transilvânia, você, o herdeiro de uma imensa fortuna em Gotham. Eu era o terror dos aldeães, você um rico caridoso. Os pobres nunca ameaçaram invadir a sua mansão com archotes, mas somos, os dois, da mesma classe, a dos sanguessugas. O que nos diferencia é que eu não tinha remorsos.

Batman pede que Drácula se retire. Dali a pouco chegará Robin com os netos e ele não quer que as crianças se assustem.

Tea

Lady Millicent recebe suas amigas Agatha, Pamela e Fiona para um chá na sua casa em Mayfair. O mordomo traz uma bandeja com o bule, as xícaras, o açucareiro, leite, rodelas de limão, sanduíches finos de pepino, *scones* e creme. Lady Millicent oferece:

MILLICENT — *Tea?*

TODAS — *Yes. Oh yes. Lovely.*

MILLICENT (servindo Agatha) — E pensar que quase ficamos sem chá...

AGATHA (assustando-se e quase derrubando a xícara) — O quê?!

MILLICENT — Vocês não souberam? Os plantadores de chá da Índia estiveram perto da falência.

PAMELA — O *Times* não deu nada!

MILLICENT — Foi há muito tempo. A Índia ainda era nossa. Destruímos a sua indústria de tecidos, para não competirem com a indústria inglesa, e a Índia teve que se dedicar exclusivamente à agricultura. Incentivamos os nativos a plantar chá, para nós, e ópio, para a China.

FIONA (tapando o riso malicioso com a pontas dos dedos) — Imaginem se fosse o contrário. O que você estaria nos servindo hoje, Millicent?

AGATHA — Cale-se, Fiona. Millicent, não nos deixe em suspense. O que aconteceu com os agricultores da Índia à beira da falência? Só a ideia de ficar sem chá...

MILLICENT — Foram salvos pela Coroa inglesa.

FIONA — Mas Margaret Thatcher não era contra os subsídios que premiavam a ineficiência?

AGATHA — Fiona, acho que vamos ter que jogá-la pela janela. A Coroa inglesa, na época, não era Margaret Thatcher. Era a Rainha Victoria, ou alguém parecido. Continue, Millicent.

MILLICENT — A agricultura da Índia quase faliu porque a China não queria comprar mais ópio.

PAMELA — Meu Deus, por quê?

MILLICENT — Preconceito. Estavam morrendo chineses demais. Ou alguma outra exótica razão oriental. O fato é que a Coroa forçou a China a aceitar o ópio da Índia. Foi lá, matou alguns milhares de chineses e acabou com a rebelião. Os chineses concordaram em continuar comprando ópio da Índia, que pode continuar produzindo o nosso chá. Como se sabe, não há nada para convencer as pessoas das vantagens do comércio livre como uma canhoneira, ou duas.

AGATHA (hesitando, antes de dar o primeiro gole) — Quantos chineses morreram, Millicent?

MILLICENT — Entre os que morreram das canhoneiras e os que morreram do ópio, alguns poucos milhões. Por quê, Agatha querida?

AGATHA — Quero ter certeza de que não tem nenhum chinês morto na minha xícara.

MILLICENT — Ora, Agatha. Com todos os goles de chá que os ingleses tomaram desde então, nossa conta de mortos na China foi saldada há muito. Não há mais chineses mortos em nosso chá.

AGATHA (tomando o primeiro gole) — Ainda bem. Sei que me fariam mal.

MILLICENT (para Pamela) — Açúcar?

PAMELA — Obrigada. Não dispenso o açúcar. Não sei como as pessoas podiam viver sem açúcar.

FIONA — Mas alguma vez não existiu açúcar?

MILLICENT — Aqui mesmo, na Inglaterra, durante muito tempo, não existia o açúcar.

FIONA — Nem para o chá?!

MILLICENT — Principalmente para o chá. Foi para assegurar o suprimento de açúcar para o chá, depois que tomamos gosto, que a cultura da cana cresceu no Novo Mundo. E foi para a cultura da cana crescer que importaram escravos da África. Pode-se dizer que a escravatura se deve ao gosto por chá com açúcar.

FIONA — De certa maneira, então, a escravatura é culpa da Pamela.

AGATHA — Por favor, Fiona. Quantos negros, Millicent?

MILLICENT — Você quer dizer, quantos negros morreram de maus-tratos e doenças para que houvesse açúcar para o nosso chá? É difícil dizer. Alguns milhões. Por quê, Agatha querida?

AGATHA (continuando a tomar seu chá) — Por nada. Prefiro o meu sem açúcar.

MILLICENT (para Fiona) — *Scones*?

FIONA (hesitando antes de pegar um *scone*) — Você tem alguma história sobre os *scones* para contar, Millicent?

MILLICENT — Nenhuma, Fiona.

FIONA — Ninguém morreu para que existissem estes *scones*?

MILLICENT — Que ideia, Fiona. Eu mesma os fiz, e não há uma gota de sangue na minha cozinha.

Pipocas, não

Marina nunca gostou de futebol, mas se empolgou pela Copa. Se empolgou, principalmente, pelo Forlán. Passou a acompanhar todos os jogos da Copa, e não apenas os do Uruguai. Mas ela e o grupo de amigas que reunia em casa gostavam mesmo era de ver o Forlán.

O marido da Marina, Zé Henrique, não se importava com seu novo interesse pelo futebol. Mas aquela invasão da sua casa por mulheres, justamente na hora dos jogos, quando ele gostava de se espichar no sofá com uma cerveja, e fazer pipoca no intervalo, e ver os jogos sozinho, ou com a mulher ao seu lado apenas dando palpites para fingir que se interessava ("Que brutalidade!") — aquilo era demais. Ficava ele no meio das mulheres, sentado num canto, banido do seu próprio sofá.

E tendo que responder a perguntas. O que era impedimento, mesmo? Se o goleiro era o único que podia tocar a bola com as mãos, como é que outros usavam as mãos para bater lateral? Por que se dizia "bater lateral" quando o que faziam era atirar a bola? E o Forlán, era casado?

Um dia, com sete mulheres na sala, ele mal conseguindo enxergar a televisão, houve um lance que indignou a todas. Marina virou-se para o marido e exigiu uma explicação.

— Bola no travessão não vale nem um ponto?

— Não, Marina. Bola no travessão não vale nada.

— Mas devia. Devia!

— Marina, não fui eu que fiz as regras.

— Você também, Zé Henrique!

Todas as mulheres da sala olharam para ele com reprovação. Como se uma bola no travessão do Forlán não valer nada fosse uma demonstração revoltante de insensibilidade masculina.

Ele precisou se defender.

— A culpa não é minha!

Antes, no intervalo do jogo, Marina tinha dito:

— Zé Henrique, faz umas pipocas pra gente.

E, para as amigas:

— O Zé Henrique faz pipoca muito bem.

— Não — disse o Zé Henrique.

— O quê?

— Pipoca, não.

— Zé Henrique!

Seu mundo tinha sido invadido. Ele não podia deter a invasão. Mas não ia alimentar as invasoras. Que pensassem o que quisessem dele, que o chamassem de grosseiro, de ciumento, de ressentido. Mas pipocas, decididamente, não.

✄

O flimsi

Somos um pequeno grupo de pessoas de bom gosto. Foi o gosto superior que nos reuniu em Brog, e foi para proteger nosso gosto superior que nos transformamos em... Mas deixe eu contar a história desde o princípio, caro leitor. Para que você nos julgue com todos os fatos. Não queremos piedade, mas também não queremos injustiça.

A cidadezinha de Brog fica numa margem do rio Svlemz, na Bulgária. A cidadezinha é uma pequena joia medieval, e o que falta ao rio em vogais sobra em beleza. Eu descobri Brog por acaso. Todos do nosso grupo de sete conheceram Brog por acaso. O meu acaso foi um ônibus de excursão quebrado, que obrigou seus ocupantes a dormir uma noite em quartos improvisados em diversas casas da cidadezinha, que não tinha hotel ou coisa parecida. Outro acaso foi que só eu, entre todos os que estavam no ônibus, aceitei comer um peixe chamado flimsi, e ouvi do dono da casa que me hospedou o que era o flimsi.

O flimsi, misteriosamente, só dava no rio Svlemz. Todos os anos, na mesma época, ele subia o rio Svlemz para desovar. O rio formava uma espécie de bacia em frente a Brog, e na passagem dos flimsis pela bacia até as crianças, com seus caniços, ou com suas próprias mãos, podiam pescá-los. O flimsi era assado sobre brasas. Na época da desova, não se comia outra coisa em Brog. E aquela era a época da desova.

Impossível descrever a textura do flimsi e o sabor da sua carne branca. O flimsi era o que a truta sonhava em ser um dia. Era diferente de tudo que eu já provara, aquático ou terrestre. Não precisei comer mais de dois — e no fim comi doze — para decidir que voltaria a Brog no ano seguinte, na mesma época, para comer aquela raridade. E voltei a Brog todos os anos, por vinte anos, na mesma época. Sem contar para ninguém onde ia ou, depois, onde tinha estado. Sem contar para ninguém da textura indescritível do flimsi, e do sabor da sua carne branca.

Nesses vinte anos, é claro, outras pessoas descobriram Brog. Mas foram poucas, e nenhuma passou adiante sua experiência da beleza do rio Svlemz, e das glórias do seu peixe exclusivo. Formamos uma espécie de irmandade secreta, pactuando não revelar para ninguém a existência do nosso paraíso. Nos reuníamos todos os anos em Brog, na mesma época, para comer o flimsi. Descobrimos um vinho branco da região, tosco e rascante, mas que se transformava, milagrosamente, num Mersault em contato com o flimsi. E assim vivíamos... Até que apareceu Mr. Gordon.

Olhos cor de âmbar

A decoração estava diferente. As toalhas eram de outra cor. Os quadros tinham desaparecido das paredes. E ele não reconhecia nenhum dos garçons.

— O que houve? — perguntou a um dos desconhecidos.

— Pardon, monsieur?

— O que houve com este lugar? Está tudo mudado.

— Não, não. Desde que eu trabalho aqui, nada mudou.

— E o Michel, que fim levou?

— Quem, monsieur?

— Michel, o garçom mais antigo daqui. Um que adora cachaça. Eu sempre trago uma cachaça para ele, do Brasil. Aliás, estou trazendo uma agora.

— Não conheço, monsieur.

— Não é possível. Será que ele se aposentou? Não tem ninguém que possa me dar notícias do Michel?

— Talvez o Gérard. Ele está aqui há mais tempo do que eu.

— Chame o Gérard, por favor.

Alívio! Ele reconheceu o Gérard. Já estava começando a pensar que tinha entrado no restaurante errado. E o Gérard o reconheceu. Ou pelo menos disse que sim, quando ele perguntou:

— Lembra que eu venho sempre aqui?

— Certamente, monsieur.

— E o Michel, se aposentou?
— Michel...
— Você tem que saber quem é. O velho Michel.
— Francamente, eu...
— E monsieur e madame Geroux? Onde estão?
— Os dois morreram, monsieur.
— O quê?! E o restaurante ficou para a Lola?

Lola, de olhos cor de âmbar. Filha do casal Geroux. Linda. Ele também sempre trazia um presente do Brasil para a Lola. Dessa vez viera disposto a convidá-la a sentar-se com ele, talvez até saírem para passear na beira do Sena. Mas, segundo Gérard, Lola vendera o restaurante e fora morar em Grenoble com o marido. E já era avó.

De repente ele teve uma espécie de vertigem. A Lola avó? Isso queria dizer que o tempo passara mais depressa do que ele pensava. Muito mais depressa. Queria dizer que ele estava delirando, sonhando ou talvez até morto. Seria isso? Voltara ao seu restaurante preferido depois de morto só para ter aquela revelação: nosso tempo não é nosso. O tempo faz o que quer conosco e com a nossa memória, além de nos envelhecer e nos matar. Quando Gérard lhe ofereceu o menu, disse "O de sempre" e viu pelo rosto do garçom que ele não sabia o que era o de sempre. Pediu um Clos des Jacobins como costumava pedir e ouviu Gérard dizer que o restaurante nunca servira aquele vinho.

Na saída do restaurante, teve uma alucinação. A Torre Eiffel estava pela metade. O topo da torre ruíra. Uma mensagem final do que o tempo pode fazer com o ferro, o que dirá conosco.

Os últimos quartetos de Beethoven

A turma era apaixonada pela Livia. Todos os cinco. Livia lhes ensinara o tuíste e o beijo de língua. Livia usava brincos numa orelha só. Livia fora a primeira a fumar maconha e fazer tatuagem. Era Livia quem dizia o que eles deveriam ler, pensar e fazer, e não fazer. Foi da Livia a ideia do pacto de sangue para unir a turma até a morte. Seria um corte na palma da mão, depois decidiram que um corte num dedo produziria o mesmo efeito e não prejudicaria o desempenho da Livia no violoncelo. Um cortezinho no dedo, depois apertos de mão entre todos, finalmente seis mãos entrelaçadas num só nó sangrento, e o grito da Livia, "Até a morte!". Mas o ritual acabara assustando em vez de unir mais a turma. O Maurinho, por exemplo, declarara que ficara nervoso com o sangue, que a Livia estava querendo puxar a turma para um lado escuro, que aquela coisa de líder e discípulos estava ficando séria demais, que eles não eram, afinal, apenas "a turma da Livia", como os chamavam na escola, obrigados a seguir suas loucuras. Depois do pacto os cinco começaram a se distanciar, da Livia e uns dos outros. Continuavam indo a todas as apresentações de violoncelo da Livia e depois se reunindo no bar do seu Antônio, onde a Livia tomava cerveja preta com grapa para, como ela dizia, trazer de volta à Terra o espírito elevado pela música antes que ele evaporasse nas alturas. E a cara dos cinco ouvindo a Livia tocar violoncelo continuava sendo de adoração. "Embasbacados" era como o Lorival os descrevia. Os embasbacados da Livia. Mas o domínio da Livia sobre eles estava indo longe demais. O Maurinho foi o primeiro a desaparecer por completo depois do pacto de sangue. O Magro, o último. Suspeitava-se que o Magro era o único da turma que transara com a Livia e foi ele o último a acompanhar suas apresentações de violoncelo e depois ir beber, só os dois, no bar do seu Antônio, onde uma noite a Livia lhe dissera "Você também está dispensado", decretando o fim oficial da amizade eterna. No fim não ficara nada da amizade, nem um vestígio, nem uma cicatriz, já que não tinham cortado a palma da mão. Foi cada um para um lado, sem saber que caminho obscuro levara Livia para longe deles, para outro Universo. Um dia, anos depois da formatura, anos depois do pacto, Maurinho encontrou- -se com o Magro por acaso e perguntou se ele sabia por onde andava a Livia. O Magro não sabia. Não via mais nem seu nome no noticiário da música na cidade. Livia volatizara-se. Os dois brindaram a Livia batendo suas xícaras de cafezinho e dizendo: "Linda!" "Linda!". E que fim teria levado o resto da turma? Maurinho se comprometeu a reuni-los, se conseguisse localizá-los, para relembrar os ve- lhos tempos. Talvez alguém tivesse notícia da deusa desaparecida. A verdade era que ninguém sabia muito a respeito dela mesmo quando se viam todos os dias. Ela era linda, ela lhes ensinava tudo o que sabia e eles não sabiam, mas nunca convidara a turma a subir ao seu apartamento quando iam buscá-la ou levá-la em casa, nem contara muito da sua família e da sua vida quando não estava com eles. Não sabiam onde ela conseguia maconha, e de onde tirava os livros que emprestava a quem prometesse lê-los e devolvê-los. Ela não contava e eles não perguntavam. Todos se contentavam em adorá-la sem fazer perguntas. Livia era

661

Livia, as divindades não precisam contar os detalhes banais da sua existência. As divindades não precisam ter vida doméstica. Depois do encontro com Maurinho, Magro decidiu fazer o que deveria ter feito antes, investigar o desaparecimento da Livia, o que seria um pouco como investigar seu próprio passado. Estava entre empregos, tinha tempo de sobra. Ele também se assustara com o ritual de sangue, com o caminho que estava tomando aquela amizade, com a profundeza para a qual a Livia parecia querer atraí-los. Agora, anos depois, poderia encontrar a Livia sem medo, conviver com o mito sem o perigo de ser tragado pelo sumidouro. Procurou o edifício em que Livia morava. O porteiro ainda era o mesmo e se lembrava, sim, deles e da dona Livia, que vivia no quarto andar com o pai e a mãe. A mãe, dona Vitória, tocava piano. A mãe se suicidara. O pai, o porteiro não sabia. O seu José raramente saía de casa. Depois da morte da mulher tinha se mudado. Deixara tudo no apartamento do quarto andar, inclusive o piano da mulher. Mas não os livros, que levara para o novo endereço, caixas e caixas de livros. Não, o porteiro não sabia qual era o novo endereço. A dona Livia? O porteiro também nunca mais a vira. Gostava dela, apesar das suas esquisitices, das suas roupas malucas, dos brincos numa orelha só, do véu rendado que cobria o seu rosto quando ela saía à rua depois da escola. Magro deu uma risada. O véu! Ele se esquecera do véu. Quando Maurinho conseguiu reunir a turma, menos o Lorival, que fora viver em Curitiba, a primeira coisa que o Magro perguntou foi se todos se lembravam do véu.

— O véu! O que era mesmo que ela dizia? Que era para proteger não o seu rosto do sol, mas os outros da luminosidade do seu rosto. Uma luminosidade de santa.

— Dizia que não queria queimar a retina de ninguém.

— Agora estou me lembrando, ela dizia que tinha saído de um quadro do, como era mesmo?

— Botticelli. Era uma virgem luminosa do Botticelli.

— Metade do que ela dizia eu não entendia.

— Mas ela era linda.

— Ah, era.

— E você, Magro? Dormiu com ela ou não dormiu?

— Tá doido.

— Conta, Magro.

— Não pintou nada. Eu sou louco?

O Magro poderia dizer que chegara à beira do sumidouro, mas recuara. Não era louco.

— E vocês se lembram do pacto de sangue?

— O pacto de sangue... Até hoje eu não entendi o que ela queria com aquilo.

— O que ela esperava de nós...

O Magro contou que na última vez em que estivera com Livia ela dissera que ele estava dispensado. Tinha a permissão dela para também desaparecer, como os outros. Se a "turma da Livia" tinha uma missão a cumprir, tinha fracassado. Estavam todos dispensados. Livia desistira deles.

— Que fim terá levado?

Magro contou o pouco que sabia. O suicídio da mãe pianista, as caixas e caixas de livros do pai. E só. Também fracassara como investigador. Por ironia, foi Maurinho, o primeiro desertor, quem descobriu onde estava Livia. Por acaso. O primo de uma técnica em enfermagem que trabalhava numa clínica psiquiátrica contara que na clínica havia uma louca que tocava um violoncelo imaginário, e poderia ser a Livia. Alguém deveria ir visitá-la, para ter certeza. Só o Magro se animou. A clínica ficava num antigo casarão pintado de verde. Mesmo depois de tanto tempo, o Magro reconheceu o perfil da Livia, sentada perto de uma grande janela numa sala vazia e ensolarada. Não teve um choque com sua velhice, com seus cabelos desgrenhados ou com seu camisolão branco de tecido barato. Mas quase parou, emocionado, quando ela virou o rosto e viu que ele se aproximava, e sorriu — o sorriso era o mesmo! — e disse seu nome: "Felipe!". Ela se lembrava do seu nome! Ele curvou-se para beijá-la mas não conseguiu dizer uma palavra. Ela segurou sua mão e perguntou: "Como vão vocês?". Ele ainda demorou antes de poder dizer "Bem, bem" e depois mentir: "Todos mandam lembranças". Depois ele foi buscar uma cadeira para sentar-se ao seu lado e ela pegou sua mão entre as suas outra vez e repetiu: "Felipe!". E disse que ele decididamente não podia mais ser chamado de Magro, e os dois riram, e o Magro teve que se controlar para que a risada não desandasse em choro. Perguntou se ela estava sendo bem tratada, se estava bem, se precisava de alguma coisa, e ela respondeu que estava ótima. Que tinha tudo de que precisava. E tinha a sua música.

— Seu violoncelo está aqui?

— Não. Eles não deixaram. O que não quer dizer que eu não toque todos os dias.

E quando acabou de rir, ela disse:

— Até formei um quarteto de cordas. Ensaiamos sempre. Cada um com seu instrumento invisível, imagine só. Não é uma coisa de louco?

— São todos músicos?

— Não! A única música nesta casa sou eu. Os outros só fingem. Mas estamos progredindo. Vamos até dar um recital. Música para surdos, o que você acha? Vamos tocar exatamente o que Beethoven ouvia: nada. A sua música interna, a música da sua cabeça, um silêncio inconspurcado por sons. In-cons-pur-cado. O que você acha? Música sem a música para atrapalhar.

O Magro embasbacado.

Ela continuou:

— Lembra dos últimos quartetos de corda do Beethoven? Ninguém entendia o que ele queria dizer com aquilo, com aquela confusão, aquela quase cacofonia. Eu o estou aborrecendo?

— Não, não. Eu...

— Era diferente de tudo que Beethoven tinha feito até então. Ninguém entendia. Um pouco como o véu preto que eu usava para tapar o rosto, lembra? O que era aquilo? Loucura, só loucura. Era o que todo mundo pensava.

— Nós não.

— Vocês também.

— Nós só achávamos... estranho.

— Era o que todo mundo pensava dos últimos quartetos de Beethoven. Uma excentricidade. Uma coisa que não era para ser entendida, a não ser por ele mesmo, na sua reclusão de surdo. Mas não era isso. Os críticos também se enganaram. Mais tarde disseram que Beethoven estava, conscientemente, mudando o rumo da música. Que estava inaugurando a música moderna. Que o Beethoven dos últimos quartetos era o precursor direto de Schoenberg, de Stravinsky, de Béla Bartók. E não era nada disso. Os quartetos não estavam começando nada, estavam terminando. Beethoven estava não só acabando com o período clássico como dizendo que a música racional não tinha mais para onde ir, que a própria racionalidade chegara ao fim. Ele mesmo não tinha mais para onde ir no mundo, a não ser para o seu exílio interior, para a sua loucura. A verdade é que os últimos quartetos de Beethoven não foram os últimos. Foram os penúltimos. Os últimos são os que nós tocamos. Ou fingimos que tocamos. Você quer ouvir?

— Como?

— Fique aqui. Daqui a pouco vamos ensaiar. No fim do dia. Agora me conte de vocês...

Naquela noite o Magro relatou a visita à Livia ao Maurinho. Contou que ao entardecer tinham chegado os outros três membros do quarteto, cada um arrastando uma cadeira e segurando um instrumento imaginário. E tinham começado a fingir que tocavam, parando a intervalos para ouvir as correções e direções da

Livia. Eram dois senhores e uma moça, todos de camisolão igual ao dela. Parecia um congresso de anjos. O apelido deles na clínica era "a turma da Livia".

E o Magro contou que nunca vira uma expressão de felicidade como a do rosto da Livia tocando seu violoncelo invisível. Estava em outro universo.

— Ela continua bonita?

— Linda. E o sorriso é o mesmo.

— Ela perguntou pela turma?

— Perguntou, perguntou. Queria saber tudo a nosso respeito.

Mas o Magro não disse ao Maurinho que se esforçara para encontrar alguma coisa para contar da turma. Algum sucesso profissional, alguma grande alegria, alguma notícia, por medíocre que fosse, que justificasse terem escolhido ficar no universo de cá. E que, não encontrando nada para dizer, o Magro se vira, idiotamente, como se aquilo resumisse os feitos dos cinco, contando que o Lorival se mudara para Curitiba.

Contículos

Aquela conversa de travesseiro.

— Quem é o meu quindinzinho?

— Sou eu.

— Quem é a minha roim-roim-roim?

— Sou eu.

Aí ele inventou de dizer que jamais se separariam e que ele seria, para ela, como aquele nervinho da carne que fica preso entre os dentes.

E ela:

— Credo, Osmar, que mau gosto!

E saiu da cama para nunca mais.

O amor também pode acabar por uma má escolha de metáforas.

SENTIMENTO

Quase se casaram, mas ela se chamava Dulcineide e ele pressentiu que teria problemas com os sogros.

INVESTIGAÇÃO

O inspetor que investigava o caso da trapezista tcheca morta com uma adaga de gelo nas costas tinha um cachimbo permanentemente no canto da boca, mas com o fornilho virado para baixo. Dizia que era para não ter nem a tentação de enchê--lo, pois estava proibido de fumar. Mas o importante é que consultei o dicionário antes de começar a escrever este conto e só então descobri que aquela parte do cachimbo se chama fornilho, o que passei a maior parte da minha vida sem saber.

Toda literatura, no fim, é autobiográfica.

NO ELEVADOR

Conto erótico. "Lambo você todinha", disse o homem no ouvido da mulher, no elevador. A mulher firme. Silêncio. No décimo andar o homem falou de novo. "Lambo... Palavra engraçada, né?" Nunca tinha se dado conta.

Está bem, mais ou menos erótico.

AMIGOS

Calçada. Homem com cachorro. Cachorro fazendo cocô. Passa mulher e diz: "Que nojo". Homem, para mulher que se afasta: "Nós somos apenas amigos!".

O ARRUDA

Sete de cada lado, as mulheres assistindo. Todos com barriga e pouco fôlego. Menos o Arruda. O Arruda em grande forma. Cinquenta anos, e brilhando. Foi depois do Arruda dar um passe para ele mesmo, correr lá na frente como um menino, chutar com perfeição e fazer o gol, para delírio das mulheres, que todo o time correu para abraçá-lo. Empilharam-se em cima do Arruda. Apertaram o Arruda. Beijaram o Arruda. O Arruda depois diria que alguém tentara torcer o seu pé e outro mordera a sua orelha. Quando o Arruda quis se levantar para recomeçarem o jogo, não deixaram. Derrubaram o Arruda outra vez. Quando ele parecia que estava conseguindo se livrar dos companheiros, veio o time adversário e também pulou no bolo para cumprimentar o Arruda. O Arruda acabou tendo que sair de campo, trêmulo, amparado pelas mulheres indignadas, enquanto o jogo recomeçava. Agora só com os fora de forma.

FINAL

"Puxou o fio, só por curiosidade, e no dia seguinte leu no jornal que o Taj Mahal tinha desmoronado. Até hoje ele não sabe se foi ele." Ainda vou escrever um conto que termina assim.

Entra Godot

Uma estrada rural, num lugar não identificado. O único cenário é uma árvore sem folhas. Sentados sob a árvore, dois vagabundos: Vladimir e Estragon.

VLADIMIR — Nada a fazer...

ESTRAGON — Vamos embora.

VLADIMIR — Você esqueceu? Estamos esperando o Godot.

ESTRAGON — Tem certeza de que o lugar é este?

VLADIMIR — A árvore está aqui. Ele...

(Entra Godot.)

GODOT — Alô, alô, alô!

(Vladimir e Estragon se entreolham, apavorados.)

VLADIMIR (para Godot) — O q-que você está fazendo aqui?

GODOT — Ouvi a minha deixa e entrei.

ESTRAGON — Que deixa? Você não tem deixa na peça. Aliás, você não está na peça.

GODOT — Como não estou na peça? Eu sou o personagem principal!

VLADIMIR — Quem disse?

GODOT — Vá ver o cartaz lá fora. Qual é o nome que aparece com mais destaque? Godot.

ESTRAGON — Mas na peça você não aparece. Nós passamos o tempo todo esperando você, mas você não aparece.

GODOT — Nem no fim? Numa apoteose?

VLADIMIR — Nem no fim.

GODOT — Que diabo de peça é esta? Onde foi que eu me meti?

VLADIMIR — É uma parábola. Uma alegoria. Metáfora. Metonímia. Translação. Nós esperamos você, e você nunca aparece. Você pode ou não pode ser Deus. Nós podemos ou não podemos representar a condição humana. Nada é muito claro. É o chamado teatro do...

GODOT — Absurdo! Como é que eu posso ser Deus? Não tenho o físico para o papel. Se bem que, com a maquiagem e um pouco de enchimento...

VLADIMIR — Você não entendeu? Você não aparece. Deus não aparece. Deus talvez nem exista. A humanidade está sozinha. Eu estou sozinho.

ESTRAGON — Epa!

VLADIMIR — Eu estou com esse outro vagabundo, que é pior do que estar sozinho. Depois entram mais dois personagens, que também ficam esperando até o fim da peça. Mas Deus não vem. Não há Deus. O homem não tem salvação. Está condenado ao abandono, a não entender o seu papel e não saber o seu destino. Condenado ao livre-arbítrio.

GODOT — O livre-arbítrio! Está aí! Eu sabia que alguma coisa tinha me feito entrar neste palco. Não foi uma deixa, foi o livre-arbítrio. Decidi entrar, contra a vontade do autor, e entrei. Se Deus não existe, nada está escrito!

VLADIMIR — Ou talvez...

GODOT — O quê?

VLADIMIR — Talvez você seja Deus. Muito bem disfarçado, mas Deus. Você chegou. Nossa espera terminou.

ESTRAGON — Muito bem. Só que a espera durou só dois minutos. O que nós vamos fazer pelo resto do tempo?

GODOT — A gente pode improvisar.

VLADIMIR — Exato. Livre-arbítrio.

O expert

O Nabokov tem uma história parecida, mas sobre xadrez. Esta não é plágio, no entanto. Digamos que é homenagem.

— Sessenta e três não foi um bom ano para esse vinho. Muito ácido.

— Que safra você recomenda?

— A de 1965. Excelente, o bouquet, o tanino, tudo.

O outro provou o vinho.

— Você tem razão. Muito ácido.

— Mas não deixa de ser um bom vinho. Seco, mas com um substrato quase doce no final. O que os franceses chamam de *arrière-goût*.

— Exatamente. Já vi que você entende.

— Modestamente.

— Aceita um pouco?

— Não, obrigado.

— Ah, um purista.

— Não, não. É que eu não bebo.

O outro sorriu. Obviamente, era uma brincadeira. Uma das maiores autoridades mundiais em vinho não bebia. Boa aquela. Insistiu:

— Só um copo. Garanto que você será indulgente com este pobre 1963.

— Mas não bebo mesmo. Nunca botei uma gota de álcool na boca.

O outro parou de sorrir; era sério.

— Mas como? Você entende de vinhos como ninguém e nunca botou uma gota de álcool na boca?

— Nunca.

— Não entendo.

— Eu conto.

O homem tinha sido preso. Não quis entrar em detalhes. Questões políticas. Lutava pela causa do proletariado, era contra a burguesia inconsciente e seu consumismo conspícuo, achava um absurdo alguém pagar uma fortuna por uma garrafa de vinho enquanto outros morriam de fome, acabara preso.

— Na prisão, não me deixavam ler nada. Aquilo, para mim, era a pior tortura. Sempre fui um leitor compulsivo. Não podia passar sem livros e revistas. Mas era proibido.

O outro serviu mais um copo de vinho. O homem continuou na sua mineral.

— Um dia, pedi uma Bíblia. Achei que aquilo eles não podiam me negar. Disse que queria me regenerar, fazer um exame de consciência, me encontrar com Deus. Na verdade, queria era alguma coisa para ler, qualquer coisa. Eles achavam que eu estava sendo hipócrita. Me negaram a Bíblia.

— Puxa...

— Tentei outro estratagema. Gritei que queria saber quais eram os meus direitos. Exigia que me trouxessem uma cópia da Lei de Segurança para eu saber exatamente em que artigos tinha sido enquadrado. Na verdade, só queria alguma coisa para ler. Eles riram de mim.

— Maldade.

— Pedi que trouxessem histórias em quadrinhos, jornais antigos, qualquer coisa. Nada. Me desesperei. Um dia revirei toda a minha roupa, o colchão da cela, o travesseiro. Sabe o que é que eu procurava?

— O quê?

— Uma etiqueta. Só para ter algumas letras na frente dos olhos por alguns instantes. Eu era como um alcoólatra que se contentaria só com o cheiro do álcool no ar. Mas não encontrei nada. Nem a pia nem a latrina tinham o nome do fabricante. Um dia, embora não fumasse, implorei por um cigarro. Um guarda me deu um. Rapidamente, procurei no papel do cigarro o nome da marca. Mas o papel era branco, liso, sem nem uma letra. Eu não aguentava mais. Então...

— O quê?

— Um dia me levaram para interrogatório. Me botaram de pé contra uma parede, os braços estendidos para os lados. Em cada mão eu tinha de segurar um peso e ficar assim, sem deixar cair o peso. Numa das mãos, eles colocaram uma cadeira. E na outra... Eu nem podia acreditar...

— O que era?

— Um livro! Um livro pesado, capa dura... Fingi que desmaiava e caí abraçado com o livro. Até hoje não sei como consegui chegar com o livro à minha cela sem que eles descobrissem. Não posso descrever a minha alegria. Eu finalmente ia ver letra de novo. Palavras inteiras. Frases, parágrafos, pontuação... Sentir a textura do papel, o cheiro da tinta, o volume de uma lombada bem torneada na mão. Comecei a saborear o livro. Só o título eu li e reli umas cem vezes, quase chorando.

— Que livro era?

— Uma enciclopédia de vinhos.

— Ah...

— Passei quatro anos lendo e relendo a enciclopédia. Decorei tudo. Quando aparecia um guarda, eu escondia a enciclopédia debaixo da coberta. À noite lia com luz de vela. De dia, lia de trás para diante e de diante para trás. Chegava a sonhar com o livro. Sonhava com vinhedos, com châteaux, com safras famosas... Até que um dia me soltaram.

O homem tomou um gole de mineral. Sorria tristemente.

— Você voltou à atividade política?

— Não, não. Era outra pessoa. Meus companheiros tinham desaparecido, ou também tinham mudado. Eu precisava tratar da minha vida. Procurar emprego. Um dia, quando dei por mim, estava na frente de uma casa de bebidas, olhando a vitrine. E me dei conta de que conhecia, intimamente, tudo sobre cada garrafa de vinho exposta ali. Tudo! Entrei na loja e comecei a percorrer as prateleiras. Era como encontrar velhos conhecidos. Rótulos que eu conhecia apenas da reprodução na enciclopédia ali estavam, ao vivo. Com o último dinheiro que tinha, comprei uma garrafa de bordeaux, um Saint Emilion menor. Levei para a pensão onde estava morando. Abri a garrafa, servi no copo que usava para escovar os dentes e não fui além do primeiro gole. Sempre tivera nojo de álcool e o meu gosto não mudara. Eu era um expert numa coisa que abominava.

— E desde então...

— Desde então me dediquei à crítica enológica. Hoje sou reconhecido mundialmente como especialista em vinhos. Escrevo para revistas de gourmets. As pessoas comentam o meu estilo irônico, o meu distanciamento aristocrático, e me imaginam um sibarita enfastiado. Aposto que meus velhos amigos da esquerda me consideram um traidor. Sou convidado para mesas de milionários — como a sua — e me comporto como um deles. Só que bebo mineral.

— Bem, vamos passar ao conhaque. Qual é o que você recomenda?

— Hennesy. Quatro estrelas.

Aviõezinhos

— Olha o aviãozinho!

A primeira mentira. Ela querendo nos convencer de que o que tinha na mão não era uma colher com papinha, mas um avião. Um avião! Se um dia fosse acusada de tentar ludibriar um bebê de colo, ela teria uma defesa. "Era para ele abrir a boca, seu juiz. Era para o bem dele!" Está certo, era para nos alimentar. Era para nos fazer abrir a boca e aceitar a papinha. Mas precisava ser com uma mentira tão grosseira?

A sorte dela era que ainda não sabíamos falar. Não podíamos perguntar o que a fazia pensar que nós sequer soubéssemos o que era um avião. Ou que seríamos mais receptivos a ter um aviãozinho na boca do que uma colher de papinha. Ou, se aquilo era mesmo o que ela dizia que era, o que um aviãozinho carregado de papinha estava fazendo, voando dentro de casa daquele jeito? Se nós ao menos tivéssemos uma ideia do que era surrealismo, aceitaríamos o avião em forma de colher vindo na nossa direção e abriríamos a boca em respeito à arte. Mas não, não era arte, não era um recurso ou um estratagema para um fim nobre. Era apenas uma mentira. A inaugural.

Sim, porque, de certa maneira, todas as outras mentiras que elas nos contam são desdobramentos daquela mentira arquetípica, da nossa própria mãe. Todas tentam nos convencer de que o que parece ser não é, e o que é não é o que parece. Em suma, que uma colher é um aviãozinho. E isso vale para tudo, das pestanas postiças ao orgasmo simulado. Você já deve ter notado que nenhuma revista feminina tem homem na capa. É sempre uma mulher, e uma mulher bonita. Isso já foi visto como prova de que o negócio de mulher é mulher mesmo, que elas se vestem e se enfeitam umas para as outras, num universo em que o homem só entra como acessório, em matérias do tipo "Como atingir o prazer sexual com utensílios domésticos, inclusive o seu marido". Mas não é isso. As revistas femininas pertencem a um imenso sistema de comunicação cifrada, só acessível a mulheres, em que elas trocam informações sobre novos produtos e recursos para se embelezar, enfatizar o que têm e compensar o que não têm. Em suma, para nos enganar.

E funciona. Não temos defesa contra o sortilégio delas, mesmo sabendo que é tudo fabricado para nos enganar, porque, no fundo (confesse), gostamos. Não saberíamos viver sem suas mentiras perfumadas. Afinal, que diferença fazia se aquilo era uma colher de papinha ou um aviãozinho? Elas conseguiam nos deixar de boca aberta. Que é o que vêm fazendo desde então.

Versões

Vivemos cercados pelas nossas alternativas, pelo que podíamos ter sido. Ah, se apenas tivéssemos acertado aquele número (unzinho e eu ganhava a sena acumulada), topado aquele emprego, completado aquele curso, chegado antes, chegado depois, dito sim, dito não, ido para Londrina, casado com a Doralice, feito aquele teste...

Agora mesmo neste bar imaginário em que estou bebendo para esquecer o que não fiz — aliás, o nome do bar é Imaginário —, sentou um cara do meu lado direito e se apresentou:

— Eu sou você, se tivesse feito aquele teste no Botafogo.

E ele tem mesmo a minha idade e a minha cara. E o mesmo desconsolo.

— Por quê? Sua vida não foi melhor do que a minha?

— Durante um certo tempo, foi. Cheguei a titular. Cheguei à seleção. Fiz um grande contrato. Levava uma grande vida. Até que um dia...

— Eu sei, eu sei... — disse alguém sentado ao lado dele.

Olhamos para o intrometido... Tinha a nossa idade e a nossa cara e não parecia mais feliz do que nós. Ele continuou:

— Você hesitou entre sair e não sair do gol. Não saiu, levou o único gol do jogo, caiu em desgraça, largou o futebol e foi ser um medíocre propagandista.

— Como é que você sabe?

— Eu sou você, se tivesse saído do gol. Não só peguei a bola como me mandei para o ataque com tanta perfeição que fizemos o gol da vitória. Fui considerado o herói do jogo. No jogo seguinte, hesitei entre me atirar nos pés de um atacante e não me atirar. Como era um herói, me atirei... Levei um chute na cabeça. Não pude ser mais nada. Nem propagandista. Ganho uma miséria do INSS e só faço isto: bebo e me queixo da vida. Se não tivesse ido nos pés do atacante...

— Ele chutaria para fora.

Quem falou foi o outro sósia nosso, ao lado dele, que em seguida se apresentou.

— Eu sou você se não tivesse ido naquela bola. Não faria diferença. Não seria gol. Minha carreira continuou. Fiquei cada vez mais famoso, e agora com fama de sortudo também. Fui vendido para o futebol europeu, por uma fábula. O primeiro goleiro brasileiro a ir jogar na Europa. Embarquei com festa no Rio...

— E o que aconteceu? — perguntamos os três em uníssono.

— Lembra aquele avião da Varig que caiu na chegada em Paris?

— Você...

— Morri com 28 anos.

Bem que tínhamos notado sua palidez.

— Pensando bem, foi melhor não fazer aquele teste no Botafogo...

— E ter levado o chute na cabeça...

— Foi melhor — continuou — ter ido fazer o concurso para o serviço público naquele dia. Ah, se eu tivesse passado...

— Você deve estar brincando.

Disse alguém sentado à minha esquerda. Tinha a minha cara, mas parecia mais velho e desanimado.

— Quem é você?

— Eu sou você, se tivesse entrado para o serviço público.

Vi que todas as banquetas do bar à esquerda dele estavam ocupadas por versões de mim no serviço público, uma mais desiludida do que a outra. As consequências de anos de decisões erradas, alianças fracassadas, pequenas traições, promoções negadas e frustração. Olhei em volta. Eu lotava o bar. Todas as mesas estavam ocupadas por minhas alternativas e nenhuma parecia estar contente. Comentei com o barman que, no fim, quem estava com o melhor aspecto, ali, era eu mesmo. O barman fez que sim com a cabeça, tristemente. Só então notei que ele também tinha a minha cara, só com mais rugas.

673

— Quem é você? — perguntei.
— Eu sou você, se tivesse casado com a Doralice.
— E...?
Ele não respondeu. Só fez um sinal com o dedão virado para baixo.

Lá

Estavam naquela zona etílico-filosófica que precede as grandes sacadas e as grandes ressacas. Não poderiam dizer se já tinham passado pela fase da cachaça pura, rumo à fase dos chopes. O importante era manter a linha.
— Obrigado por ontem, hein cara?
— O que que houve ontem?
— Você me levou em casa no seu carro.
— Eu? Impossível.
— Por quê?
— Eu não tenho carro.
— Tem certeza que era eu?
— A essa altura, não tenho certeza de que era EU!
— Sua mulher não estranhou você chegar tarde em casa?
— Não, não. Aliás, nem podia. Eu não tenho mulher.
— Alemão, mais uma rodada disso que nós estamos tomando, seja o que for.

Um pouco depois — ou antes, nessas situações a cronologia é o que mais sofre — a conversa derivou naturalmente para o monte Everest.
— Quem foi que disse aquela frase genial?
— Que frase?
— Perguntaram pro cara por que ele tinha subido o monte Everest e ele pimba, respondeu na lata. Quem era o cara?
— A frase dele foi uma explicação sobre o que leva as pessoas a subir no Everest mesmo com o risco de morte. O que leva qualquer um a desafiar os perigos de uma assunção, ascensão... Acho que estou ficando bêbado.

— Hillary! Me lembrei.
— Não acredito que a sra. Clinton...
— Sra. Clinton não. Edmund Hillary. Foi o autor da frase.
— Espera aí. Também estou me lembrando! O autor da frase foi George Mallory, que morreu tentando escalar o pico do Everest e desapareceu para sempre.
— E o que ele disse quando lhe perguntaram por que as pessoas escalam o Everest?
— "Porque ele está lá."
— Cumé?
— "Porque ele está lá." Não é genial?
— Minha vó também está lá, o que não me dá nenhuma vontade de pular nas suas costas.
— É. Um pouco inglês demais pra gente.
— Alemão, mais uma rodada!

Namorados

— Eu...
— Queria me dizer uma coisa?
— É. Acho que...
— Esta nossa relação não vai dar certo?
— Isso. Eu simplesmente não...
— Aguenta mais?
— Exato. Esse seu hábito de...
— Terminar a frase dos outros?
— É. É! Eu tentei, mas...
— Não consegue?
— Não consigo. Não é nada...
— Contra mim? É só porque eu termino as suas frases?
— É. Por que você...
— Faço isso?
— É. Sempre termina a...

— Frase dos outros? Porque eu já sei o que vocês vão dizer. Você é o quinto ou sexto namorado que me diz a mesma coisa.

— Quer dizer que nós nos tornamos...

— Previsíveis? Se tornaram.

— Todos reclamam...

— Da mesma coisa? Reclamam.

— Bom, então é...

— Tchau?

— É.

— Eu não sei o que dar para o meu namorado.

— Dá um suéter.

— Não sei se ele usa. E de que cor ele prefere.

— Dá uma loção.

— De que tipo? Não sei o gosto dele.

— Uma garrafa de vinho.

— Não sei se ele é do tipo que bebe vinho.

— Um livro.

— Será que ele lê? Acho que ele não lê.

— Então manda só um cartão. "Para o amor da minha vida..." Como é mesmo o nome dele?

— É... Espera um pouquinho... Sei que começa com "D".

— Foi neste quarto. Exatamente neste quarto.

— Você está doido.

— Aposto o que você quiser.

— O quarto estaria o mesmo, tanto tempo depois?

— Algumas coisas mudaram, mas olha a vista. A vista é a mesma.

— Como você sabe? A última coisa que queria fazer, naquele dia, era olhar a vista.

— Acho que eu estou me lembrando até do número. Era o 703. Tenho certeza.

— Tá sonhando.

— Lembra que você trouxe uma sacola com pijama? Achei aquilo maravilhoso. Em vez de uma camisola, ou de nada, um pijama de flanela azul.

— Que no fim eu nem usei.

— Tomamos banho juntos, lembra? Antes e depois.
— Foi a primeira vez que vi você nu. E quis me casar assim mesmo.
— Olha o banheiro. Igualzinho. Era o 703!
— Que ideia, vir para o mesmo hotel, tantos anos depois...
— E acabar no mesmo quarto! O que você está fazendo?
— Ligando pra casa. Pra ver se está tudo em ordem.
— Não vá dizer onde nós estamos.
— Vou. Vou dizer: "Olha, seu pai quis passar o Dia dos Namorados no mesmo hotel em que dormimos juntos pela primeira vez".
— Você trouxe os meus remédios?
— Trouxe. Estão na sacola, junto com os meus. Aliás, na sacola só tem remédios.
Mais tarde:
Ela: — Você não vem pra cama?
Ele: — Já vou. Estou olhando a vista.

Filhos

Os filhos nunca acreditam que crescer é perigoso. Não adianta avisar para continuarem crianças. Eles crescem e vão embora. E depois se queixam.

Tem a história daquele pai que concebeu dois filhos do barro, Adão e Eva. Naquele tempo não precisava mãe. O pai fez o que pôde pelas crianças. Elas tinham tudo, nunca lhes faltou alimento ou agasalho. Se queriam um cachorro ou um macaco para brincar, o pai fazia. Se queriam uma pizza, o pai criava, ou mandava buscar. Se queriam saber como era o mundo lá fora, o pai dizia que não precisavam saber. Eles não eram felizes não sabendo nada, ou só sabendo o que o pai sabia por eles? A felicidade era não saber. As crianças eram felizes porque não sabiam.

O Adão ainda era acomodado, mas a Evinha... Um dia o pai a pegou descascando uma banana. Nem ele sabia o que a banana tinha por dentro, mas a danada da menina descobriu, e antes que ele pudesse dizer "Dessa fruta não co..." ela já tinha comido. E gostado. Foi então que ele decidiu impor sua autoridade paterna, pelo menos na área dos hortifrutigranjeiros, e determinar que frutas do quintal podiam e não podiam ser comidas, e escolheu uma fruta como a mais proibida de todas, pois se comesse dela a menina saberia. Saberia o quê? O pai não especificou. Só disse que o que saberia seria terrível, e que depois não se queixasse. E Eva comeu da fruta mais proibida, claro, e o pai foi tomado de grande tristeza. E disse a Eva que agora ela sabia o que não precisava saber, e que nunca mais seria a mesma.

— O que eu sei de tão terrível que não sabia antes? — perguntou Eva, ainda mastigando a fruta proibida.

— Que você pode desobedecer. Que você pode escolher, e pensar com sua própria cabeça, e me desafiar.

E então o pai disse a frase mais triste que um pai pode dizer a um filho:

— Que você não é mais uma criança.

Eva cresceu diante dos olhos do pai, e no momento seguinte já estava dizendo que queria ir morar sozinha em São Paulo ou aprender inglês em Miami e saber como era o mundo lá fora. E o pai suspirou e disse que ela podia ir, e que levasse o palerma do Adão com ela.

E que os dois jamais voltassem e pedissem a sua ignorância de volta.

Quando contou essa história a outro pai, no clube, o pai abandonado ouviu do outro que sua história não era nada.

— Pior aconteceu comigo e com o meu Prometeu. Ele era um ótimo filho. E como me admirava e respeitava! Para ele era eu no céu e eu na terra também. Ele tinha tudo em casa, e eu o protegia com o meu poder. Ele também era feliz e não sabia, ou era feliz porque não sabia. E não é que um dia descobri que ele tinha roubado o meu fogo para dar aos amigos? Logo o fogo, o símbolo do meu poder e da minha autoridade, distribuído entre outras crianças ingratas como cigarros roubados.

— Você o expulsou de casa, como eu?

— Não. Eu sou da escola antiga. Amarrei-o numa pedra, para os abutres comerem o seu fígado.

— Tem que dar o exemplo...

— Tem que dar o exemplo. Senão, não demora, estarão todos os filhos achando que sabem mais do que nós, e roubando o nosso poder.

— E depois, quando não dá certo, se queixando.

— Exato.

Prioridades

Futebol de praia. Sete para cada lado, perdedores pagam a cerveja. Todos amigos, tudo em paz. Mas o homem não teria chegado aonde chegou, na sua trajetória sobre a Terra, se não fosse um animal orgulhoso. Com a possível exceção do pavão, nenhum outro animal se ama como o homem. E aconteceu o seguinte: o Américo passou a bola pelo meio das pernas do Célio. Não uma, mas duas vezes.

Nenhum amor-próprio resiste a uma bola pelo meio das pernas. Que dirá duas. O homem aprendeu a conviver com as agruras da existência preservando o seu amor-próprio. Insucesso nos negócios, frustrações privadas e públicas — tudo faz parte dos desafios da vida moderna que o homem enfrenta com seu orgulho intacto, confiante em que os superará. Ou pelo menos que saberá explicá-los. É exatamente o orgulho que faz o homem vencer os grandes infortúnios e as pequenas indignidades e seguir em frente. Tudo pode ser absorvido ou justificado. Menos duas bolas pelo meio das pernas no mesmo jogo. Ainda mais as pernas de um brasileiro.

O Célio reclamou para o Américo:

— Não faz mais isso.

— Qual é, cara?

— Pelo meio das pernas, não.

— É brincadeira!

— Faz isso de novo e eu vou na sua pleura.

O Célio não sabia exatamente onde ficava a pleura, mas era onde bateria se o Américo passasse a bola pelo meio das suas pernas outra vez.

É preciso saber que os dois trabalhavam na mesma firma e o Célio era o superior do Américo. Poderia botar o Américo na rua. Pior do que um pontapé na pleura.

— Está bom, está bom — disse o Américo. — Não faço mais.

E foi jogar do outro lado, onde seu marcador seria, de preferência, um hierarquicamente inferior que ele pudesse driblar à vontade.

Mas aconteceu de o Américo ser lançado num contra-ataque pelo meio e ver pela frente, como último defensor do adversário, o Célio. E aqui entra outra característica do homem brasileiro, o seu peculiar senso de prioridades. De certa forma, um corolário ao seu pânico congênito de levar bolas por entre as pernas. E também uma questão de amor-próprio. Pois, se todos os homens se amam, o homem brasileiro ama algumas coisas em si acima de todas as outras.

Não se diga que Américo apenas seguiu seu instinto, sem pensar. Pensou muito, enquanto corria com a bola dominada na direção do Célio. Pensou no seu casamento, que teria de ser adiado se ele perdesse o emprego. Pensou nas vantagens para o seu bem-estar e o seu futuro se ele perdesse a bola para o Célio. E o Américo enfiou a bola entre as pernas do Célio e foi buscá-la lá na frente, para fazer um gol espetacular, escapando do pontapé que Célio tentava lhe dar por trás. O que é mais importante? Diga lá, brasileiro: a vida, o emprego, o salário garantido no fim do mês, o casamento ou um gol perfeito? Um gol perfeito, claro.

Mas o Américo, afinal, não foi despedido. Célio não apareceu na firma na segunda-feira. Não foi mais visto. Levar três bolas pelo meio das pernas num único jogo é, parece, uma espécie de limite extraoficial da humilhação.

Dizem que ele emigrou.

Valete

— Vou ter que despedi-lo, Simão.
— Sim, dr. Pinto.
— Não posso mais pagar um *valet de chambre*. Ninguém mais pode, hoje em dia. Eu acho que era o último brasileiro que ainda tinha *valet de chambre*. Agora acabou. Não tenho mais dinheiro para nada. Minhas empresas faliram todas. Não tenho mais crédito em lugar algum e já vendi tudo que tinha. Não tenho mais nem o dinheiro da cômoda, que estava guardando para uma emergência. A emergência chegou e o dinheiro da cômoda sumiu.
— Eu sei, dr. Pinto.
— Como você sabe, Simão?
— Fui eu que peguei o dinheiro da cômoda, dr. Pinto.
— Você?!
— Tenho roubado do senhor desde que vim trabalhar aqui.
— Mas o que você faz com todo esse dinheiro, Simão?
— Movimento no mercado de capitais.
— Você deve estar rico, Simão. O mercado de capitais nunca deu tanto dinheiro.
— Não posso me queixar, dr. Pinto.

— E por que continua trabalhando como *valet de chambre*?

— Porque pessoas como o senhor precisam de *valets de chambre* e eu preciso de pessoas que precisam de *valets de chambre*. É o que eu faço, dr. Pinto. Eu não existiria se não tivesse alguém como o senhor para vestir, perfumar, escovar, aconselhar e roubar. É a minha vocação.

— Bom, você não terá mais o que roubar de mim. Estou quebrado. Arruinado. Liquidado.

— Sim, dr. Pinto.

— Estou até pensando em me suicidar.

— Sim, dr. Pinto.

— Por falar nisso. O que se deve usar num suicídio?

— Depende de como o senhor pretende se matar, dr. Pinto. Se prefere se atirar pela janela, sugiro algo elegante mas discreto, que não choque demais na calçada, onde a sua chegada já será atração bastante. Uma echarpe de seda branca esvoaçante daria um bom efeito na queda.

— Por que você não me empresta dinheiro, Simão? Pode ser o que você roubou da cômoda. Eu recomeçaria. Sou um empreendedor. Só preciso de dinheiro para empreender. Em pouco tempo lhe pagaria tudo que você tirou de mim, mais os juros.

— É uma boa ideia. O senhor continuaria vivo e eu continuaria *valet de chambre*. O que o senhor me daria como garantia para o empréstimo?

— Garantia, Simão?! Mas eu não tenho mais nada!

— Nesse caso, dr. Pinto, sinto muito...

— Mas e todo o tempo que estivemos juntos, Simão? Não vale nada?

— O senhor mesmo me ensinou que não se deve misturar negócios com sentimentalismo, dr. Pinto.

— Pensei que você não estivesse prestando atenção... Bom, só me resta o suicídio. O que você sugere, Simão?

— Qualquer coisa menos cortar os pulsos e botar a cabeça dentro do forno do fogão. Nada combina com pulsos cortados, e não há maneira elegante de morrer com a cabeça dentro de um fogão. Sugiro pílulas para dormir. Assim poderemos vestir o nosso robe de seda e o senhor será encontrado na cama numa posição contemplativa de extremo bom gosto, como se estivesse meditando sobre as cruezas do capital.

A terceira sensação humana

E Deus viu que eu me entediava, pois do que valia ser um rei no meu jardim sozinho, sem ter com quem compartilhar o Paraíso? Ou sem ninguém para me invejar? E então Deus, que já tinha criado o tempo, criou o passatempo, e me encarregou de dar nome às coisas. Eu vi a uva, e a chamei de parmatursa. Eu vi a pedra e a chamei de cremílsica, e ao pavão chamei de gongromardélio, e ao rio chamei de... Mas Deus me mandou parar e disse que cuidaria daquilo, e me instruiu a procurar o que fazer enquanto terminava de criar o universo, pois os anéis de Saturno ainda estavam lhe dando trabalho. E eu me rebelei e perguntei: "Fazer o quê?", e viu Deus que, além do Homem, tinha criado um problema.

E perguntou Deus o que eu queria, e eu respondi: "Sabe que eu não sei?". E Deus disse que tinha me dado uma vida sem fim, e um jardim de prazeres digno de um rei para viver minha vida sem fim, e frutas e peixes e pássaros de graça e dentes para comê-los, e mel de sobremesa, e que eu esperasse para ver que espetáculo, que show de bolas, seria o universo quando ficasse pronto. Tudo para mim. Só para mim. E não bastava? Não bastava. "Eu pedi para nascer, pedi?", disse eu. E Deus suspirou, criando o vento. E pensou: "Filho único é fogo".

O que eu queria? Queria outra pessoa. Era isso. Queria uma segunda pessoa. Queria um interlocutor. Um irmão, alguém para chamar de "tu" e com quem chamar o Senhor de "ele". Ou "Ele". E que quando Ele chamasse de vós, responderíamos em uníssono "nós?". E quando se referisse a nós para os anjos, dissesse "eles". Criando outra pessoa, Deus estaria, para todos os efeitos gramaticais, criando cinco.

E Deus fez a minha vontade, e me pôs a dormir, e quando acordei tinha um irmão ao meu lado, tirado do meu lado. Igual a mim em todos os aspectos. Espera aí, em todos não. Deus, com a cabeça nos anéis de Saturno, não prestara atenção no que fazia e errara a cópia. Colocara coisas que eu não tinha e esquecido coisas que eu tinha, como o pênis, que se dependesse de mim se chamaria Obozodão. Deus se ofereceu para recolher a cópia defeituosa e fazer uma certa, mas eu disse: "Na-na-não, pode deixar". Pois tinha visto que era bom. Ou boa. E fui tomado de amor pelo outro. A segunda sensação humana, depois do tédio.

Ela era o meu tu, eu era o tu dela. Juntos, inauguramos vários verbos que estão em uso até hoje. E eu a chamei de Altimanara, mas Deus vetou e lhe deu outro nome. E quando ela perguntou como era o meu nome, respondi "Mastortônio" mas Deus limpou a garganta, inventando o trovão, e disse que não era não. Ficou

Adão e Eva (eu Adão, ela Eva) aos olhos do Senhor e na História oficial. Mas, em segredo (isso pouca gente sabe), nos chamávamos de Titinha e Totonho. E foi ela que disse: "Totonho, quero que tu me conheças mais a fundo". E eu: "No sentido bíblico?". E ela: "Há outro?". E inauguramos outro verbo.

E foi ela que me ofereceu o fruto da Árvore do Saber, a que Deus tinha me dito para nunca tocar mas colocado bem no meio do Paraíso, vá entender. Resisti, embora a fruta fosse rubicunda (uma das poucas palavras que consegui inventar, driblando a fiscalização do Senhor) e ela a segurasse contra o peito, como um apetitoso terceiro seio. Se comêssemos daquela fruta, perderíamos a inocência e nos tornaríamos mortais. "Em compensação...", disse a Titinha. Em compensação, o quê? Só saberíamos se comêssemos a fruta. E fomos tomados de curiosidade. A terceira sensação humana. A fatal.

Quando soube da nossa transgressão, Deus deu um murro na Terra, criando o terremoto, e nos expulsou do nosso jardim. E durante todos esses anos muitas pessoas têm me perguntado (pois depois disso a Terra se encheu de muitas pessoas) se valeu a pena trocar meus privilégios de primeira e única pessoa pelo prazer de conjugar com outra, e o meu tédio pelo envelhecimento e a morte, e a minha inocência eterna pelo saber fugaz. E sabe que eu não sei?

E, claro, sempre tem o gaiato que pergunta: "Fora tudo isso, que tal era a fruta?".

O Alcântara

O Alcântara era detetive particular. Respeitadíssimo. E eficientíssimo. Suas investigações (era especialista em casos de adultério) nunca falhavam. Nunca um relatório seu deixara de satisfazer um cliente, mesmo quando confirmava que o cliente era enganado pela mulher ou vice-versa. O próprio Alcântara era um exemplo de fidelidade. Casado com dona Evair, filhos formados, dois netos, costumava dizer que, conviver como convivia, no trabalho, com mulheres soltas e homens desconfiados (ou vice-versa), só fortalecera sua integridade moral. Não entendia como o sexo e a luxúria podiam levar pessoas ao descontrole e à loucura, como levavam. Nunca sequer pensara em outra mulher além da Evair. Cliente mulher para ele era homem, e homem feio.

Até que... O Alcântara encontrou a Dalva. Loira. Linda. Conheceram-se na padaria perto do escritório onde o Alcântara ia tomar café com leite e pão e manteiga todas as tardes, para aplacar sua úlcera, por recomendação de dona Evair. Ela pediu um sonho e um copo de leite frio. Conversaram. Generalidades. Tem glúten, não tem glúten etc. E essa primavera? Depois do terceiro encontro na padaria, subiram para o escritório dele. Ele pensando: "Meu Deus, o que é isso? O que eu estou fazendo?", ela tirando a roupa já no elevador. Durante um mês, todos os dias, os dois se amaram no escritório dele. Até que um dia entrou um cliente novo no escritório. O cliente conhecia a reputação de Alcântara. Sabia que ele era eficientíssimo. E queria contratá-lo para seguir sua esposa e descobrir se ela o enganava.

O nome dela, você adivinhou, era Dalva. E ali estava ela, na fotografia que o marido mostrou. Loira. Linda. Alcântara simulou uma tosse para disfarçar seu susto e sua súbita ingestão de ar. Dalva, segundo o marido, saía de casa todas as tardes. Ele não sabia aonde ela ia, mas um dia encontrara um recibo de sauna unissex japonesa na sua bolsa. Estivera na sauna para tentar flagrá-la mas não a encontrara. O recibo valia alguma coisa como pista? "É um começo", disse Alcântara. Uma semana depois, Alcântara apresentou seu relatório. Era preciso ter cuidado, tinha oriental no meio. Dalva pertencia a uma Seita do Dragão e era amante do seu líder. Era melhor não se meterem naquilo. A seita, diziam, era assassina. O marido se resignou a perder a mulher, e Alcântara e Dalva continuaram a se encontrar na padaria. E o Alcântara nunca mais se perguntou que poder terrível era aquele que o sexo e a luxúria tinham sobre o destino das pessoas.

Pela cloaca

Foi no século XIX que ir ao banheiro passou a ser uma atividade privada, sem trocadilho. Até então podia ser um ato social. Reis se reuniam com seus ministros sentados em "tronos" eufemísticos. Há quem diga que se deve à transformação da evacuação num hábito solitário, propício à leitura e à reflexão, o nascimento do pensamento moderno na obra de gente como Hegel, Marx, Nietzsche etc.

Paralelos históricos nunca são exatos e por isso sempre são suspeitos. Mas no século XIX está o começo de tudo que nos aborrece hoje, e que pode ser resumido como a falência do pensamento moderno, produto do Iluminismo e das melhores intenções humanas, mas que escoou pela cloaca da História.

A restauração pós-Bonaparte nasceu da frustração com a promessa descumprida da Revolução Francesa, que começou libertária e acabou no Terror. O que sobrou do fracasso das nossas melhores intenções foi essa sensação de insuficiência mental crônica, que nos condena a nem mudar o mundo nem aprender com a História. O socialismo "puro" nem foi puro nem deu certo onde foi mal aplicado. O capitalismo criminoso continua fazendo suas vítimas. A frustração envenenou tudo: da filosofia da História à teoria econômica.

O espírito da Restauração depois do terremoto bonapartista também determinou uma mudança no pensamento econômico. Adam Smith, por exemplo, cuja obra antes da Revolução podia ser confundida com pregação reformista (ele era até citado por Tom Paine, o Che Guevara da Revolução Americana), incluía uma "Teoria do sentimento moral", passou a ser o profeta da economia como uma ciência moralmente neutra — "aética" é o termo preferido — e um herói da reação, como é até hoje, 229 anos depois da sua morte.

Enfim, somos todos filhos do século XIX — e da pior parte. Algo para pensar no banheiro.

Descartável

Precisei fazer um exame de sangue. Hein? Não interessa por quê. Estou naquela idade em que perdemos a conta de tudo que nos espetam e nos extraem. O T.S. Eliot escreveu que podia medir a sua vida em colherinhas de chá. Eu posso medir a minha em agulhas. Então: precisei fazer um exame de sangue.

A moça do laboratório era jovem, muito jovem. Não acredito em Deus, mas há momentos em que recorro a Ele, na esperança de que, mesmo não existindo, Ele me ouça, e não tenha ressentimentos. Pedi a Deus que, apesar da sua evidente pouca idade, a moça tivesse se especializado em inserção da agulha — aquele instante que, numa tourada, corresponderia a uma estocada certeira no coração do touro.

Talvez para aliviar um pouco a solenidade do momento, a moça falou:

— As seringas são descartáveis.

Vi uma oportunidade para colaborar com a descontração. Disse:

— Eu também sou.

Eu não esperava uma gargalhada. Um sorriso me bastaria. Um meneio com a cabeça, para mostrar que ela ao menos me ouvira. Um "rá!" que fosse. Ou então a pior reação que uma piada pode provocar, o terror de todo o piadista profissional ou instantâneo. A pessoa que ouve a piada perguntar:

— Como assim?

"Como assim?" é mortal. "Como assim?" é o túmulo da piada. Não há vida inteligente depois de "Como assim?". Ter que explicar a piada é uma humilhação da qual ninguém se recupera. Como responder a um "como assim?"?

"É uma piada, minha filha. Autodepreciativa, pois me compara a uma seringa de vida efêmera, que teve sua breve utilidade neste mundo e agora vai para o cemitério das gazes e das luvas sujas junto com o resto do lixo infectado pelo contato humano. Como eu, que não sirvo mais para nada e sou o lixo de mim mesmo."

Mas fiquei quieto, como ela. Fizemos um pacto tácito de silêncio. Esqueceríamos o ocorrido, a piada e seu fracasso. Não tenho dúvida de que ela ouviu e entendeu a piada, mas a piada só a entristeceu.

Não quero pensar mal da moça, mas desconfio que na hora da estocada — olé! — ela errou a veia de propósito, pra eu aprender.

A serpente

Éramos livres, integrados com a natureza, e portanto bons. Vivíamos em harmonia com o mundo. Mas então uma serpente entrou no Jardim do Éden, e o nome da serpente era...

Para alguns, o nome da serpente que nos roubou do Paraíso era Ordem. Organização social. Não havia mais integração. A matéria e o espírito se separaram, e o ser humano não era mais inteiro. Era impelido por ambição, cobiça, ciúme, medo... O conflito tornou-se a condição da sua vida, o indivíduo contra seu vizinho, contra a sociedade, contra ele mesmo. Como tornar o Homem livre outra vez? Como voltar ao Éden? Destruindo o que destruiu sua liberdade. A ordem.

Para um socialista, ao contrário, organização social é o que salva o ser humano da sua pior natureza. Evita o conflito e traz a harmonia. Portanto, Ordem não é um bom nome para a serpente. Já para um fascista, só a submissão a uma ideia e a uma autoridade integradoras resgata a felicidade. Portanto, Ordem também é elogio, não nome de serpente. E para um liberal, se a serpente nos tirou do Paraíso mas inaugurou o ser humano competitivo, então viva ela, seja qual for o seu nome.

Que nome merece a serpente?

Acho que um bom nome seria Precisão. Foi quando desenvolveu o dedão opositor e se tornou capaz de, primeiro, catar pulgas com mais eficiência e eventualmente esgoelar o próximo e fabricar e empunhar implementos sem deixar cair — enfim, quando se tornou preciso — que o ser humano começou a sair do Paraíso. Acabou a inabilidade digital, que nos igualava aos outros animais e nos impedia gestos especulativos, como o de segurar um cristal contra o sol e ficar filosofando sobre a luz decomposta em vez de se integrar com a natureza como um bom bicho.

O dedão opositor está nas origens do arco e flecha, daí para o zíper e as centrais nucleares foi um pulo — no abismo. A nossa queda começou pelo polegar.

Alguém desesperado com as seguidas derrotas das suas convicções socialistas pelo reacionarismo crescente pode se consolar com a ideia de que a reação é apenas uma ilusão de óptica, um rio que parece correr para trás quando todos os rios correm sempre para o mar, que é a redenção da humanidade e a liberdade ilimitada. Um consolo para desesperados de todas as épocas.

As noites de luar

Uma guerra nuclear. Você é o único sobrevivente. Ou uma epidemia mundial: só você se salva. E aí?

— Aí, depende.

— Depende do quê?

— Depende de onde eu estaria, por exemplo.

— Uma cidade grande. Qualquer cidade grande.

— Só eu? Mais ninguém?

— Só você.

— Bichos?

— Nenhuma forma de vida. Só você. E então?

— Então, depende.

— Do quê?

— Teria eletricidade, por exemplo? Pra conservar os alimentos? Ou eu viveria só de não perecíveis?

— Sem eletricidade. Sem luz. Sem aquecimento. Sem comida congelada. Sem gás.

— Quer dizer que eu teria que fazer fogo esfregando um pauzinho no outro?

— Ou entrando em supermercados e pegando caixas de fósforos.

— É mesmo! Eu poderia entrar onde quisesse e pegar o que eu quisesse, sem pagar e sem disparar o alarme na saída!

— Exato. E sem ser gravado pelas câmeras de segurança.

— Dando bananas para as câmeras de segurança!

— Isso.

— E atravessando a rua fora da faixa!

— Também.

— Estou começando a gostar. Mas vem cá, eu estaria completamente sozinho?

— Completamente.

— Sem nem um cachorro? Naquele filme do Will Smith, ele tinha um cachorro.

— Sem nem um cachorro.

— Mulher, então...

— Nem pensar.

— Pode ser feia. Numa situação dessas, não se escolhe.

— Nem pensar. Em compensação, você poderia andar na rua à vontade. Entrar em restaurantes finos só de cueca...

— Uma coisa que eu sempre quis fazer. Fazer xixi a céu aberto, onde desse vontade. Até em estátua de general.

— Bacana...

— Você seria inteiramente livre.

— Mas solitário.

— Mas livre. Nossos limites são os outros. Você viveria sem os outros. Portanto, sem limites. Livre.

— Como o Robinson Crusoé na sua ilha?

— Um Robinson Crusoé sem o Sexta-Feira e com um suprimento inesgotável de fósforos. Exato.

— Como Adão no Paraíso.

— Perfeito. Um Adão sem nenhuma perspectiva de Eva. Primeiro e único.
— E as noites de luar?
— O quê?
— E as noites de luar?
— O que que tem as noites de luar?
— Eu iria compartilhá-las com quem?
— Está bem. Esquece. Eu estou lhe oferecendo a liberdade de um mundo vazio, de um paraíso restaurado, e você vem com pieguice. Esquece.
— Só o que me faltaria seria poder comentar as noites de luar. Um par de ouvidos para me ouvir, de um par de olhos compreensivos para concordar comigo. Só.
— Está bem, está bem. Você pode ter um cachorro.

Timidez

Sou um tímido veterano e posso dar conselhos aos que estão recém-descobrindo o martírio de enfrentar esse terror, os outros, e a obrigação de se fazer ouvir, ter amigos, namorar, procriar e, enfim, viver, quando preferia ficar quieto em casa. Ou, de preferência, no útero.

Algumas coisas não funcionam. Já tentei várias maneiras de conviver com minha timidez e nenhuma deu certo. Decorar frases, por exemplo. Já fui com uma frase pronta para impressionar a menina e na hora saiu "Teus verdes são como dois olhos, lagoa". Também resista à tentação de assumir um ar superior e dar a impressão de que você não é tímido, é misterioso.

Eu sou do tempo em que se usava chaveiro com correntinha (além de tope e topete, tope de gravata enorme e topete duro de Gumex) e ficava girando a correntinha no dedo, enquanto examinava as garotas na saída das matinês (eu sou do tempo das saídas de matinês). Um dia uma garota veio falar comigo, ou ver de perto o que mantinha meu topete em pé, foi atingida pela hélice da correntinha e saiu furiosa. Melhor, porque eu não tinha nenhuma fala pronta, o que dirá misteriosa, que correspondesse à pose.

Evite manobras calhordas, como identificar alguém tão tímido quanto você no grupo e quando, por sacanagem, lhe passarem a palavra, passar a palavra imediatamente para ele. O mínimo que um tímido espera de outro é solidariedade. E não há momento mais temido na vida de um tímido do que quando lhe passam a palavra.

Tente se convencer de que você não é o alvo de todos os olhares e de todas as expectativas de vexame quando entra em qualquer recinto. Porque, no fundo, a timidez é uma forma extrema de vaidade, pois é a certeza de que, onde o tímido estiver, ele é o centro das atenções, o que torna quase inevitável que errará a cadeira e sentará no chão, ou no colo da anfitriã. Convença-se, o mundo não está só esperando para ver qual é a próxima que você vai aprontar. E mire-se no meu exemplo. Depois que aposentei a correntinha e (suspiro) perdi o topete, namorei, casei, procriei, fiz amigos, vivi e hoje até faço palestras, ou coisas parecidas.

Mesmo com o secreto e permanente desejo, é verdade, de não estar ali, mas quieto em casa.

O crítico

O depoimento de um crítico de gastronomia na delegacia, depois de passar no hospital para tratar a queimadura na nuca:

O anonimato, que para tantos é um martírio, delegado, para mim é uma obrigação profissional. Sou crítico de restaurantes. Em mim o paladar e os escrúpulos se mesclam, como a carne e os legumes num bolito misto, e faço questão de não ser reconhecido nos lugares que frequento e depois recomendo ou destruo. Uso disfarces tanto para que o dono do restaurante, descobrindo minha identidade, não tente comprar uma boa cotação com favores e porções maiores quanto para que não tente revidar alguma crítica mais rigorosa derramando sopa fervendo sobre minha cabeça ou me expulsando do lugar. Minha integridade repele o suborno e meu amor-próprio refuta substâncias muito quentes na nuca. Os disfarces podem trazer inconvenientes, como a vez em que meu bigode postiço caiu numa *blanquette de veau* e tive que ingeri-lo, pois a alternativa seria chamar o garçom e perguntar se o chef não tinha dado falta do SEU bigode. Ou a vez em que usei um nariz feito de material inferior que começou a derreter com as emanações de uma *casserole* e a pingar na minha gravata, obrigando-me a simular uma crise hemorrágica e fugir do restaurante. Mas são os disfarces que me mantêm honesto e ileso. Ou me mantinham, até hoje.

Sou criterioso e justo, e costumo voltar a restaurantes que critiquei para lhes dar uma chance de se redimirem. Foi o que fiz com certo estabelecimento que, depois de uma primeira visita, descrevera como sendo algo pretensioso, pois insistia em chamar o que servia de comida, o que de certa forma desculpava a lentidão dos garçons em trazer os pratos, já que eram obviamente movidos pela misericórdia. Deixei passar alguns meses depois da publicação da minha crítica e fui de novo ao mesmo restaurante, tendo o cuidado de moldar um queixo falso, feito de material resistente ao calor, que com os óculos escuros e as costeletas compridas certamente impediriam meu reconhecimento e atos de retribuição violenta. O restaurante estava vazio. Minhas críticas são muito lidas e têm grande influência no público, que anseia por alguém que lhes diga o que é bom e o que não é, neste mundo em que as velhas certezas agonizam, o relativismo moral invadiu a gastronomia e tem até pizza de fruta. Além da minha, à qual fui levado pelo solícito dono do restaurante em pessoa, havia apenas outra mesa ocupada. Por um homem que lia um jornal. E que, quando levantou a cabeça e me viu, exclamou:

— Meu Deus, é ele!

Tenho vários discursos prontos para o caso de ser reconhecido apesar dos meus disfarces. Eles envolvem desde uma ficção sobre irmãos gêmeos — "O crítico de restaurantes é o outro, eu não sei nem a diferença entre rocambole e *ratatouille!*" — até uma dissertação sobre a necessidade de parâmetros alimentares numa sociedade carente de valores claros e a importância da crítica, mesmo um pouco impiedosa, nesse sentido, enquanto me encaminho, lentamente e andando de lado, para a porta da rua e a fuga. Já tinha escolhido a história dos gêmeos quando o homem da outra mesa começou a espetar o jornal com o dedo e mostrar:

— Olha o retrato falado do bandido que estão procurando. É ele! É ele!

Dei uma risada. Eu, bandido? O retrato falado podia ser de qualquer um. Podia ser do meu irmão gêmeo. Mas eu?!

O homem da outra mesa já estava de pé. Ia chamar a polícia. Disse:

— Com essa cara, com esse queixo, você ainda nega que é bandido?

Descolei o queixo e arranquei os óculos escuros e as costeletas.

— É tudo falso. É disfarce! Está vendo? Sou um crítico de restaurantes. A minha cara verdadeira é esta!

O homem da outra mesa piscou, abriu e fechou a boca, e se sentou. Me sentei também. Olhei em volta. O dono do restaurante tinha desaparecido. Dali a pouco reapareceu. Vinha na minha direção carregando uma panela de sopa quente. Eu não tive tempo de fugir, delegado!

Sem título

Sei que vou morrer aqui dentro. Não sei se nasci aqui dentro. Nem sabia que se nascia, ou como se nascia, até ler, há algumas passagens do sol e das estrelas pela claraboia, um livro de biologia onde aprendi o que é preciso para nascer: uma mãe, de dentro da qual se sai, e um pai que nos bota dentro da mãe. Se tive uma mãe e um pai, não há vestígios deles aqui. Não há vestígios de ninguém aqui. Só, claro, os livros, vestígios de quem os botou nas estantes em ordem alfabética por autor, assunto ou título. Se não fosse a ordem alfabética, eu desconfiaria que os livros sempre estiveram nas estantes, que ninguém os botou ali ou os organizou, mas deduzi pela ordem que houve um organizador dos livros, que depois desapareceu, não sei por onde, já que a única saída daqui é pela claraboia no teto, muito longe do chão para ser uma saída, exceto para um ser alado. Além dos livros, só existe esta escrivaninha, este tinteiro seco, esta pena e estes papéis em que escrevo com meu próprio sangue. Descobri a ordem dos livros muito tarde, por isso só cheguei à biologia depois de ler ou comer livros de Yoga, Weber e Wittgenstein, passando por Islamismo, Hegel, Gargântua, Farmácia, Espiritismo, Dicionários, Cervantes, Bricolagem etc. pois comecei na ponta errada do alfabeto. Me ensinei a ler com um livro de Zoroastrismo, um processo penoso que levou várias passagens do sol e das estrelas pela claraboia, e só há pouco, na letra C, descobri que existe uma coisa chamada Cartilha que ensina a ler rapidamente, o que teria me poupado muito tempo se eu soubesse antes, e que devorei com raiva. Por ter percorrido o alfabeto de trás para diante, li Freud antes de ler Aristóteles, o que me deixou confuso, e a teoria de Darwin sobre a evolução das espécies antes de ler Gênesis, o que me deixou perplexo, talvez porque toda a questão da descendência humana só começasse a fazer sentido para mim depois que descobri a biologia, pouco antes de descobrir a Bíblia. Ter lido o livro de biologia antes de, por exemplo, o marquês de Sade ou os poemas de Petrarca também teria me ajudado muito e lamentei minha conclusão tardia de que comendo só os livros mais finos e as brochuras eu teria preservado os grossos e os encadernados para fazer a pirâmide com que pretendia chegar à claraboia para sair daqui, e agora não estariam me faltando livros para os últimos degraus. Durante toda a minha vida nunca tive critérios na escolha dos livros para comer e dos livros para ler, comi os mais apetitosos ou que pareciam mais nutritivos. Usei meu instinto. Só o instinto explica que eu tenha sobrevivido tanto tempo sem pai nem mãe nem as calorias que são indispensáveis para a vida e o crescimento, como li não me lembro em qual livro que depois comi. Deve ter sido o instinto de sobrevivência, pois não tenho memória do fato que me levou a descobrir e abrir a porta que levava ao pequeno banheiro anexo à biblioteca e descobrir e abrir as torneiras que me salvaram de morrer de sede, e usar o vaso onde diariamente expilo o resultado final da dieta de papel, cartolina, couro, cordão, traças e cola que metabolizo, e o espelho onde descobri que sou parecido com os seres que vejo nas ilustrações dos livros, menos os do Picasso, e onde acompanhei a minha lenta transformação de criança em homem. Só quando cheguei à letra B de Burroughs descobri o livro em que Tarzan dos Macacos também aprende a ler sozinho, na biblioteca do seu pai, abandonado com sua mãe na costa da África, da mesma maneira que eu tinha aprendido a ler decifrando o livro de Zoroastrismo, só com menos dificuldade. E só quando cheguei à letra A de Atlas descobri que a África existe mesmo, que é um continente entre outros continentes do globo terrestre e tive uma iluminação: havia um mundo fora da biblioteca, o mundo não era só o que havia nos livros. Eu chegara a deduzir que saíra de um livro, que era um personagem ou uma ilustração como os outros. Que simplesmente escapara de um livro, o que explicaria eu estar ali sem qualquer vestígio da minha origem. Mas, digerindo o Atlas depois de comê-lo, deitado no chão de barriga para cima, olhando a claraboia lá no alto onde eu via passar o sol e as estrelas e contava o tempo da minha vida, tive a iluminação: os livros eram, todos, sobre um mundo que existia. Lá fora, onde passavam o sol e as estrelas. A biblioteca não era o mundo, era um lugar no mundo, talvez até na África. E no mesmo instante tive outro lampejo: os livros me ajudariam a sair dali! Ao passar por E (Espinosa, Etimologia, ... *E o vento levou*), lera um livro sobre o Egito e as pirâmides. Era isso! Eu construiria uma pirâmide de livros no chão da biblioteca e, subindo pela pirâmide, chegaria à claraboia, e à saída. Comecei a construir a pirâmide imediatamente, fazendo um grande triângulo com livros no chão.

Depois viriam outros triângulos de livros em cima desse, um menor do que o outro formando degraus que eu galgaria com mais livros para fazer outro triângulo menor do que o anterior, e outro, e outro, até chegar a um triângulo superior de onde eu poderia abrir o vidro da claraboia e sair.

Calculei, com a ajuda de uns livros de cálculos (aprendi tudo nos livros, inclusive Biblioteconomia e como se fazem livros, e que a gente morre), a altura do chão até o teto e que tamanho deveria ter o triângulo básico para que o cume da pirâmide alcançasse a claraboia, mas logo me deparei com outro problema logístico. A pirâmide tinha que ser sólida para não ruir por isso deveria ser construída com os volumes mais encorpados, portanto mais nutritivos, justamente os que eu precisaria comer para ter forças para construir a pirâmide. O jeito era racionar os livros, mas eu já tinha comido boa parte da biblioteca, não sobravam tantos livros assim para construir a escada para minha salvação e me alimentar ao mesmo tempo. Decidi trabalhar rapidamente, tentando disfarçar a fome com páginas avulsas e sobrecapas e contracapas arrancadas a esmo, para não afetar o volume dos livros, mas aí aconteceu o seguinte: no processo de carregar os livros das estantes para a pirâmide eu encontrava livros que tinham me escapado (só agora descobri Diderot) ou que tinham me agradado tanto que eu precisava reler ou trechos sobre sexo que eu não tinha entendido antes de chegar à Biologia, e muitas vezes me sentava num degrau para lê-los, em vez de trabalhar. Por isso, a pirâmide levou mais tempo para ser erguida e eu precisei comer mais para ter força para erguê-la do que o calculado, e o resultado é que faltaram livros para os últimos degraus e nem pulando eu alcanço a claraboia.

Concluí que os livros nos enlevam, mas nunca o bastante, e que ao mesmo tempo que nos aproximam de uma revelação final podem nos distrair e atrasar nosso progresso. E decidi que, se não tinha começado num texto, acabaria num texto. A única saída era me transformar num personagem também, como os personagens dos livros, que habitam a biblioteca sem precisar saber por quê, ou querer sair, ou se angustiar com o tempo que passa além da claraboia.

Assim deixo um sinal de que estive aqui e pelo menos fiz perguntas, e me eternizo como eles. Como Tarzan e os outros. Se o organizador voltar um dia, pela claraboia ou pela porta que eu nunca encontrei, espero que me perdoe pela bagunça e coloque este meu escrito numa estante em alguma ordem.

Preciso pensar num título. Lugar nas estantes é que não faltará. pois tudo que não comi está na pirâmide incompleta. O tinteiro estava seco, mas eu sabia onde encontrar tinta, depois de passar a vida cortando dedos em bordas de papel. Estou escrevendo com meu sangue. Outro problema logístico: chegar ao fim deste manuscrito e botar um título antes de me esvair, perder todo o sangue e morrer. E já estou começando a ficar tonto...

Telefonistas

Uma importante evolução na história da telefonia, paralela ao avanço técnico, foi no linguajar das telefonistas. O "alô" varia de língua para língua — "olá", "hello", "pronto", o enigmático "está lá" de Portugal etc. — mas o que vem depois, ou o que a telefonista diz antes de dizer que quem você procura está em reunião, também vem se modificando com o tempo. Consagrou-se, por exemplo, o "quem gostaria?". É uma abreviação da frase "Quem gostaria de falar com o dr. Fulano se ele não estivesse em reunião?", claro, mas, mesmo assim, é uma frase inquietante, como todas as frases incompletas. Você sabe que só precisa dizer o seu nome, mas fica com a impressão de que estão falando de outro. De alguém de quem você é apenas um porta-voz.

Você hesita. Ela repete:

— Quem gostaria, por favor?

— Ahn... ele.

— Quem é ele?

— Eu. "Ele" sou eu.

— E quem é o senhor?

— Eu sou o que gostaria.

— Seu nome, por favor.

— Por que não disse isso antes? Meu nome é...

Resolvida a questão de quem gostaria, passa-se para outra questão, mais difícil.

— De onde?

— Como?

— De onde?

— Bem... Daqui.

— Daqui onde, por favor?

— De onde eu estou falando!

Ela quer saber que empresa, que organização, que entidade privada ou pública, que interesses, que outra esfera de realidade além da sua insignificante pessoa física, está por trás da sua chamada. Não adianta tentar brincar e dizer coisas como "Da barriga da mamãe". Telefonistas não estão ali para brincadeiras. Telefonistas estão ali para saber quem gostaria, e de onde gostaria.

— De onde?

— É particular.

— Um momentinho, por favor.

Aí entra a musiquinha. Outra novidade relativamente recente no mundo da telefonia é essa: momentinhos têm musiquinhas. Como o momentinho raramente faz jus ao diminutivo, a musiquinha se prolonga e já houve casos de um momentinho durar por todo o ciclo dos Nibelungen de Wagner e mais um pouco de Djavan. Finalmente:

— O dr. Fulano está em reunião.

— Obrigado.

Você liga de novo. Identifica-se como quem gostaria e diz de onde.

— O senhor não acabou de telefonar? Eu disse que o dr. Fulano está em reunião.

— Eu sei, mas dessa vez só quero ouvir a musiquinha.

Não se queixe. Se você conseguiu falar com uma secretária, é um dos afortunados do mundo.

As secretárias estão sendo substituídas por uma voz mecânica, que lhe dá instruções, não quer conversa e, por alguma razão, o odeia. "Se quiser falar com o dr. Fulano tecle 1, mas não adianta porque ele está em reunião. Relações públicas, tecle 2, Novos negócios, tecle 3. Propinas e delações, tecle..."

— Pare! Não é possível ter um contato humano com alguém nessa empresa?

"Contato humano, tecle 5."

Você finalmente desiste e tenta ser simpático.

— Essa sua voz... Eu não conheço você de algum GPS?

2020

E vamos nós para o ano vinte-vinte, na esperança de que a repetição dos números signifique alguma coisa. Vivemos sempre com a expectativa de que uma anomalia, qualquer anomalia, qualquer ruptura com o normal — como um ano com números reincidentes — seja um sinal. Estão querendo nos dizer alguma coisa. Quem, e o quê? Os avisos chegam de todos os lados, caberia a nós entendê-los. A Terra fala conosco por meio dos seus desastres naturais: terremotos e vulcões seriam recados a serem decifrados. A História fala conosco por meio dos seus intérpretes. E o universo se dirige a nós pelos astros.

As pessoas procuram nos astros a evidência de que não estão sozinhas, que algo guia seus passos e orienta sua vida — de longe, bem longe. A persistente crença em astrologia, apesar da dificuldade em conciliar seus princípios e sua linguagem com o bom senso, não tem explicação — ou só se explica pela renúncia à racionalidade que também é uma forma de buscar uma direção na vida, venha ela de onde vier, das religiões ou de Júpiter.

História pessoal, que já contei mais de uma vez: quando comecei a trabalhar na imprensa, há duzentos anos, fazia de tudo na redação, depois de passar o dia no meu outro emprego de redator de publicidade. Um dia me pediram para fazer o horóscopo, já que o astrólogo profissional insistia em ganhar um aumento, uma reivindicação irrealista, dadas as condições do jornal. Como eu já fazia de tudo na redação, comecei a fazer o horóscopo também. Todos os dias inventava o destino das pessoas e distribuía as previsões e os conselhos pelos doze signos do zodíaco.

O horóscopo era a última coisa que eu fazia no jornal antes de ir me encontrar com a Lúcia e, se tivéssemos sorte, ir a um cinema, de modo que meu horóscopo era sempre feito às pressas, e com a escassa energia que sobrava depois de um dia fazendo de tudo, na agência de publicidade e na redação. E então bolei uma solução genial para liquidar o horóscopo em pouco tempo e ir embora. Como era óbvio que as pessoas só querem saber o texto do seu próprio signo e não o dos outros, comecei a fazer um rodízio: mudava os textos de signo e de lugar. O que um dia era o texto para Libra no dia seguinte era para Sagitário etc. Ninguém iria notar a trapaça sideral, os deuses me perdoariam.

Não demorou para que o editor do jornal me chamasse. Tinha muita gente reclamando do horóscopo. O que eu pensava que era óbvio não era. Minha pseudoesperteza tinha sido descoberta, aparentemente todo o mundo lê todo o horóscopo todos os dias. Minha breve carreira de astrólogo terminou ali. Mas eu só queria dizer que, mesmo quando era eu que escrevia os textos, nunca deixava de olhar para ver o que Libra reservava para meu futuro. Fazer o quê? Precisamos de uma direção na vida, venha ela de onde vier.

Índice de títulos e fontes

Siglas dos livros referenciados:

O popular, 1973 | POP
A grande mulher nua, 1975 | GMN
Amor brasileiro, 1977 | AB
O rei do rock, 1978 | RR
Ed Mort e outras histórias, 1979 | EMOH
Sexo na cabeça, 1980 | SC
O Analista de Bagé, 1981 | OAB
O gigolô das palavras, 1982 | GP
Outras do Analista de Bagé, 1982 | OADB
A mesa voadora, 1982 | MV
A Velhinha de Taubaté, 1983 | VT
A mulher do Silva, 1984 | MS
A mãe do Freud, 1985 | MF
Zoeira, 1987 | ZOE
O marido do dr. Pompeu, 1987 | MDP
Peças íntimas, 1990 | PI
O Santinho, 1991 | SANT
Pai não entende nada, 1991 | PNEN
Orgias, 1991 | ORG
O suicida e o computador, 1992 | SC
O nariz e outras crônicas, 1994 | NAR
Comédias da vida pública, 1995 | CVPCA

Comédias da vida privada, 1996 | CVP
Novas comédias da vida privada, 1996 | NCVPR
Novas comédias da vida pública: A versão dos afogados, 1997 | NCVP/VA
A eterna privação do zagueiro absoluto, 1999 | EPZA
Aquele estranho dia que nunca chega, 1999 | AEDNC
Histórias brasileiras de verão, 1999 | HBV
As mentiras que os homens contam, 2000 | MHC
Comédias para se ler na escola, 2000 | CPLE
Festa de criança (coleção Para Gostar de Ler Júnior), 2000 | FC
Banquete com os deuses, 2003 | BCD
O melhor das comédias da vida privada, 2004 | MCVP
Mais comédias para ler na escola, 2008 | MCPLE
O mundo é bárbaro, 2008 | MB
Comédias brasileiras de verão, 2009 | CBV
Time dos sonhos, 2010 | TS
Em algum lugar do paraíso, 2011 | EALP
Diálogos impossíveis, 2012 | DI
Os últimos quartetos de Beethoven, 2013 | UQB
Amor Verissimo, 2013 | AV
As mentiras que as mulheres contam, 2015 | MMC
Informe do Planeta Azul e outras histórias, 2018 | IPAZ
Ironias do tempo, 2018 | IT

"... e zumbis" | *O Estado de S. Paulo*, 26 set. 2010 648
11º mandamento, O | EMOH 96
2020 | *O Estado de S. Paulo*, 5 jan. 2020 696
Abelhas, As | *O Estado de S. Paulo*, 5 dez. 2010 649
Abertura de *Guilherme Tell* | *O Estado de S. Paulo*, 2 set. 2001 498
Abraão e Isaque | *O Estado de S. Paulo*, 4 out. 2009, DI 590
Açúcar emprestado | HBV, CBV 328
Agenda, A | *O Estado de S. Paulo*, 23 nov. 1997 380
Agendas | HBV 356
Alcântara, O | *O Estado de S. Paulo*, 11 nov. 2018 683
Alfabeto | IT 507
Amor | RR 74
Amor | *O Estado de S. Paulo*, 1999 251

Amores de verão | *O Estado de S. Paulo*, 9 mar. 2003 491

Anônimos, Os | BCD 504

Antigas namoradas | MCVP, DI 546

Apagador de pirâmides, O | *O Estado de S. Paulo*, 11 jul. 1999 352

Apetitosos | MB 529

Aquele nosso tempo | *O Estado de S. Paulo*, 6 abr. 2003 553

Arteiro e o tempo, O | *O arteiro e o tempo: Glauco Rodrigues*, São Paulo:
    Berlendis & Vertecchia, série Arte para Crianças, 1994 311

Assadores | *O Estado de S. Paulo*, 16 fev. 2003 496

Assalto, O | OAB, MDP, FC 202

Atentados | *Zero Hora*, 15 jan. 1995 337

Ator, O | SC, CVP, CPLE 265

Autopsicografia | AB 15

Aviõezinhos | MMC 671

Bacana, O | MS 189

Beijinho, Beijinho | HBV, CBV 364

Bird | SC 262

Bobagem | NCVP/VA, CPLE 281

Bobos II | OADB 216

Bolsos do morto, Os | DI 628

Bom mesmo | MDP, NCVPR 197

Borboletas | *O Estado de S. Paulo*, 19 set. 1999 309

Borgianas | MF, CVP, BCD 170

Botânica | ORG 240

Botãozinho, O | *O Estado de S. Paulo*, 3 set. 2000 455

Brinco, O | MDP, CVP, MMC 139

Broche, O | *Zero Hora*, 11 fev. 2001 472

Cachorro do Mota, O | *Zero Hora*, 1993 360

Caixinhas | MDP, CVP, MMC 222

Caldo, O | MV 141

Cantada | VT, CPV, MHC 218

Carta do Fuás 1, A | *O Estado de S. Paulo*, 23 abr. 2000 512

Carta do Fuás 2, A | *O Estado de S. Paulo*, 30 abr. 2000 516

Casados × solteiros | *Amigos secretos*, Porto Alegre: Artes e Ofícios,
    1994 357

Caso de divórcio I | EMOH 79

Caso dos três Pimentas, O | ORG 411

Caso Ló, O | MDP.. 210
Categoria originalidade | AB, ORG.. 31
Centroavantes, Os | *QI 14*, São Paulo: Garatuja, 1975, SC.................... 26
Certas palavras | NCVP/VA... 294
Chiclete | *GHZ, Donna*, 10 out. 2009 555
Cidadezinha natal, A | *O Estado de S. Paulo*, mar. 2002 520
Cigana búlgara, A | *O Estado de S. Paulo*, 22 out. 2000......................... 501
Clube, O | EMOH 39
Coexistência | HBV, CBV... 283
Coisas que não existem mais | *O Estado de S. Paulo*, 23 fev. 2003............ 494
Compensação, A | *O Estado de S. Paulo*, 7 abr. 2002.............................. 474
Conclusão | *O Estado de S. Paulo*, 1993... 237
Conhecer o Aurelinho | *O Estado de S. Paulo*, 2003 551
Conta, A | EMOH, HBV, FC, CBV.. 69
Conteúdo dos bolsos | OADB.. 161
Contículos | *O Estado de S. Paulo*, 10 jul. 2011, IT................................ 665
Conto de verão n. 1: Esquisitices | HBV 298
Conto de verão n. 2: "Bandeira branca" | HBV 299
Conto de verão n. 3: Se estiver muito chato | HBV, CBV 302
Conto de verão n. 4: Quando ela aparecer | HBV, CBV............................ 304
Conto de verão n. 5: O Tapir | HBV, CBV.. 306
Conto retroativo | OADB 182
Cornita | OADB, NAR, MMC 113
Crer | EALP... 609
Criaturas | SC, GP 105
Crime da rua tal, O | *O Estado de S. Paulo*, 17 jun. 2001....................... 462
Critério | PI, NAR.. 271
Crítico, O | *O Estado de S. Paulo*, 20 maio 2018 690
Crônica e ovo | texto de apresentação do NAR....................................... 342
Crus e os podres, Os | NCVP/VA.. 410
Da foto e o outro, O | *Este seu olhar: Antologia de contos contemporâneos*,
    org. Regina Zilberman, São Paulo: Moderna, 2006 492
Da timidez, CVPCA, CPLE 236
Depois da batalha | HBV 350
Desafio, O | MF... 131
Descartável | *O Estado de S. Paulo*, 5 ago. 2018 685
Destino, ou o livrinho de endereços | *O Estado de S. Paulo*, 29 jul. 2001 . 467

Detalhes | NCVP/VA.. 321
Detalhes | *O Estado de S. Paulo*, 20 jun. 1999.......... 378
Detalhes | OADB 146
Detalhes, detalhes | MS 187
Deus | HBV, CBV... 308
Dezesseis chopes | GMN, GP, CVP, MCVP 84
Dia da Confraternização | EMOH, GP, ORG 44
Diferença, A | DI 653
Do diário sentimental de Rambo | MDP....................... 136
Do livro de anotações do dr. Stein | RR, IPAZ............... 33
Dona Joaninha e dona Cenira | EMOH 60
Dr. Gomide | *Zero Hora*, 1995..................................... 366
Em Cafarnaum | EALP 623
Emergência | RR, PI, MCPLE 51
Encontro, O | *O Estado de S. Paulo*, 22 abr. 2001, IT 480
Enganado, O | DI.. 651
Engano, O | EMOH... 80
Enlatados, Os | PNEN 331
Entra Godot | EALP... 667
Entrega em domicílio | IT 613
Errarum | *Zero Hora*, 1993.. 369
Errata | GMN 49
Escalado, O | *O Estado de S. Paulo*, 6 jun. 2010 645
Espada, A | MDP, CVP, CPLE 198
Esquerda/Direita | *O Estado de S. Paulo*, 26 ago. 2001 466
Estragou a televisão | HBV, CBV 361
Estranho procedimento de dona Dolores, O | VT, NAR............ 204
Eu, Tarzan | PNEN, MCVP 318
Evangelho segundo..., O | *O Estado de S. Paulo*, 22 ago. 1999 376
Exagero | MF 169
Excursão | MDP 174
Exéquias (ou O enterro do Cardosão) | OAB, CVP, MHC............ 200
Experiência nova | NCVPR.. 381
Expert, O | UQB 668
Facão do seu Manuel, O | AEDNC.................................. 406
Falcão, O | NCVPR, MHC... 277
Fato e as versões, O | PNEN 342

Feijoada completa | *Essa história está diferente: Dez contos para canções de Chico Buarque*, São Paulo: Companhia das Letras, 2010 614

Festa de aniversário | EMOH, GP, CVP, FC, ORG. 42

Filhos | *O Estado de S. Paulo*, 15 jul. 2018 677

Fim de uma era | SC, CVPCA, AEDNC 272

Finais | DI 624

Fizemos bem | *O Estado de S. Paulo*, 8 dez. 2002 443

Flagrante | SC, HBV 320

Flimsi, O | *O Estado de S. Paulo*, 8 ago. 2010 658

Fortuna, O | MV, PNEN 167

Frase, A | AB, CVP, MCVP 19

Futebol de rua | RR, IPAZ 56

Galápagos | *O Estado de S. Paulo*, 1999 399

Galinha apocalíptica, A | MS 207

Garras! | *Tubarão (parte 2): Edição bem-humorada*, Porto Alegre:
L&PM, 1976 95

Garrincha | EPZA, TS 325

Gatos e ratos | *Zero Hora*, 17 abr. 1982 142

Gênio, O | *Domingo*, s.d. 115

Gesto supremo, O | GMN 67

Gorjeta é livre, A | AB, MV 93

Grande Edgar | SC, CVP, MHC 344

Gravações | SC, CPV 159

Grupo, O | RR, CVP, MMC 35

Histórias de bichos | OAB 227

Histórias de verão: O quinto túnel | *O Estado de S. Paulo*, 17 jan. 1999 .. 393

Histórias de vizinhos 2 | *O Estado de S. Paulo*, 9 maio 1999 373

Histórias que quase aconteceram 2 | *Zero Hora*, 14 fev. 1992 386

Homem e mulher na cama | HBV, CBV 293

Homem que caiu do céu, O | MCVP 543

Homem que desapareceu no Prado | MS, CVP 129

Homem que falava Naiki, O | PI, NCVPR 312

Homem que sabia perder no pôquer, O | *O Estado de S. Paulo*,
26 jan. 2003 533

Homem que voa, O | *O Estado de S. Paulo*, 29 jan. 2012 604

Hora do louco, A | ORG, CVPCA 235

Igualdade ou *sub specie aeternitatis* | *Democracia: Cinco princípios e um fim*, São Paulo: Moderna, 1996 242

Incidente na casa do ferreiro | AB, GP, NAR 71

Informe do Planeta Azul | RR, IPAZ 77

Insônia | MS 128

Invenção do milênio, A | *O Estado de S. Paulo*, 26 dez. 1999 438

Irritante, O | *O Estado de S. Paulo*, 15 dez. 1999 354

Jargão, O | AB, CPLE 54

João Carlos | SC 154

João e Maria | CVP 535

João Paulo Martins | MCVP 548

Lá | *O Estado de S. Paulo*, 9 jun. 2019 674

Labirintos | SC 333

Lança | *O Estado de S.Paulo*, 5 mar. 2000 487

Lançamento do Torre de Babel | RR, IPAZ.. 24

Lar desfeito | OADB, CVP, MHC 164

Lenhador, O | *Rio Noir*, org. Tony Bellotto, Rio de Janeiro: Leya, 2014 ... 638

Linguicinhas | NCVPR 254

Lixo | OAB, CVP, FC, MCVPR 122

Lugar-comum | *O Estado de S. Paulo*, 12 ago. 2001............................... 560

Maçã, A | NCVP/VA, MV 108

Maior momento, O | *O Estado de S. Paulo*, 25 mar. 2001....................... 478

Mais palavreado | OAB, GP... 151

Mancha, A | Moacyr Scliar, Zuenir Ventura, Luis Fernando Verissimo, *Vozes do golpe*, São Paulo: Companhia das Letras, 2004, UQB............ 561

Mapa circular do mundo, O | *O Estado de S. Paulo*, 3 dez. 2000 484

Mar de palavras | EPZA 323

Maria no espelho | HBV, CBV.. 287

Memórias | OAB, UQB 109

Memórias do ar e do chumbo | *O Estado de S. Paulo*, 10 ago. 1993 233

Mendoncinha | PI, CPV, MCVP 314

Meninas | MCVP 537

Menino e o passarinho, O | *O Estado de S. Paulo*, 1 jul. 2018 598

Mentira, A | EMOH, PNEN, FC, CVP, MHC... 28

Metafísica | MS, ORG, CVPCA... 221

Metafísica | NCVPR, MCVP... 253

Metamorfose, A | EMOH, GP, MCPLE 38

Meu canivete, O | *O Estado de S. Paulo*, 9 jun. 2002.................................... 530
Meu coração | EPZA, TS.. 290
Meu personagem inesquecível | *Os 10 mandamentos*, Rio de Janeiro:
    Bertrand, 2001.. 444
Miss Simpatia | *O Estado de S. Paulo*, 13 abr. 2003..................................... 528
Misto-quente | *Extra Classe*, jun. 2015... 626
Monsieur Dupin | anos 1980 143
Mortes do Farley, As | *O Estado de S. Paulo*, 30 ago. 1998........................ 427
Múltipla escolha | HBV, CBV 295
Murilinho, O | MCVP... 510
Namorados | AV 675
Natal branco | DI 644
Natasho | *O Estado de S. Paulo*, 21 nov. 1999 389
Natureza humana, A | *O Estado de S. Paulo*, 14 jun. 1998........................... 390
Náufragos | *O Estado de S. Paulo*, 8 set. 2002... 464
No canto | MDP.. 214
Noé 2 ou O segundo arrependimento | *Revista Domingo*, 1990 382
Noites de luar, As | *O Estado de S. Paulo*, 12 jun. 2010.............................. 687
Nono e o Nino, O | MCVP.. 538
Nova York e eu | *O Estado de S. Paulo*, 7 out. 2001.................................... 488
Obrigados, Os | TS 611
Obsessão | UQB 647
Og e Mog | RR.. 53
Olhar da truta, O | EALP 605
Olhos cor de âmbar | *O Estado de S. Paulo*, 12 jan. 2014........................... 659
Omelete | HBV, CBV... 397
Outra vida | *O Estado de S. Paulo*, 5 jan. 2003 503
Ovo | HBV... 282
Pá, pá, pá | VT, CVP, CPLE 120
Pacote | HBV, CBV.. 404
Palavra | *Zero Hora*, 23 fev. 2017.. 629
Palavras cruzadas | *O Estado de S. Paulo*, 17 set. 2000.............................. 457
Palavreado | OAB, CPLE 148
Papos | NCVP/VA, CPLE 268
Parente, O | HBV.. 407
Peça infantil | VT, NAR, FC.. 117
Pela cloaca | *O Estado de S. Paulo*, 21 jul. 2019 684

Perdidão | *O Estado de S. Paulo*, 1999 364

Picasso e Goya sob o sol | DI 636

Pijamas de seda | MCVP 508

Pior crime, O | NCVP/VA, AEDNC... 267

Pipocas, não | *Zero Hora*, 17 jul. 2010 657

Poder e a troça, O | GMN 18

Policial inglês | RR.. 21

Pomodoro da discórdia, O | *Zero Hora*, 1992 384

Ponto de vista | ORG, NAR 335

Ponto e vírgula | *O Estado de S. Paulo*, 18 abr. 1999 375

Popular, O | POP, GP... 48

Pôquer interminável | OADB, CVP... 223

Posteridades | *O Estado de S. Paulo*, 26 abr. 2018 607

Pracinha | *O Estado de S. Paulo*, 29 set. 2002...................................... 460

Preguiça, A | GMN, EALP 83

Primeira, A | CVPCA, EPZA, TS... 276

Prioridades | GZH, 28 jan. 2017 679

Prisioneiro de Santa Teresa, O | CVPCA... 425

Profissionais liberais e a morte, Os | EMOH, NCVPR 63

Que ela mal sabia, O | ZOE... 135

Quinto dia, O | POP.. 46

Rainha do micro-ondas, A | *O Estado de S. Paulo*, 2000 522

Realismo | ZOE... 193

Recapitulando | TS.. 599

Recriação | MF, ZOE, NCVPR, MCPLE 133

Retirada, A | *O Estado de S. Paulo*, 23 jun. 2002 469

Retroativo | MS... 126

Ri, Gervásio | SC, GP, IPAZ 156

Rio acima | PI 269

Robespierre e seu executor | DI.. 630

Rocambole | *O Estado de S. Paulo*, 11 out. 1998 402

Safenado | SC... 259

Sangue espanhol | *O Estado de S. Paulo*, 3 out. 1999............................ 359

Sarrabulho, O | HBV, CBV 291

Satisfações | *O Estado de S. Paulo*, 2 mar. 2003................................... 475

Sem título | IT 692

Sensitiva | MS, CVP.. 208

Serena | MDP 195
Serpente, A | *Zero Hora*, 7 jan. 2017 686
Sexo na cabeça | SC 178
Síbaris | SC 175
Solidão | EMOH, EALP 65
Solidários na porta | SC 264
Solução, A | SANT 368
Sozinhos | SC, CPLE 319
Suflê de chuchu | SC, CVP, CPLE 315
Suicida e o computador, O | SC, CVP 348
Sumido | *O Estado de S. Paulo*, 24 nov. 2002 525
Super-heróis práticos | *Zero Hora*, 19 jun. 1994 394
Tea | DI 655
Teatrinho | DI 632
Telefonistas | *O Estado de S. Paulo*, 14 abr. 2019 695
Temístocles, o Grande | SC, GP 180
Temperatura ambiente | EALP 610
Tempo de gaveta | GZH, 18 abr. 2010 596
Tentações de frei Antônio, As | AV 642
Terceira sensação humana, A | *O Estado de S. Paulo*, 11 mar. 2018 682
Terra árida | EMOH, SC 86
Terrores | MDP 137
Tia que caiu no Sena, A | DI 634
Timidez | *O Estado de S. Paulo*, 12 ago. 2018 689
Tim-tim | PI, CPLE 330
Tirano, O | HBV, CBV 408
Toda a vida | PNEN, EALP 256
Tragédia | NCVP/VA 280
Trapezista, O | POP, GP, CVP, MHC 17
Ultimato, O | HBV, CBV 327
Últimos quartetos de Beethoven, Os | UQB 660
Uma cabine de trem | *O trem: Crônicas e contos em torno da obra de Thomaz Ianelli*, São Paulo: Metalivros, 2006 557
Valete | *O Estado de S.Paulo*, 3 dez. 2017 680
Variações | NCVPR 340
Velho, O | PI, NCVP/VA 294
Verdade, A | MS, CVP, MHC 192

Verdade, A | *Quem é Capitu*, org. Alberto Schprejer, Rio de Janeiro: Nova Fronteira, 2008 586

Verdadeiro José, O | OADB, CVP, MHC 184

Versões | EALP 672

Vi | *GaúchaZH*, 23 set. 2016 595

Viagens no tempo | *O Estado de S. Paulo*, 18 ago. 2002 526

Vida eterna, A | MCVP 544

Vingador da Lady Di, O | *Caros Amigos*, 1998 428

Visita do anjo, A | EMOH 58

Visões | HBV 349

Vivendo e... | CPLE 506

Vizinhos | HBV, CBV 370

Você vai ver | EMOH, CVPCA 101

Volta da Andradina, A | MCVP 541

Voz da felicidade, A | MS, CVP 190

Zelador do labirinto, O | MS 125

ESTA OBRA FOI COMPOSTA PELA ABREU'S SYSTEM EM INES LIGHT
E IMPRESSA EM OFSETE PELA GRÁFICA SANTA MARTA SOBRE PAPEL PÓLEN SOFT
DA SUZANO S.A. PARA A EDITORA SCHWARCZ EM AGOSTO DE 2020

A marca FSC® é a garantia de que a madeira utilizada na fabricação do papel deste livro provém de florestas que foram gerenciadas de maneira ambientalmente correta, socialmente justa e economicamente viável, além de outras fontes de origem controlada.